EX·LIBRIS

后浪插图珍藏版

川端康成

经典名作集

[日] 川端康成 著

竺祖慈 叶宗敏 译

四川人民出版社

目录

雪国

叶宗敏 译

雪国

穿过县境的长长隧道①，便是雪国了。夜空的底端已经泛白。火车在信号站停下。

一位姑娘从对面的座位上站起来，打开了岛村前面的玻璃窗。冰雪的寒气流灌进来。姑娘将身子探出窗口，像是在向远处呼唤：

"站长！站长！"

手拎提灯、踏雪缓步而来的那个汉子，围巾一直裹到鼻子上，帽子上的毛皮拽低到耳边。

竟然这么冷了！岛村眺望着外面，但见一片棚屋萧索地散落在山脚下，像是铁路员工的宿舍，雪色尚未延伸到那里，便被黑暗吞噬了。

"站长，是我，您好！"

"啊，原来是叶子！回家去吗？天气又冷喽！"

"听说让我弟弟到这里上班了，给您添麻烦啦！"

"待在这种地方，如今会感到寂寞吧。年纪轻轻的，也怪可怜的。"

"他还是一个孩子，所以要请站长多多调教，让您费心啦。"

---

① 县境的长长隧道，位于群马县和新潟县交界的清水隧道。全长9702米，于1931年3月竣工。作品的舞台背景设在新潟县汤泽温泉的高半旅店。川端康成于1934年6月初访此地。

"好的。他干得挺卖力。很快就要忙了。去年的雪下得好大呀，还常闹雪崩。火车抛锚了，村里也跟着忙，前去送汤送饭哩！"

"站长，您好像穿得很厚。我弟弟来信说，似乎连坎肩都没上身呢。"

"我穿了四层衣服。小伙子们天一冷就知道喝酒！现在个个都躺倒了，患感冒啦！"

站长朝宿舍那边扬了扬手上的灯。

"我弟弟也喝酒吗？"

"他倒没有。"

"站长准备回家了吗？"

"我受了伤，每天得去医院治疗。"

"啊，真糟糕！"

和服外面罩着外套的站长，仿佛很想结束站在寒风中的对话，便一边掉转身子一边说：

"好了，你多保重。"

"站长，我弟弟今天没有出来吗？"叶子的眼光在雪地上探寻着说，"站长，请您多关照我弟弟，拜托啦。"

那悠扬的嗓音近乎悲凄。嘹亮的尾声袅袅不绝，犹如从黑夜白雪中婉转荡回。

火车开动之后，她的上身还不肯从窗口缩回。待火车赶上沿着铁轨行走的站长时，她又喊道：

"站长，请您转告我弟弟，让他下次休息时回趟家。"

"好啊！"站长提高嗓门应道。

叶子关上窗子，双手捂住冻红了的脸颊。

县境的山上，备有三辆除雪车，等待着雪季的来临。电控雪崩警报线联通隧道的南北两端。这里备有总计五千名的除雪工，并安排好了两千名可随时出动的消防队青年团。

岛村得知这位叶子姑娘的弟弟从今年冬天起，就在这即将覆压在雪中的铁路信号站上班，便越发增强了对她的兴趣。

　　然而，这里所谓的"姑娘"，是在岛村眼中如此认为，同行的男人是她的什么人，岛村自然无从得知。他们两人的举止貌似夫妻，但男的明显是位病人。若是陪护病人，男女界限便自然而然模糊起来，越是照顾得殷切，就越像夫妻。实际上，倘若女人服侍比自己年长的男子，举止又表现得如年轻妈妈一样，远看上去的确会被认为是夫妻。

　　岛村将她单独剥离出来，从她姿态的感觉上，便武断地认定她是未婚姑娘，仅此而已。也许是他用奇异的眼光对那位姑娘注视过久，结果徒然为自己增添了不少感伤。

　　三个小时前，岛村无聊地变换花样地活动着左手食指，并呆望着这根手指，觉得唯有它活生生地铭记着就要去见的女人。越是急于清晰地追忆起来，越是了无头绪，反而更加昏昧茫然了。在那虚浮的记忆中，唯独这根指头至今仍残留着女人的触觉，犹如要把自己拽到远方的女人那里似的。他觉得不可思议，便试着把指头贴近鼻子闻了闻，可无意间那根指头竟然在窗玻璃上画出一条线，而且清晰浮现出女子的一只眼睛。他惊讶得险些叫出声来。不过，那只是他心驰远方之故，定神细瞧，什么也没有，映出的却是对面座位上的女子。窗外夜色低垂，车厢中灯火已亮。因此，窗玻璃便成了镜子。可暖气温热，玻璃被水蒸气全濡湿了，所以手指拂拭之前，是没有那面镜子的。

　　镜子里映出姑娘的一只眼睛，反而显得异常秀美。岛村把脸靠近窗子，匆忙装出带着旅愁贪看黄昏景色的神情，用手掌擦了擦玻璃。

　　姑娘上身微微探出，专心俯视着躺在面前的男子。她的膀臂在用着力，严肃的双眸一眨不眨，由此可知，她的照拂是多么认真。男子头靠窗躺着，蜷曲的双腿伸向姑娘身旁。这里是三等车厢。他们并非与岛村邻座，而是坐在前一排的对面座位上，所以侧卧着的男子的脸在镜中只能映出耳朵周边。

姑娘正好坐在斜对面，所以岛村是可以直接看到她的。他们二人刚上车时，姑娘那种冷峻逼人的美艳，曾使岛村惊惶地把视线低垂下来，就在那一刹那，他又看见了那男子紧紧握着姑娘手的蜡黄手背，所以当岛村再要把目光转向那边时，便感到不好意思了。

镜中男子的神情，只有在望向姑娘的胸部时才显得安详沉静。他身子虽然屠弱，却显现出恬淡的和谐氛围。他把围巾枕在头下，又将其绕到鼻子下面，正好盖住嘴巴，然后又往上裹住两颊，俨然一副保护脸部的装束。可那围巾一会儿松落下来，一会儿遮住了鼻子。当男子还未及用目光示意的时候，姑娘已温柔地把它理顺了。两人天真地重复着这个动作，旁观的岛村都为这种反反复复的举动着急起来。另外，裹住男子双脚的外套下摆，也不时松开垂落，姑娘也是及时觉察，随即裹好。这些举动都十分自然。这样的情景，不禁令人感到他们俩已经忘记了所谓的距离，仿佛要奔赴无垠的远方一般。如此一来，岛村并没因看到他们的悲情而辛酸，反而觉得像在观赏着梦境中的木偶剧。也许这也是这些影像是从奇异的镜子中所映射出来的缘故吧。

镜子的深处流淌着暮色迷蒙中的景物，也就是说，影像和映出影像的镜子，像电影中的叠影在活动。登场人物和背景毫无关联。人物是透明的虚影，风景是朦胧的潜流，二者一边相互交融，一边变幻出这尘世中从未出现过的象征世界。尤其当姑娘脸庞上映出山野间的灯火时，那种无法形容的美，深深地震撼了岛村的心灵。

遥远山峦的上空，仍有一抹淡淡的晚霞，所以透过窗玻璃望出去，还能看见远景的轮廓。然而，风景的色彩已经完全消失，随处可见的平淡的山野显得更趋平淡。正因为没有什么特别惹人注意的，反而使岛村涌上了一股莫名其妙的情感洪流。不消说，这是姑娘的脸蛋浮现在玻璃窗上之故。黄昏时分的景色,连绵不断地在窗镜中的姑娘面影周边流动,所以姑娘的脸庞仿佛也变得透明了。然而,是不是真的透明呢?接连不断在脸庞后面流过的暮景,又给人一种从她面前掠过的错觉,令人无法细究。

车厢内也不那么亮堂,镜子也不如真的那般清晰。没有反光了。因此,当岛村看得入神之后,他渐渐地忘却了镜子的存在,只觉得姑娘飘浮在流动的苍茫暮色之中。

这个时候,她的脸庞中央亮起了灯火。镜中的映像无力抹掉窗外的灯火。灯火也没能消除映像。就这样,灯火从她的脸上流淌而过,但无法使她的面容光亮照人。那是寒冷而又遥远的光亮。那光亮在姑娘的小小眸子周围忽闪游离,当眼睛与灯火重叠的那一刹那,她的双眸便在茫茫暮色的流波中浮现,化作妖艳娇美的夜光虫了。

叶子当然不知晓自己正被人如此察看着。她的心神全放在病人身上了,即使是转脸望向岛村那边,也不能看见自己映在窗玻璃上的身姿,更不会去瞟一眼望着窗外的男子。

岛村偷看叶子良久,却忘记了这是对她的非礼之举,这大概是由于他已被尽显暮色的镜子那虚幻之力迷住了吧!

或许,是她在呼唤站长时以及现在那种过于认真的表情,使岛村产生了极富戏剧性的兴趣。

火车驶过那个信号站的时候,窗子已经一片黑暗了。流动的风景一消逝,镜子的魅力也就荡然无存。虽然叶子美丽的脸庞仍然映显出来,她的举止依旧温柔如初,但岛村却在她的身上新发现了一种澄澈的冷峭,故而镜子模糊了也没有再擦拭。

随后,过了半个小时左右,想不到叶子和那位男子与岛村在同一站下了车。岛村暗忖,是否又发生了什么事,是否与自己有牵连,便回头瞧了瞧,但他一感触到月台上的寒气,便突然为自己在火车中的非礼举动感到难为情,就头也不回地从火车头的前面走了过去。

当男子抓住叶子的肩膀欲穿过铁道时，这边的站台值班员立刻扬起手来阻止了他们。

少顷，从黑暗中驶来一列长长的货车，遮住了二人的身影。

来拉客的旅店掌柜，活像火灾现场的消防队员，裹上了严严实实的雪装，还包住了耳朵，穿上了长筒胶靴。站在候车室从窗口凝望着铁道方向的女子，披着蓝色斗篷，戴上了头巾。

岛村的身上还残留着火车里的温暖，尚未感受到真正的寒冷，因他是初次见识雪国之冬，所以当地人的这种装束便先给了他一个下马威。

"冷得非得穿成这样吗？"

"嘿，冬装已经全穿上身了。雪后放晴的前一晚特别冷。今天夜里，现在就已经降到冰点以下了吧。"

"这就冰点以下了？"岛村一边观望着屋檐上可爱的冰柱，一边跟旅店掌柜一同上了汽车。雪色使家家户户低矮的屋脊显得更加低矮，全村如同沉入万籁俱寂的深渊。

"确实冷，摸什么都是冰凉的呀。"

"去年最冷时达到零下二十几度。"

"雪呢？"

"雪呀，一般是七八尺，雪多的时候，得有一丈二三尺哩。"

"还得下喽？"

"还得下！这场雪下了有一尺多厚，可都融化得差不多了。"

"这里也有不积雪的时候啊。"

"不知道什么时候还会来场大雪。"

这是十二月初。

岛村因感冒一直有点鼻塞，如今一下子通畅了，而且一直通到脑门，鼻涕就像清洗秽物的水流般不断滴淌下来。

"老师傅家的姑娘还在吗?"

"哎,还在,还在。她在车站下车的,您没看见吗?就是披着深蓝色斗篷的。"

"那就是她?……待会儿能叫她来吗?"

"今天晚上吗?"

"今天晚上。"

"说是老师傅的儿子坐刚才的末班车回来,她去接站了。"

在黄昏晚景的镜子中映现出的叶子照顾的病人,就是岛村要来相会的女子所寄居人家的儿子。

知道了这些,岛村顿时感到仿佛有个什么异物穿过了他的心胸,但他对这次邂逅并不觉得怎么奇怪,反倒认为不感到奇怪的自己不可思议。

岛村油然觉得在心头的某处,手指所感触的女子和眼睛里点着灯火的女子之间,似乎存在着什么,或将发生什么。大概是他还没从映出暮色风景的镜子中清醒过来的缘故吧!他不由得喃喃自语:那夜景的流动,原来是象征着时间的流动呀。

滑雪季节之前的温泉旅店顾客最少,岛村从室内浴池上来时,旅店里的客人已经全部沉入梦乡了。在陈旧的走廊上,他每走一步,都会使玻璃门微微作响。在长长走廊尽头的账房拐角站着一个女人,她的衣服下摆拖在黝黑光亮的冰冷地板上。

见了那衣服下摆,岛村心中一惊:她终究还是出道做了艺伎?但她并没有走过来,也没有弯腰倾身摆出迎客的姿态。远远地看着她那纹丝不动的伫立身姿,他感觉她还是很正经的,便加快脚步,默默地站到女子身旁。女子也想在浓妆艳抹的脸庞上浮出微笑,反而显露出了哭相,所以两人均未言语,抬步向房间走去。

尽管有过那么一段往事,但他既没寄封信,也不来会个面,更没有履行赠送舞蹈造型书的承诺。这种事对女人来说,只会认为那是他一笑过后就忘掉了吧！按顺序讲应该由岛村先赔个不是、讲明缘由什么的，可她根本不看他一眼就径自往前走。他知道她不仅没有责怪他，反而对他充满着眷恋，所以他想，如今无论说什么，对方只会认为自己不真诚吧，便不由得沉浸在被她慑服的甜蜜喜悦之中了。到了楼梯下面，他突然将跷出食指的左拳伸到女子眼前，说道：

"这家伙最记得你哩！"

"是吗？"女子握住了他的指头不再放开，两人就那么手拉着手上了楼梯。

在被炉①前放开手时，她从脸颊一下子红到脖子根。为了掩饰这窘态，她又慌忙抓起他的手说：

"你说它记得我？"

"不是右手，是这只手。"他从女人的掌心中抽出右手放进被炉里，将重新握成拳头的左手伸了出来。

"啊，我知道呀。"

她满不在乎地笑着，掰开岛村的拳头，把脸贴在他的手掌上，继续说：

"是它才记得我吗？"

"哎呀，冰冷冰冷的！我第一次触摸这么冰冷的头发。"

"东京还没有下雪吗？"

"你那时虽然那么说，但说的确实是谎话。要不然，谁会在年底跑到这么寒冷的地方来呢？"

那个时候——雪崩的危险时期已过，进入了一派新绿的登山季节。

---

① 被炉，附有取暖装置的四方形矮桌。有两层桌板，首层可分离，两层之间铺上及地的棉被。天热时当普通桌子使用，天冷时即点燃取暖装置。

餐桌上也快见不到通草的嫩芽了。

饱食终日的岛村，连对大自然和自己都难得坦诚相见，所以他觉得要唤回往日的热情，最好是置身于山峦之中，于是经常独自到山中漫步。在县境的群山中待了七天后，那天晚上他一下山来到这个温泉浴场，就让人帮他叫艺伎。然而，旅店女侍说，那天正巧举行新建公路工程的落成典礼，热闹得连村中的茧库兼剧场也做了宴会场地。这里只有十二三名艺伎，人手本来就不足，这个时候根本叫不到艺伎。不过，老师傅家的姑娘即使去宴会帮忙，也只是跳两三支舞便会回家，说不定能够把她召来吧。岛村又进一步详询情况，女侍便解释道，教三弦和舞蹈的师傅家的姑娘当然不是艺伎，但若遇到大宴会等场合，有时也会应邀前往。这里又没有艺伎学徒，大多是不愿站着跳舞的半老徐娘，所以小姑娘最为珍贵。虽然她很少单独到旅店客人的房间去，但也不算一个纯粹的黄花闺女了。

岛村觉得这解释不靠谱，就没当回事，但一个小时后，女侍便带进来一位女子。他愣了一下，赶紧坐正了身子。女子抓住了准备起身离开的女侍的袖子，让她还坐在那里。

女子给他的印象是洁净得不可思议，令人感到连她足趾内侧的凹窝都是纯净的吧。岛村甚至怀疑自己的眼睛，难道这是自己刚饱览过群山中的初夏景色的缘故吗？

她的衣着多少沾些艺伎的风格，不消说，衣服的下摆当然没有拖在地上，柔软的单衣也穿得规矩端庄。唯独衣带像是高级品，与整体装扮不相称，反而令人看得有些碍眼。

女侍趁他们聊起山间话题的时候起身走了，可这女子对从这个村里能看到的山峦的名字都不大清楚，使岛村提不起酒兴。不过出人意料的是，女子却率直地诉说自己出生在这个雪国，在东京当舞伎①时

---

① 舞伎，未够格的艺伎。

被人赎身后，原打算将来做个日本舞的师傅立身，但仅过一年半，那个先生便去世了。看起来，从那位先生去世直到今天为止的经历，恐怕才是她真正的境遇话题吧，但她并未急于坦陈开来。她说她十九岁了。如果她没有说谎，她这个十九岁的模样看起来倒像二十一二岁。至此，岛村方才感到轻松自在，将话题转向歌舞伎等方面，可这女子比他更清楚演员的艺风及逸事。也许正苦于找不到这类话题的谈话对象吧，在津津乐道的当儿，她露出了原是风尘女子的那种随和大方的气质。她似乎也很了解男人的心性。即使如此，他从一开始就把她当作良家闺秀看待，再加上一星期来没有与人随兴交谈，所以胸中涌出人际交往的温情，而且首先感到对这女子产生了友情。他把山居的感伤移情到女子身上来了。

第二天下午，女子把盥洗用具搁在走廊外面，顺便到他的房间来玩。

她还没坐定，岛村便突然开口要她介绍艺伎。

"介绍？"

"这你还不明白吗？"

"讨厌！做梦也想不到你会让我做这种事。"女子板起脸走到了窗边，眺望起县境的群山。随后，她又红着脸说：

"这里没有那种人啊！"

"撒谎。"

"真的呀。"她猛地转过身子，坐到窗台上说，"绝对不可强行索要呀！一切都得听随艺伎的意愿。旅店方面也一概不予介绍。这，可是真的呀。你可以叫人来，直接谈谈看。"

"那就托你替我叫啦。"

"我为什么必须做那种事呢？"

"我是把你当作朋友看待的。因为想做朋友，所以不打你的主意。"

"这就叫朋友吗?"女子终于冒出这种孩子气的话来,但随后又脱口而出,"真了不得,竟然叫我做那种事。"

"这不是很平常的事吗?在山上养壮实啦,可头脑却混混沌沌的。就是跟你,也不能神清气爽地谈话哩。"

女子垂下眼睑,不作声了。事到如今,岛村已把男人的厚颜无耻和盘托出,但女子却生性通情达理,养成了逆来顺受的习惯。她那垂着的眼睛,因浓黑的睫毛陪衬而显露出温柔和媚艳。当岛村凝视着她的时候,她的脸蛋微微左右摇了摇,又泛起了淡淡的红晕。

"你去叫个你喜欢的人来。"

"我不是在问你这个吗?我初来乍到,不知道谁漂亮呀。"

"你是说漂亮的——"

"年轻的就行。年轻的姑娘没有养成那么多毛病吧!不是唠唠叨叨的就可以。带点傻气,干干净净的也可以。我想聊天的时候,就找你哟。"

"我不会再来的。"

"瞎说!"

"哼,真不来啦!我来干啥?"

"我想同你清清白白地相处,所以我不挑逗你。"

"真没见过你这样的!"

"如果有了那种事,明天也许就不愿同你见面了,也没兴致和你聊天了。我从山上来到乡村,就是要好好感受人们的纯真亲热。我不挑逗你。话说回来,我不就是一个旅客吗?"

"唉,这倒是真的。"

"是吧!就拿你来说吧,如果我物色的女人令你讨厌,以后见面你也会感到憋屈的,而你帮我挑的姑娘,还会好些吧!"

"不知道!"她狠狠地抛了一句,然后转过脸说,"说得也是。"

"要是有了那些事,便一了百了啦。没情调了,交往也不会持久吧!"

"是的,你说得确实都对。我出生在港口。这里是温泉浴场,"女子出人意料地坦言道,"客人多半是来旅行的。我这个人,虽然还是个孩子,但听到各种各样的人都这么说过,觉得内心有好感,当时又没明说的人,反而令人永远想念。忘不了啊!分别以后,好像还惦记着。对方有时想起来,寄封信来什么的,大多都是这种人。"

女子从窗台上下来,缓柔地坐在窗下的榻榻米①上。从她脸上的表情来看,好像是回忆起了遥远的往日,才急忙挨近岛村坐下来的。

女子的声音充满内心的情愫,倒使岛村因如此轻而易举地欺骗了女子而感到内疚。

然而,他当然没有说谎。总之,这个女子不是风尘中人。他若要找女人,也不至于求欢于她,自己可以堂堂正正地轻松完结这桩事。她过于清纯了。从一见面,他就把那事与她区别开来了。

而且,当初在犹豫去哪一个夏季避暑地的时候,他曾想是否带着家人到这家温泉浴场来。倘若如此,正好这女子又是良家姑娘,就让她充当太太的绝佳游伴,太太无聊时还可以跟她学个舞蹈呢。他是如此认真考虑过的。虽说他对那女子抱着一种纯属友情的心态,但他却越过了那种程度的浅滩。

当然,这里也存在着岛村观看黄昏景色的镜子吧。当今的境遇,是他不光厌烦与暧昧的女子留下后患,或许还存有一种虚幻见解,宛如观看映在黄昏的火车窗玻璃上的女子面容一般。

他对西洋舞蹈的兴趣也是如此。岛村生长于东京的平民住宅区,自幼就熟悉歌舞伎表演,到了学生时代,他的爱好倾向于舞蹈和歌舞伎之类。由于具有一种对感兴趣的事物穷根究底的个性,所以他便去

---

① 榻榻米,日本铺设于居室中的家具,房间面积也常以榻榻米的张数计算。一张榻榻米的传统尺寸是长1.8米,宽0.9米,面积为1.62平方米。

涉猎古代的记录文献，还走访各流派的掌门人，不久又结识了日本舞蹈界的新秀，甚至写起研究或批评之类的文章来。无论对日本舞蹈界传统的死气沉沉，还是对新探索派的自以为是，他理所当然地感到强烈不满，从而激发了一种除非亲身投入实际运动，否则别无他途的振奋心情。但当日本舞蹈界的年轻一代邀约他时，他却突然转向去研究西洋舞蹈方面了。从此他全然不看日本舞蹈了。取而代之的是，他开始收集西洋舞蹈的书籍和照片，甚至不辞劳烦地从外国觅求海报或节目单之类的东西。这绝不仅是出于他对外国或未知的好奇。他在这类活动中新发现的喜悦，就在于所见之处不能目睹西洋人的舞蹈。岛村对日本人的西洋舞蹈不屑一顾这一点，足为明证。对岛村来说，没有比根据西洋印刷物来写关于西洋舞蹈的文章更轻松舒适的了。评介没有看过的舞蹈之类，可谓天方夜谭。没有比这更如纸上谈兵的空论，简直就是天国的诗。虽冠以研究之名，实则为海阔天空的想象。他欣赏的不是舞蹈家活生生的肉体舞动的艺术，而是从西洋的语言文字或照片中所浮现出来的自身空想舞动的幻影。这犹如爱慕未见过的恋情一般。因为他时常写些介绍西洋舞蹈的文章，好歹也被视为文人墨客，虽然他也会以此自嘲，但对没有职业的他来说，也是心理上的一种慰藉。

他这些有关日本歌舞的谈话，想不到居然成了使女子亲近于他的助力，可以说这种知识时隔多年才在现实中显现实效。可是，也许岛村在不知不觉间仍然把女子当成了西洋舞蹈。

因此，当发现那些略带乡愁的话语，似乎触及了女子生活上的伤痛处时，他便因自感欺骗了女子而内疚。

"如果这样相处，即使下次我带家人来，也能跟你一起愉快地游玩了。"

"唉，你说的我已完全懂了。"女子压低声音，不禁莞尔，然后略带艺伎的神态闹嚷着，"我也最喜欢那样，平淡的交情，才能长久哩。”

“所以你得帮我去叫。”

“现在？”

“嗯。”

“真让我震惊！这么大当午的，怎么好开口呢？”

“我不想要别人挑剩的哟！”

“怎么说这种话，你把这里当作狂赚金钱的温泉浴场啦！你既然看过村里的情形，怎么还不明白？”想不到女子以认真的口吻，一再强调此地绝对没有那种女人。岛村表示怀疑，女子反而更加认真起来，但她终归还是退让了一步说，虽然如何接客是艺伎的自由，但若事先不向业主打招呼就外宿，其后果得由艺伎自己负责，业主便什么都不管了。如果事先打过招呼的话，则是业主的责任，他要承担所有后果，区别就是这些。

“你说的责任是什么？”

“就是生了孩子，或者患上疾病这些。”

岛村为自己呆头呆脑的询问而苦笑，暗想这个乡村也许真有这种马虎事吧。

赋闲度日的他或许是自然而然地存心求觅保护色吧，所以对旅途中的各地风俗，持有本能的敏感。他从山上一下来，立即在这个乡村质朴的景色中，感受到了恬静悠闲的气氛。在旅店一问，果然，即使在这片雪国，这里也属生活最安乐的乡村之一。据说前几年铁路还没通车的时候，这里只是农民们的温泉疗养浴场。有艺伎的地方都挂着褪了色的餐馆或红豆汤铺的门帘。看那煤烟熏黑的老式拉门，难以想到这种地方还会有顾客。还有那些卖日用品的杂货店或糖果店，也只雇用一个店员，店主们除了经营店铺，还得下田种地。大概因为她是师傅家的姑娘吧，虽然没有正式执照，偶尔到宴会之类的活动场所帮帮忙，艺伎们也没有说闲话的。

"到底有多少人呢?"

"你是说艺伎?大概十二三个吧。"

"哪一位好呢?"岛村说着,站起身来按电铃。

"我可要回去啦?"

"你不能回去呀!"

"讨厌!"女子像一扫屈辱似的说,"我先回去。没事儿的,我根本不把你的话搁在心上。我还会再来的。"

然而,她看到女侍来了,便马上若无其事地端坐下来。叫谁呢?女侍发问好几次,她始终没有指名。

不一会儿,来了一位十七八岁的艺伎。一看到她,岛村从山上来乡村时的寻欢欲望旋即烟消云散了。她那黝黑的胳膊骨瘦如柴,但给人的感觉还是天真随和的,所以,岛村竭力掩盖住扫兴的神情,转脸面朝着她。实际上,使岛村不忍移目的是她身后窗外那新绿尽染的群山。他连话都懒得说了。果真是山村艺伎!岛村表情漠然,沉默不语。女子似有觉察,便悄悄起身,一副要走不走的样子,由此就更显得冷场了。就这样磨蹭了一个小时,岛村正想如何打发艺伎回去时,突然想起了收到的电报汇款单,便借口要赶在邮局下班前把事办妥,于是与艺伎一同走出房间。

然而,岛村在旅店门厅抬头仰望,一见充满浓郁嫩叶气味的后山,便像被它吸引住了一样,拔腿向山上跑去。

也不知道有什么好笑的,他独自失笑不已。

觉得有些累了的时候,他才猛然转身,撩起夏季单衣的后襟,一口气跑下山来。从他的脚下,飞起两只黄色的蝴蝶。

蝴蝶缠绵翩跹,终于飞得比县境的大山还高,随之黄色变成了白色,遥遥而去。

"怎么啦?"

女子正站在杉树林的树荫下。

"你笑得好开心！"

"作罢啦！"岛村又莫名地笑起来，"作罢了。"

"是吗？"

女子陡然转过身子，缓缓地走进杉树林。他默默地跟在她后面。

走到神社。女子在薄覆青苔的狮子狗石雕旁一块平整岩石上坐下来。

"这里最凉快，盛夏都有冷风吹来。"

"这里的艺伎，都是那个样的吗？"

"差不多吧。年纪大些的，倒有俊的。"她低着头漠然说道。她的颈子上，仿佛映出杉树林的黯淡青绿。

岛村仰望着杉树的树梢，说：

"现在已经不想要了。仿佛体力一下子都耗尽了，好奇怪呀！"

那杉树高耸入云，只有将手向后撑住岩石，连胸膛也后仰，才能看到树梢。此外，株株树干都直线般地并肩挺拔，幽暗的树叶遮天蔽日，周遭鸦雀无声。岛村倚靠的那一棵，是其中最老的古木，不知何故，朝北的枝丫一直枯朽到顶，而那残留的根部，好似倒栽在树干上的尖木桩，宛若凶神恶煞的武器。

"是我想错了。因为从山上下来首先碰到的是你，我便糊里糊涂地以为这里的艺伎一定很漂亮。"岛村笑道。直到如今岛村才感到，当初想要简单地涤净七天在山中积淀的精力，也是遇见了这个纯净女子的缘故。

女子凝视着远处落日余晖中的河流。此时无聊得令人尴尬。

"呵，我刚才忘了，你的香烟！"女子尽可能用轻松的口吻说，"刚才我回房里一看，你已经不在了。我正想着这到底是怎么一回事呢，就看你一个人连蹦带跳地在爬山。我是从窗口看到的。觉得好奇怪哩。看样子你忘了带香烟，我就给你拿来了。"

接着，她从袖子中掏出他的香烟，划燃了火柴。

18

"我觉得对不住她呀。"

"这种事，还不是要随客人的意，她什么时候回去都没关系的。"

在许多石块间奔泻的山溪，流水声听起来尽显圆润甘美。透过杉树的空隙，可见对面山脊的皱褶已昏暗下来。

"如果找不到一个和你相似的女子，以后再和你见面时，岂不令人失望？"

"我才不管呢！你这个人真是死不认输。"她说话的语气夹杂着嘲讽和气愤，但两人之间却产生了和叫艺伎之前截然不同的情愫。

岛村深知：自己一开始就想要这个女子，只是照例迂回了一个大圈而已，于是在讨厌自己的同时，也感到这个女子更加美丽了。从她在杉树林的树荫下叫他之后，他便油然觉得她有一种超尘拔俗的清冷风姿。

细长高挺的鼻子虽略显孤单，但那下面娇小微翘的嘴唇，恰似水蛭美丽的节环，伸缩滑柔，沉默时也仿佛蠕动着。如果嘴唇起皱或色泽晦暗，一般都会显得肮脏不洁，但她的嘴唇却光亮润泽。她的眼角不翘不垂，双眼好像故意笔直画成似的，虽然略显莫名逗趣，但短小而浓密的眉毛稍稍下弯，恰巧把它们围护住了。那两颊微凸的圆脸轮廓虽然平淡，但那犹如在白色陶器上胭脂淡抹的皮肤，还有那清癯不腴的颈项，与其说是漂亮俊美，倒不如说是绝伦的纯净丽质。

对曾经做过舞伎的女子而言，她略微显得有点鸡胸。

"瞧，不知什么时候飞来这么多的蠓虫。"女子拂了拂衣服的下摆，然后站了起来。

处在持续的宁静气氛之中，二人都已显露出无聊至极的神情了。

当天晚上十点左右吧，女子从走廊大声喊着岛村的名字，随即啪嗒一声，就像被扔进来似的闯进了他的房间。她趴倒在炕桌上，醉醺醺地乱抓乱扔桌上的东西，随后就咕嘟咕嘟地喝水。

她说这个冬天在滑雪场认识了一伙男子，傍晚翻山过来了，见面之后，他们邀她同来旅店，叫了艺伎来尽情狂欢，然后就被他们灌醉了。

她晃着脑袋，独自胡言乱语一通之后，便站起来说：

"不好意思，我得再去一趟。他们还以为我怎么了，一定正在找我。等会儿我再来。"于是又踉踉跄跄地走了。

过了将近一个小时，长长的走廊上传来杂乱的脚步声，像是东碰西撞、颠颠踬踬走过来的。

"岛村先生，岛村先生！"她尖着嗓子喊。

"啊，怎么不在？岛村先生！"

这无疑是女人赤裸的心灵呼唤自己男人的声音。岛村大感意外。可是，她那尖叫声一定惊动了整个旅店。岛村刚惶惑地站起来，女子就用手指戳破拉门纸，抓住门框，晃晃悠悠地就势倒在岛村身上。

"啊，你在啊！"

女子和他缠在一起坐下来，相互依偎着。

"我没有醉呀，哼，我哪会醉呢？难受，只是感到难受。绝没失态啊！啊，我想喝水。不能兑威士忌喝啊。那玩意儿上头，现在头痛。那伙人买的便宜货，我弄不清。"她叨唠着，不断用手掌搓脸。

外面的雨声骤然变得激猛了。

手臂稍一松懈，女子便瘫软下来。他紧紧地搂着她的脖子，他的脸颊都快把她的发髻压散了。他的手伸进了女子的怀里。

女子对他的要求没有反应，只是将两只胳膊交叉起来，像门闩似的压在他所希求的部位上，可她已酩酊大醉，根本使不上劲。

"什么玩意儿！这种东西，畜生！畜生！这种东西。"说着，她猛然咬住自己的前肘。

他慌忙掰开她的手臂，但上面已经印上深深的齿痕。

然而，她已任凭他的手掌抚弄，开始写起人名来。她说写上自己喜欢的人名给他看，就一连写了二三十个戏曲和电影演员的名字，接着连写了无数个"岛村"。

岛村掌中珍贵的隆起物，渐渐暖热起来。

"啊，放心了，放心喽。"他温和地说着，甚至产生了母爱般的感觉。

女子又突然难受起来，刚挣扎着抬起的身子，一下子又趴倒在房间的一个角落里。

"不行，不行。我要回去，要回去。"

"不能走啊，外面下着大雨！"

"我赤脚回去，爬着回去。"

"太危险了。非要回去的话，我来送你！"

旅店在半山腰上，有一段陡坡。

"松松衣带，稍躺一会儿，醒醒酒好吗？"

"不能那样！就这样没事的，我习惯了。"说罢，女子端坐起来，挺起胸膛，但这样只会使呼吸更困难。她打开窗子想呕吐，可没呕吐出来。她本想揉揉身子，躺下来直直腰，却一直咬紧牙关强忍着，时而又强打精神，反复嚷着要回去。不知不觉已经凌晨两点多钟了。

"你去睡。我说，你就去睡呀！"

"那你干什么呢？"

"就这样。醒醒酒就回去。天亮以前回去。"她跪着爬过来，拉住岛村继续说，"你别管我，你睡你的觉吧。"

岛村钻进被窝，女子便趴在炕桌上喝了口水，说道：

"起来，喂，我说你起来嘛。"

"你说，究竟要我干什么？"

"还是睡觉吧。"

"你说什么呀！"说罢，岛村站起来，把女子拉了过去。

女子本来背过脸避开正面相对，而后却突然转过来用力噘起了嘴唇。

然而，其后她又梦呓般地诉苦：

"不行，不行啊。我们只是做个朋友，这不是你说的吗？"

这句话她不知重复了多少遍。

岛村被她那诚挚的反应所打动，面对她那蹙额皱眉、竭力抑制自己强烈意志的样子，顿感乏味无趣而扫兴，心想还是守住对女子的诺言吧。

"我没有什么可以惋惜的呀。我绝不是舍不得哟。可是，我不是那种女人。我不是那种女人哪！那样绝不能持久，这不是你自己说的吗？"

她已醉成半瘫似的了。

"不是我不好嘛。是你不好呀。你输啦。你没胆量哦！不是我啊！"她说走了嘴，却又为了挣脱爱欲而咬住了袖子。

她茫然若失，沉默良久，倏地又似想起什么，尖声道：

"你在笑，你在笑我吧？"

"我没有笑。"

"你准是在心里笑我，就算现在不笑，以后肯定也会笑我的。"女子说着，便低头抽泣起来。

但她即刻止住哭泣，温柔地贴过身来，娓娓道出自己的身世。她好像已把酒醉的痛苦忘得一干二净，只字不提刚刚发生的事。

"哎哟，只顾聊天，一点儿也没注意到时间啊。"她脸色泛起红晕，微微笑道。

她说必须要在天亮以前回去。

"天还黑着呢。可这一带的人起得很早。"她屡屡站起来，开窗探望外面。

"还不见人影。今天早上下雨了，所以谁都不会下田。"

对面的山峦以及山脚处的房舍屋顶已在细雨中浮现出来，可她仍不舍得离开。不过，她在旅店里的人起床之前就梳理好了，岛村想送她到大门口，可她生怕别人看到，就慌忙逃也似的独自溜走了。岛村也是那天返回东京的。

"虽然你那个时候那么说，但仍是言不由衷呀。要不然，谁会在年底跑到这么寒冷的地方来呢？我后来也没有笑你呀。"

女子倏地抬起头来，从她刚才贴压在岛村手掌上的眼睑，一直到鼻颊两侧都留下了绯红印痕，并透过浓厚的脂粉显露出来。纵然这会促使他们想起这个雪国之夜的寒冷，但她的秀发乌黑乌黑的，又令人感到暖意。

她脸上浮现出光彩夺目的笑容，是因她也想起"那个时候"了？但更似岛村的话语渐渐浸染了她的身子。当她气呼呼地低下头时，后领翘立起来，可以一直看到她脊背泛起的红晕，犹如袒露出生机勃勃的润泽裸体一般。也许因为头发的颜色与之相衬，更会令人如此联想吧。刘海并不纤细浓密，那发丝倒像男人的那样粗，且无一根杂乱的毫发，发出黑色矿物般的凝重光泽。

刚才伸手触摸一下，岛村第一次摸到如此冰冷的头发，感到很惊讶，便以为这不是天气寒冷的缘故，而是她的发质就是如此。岛村不禁重新打量了她一眼，发现女子开始在被炉桌板上掰着手指头数数，而且数个不停。

"你在算什么？"他问道，但她仍旧默不作声地屈指数着。

"是五月的二十三号吧？"

"哦，原来你在算日子，七月和八月接连都是大月哩。"

"啊，第一百九十九天，正好是第一百九十九天。"

"你说是五月二十三号，真能清清楚楚记得？"

"一看日记就知道了。"

"日记？你写日记？"

"唉，看看旧日记挺有意思的呀。任何事情都原原本本地记下来，就是自己一个人看，也觉得不好意思呢。"

"什么时候开始写的？"

"在东京当舞伎前不久的时候开始写的。那时候手头紧，自己买不起日记本，只能花两三毛钱买本杂记簿，用尺子画上细格子。铅笔削得很尖，所以格线画得又清楚又好看。而且从簿子的上端到下端，都写满了密密麻麻的小字。到了自己能买得起日记本的时候，倒不成了。因为我不珍惜东西了。就说练字吧，从前是写在旧报纸上的，可后来却直接写在成卷的信纸上啦。"

"你一天不落地写日记吗？"

"嗯，十六岁时和今年写得最有趣。那都是每天从酒宴上回家，换上睡衣后写下的。回来得可晚啦，写着写着，还没写完就睡着了。现在读起来，有些地方还能看出来呢。"

"不容易啊。"

"不过，我不是天天都记，也有不写的时候。在这种山窝里，去宴会演出，全都是老节目！今年只能买到每页上印着日期的，这可失算了。因为一提笔，有时就难免越写越长。"

比起写日记更使岛村深感意外的事，是她从十五六岁开始就把看过的小说逐一记录下来。这一类的笔记簿，说是已多达十本了。

"写点感想了吧？"

"我可写不出什么感想。只是记下了题目、作者，还有出场人物的姓名，以及那些人物之间的关系。"

"只记那些不是毫无用处吗？"

"没办法呀。"

"真是徒劳。"

"可不是嘛！"她毫不介意地爽朗答道，然后目不转睛地盯着岛村。

不知怎的，岛村正欲再次强调"完全徒劳"时，那雪落有声般的寂静却沁透他的身心，那是他完全被这女子吸引住了。尽管他知道，对她来说那种写法当然绝非徒劳，但觉得迎头驳她这么一句，反倒能真切地感受到她的存在。

这个女子对小说的看法，似乎与日常所谓的文学毫不相干。与这个村里的人交换妇女杂志翻看，是她与其他人之间仅有的友情。此外，她仿佛都是独自一人在阅读。虽然她是无选择地泛览，也不求甚解，只限于在旅店的客厅等地方看到小说或杂志就借来阅读，可她列举出的能想到的新作家名字，不少是岛村不知道的。然而，她的口吻却像谈论外国文学的遥远话题，持有类似无欲的乞丐那种悲凄情调。岛村忖度：这恐怕也与自己依靠外国书上的图片或文字，去遥想西洋舞蹈同出一辙吧！

她又兴高采烈地谈论起根本未曾看过的电影和戏剧，也许她好几个月没遇到能谈这类话题的对象了吧。一百九十九天前的那个时候，她也热衷于这一类话题，并乘兴对岛村投怀送抱。也许她已忘记这些了，此时再次以自己的语言描述的事物，使整个身子温热起来。

然而，她那种对都市事物的向往，如今已被裹入纯朴的失望之中，一如天真的梦想，所以她那单纯的徒劳感，比起都市逃亡者之类傲慢的不满更为强烈。她本人虽然毫无落寞于此的表情，但岛村眼中却观察到了她那不可思议的哀愁。倘若沉浸在这样的思虑中，岛村自己的生存也会成为徒劳，坠入到遥远的感伤中去吧！但眼前的她受山中寒气的拂染，则露出生机勃勃的红润气色。

不管怎样，岛村已经改变了对她的看法，所以在对方已成艺伎的当下，他倒难以启齿了。

那时她烂醉如泥，对不听使唤的麻木手臂十分恼火，便狠狠咬上一口，嚷道：

"什么玩意儿！畜生，畜生！这种东西。"

她站不住脚，躺在地上骨碌骨碌打滚。

"我绝不是舍不得。可我不是那种女人，我不是那种女人哪！"

岛村想起这话，正在踌躇时，女子突然惊觉到什么而跳了起来，说："是零点的上行车。"恰在那时，传来了汽笛声，她随之站起来，猛然使劲拉开隔扇和玻璃门，将身子撞向栏杆似的坐到了窗台上。

一股寒气霎时灌进房间里来。火车的声音渐渐远去，听起来犹如传来的夜风。

"喂，不冷吗？傻瓜！"岛村也起身前去，但觉无风。

这是冷酷的夜景，茫茫冰雪冻结的声音，仿佛在大地底层深沉鸣响。没有月亮。仰首望去，多得令人难以置信的璀璨繁星浮在天际，宛如在以虚幻的速度徐徐垂落。星群渐渐逼近眼前，夜空愈加深厚而遥远。县境的山峦已分不出层次，仅存的沉厚感化为影影绰绰的黧黑，将其分量悬垂在星空的下方。万物清洌，静寂和谐。

女子发觉岛村靠近，便把胸脯伏在栏杆上了。那不是荏弱的表现，而是以如此夜晚为背景，显示出无比坚定的姿态。岛村想：她又要重施故伎了。

然而，尽管群山的颜色是黑黢黢的，不知何故，看上去却是清清楚楚的白皑皑。这样一来，又令人感到群山是否为透明而空寂的。天空和山峦并不那么和谐。

岛村攥住女子的喉结那边，说道："会感冒的，这多冷。"接着就用力把她往后拉。女子抱住栏杆不放，压低声音说：

"我回去啦。"

"回去吧。"

"让我就这样再待一会儿。"

"好的，我洗把澡就来。"

"不行，你得待在这儿。"

"你把窗户关上。"

"我再这样待一会儿。"

村子半隐在土地神庙的杉树林背后，相距不到十分钟车程的火车站的灯火，在严寒中冻得砰砰作响，将要毁坏似的忽闪忽闪着。

女子的脸庞，窗上的玻璃，自己棉长袍的袖子，所有伸手可及的东西，对岛村来说统统是第一次感受到的这么冰冷。

连脚下的榻榻米也越来越寒冷，当岛村正要独自去洗澡时，那个女子说道："请等一下，我也去。"接着，便温顺地跟着岛村走了。

正当她把岛村脱下的散乱衣服收拾到衣筐中时，一位男宿客走了进来，当他发觉女子缩在岛村胸前藏住脸时，便立即说：

"啊，对不起。"

"没关系，您请。我到那边的池里去。"岛村抢着说，于是便光着身子抱起衣筐，走向隔壁的女浴池。女子当然是装出夫妻的样子跟随而来。岛村二话没说，头也不回地跳进了温泉池。他放下心来，忍不住想大笑，但随即把嘴凑近泉水口，粗莽地漱了漱口。

回到房间里，女子轻轻地抬起侧转过去的头，用小指拢上鬓发。

"伤心啊！"她仅说了这一句话。

岛村以为她还半睁着眼，可凑近一看，原来那黑色是睫毛。

这个神经质的女子一夜没睡。

岛村像是被女子理顺那硬邦邦的衣带的声音惊醒的。

"对不起，这么早就把你吵醒了，天还没亮呢。请你看看我好吗？"女子关了电灯，"能看见我的脸吗？看不见？"

"看不见。天不是还没亮吗？"

"不！你非得好好看不可。怎么样？"女子把窗户全敞开，说，"不行呀。这下看清了，对吧？我该回去了。"

岛村对这黎明时分的严寒感到惊讶，他从枕头上抬起头来。尽管天空中仍为夜色，但山上却已是清晨了。

"没关系，不碍事。现在正是农闲节候，没有人这么早出门的。不过，是否有上山的人呢？"她一边自言自语，一边拖着正在系结的衣带走。

"刚才五点钟的下行车好像没有客人下来。旅店的人起床还早着呢。"

女子系好衣带后坐立不安，踱来踱去，还不时向窗外张望，犹如惧怕天亮的夜行动物一般，焦躁得来回打转，不得安稳。这是诡异的野性亢奋起来的样子。

在这磨磨蹭蹭中，室内的光线变得明亮了，女子的红脸蛋也清晰地显现出来。岛村看到这么鲜艳的红色，惊叹不已。

"你的脸蛋通红，太冷啦！"

"不冷哦，是我卸了妆呀。我一进被窝，马上就觉得连脚尖都热乎乎的。"她面对枕边的梳妆台说，"天终于亮了，我要回去了。"

岛村朝女子那边望了望，微微缩了下脖子。镜子里面映出荧白的亮光，那是雪。在那雪中，浮现出女子绯红的脸蛋。这是无以言表的洁净之美。

太阳已经升起来了吧，镜中的雪增强了冷峭如燃的辉耀。随之，浮现在雪中女子的秀发也闪耀着鲜艳的紫光，显得更加乌黑。

大概是为了防止积雪吧，从浴池溢出的热水被导入沿着旅店外墙临时修建的水沟，流到大门口，漫延成了温泉似的浅滩。一只壮硕的黑色秋田犬，一直蹲在踏脚石上舔着热水。好像是从仓房搬出来的客用滑雪板，摆在那里晾晒着。原来散发出的轻微霉味，也被热气熏淡了。从杉树枝上坠落在公共浴池屋顶的雪块也分崩变形了，宛如温热的物体。

那女子从山岗上的旅店窗口俯瞰过拂晓前的坡道。那时她说，终于要从年末跨入正月了，在这段时间里那条路将被暴风雪遮罩。遇上宴会，就非得穿上雪裤，再套上塑胶长筒靴，裹在斗篷里，罩上纱巾才能出门。那时的积雪，会达一丈来深。岛村现在正从那陡坡走下去，在路旁高高晾晒的尿布下面，显露出了县境的群山，连那雪光的反照，也十分清朗恬静。青绿的大葱尚未被雪掩埋。

村里的孩子们在田野中滑雪玩耍。

一进入街道旁的村落，就听到犹如悄然落下雨滴似的声响。

檐端的小冰柱，闪耀出可爱的光亮。

一个洗澡回来的女子，仰望着扫除屋顶积雪的男子，喊道：

"喂，能顺便把我家的也扫扫吗？"

她似乎感到晃眼，用湿布巾擦了擦额头。她大概是看准滑雪季节赶早来的一个女侍吧。隔壁是一家咖啡馆，贴在玻璃窗上的彩画已陈旧，屋脊也歪斜了。

大多人家的屋顶都苫上了细木板，上面摆着石块。那些圆石块只有朝阳的半面在雪中露出乌黑的表层，与其说那色彩是潮湿所致，倒不如说是长年受风吹雪浸所形成的黝黑。而且，家家户户均以类似那些石头感觉般的姿态，成排地静静匍匐在大地上，一派地道的北国风情。

一群孩子抱起水沟里的冰块，来到路上摔碎玩耍。或许是碎冰清脆飞溅时的闪光十分有趣吧。岛村站在阳光下，觉得那些冰块厚得令人难以置信。他待在那里观看良久。

一个十三四岁的女孩，独自靠在矮石墙上织着毛线。她雪裤下穿着高底木屐，但没有穿袜子，可见她通红的脚丫后跟已经皲裂。她身旁的柴堆上，坐着一个约莫三岁的小女孩，在天真地玩着毛线球。从小女孩手中牵连到大女孩手中的一条灰色旧毛线，也发出温暖的光亮。

挨在七八家住户后面的是滑雪板工厂，从那里传出了刨木材的声音。在工厂正对面的屋檐下，站着五六个艺伎，正在闲聊。岛村思忖：今天早上刚从旅店女侍那里探听到，那个女子的花名叫驹子，她可能也站在这里吧！果不其然，她正望着他走过来，一副一本正经的样子，可还没等岛村想明白她的若无其事是不是装出来的，她已经从脸颊红到脖子根了。其实她只要转过脸去就算了，但她却偏偏拘谨地低下头来，而且随着岛村的脚步渐渐接近，还把脸缓缓地转过来。

岛村也感到脸上火辣辣的，当他急忙走过去时，驹子即刻追了过来。

"到这种地方来，我多尴尬啊！"

"要说尴尬，我才尴尬呢。这么成群结伙的，吓得我不敢过去啊。你们经常这样吗？"

"是呀，午饭后差不多都这样。"

"你羞红了脸，还啪嗒啪嗒追过来，不是更尴尬吗？"

"管他呢！"驹子斩钉截铁地说罢，又羞红了脸，于是就地站住，紧紧抓住了路边的柿子树。

"我想请你到我家坐坐，才跑来的呀。"

"你的家在这里？"

"嗯。"

"如果能让我看看日记，倒可以顺便进去一下。"

"我准备把它们烧掉就去死的。"

"你家不是有病人吗？"

"啊，你什么都知道！"

"昨天晚上，你不也到火车站接人去了吗？披着深蓝色的斗篷。在火车上，我就坐在病人附近。一位姑娘极认真、极亲切地陪护病人，那是他的太太吧？要么是从这里专程去接的人？或者是东京人？简直像他妈妈一般，看得我很感动哩。"

"你昨天晚上为什么不告诉我？为什么瞒着不说？"驹子拉下面孔说。

"是他太太吗？"

然而，驹子对此拒不作答，仍然追问：

"昨晚为什么不说？你这人真怪。"

岛村不喜欢女子的这种锐气。但能使一个女子如此出言相逼，其原因既不在于岛村，也不在于驹子，看来那是驹子性情的流露。总之，被这样反复追问，岛村倒觉得好像被击中了要害似的。今天早晨，在映着山上积雪的镜子中看到驹子时，岛村当然也曾想起在黄昏的火车中，映在窗玻璃上的那位姑娘，但为什么没把那件事告诉驹子呢？

"有病人也不要紧，谁也不会到我房间来的。"说着，驹子走进了低矮的石墙后。

右首是积雪覆盖的田地，左首是沿着邻家院墙栽种的一排柿子树。屋前好像是花圃，当中那个小小的荷花池里的冰块已被捞到池边，池子里游动着红鲤鱼。房子也同柿子树的树干一样苍老枯朽。积雪斑驳的屋顶木板已经腐烂，屋檐呈现出弯曲的水波状。

岛村一踏入土间①，顿感阴森寒峭，什么都还没看清，便被驹子带上了楼梯。那真是地地道道的梯子。上面的房间也是地地道道的小阁楼。

"这里以前是蚕宝宝的房间，你吃惊了吧？"

"就这个样子，你喝醉酒回来，真亏没从梯子上滚下来。"

"摔过哩。不过，那种时候，一钻进楼下的被炉桌，差不多就躺倒睡着了。"驹子说着，伸手到被炉上的棉被里摸了摸，就起身取火去了。

岛村环视这个古怪房间的结构，南面只有一扇矮窗，但细格窗框上的窗纸倒是新糊的，而且朝阳明亮。墙上也精心糊上了毛边纸，感觉像进入了旧纸箱之中。可头顶上就是完全裸露的屋脊，向着窗户那边低斜下来，故而蒙上一层凄寂的黑影。不知道墙外是个什么样子，

---

① 土间，日本房子里没铺木地板或铺三合土的地面。

总觉得这个房间好像是悬空的一般，不安稳。不过，墙壁和榻榻米尽管陈旧，但非常干净。

岛村不禁思忖：驹子也像蚕宝宝一样，以她那透明的身躯居住在这里吗？

盖着被炉的棉被和雪裤一样，都是条纹布做的。衣柜陈旧了，但那是驹子在东京生活的纪念，是用直条木纹的优质桐板做的。与此极不协调的是那简陋的梳妆台。朱漆的针线盒却又显示出奢侈的光泽。墙上分层钉着的木板，是用来做书架的吧，上面挂着薄毛呢的窗帘。

墙上还挂着她昨晚宴会上穿的衣服，敞露着长衬衣的红里子。

驹子拿着火铲，灵巧地爬上梯子。

"虽是从病人房里分出来的，但据说火是干净的。"她一边说着，一边蒙上新梳理好的发髻，去拨开被炉的炉灰。她说病人患的是肠结核，是回老家来等死的。

虽说是他的老家，但他并不是在这里出生的。这里是他母亲的村落。他母亲在港镇做艺伎，退休后就留在当地做舞蹈师傅，可是不到五十岁就中风了。她借机疗养，便回到这个温泉来了。她这个儿子从小就喜欢机器，好不容易才进了钟表店，所以就在港镇上待下了。不久他好像去东京上了夜校。大概是过度劳累，身心交瘁吧！据说今年二十六岁。

驹子一口气叙说的仅此而已，她仍只字未提陪护病人回家的姑娘是什么人，她自己为什么会住进这户人家。

不过，就凭这个悬空房间的结构，即使驹子只说这些，她的声音也会传到四面八方，岛村怎么也沉不下心来。

临跨出房门时，有件微微发白的东西映入岛村的眼帘，他回头一看，原来是桐木做的三弦琴盒。它看起来比三弦琴更大更长，真想象不到她能背起这个去宴会赶场。就在这时，有人拉开煤烟熏黑的纸门——

"阿驹，可以从这上面跨过去吗？"

那声音清澈悲凉、优美动人，像是从什么地方传过来的回声。

岛村记得这个声音，那是风雪中从夜车的窗口呼唤站长的那位叶子的声音。

"可以啊！"随着驹子的应答，叶子身着雪裤，麻利地跨过三弦琴盒。她的手中提着玻璃尿壶。

不管是她昨晚与站长谈话时的口气，还是身上穿着的这种雪裤，都证明叶子就是这一带的姑娘。华丽的衣带从雪裤上面半露出来，把雪裤上浅棕色和黑色相间的粗条纹衬托得非常鲜亮，薄毛呢的和服长袖也同样显得更为艳丽。雪裤的裤裆低，直到膝盖稍上处才分叉，所以看起来松懈鼓胀，而硬邦邦的棉布则显得紧绷挺括，整体感觉还是安妥服帖的。

然而，叶子只对岛村报以敏锐的一瞥，便一言不语地走出了房间。

岛村到了屋外，叶子的眼光似乎仍在他额前火烧火燎。那眼光犹如远方的灯火一般冰冷。何以至此呢？那是因为昨晚凝望着映在火车窗玻璃上的叶子的玉容时，他看到山野间的灯火从她的脸的对面流闪，当灯火与她的眼睛重叠而朦朦闪亮时，他曾为那无法形容的美而心胸震撼。现在他又回想起了昨晚的印象吧。回忆起这些，他又不禁联想起那映满白雪的镜子中，浮现出的驹子那红通通的脸蛋。

想着想着，他的脚步变快了。尽管腿脚有点白胖，但喜好登山的岛村在欣赏着山景走路时，便会油然神往，不知不觉地加快脚步。岛村常常突然进入恍惚状态，对他而言，无法相信那映出黄昏景色的镜子和反照晨雪的镜子，都是出于人工的。那是大自然的造物，而且属于遥远的世界。

甚至连刚刚离开的驹子的房间，他也觉得已属于那个遥远的世界。对持这种认知的自己，他甚觉骇然。登上高坡，见一按摩盲女走来，岛村像得救似的说：

"按摩师傅，能给我按摩一下吗？"

"可以呀，现在几点钟来着？"她把竹杖往腋下一夹，右手从衣带间掏出块带盖子的怀表，然后用左手的指尖摸着表面，说：

"两点三十五分了。本来三点半一定得到车站那边去一趟，但迟一点也不要紧。"

"你居然知道表上的时间？"

"嗯，因为我把表面的玻璃拿掉了。"

"摸一下，就知道是什么数字？"

"我不知道是什么字，不过……"说着，她再次掏出那块比女式表略大的银表，打开表盖，用手指摸给岛村看：这里是十二点，这里是六点，它们的正中央是三点。

"然后估算，虽不能准确到一分钟，但差不了两分钟吧。"

"原来如此。上下坡的，你不会摔倒吗？"

"下起雨来，女儿会来接我。晚上给村里人按摩，已经不爬高上低地到这儿来了。旅店里的女侍说是老板不让我去，所以就不能去啦。"

"孩子已经大了吧！"

"是的。大闺女今年十三岁了。"

他们边走边聊。到了旅店房间，她默默地给岛村按摩了一会儿，就侧首倾听远处宴席上的三弦琴声。

"是谁弹的呀？"

"你能从三弦琴声中，知道是哪个艺伎弹的吗？"

"有的能听出来，也有听不出来的。先生，您可是大家贵族啊，身子柔软得很哪。"

"没有僵硬的地方吧？"

"僵硬？脖颈子倒是有些僵硬。您身上胖瘦正好，平时不喝酒，是吗？"

"你知道得真清楚！"

"我认识三位客人，正好体形与先生差不多。"

"我这可是极端平凡的体形呀。"

"怎么说呢，不喝酒就没有真正的乐趣喽。喝酒能把什么都给忘掉。"

"你当家的也喝吧？"

"喝呀，真让人没办法。"

"是谁呀，弹得这么差劲。"

"哦。"

"你也弹三弦吧？"

"嗯。从九岁开始一直学到二十岁，成家后，已有十五年没去碰它了。"

岛村暗忖：这盲女看上去要比实际年龄年轻些吧，便问道：

"你小时候肯定下过一番苦功喽？"

"我的手成天光忙着按摩，但是耳朵却空闲着。所以，只要听到艺伎们的三弦演奏，就急得手发痒。是啊，感觉又回到当年的自己啦！"说着，又侧耳倾听起来。

"这是井筒屋的富美吧。弹得最好和最差劲的，最容易分辨出来。"

"这里也有高手吗？"

"一个叫阿驹的姑娘，年纪虽轻，不过近来弹得蛮好的。"

"呃？"

"先生，您认识她？虽说她弹得好，也不过是在这山乡来说。"

"不，我不认识她。可是，她师傅的儿子回来，昨晚我们乘同一班火车。"

"哎，是病好回来的吗？"

"看样子还没好呢。"

"啊？听说她那儿子在东京病了好久，所以今年夏天那个叫驹子的姑娘竟然干上了艺伎，汇钱缴医院的费用，这是怎么搞的呀！"

"你说的是那个驹子？"

"可不是吗，她算是尽心尽力了，虽说订了婚，但若年长月久……"

"你说订婚了，真有这回事？"

"呃，听说是订了婚的。我不清楚，但大家都这么传。"

在温泉旅店里，岛村听按摩女讲了艺伎的身世，这本是司空见惯的事，但这一席话反倒使他颇感意外。驹子为了未婚夫当艺伎，大致情节也无可厚非，可岛村心中却不能坦然接受。也许是与道德观念相冲突的缘故吧！

他开始萌发深入倾听下去的念头，可按摩女就此打住，沉默不语了。

倘若驹子是那师傅儿子的未婚妻，叶子是那儿子的新恋人，然而那儿子又行将就木，此时岛村的脑海中又浮现了"徒劳"二字。无论是驹子一直恪守婚约也好，还是沉沦弃身，赚钱供他疗养也好，凡此种种，不是徒劳又是什么呢？

岛村心想，碰到驹子就劈头来句"徒劳"吧！同时他又不由得感到，她的存在之于自己还是洁净无瑕的。

这虚伪的麻木散发着寡廉鲜耻的危险气息，岛村沉静地品味着它。待按摩女走后，他一骨碌躺下，方觉寒气砭骨，定神一瞧，才发现窗户仍然是全开着的。

山谷中太阳落得早，暮色已经凛凛垂落。天色晦暗，夕阳映雪的远山仿佛悄然挨近过来。

少顷，伴随着山峦姿态各异的远近高低，形形色色的皱襞阴影加深了，到了峰巅仅留淡淡余晖时，雪峰上面已是晚霞映红的天空了。

村子的河边、滑雪场和神社等地，处处都散生着杉树林，黑黢黢的十分惹眼。

正当岛村饱受空虚苦楚的煎熬之时，驹子走了进来，犹如点亮了温馨的灯火。

驹子讲，欢迎滑雪客的筹备座谈会在这个旅店里举行，她是被邀前去，在座谈会后的宴会上陪酒的。

她把腿一伸进被炉，就突然抚揉岛村的两颊，说：

"今晚你好白，真怪。"

随后她像要揉碎岛村两颊似的，揪住他柔润的脸庞，说：

"你这个傻瓜。"

她好像已经微醺，但散了酒宴再来时，竟嚷道：

"不行，已经不行了！头痛，头痛！哎哟，好难受呀，难受！"接着，便在梳妆台前瘫了下来。真奇怪，醉意刹那间就涌上了她的脸庞。

"我要喝水，给我水呀。"

她两手捂脸，也不顾发髻会散掉便躺倒了。不一会儿，她坐了起来，用乳霜除去脂粉，那过于绯红的脸蛋顿时暴露无遗，连驹子自己也乐得笑个不停。她戏剧性地很快从酒醉中醒了过来，发冷似的颤抖着肩膀。

接着，她用平静的语气，说她整个八月都因神经衰弱而无所事事。

"我真担心自己会疯掉。不知咋的，我成天只顾瞎想，但到底想些什么呢，我自己也不明白。真可怕！那时我根本睡不着觉，只有到宴会上陪酒时才能提起精神呀。我做过各种各样的梦。也不能好好吃饭。我还用针去戳榻榻米，戳进拔出，戳进拔出，就这样不停地戳呀。那可是在大热天里啊。"

"你是几月做艺伎的？"

"六月。要不然，也许我这个时候已经在滨松了呢。"

"去结婚？"

驹子点点头。接着她又说，滨松的那个男人，缠着要和她结婚，但她怎么都喜欢不上他，挺迷茫的。

"既然不喜欢，那有什么好迷茫的呀？"

"话不能这么说。"

"结婚，有这么强的引诱力？"

"讨厌。根本不是那么回事，但我如果不把身边的事处理得干干净净，是会心神不定的。"

"哦。"

"你呀，是个不拘小节的人吧。"

"那么，你同那个滨松的男子是否有过什么关系？"

"要是有什么的话，不就不迷茫了吗？"驹子断然说道，"不过，他说只要我待在这里，就不准我同任何人结婚。不论我干什么，他都要捣乱。"

"他住在滨松那么远的地方，你还在意那些吗？"

驹子沉默片刻，像是陶醉于自己身上的温暖似的静静躺着。突然，她若无其事地说："我还以为怀孕了呢，嘻嘻，现在想起来都笑死人，嘻嘻，嘻嘻。"她莞尔一笑，猛地缩起身子，孩子般地用两只手攥住岛村的衣领。

合上眼之后的浓密睫毛，看起来又像半睁着的黑眼珠了。

次日清晨，岛村醒来时，驹子已经单肘支在火盆上，在旧杂志的背面胡乱涂画着。

"呃，回不去啦。女侍送火进来，真不好意思，吓得我慌忙起来，太阳已照到纸拉门上了。昨天晚上喝醉了，所以迷迷糊糊地就睡着了。"

"几点了？"

"已经八点了。"

"洗澡去吧!"岛村边说边站起身来。

"不行,在走廊上会碰到人的。"这时她简直变成了一位温顺的淑女。待岛村从浴池回来时,她正机灵地将手巾披戴在头上,麻利地打扫着房间。

她连桌腿呀火盆沿呀都神经质地擦拭了一遍,清除炉灰的手法也相当熟练。

岛村把脚伸进被炉里,就那么躺着抽烟。当他弹下烟灰时,驹子旋即用手帕悄悄拭去,并拿来了烟灰缸。岛村爽朗大笑。驹子也笑了。

"你要是结了婚,丈夫肯定成天挨训。"

"没有什么好训的呀。我连该洗的衣服都叠得整整齐齐的,常常被大家笑话,不过这是天性呀。"

"据说只需看看衣柜里面,就可以知道那个女人的习性。"

整个房间充满温煦的晨曦,他们俩一边吃早饭,一边闲聊。

"这天气太好了!早些回去练琴该多好啊!这种天气,连琴声都会与平时不一样的。"

驹子仰望着澄澈的碧空。

远处的山峦笼罩在犹如积雪蒸腾一般的柔滑乳白色中。

岛村想起按摩女的话,便说在这里练也可以,驹子听后立即起身给家里打电话,让家里把长呗的曲本和替换衣服一起送来。

白天看过的那户人家有电话吗?岛村刚这样思忖,脑海中又浮现出了叶子的眼睛。

"是不是那位姑娘给你送来?"

"也许是吧!"

"有人说,你是那家儿子的未婚妻?"

"哎哟,你什么时候听说的?"

"昨天。"

"你这人好古怪。听说了就听说了呗，为什么昨天不说出来呢？"然而，这次与昨天中午不同，驹子清纯地微笑着。

"真是难以开口呀！如果不轻蔑你的话。"

"这不是心里话！东京人爱撒谎，真讨厌。"

"你看，我一提起，你不又把话岔开了吗？"

"没有影的事啊！可你，把它当真了？"

"是的。"

"你又说谎啦！其实你没有当真，可……"

"当然喽，我也觉得不能全信。可是，据说因为你是他的未婚妻，所以才当艺伎，去挣疗养费的。"

"好烦心，这种像新派戏剧①一样的传言。什么未婚妻啦，都是别人瞎讲的。好像有不少人这样认为呢。我也不是为了什么人才去当艺伎的，不过，应该尽力的事，就必须尽力啊。"

"你说的话都像谜语似的。"

"那我就明说吧。师傅也许有过想让她儿子跟我成婚的意思，但也不过是心里这么想，嘴上可从来没有提过。可是，我和她儿子对师傅的心思都有所觉察。不过，我们两个人之间并没有什么。仅就这些。"

"那你们是青梅竹马喽？"

"呃，不过我们以前是各自过着各自的生活。我被卖到东京去时，只有他一个人送我上车。这事我曾写在第一本日记的开头。"

"如果两人一直同住在那个港镇，也许现在就成一对了吧。"

"我认为不会有那种事的。"

---

① 新派戏剧，日本戏剧的一种形态。明治中期作为政治宣传剧出现，与歌舞伎不同，后来和新剧也有区别，作为大众现代剧得到发展。

"是吗?"

"不必为别人的事操心啦,他已快死了。"

"还有,你在外面过夜不太好吧?"

"你这个人,真不该说这种话。我是做我爱做的事,快死的人怎么阻止得了我呢?"

岛村无言以对。

然而,驹子仍旧只字不提叶子,这是为什么呢?

且说叶子,她甚至在火车上也能像年轻的母亲一样,忘我地照顾着那男子,并把他平安地带回老家,早上还要送替换衣服到与那男子有着微妙关系的驹子这边来,她又作何感想呢?

岛村自顾神驰于遥远的空想中时,传来了叶子"阿驹,阿驹"那低沉而澄澈的美丽呼唤声。

"哎,辛苦你了!"驹子站起来,去了隔壁仅有三张榻榻米大的小房间。

"叶子,你为我跑了一趟。唉,全都拿来了,这么重。"

叶子默然而归。

驹子用手指拨断第三根弦,随后换上新弦调好了音调。这当儿,岛村已领略到她的琴艺了。她打开摆在被炉桌上的硕大包袱一看,里面除了普通的练习曲谱之外,还装有二十多本杵家弥七[①]的文化三弦曲谱,岛村颇感意外,便伸手拿起一本问道:

"你是用这些曲谱来练习的吗?"

"可不是嘛。这里没有师傅,没有办法啊。"

"家里不是有师傅吗?"

---

① 杵家弥七(1890—1942),日本长呗三弦专家,本名赤星瑶,是弥七二世的弟子弥寿治的女儿,大正五年(1916年)袭名弥七四世。大正年间致力于将三弦音乐乐谱化,完成了文化三弦曲谱。

"她中风了。"

"就是中风，也可以口授。"

"嘴也不好使了。舞蹈方面，还能用可动弹的左手来纠正，可是三弦，我都听得烦死了。"

"用这个能看懂吗?"

"全都明白哩。"

"若是一般姑娘，倒也正常，而艺伎竟能在偏远的山窝里刻苦用功练习，乐谱店也会感到欣慰吧。"

"舞伎是以舞蹈为主的，后来让我到东京学的，就是舞蹈。三弦只记住了点皮毛知识，忘了也没人给辅导，只有靠乐谱了。"

"歌唱方面呢?"

"不行。练舞蹈时听熟了的还马马虎虎，但是新曲子都是从收音机里还有其他地方听来的，也不知道对不对。我自己的习惯唱法会混进其中，一定怪怪的。而且在熟人面前，提不起嗓子;如果是面对陌生人，反而能放声高歌。"说罢，她还有些腼腆呢。接着她坐正身子，盯着岛村的脸，像是在等着他来点唱。

岛村一愣，倒突然怯场了。

他生长在东京的平民住宅区，自幼就接触周围的歌舞伎或日本舞之类，从而记住了一些长呗的歌词，那只是耳熟能详记下来的，并没有主动学过。提起长呗，他的脑海中会即刻浮现出舞蹈的舞台，而联想不到艺伎的酒宴。

"真讨厌，你是最会摆架子的客人了。"说完，驹子咬了一下嘴唇。然而当她把三弦抱在膝上，就像换了一个人似的。她端庄地打开练习曲谱。

"这是今年秋天按曲谱练习的曲目。"

曲名是《劝进帐》^①。

突然，岛村感到脸上起了鸡皮疙瘩似的，一阵凉意一直贯通到腹部。奏鸣的三弦琴声，响彻于他昏然空荡的脑海中。与其说他惊愕失神，倒不如说他被这曲子震撼征服了。他被虔敬之念所打动，被悔恨之心所荡涤。他已经全然无力，只得舍弃自我，跟随着驹子的琴声魅力任意漂流浮沉，享受那种快感。

岛村原以为她不过是个十九二十岁的乡村艺伎，三弦的弹唱水准不过尔尔，只能在宴会上助助兴，但她竟然像在舞台上一样演奏起来！岛村暗想：这不过是自己对大山的感伤而已吧……驹子时而故意草读歌词，时而又说"这几句又慢又啰唆"就跳了过去。但当她渐渐入迷似的高声弹唱起来时，岛村心想，这弹拨的弦音究竟能高亢到什么程度呢？他惊恐了，但随即又故作夸张地枕着手臂躺下身来。

《劝进帐》曲终，岛村如释重负，心想：唉，真可悲啊！我竟然以为这位女子在暗恋着我呢。

"这种天候的琴声不同寻常。"驹子望着雪霁晴空，仅说了这么一句。空气的确不同。这里既没有剧场的墙壁，也没有听众，更没有都市的尘嚣，弦音只荡漾于纯粹冬日的清澄早晨，径直回响到遥远的雪山冰峰。

纵然她自己不知晓，可她总是将山峡大自然作为对象而孤独地苦练，这就是她的习惯，所以那铿锵有力的弦音是自然产生的。那种孤独感践碎哀愁，孕育了野性的意志和力量。虽说她有几分天资，但是从单靠曲谱独自练习复杂的曲子，到不看曲谱也能弹奏自如的过程中，肯定饱含着坚强的意志和不懈的努力。

岛村觉得，驹子那种或是虚无的徒劳，或是对人生远景悲观的生

---

① 《劝进帐》，中文称《化缘簿》。此处表示曲名，是歌舞伎十八番之一。由能乐《安宅》改编而成。描写逃往奥州的源义经主仆通过安宅关的情景。

活方式，均以对她自身的价值，灌注于凛然弹拨的琴声中了吧！

岛村的耳朵还听不出细腻的手法和圆熟的技巧，仅能听懂音中感情。像他这种程度的人，真可谓是驹子的最佳听众。

当她开始弹第三曲《都鸟》^①时，因那曲调妖艳柔绵，岛村起鸡皮疙瘩的念头也随之消逝，得以温存安闲地凝视着驹子的脸。这么一来，一种深切的肉体亲切感油然而生。

瘦削高挺的鼻梁稍显单薄，但浮现于两颊上生气蓬勃的潮红，却烘托出"妾身在此"这种悄然细语似的感觉。那美丽而红润的嘴唇在闭成樱桃小嘴的时候，映在唇上的光艳也似滑润闪动。反之，即使随着歌唱而张大嘴巴时，也似如即刻收缩复原般的可爱风情，简直与她身体的魅力如出一辙。在微微下倾的眉梢下，眼角既不上挑，也不下垂，那双好像特意描绘成直线一般的眼睛，水汪汪地闪着光亮，透出稚气。她脂粉不施，可说是山色浸染了她在都市做艺伎时的清纯。像是剥开百合或洋葱头球根似的新嫩皮肤，连脖子根都发起淡淡的潮红，显得无比洁净。

她端庄地坐着，但是与往常又有些不同，活脱脱像个小姑娘。

最后，她说还有一首正在练习的曲子，于是，便看着乐谱弹起了《新曲浦岛》^②。曲终，驹子默默地把拨子夹入弦下，松弛下身姿。

她突然变得妩媚妖艳起来。

岛村什么话都说不出来，驹子也毫不介意岛村有没有评议，显露出淳朴的快乐神情。

"你只听这里艺伎弹的三弦声，能不能听出是谁弹的？"

"当然能听出，总共还不到二十人嘛。最容易听出来的是《都都

---

① 《都鸟》，中文称《赤味鸥》，此处表示曲名。安政二年（1855年）由杵屋胜三郎二世作曲的长唄，借漂浮在河面上的赤味鸥（都鸟），描绘出男女幽会时的缠绵感人故事。

② 《新曲浦岛》，日本长唄的曲名。由坪内逍遥创作的《新曲浦岛》改编而成。序曲由杵屋六左卫门、杵屋勘五郎作曲。明治三十九年（1906年）首演。

逸》①，它最能体现弹奏者的个性。"

接着她拿起三弦，挪动了一下弯着的右腿，把琴身搁在腿肚上，又向左扭一下腰，上身右倾。

"小时候就是这样练的。"说着，她瞅着琴杆，童趣十足地唱道："乌——黑——秀——发——的……"并砰砰地拨着琴弦。

"你最早学的是《黑发》②？"

"嗯嗯。"驹子像她小时候那样，摇晃着脑袋。

自此以后，驹子即使在旅店里留宿，也不勉强赶在天亮前回去了。

旅店里的一个小女孩在走廊上老远就叫喊"驹子姐姐——"，还提高了尾音的拖腔。驹子把她抱进被炉，专心陪她玩到接近正午，才带着这三岁的女孩去浴池。

洗完澡后，她一边给小女孩梳着头发，一边说：

"这孩子只要见了艺伎，就提高拖腔喊驹子姐姐。看见照片图片什么的，只要有人梳着日本发髻，她都认为是驹子姐姐啊。我喜欢小孩，所以很了解他们的心思……小君，咱到驹子姐姐家去玩吧！"说罢，她起身走到走廊，却又在藤椅上安闲地坐了下来。

"东京的人这么性急，老早就来滑雪了呢。"

这个房间位于高地上，能从侧面向南眺望山麓的滑雪场。

岛村也从被炉旁转过头来观望，但见山坡斜面的积雪斑驳，有五六个穿黑色滑雪服的人，一直在山脚下的田地中滑着玩。那些梯田畦还没有被雪覆盖，坡度也不够陡，所以更显枯燥无味。

---

① 《都都逸》，又名《都都一》。日本俗曲的一种。娱乐性三弦歌曲。具有七、七、七、五调26字
的固定格律。为天保末期（约1840年）江户的都都逸坊扇歌集曲调之大成。
② 《黑发》，日本长唄曲名。

"好像是学生。今天是不是星期天？这样滑好玩吗？"

"不过，他们滑的姿势倒挺正规的。"驹子自言自语似的说道，"艺伎在滑雪场里向熟客打招呼时，他们会惊呼：啊！原来是你。脸上被雪光灼黑了，所以认不出你啦。夜里都是化了妆的吧！"

"也穿滑雪服？"

"不，穿雪裤。唉，讨厌，讨厌死了。在宴会上分手时，互道明天滑雪场上见的时期又快来了。今年不太想滑了。再见。喂，小君，咱们走。今晚会下雪啊。下雪前可冷啦！"

岛村坐到驹子离开后的藤椅子上，便望见在滑雪场尽头的坡道上，牵着小君的手回家的驹子。

云头上来了，阴影中的山和仍在阳光下的山相互重叠，向阳和背阴时时变幻，一派肃杀景象。终于，滑雪场也倏然阴暗下来。俯观窗下，枯萎了的菊花篱笆上，霜柱凸起，一如琼脂。然而，屋顶上的融雪流入导水管的声音，却不绝于耳。

那天晚上没有下雪，飘落一阵冰霰之后就下起雨了。

回东京之前的夜晚，皓月高悬，空气冷彻，岛村再度把驹子招来。都将近十一点钟了，她却说要出去散步，还不听劝。后来她粗鲁地把岛村从被炉中抱出来，硬是拖他出去了。

路上已结冰。静谧的村庄沉睡在凛凛寒气深处。驹子撩起和服下摆，披在衣带后面。月亮澄澈得简直像冻在青光剔透的冰层中的锋刃。

"要一直走到车站哟。"

"你疯了，来回有一里①路呢。"

"你不是要回东京去了吗？我要去看看车站。"

岛村从肩到腿都冻麻了。

---

① 里，指日里。1日里约合4千米。

回到旅店后，驹子马上沮丧起来，把两臂深深地伸进被炉的棉被中，一反常态，连澡都不去洗。

　　被炉上的被子原样不动，也就是说，直接把睡觉的被子覆盖在上头，把垫褥铺到被炉边。睡铺只铺了一个，驹子从侧旁靠着被炉，一直垂头不语。

　　"怎么啦？"

　　"我要回去。"

　　"胡说。"

　　"我没事儿，你睡吧，我想这样待着。"

　　"为什么要回去？"

　　"不回去了，在这里待到天亮。"

　　"不值得，别怄气呀。"

　　"没怄气呀，我才不怄气呢。"

　　"那是……"

　　"嗯嗯，我不大利索。"

　　"我还以为是什么事呢，还是这种事情呀。我一点都不在乎。"岛村笑道，"我不会怎么样的呀！"

　　"讨厌。"

　　"那你还那样乱跑一通，真是糊涂呀你！"

　　"我要回去。"

　　"不回去也无所谓呀。"

　　"好难受。啊，你还是回东京去吧。我好难受呀。"驹子轻轻地把脸伏在被炉上。

　　所谓难受，大概是对旅人感情渐深的忐忑不安吧。又或许是在这种时候，她始终强忍不露的郁闷心情吧。女人的心竟然到了如此地步？岛村沉默良久。

　　"你回去吧！"

"其实我正考虑是否明天回去呢。"

"啊，为什么要回去？"驹子如大梦初醒似的抬起头来。

"不管住多久，我不还是对你无能为力吗？"

她茫然地盯视岛村一会儿，突然激动地说："就是这点不好！你呀，就是这点不好。"说罢，便焦躁地站起来，猛然搂住岛村的脖子，一边乱抓乱挠，一边脱口说道："你，不许提这些呀。起来，我说了要你起来！"接着，她自己反而先倒了下来，心情狂躁不安，竟连身体不适也忘得一干二净。

随后，她睁开温润的双眼，平静地说："说真的，你明天回去吧。"她捡起掉落的发丝。

岛村决定第二天下午三点离开旅店。在他换衣服时，旅店的掌柜悄悄地把驹子叫到走廊里。他听到驹子在回答："哦，请你按十一个钟点算，好吧。"也许是掌柜认为十六七个钟点太长而说起的吧。

一看结账单，方知此店规定早上五点退房的就算到五点，第二天十二点退房的，就算到十二点，一切都是按钟点计算的。

驹子在外套上裹着白围巾，一直送行到车站。

岛村为了消磨时间，便去买了木天蓼腌果、薯朴罐头等土特产回来，没想到还有二十分钟空闲时间，所以就到车站前地势较高的广场上溜达。岛村边眺望着风景，边感叹这雪山环绕的狭窄土地。驹子的秀发过于浓黑，在荒寂苍凉的背阴山谷的衬托下，反而显得悲怆凄幽。

不知何故，在远方河流下游处的山腰，有一块透出微弱阳光的地方。

"我来了之后，雪不是大都融化了吗？"

"不过，下两天雪，马上就能积到六尺了。如果还下，那根电线杆上的电灯也会被雪埋住。到那时，如果我一边想着你一边走路，脖子可能会挂到电线上受伤哩。"

"积得那么厚？"

"前条街上有一所中学，说是在大雪天的早晨，有人从宿舍二楼窗口赤裸着身子往雪里跳，身子一下子就沉下去看不见了。于是，那人像游泳一样，从雪底下手扒脚蹬地走。喏，那里还有专门开雪道的人呢。"

"真想来赏雪呀，可是正月里旅店会客满吧。火车会不会被雪崩埋住呢？"

"你这个人挺会享受的呢。每天都这样生活吗？"驹子望了望岛村的脸，继续说道，"你为什么不留胡子呢？"

"哦，我正想留呢。"他一边摸着脸上铁青色的剃刀刮痕，一边暗忖：自己的嘴角连有完美的皱纹，会使细柔的面庞看上去紧实刚毅，也许驹子也是为此喜欢上我的吧！

"你是怎么搞的，每次把脂粉洗净，脸蛋便像刚用剃刀刮过似的。"

"让人生厌的乌鸦在叫。是在哪里叫的呢？好冷呀。"驹子仰望着天空，两肘相抱，交叉在胸前。

"我们去候车室的炉子那边烤一烤吧。"

这时候，穿着雪裤的叶子正从街道往车站转弯的大马路上，朝这边慌慌张张地跑过来。

"啊，阿驹，行男哥他……阿驹！"叶子气喘吁吁，宛如小孩子逃离妖魔后搂紧妈妈一般，抓住驹子肩膀。

"快回去，情形不对头，快！"

驹子像忍住肩上的疼痛似的合上眼睛，脸色瞬间变了。想不到她摇了摇头，斩钉截铁地说：

"我正在送客人上车，不能回去。"

岛村惊然，说道：

"这不已经送行了吗，到此为止吧！"

51

"不行，我不知道你以后还来不来。"

"我会来的，一定会来的。"

叶子好像压根儿没有听见似的，焦急地拉着驹子说道：

"刚才，我打电话给旅店，说是你在车站，我急忙赶过来了。行男哥在叫你呢。"

驹子纹丝不动，忍耐片刻后突然挣开叶子，说：

"我不回去。"

此时，反倒是驹子自己跟跟跄跄了两三步。随后，她"呃"的一声，像是要呕吐，可什么也没有吐出来，只是眼圈润湿，脸上起了鸡皮疙瘩。

叶子呆然，神情紧张地盯着驹子。然而，她的表情太过认真，分不出是愤怒、惊骇抑或悲哀，就像假面具一般，显得毫无生机。

她仍以这种表情转过头来，冷不防抓住了岛村的手，放高嗓门催逼道：

"唉，对不起，请你让她回去，让她回去吧！"

"哦，我让她回去。"岛村大声喊道，"快回去吧，傻瓜！"

"你，说些什么呀？"驹子朝岛村说着，同时伸手把叶子从岛村那里推开。

岛村刚要指火车站前的汽车，但是手指被叶子用力握得都麻木了，只好说：

"就用那辆汽车，马上送她回去，你暂且先走一步，好吧！这里人那么多，都在看哪。"

叶子点了点头，表示同意。"快点呀，快点呀。"说完，她转脸就跑，干脆得令人感到意外。目送着她渐渐远去的背影，岛村对那姑娘为何又摆出通常那种认真的样子，心中掠过这种场合不应有的疑惑。

叶子那种美得近乎悲怆的声音，好像刚从某座雪山上传来的回声一般，萦绕在岛村耳畔。

"到哪里去？"驹子看岛村想去找汽车司机，便一把将他拉回来说，"不，我不回去。"

岛村忽地对驹子感到肉体上的憎厌。

"虽然我不知道你们三人之间有着什么关系，但师傅的儿子也许马上就要死了。他是那么想见你一面，所以叶子才赶来叫你。大大方方地回去吧！要不然会后悔一辈子的。我们在这里谈话时，他断了气怎么办？别固执了，爽快地把一切付之东流吧。"

"不是这样，你误会啦。"

"你被卖到东京去时，他不是唯一来送你的人吗？你曾在最早的日记的最初一页记下的那个人，现在已经奄奄一息了，岂有不去送别的道理？那个人生命的最后一页，要你去写上一笔啊。"

"不，我怕看人死去。"

这种话可以当作是冷酷无情，也可以当作是爱情炽热。岛村正在迷惑时，只听得驹子喃喃说道：

"再也不能记日记什么的了。我要把它烧掉。"

不知怎么回事，她的面庞浮上了红晕。她继续说：

"呃，你是个真诚的人。若是真诚的人，我把日记统统送给你也无所谓。你不会笑我的，我认为你是一个真诚的人。"

岛村有一种难以名状的感动。是的，当他觉得没人比自己更真诚的时候，便不再强劝驹子回去了。驹子也默不作声了。

掌柜的从旅店驻站事务所走出来，通知开始检票了。

只有四五个穿着灰暗冬装的本地人默默地上下车。

"我就不上月台了。再见。"驹子站在候车室窗户的内侧说。玻璃窗紧闭着。从火车中眺望，她就像被人忘掉的一个孤零零的怪异水果，置于荒凉寒村中水果店里被煤烟熏黑的玻璃箱中一样。

火车一开动，候车室的窗玻璃即刻光亮起来，刚一看到驹子的脸蛋忽地在那光亮中闪闪浮现，转瞬又消失得渺无踪影了。然而，这张脸和那天清晨在雪茫茫的镜中映出的脸同样绯红。在岛村看来,这又是与现实这种物体告别时候的颜色。

当火车从北坡爬上县境的山峦,穿过长长的隧道时,冬天午后的微弱阳光,像被这片大地中的黑暗全都吸掉一样;还有这陈旧的火车,宛如在隧道中脱掉了明亮的躯壳,从重峰叠峦之间驶向暮色初染的山谷。山这边还没下雪。

火车沿着河流终于来到旷野上,但见山顶仿佛是趣味盎然的雕刻,一条美丽的斜线从那里缓缓伸展到山脚,那里的天际已染上了月色。这是原野尽头的唯一景色。浅淡晚霞浮映的长空,把那座山的整个容姿鲜明地描绘成浓郁的浅蓝色。月儿,光柔色淡,还未现冬夜的清亮冷光。空中没有一只飞鸟。山脚下的旷野毫无遮掩,向左右扩展延伸,在接近河岸处,矗立着像是水电站的雪白建筑。这便是黄昏时分残留在枯冬车窗中的景物了。

车窗因暖气的温热而开始起雾,随着窗外流动着的原野逐渐昏暗,乘客的身影再次半透明地映现在窗玻璃上。这便是那幕以黄昏景色为背景的镜中幻剧。如今,这列火车不像是东海道线上的那种,而是其他地方的火车,只拖着陈旧褪色的三四节老式车厢。电灯也很昏暗。

岛村油然感觉乘坐在非现实的物体上,时间和距离等的观念也失去了,如同陷入茫然运送走身躯的恍惚状态中。单调的车轮声响,开始幻化成了女人的话语。

那些话语虽然断断续续而且短促,却是女人竭尽全力活着的象征。他听得甚为难受,所以一直不忘。如此一来,对于当今渐行渐远的岛村来说,这只不过像是平添旅愁的遥远的声音。

也许就在这会儿,行男已经断气了吧?她为什么执拗地不肯回去呢?驹子会不会因此而没赶上见行男最后一面呢?

火车上的乘客少得可怕。

一个五十开外的男人与一个面色红润的姑娘相对而坐，他们只顾着不停地聊天。那姑娘丰腴的肩膀上缠绕着黑色围巾，气色鲜亮润红，如同燃烧的火焰。她向前探着身，专注地听讲，还饶有兴趣地应和作答。看样子，这两人在做长途旅行。

然而，到矗立着缲丝厂烟囱的车站时，这位大叔慌忙从行李架上搬下柳条箱，一边从窗口卸下月台，一边对姑娘说："再见喽，有缘下次再相会！"言罢，径自下车走了。

岛村忽地热泪盈眶，连他自己都感到愕然。因此，他越发觉得这是告别女子的归程。

做梦也想不到他们仅仅是偶然在车上相遇的两个人。那男子大概是跑单帮什么的吧！

从东京临出家门时，太太曾告诉岛村：正值飞蛾产卵的季节，不要把西装敞挂在衣架或墙上。一来到这里，他果然见到吊在旅店房间屋檐下的装饰灯上，竟吸附了六七只暗黄色的大飞蛾。在隔壁小房间的衣架上，也落了一只个头虽小，但身子胖滚滚的飞蛾。

窗户照旧嵌着夏季的防虫铁纱网。纱网上面，仍有一只飞蛾像黏附在那里似的，安静地趴着不动。它伸出一对茶色小羽毛似的触须，然而它的翅膀却是透明般的淡绿色。那翅膀有女人的手指那么长。连接对面县境的崇山峻岭沐浴在夕阳中，已经染上秋天的色彩，所以这一点淡绿，反倒像死的一样。只有前翅与后翅重叠的部分，绿色浓重。秋风吹来，那翅膀便像薄纸一般飘然掀动。

岛村站起身来去看那只飞蛾是不是活的，他从纱网里面用手指去弹，飞蛾一动不动。他用拳头猛然一捶，它便像树叶一般轻飘飘落下，可落到一半却轻扬飞舞起来了。

定睛望去，在对面的杉树林前面，无数的蜻蜓成群飘流，犹如蒲公英的绒絮在飞舞。

山麓的河流，宛如从杉树梢上流出来似的。

稍高的山腰上盛开着像是胡枝子的白色花朵，银光闪闪。岛村又在痴情地观赏。

从室内浴池出来时，见一个俄国妇女正坐在大门口摆摊叫卖，岛村心想，她居然到如此荒僻的山村来，便凑过去看了看，原来卖的全是些极普通的日本化妆品和发饰之类。

她大概有四十出头了，脸上已有皱纹，尘垢满面，但那粗粗的脖子可看到的部分却雪白如脂。

"你从哪里来的？"岛村问。

"从哪里来的？我，从哪里来？"俄国妇女像是不知如何回答，一边思考着一边收拾摊子。

她穿着的裙子像是缠着块脏布似的，已经没有洋装的感觉了。她好像已习惯了日本的生活，背起偌大的包袱回去了。不过，她脚上倒穿着皮鞋。

受一起目送俄国妇女的老板娘之邀，岛村也进了账房。房里的炉子旁边背坐着一个大块头的女人。那女人提着衣服下摆站了起来，她穿着印有家徽的黑礼服。

岛村对这个女人也有些印象：她是艺伎，曾在滑雪场的宣传照片中与驹子并排站在滑雪板上，仍是穿着宴会服，只是套上了棉布雪裤。她是个体态丰盈、举止大方的半老徐娘。

旅店老板把火筷子横在炉口上，正在烘烤椭圆形的大豆沙包。

"这玩意儿，吃一个怎么样？是人家办喜事送的，沾点儿喜气，尝一口吧！"

"刚才那个人不干那行了？"

"是呀。"

"她倒是一个好艺伎哩！"

"合约到期了，她特来辞行的，人家过去可是个红人呢。"

岛村拿着热腾腾的豆沙包，一边吹气，一边啃着，觉得这硬邦邦的外皮有些陈腐味，还有点发酸。

窗外，夕阳映照在熟得红通通的柿子上，那光线好像一直照射到悬在炉子上方吊钩的竹筒上面。

"那么长呀，是芒草吧？"岛村惊讶地望着路坡。老婆婆背走的那捆草，竟然是她身高的两倍，而且还有长长的草穗。

"呃，那是茅草。"

"茅草？是茅草吗？"

"铁路部开温泉展览会时，建了座茶室，作为休息室用的吧，那屋顶就是用这里的茅草葺的呢！听说后来那茶室被东京的什么人原封不动地买走了。"

"是茅草吗？"岛村自言自语地又嘟囔了一遍，"山上绽放的花穗是茅草吗？我还以为是胡枝子花呢。"

岛村下火车后最先映入他眼帘的，便是这山上的白花。从陡峭的山腰到山顶附近，遍地白花烂漫，银光闪闪。它们仿佛是倾泻在山上的暮秋阳光本身，不禁令岛村情为所动，深切感叹。他原以为那是白胡枝子花呢！

然而，近看茅草的那股苍劲刚挺，与仰望远山令人感伤的花儿截然不同。硕大的草捆，把背着它的女人们的身姿完全遮掩住，刿蹭到斜坡两边的崖石上，发出嘎沙嘎沙的声响。草穗刚健遒劲。

回到房间里一瞧，在隔壁十支光灯泡映照的幽暗房间里，那只大腹便便的飞蛾，正在涂了黑漆的衣架上爬行产卵。屋檐下的飞蛾，也正啪嗒啪嗒地冲撞装饰灯。

秋虫从白天便一直鸣叫。

驹子来得稍微迟些。

她就站在走廊，直对着岛村盯视。

"你来做什么？到这种地方来干什么？"

"我是来看你的。"

"这不是心里话。东京人就爱说谎，讨厌！"

随后，她一边坐下来，一边温柔地压低声音说：

"我再也不去送你了。那真是说不出来的感受呀。"

"好嘛，这次我走时不告诉你。"

"不行，我只是说不上车站送你了。"

"那个人怎么样了？"

"还用问？死了。"

"是在你送我上车那时候吗？"

"先别说这个。这送别，我真没想到竟会那么难受啊。"

"嗯。"

"你呀，二月十四日怎么搞的？全是谎话，让我等得好苦啊！再也不相信你说的话了。"

二月十四日是驱鸟节 ①。这是雪国儿童传统的年度活动。从十天以前起，村里的孩子们就要穿上草鞋，把雪踩实踏硬，然后切成两尺见方的雪板，堆砌起来搭建雪堂。那是由丈八见方、一丈多高的雪板筑成的殿堂。十四日的夜晚，孩子们把挨家挨户收集来的稻草绳 ②，堆在堂前烧成熊熊大火。这个村庄是以二月一日为正月新年的，所以此时稻草绳仍未除去。而后，孩子们爬上雪堂屋顶，相互推搡着唱起驱鸟歌。接着，进入雪堂点灯守夜，直到天亮。十五日拂晓，他们要再一次爬上雪堂屋顶唱驱鸟歌。

那大概正好是积雪最深的时节吧，所以岛村曾与驹子约好，届时前来观赏驱鸟节。

"二月份，我回老家去了，生意都没做。我认为你一定会来的，

---

① 驱鸟节，日本农村民俗之一。旧指农历正月十四，此处的二月十四日指公历。

② 稻草绳，日本风俗，过年时将其悬于门口，用以阻止邪神进入。

在十四日那天就赶了回来。早知道这样，我就多服侍病人几天了。"

"谁病了？"

"师傅一到港口，就得肺炎了。我正巧在老家，接到电报后我就去侍候她了。"

"好了没有？"

"没好。"

"那真糟糕！"岛村像是对自己违约的致歉，又好像是对师傅的死表示懊悔。

"哦——"驹子急忙温顺地摇摇头，边用手帕抹桌子，边说，"虫子真多！"

从炕桌到榻榻米，全都落满了小小的羽蚁。几只小飞蛾围绕着电灯飞舞。

纱窗外面落了好几种飞蛾，星星点点的，浮现在澄澈的月光中。

"我的胃好痛，胃好痛！"驹子两手猛地插进衣带，趴伏在岛村的膝头上。

透过她的衣领，可见涂着厚厚水粉的脖颈，一群比蚊子还小的飞虫也纷纷飞落下来。也有一些眼看着就要死去，趴在那里不动弹的。

驹子的脖根比去年胖了，显得丰腴了些。岛村心想：她毕竟已经二十一岁了。

他膝头传来了一股温热的湿气。

"账房里有人嬉笑着对我说：阿驹，到山茶室去看看吧。真烦人。送阿姐上了火车，回来后打算美美地睡上一觉，可是说这边打来了电话。因为太疲乏，我都不想来了。昨晚酒喝多了。那是阿姐的欢送会啊。在账房尽情欢笑的原来是你呀。一年过去了，你是一年来一趟吗？"

"我也吃了那豆沙包哩！"

"啊？"驹子挺直身，她脸上只是压在岛村膝头上的那部分发红，神情倏然显现出孩子气来。

她说把那个中年艺伎一直送到下两站的镇上，才折返回来的。

"真没意思啊。以前不管遇到什么事都能马上意见一致，可后来却渐渐成了个人主义，各顾各的了。这里也大变样喽！不合脾气的人越来越多了。菊勇姐一走，我可孤单了。因为以前任何事都是她做主啊。她的名气最大，没有在六百支香钱①以下的，所以在这里十分受宠。"

岛村问道："那个菊勇契约期满回老家后，是嫁人呢，还是继续在风尘中混下去？"

"阿姐也真可怜，以前嫁人失败了一次，才到这里来的。"驹子闭口不谈其后的演变。踌躇了一会儿，她眺望着月光中的梯田下方，说：

"那个山坡的半路上，有座新盖的房子吧！"

"是叫作菊村的小吃店吗？"

"哦。她本该去入住那家铺子的，可是阿姐她自己却把事情搞砸了，还闹得沸沸扬扬。让人家专为自己盖了房子，可到了就要进新房子时，她却一脚把人家给踹开了。她是另外有了相好的男人，打算与那个人结婚，结果却受骗了。一旦痴迷了，就会变成这个样子吗？说是因为被那个男的甩了，所以她现在不能与原来的男友重归于好，当然也不可能再去要那间铺子，而且她也不好意思在这里待下去，只好到其他地方挣钱去了。想起来就觉得她真可怜！我们也不太清楚她的事，只听说她交接的人什么样的都有。"

"男人啊，她有过五个吗？"

"有吧！"驹子莞尔一笑，可突然转脸说道，"阿姐也是个软弱的人呀！是个胆小鬼。"

---

① 香钱，艺伎们陪酒的钟点以燃完一支香为单位来计算，并依此计费，故习惯上称为香钱。

"真没办法呀。"

"可不是吗？都说她惹人喜爱……"

她低垂着头，拿发簪挠了挠头皮。

"今天去送她时，心里可难受了。"

"对了，专为她建的铺子怎么处理了？"

"由家里的正妻来操持啦。"

"太太来操持，倒是挺有意思的。"

"可不是，开张的事也全都准备好了。不这样，也没有什么办法呀。他太太把孩子全都带过来住啦。"

"那家里怎么办呢？"

"听说只把老奶奶一个人留了下来。虽是庄稼人，但这位丈夫却喜好这一口呀。他是个很风趣的人。"

"是一个浪荡公子啊。年纪也相当大了吧？"

"他可年轻着呢，只有三十二三岁。"

"啊，这么说，情妇比太太的年龄还要大喽？"

"同岁，都是二十七。"

"菊村这招牌，本来是取菊勇的菊字吧！现在却由太太来做啊。"

"因为打出去的招牌，是不可能再改的吧。"

岛村拢紧衣服的领口时，驹子站了起来，一边关窗一边说道：

"阿姐对你的事也一清二楚，今天还对我说你已经来了。"

"我在账房看见她来辞行了。"

"有没有说什么？"

"不好说呀。"

"你了解我的心情吗？"驹子一下子拉开刚刚关上的纸窗，一屁股坐在窗沿上。过了一会儿，岛村说：

"星光与东京截然不同啊，好像悬在空中似的。"

"月夜时就不是这种样子了。今年的雪好大呀。"

"火车好像经常停开。"

"是啊，真可怕。公路比往年迟了一个月才通车，那是五月份哟！滑雪场里不是有商店吗，雪崩把那个店的二楼给穿透了。下面的人还不知道咋回事，只觉得声音古怪，以为是厨房里的老鼠闹动静，就去看了一下，没见什么异常，就上了二楼，一看呀，楼上全都是雪啊。木板套窗什么的，全都被雪卷走啦！虽然只是表层雪崩，可电台却大肆播放，吓得滑雪客都不敢来了。我今年不打算滑雪了，所以去年年底就把滑雪板也送人了。不过，我还是滑了两三次。我是不是与以前不一样了？"

"师傅过世了，你是如何过的？"

"别人的事，你就别管了。二月份我就准时来这里等你了。"

"都回到了港口，顺便写封信不好吗？"

"不好。那种寒碜的事，我不干。能让你太太看的信，我才不写呢！憋屈啊。我不会顾忌谁而撒谎的。"

驹子情绪激昂，像发连珠炮似的说道。岛村点了点头。

"你不要坐在虫堆里，把电灯关掉就好了。"

皓月朗朗，连女子耳朵的凹凸部分都照得光影清晰分明。那月光一直照射到房间深处，榻榻米泛起冷峭的青色。

驹子的嘴唇犹如美丽的水蛭环节一样润滑。

"啊，让我回去。"

"习惯依旧啊。"岛村仰起头，凑近凝视她中间稍凸的圆圆脸庞，好像有什么可笑之处似的。

"人家都说，我跟十七岁第一次到这里时相比一点都没变。生活方面嘛，那也是老样子哩。"

驹子的双颊至今仍浓厚地残留着北国少女的红润。月光照在她那带有艺伎风情的肌肤上，泛出贝壳般的光泽。

"可是，你知道我家里有了变化吗？"

"师傅死了，是吧？你已不再待在蚕宝宝的房间了吧？现在家里成为正式的寄宿房① 了吧？"

"正式的寄宿房？是啊，在店里卖些糖果香烟。仍旧只有我一个人哪。这次是真正的雇工，所以夜里太晚的时候，便点蜡烛来看书。"

岛村抱肩大笑。

"这一家是用电表的，所以不好意思浪费电呀。"

"是嘛。"

"不过，这家人太照顾我啦！有时我还想哪有这样的雇工呀！小孩子哭了，老板娘都客气地把他背到外面去。我没有什么不满意的，只是床铺歪歪扭扭叫人不舒服。回来迟了，他们都帮我把被褥铺好了。不是褥子和垫子铺得不重合，就是把被单铺歪了。我一看到那种情形，就感到窝心。怎么说呢，自己再重铺不太好吧！因为这是人家的一番情意呀！"

"你如果成了家，可够你劳累的。"

"大家都这么说呢。大概是天性吧！那家有四个小孩，弄得乱七八糟，真够呛！我整天跟在后面收拾。明知道收拾好了，孩子还会乱丢，但我还要再去整理，不然总觉得是个心病。在处境允许的范围内，我仍想整洁地过日子啊。"

"那也是的。"

"你明白我的心情吗？"

"明白呀。"

"既然明白，你说说看。喂，说说看。"驹子突然以百感交集的语调冲着他抬起杠来，"你说说看呀，说不出来了吧！光会说谎。你过着花天酒地的生活，是个逢场作戏的人哪！你是不会明白我的心情的。"

---

① 寄宿房，本书指艺伎的住宿处。

63

接着，她低下嗓门说：

"我真可悲呀，我是傻瓜。你明天就回去吧。"

"像你这样逼问，叫人家怎么能说明白？"

"有什么不能说的呢？你就是这点不好。"

驹子仍显困惑，话音哽住了。她默默闭上眼睛，暗忖：岛村是会理解我驹子的吧！于是，她又露出一副通晓事理的神情，说：

"请你一年来一次可以吧。我在这里的时候，请你一年一定要来一次。"

她说她的合约是四年。

"回老家去时，做梦也想不到会再出来做生意，连滑雪板都送给了人家才回去的啊。说起做成的事嘛，只是戒了香烟。"

"是啊是啊，你以前抽得很厉害呢。"

"说得也是。在宴会上客人给我的，我就偷偷放进袖子里，有时回去能抖出好多支呢。"

"可是，四年够长的了。"

"会很快过去的嘛。"

"你的身子好温暖。"待驹子走近时，岛村把她抱了起来。

"我生来身子就是暖性的。"

"这里早晚都已经很冷了吧？"

"我来这里都五年了。刚来时心里发慌，心想，在这种地方能住下去吗？在火车通车以前，这里真荒凉呀！从你第一次来这里时起，也已经三年啦。"

不到三年就来了三次，每次来岛村都思忖着驹子的境遇变迁。

突然有好几只纺织娘鸣叫起来。

"讨厌。"驹子从他的膝头下来，站起身。

北风刮来，铁丝纱窗上的蛾子一齐飞起。

尽管岛村早已知道她那像是半睁着的黑眼珠，是闭合了的浓密的睫毛，不过他仍旧凑近了盯着看。

"戒烟后人发胖啦。"

她腹部的脂肪变厚了。

这么看来，每次分离时难于捉摸的情愫，也忽然返还成了亲密之情。

驹子把手掌轻轻挪向胸前，说：

"有一边变大了。"

"傻瓜，是那个人的癖好，只抚摸一边哪。"

"啊，讨厌！没有的事，你这人，讨厌。"驹子态度急变。岛村想了起来，是这个样子的。

"今后你要跟他说，两边要平均。"

"平均？你说平均？"驹子温柔地把脸凑上去。

这个房间虽在二楼，但癞蛤蟆却围着房子转着叫。不止一只，好像有两三只在爬动。鸣叫了好久。

从室内浴池上来后，驹子即以心平气和的沉静音调，又开始叙说起自己的身世。

她连在这里初次接受体检时的经历都说出来了：一开始还以为跟雏伎时一样，只脱掉上半身衣服，结果被大家取笑一番，随后她大哭一场……所有的往事她都说了。她还直截了当地回答了岛村的询问。

"我的那个确实准，每月肯定提前两天。"

"可是，那个来时去赴宴不是不方便吗？"

"哦，这些你都懂？"

每天都在以水温煦暖而闻名的温泉中泡泡身子，而且在旧温泉和新温泉两处陪酒得跑一里路，再加上山居生活很少熬夜，所以她健壮结实，但仍属常见于艺伎的细腰型。她身架横向窄，纵向厚。尽管如此，这个女子仍能把岛村从遥远的地方吸引来，是源于她那深沉的哀愁。

"像我这样的生不出孩子吗?"驹子一本正经地问。她又说专与一人相好的话，不就与夫妻相同了吗?

岛村这才知晓驹子有一个这种男人。她说从十七岁开始，已跟他持续五年了。岛村以前对驹子的无知和毫无戒心感到大惑不解，至此才明白了个中缘由。

驹子说，她当雏伎时为她赎身的人死后，她就回到港口马上跟了那个男人，但是从开始到今天，她一直讨厌那个人，永远也不会情投意合的。

"能持续五年之久，不是位优秀男子吗?"

"有过两次可以分手的机会呢! 一次是到这里做艺伎时，另一次是从师傅家转到现在这个家来时。然而，我的意志太薄弱了，实在是意志薄弱啊!"

她说，那个人还在港口。因为他觉得把她安顿在那个镇上不合适，所以在师傅到这个村子来时，就顺便把她托付给师傅了。又说，尽管他是个亲切的人，但自己却从来没想过要以身相许，觉得很悲哀。因为年龄差距大，所以他是难得到这里来的。

"怎样才能断绝关系呢，我常常想: 干脆堕落下去算了。我真是这样想的。"

"堕落不好。"

"其实我也不会堕落的。依然是生性不允许啊。我对自己活生生的身子是很爱护的。要是想做的话，四年的期限可以缩短为两年，但我不勉强自己。因为身体要紧哟。如果勉强去做，香钱也许能挣得相当多吧。反正订了四年的合约，所以只要不让老板受损就行。本金每月应该付多少，利息多少，税金多少，再加上自己的伙食补贴，合起来一算就清清楚楚。我不会勉强自己再超额多干的。遇到非常麻烦的宴会，我厌烦的话就迅速了事回家。不是老客户指名叫的，旅店也不会深夜打电话给我。若想过得奢侈，那是怎么赚也赚不够的。量力而行，够用就好。还不到一年，本金我已经还得过半啦。尽管如此，像零钱什么的，一个月还是需要三十元的。"

她说，一个月只要挣一百元便可以了。上个月，收入最少的人也拿了三百支香，换算起来是六十元。驹子赶场最多，赴了九十几场宴会，因为一场宴会艺伎本人可领得一支香钱，所以雇主会亏损，但利钱很快就会赚回来的。在这个温泉浴场，还没有人因增加借款而延长合约期限的。

次日清晨，驹子依旧早早醒了。

"我正梦见与插花师傅同在这里打扫房间，就醒过来了。"

挪到窗边的梳妆台，镜子中映出枫叶红遍的山峦。秋阳在镜中也明光锃亮。

糖果店里的女孩子把驹子的替换衣服送来了。

"驹子姐姐。"从纸拉门后传来了近乎悲凉的清澈声音，这不是那位叶子的声音。

"那位姑娘怎么样了？"

驹子瞥了岛村一眼，说：

"她光知道去上坟。滑雪场的下面，你瞧，有块荞麦地吧，地里还开着白花。那块地的左边不是有座坟墓吗？"

驹子回去之后，岛村也到村中散步去了。

在屋檐下的白墙旁边，一个穿着崭新的红色法兰绒雪裤的女孩子在拍着皮球。确实是秋意浓重了。

这里有很多古色古香的建筑物，相传是领主出巡时期建造的。房檐幽深。楼上的纸拉窗仅一尺高，呈细长形。檐端悬挂着茅草帘子。

土坡上有一道种着丝芒的篱笆。丝芒盛开着淡黄色的花儿。纤细的叶儿在每一株草茎上铺展，呈现出美丽喷泉般的形态。

叶子在向阳的路边铺上草席，正在拍打红豆荚。

红豆像小粒的光点，从干透的豆荚中跳出来。

大概是因为头上包着手巾，叶子没有看到岛村。她又开穿着雪裤的双膝，一边敲打着豆荚，一边用那种近乎悲凉的清澈且如回声一般的声音唱着歌。

蝴蝶起舞，蜻蜓群飞，蝈蝈
在山间鸣啭
还有金琵琶、金钟儿、纺织娘

还有这么一首歌谣：忽然飞离了杉树，晚风中的乌鸦个头大……

从这个窗口俯瞰到的杉树林前，今天仍有成群的蜻蜓在流飞。随着黄昏的临近，它们仿佛慌忙加快了流飞速度。

岛村出发前，在车站的商店里找到了一本这一带的新版山景指南，便把它买下带来了。他随意翻阅，竟发现书上如此介绍：从这个房间望去，是尽收眼底的县境群山，在其中一座的山顶附近，有条穿过美丽池沼的小路，这一带的湿地上，各种各样的高山植物百花烂漫。到了夏天，红蜻蜓自由竞翔，有时甚至会落在帽子上、人的手和眼镜框上，真乃优哉游哉，与被人类虐待惯了的都市蜻蜓，实有云泥之别。

然而，眼前的这群蜻蜓，仿佛是被什么东西追到绝境似的；又宛如是在夜幕尚未低垂时，因自己的身姿将被杉树林阴沉黑暗的色彩吞噬而焦虑。

远山在夕阳的照射下，可以清晰地看出从山峰开始染红的枫叶。

"人呀，是很脆弱的吧。听说那人从头到身子骨，全都摔得不成样子了。听说熊什么的，就是从更高的山崖上摔下来，身子也不会受一点伤。"岛村想起今天早上驹子说的话。当时她一边指着那座山，一边说又有人在山岩那边遇难了。

倘若人长着像熊一样又硬又厚的毛皮，人类的官能肯定与现在大不相同。人类总是相互倾慕着柔嫩光滑的皮肤。伴随着这番思绪，眺望着夕阳下的山峦，岛村不禁感伤地倾慕起人的肌肤来。

"蝴蝶起舞，蜻蜓群飞，蝈蝈……"一个艺伎在提前吃晚餐时，笨拙地弹着三弦，唱着这首歌。

山景指南上仅简单地写着路径、日程、旅店、费用等，这反倒使人能自由遐想。岛村当初认识驹子，也是在穿行于残雪犹存、新绿萌发的山间，下山来到这个温泉村的时候。这样一来，眺望着还残留着自己足迹的山野，而现在又是秋天登山的季节，他的心已被大山吸引去了。对于赋闲度日的他来说，尽管无所事事，却不辞劳苦翻山越岭，实可认为是徒劳之楷模，但正因如此，亦有非现实的魅力寓于其中。

一旦远离，就频频产生对驹子的种种情思，可一旦接近起来，也许是因为不由自主地放下了心，也许是因为已经与她的肉体相亲过密，竟感到对人肌肤的恋慕思绪和山峦的诱惑思绪，犹如同一梦幻。这可能是驹子昨晚在这里过夜，才刚刚回去的缘故吧。可是，一旦在静寂中独坐，又在心中期盼着驹子不邀而至。但在那些远足的女学生充满朝气的嬉闹声中，他昏昏欲睡，便提早就寝了。

不一会儿，似乎下起了秋冬之交常有的阵雨。

第二天早上一睁开眼，就见驹子已经端坐在桌前看书。她穿的和服外褂，也是日常的平纹粗绸便衣。

"醒了？"她悄悄地问道，朝岛村看了看。

"怎么回事？"

"醒了吗？"

岛村怀疑她是在自己不觉间来住下的，便环顾一下自己的睡铺，拿起枕边的钟表，发现才六点半。

"还早着哪。"

"可是，女侍已经来生过火了。"

铁壶冒出晨雾似的水蒸气。

"起来吧。"驹子站起来，坐到了他的枕边。那神态俨然是个家庭主妇。岛村伸了伸懒腰，顺势抓住女人放在膝上的手，一边抠捏着她小手指上弹琴磨出的老茧，一边说：

"还发困呢，天不是才刚亮吗？"

"一个人睡得可好？"

"嗯。"

"你还是没有把胡子留起来？"

"是呀是呀，上次临走时，你曾说过这事的，让我把胡子留起来。"

"反正你会忘掉的，这样也好。把脸刮得干干净净，铁青铁青的。"

"你呢，一洗掉脂粉，不也是像刚刮过脸一样吗？"

"你的脸庞好像又胖了呀。脸色白白的，睡着的时候一看没有胡子，总觉得怪怪的！圆溜溜的。"

"柔和点好吧！"

"显得不可靠哟！"

"真讨厌，你是不是一直盯着我看？"

"是啊。"驹子不觉莞尔，点了点头，接着像突然着火似的由刚才的微笑转为大笑，那力量不知不觉地竟然传到了握住他手指的手上。

"我刚才躲在壁柜中的呀！女侍一点都没有觉察。"

"什么时候，什么时候躲进去的？"

"不是刚刚吗？女侍拿火头进来的时候呀。"

她想起了刚才的情形，又大笑不已，没想到笑得连耳根都发红了。她好像要遮掩过去，就拽起被角，一边扇着一边说：

"起来呀，你快起来嘛。"

"冷呀。"岛村搂紧被子，说道，"旅店里的人已经起来了吗？"

"不知道，我是从后面上来的。"

"从后面?"

"从杉树林那边爬上来的啊。"

"有那么条路?"

"路倒没有，可是近呀。"

岛村惊愕地望着驹子。

"谁也不知道我来呀! 厨房里虽有声音，但大门还是关着的呢。"

"你又是一大早起来的呀。"

"昨晚睡不着啊。"

"昨晚下了场阵雨，你知道吗?"

"是吗? 怪不得那边的大叶竹里湿湿的。我回去啦。你再补一觉，睡吧。"

"我这就起来了!" 岛村仍旧握着她的手，精神抖擞地从被窝里钻了出来。他就这样走到窗边，俯视驹子说她刚刚爬上来的那地方，但见茂密的灌木丛边上，疯长着一大片大叶竹丛。那是与杉树林接连的半山腰，窗户下面的田地里，种有萝卜、番薯、葱、芋头等。虽是普通的蔬菜，但沐浴在早晨的阳光里，叶片的颜色各不相同，令人觉得好像是第一次看到似的。

掌柜的正从通往浴池的走廊，向池中的红鲤鱼抛撒饲料。

"大概是天气变冷，鱼儿不大吃食了。"掌柜的一面对岛村说，一面凝望着漂浮在水面的鱼饵料，那是将蚕蛹烘干后碾碎做成的。

驹子清雅地坐在那里，对刚从浴池上来的岛村说:

"这么安静的地方，做针线活多好。"

房间刚刚打扫过，秋天的晨曦一直照射到房间深处稍旧的榻榻米上。

"你也会做针线活?"

"不好意思呀。我是姐妹中最辛苦的了。现在回想起来，在我成长的时候，大概正是我们家最困难的时候吧。”驹子像自言自语似的，可突然又激动地说，“刚才女侍表情怪异，说驹子是什么时候过来的呢。我又不能三番五次地躲进壁柜里去，不好办哪。我该回去啦。忙死啦。我睡不着觉，所以想洗洗头。如果清晨不及早洗头，要等到头发干了才能去梳理师那里做发型，那就赶不上中午的宴会啦。这里虽然也有宴会，却是昨天夜里才来通知我的。那是在我答应了别处之后，所以就不能来了。今天是星期六，所以特别忙啊，不能过来玩啦。”

驹子虽然如是说，却没有起身的迹象。

她索性不洗头了，邀岛村来到后院。刚才她就是从那里偷偷爬上来的吗？游廊下面放着驹子的湿木屐和袜子。

她先前攀爬上来的那个地方是大叶竹丛，看来是没法走过去的，所以他们沿着田边向水流声那边走去。河岸边是很深的悬崖，栗子树上传来孩童的话音。脚下的草丛中，也落下了好几颗毛栗子。驹子用木屐碾踩栗子壳，剥出了栗子。果实全都是小粒的。

对岸陡峭的山腰间，长满了恣意怒放的茅草穗，摇曳着炫目的银光。虽说是炫目的色彩，却宛如纷飞于秋空中的透明幻影。

“到那边去看看吧，有你未婚夫的坟墓呢。”

驹子倏地踮脚站起来，瞪着岛村，将一把栗子猛然向他脸上掷去。

“叫你嘲弄我！”

岛村猝不及防，额头上被砸出声来，很痛。

“你凭什么要去看坟墓？”

“干吗呀，你竟然动这么大火？”

“你说的那个，对我来说可不是儿戏！我可不像你这么玩世不恭。”

“谁玩世不恭？”他有气无力地说。

"那么，为什么你要说未婚夫呢？他不是我的未婚夫，上次不是清清楚楚告诉过你了吗？忘了吗？"

岛村当然没有忘记。

"师傅也许有过想让她儿子跟我成婚的意思。那也不过是在心里这么想，嘴上可从来没有说过。不过，她的儿子也好，我也好，对师傅的心思都只是略有所知。可是，我们两个人之间并没有任何那种交往，一直都是各人过着各人的生活呀。我被卖到东京去时，只有他一个人去送我。"

岛村记得驹子曾对他这样说过。

纵然那个人生命垂危，而她却在岛村那儿过夜。她好像要委身于岛村似的说："我是随着自己的兴致做事，快死的人怎么能阻止我呢？"

更有甚者，当驹子正要送岛村进入车站时，叶子赶上前来，说病人的状况变坏了，但驹子不管这些，断然不回去，所以临死时似乎也没见上一面。因此，那个叫作行男的人，越发留存在岛村的心中。

驹子总是有意避开关于行男的话题。纵使不是未婚夫妻，但为了筹措他的疗养费用，不惜在这里做了艺伎，这的确是件"不是儿戏"的事吧！

被栗子砸了头，岛村也没露出生气的神情，倒使驹子顿时诧异起来。她突然像瘫倒下来似的搂住了岛村。

"啊，你是个温顺的人。是不是有什么伤心事？"

"树上的孩子们在看着呢。"

"真搞不懂，东京的人太复杂了。是周围太吵闹了，所以心神不定？"

"一切不都是不定的吗？"

"当今连生命都是不定的。看坟墓去吧。"

"是啊，去吧。"

"你看你，你不是一点儿也不想去看墓地的吗？"

"是你自己顾忌这些的呀。"

"我从来没上过坟，自然会顾忌。真的，一次也没有来过。现在，师傅也一起埋在这里了，所以觉得对不起师傅。但是，挨到现在更不想上坟了。这种事真令人扫兴。"

"你才复杂呢。"

"为什么？他们活着的时候，我不能清清楚楚表达我的想法，所以至少对去世的人得挑明吧。"

他们穿过杉树林，林中的寂静仿佛凝成了冰冷的水滴，眼看着就要坠落下来。从滑雪场的下方沿着铁路线前行，便到墓地了。在田埂稍高的一角，仅竖立着地藏菩萨和十来座旧石碑。坟前贫寒光秃，没有供花。

然而，从地藏菩萨后面的矮树荫里，突然露出了叶子的上半身。她也倏忽摆出犹如假面具一般的严肃表情，火辣辣的眼睛刺人般地看了看这边。她向岛村领首致意后，就那样站着不动了。

"叶子好早呀。我要去做头发……"驹子说到一半，突然刮起一阵疾风，像是要把人卷走似的。她和岛村都紧缩着身子。

一列货车从他们身边驰过。

"姐——姐——！"这呼唤声穿过那粗暴的声浪流传过来。一个小伙子从黑色货车的门边挥动着帽子。

"佐一郎，佐一郎！"叶子呼喊道。

在冰天雪地的信号站前呼喊站长的，就是那个声音。那声音仿佛是在呼唤远方船上听不到喊声的人儿，悲怆凄美。

货车一驶过，宛如取下了遮眼布，铁轨对面的荞麦花鲜明地呈现在眼前。花儿盛开在红色的麦秆上，恬静极了。

意外地碰上了叶子，因而他们俩连火车到来也几乎没注意到，可那无以言表的境遇，全被货车吹拂而去。

而后，叶子呼声的余韵似乎仍有残留，比车轮的回声还要长久，宛如纯洁爱情的回响。

叶子目送着火车，说：

"弟弟在这车上，我可以到车站去看看吧。"

"可火车不会停在车站等你啊。"驹子笑道。

"是呀。"

"我嘛，可不是来为行男扫墓的呀。"

叶子点点头，踌躇片刻，便在坟前蹲下来，双手合十。

驹子依旧伫立在那里。

岛村的眼光瞥向地藏菩萨。地藏菩萨有三面长脸，除了在胸前合十的一对臂膀，左右还各有两只手。

"我要去做头发了。"驹子对叶子说罢，便顺着田埂朝村子方向走去。

岛村他们走过的路边，农民正在做着当地土话叫"哈苔"的活儿。那是在树干与树干之间，像搭晾衣竿似的把竹竿、木棍连成好几节，然后将稻子挂在上面晾晒干，看上去就像搭建起高高的稻子屏风。

村姑轻轻扭动穿着雪裤的腰肢，把稻捆抛上去，登上高处的汉子麻利地接过来，将一把再抖开，然后挂在竿子上。那种娴熟的机械性动作有条不紊地重复着。

驹子把"哈苔"垂下的稻穗托在手掌上，像估测贵重物品重量似的一边掂晃，一边说："稻粒饱满，这稻子摸一下都开心啊！比起去年来真是强多喽！"她眯起眼来享受着稻穗的触感。成群的麻雀在这"哈苔"上面低低地飞来飞去。

一张旧的招贴仍残留在路边的墙壁上："插秧工薪金协议。一天工资九角，供伙食。女工打六折。"

叶子家也有"哈苔"。她的家建在比公路稍低的旱田深处，那高

高的"哈苔"搭在庭院的左边，即在沿着隔壁人家的白墙栽种的一行柿子树上。此外，在旱田和庭院的交界处，也就是与柿子树上的"哈苔"形成直角的地方仍有"哈苔"。它的一端有个入口，人们可以从那些稻子下面钻进去。整个"哈苔"仿佛是用还未编成草席的稻棵子搭建的草棚。旱田里，在凋谢的大丽花和蔷薇前面，芋头正铺展着苗壮翘挺的绿叶。养着红鲤鱼的荷花池在"哈苔"的背面，所以看不见。

去年驹子住过的蚕室的窗户也被遮挡住了。

叶子气哼哼似的低下头，从稻穗的入口回去了。

"这个家是她一个人住吗?"岛村目送着她那腰身稍微前弓的背影说。

"不会那样吧。"驹子生硬地说，"啊，烦死了。我不去做头发了。都是你多事，打扰了她上坟。"

"是你固执己见，说不想在墓地见她的吧。"

"你不明白我的心情呀。等一会儿有空再去做头发。也许会迟些才去你那儿，但一定会去的。"

随后，到了深夜三点钟。

岛村被像是撞开纸拉门的声响惊醒了，驹子啪的一声趴倒在他的胸口上。

"我说要过来的，来了吧。嗯，我说来就来了吧。"她喘着粗气，连腹部都在剧烈地起伏。

"醉得这么厉害。"

"呃，我说过来就来了吧。"

"啊，是来了嘛。"

"来这里的路，什么也看不见。漆黑一片。啊，好难受。"

"这个样子，亏你还能爬上坡。"

"不知道，什么也不记得了。"驹子用力后仰滚转过来，所以岛村被她压得很难受，想站起来，可他是突然惊醒，摇晃几下又倒下来，他的头不知搁在什么滚烫的东西上，令他十分吃惊。

"这不像一团火吗？你这傻瓜。"

"是吗？这是火枕，会烫伤的呀。"

"真是的。"一闭上眼睛，那股热流就沁入了他的头颅，岛村直接感受到的是自己还活着。随着驹子急促的呼吸，传来了现实的存在。那近似于使人眷恋的悔恨，又宛如只是安宁地等待某种复仇的心。

"我说来就来了吧。"驹子只顾重复着这句话，接着又说，"我已来过了，所以，要回去。要去洗头发的。"

随后，她爬起来，咕噜咕噜地大口喝水。

"这个样子是不能回去的呀。"

"要回去。我有同伴呀。洗浴用具，跑哪里去了？"

岛村站起来一开电灯，驹子就双手遮住脸，俯趴在榻榻米上。

"讨厌。"

她那圆短袖式的华丽薄毛呢夹衣上，披着黑领睡衣，又系了一条窄腰带。因此，看不到内衣的领子，但醉红一直延伸到她赤足的边缘，她像是要躲藏起来似的把身体缩成一团，看起来怪可爱的。

看来是把洗浴用具扔过来的，肥皂、梳子散落在地上。

"剪掉吧，我带剪刀来的。"

"剪什么？"

"剪这个。"驹子的手伸向发髻后面。

"在家里想把头绳剪开的，可是手不听使唤啦！就想来这里请你剪。"

岛村把女子的头发拨开，剪断了头绳。每剪开一处，驹子便把假发抖掉，其间她也稍微沉静下来，问道：

"现在大概几点了？"

"已经三点啦。"

"啊，那么快？真头发可不要剪掉呀。"

"扎得相当多呀。"

他攥住的假发根上，还闷着暖烘烘的热气。

"已经三点了吗？大概从宴会上回来就躺倒睡着了。她们与朋友约好了，所以才来邀我。她们还以为我上哪儿去了呢。"

"还在等着你吗？"

"是的，她们还在公共浴池里呢，三个人。今天有六场宴会，但只赶了四场。下星期枫叶红了，又要忙了。谢谢啦。"她一边梳着解开了的头发，一边仰起脸来，浮出迷人的微笑，继续说：

"不管那些了。嘻嘻嘻，好可笑。"

然后，她无奈地捡起了假发。

"太对不起朋友了，我走啦。回来时就不再来了哦。"

"能看见路吗？"

"能看见。"

然而，她的脚却踩在了衣服下摆上，打了个趔趄。

一想到清晨六点和深夜三点，驹子一天竟两次在异常的时间偷空前来，岛村便感到这绝非寻常。

像正月插松枝一样，旅店的掌柜们把红叶插在门口装饰起来。这是欢迎赏枫客的表示方式。

临时雇用的掌柜正以盛气凌人的口气指挥着，他自嘲似的说自己是只候鸟。有些人从嫩绿吐翠到红叶尽染，都在这一带山区的温泉打工，冬天则去热海或长冈等伊豆地区的温泉浴场挣钱，他就是这类人中的一个。每年未必在同一家旅店打工。他常炫耀在伊豆繁华的温泉浴场的经历，背后净说这一带旅店待客方面的坏话。他那搓着手死缠烂打般拉客的样子，却显出一副虚情假意的乞丐相。

"先生，您知道通草果吗？如果喜欢吃，我这就去拿来。"他对散步回来的岛村这样说着，同时把那种果子连藤拴在了红叶的枝条上。

枫树枝大概是从山上采伐来的，高及檐端，每一枚叶片都大得出奇，那色彩鲜艳的火红霎时把大门口衬托得亮亮堂堂。

岛村握着冰凉的通草果看了一眼，无意中瞅见账房里叶子正坐在炉边。

老板娘正在守着铜壶烫酒。叶子就坐在老板娘对面，每当问她话时，她都干脆地点着头。她没穿雪裤，也没穿和服外褂，只穿着刚拆洗过的丝绸和服。

"是来帮忙的吗？"岛村漫不经心地问掌柜。

"是呀，多亏了她，因为现在人手不够呀。"

"跟你一样嘛。"

"对呀，但她是村里的姑娘，这一点大不相同呀。"

看来叶子是在厨房干活的，所以从来不去宴会上陪酒。客人一多，厨房里女侍的声音也跟着提高，但没有听到叶子那美妙的声音。据负责岛村房间的女侍说，叶子会在睡前入浴，并且有在浴池里唱歌的习惯，但他从没听到过。

不知道什么缘故，一想起叶子也在这里，岛村就觉得叫驹子过来有点别扭。驹子虽对他表示了爱意，但他自己却有一种空虚感，常把这种爱意作为美丽的徒劳，但是，他反而随之感到驹子欲求延存的鲜活生命，犹如赤裸的肌肤触碰过来。他可怜驹子，同时也可怜自己。岛村觉得叶子那看似无心的双眸好像放射出洞察秋毫的光芒，因而也被她所吸引。

岛村即使不唤驹子，她当然也会常常来的。

岛村去溪流深处看红叶，曾在途中路过驹子家门前。那个时候，她听到了汽车的声音，当即断定乘客准是岛村而跑出门来，可他竟然连头也不回，把她气得几乎都说他是薄情郎了。所以，只要旅店唤她过去，她没有一次不去岛村房间的。去浴池时，也顺便来一趟。如果有宴会，她便提前一个钟头来，一直在他那里玩到女侍来叫才肯离开。宴会中她也常偷偷溜开，到他那里对着镜子修容整妆。

"就要去干活了，要去赚钱哪。去啦，做生意，生意。"说罢，她便起身走了。

琴拨子盒啦，和服外褂啦，凡是带来的东西，她都想放在他的房间后再回去。

"昨晚回去，水没有烧开，便在厨房里嘎吱嘎吱折腾半天，才将早上剩的大酱汤浇在米饭上，就着腌梅子吃下。凉冰冰的。今天早上在家没人叫早，醒来时已十点半，原想七点钟起床的，却偏偏没起来。"

她把这些琐事，以及从什么旅店转到什么旅店、宴会上的情形等，都事无巨细地向他报告。

"还会再来哟!"她喝完水站起身来，又说，"也许不再来了，三十位客人的宴会厅只叫了三个人，忙得抽不开身呢!"

然而，过了一会儿她又来了。

"好累，三十位客人，却只有三个人陪。她们俩一个是最年老的，另一个是最年幼的，所以我可惨了。那些客人都是小气鬼，肯定是什么团体旅行。三十个人，至少要有六个人陪呀。我要喝酒吓吓他们去。"

每天如此度日，会发展成什么样子呢，就连驹子也似乎想把身心全都隐藏起来，但她若有若无的孤独情致，反而增添了她的妩媚娇态。

"走廊上会发出声响，真不好意思。即使蹑手蹑脚走也会被人发觉。若从厨房旁边过，人家也会取笑我说：阿驹，到山茶间去吗? 自己真没想到要顾忌这么多。"

"这地方太小了，所以不好办啊。"

"现在大家都知道啦。"

"那可不好。"

"可不是嘛。稍微有点不好的传闻，在这巴掌大的地方就混不下去了。"此话刚落音，她又马上抬起头，微笑着说：

"哦，管他呢！我们到任何地方都能有活干的。"

她那充满质朴真情的腔调，对光靠父母的财产度日的岛村来说，是颇令人意外的。

"真的呀！在哪里干活都一样。没有什么想不开的。"

虽是泰然自若的口气，岛村却听到了女子的心声。

"这倒挺好的呀。因为能够真正喜爱上一个人的，已经只有女人了。"驹子脸色微红，低下了头。

透过敞开着的后衣领，可见她的肩背宛若打开了的白折扇。那浓施脂粉的皮肉，隆起得令人不觉生出伤感，看似毛织品，又貌似动物。

"在当今的世上——"岛村喃喃说道，可马上又对这句话的虚情假意感到不寒而栗。

但驹子却单纯地说：

"什么时代都一样。"

她仰起头，茫然地又加上一句：

"你不知道这个？"

她那吸附在背上的贴身红衬衣看不见了。

岛村正在翻译瓦勒里[1]和阿兰[2]以及俄国舞蹈辉煌时期法国文人的舞蹈论。他打算印制少量豪华本自费出版。可以说这些书对当今的日本舞蹈界似乎难起什么作用，但这样反而会使岛村心安理得。依自己的工作嘲笑自己，是一种矫情的快乐吧！或许由此衍生出了他那悲

---

[1] 保罗·瓦勒里（1871—1945），法国诗人、评论家、思想家。兴趣十分广泛，哲学、艺术、教育、政治、物理学、数学都是他研究的对象。

[2] 阿兰（1868—1951），法国哲学家、伦理学家。虽无舞蹈方面的专论，但著作中常提及舞蹈。

哀的梦幻世界。他根本就毫无必要急于外出旅游。

他细致入微地观察了昆虫等痛苦挣扎而死的情景。

随着秋凉，他房间的榻榻米上每天都有死掉的虫子。翅膀坚硬的虫子，一翻过身子就再也翻不过来了。蜂儿是稍微走走就跌倒，起来再走便一倒不起了。本以为那是如同季节更迭一样自然的死去，是安静的死，但挨近一看，才发现它们都颤抖着腿脚和触角，痛苦地挣扎着。作为那些小虫的死亡之地，八张榻榻米好像太过广阔了。

岛村想把那些虫骸扔掉，有时也会在捏起它们的时候，不由得想起留在家中的孩子们。

也有这样的飞蛾，本以为它一直停落在窗子的纱网上，可它已经死了，它会像枯叶一样飘零而去。还有从墙壁上掉落下来的。岛村拿在手上观看时，便暗忖为何它们长得如此美呢！

那些防虫纱网也已拆走，虫鸣明显沉寂了许多。

县境群山上的红褐色更浓了，在夕阳的照耀下，犹如冷峭的矿石发出沉暗的光泽。正是旅店接待观赏红叶游客的高峰期。

"今天也许不能过来啦。因为是当地人的宴会。"那天晚上驹子来岛村房间打过招呼就离开了。不久大宴会厅便响起了大鼓声，还传来了女人的尖叫声。在那阵喧闹的高潮中，从意想不到的近处传来了澄澈的声音。

"对不起，房间有人吗?"叶子叫道，"这个是阿驹要我送来的。"

叶子就那么站着，像邮差似的伸出手来，慌忙跪下。当岛村把折叠起来的字条展开来时，叶子已经不在了。连跟她说话的机会也没有。

这张口取纸上只歪歪扭扭地写着:"现在很热闹，正喝酒。"

然而还不过十分钟，驹子就伴着凌乱的脚步声进来说:

"刚才她有没有送来什么?"

"来过啦。"

83

"啊?"她兴奋地眯起一只眼睛说,"嗬,痛快。我借口说去要酒,就偷偷地溜了出来。结果被掌柜的看到,挨了骂。酒真好,即使挨骂也不在乎走出脚步声。啊,真烦人哪!一来到这里,就马上有醉意。马上还要干活去。"

"你连指尖都是好气色哦。"

"唉!做生意嘛。她说什么来着?你可知道,她是个嫉妒心很强的人,怪吓人的。"

"谁?"

"会被杀掉的呀。"

"那姑娘也在帮忙吗?"

"她送酒壶来的时候,站在走廊的阴影里一直往里瞅着哩!两眼光闪光闪的。你喜欢那种眼睛吧?"

"她认为那情景太低俗,才看的哟。"

"所以我写个字条让她送来。好渴,给我点水吧。是谁低俗呢?女人若不哄到手看看,是弄不明白的。我醉了吧?"她像要摔倒似的,抓住梳妆台的两端照了会儿镜子,便拽正衣服下摆走出门去。

不一会儿,宴会似乎结束了,周遭顿时沉寂下来,远处不时传来盆碗碰撞的声响。岛村心想驹子一定被客人带到别的旅店,侍候第二场宴会去了。就在这时,叶子又拿着驹子折好的字条来了。那上面写着:

"不去山风馆了,现在要去梅花间,回来时顺道去你那里,晚安。"

岛村有点害羞似的苦笑着说:

"谢谢!你是来帮忙的吗?"

"嗯。"叶子在点头的一刹那,用那美丽的双眸,犀利地瞥了岛村一眼。岛村不由得露出了狼狈相。

以往每次见到她,总会留下令人感动的印象,但当她这样若无其事地坐在面前时,他却感到莫名的不安。她那过分认真的样子,看起

84

来宛若正处在异常事件的中心。

"你好像很忙呀?"

"嗯。不过,我什么都不会做。"

"我碰见你好多次啦。第一次是在你回乡的火车里,你在照顾那个人,还向站长拜托你弟弟的事,记不记得?"

"嗯。"

"听说你睡觉前会在浴池里唱歌?"

"啊,不成体统,不好意思!"她的声音优美动人。

"总觉得你的事我全知道。"

"是吗,你听阿驹说的吧?"

"她没有说。而且她好像不愿提你的事。"

"是吗?"叶子悄然转过脸去说,"阿驹人挺好的,就是怪可怜的,你可要善待她。"

她说得很快,尾音微微颤抖。

"可是,我并不能为她做些什么。"

叶子现在好像连身体都颤抖了。她的表情好像有危险的光闪迫近而来似的,岛村把视线移开,笑着说:

"我倒不如早些回东京为好。"

"我也要到东京去哩。"

"什么时候?"

"什么时候都可以。"

"那么,我回去时带你一起走吧?"

"唉,请你带我一起回去。"她说得若无其事且又一本正经,岛村颇为惊讶。

"你家里的人同意吗?"

"家里的人?只有一个在铁路工作的弟弟,所以我决定就可以了。"

"东京有没有可依靠的?"

"没有。"

"同她商量过了?"

"你是说阿驹吗? 我憎恶阿驹,不会告诉她的。"

叶子如此说罢,心情可能轻松下来,她用那略微湿润的双眼仰望着岛村。岛村从她身上感受到一种奇怪的魅力,不知何故,对驹子的爱情之火反而熊熊燃烧起来。岛村认为与来历不明的姑娘像私奔似的返回东京,也许是对驹子的一种深深忏悔的方法。另外,也好像算是一种惩罚。

"你这样跟着男人走,不害怕吗?"

"为什么要害怕呢?"

"你若不安排好在东京安身的地方,以及想做什么事,不是太冒险了吗?"

"就一个女的,总可以过得去的。"叶子语声的尾音提高起来,听来非常悦耳。她盯着岛村说:

"你不会让我当女佣吧?"

"什么,当女佣?"

"我不愿当女佣。"

"你以前在东京做什么?"

"护士。"

"在医院还是学校?"

"不,只是我想当护士。"

岛村又回想起叶子在火车中照顾师傅儿子时的姿态,也许在那认真的态度中,也显现出了叶子的志向。他想到这些,不觉浮出了微笑。

"那么,这次也想去进修护士课程吗?"

"我已经不想当护士了。"

86

"那种没有基本工作的，可不行呢。"

"哎呀，什么基本工作，我讨厌。"叶子反驳似的笑了起来。

她的笑声响亮、澄澈，使人感到悲凉，听不出白痴般的傻气。然而，那笑声在空幻地叩击岛村心灵的外壳后便消逝了。

"笑什么呢?"

"可不是吗，我只为一个人看护。"

"呃?"

"现在却不能了。"

"是吗?"岛村又遭突然袭击，静静地说，"听说你每天都到荞麦田下面的墓地去祭拜。"

"嗯。"

"你认为自己这一生，不会再看护别的病人，也不会再祭拜别人的坟墓了吗?"

"是不会的呀。"

"那你怎么抛得下坟墓，狠心到东京去呢?"

"哎呀，对不起! 但还是请你带我去吧。"

"驹子说你是一个可怕的醋坛子哩! 对了，那个人是不是驹子的未婚夫?"

"你说行男吗? 不是，那是没影的事。"

"你说憎恶驹子，这又为什么呢?"

"阿驹?"她像当面叫她一样说道，双眸光闪闪地瞪着岛村，"请你好好对待阿驹。"

"我不能为她做什么呀。"

叶子的内眦溢出了泪水，她忽然捏住落在榻榻米上的小飞蛾，一边啜泣，一边说:"阿驹说我会疯掉的。"而后拔腿走出房间。

岛村顿感寒气袭人。

岛村打开窗子，想把叶子捏死的小飞蛾丢掉，正好看见醉醺醺的驹子半弯着腰在划拳,似要把客人逼入绝境。天空阴云密布。岛村到室内浴池去了。

叶子带着旅店的孩子进了隔壁的女浴池。

她让孩子脱衣服、帮孩子洗澡,言语亲切温柔,活像纯真无邪的妈妈的甜蜜声音,令人心怡气爽。

少顷,那个声音唱起歌来了。

……
来到后门瞧
梨树有三棵
杉树有三棵
一共有六棵
下面大乌鸦
筑巢正忙着
上面小麻雀
忙着搭新窝
林中小蝈蝈
干吗在唱歌
阿杉祭扫朋友墓
一个一个又一个

这是小姑娘拍着线球唱的数数歌。那生动活泼、欢快跳跃的音调,使岛村觉得刚才的那个叶子是在梦中相见的吗?

叶子不断地对小孩子说话,直到从浴池出来,那声音还像笛声一样萦绕在那里。大门口发着黑光的旧地板上摆着桐木的三弦琴盒,平添了秋夜特有的静谧氛围。岛村突然心血来潮去看琴盒物主的艺名,这时驹子从发出洗碗声响的地方走了过来。

"你在看什么？"

"这个人在这里留宿吗？"

"谁？啊，这个吗？你这个傻瓜，这种东西谁能随身带走呢。有时就这样把它摆在这里好几天哩。"她刚一发笑，随即又痛苦地喘着粗气闭上眼睛，放下和服前襟两侧的下摆，踉踉跄跄地栽向了岛村。

"喂，请你送我回去。"

"不必回去了吧。"

"不行，不行，我得回家。这回是当地人的宴会，所以大家都跟着参加二次会去了，可偏偏只留下我一个人呀。这里有宴会倒好说，回头朋友邀我去洗澡，而我又不在家，就太不像话了。"

尽管酩酊大醉，但驹子仍精神抖擞地走过了陡峭的坡道。

"是你把她弄哭的吗？"

"这样说来，她的确有点疯疯癫癫哪。"

"你这种眼光看人，有趣吗？"

"这不是你自己说的吗？说她快要疯了，她似乎想起了你的这句话，才懊恼得哭了吧。"

"这样的话，倒没啥。"

"不过十分钟，她便在浴池里以悠扬的嗓音唱起歌来了。"

"洗澡时唱歌是她的习惯。"

"她认真地托付我要好好待你呢。"

"真是傻瓜。不过，这种事，你不必宣扬给我听。"

"宣扬？不知道为什么，一触及她的话题，你就会莫名其妙地赌气。"

"你想要她，是吗？"

"这不，又说那种话了！"

"不是开玩笑呀。一看见她，我便觉得她终究会成为我讨厌的包袱。就说你吧，假如你喜欢上她，就仔细观察观察她吧！你一定也会这样想的。"说着，驹子把手搭在岛村肩上，偎靠过来，但又突然摇头说：

"不对。要是碰到像你这样的人，她也许不至于发疯哩。你把我的包袱带走好不好？"

"别乱扯了！"

"你以为我在酒后说醉话吗？一想到她在你身边能得到宠爱，我就能在这山窝里为所欲为了，多开心。"

"喂！"

"放开我。"

说着，驹子一溜小跑逃开，咚的一声撞在了防雨门上，那里便是驹子的家。

"他们以为你不回来了呢。"

"哦，我来开。"

驹子抬起嘎嘎作响的门下沿，拉开门以后小声说道：

"进来坐坐吧。"

"可是，这个时候……"

"屋里的人全睡了。"

岛村确实有些犹豫。

"那么，我送送你。"

"不必了。"

"不行。你不是还没有看过我现在的房间吗？"

一进入后门，这家人的散乱睡姿便呈现在眼前。被面的料子像是这一带的雪裤那种棉布，已经褪色发硬。在浅茶色的灯光下，主人夫妇和十七八岁的女儿，还有五六个孩子，把脸朝着各自的方向熟睡着。这情景令人感到，在贫寒僻陋之中也蕴含着一种强劲的力量。

岛村好像被那睡眠鼻息的温热推回去似的，不由得想往后退，但驹子已经把后门咔哒咔哒给关上了。她也不顾忌脚步声，就踏过这间铺了地板的屋子往里走，岛村蹑手蹑脚从小孩子的枕边穿过，心中顿时有一种莫名的快感在震颤。

"你在这儿等一下，我上二楼开灯。"

"不必啦。"岛村爬上了黑暗中的楼梯。回头一看，在孩子们纯真的睡脸对面就是卖糖果的店面。

这里是地道的农舍，二楼的四个房间铺有陈旧的榻榻米。

"就我一个人住，所以宽敞是挺宽敞的！"驹子虽是这么说，可隔扇是全部敞开的，只见那边的房间里堆放着旧家具，煤烟熏黑了的纸拉门里面，铺着驹子的一个小被窝，墙上挂着宴会上穿的衣裳，如此这般，真像是狐狸窝。

驹子把仅有的一个坐垫让给岛村，自己拘谨地坐在铺盖上。

"哟，通红通红的。"她对着镜子说，"我醉成这个样子啦？"

随后，她一边在衣柜上方翻找，一边说：

"在这儿，日记！"

"这么多！"

她从日记本旁边抽出来一个彩纹小纸盒，里面装满了各种各样的香烟。

"我把客人送给我的香烟，都装进袖兜里或夹在衣带中带回来，所以全都这样皱巴巴的，但都是干净的。话说回来，牌子大概都凑齐了。"她跪坐在岛村面前，拨弄着盒子里的香烟给岛村看。

"哎呀，没有火柴了。自己戒了烟，就用不着了。"

"我不抽呀。你在做针线活？"

"是的，但观赏红叶的客人一来，也就一点也顾不上了。"驹子转过头，把柜子前的针线活拢到一边。

大概是驹子在东京生活时的纪念品吧，那个直木纹的漂亮柜子和华丽的朱漆针线盒，仍与住在师傅家那旧纸箱般的屋顶阁楼时一样，但摆在这荒废的二楼，却显得颇为凄惨。

从电灯那边扯过来的细绳牵拉在枕头上方。

"躺下看书时，拽下这个就关灯了。"驹子一边说，一边玩弄着那根绳子。然而，她却像家庭主妇一样安娴地端坐着，显得有点害羞。

"倒像狐狸出嫁①啊。"

"的确是！"

"你要在这房间里生活四年吗？"

"不过，已过去半年了。快得很呢。"

下面传来了人们的鼾声，而且也没有什么话头了，岛村便匆匆地站起身来。

驹子边关门，边探出头仰望一下天空说：

"好像会下雪哩。红叶的季节也要结束了。"

到了门口，她又接着说道：

"这一带是山村，还有红叶时也会下雪。"

"留步，晚安！"

"我去送你，只送到旅店门口。"

想不到，她还是跟岛村一起进了旅店。

"晚安！"说罢，她不知消失到什么地方去了。但是不一会儿，她又端着两只装满冷酒的玻璃杯回来了。一进房间，她便激动地说：

"喏，喝吧，喝酒喽。"

"旅店里的人都睡了，你是从哪儿拿来的？"

"哼，我知道哪里有酒。"

看来驹子是在从酒桶倒酒的时候喝过才过来的，刚才的醉意仿佛又返回来了，她眯着眼睛，目不转睛地盯着酒从杯子里溢出，说道：

"可是，摸黑干杯，不够味。"

岛村把她递过来的杯中冷酒一饮而尽。

_____

① 狐狸出嫁，日本谚语，指鬼火等。此处形容深夜雪乡的灯光忽明忽灭。

喝这么一点酒本来是不该醉的，但也许因为在外面行走身子受了凉，他突然感到胸口难受，酒劲直往头上蹿。他好像知道自己的脸色已经苍白，便闭上眼睛躺下来。驹子慌忙过来照看，不久，岛村便稚气十足地沉浸于女人身体的温热之中了。

驹子似觉害羞，那动作俨如没有生过孩子的姑娘抱着别人的孩子一般。她把岛村的头托高，仿佛看着孩子睡觉似的。

不一会儿，岛村突然蹦出一句：

"你是个好姑娘。"

"为什么这么说？我哪里好？"

"是个好姑娘呀！"

"是吗？你这人真讨厌。都说些什么呀。请你醒醒！"驹子把头扭过去，一边摇晃着岛村，一边断断续续斥责似的唠叨，随后便沉默不语了。

接着，她莞尔一笑，说道：

"这样多不好呀。我难受得很，你还是回东京吧。我已没有什么可穿的衣服了。每次到你这里来，我都想换身宴会服，现已把衣服全换完啦。这件还是向朋友借的呢。我是坏姑娘吧？"

岛村一声没吭。

"这种人，哪里是好姑娘？"驹子的声音带点哽咽，她继续说，"初次见面时，我觉得你这种人挺讨厌的。从来没有人对我说过那么不客气的话。我真觉得你很讨厌呢。"

岛村点了点头。

"哼，我一直没把这些告诉你，你可明白？要是被女人说成这样，那可就糟透了。"

"我不介意。"

"是吗？"驹子像在回顾自己的过去似的，沉默良久。这个女人的生存感缓缓地向岛村传来。

"你是个好女人哪。"

"好什么？"

"是好女人哟。"

"你是个怪人！"她好像难为情似的遮住脸，但似乎想起了什么，突然撑起一只胳膊，抬头说：

"你的话是什么意思？你说，什么意思？"

岛村惊讶地望着驹子。

"说啊！你就为了这个才到这里来的？你在笑话我，你果然在笑话我啊！"

驹子脸色通红，瞪着岛村追问时，她的双肩激愤得颤抖起来，脸色也刷地变得苍白，潸然泪下。

"我好悔恨！啊，好悔恨！"说着，她从被窝里骨碌骨碌翻滚出来，背朝岛村坐下。

岛村这才知道驹子误会了他的意思，顿时惊愕不已，却闭上眼睛默不作声。

"我真可悲呀。"

驹子独白似的嘟哝着，把身体缩成一团趴下了。

她也许哭累了，便拿银簪在榻榻米上噗呲噗呲乱戳了一会儿，然后突然跨出房门走掉了。

岛村没能随后去追她。被驹子这么一说，他的确感到十分歉疚。

然而，驹子立刻就蹑手蹑脚回来了，她从纸拉门外气呼呼地叫道：

"喂，要不要去洗澡？"

"啊。"

"对不起，我改变了想法，就回来了。"

她躲在走廊站着不动，看样子是不会进来的，所以岛村就拿了毛巾走出门去。这时，驹子避开岛村的目光，微微低着头走在前面，这模样就像罪行败露被人押走似的。但在浴池里泡热身子之后，她竟然令人心疼地欢闹起来，岂还有睡意？

第二天早上，岛村被唱歌谣的声音惊醒了。

正当他静静地听着歌谣时，坐在梳妆台前的驹子转过头来，咧嘴微笑着说：

"那是梅花间的客人唱的。昨晚宴会后他们叫我去的呀！"

"是歌谣会的团队旅行吗？"

"嗯。"

"下雪了吧？"

"嗯。"驹子站起来，倏地拉开木格纸拉窗让他看。

"红叶也已到尽头了。"

从窗框内看到的灰暗天空中，牡丹花瓣大的雪片正向这边呼呼地飘流过来。不知何故，此时静谧得出奇。岛村以睡眠不足的呆滞目光凝望着。

唱歌谣的人们竟打起了大鼓。

岛村想起去年岁暮那面映照着晨雪的镜子，便朝梳妆台望去，但见镜中飘浮的牡丹雪那凛凛花瓣越来越大，而敞开领口擦拭着颈子的驹子身畔，飘曳着一道道白线。

驹子的肌肤洁净得像刚洗过一般，可怎么也想不到，她竟然是个会为岛村随口说出的一句话产生那么大误会的女人，反而显现出她或许有难以逆转的哀愁。

红叶的红褐色逐日黯淡的远山，也因这场初雪而鲜明地复活了。

浮着薄雪的杉树林，一株株杉树十分鲜明醒目，它们傲指天空，挺立在雪地上。

在雪里缫丝，于雪中纺织，以雪水漂洗，置雪上晾晒。从纺到织，一切与雪相始终。有雪才有绉布，雪当是绉布之母。古人也在书

95

中如此记述。

岛村也曾在旧衣店里搜寻村姑们在漫长的雪季手工做的雪国麻绉布，买下做夏装。出于舞蹈方面的关系，他也熟知买卖能乐①旧戏服的店铺，于是托付他们，遇到纹饰好的绉布就随时叫他去看。他喜好这种绉布，爱用它做贴身单衣。

据说从前在拆掉防雪帘、冰雪消融的初春时分，绉布就首发上市了。村里甚至还设有定点旅店，专供远从东京、京都、大阪三大都市赶来的绉布批发商下榻。姑娘们殚精竭虑地织造了半年，也就是为了这首发上市，所以到了那时，远近村庄的男男女女都聚集过来，变戏法卖艺的、叫卖杂货的也一个挨着一个，就像乡镇赶庙会一样热闹。展示出来的绉布，都挂着写有纺织姑娘名字和住址的纸签，根据质量品相来评定一等、二等的级别。这也成了选觅媳妇的良机。她们自幼就学织布，所以不是十五六岁到二十四五岁这个年龄段的姑娘，是织不出上等绉布的。年龄一大，织出的布面便失去了光泽。她们为能跻身纺织姑娘前列，既要努力磨炼技艺，还要从农历十月开始缫丝，一直忙到翌年二月中旬，晾晒完工后才告结束。大概因为这是在冰雪封门的日子，没有别的事可干，只能做这手艺活，所以才能专心致志做工，将她们的挚爱深情蕴藏进产品中吧。

岛村所穿的绉布衣服中，说不定还有江户末期到明治初期的姑娘所织的布料呢。

岛村至今仍把自己的绉布衣服拿去"雪晒"。这些不知曾与何人的肌肤相厮磨的旧衣，每年都要送到产地去晒，虽然是件麻烦事，但一想是往昔的姑娘在大雪封门时的精心制作，便仍希望它能在伊人的故土上，用地道的传统方法来晾晒了。在朝阳的照耀下，铺在厚厚积

---

① 能乐，日本演艺之一。合着笛、鼓等的伴奏，边唱谣曲边表演，演员多戴假面。室町时代（通指 1336 年至 1573 年）由观阿弥与世阿弥完成。

雪上的白麻布，让人分不清是雪还是布，全都染上了绯红色。只要思量一下这种景象，夏天的污垢便觉消除殆尽，自己的身体也如晾晒过一般舒适爽快。不过，也可把绉布衣服交给东京的旧衣铺去处理，但他们是不是仍沿袭往昔的晾晒方法，便非岛村所能知晓的了。

晾晒店自古就有。很少有纺织姑娘在各自的家中晾晒的，大都交给晾晒店去晒。白绉布须在织成之后去晒，有色的绉布则将纺成的细线挂在拐①上去晒。白绉布直接铺在雪地上晾晒。据说晒期是从正月至二月，所以也有利用大雪覆盖的田地作为晾晒场的。

无论是布还是线，都得在草木灰水中浸泡整整一夜，第二天早上再放清水中漂洗数次，然后绞干晾晒。这种程序要反复做好几天。这样一来，当白绉布即将晾晒完工时，旭日东升，霞光万道，这种天地绯红的壮观景象，美得无与伦比，真想展示给南国暖乡里的人们欣赏。古人也在书中这样记载着。绉布晾晒完毕之日，正是雪国报春之时。

绉布的产地靠近这个温泉浴场。它位于山谷间的河流下游，此处河道渐宽，平畴一片，从岛村的房间似乎也能看到。往昔有绉布市场的乡镇，现今都设有火车站，如今也作为纺织胜地而名闻遐迩。

然而，无论是在穿绉布衣裳的盛夏，还是在织绉布的严冬，岛村都没来过这个温泉浴场，所以没有机会同驹子谈及绉布。

但是，当他听到叶子在浴池里唱歌时，却偶有所思：如果她生在从前的时代，也许会坐在纺车或织布机旁那样唱着歌吧。叶子的歌声的的确确接近那种声音。

听说比毛发还细的麻线，如果没有天然冰雪的湿气浸润，便不易处理，所以它最适宜在阴冷的季节加工。古人说，寒天时织成的麻布在夏天穿起来也凉爽，这是阴阳自然之观点。与岛村情意绵长的驹

---

① 拐，把纺成的丝线卷在上面的一种工字形的工具。

97

子，似乎在本质上也属于凉性。因此，驹子内心格外热情这一点，对岛村来说则觉得伤感。

可是，这样的恋慕，并不能像一块绉布那样留下实实在在的形体吧。岛村茫然思忖：用于衣着的布，在工艺品中虽是寿命最短的，但如果妥善保管，五十年前或更早的绉布也不致褪色，仍能穿上身。而人生相依相伴，却没有绉布的寿命那么长。于是，他的脑海中不由得又浮现出了为其他男人生下孩子而成为母亲的驹子的身姿，岛村骇然环顾周边。是不是太疲惫了，他想。

这次逗留得如此之久，好像把要回到有妻室的家这件事也忘掉了。这并非由于不能离开此地，也不是因为不能同驹子告别，而是现在已习惯于等待驹子频频前来的相会。这样一来，驹子越是苦闷难受，岛村越发苛责自己，犹如自己没有了生性。换句话说，尽管他知道自己的寂寞，却仍静静地伫立不动。岛村百思不得其解：驹子为何会融入自己的情感之中来。驹子的一切，岛村都能通达理解；可是驹子对岛村似乎什么都难以理解。岛村觉得类似驹子碰撞空墙发出回声的音响，听起来宛若堆积在自己心底的飞雪。岛村的这种任性不羁，是不能永远持续下去的。

他觉得这次回去之后，暂时不会再到这个温泉浴场来了。岛村靠近雪季快来时才用的火盆，便听到旅店老板特为他准备的京都产的古老铁壶发出的柔和的水沸声。壶上精巧地镶嵌着白银花鸟。水沸声呈两种重叠，能听出一远一近，而比那远处的水沸声再远些的地方，又宛如持续响着幽幽的小风铃声。岛村把耳朵凑近铁壶，聆听那铃声。在不断响着的铃声更远处，驹子踏着宛似铃声的碎步走过来的那双小脚，倏忽映入了岛村的眼帘。岛村不禁骇然，心想如今已经必须离开这里了。

由此，岛村忽然想到绉布的产地去看看。他也打算顺势离开这座温泉浴场。

然而，在河流下游有好几处这类乡镇，岛村不知道去哪一个乡镇为好。因为他不想去看如今已经发展成纺织工业区的大镇子，所以索性在一个看来比较荒僻的火车站下了车。走了一会儿，来到了一条街上，像是旧时住宿驿站集中之地。

家家户户的屋檐都向外伸得很长，支撑那些檐端的木柱并立在路端。它们类似江户街头的"店下"，而此地好像自古就称其为"雁木"①。檐下当然也就成了积雪深厚时的往来通道。道路一侧的店铺相连，这房檐也就接连起来了。

房屋之间都是相邻接连的，所以屋顶的积雪没有其他地方丢弃，只能推落到路中央。实际上，只是将雪从大屋顶上抛到路面的雪堤上。若要去道路对面，就得到处打通雪堤做成隧道，这地方好像管它叫"钻胎内"。

虽然同属雪国，可是驹子所在的温泉村庄屋檐并不相连，所以岛村在这个镇子当然是首次看到"雁木"。因为稀奇，他就走进去略微看了看。古旧的屋檐下面光线昏暗，已倾斜的柱脚都腐朽了。岛村油然感觉像在窥探祖先世代被埋在雪中的阴郁老屋的堂室。

在雪底下埋头于手工作业的织女生活，绝不如她们的制品绉布那么清爽明朗。这个小镇给人的印象是十分古老的。在记载绉布的古书中，虽也引用大唐诗人秦韬玉的诗句等等，却没提到有哪家织造商雇用织女的，据说这是因为织一匹绉布相当费时费工，赚不了钱。

如此含辛茹苦的无名工人弃世已久，仅有这美丽的绉布存留下来。因夏日穿着感觉凉爽，而成为岛村这档人的奢华衣物。这本非不可思议的事，岛村却忽然觉得不可思议。但凡专注的挚爱之举，难道皆会在某个时辰、某一地方鞭挞人吗？岛村从"雁木"下来到了街道上。

----

① 雁木，日本多雪地区的深房檐，檐端支有立柱，形成走廊，方便行人在积雪深厚时从下面通过。

这条又直又长的大街具有宿驿通衢的气势，大概是从温泉村连通的古老街道吧。木板屋顶的横木条和铺石，也都与温泉乡镇毫无二致。

檐柱投下了淡淡的阴影。不觉之间已近黄昏了。

没有什么可观览的，岛村便重登火车，到下一个村镇去看看。这里与前一个镇子类似。岛村仍是信步闲踱，只是为御寒吃了一碗面条。

面馆位于河岸，这条河也是从温泉浴场流过来的吧。但见尼姑三五成群地先后过桥而去。她们穿着草鞋，其中也有背着圆顶斗笠的，好像刚化缘回来。感觉像乌鸦急于归巢似的。

"有不少尼姑路过这里？"岛村问面馆的女人。

"是的，这山窝里有尼姑庵。这几天一旦下雪，从山里走出来可艰难啦。"

桥那边，暮色渐浓的山峦已是白茫茫的了。

在这雪国，到树叶飘落、寒风乍起的时节，阴冷天便会接踵而来。这是下雪的先兆。远近的高山都呈现出茫茫白色，这叫作"环山绕"。此外，有海的地方，大海发出呼啸；山势峭深之处则发出山的吼叫，其声犹如远雷。这种现象叫作"山海叫"。目睹"环山绕"，耳听"山海叫"，便知道雪季已为期不远，"雪来到"了。岛村回想起古书上有这样的记载。

还是在岛村早上睡懒觉时听到红叶观光客唱谣曲的那天，下了首场雪。今年的"山海叫"大概已经发生过了吧。岛村独自来到温泉旅行，在与驹子不断幽会的过程中，听觉仿佛奇妙地敏锐起来了，仅仅揣度山鸣海啸的声音，那远方传来的轰鸣声就似乎响彻耳道深处。

"尼姑们也快要闭门过冬了吧。她们大概有多少人呢？"

"嗨，好多好多吧。"

"光是这么多尼姑待在一起，好几个月都闷在雪里，都做些什么

101

呢？以往这一带都织些绉布什么的，要是在尼姑庵里纺织，倒也不错呀。"

对于岛村好事的闲扯，面馆的女人仅报以淡淡一笑。

岛村在火车站等了将近两个钟头的返程火车。微弱的夕照沉落之后，寒气仿佛将星星磨出了冷冽的亮光。脚都冷冰冰的了。

也不知这一天跑出去干了些什么，岛村又回到温泉浴场来了。汽车过了那个常走的岔道口，开到守护神旁的杉树林边时，眼前出现一间灯火通明的房子，岛村便松了一口气。那是小吃店"菊村"，门口有三四个艺伎站着聊天。

岛村刚一想驹子也可能在这里吧，结果马上就发现了驹子。

车速骤然降了下来。已经知晓岛村和驹子关系的司机，好像不由自主地把车开慢了。

岛村忽然把脸背向驹子朝后面转过去。汽车一路印下的车辙清晰地残留在雪地上，在星光的辉耀下，想不到竟能看到很远很远。

车子来到了驹子跟前。驹子忽然眼睛一闭，纵身扒上了车。车子没有停下，仍是那么慢悠悠地爬上山坡。驹子弯着腰站在车外踏板上，抓着车门上的把手。

尽管那是飞身跳到车上像被吸附住一样的强悍气势，而岛村却感到一股暖流轻盈地飘然而至，对驹子的举动并不觉得不自然和危险。驹子扬起一只手臂，像要抱住窗子。她的袖口滑落下来，长衬衣的颜色透过厚厚的玻璃微微一露，顿时沁入岛村冻得发硬的眼睑。

驹子把额头抵在窗玻璃上，尖叫道：

"你去哪里啦？喂，你去哪里啦？"

"你这样多危险，不要乱来！"虽然岛村也是高声回答，但这是矫情的戏逗。

驹子打开车门，斜着身子歪倒进来。然而此时车子已经停住。到达山脚了。

"嘿，你到哪里去了？"

"哦，你问这个啊。"

"去了哪里？"

"也没去到哪里。"

驹子理顺衣服下摆的手法显露出了艺伎气质，这对岛村来说，宛如看到了稀奇珍品。

司机默然坐着不动。车子已经停在道路的尽头，岛村感到就这么待在车上挺可笑的，便说：

"下车吧！"

这时，驹子抬手捂在岛村的膝盖上，说：

"哟，冰凉。冻成这样！为什么你不带我去呢？"

"倒也是嘛。"

"还说啥？你这人好古怪。"

驹子开心似的笑着，登上陡峭的石阶小路。

"你出去的时候，我都看到啦。大概在两三点钟，对吧？"

"嗯。"

"因为我听到了车子声响，就出来看看，是到外面来看的呢！你呀，没有往后头看看吧？"

"哦？"

"根本就没看哪！为什么不回头看看呢？"

岛村吃了一惊。

"难道你不知道我在送你吗？"

"不知道呀。"

"你看吧。"驹子仍开心地莞尔一笑。接着，她把肩头挨靠过来。

"为什么不带我去呢？你变得冷酷了，真讨厌。"

突然，火警的钟声响了起来。

两人回头一看，惊呼：

"失火了，失火啦！"

"是火灾。"

火苗从下面的村子正中间升腾起来。

驹子叫喊了两三声，攥住了岛村的手。

在翻滚升腾的黑烟中，火舌时隐时现。那火头向旁边蔓延，火舌舔舐着周边的屋檐。

"是哪里？那不是你从前住过的师傅家附近吗？"

"不对。"

"那是哪一带呢？"

"还要往上去，靠近火车站。"

火焰蹿出屋顶，升上天空。

"啊，是茧库，是茧库啊！哎哟，哎哟，茧库烧着啦！"驹子接连不断地说着，把脸颊靠在了岛村肩上。

"是茧库啊！是茧库啊！"

火势越来越猛，俯瞰浩瀚星空的下方，火灾恍如玩具着火般悄然无声。尽管如此，那熊熊烈火似乎正呼呼作响，一种恐惧感逼袭而来。岛村搂住了驹子。

"别怕，别怕！"

"不，不，不！"驹子摇着头哭了起来。在岛村的手掌中，她的脸蛋感觉比平时娇小了些，紧绷的太阳穴在颤动着。

她是看见火才哭出来的，但岛村丝毫不想弄清楚她在哭什么，只是搂着她。

驹子突然停止哭泣，把脸从岛村肩上移开，说：

"啊，对了，茧库里在放映电影啊！正是今天晚上啊。里面满是人，你……"

"那可不得了！"

"有人会受伤的，会被烧死的！"

二人慌忙跑上石阶。这是因为上面传来了嘈杂声。他俩仰头一看，高高的旅店二楼三楼，大部分房间的房客都拉开门窗，到明亮的走廊上观望火场。摆在庭院角落已经枯萎的菊花，不知是因着旅店灯光还是星光而浮现出了轮廓，不由得令人觉得那是火光照映出来的。那排菊花后面也站着人。旅店的掌柜等三四个人，从他俩的头顶上方滚落似的奔下来。驹子提高嗓门叫道：

"喂，是茧库吗？"

"是茧库啊。"

"有人受伤吗？有没有受伤的？"

"正在不停地往外救啊。是从电影胶片那儿，砰的一声便全烧起来了，蔓延得可真快呀。我是从电话里听说的。你瞧瞧！"说罢，掌柜的扬起一只手臂对他俩摇了摇，就走开了。

"说是那些小孩子呀，正从二楼被接二连三地往下抛呢。"

"唉，这可怎么办呢？"驹子像追赶掌柜似的下了石阶。从后面下来的人越过她向前跑去。驹子也随势跟着跑起来。岛村也追了上去。

石阶下，火场被房屋遮掩住，只能看见往上蹿的火头。警钟声响彻夜空，更增添了人们的不安。

"雪已结冻了，小心点，地滑。"驹子转头向岛村说道，可随即就势停住脚步，站在那里说，"我说，这样吧。你就算了，不要去了。我担心村里的人嘛。"

她这样说倒也在理。岛村感到扫兴，垂头正好看见脚下的铁轨。原来他们竟然来到岔道口了。

"银河。真漂亮啊！"

驹子嘟哝一句，就这么仰望着那片夜空，又跑开了。

"啊，银河！"岛村也抬头仰望，顿时感到身子轻扬直上银河之中了。银河的亮光，近得宛如欲将岛村掬上去似的。旅途中的芭蕉[①]在惊涛骇浪的海面上所看到的，就是如此璀璨的银河之雄大吧。赤裸裸的银河，俨如要将夜色中的大地赤裸着卷上去似的，径直向那边倾泻而来。那真是令人惊悸的艳丽。岛村感到自己渺小的身影，似乎要从大地上逆向映入银河。银河清澄透澈，不光浩繁的星斗一颗一颗清晰可见，就连充满光云中的银砂，也都一粒一粒格外分明。银河无极的深邃，把岛村的视线吸进去了。

"喂，喂。"岛村呼唤着驹子，"喂，过来——"

银河低垂到黑暗山峦的顶端，驹子正朝那个方向奔跑。

她好像在提着衣襟下摆，每次摆动手臂，红色的下摆便时而露出很多，时而又收缩回去。在星光辉耀下的雪地上，可辨明那是红色。

岛村一溜烟地追了上去。

驹子放慢脚步，放手松开下摆，握住了岛村的手。

"你也要去？"

"是呀。"

"真爱凑热闹啊。"她提起坠在雪地上的衣服下摆，说，"我会被人笑话的，你就回去吧。"

"好，就到前面那儿。"

"不合适吧！连火场都带你去，在村里人面前我不好意思呀。"

岛村点点头停了下来，驹子却轻轻地抓着岛村的袖子，缓缓地向前走去。

"请你在哪个地方等我，我马上就回来。在哪里好呢？"

"哪里都行。"

---

① 芭蕉，即松尾芭蕉（1644—1694），日本俳句诗人。松尾宗房的俳号。1679 年，他写了第一首"新型"俳句，从此成名。以简洁的陈述唤起一种意境并衬托出两种独立现象的比较和对照，乃是芭蕉风格的标志。他的不少作品，被誉为日本文学的珠玉之作。

"那么，就再往前一点儿吧。"说着，驹子死死盯住了岛村的脸，可又突然摇起头来，说：

"讨厌，不能再这样了。"

驹子猛地撞上了岛村的身子。岛村踉跄一步。路边的薄雪中，挺立着一排排大葱。

"真无情呀！"接着，驹子开始连珠炮似的找碴说，"呃，你呀，曾说过我是好女人吧！你已经要回去了，为什么还说那种话，是要向我挑明吗？"

岛村想起了驹子拿发簪噗呲噗呲戳着榻榻米时的情形。

"我哭了啊，回家后也哭了一场啊。我真怕和你分开。可是，你还是早些走吧。你的话把我惹哭了，我是不会忘记的。"

一想起因驹子错听反而令她刻骨铭心的那句话，岛村就被依恋之情紧缚住了。这时，火场突然传来嘈杂的叫声。新的火势喷起了火星。

"啊，又烧起来了，火势那么旺，冒出那么大的火！"

两人叹口气，像获救了似的奔跑起来。

驹子跑得真在行。她的木屐飞也似的掠过冻结的雪面，手臂也不是常见的前后摆动，倒像是向两侧伸展。她那副紧紧凝气聚力于胸前的姿势，令岛村觉得她意外地娇小。微胖的岛村一边盯着驹子的身姿一边奔跑，早已痛苦不堪。然而，驹子也突然透不过气来，踉踉跄跄地倒向岛村。

"眼珠子冻得都要流出泪啦。"

驹子面颊火热，只有眼睛冰冷。岛村的眼睑也濡湿了。他眨眨眼，感觉满目全是银河。岛村控制住那夺眶欲出的泪水。

"每天晚上，都是这样的银河吗？"

"银河？好漂亮呀，不是每晚都这样的吧。今天可是大晴天哪。"

银河从二人后面向前流泻，正是他们奔跑的方向。驹子的脸蛋儿犹如映照在银河之中。

然而，她鼻子的形状模糊不清，嘴唇的颜色也消失了。岛村无法相信横贯长空的光层竟会如此晦暗。不可思议的是，这比淡月之夜还黯淡的星光之夜，银河却比任何满月的夜空更为通明。地上没有一丝阴影，驹子的脸蛋儿恍若旧面具浮现在一片迷蒙之中，挥发出女体的清馨。

仰首一望，岛村顿觉银河又欲搂抱这片大地似的低垂下来。

宛若恢宏极光似的银河，浸透岛村的身体流泻而过，令人感到仿佛兀立于大地的尽头。虽然这给人静谧冷寂之感，但亦妖艳莫名而令人惊诧。

"你走后，我要踏踏实实过日子。"驹子说罢，又起步走去，还用手拢了拢松散的发髻。

走了五六步，她又回头说：

"怎么啦？多烦心。"

岛村还是那样伫立着。

"行吗？等着我，过会儿一起去你的房间。"

驹子扬了扬左手就跑开了。她的背影仿佛要被黑暗的山底吸噬过去了。银河在被连绵山岭的轮廓线截断的地方冲开山麓，又逆势迸发，从那里以华丽的恢宏气势向长天伸展过去，因而山峦显得更黝黯、更低沉了。

岛村刚挪步片刻，驹子的身影便没入街上的民舍后面了。

"嘿哟，嘿哟，嘿哟！"号子声传过来，但见有人拖着水泵走过去。街上有不少人前簇后拥地奔跑着。岛村也急忙跑到街上。刚才他们两人走过来的道路，通向丁字形街道的尽头。

又有人拖来了水泵。岛村让开路后，就跟在他们后面跑。

这是陈旧的手压式木质水泵。除了拉着长绳子走在前面的一队人之外，水泵周围也簇拥着消防队员。那水泵小得出奇。

为给这台水泵让路，驹子也退到了路边。她发现岛村后，就与他一起跑了起来。刚才避让水泵站到路边的人们，像被水泵吸住了似的跟在后面追赶。现在他们二人也不过是加入了跑向火场的人群而已。

"你也来了？真多事！"

"嗯。这水泵能行吗？是明治时代之前的。"

"是啊。别跌倒啦。"

"地上好滑哦。"

"是啊。再往后，刮上一夜的狂风卷雪时，你来一趟看看吧。可能来不成吧！野鸡呀，兔子呀，都逃进人家屋里来啦……"驹子虽然这么说，可受消防队员的吆喝声和人们的脚步声感染，她的声音却明快洪亮。岛村也觉得身子轻快多了。

传来大火的燃烧声。火势在眼前冲腾起来。驹子抓住了岛村的臂肘。街上低矮的黑屋顶在火光中犹如呼吸一般，忽而浮现出来，继而又黯淡下去。水泵打出来的水，流到了脚下的道路上。岛村和驹子也在人墙外自然而然地停住了脚步。火场的焦臭味之中，还混杂着煮蚕茧似的气味。

尽管人们在街头巷尾高声议论着是电影胶片起火的啦，看电影的孩子从楼上一个一个地被抛出来啦，有没有人受伤啦，幸好村里的蚕茧和大米现在都没放进去啦……但面对着燃烧的大火，大家却默默无言，仿佛失去了远近的中心，唯有一种静寂一统火场。大家似乎都在听着火的燃烧声和水泵抽水声。

时而有刚跑来的村人，四处呼唤着家人的名字。若有人答应，他们便兴高采烈地互相呼叫。唯有这些声音透出鲜活的生气。警钟已经不再鸣响了。

岛村想避人眼目，便悄悄与驹子拉开距离，站到了一群孩子的后面。孩子们因烟熏火燎而向后倒退。脚下的雪似乎也松软起来。人墙前面的雪因水流和火烤而融化，泥泞的地上留下凌乱的脚印。

这里是茧库旁边的旱田，与岛村他们一起跑过来的村民大都进到了田地里。

火头好像是从安放放映机的入口那边燃起的，茧库的屋顶和墙壁已烧塌了一半，柱子和梁架等骨架虽然冒着青烟，但依旧竖立着。屋顶、墙壁的木板和木地板已经化为灰烬，所以屋内不再烟雾缭绕，浇透水的屋顶看来也不会复燃了。尽管如此，暗火好像仍未止住，从意想不到的地方蹿出了火焰。人们慌忙把三台水泵的水都朝那里浇去，顿时喷起火星，冒出黑烟。

那些火星扩散到银河中，岛村感觉自己又像被天河掬上去了似的。青烟在银河中漂流，相反，银河也飒然流泻下来。水泵打出的水冲过屋顶在摇荡，化作淡白色的水烟，亦如辉映出的银河光耀。

不知道什么时候挨过来的，驹子握住了岛村的手。岛村转过脸来，但默然无语。驹子依然凝视着火场那边，那火焰的呼吸在她红扑扑的严肃面容上忽闪忽闪着。岛村心中涌起一阵激情。驹子的发髻松了，脖颈向前挺着。岛村突然想把手伸到那儿去，可指尖却颤抖起来。岛村的手也暖乎乎的了，可驹子的手更为滚热。不知何故，岛村感到离别似乎正在迫近。

大概在入口处的柱子那边又起火燃烧，水泵的一道水柱径直向那边喷射，屋脊和栋梁"呲呲"地散发出热气，眼看着就要倾倒了。

人墙中发出"啊"的一声叫喊，便立刻屏住了呼吸，只见一个女人坠落下来。

为了让茧库也能做剧场使用，二楼设有仅为形式上的观众席。说是二楼，却很低矮。从这个二楼坠落下来，照理说瞬间便可着地，但刚才却好像有足够的时间，让人用眼睛清晰地追踪坠落的姿态。也许是坠落方式很奇怪的缘故吧，她看起来就宛若木偶一般。一眼就可看出她已处于昏迷状态。落到下面也没有发出声响。这地方被水冲过，也没扬起尘埃。落点是在新蔓延上来的火苗和死灰复燃的火苗中间。

一台水泵倾斜着向死灰复燃的火头喷出弧形的水流，可在水流前面突然浮现出一个女人的身体。她就是以这种方式坠落的。女人的身体在空中呈水平状态。岛村心头一震，但并没有旋即感到危险与恐惧，只觉得犹如非现实世界的幻影一般。僵直的身体坠落到空中变得柔软了，然而，那姿态如同木偶般的顺从，呈现出生命不再的自由，生也罢死也罢都已休止了。如果说岛村心中也闪现过不安，那就是担忧伸展为水平状的女人的身体，头部会不会朝下、腰和膝部会不会弯曲。看起来似有这种可能，但她仍旧呈水平状坠落了。

　　"啊！"

　　驹子尖叫着捂住了双眼。岛村则直勾勾地凝望着。

　　岛村也知道坠落下来的是叶子，那他是什么时候知道的呢？人墙中发出"啊！"的一声惊叫就屏住呼吸也好，驹子"啊！"的一声尖叫也好，实际上仿佛在同一瞬间。叶子的小腿在地上痉挛，好像也在同一瞬间。

　　驹子的叫声穿透了岛村的整个身躯。在叶子小腿痉挛的同时，岛村从头到脚也骤然一阵冰冷的痉挛。他被一种难以忍受的痛苦和悲哀击打，心房在激烈悸动。

　　叶子的痉挛轻微得令人看不出来，旋即停止了。

　　比起那小腿痉挛，岛村更先看到的是叶子的脸蛋和红色箭翎花纹布的和服。叶子是仰面坠落下来的。衣服的下摆一直翻卷到一只膝盖的稍上一点。即使撞在地面上，她好像也仅仅是小腿痉挛了一下，仍旧处在昏迷状态。不知何故，岛村依然没有感到她的死，只觉得那是叶子内在生命的变形，仿佛那只是变形的转折点。

　　从叶子坠落下来的二楼观众席上，倾倒过来两三根木头梁柱，开始在叶子脸的上方燃烧。叶子闭合着那双美丽动人的眼睛。她扬着下巴，脖颈的轮廓线条伸展着。火光在她苍白的脸上方凌乱摇荡。

　　岛村突然想起几年前他到这温泉浴场来会驹子，在火车中看见山野灯火显映在叶子脸庞正中央时的情景，心中又是一阵震颤。这一瞬间，火光仿佛映照出了他与驹子相处的岁月。这当中也有某种难以忍受的苦楚与悲哀。

驹子从岛村旁边飞身跳了出去。这与她惊叫着捂住眼睛几乎是在同一瞬间，即是人墙中发出"啊！"的一声便屏住呼吸的时候。

被水浇透的黑色焦屑七零八落，驹子拖着艺伎衣裳的长长下摆踉踉跄跄地走了过去。她要把叶子搂在胸前抱回来。她竭尽全力叉开双脚站立住，在她的脸蛋儿下面，奄拉着叶子似已西归的茫然面庞。驹子俨若抱着自己的祭祀生灵，抑或刑罚。

人墙在众口喧嚣声中松散垮塌，哄然将她们二人围住。

"让开！请让开！"

岛村听到了驹子的喊叫。

"这孩子，发疯啦，发疯啦！"

岛村正要靠近发出这种狂叫声的驹子，却受到想从驹子手上接过叶子的一群男子推搡而打了个趔趄。在他叉开双腿站定、抬头仰望之际，银河仿佛呼啸着向他心胸中流泻下来。

伊豆舞女

竺祖慈 译

伊豆舞女

一

道路变得曲曲弯弯，眼看将近天城山顶，雨脚已把茂密的杉林染白，同时以惊人的速度从山麓向我追来。

我二十岁，戴着高中的学生制帽，穿着藏青色白碎花和服和裙裤，肩背书包，独自来伊豆旅行。今天已是第四天，其间在修善寺温泉住了一夜，在汤岛温泉住了两夜，然后踏着有厚朴木齿的高齿木屐来登天城山，一面陶醉于眼中的重山叠峦、原生林和深邃的溪谷，一面又被心中一种令人怦然的期待催着匆匆赶路。此时大粒的雨滴开始拍打我的身体，我在弯曲的陡坡上奔攀，终于跑到北山口的一家茶屋，正要喘口气时，却又在茶屋门口停下了脚步，只因为自己的期待竟如此顺利地得到了实现——那一行巡演艺人正在里面歇脚。

见我呆站在那里，那位舞女立刻让出自己的坐垫，翻个面后放在旁边。我只"哎"了一声，便在坐垫上坐了下来。因在山路上奔走而致的气喘再加上惊喜，一句"谢谢"堵在喉间不能说出。

与她近在咫尺对面而坐，我慌忙从袖中掏出香烟，她把同伴面前

115

的烟灰缸拉到我的近前，我仍是默然。

她看上去十七岁左右，盘着一个我不知其名的古风发髻，形状大得不可思议，让她那张一本正经的鹅蛋脸显得很小，却又给人美感，令人觉得和谐，让我联想到历史故事中的女孩子那种被夸张描绘的浓发。她的伙伴中有一个四十来岁的女人，两位年轻女子，此外还有一个二十五六岁的男子，身穿印有长冈温泉旅馆店号的外衣。

我此前两次见过这位舞女，最初是在来汤岛的途中，与去修善寺的她们在汤川桥附近相遇，当时虽有三位年轻女子，大鼓却是她提着的。我不时回头去望，觉得旅行有了情趣。然后便是我在汤岛的第二天晚上，她们来旅馆卖艺，她在玄关处的地板上跳舞，我坐在楼梯的半中央看得入神，心想她们先是在修善寺，今晚在汤岛，明天可能会翻过天城山到山南的汤野温泉，我在天城七里山道上一定追得上她们。虽是带着这样的空想赶路而来，却在躲雨的茶屋不期而遇，所以心还是怦怦乱跳。

不一会儿，茶屋的老婆婆把我带到别的房间，这房间好像平时不用，所以没有拉门，往下一看，美丽的山谷深不见底。我觉得自己起了鸡皮疙瘩，牙齿打战，浑身发抖，便对来沏茶的老婆婆说冷，她说：“少爷是淋湿了吧？您就在这里歇一会儿，来，把衣服烘一下。”说着便要伸手拉我去他们自己的房间。

那个房间砌了地炉，拉开隔门便有强烈的热气冲来，我站在门边犹豫。一位像淹死鬼一样浑身白肿的老人盘腿坐在炉旁，一双连眼珠都似发黄腐烂的眼睛忧郁地朝着我这边看，身旁的旧信件和纸袋堆积如山，说他被埋在纸屑当中也不为过。我站在那里呆呆地看着这山中怪物，不敢相信这还是个活人。

“真不好意思让您看到这副样子……不过，这是咱家的老爷子，您不必害怕，那样子虽然难看，但实在是不能动弹，所以只好请您忍一忍了。”

先是这么打了招呼，老婆婆又告诉我，老爷子患中风多年，终至全身不遂，那堆纸山是各地介绍中风患者养生方法的来信以及各地寄来的治中风病的药袋。无论是向登山旅客打听还是去看报纸上的广告，老爷子总是一个不落地向全国各地寻觅中风疗法，求购药物，然后把这些信件和纸袋一个不丢地放在自己身边，整天看着它们度日，经年累月，便形成了这旧纸堆积的山。

我垂头对着地炉，老婆婆的话让我无言以对。翻山的汽车震动着屋子。虽是秋天，这山顶已是如此之冷，而且不久便会满山是雪，我不懂这老爷子为何不下山去。炉火旺得让我头疼，衣服直冒热气。老婆婆出去跟卖艺的女人说话。

"是吗？上次带来的姑娘已长成这样了？成了大姑娘，您也熬出头了。长得真好看！女孩子就是长得快呀。"

将近一个小时后，那些巡游艺人传来出发的动静，此时的我虽静不下心，却只是心旌摇曳而没有起身的勇气。她们虽说惯于走南闯北，但毕竟都是女人，我即便落后一二十町①的路程，一阵小跑便可撵上的。心虽这样想，人在炉旁却是焦躁不安。身边虽然没了舞女，胡思乱想反倒脱了缰似的乱蹦乱跳。老婆婆送走她们回来，我便问道：

"那些艺人今晚住在哪里？"

"哪知道那些人住哪里呢，少爷。哪里有观客，就住哪里，今晚的住处哪有一定呢。"

老婆婆的话中带着轻蔑。既然如此，今晚就让她住我的房间——老婆婆的话燃起了我的希望，以致产生了这样的念头。

雨小了，山峰渐渐变得清晰起来。店主不住地留我，说再等十分钟就能大晴，我却坐立不安。

---

① 町，日制长度单位，1町约合109米。

117

"老爷子，多保重吧，天要冷了。"我真心实意对他说道。老爷子吃力地转了转黄浊的眼珠，微微点了点头。

"少爷，少爷……"老婆婆叫着追了上来，"让您这么破费，真是罪过呀。实在不好意思。"

她边说边抱着我的书包不肯松手，不管我怎么拒绝，她执意要送我一程。她颤颤巍巍地跟我走了一町之远，嘴里不断重复同样的话：

"罪过呀，太怠慢您了。我记住您的样子了，下次您路过时再好好谢您，您一定要再来哟，我不会忘了您的。"

我只不过留下了一枚五角钱银币，她便惊歉交加、涕泗横流。我却因想快快撵上舞女，难免觉得她的蹒跚步履碍事。我们终于到了山顶隧道。

"十分感谢。老爷子一人在家，您还是回去吧。"

听我这么说，老婆婆总算放开了我的书包。

走进黑暗的隧道，冰凉的水珠滴滴答答地落下，通往南伊豆的出口在前方露出一小点亮光。

二

出了隧道口，山路像闪电般蜿蜒而下，路的一侧是涂了白漆的栅栏。远望过去，像是一幅模型图景。山脚处可见那行艺人的身影。走了不到六町远我就赶上了她们，但又不能突然放缓脚步，于是便故作冷淡状从她们身边超过。那个独自走在前面十间 [①] 远的男人看见我便停下了脚步说：

"您走得挺快。天已大晴了。"

---

① 间，日制长度单位，1 间约合 1.82 米。

我放松下来，开始与他并排而行。他不断地问我各种各样的问题。看见我们聊了起来，那几个女艺人也纷纷跑了上来。

那个男人扛着个大柳条包，四十岁的女人抱着只小狗，年龄最大的姑娘拿着布包袱，另一个姑娘拿着柳条包，各自都带着大东西，那舞女则背着大鼓和鼓架。四十岁的女人也有一搭没一搭地与我攀谈。

"是高中生呢。"年龄最大的姑娘对舞女嘀咕道，见我回头，就笑着说，"没错吧？这点事我还是知道的，学生上岛来玩。"

她们是大岛的波浮港①人，春天出岛后就一直在外漂泊。天冷了，她们出来时没做好过冬的准备，所以打算在下田待十来天后就从伊东温泉回岛。听她们说到大岛，我越发感到了诗意，又去望舞女那头美发，并问了许多大岛的事。

"好多学生来游泳。"舞女对女伴们说。

"是在夏天吗？"

见我回头去问，她慌了神，小声说：

"冬天也……"

"冬天？"

她还是看着女伴，笑了。

"冬天也游泳？"

我又重复一遍，她脸红了，表情非常认真地点了点头。

"这个傻姑娘。"四十女笑了。

到汤野还需沿着河津川的溪谷走三里多下山路。翻过山头，连大山和天空的颜色都给人一种南国的感觉。我跟那男的不断地说话，已经混得很熟。经过荻乘和梨本这些小的村落，已可看见汤野山麓那些草屋顶时，我鼓起勇气提出想跟他一起走到下田，他非常高兴。

四十女在汤野的小旅社前做出了告别的表情时，他说：

---

① 波浮港，伊豆大岛东南部的村子。

"这位想跟着一起走。"

"好呀，好呀。旅途的伴侣，世间的情谊。咱们这样无足轻重的人，也还是能给您解解闷的。进来歇歇吧。"

四十女毫不见外地答道。三个姑娘同时默默地看着我，毫不显得意外，只是有点羞涩。

我跟她们一起上旅社二楼放下行李。榻榻米和纸隔扇门都陈旧而干净。舞女从楼下端了茶来，在我面前坐下，满脸通红，双手发抖，眼看茶碗要从茶盘上滑落，她忙将茶盘放在榻榻米上，茶水已经泼出。她那过于羞赧的样子让我不知所措。

"哎呀！讨厌。这孩子动了春心，这可怎么是好……"

四十女像是惊讶至极，皱着眉把抹布扔了过来。舞女捡起后窘迫地去抹榻榻米。

我因这令人意外的话而猛地反省自己，觉得被山顶那老婆婆燃起的妄念突然破碎。

正在此时，四十女说："学生娃身上的藏青碎花布真好看。"说着不停地瞅我，又反复跟旁边的女人确认道，"这碎花跟民次的衣服一样，是吗？是的吧，不是一样的吗？"然后对我说，"在老家留下了一个上学的孩子，刚刚想起他了，您这藏青碎花布跟他的一样。最近藏青碎花布也贵得让人买不起了。"

"在哪里的学校？"

"普通小学的五年级。"

"哦，普通小学五年级可是……"

"他在甲府的学校上学，虽然常住大岛，老家却是甲府。"

歇了一小时后，那男的带我去另一家温泉旅馆。此前我还一直以为自己会跟这些艺人住在同一家小旅社。我们从街上沿着石子路和石阶往下走了一町左右，过了小河边一家公共浴室侧面的桥，桥对面就是温泉旅馆的庭院。

刚在旅馆内的温泉泡澡，那个男的便跟着进来，告诉我说他二十四岁，老婆曾两次流产早产，孩子都没留住。因他穿着印有长冈温泉店号的外衣，我便以为他是长冈人，再加上他的长相和谈吐都相当有文化的样子，所以我想象他是因为好奇或喜欢上了艺人女孩，于是跟着一起过来，顺便帮着拿行李。

　　泡完澡后我接着就吃午饭。早晨八点从汤岛出发，这时还不到三点。

　　那男人临回去时从庭院抬头看着我打招呼。

　　"你用这买点柿子啥的，我就不下楼送你了。"

　　我说着用纸包了些钱扔下去，他本拔腿要走，不想去拿，但因纸包落在地上，便又返身拾起说：

　　"您这样可不行。"

　　说着就往上扔，钱却落在了草屋顶上，我又扔了一次，他便拿着离去。

　　傍晚起雨下大了，群山的样子都一片白蒙蒙的，难辨远近，房前的小河眼看变得黄浊，水流声也变大。如此大雨，那些艺人大概不会过来演出了，这个念头令我坐立不安，连着去温泉泡了两三次。我的房间光线幽暗，与邻室之间的纸隔扇门被裁出一个四方形的缺口，缺口处的横梁上吊下一盏电灯，供两室兼用。

　　在哗哗的雨声中远远地响起轻微的"咚咚"鼓声，我迫不及待地打开雨窗探出身子。鼓声好像越来越近，风夹着雨点敲打着我的脑袋，我闭目侧耳静听，试图辨识鼓声来自何方，如何向这里走来。不久传来三弦琴的声音，还有女人拖得长长的叫声和热闹的笑声，于是我知道这些艺人被招到小旅社对门的餐馆去卖艺了，并且听得出有两三个女人和三四个男人在那里。我等着那边结束后她们会转到这边来，但那边的酒宴似乎已越过了热闹的阶段而变得胡闹了，女人的尖叫声不时地像闪电般划破夜色传来，刺激着我的神经，让我一直开着

后浪插图经典系列，名家名译名画
打造收藏级传世名著

莎士比亚爱情诗集
（插图珍藏版）

[英] 威廉·莎士比亚 著
[英] 埃里克·吉尔 绘
曹明伦 译

牧歌
（插图珍藏版）

[古罗马] 维吉尔 著
[法] 马塞尔·韦尔特 绘
[英] C.S.卡尔弗利 英译；叶紫 中译

恶之花
（插图珍藏版）

[法] 夏尔·波德莱尔 著
[法] 亨利·马蒂斯 绘
郑克鲁、刘楠祺 译

伊索寓言：
500年插画与故事

[古希腊] 伊索 著
[英] 蓝道夫·凯迪克 等绘
草木 编；庆云 译

鸟·蛙
（插图珍藏版）

[古希腊] 阿里斯托芬 著
[英] 约翰·奥斯汀、
[美] 阿瑟·勒恩德 绘
张竹明 译

查第格
（插图珍藏版）

[法] 伏尔泰 著
[法] 西尔万·索瓦日 绘
傅雷 译

远大前程
（插图珍藏版）

[英] 查尔斯·狄更斯 著
[爱尔兰] 哈利·福尼斯 绘
王科一 译

巴黎圣母院
（插图珍藏版）

[法] 维克多·雨果 著
[法] 卡米尔·罗克普兰、
查尔斯·杜比尼 等绘
潘丽珍 译

傲慢与偏见
（插图珍藏版）

[英] 简·奥斯丁 著
[爱尔兰] 休·汤姆森 绘
王科一 译

老实人
（插图珍藏版）

[法] 伏尔泰 著
[德] 保罗·克利 绘
傅雷 译

卡门
（插图珍藏版）

[法] 梅里美 著
[德] 阿拉斯特尔 绘
傅雷、吴荪蕖 译

高龙巴
（插图珍藏版）

[法] 梅里美 著
[法] 皮埃尔·卢梭 绘
傅雷 译

老人与海
（插图珍藏版）

[美] 欧内斯特·海明威 著
[英] 雷蒙·谢泼德 绘
孙致礼、蒋慧 译

漂亮朋友
（插图珍藏版）

[法] 莫泊桑 著
[法] 让·埃米尔·拉布勒 绘
徐和瑾 译

月亮与六便士
（插图珍藏版）

[英] 毛姆 著
[美] 弗里德里克·多尔·斯蒂里 绘
楼武挺 译

红与黑
（插图珍藏版）

[法] 司汤达 著
[法] 让·保罗·昆特 绘
罗新璋 译

一生
（插图珍藏版）

[法] 莫泊桑 著
[法] 埃迪·勒格朗 绘
盛澄华 译

呼啸山庄
（插图珍藏版）

[英] 艾米莉·勃朗特 著
[法] 埃德蒙·杜拉克 绘
孙致礼 译

古舟子咏
（插图珍藏版）

[英] 塞缪尔·泰勒·柯勒律治 著
[美] 爱德华·A.威尔逊 绘
叶紫 译

伊莎贝拉
（插图珍藏版）

[英] 约翰·济慈 著
[英] 威廉·布朗·麦克杜格尔 绘
朱维基 译

胡萝卜须
（插图珍藏版）

[法] 儒勒·列那尔 著
[法] 菲利克斯·瓦洛东 绘
应远马、应一笑 译

莎士比亚喜剧集
（插图珍藏版）

[英] 威廉·莎士比亚 著
[英] H.C.塞卢斯 绘
朱生豪 译 解村 校

莎士比亚悲剧集
（插图珍藏版）

[英] 威廉·莎士比亚 著
[英] H.C.塞卢斯 绘
朱生豪 译 叶紫 校

川端康成经典名作集
（插图珍藏版）

[日] 川端康成 著
[日] 吉田博 川濑巴水 绘
竺祖慈 叶宗敏 译

窗子呆坐。每当听到鼓声，我的心间就霍地一亮，觉得她还坐在宴席上敲鼓；而鼓声一停，我就坐立不安，觉得自己沉入了雨声的深处。

后来有一阵子响起了杂乱的脚步声，不知他们是在追逐嬉闹还是转圈跳舞，然后又突然恢复平静。我睁大眼睛，企图透过黑暗去看穿这寂静是怎么回事，心中烦乱地担心着她今夜会否遭到玷污。

我关了雨窗上床，心中却备受煎熬，于是又去泡澡，焦躁地搅弄着浴池中的热水。雨停后月亮出来，被雨冲洗后的秋夜显得分外清冽。我赤脚走出浴池，却又觉得无处可去、无计可施。此时已过半夜两点。

三

翌晨九点过后，那个男的来到我的住处，刚起床的我叫他一起去泡澡。南伊豆的小阳春风和日丽、万里无云，涨水了的小河在浴池下方晒着暖洋洋的阳光，我自己也觉昨夜的烦恼如梦一场。我试着问那男的：

"昨晚闹到挺晚的吧？"

"怎么，您听到了？"

"当然听到了。"

"都是当地人。当地人只知胡闹，真没意思。"

他的态度十分不以为然，我便无话了。

"那些家伙到对面的温泉来了。您瞧，他们在笑呢，像是看见咱们了。"

我顺着他的所指去看河对面的公用浴池，水汽中七八条裸体依稀可见。

突然觉得有个裸身女子从昏暗的浴室跑了出来，站在更衣处的顶端做出要往河岸跳下去的姿势，双臂伸展，嘴里在叫喊着什么。她一丝不挂，身上连块毛巾都没有。正是那位舞女，像小桐树一样两腿笔直。我望着那白皙的裸身，心境如一汪清水，深深吐了口气后"咯咯"地笑了出来。那就是个孩子，发现我们后高兴得光着身子跳到阳光之下，踮着脚尖展臂呼叫，只有孩子才会这样。我满心欢喜，浑身通畅，"咯咯"笑个不停，头脑如水洗过般清澄，微笑始终挂在脸上。

她的头发过于浓密，看上去像有十七八岁，再加上打扮得似妙龄女子，所以让我产生了极大的误会。

与那男的回到自己房间后不久，那年龄大些的姑娘就来我们旅馆的庭院看菊圃，舞女这时才走到桥中间，四十女出了公用浴池朝她俩看，舞女耸了耸肩，做了个笑脸，像是怕挨骂似的快步返回。四十女走到桥上来跟我打招呼：

"您过来玩呀。"

"您过来玩呀。"

年龄大些的姑娘也说了句同样的话，她们就都回去了。那男的则一直坐到傍晚时分。

晚上，我跟一位做纸类批发生意的行商在下围棋，旅馆院里突然响起鼓声。

"过来表演了。"

我说着便要站起身来，那纸商却还沉浸于胜负之中，手指点着棋盘说：

"嗯，那种东西没意思。快，快，该你了，我走这一步了。"

在我心猿意马之际，艺人们好像已要回去了。那男的在院子里叫道：

"晚上好！"

我跑到走廊上招手，艺人们在院子里交头接耳了一下便转到玄关这边，三个姑娘跟在男的后面依次在走廊上以手支地像艺伎似的行礼问好。此时的棋盘上我已显出败迹，便说：

"我已无力回天，认输了。"

"怎么会呢？是我处于下风吧，至少也是一盘细棋呀。"

纸商根本不朝艺人那边看，只顾仔细地数着棋盘上的目，然后越发认真地着子。艺人们把大鼓和三弦琴归拢到房间的一角，然后在象棋盘上玩起了五子棋。此时我已输掉了原本该赢的棋，纸商却死缠不放地说：

"再来一盘，再来一盘吧。"

我却只是不置可否地笑着，纸商只好死了心，站起身来。

姑娘们来到棋盘近前。

"今晚还要去哪里演吗？"

"是准备还要转一转的……"那男的看着她们，"怎么样，今晚就到此为止，让咱们玩玩吧。"

"太好了，太好了！"

"咱们不会挨骂吧？"

"怎么会呢。反正再走也碰不到客人了。"

于是大家下着五子棋，一直玩到十二点后才走。

舞女回去以后，我头脑特别清醒，怎么也睡不着，便来到走廊试着叫纸商。

那位近六十岁的老爷子应声从屋里蹦了出来，精神抖擞地说：

"咱们有言在先，今晚干个通宵。"

我也重又变得斗志昂扬。

四

我们约好第二天早上八点从汤野出发。我戴上在公共浴池旁边买

125

的鸭舌帽，把高中的学生帽塞进书包底，然后往街边的小旅社走去。旅社二楼的纸拉门敞开着，我满不在乎地上楼一看，发现那些艺人还在被窝里，我惊惶失措，站在走廊发愣。

我脚边的榻榻米上，舞女满脸羞红，猛地用手去遮掩面孔。她与那位年龄排二的姑娘睡在一条被子里，昨晚的浓妆尚未褪尽，唇和眼角还留着点红，这颇有情趣的睡姿沁入我的心胸。她睡眼惺忪地翻了个身，手掩着脸滑出被窝，在走廊上坐下后姿势优美地鞠了一躬，说了一声"昨晚多谢了"，我站在那里，手足无措。

那个男的与年龄最大的女孩睡在一起，见到此景之前，我丝毫不知他俩是夫妻关系。

"实在抱歉，本打算今天出发的，但今晚好像有场应酬，我们就决定晚一天再走了。您若今天非走不可，咱们还可在下田碰面，我们已定在一家叫'甲州屋'的旅馆住宿，一打听就知道的。"四十女从床上半欠起身子说道。我有一种遭拒的感觉。

"您不能明天再走吗？我不知道她推迟了一天。路上有个伴好，明天一起走吧。"

男人这么一说，四十女也附和道：

"就这么着吧，难得有机会在一起的，我们这也太自顾自了，实在不好意思。明天下刀也走。我家宝宝是死在路上的，后天是他去世的七七四十九天，我一直想着要在下田给他做断七，便急着赶路，要在那天之前到达下田。请容我提个不情之请：咱们这也算是有份奇缘，后天还得请您稍稍祭他一下。"

于是我决定推迟出发，然后下楼等着他们全都起床，一边在脏兮兮的账房与旅社的人说话。这时那个男的叫我散步，沿街往南走不多远有座漂亮的桥，他倚着桥栏杆又谈起自己的身世。据说他曾在东京短暂地参加过某新派演剧团体，如今还常常在大岛港演戏。他们随身带着的布包袱中故意露出刀鞘，像是包袱长了条腿似的，据说就是要在堂会应酬时做出个演戏班子的样子，而衣裳和锅碗瓢盆之类的生活用品则都收在柳条箱里。

"我误入歧途，结果落魄潦倒，哥哥却在甲府成功地继承家业，所以我就成可有可无的人了。"

"我一直以为你是长冈温泉的人呢。"

"是吗？那个最大的女孩是我老婆，比你小一岁，今年十九，第二个孩子在旅途中早产，生下一个星期就断气了，她自己身体还没完全恢复。那位大妈是我老婆的亲妈，跳舞的姑娘是我亲妹。"

"哦？你说过有个十四岁的妹妹……"

"就是她。正因是我妹，实在不甘心让她干这种营生，但其中又有种种情况。"

他又告诉我自己名叫荣吉，老婆叫千代子，妹妹叫薰，另一个叫百合子的姑娘是雇来的，只有她是出生在大岛的。荣吉两眼盯着河滩，表情十分感伤，几乎要哭了出来。

回来后看到褪尽脂粉的舞女正蹲在路旁抚着小狗的脑袋。我说要回自己的旅馆，并叫她来玩。她说：

"哎，但一个人……"

"那就跟你哥哥一起来。"

"马上就去。"

不一会儿荣吉来我旅馆了。

"其他人呢？"

"女孩子都怕老妈唠叨。"

可是我俩刚下了一会儿五子棋，她们就过了桥，"咚咚咚"地上二楼来了。她们一如既往，恭恭敬敬地行过礼后坐在走廊上犹犹豫豫，千代子首先站起身来。我说：

"这是我的房间，你们别客气，都进来吧。"

玩了个把小时，艺人们去这家旅馆的浴池，并不住地叫我一起去，但因有三个年轻女性，我便推说随后再去。舞女不一会儿就上来传达千代子的话：

"嫂子说要帮您冲身子。"

我还是没去泡澡，跟舞女下起五子棋来。她的棋艺出奇地好，若打擂台，荣吉和其他女孩都会毫无悬念地败在她手下。我跟一般人下五子棋时都是赢家，跟她下却很费劲，更无须故意让着她了，这令我感觉很好。因为是两人独处，起初她还是离得远远地伸手落子，但渐渐就忘乎所以，专心得把身子都要趴到棋盘上，那头美得不自然的黑发几乎碰到了我的胸口。她突然脸一红，说：

"不好意思，我要挨骂了。"

说着把棋子一扔便奔了出去，原来千代子的母亲正站在公用浴池的前面，千代子和百合子也慌忙出了浴池，不敢再来二楼，逃也似的回去了。

这天荣吉仍是在我住处从早玩到傍晚，看似纯朴热情的旅馆老板娘忠告我说：请他那样的人吃饭不值得。

晚上我去了他们住的小旅社。舞女正在跟千代子的母亲学三弦琴，见到我便停下了手，遭大妈一说又把琴抱了起来，唱歌声稍大一些时大妈便说：

"明明告诉你不能出声的。"

荣吉被叫到对门料理店二楼演堂会的房间去了，我能看到他嘴里在念着什么。

"他在干吗？"

"那是……谣曲。"

"谣曲怪怪的。"

"客人是个卖菜的，你给他唱啥他都不懂。"

这时，借住在这家小旅社的一个四十来岁的男性鸡贩子打开拉门，叫姑娘们去吃饭，舞女和百合子一起拿着筷子去隔壁房间吃他剩下的鸡肉火锅。她们吃完一起起身来我房间时，鸡贩子轻轻拍了拍舞女的肩，千代子的妈妈摆下脸来说：

"喂，别碰这孩子，她还是个黄花闺女呢。"

姑娘嘴里叫着"大叔、大叔"，央求他给自己读《水户黄门漫游记》[①]，但鸡贩子只读了一会儿，便起身离去了。她似乎是不便直接请我继续把故事读下去，于是想让千代子的妈妈出面求我。我心怀一种期待拿起了通俗读本，她果然立即就向我这边靠来。我刚开口读，她便表情认真地把脸凑近，几乎要碰到了我的肩膀，两眼发亮，一眨不眨地紧盯着我的额头。这大概是她听人读书时的习惯，刚才我看到她与鸡贩子也是几乎把脸碰到了一起。她的最美之处是这双黑瞳闪光的大眼，双眼皮的线条美得无以言表，还有她那鲜花般的笑容，"笑得像花一样"这句话用在她身上是最贴切的了。

过了一会儿，料理店的女佣过来接她过去，她换好衣服后对我说：

"我马上就回来，您等一会儿再读给我听。"然后在走廊以手支地施礼说：

"我走了。"

大妈嘱咐她绝不可唱歌，她提着大鼓轻轻点了点头。大妈回头对我说：

"她现在正在变声。"

舞女端坐在料理店的二楼打鼓，她的背影如在我的近前，鼓声在我的心间欢快地跃动。

"鼓声一响，满屋的气氛就起来了。"

大妈说。她也看着街对面。

---

① 《水户黄门漫游记》，以德川光国为主人公的日本历史传说，曾被编为小说、影视等各种形式的文艺作品。

千代子和百合子也都过去了。

个把小时后，四人一起回来了。

"只有这点……"舞女把握在拳头里的五毛硬币哗啦啦地倒到大妈手中。

我又读了一会儿《水户黄门漫游记》，他们又谈起了那死在路上的孩子，听说那孩子生下时浑身像水一样透明，连哭泣的力气都没有，但还是活了一个星期。

我对他们既无猎奇之心，亦无轻蔑之意，忘记了他们属于江湖艺人之类。我这种出于平常心的善意似乎也渐渐沁入了他们的心间。总有一天我一定会去他们在大岛的家里的。

"可以到老爷子住的屋子，那里宽敞，要是把老爷子赶出去就很安静，所以住多久都没问题，在里面读书也行。"他们相互商量后对我说，"我们有两处小房子，山上的房子很亮堂。"

我们还相约：新年时我去帮忙，一起在波浮港演戏。

我渐渐明白，他们的旅途感受并非如我最初想象的那样尽是艰辛，而是不失野趣，正因都是母女兄妹，便让人感受到相互之间都各自有着一种亲情的羁绊，唯有雇来的百合子，也许是正处害羞的年岁，在我面前总是沉默不语。

半夜过后我离开小旅社，姑娘们出来送我。舞女帮我摆正了木屐让我换鞋，她把头探出门外去看明亮的天空，说：

"啊，月亮！明天去下田，真开心。给宝宝做断七，让大妈给我买梳子，还有各种各样好玩的。带我去看电影吧。"

这些江湖艺人游走于伊豆、相模的温泉等场所，下田港对他们来说，就像旅途天空下的故乡一样洋溢着亲切的氛围。

五

艺人们各自带着像翻越天城山时一样的行李。小狗的前脚搭在大妈的臂弯上，一副习惯旅行的样子。出了汤野便又进山，大海上空的朝阳温暖着山腹。我们朝着朝阳眺望，一片滩地沿着河津川在阳光下展开。

"那是大岛吧？"

"已经看得那么清楚了，快走呀。"舞女说道。

也许因为秋日的天空过于晴朗，阳光下的海面似春天般云蒸霞蔚。从这里到下田还需步行五里路。刚过一会儿，大海已看不见，千代子悠然自得地唱起歌来。

他们问我是走翻山小道——路较难走，但可少走二十町——还是走好走的正路，我自然是选了近路。

那是一条险峻的树下路，满地的落叶让脚下打滑。我走得气喘吁吁，却反而因此豁出去了，用手掌支着膝头加快了脚步。眼看他们一行落在了我的身后，只听见说话声从树丛中传来。舞女一个人高高地提着和服下摆，疾步随我而来。她与我始终不近也不远地保持着一间的距离，每当我回头跟她说话，她便一惊，微笑着停下脚步与我作答。她跟我搭话时，我就站住，等她跟上来，她便也停下脚步，直到我重新往前走她才迈步。路弯弯曲曲，到了一段越发险峻的地段，我的脚步也越发加快，她则一如既往地在我身后一间的距离专心攀爬。山间静谧，其他人越落越后，连说话声也听不见了。

"您家住在东京的哪里？"

"不，我住在学校的宿舍。"

"我知道东京，樱花季节去跳过舞——那时还小，啥也不记得了。"

然后她又问我父亲是否健在，去没去过甲府等，零零碎碎地提出各种各样的问题，还谈到死去的宝宝以及到了下田后看电影的事情。

到了山顶，她把大鼓放在枯草丛中的凳子上，用手帕擦汗。她正要掸去自己脚上的尘土时，突然又在我的脚边蹲下，给我的裙裤下摆掸尘。我连忙缩回身子，她扑通一下双膝着地，弯着腰把我身上衣服前后拍打了一圈，然后放下原先卷起的衣摆，对站着喘粗气的我说：

"您坐下。"

一群小鸟朝凳子近旁飞来，四周一片寂静，连小鸟所停树枝上枯叶的瑟瑟声响都清晰可闻。

"干吗走那么快？"

她看上去很热。我用手指嘣嘣地敲了敲鼓，鸟儿立刻飞走了。

"我想喝水。"

"我去找找。"

可是没过一会儿她就从发黄的杂木林间空手而归。

"你在大岛时做些什么？"

于是她就没头没脑地报出两三个女人的名字，开始跟我说些我不知来由的话，好像都非大岛而是甲府的事情，是她读过两年的小学里的同学的事情，她想到哪儿就说到哪儿。

等了十分钟左右，另外三个年轻人到了山顶，大妈又过了十分钟才到。

下山时我和荣吉故意落在后面边走边聊。走了两町左右路程，舞女从下面跑来说：

"这下面有泉水，我们都等在那里没喝，请你俩赶快下来。"

听说有水，我便跑了起来。树荫下的岩石间有清水涌出，她们都围在泉边站着，大妈说：

"来，您先喝吧。手伸进去会把水弄浑的，跟在女人后面就得喝脏水了。"

我用手掬起凉水来喝。她们挤出毛巾的汗水，不愿离开泉水。

下了这山便是下田的街道，有几处冒着烧炭的烟。我们坐在路旁的木料上休息，舞女蹲在路上用桃色的梳子梳理小狗的长毛。大妈训斥她说：

"梳齿不会断吗？"

"没关系，到下田买新的。"

在汤野的时候我就一直想向她讨要这把插在前发上的梳子，所以也觉得不该用来梳狗毛。

见到路对面有竹丛，我和荣吉一面说着正好能用作手杖，一面就先行出发了。舞女跑步追了上来，手里拿着一根比她还高的竹子。

荣吉问她干吗，她有点局促地把竹子杵到我面前说：

"给您当拐杖，我拔了一根最粗的来。"

"不行。粗的竹子一看就知道是偷来的，被人发现就糟了，赶紧去还给人家。"

姑娘又返回竹丛处，再跑过来时给了我一根中指般粗细的竹子，然后就像被人推了一把似的倒在田埂上，喘着粗气等其他女伴。

我和荣吉始终领先她们五六间的距离。

"只要把这牙拔了再装金牙，那就没任何问题了。"

舞女的声音突然传进我的耳朵，于是我回头一看，她与千代子并排走着，大妈与百合子稍落后于她们。她们似乎并没注意到我在回头看，千代子说：

"这倒也是，你就这么告诉他吧。"

她们好像是在议论我，大概是千代子说到我的牙齿长得不齐，舞女就提到了金牙。虽似在议论长相，但我并不难受，也不至于要竖起耳朵去听，倒是有种亲切的感觉。她俩压低声音说了一阵后，我听到舞女说：

"是个好人。"

"是吧，人好像不错。"

"真的是个好人，好人就是好人。"

这种断论带着单纯、坦率的底韵，那声音让人感受到她那种不经意间投射其中的天真的情感倾向，让我也不由自主地自认为是个好人。我带着舒畅的心情举目眺望明丽的群山，眼里微微作痛。二十岁的我曾不断严苛地反省自己的孤儿根性造成了性格的扭曲，我因不堪这种令人窒息的忧郁而走上伊豆之旅，能被人认作世间寻常意义的好人，对我来说是一种难以言表的庆幸。群山如此明丽是因为离下田的海面很近。我挥舞着先前的那根竹杖去切削秋草的草头。

途中有许多村子的入口都竖着告示牌：

乞讨艺人不得进村

六

进了下田北口便可见那家名为"甲州屋"的小旅社。我跟在艺人们后面上了阁楼般的二楼，这里没有天花板，往临街的窗边一坐，头便碰到了屋顶。

"肩膀不疼吧？"大妈一再追问舞女，"手不疼吧？"

姑娘做出打鼓时的漂亮手势给她看：

"不疼，能敲，能敲。"

"那就好。"

我提起鼓试了一下重量，说：

"啊呀，挺重的。"

"那是比你想象中的重，比你的书包重。"

姑娘笑了。

艺人们跟投宿这家旅社的客人们谈得热火，他们也都是一些艺人、商贩之类，下田港似乎就是这种候鸟的巢。舞女不住地给进这房间来的孩子分发硬币。我正要离开甲州屋时，她抢先跑到玄关帮我把木屐放齐，嘴里还自言自语似的咕哝了一句：

"带我去看电影哟。"

我和荣吉被一个二流子似的男人领到半路，然后去了一家据说是前町长开的旅馆，泡过澡后一起吃了一顿鲜鱼做的中饭。

"你用这钱买点明天法事用的花帮我供上。"

我说着包了一点点钱让荣吉带回去。我明天早上必须乘船回东京了，旅费已经花光，我以学校的要求为由，他们也就不好强留我了。

中饭后不到三小时便又吃完了晚饭，我独自去下田北，过桥后登上下田富士山眺望海港，回来时路过甲州屋一看，他们正在吃鸡肉火锅。

"来少吃一点吧。虽已被女人的筷子弄脏了，日后还是可以当笑话讲的。"

大妈从行李中拿出碗筷让百合子去洗过。

大家重又说起明天要给孩子做断七，劝我至少推迟一天再走，我则以学校为由拒绝。大妈反复地说：

"那就寒假时我们去接船，您把要来的日子通知我们，我们等您。我们不去旅馆找您，直接去接您的船。"

等到屋里只剩下千代子和百合子时，我约她俩去看电影，千代子捂着肚子让我看：

"我身体不舒服，走了那么多路，受不了了。"

她脸色苍白地瘫软在那里，百合子则表情紧张地低头不语。舞女正在楼下和投宿的孩子玩耍，一见我便缠着大妈，央求让她去看电影，却又垂头丧气地回到我这里帮我重新摆好木屐，一副魂不守舍的样子。

"怎么啦，带她一个人去总可以吧？"

荣吉插话了，但大妈好像还是不允。我实在不明白为何一人就不可以。我走出玄关时舞女在抚弄小狗的头，那副冷淡的表情让我难以跟她搭话，她似乎连抬头看我一眼的气力都没有了。

我独自去看电影，女讲解员在小灯泡下读着剧情介绍。我随即出来回了旅馆，把肘子支在窗台上久久地眺望外面的夜景。外面一片黑暗，我觉得远处似乎不断地传来轻微的鼓声，泪水没来由地潸然而下。

七

出发那天早晨七点钟，我在吃早饭时，荣吉在路上叫我。他一丝不苟地穿着印有黑色家徽的和服，似乎是为我送行而穿的礼服。女人们都没露面，我立刻心生清寂之感。荣吉进了房间来说：

"她们也都想来送您，只因昨晚睡得太晚起不来，请您多多包涵。她们说冬天等您，请您务必要来。"

街上秋天早晨的风挺凉，荣吉在途中为我买了柿子和四盒敷岛牌香烟，还有一种"薰"牌口腔清新剂。

"我妹妹名叫薰。"他微笑着说，"船上吃橘子不好，柿子对晕船有好处，所以可以吃。"

"我把这给你吧。"

我脱下鸭舌帽戴在荣吉头上，然后从书包里拿出学生帽来拉平褶皱。这时我俩都笑了。

走近登船处时，舞女蹲在海边的身影飞进了我的心间，她一动不动，直到我们走到她身边时才默默地点点头。昨晚未卸的妆容让我益发动了感情，眼角的胭脂红给人嗔怒的感觉，为她的面容增添了一种稚嫩的严肃。荣吉说道：

"其他人也来了吗？"

她摇摇头。

"都还在睡觉吧？"

她点点头。

荣吉去买轮船票和驳船票时我跟她说了很多话，她只是一言不发地低头凝望内河入海处，每每在我一句话没说完时就不住点头。

"阿婆，这个人不错。"这时一个小工模样的男子走近来说，"学生哥，您是去东京吧？见您挺可靠的，所以拜托您了，能把这位阿婆带到东京去吗？阿婆挺可怜的，儿子本来在莲台寺的银矿打工，遇上这次的流行性感冒，儿子和媳妇都死了，留下三个孙子孙女，实在是走投无路，我们商量，还是让她回老家去。老家在水户，阿婆啥都不懂，所以到了灵岸岛后就让她乘去上野的电车。给您添麻烦了，我们都合掌求您了，您看看她这样子，也会觉得可怜吧？"

阿婆呆呆地站着，背上绑着一个襁褓中的孩子，左右手分别牵着一个女孩，小的三岁左右，大的五岁左右，脏兮兮的布包袱中露出大饭团和梅干。五六个矿工在安慰着阿婆。我爽快地答应照顾阿婆，矿工们便七嘴八舌地跟我打招呼：

"拜托了！"

"谢了。我们本该把她送到水户的，但连这都做不到了。"

驳船晃得厉害，舞女仍是紧闭双唇盯着一个方向。我抓住绳梯上轮船时回头想跟她说声再见，却也还是没说出口，只是又一次朝她点了点头。驳船往回开了，荣吉在驳船上不断地挥舞着我刚给他的鸭舌帽，直到驳船远去了之后舞女才开始挥舞起一样白色的东西。

轮船从下田出海后，我就倚着栏杆注视着大海那边的大岛，直到伊豆半岛的南端在我的身后消失。我觉得与舞女的告别似乎已是久远之事。不知阿婆的情况如何，我便去船舱看了一下，发现她已被很多人围着，大家好像都在安慰她，我于是放心地进了隔壁的船舱。相模

138

滩上风急浪高，坐着时人就左晃右倒，船员给大家分发了小金属盆。我枕着书包躺了下来，脑中一片空白，已无时间的概念，泪水扑簌簌地流到书包上，直至枕得面颊冰凉，便又把书包翻了个面。我的旁边躺着一个少年，是河津一家工厂主的儿子，去东京准备上学，所以好像对戴着一高①学生帽的我心怀好感，稍作交谈后便问：

"您有啥不幸的事吗？"

"没有。我是刚与人告别来着。"

我的回答非常直接，并不在乎被他看见自己在哭。我心无旁念，好像就在一种神清气爽的满足感中平静地睡着了。

不知暮色是何时降临大海的，网代和热海都已亮灯。我饥寒交迫，少年为我打开竹包，我吃着其中的海苔卷和寿司之类，似乎忘了那是别人的东西，吃完便钻进了那少年的学生式斗篷。我不管得他何等亲切相待，总以一种理所当然的态度受之不却，自己则处于一种美好而又漠然的心境之中。明天一大早我就要带着阿婆去上野站，给她买好去水户的车票，这在我看来也是极为顺理成章的事情，所有的一切都让我感到已融为一体。

船舱熄灯了，船上堆积的鲜鱼和潮水的气味越来越浓。在一片黑暗中，我受着少年体温的温暖，任凭自己的眼泪溢出，脑中变成一片澄澈的清水滴滴答答地落下，然后便是一片空白，只留下一番甘美的欣快。

---

① 一高，旧制东京第一高等学校，即东京大学的前身。

千羽鹤

竺祖慈　译

千羽鹤

一

进了镰仓圆觉寺寺院后，菊治还在为是否去茶会而犹豫。他已经迟到了。

圆觉寺的茶室内每有栗本近子的茶会，菊治都会收到邀请，但自父亲死后，他一次都没来过。他认为这不过是栗本近子对于父亲所尽的情分而已，所以并不放在心上。

不过，这次的邀请函中特地另附了一笔，说希望他见见新来的一个女弟子。

读到这句话，菊治想起了近子的痣斑。

大概是菊治八九岁的时候，他随父亲去近子的家，看到她在起居室敞着胸用小剪刀剪痣上的毛。痣斑覆盖了左边半个乳房，并朝心窝处延展，面积如手掌般大小。紫黑色的痣斑上大概是长了毛，所以近子用剪刀在剪。

"哎呀，少爷也一起来了呀？"

近子一惊，想要合拢衣襟，似乎又觉得慌忙遮盖反倒失态，便先略略转过身去，然后缓缓地把衣襟收进和服腰带间。

她在意的似乎并非菊治父亲，而是菊治。因为先有女佣到门口接应，所以近子理应知道菊治的父亲过来了。

父亲没进起居室，而是坐在旁边的房间，那是一间兼作茶道教室的会客间。

父亲望着壁龛上的挂轴，心不在焉地说：

"来杯茶吧。"

"好的。"

近子嘴上应着，却没立刻起身过来。

菊治看到近子膝上的报纸上有散落着的体毛，就像男人的胡须。

虽是正午时分，天花板里却有老鼠的骚动声。屋檐近处开着桃花。

近子在炉旁坐下后泡着茶，有点心不在焉。

又过了十来天，菊治听母亲告诉父亲，近子因为胸口有痣而不结婚。母亲说这话时像是在披露一个惊人的消息，应是觉得父亲并不知道此事。母亲好像同情着近子，显出一副为她难受的表情。

"嗯，嗯。"父亲半带惊讶地随声附和，却又说，"不过，即使被丈夫看到也没什么关系吧。娶她时就应该是知道的。"

"我也是这么对她说的。可毕竟是女人身上的事，总不能明着说自己胸口长着颗大痣吧。"

"又不是什么小姑娘了。"

"毕竟还是难以启齿。其实作为男人，婚后即使知道了，或许也就一笑了之罢了。"

"那她让你看了那痣吗？"

"怎么会呢？亏您说得出这话。"

"只是告诉了你吗？"

"今天来教课时聊了不少……聊着聊着就不想瞒着了。"

父亲不吱声了。

"就算是结了婚，男人又会怎样呢？"

"心里会不自在吧。不过呢，说不定这种秘密也会成为乐趣，成为一种魅惑呢。短处或许也有可取之处。其实那也不算什么大问题。"

"我也安慰她说不成大问题，可是她却觉得痣斑长在乳房上……"

"嗯。"

"若想到有了孩子后喂奶的情景，那大概是最难堪的。即使丈夫无所谓，也得为孩子着想呀。"

"有了痣就出不来奶吗？"

"倒也不是……她说不愿让吃奶的婴儿看到。我虽也没想那么多，但她作为当事人就会把各种情况都考虑到。孩子一生下来就要吃奶，睁眼第一天就会看到母亲乳房上有个丑陋的痣斑，这个世界给他的第一印象、母亲给他的第一印象就是乳房上丑陋的痣斑，这种印象会深刻地纠缠孩子一生吧。"

"嗯。不过想得过多也太累了。"

"既然如此，不如喂牛奶较好，或者雇用奶妈。"

"即使有痣斑，只要有奶可喂还是好的。"

"可还是不行。我听了那些话眼泪都出来了，觉得确是那么回事。我也不会愿意让咱家菊治在长了痣斑的乳房上吃奶的。"

"是啊。"

菊治因父亲的佯装不知而感到义愤。他也见过近子的痣斑，父亲却无视他的存在，这让他憎恶。

可是，时隔近二十年后，菊治如今想到当时父亲大概也是处于尴尬之中，便不由得苦笑起来。

而且，菊治过了十岁以后常会想起当年母亲的话，并为自己可能会有吃过痣斑奶的隔山弟弟或妹妹而担忧害怕。

他不仅是怕生出个不相干的弟妹，而且怕那个孩子本身。一个在长着大痣斑的乳房上吃过奶的孩子，简直让菊治觉得具有某种恶魔般的可怕之处。

幸而近子好像没生过孩子。朝坏里想，也许是父亲不让她生，为了让她自己也不想生，于是便把菊治母亲因近子的痣斑和孩子的事而流泪的情况作为口实灌输给近子。总之，无论父亲的生前或死后，都不曾有近子的孩子出现过。

近子在菊治随父亲一起看到自己的痣斑后不久，就向菊治母亲坦承痣斑的事情，为的就是抢在菊治告诉母亲之前先说出来吧。

近子一直不曾结婚，难道就是那块痣斑支配了她的一生？

然而，那痣斑留给菊治的印象也不曾消失，冥冥中与他的命运牵连。

当近子以茶会为由让菊治见一位姑娘时，那痣斑也浮现在菊治眼前。菊治突然觉得，既然是这位近子介绍的，还会是一位纯净无疵、冰清玉洁的姑娘吗？

父亲会不会时不时用手指去捏捏近子胸口的痣斑？父亲或许甚至会用牙去咬它呢——菊治还曾有过这样的妄念。

眼下走在寺庙周围山林小鸟的啼啭声中，这种妄念又掠过他的脑中。

可是，自菊治见过那痣斑两三年后，近子在不知不觉间变得男性化，如今已完全成为中性人了。

她在今天的茶会上大概仍会做出一副活泼开朗的样子，但那有痣斑的乳房也许已渐干瘪了吧。想到这，菊治正要哑然失笑，两位小姐从后面匆匆赶了上来。

菊治站定给她们让路，并问：

"栗本女士的茶会在这条路的那头吗？"

"是的。"两位小姐同时回答。

这事不问也能知道，仅从小姐的和服就可知道这路通往茶室。菊

146

治问这话是为了让自己坚定去茶会的念头。

那位拿着桃色绉绸包袱的姑娘很漂亮，包袱布上印着白色的千羽鹤①。

二

两位小姐进茶室前换短布袜时，菊治也到了。

从小姐背后往里面看，茶室大概八铺席面积，挤挤挨挨坐着的人都穿着华丽的和服。

近子一眼就看到菊治，立刻起身过来。

"啊，请。稀客。欢迎欢迎。就从那边上来吧，没关系的。"

说着，指了指靠近壁龛的拉门。

屋里的女人们一起回头来望，弄得菊治面红耳赤。他说：

"都是女宾吗？"

"是的。先前也有男宾来着，已经回去了，您成万绿丛中一点红了。"

"我可算不上'红'哟。"

"菊治先生是有资格'红'一下的。没问题。"

菊治轻轻地摆了摆手，示意要从对面的门绕进去。

那位小姐把来时穿的短布袜收进千羽鹤图案的包袱里，礼貌有加地站着让菊治先进去。

菊治进了旁边的房间，这里有点凌乱地放着水果箱、搬来的装茶器的箱子以及客人随身带来的东西，女佣在里面的水池洗东西。

近子一进来就跪坐在菊治面前说：

---

① 千羽鹤，用线把许多纸折仙鹤串接起来，以祈求实现愿望。也常被用作纺织品上的图案。

"怎么样，姑娘不错吧？"

"拿千羽鹤包袱布的那位吗？"

"包袱布？我不知道什么包袱布。我说的是刚才站在那里的那位比较漂亮的姑娘，稻村家的小姐。"

菊治不置可否地点点头。

"您居然连包袱布都注意到了，真不能小看您了。我本来以为你们是一起来的，正在奇怪您面面俱到呢。"

"你说啥呢。"

"能在路上遇到，这就是缘分呀。令尊也认识稻村家的。"

"是吗？"

"她家是横滨的生丝商。今天的安排我没对她说，您可以放心地好好观察了。"

近子的声音不小，菊治正担心会传到只隔着一道纸门的茶席时，近子突然凑近脸来。

"可是有个情况不大好办。"她压低声音，"太田家夫人来了，女儿也一起来了。"

近子一边说着一边看着菊治的脸色："我今天当然不会叫她们来的，可是这种场合，谁路过都可以参加的，刚才甚至有两拨美国人路过进来了呢。抱歉抱歉，竟让太田夫人听说了，我也没办法。不过，您的事她当然是不知道的。"

"我今天也……"

菊治本想说自己并不是要来相亲的，却没说出口，只觉得嗓子也僵住了。

"应该是太田夫人觉得不好意思，您只管泰然处之。"

近子这话让菊治恼火。

栗本近子与菊治父亲的交往不深，时间也不长。父亲在世时，近子一直出入他家，不限于茶会场合，平时来客时也会来厨房帮忙，像是一个随时可以差用的女人。

近子已经男性化，母亲的嫉妒之类似乎也就变得滑稽，令人苦笑了。母亲后来定也意识到父亲见过近子的痣斑，但时过境迁，近子再站在母亲身后时已是一副将那事置之脑后的轻松表情。

菊治不知不觉间也就轻待了近子，在任性顶撞她的过程中，幼时那种令人窒息的厌恶感反似淡薄了。

近子的男性化及其成为菊治家随意使唤的劳力，或许也是近子式的生存方式吧。

近子靠着菊治家成了一位小有成就的茶道师匠。

也许仅因与菊治父亲之间的一段脆弱关系，近子就不得不压抑了自己的女性本能——菊治在父亲死后每思及此，内心甚至会涌起一种淡淡的同情。

母亲之所以没对近子抱有太强的敌意，完全是受了太田夫人问题的牵制。

自从茶道上的同好太田死后，菊治父亲因受托处理他家的茶具而与其遗孀太田夫人接近。

最早把这消息通报母亲的人是近子。

近子自然是作为母亲的战友在发挥作用，而且几乎用力过猛。近子时而跟踪父亲，时而一次又一次地上门去向太田夫人提出强烈警告，让人觉得是她自己埋在地底的醋意在往外喷火。

内向的母亲反倒因忌惮外间的非议而被近子这种硝烟滚滚的多管闲事吓住了。

近子会当着菊治的面对母亲说太田夫人的坏话，母亲若表现出不快，近子就说让菊治听听也无碍。

"上次我上门去数落她的时候，被孩子偷听到了，隔壁房间好像传出了啜泣声。"

"是女孩子吗？"母亲眉间泛起了阴影。

"是的，说是十二岁了。太田夫人也有点傻，本以为她会去教训孩子，谁知却特地起身去把孩子抱来放在自己膝上，在我面前坐下，大概是要和这个儿童演员一起哭给我看吧。"

"孩子不是挺可怜的吗？"

"所以大概是把孩子当作责难我的工具了，因为母亲的事情孩子全都知道。那孩子圆圆的脸，倒是挺可爱的。"说着看了一下菊治，"咱菊治也该说说您父亲了。"

"你还是少传播些毒素吧。"母亲终于责备起近子。

"太太就是不该把毒素都吞到肚里去了，应该横下心把它吐出来。您变得这么瘦，那个人却养得珠圆玉润，以为自己可怜兮兮地哭一场就解决问题了，尽管她这想法是缺点心眼，可是……首先，她在接待您家老爷的客厅里堂而皇之地留着她已故丈夫的照片，您家老爷居然也能默许。"

被说成这样的太田夫人，居然在菊治父亲死后来参加近子的茶会，甚至还带着女儿。

菊治觉得仿佛被什么冰凉的东西击中了。

就算像近子说的那样，今天并未邀请太田夫人，菊治却也没想到她俩会在父亲死后有了交往，甚至太田夫人的女儿或许在跟近子学茶道呢。

"您若觉得不便，我让太田先回去吧。"近子看着菊治的眼睛说。

"我无所谓。她们若想回去，那也请便。"

"她要是那么懂事，您父母也就不必烦心了。"

"但她带着女儿吧？"

菊治没见过太田遗孀的女儿。

菊治不愿在与太田夫人同席的情况下与那位带着千羽鹤包袱布的小姐见面，更不愿在这里与太田的女儿初会。

可是，耳边近子的絮叨又让菊治烦躁。

"反正她也知道我来了，躲也躲不掉的。"

说着，他起身从靠近壁龛的那扇门进了茶室，在近门处的上席坐下。

近子从后面跟来，郑重地介绍菊治道：

"这位是三谷少爷，三谷老爷家的公子。"

跟着她的话，菊治重又向大家鞠躬致意，抬起脸时便清楚地看到众位小姐。

菊治似乎有点紧张，满目都是和服的五颜六色，一时难以分清谁是谁。

再仔细看过去，菊治发现太田夫人就在正对面处。

夫人"啊"的一声，让举座都有一种既自然又亲切的感觉。她接着又说：

"好久没见了，一直没去问候您。"

说着，轻轻地拉了一下身边女儿的袖口，示意她快打招呼。女孩好像有点不知所措，红着脸低头致礼。

菊治实在意外。夫人的态度中丝毫不见敌意，反倒带着某种亲切，似乎在为这次邂逅而惊喜，让人觉得她全然忘了自己在在座众人眼中的处境。

她女儿一直默默地低着头。

夫人发现此状，脸也变得绯红，看着菊治，那眼神似是表示想来到菊治身边。她说：

"您还在行茶道吗？"

"不，我从来没有……"

"是吗？不过您可是茶道世家出身呢。"

夫人好像动了感情，眼中带了泪意。

菊治自父亲的告别式后没再见过太田家的遗孀。

她与四年前相比几乎没有变化。

那白皙细长的脖颈以及与脖颈不相称的圆肩都让她的体形显得比实际年龄年轻。与眼睛相比，鼻子和嘴都显得较小，那小小的鼻子细看之下别有风味，像是带着笑意。嘴在说话时有点"地包天"的样子。

她女儿也是长颈圆肩，应是随了母亲，嘴则比母亲的大，而且紧紧抿着。奇怪的是母亲的嘴唇居然比女儿的还小。

女儿的黑眼珠大而亮，含着一种哀怨。

近子看了一下炉中的炭，说道：

"稻村小姐，麻烦您给三谷少爷沏杯茶好吗？您还没有实际操作过茶道礼法吧？"

"是。"那位拿千羽鹤包袱布的姑娘起身过来。

菊治明知稻村小姐坐在太田夫人旁边，却在看过太田母女后有意不把目光朝向她。

近子让稻村小姐沏茶，大概是要让菊治看看她。

稻村小姐在锅前回头问近子：

"茶碗呢？"

"哦，对了，就用那个织部陶①的吧。"近子说，"那是三谷少爷的父亲爱用的茶碗，是他送给我的。"

菊治也见过放在稻村小姐面前的那个茶碗，肯定是父亲曾经用过的，但那是太田遗孀转让给他的。

亡夫的生前爱物由菊治父亲交到了近子手中，又在这个场合以这样的形式出现，这让太田夫人情何以堪？

菊治惊讶于近子的没心没肺。

要论没心没肺，太田夫人也是毫不逊色的。

---

① 织部陶，日本尾张、美浓地区从安土桃山时代开始烧制的陶瓷，装饰性强，技法、形状和图案都多种多样，作为茶陶而著称。据说起源于精通茶道的古田织部的构思。

在中年妇女过往岁月的杂乱纠葛中，这位以清净之心沏茶的姑娘给了菊治美感。

三

近子要让菊治看看带千羽鹤包袱布的姑娘，而姑娘本人也许并不知道这个打算。

她毫不怯场，沏好茶亲自端到菊治面前。

菊治喝茶时看了一眼茶碗，黑色织部陶茶碗正面的白釉处画着嫩蕨菜，图案的颜色也是黑色的。

"您记得这碗吧？"近子在对面问。

"嗯……"

菊治含糊其词地应了一声，搁下了茶碗。

"这蕨菜芽透着一种山里的感觉，是适合早春用的茶碗，令尊大人也用过的。现在拿出来虽晚了点，给菊治少爷用倒还正合适。"

"不，对这个茶碗来说，家父是否用过并不重要。这茶碗是传自利休①的桃山时代②吧？几百年间由那么多茶人将它珍重地传了下来，家父又算得了什么。"

菊治说这话是希望忘了这茶碗的因缘。

这碗由太田传给他的夫人，又由太田夫人给了菊治父亲，父亲传给近子。如今太田和菊治父亲这两个男人已死，两个女人却在这里，就凭这一点，这茶碗的命运就够奇特。

这旧碗今天在这里又被太田的遗孀和女儿，还有近子、稻村小姐

---

① 千利休（1522—1591），日本安土桃山时代的著名茶人，千家流茶道的创始人。

② 桃山时代（1568—1603），织田信长与丰臣秀吉完成日本全国统一的时期。

以及别的小姐用唇触碰，用手抚弄。

"我也想用这碗喝一下，刚才是用其他碗喝的。"

太田夫人这话有点突兀。

菊治又是一惊，不知她是缺心眼还是厚脸皮。

太田小姐低头不语，菊治看着心中不忍。

稻村小姐再为太田夫人沏茶。虽被举座注目，她却只顾照着所学程式去做，或许是并不知晓这个黑织部茶碗的因缘。

她的手法朴实而无个人的习惯动作，从胸到膝姿态端正，气质品位处处可见。

嫩叶的影子投在她身后的纸门上，让人觉得在华丽的长袖和服的肩与袖上形成了一种柔和的反射，也给她的头发增添了光泽。

作为茶室来说，这一切无疑显得过于明亮，但也让小姐显得青春焕发，就连带着女孩味的红色袱纱^①，给人的感觉也不再是娇甜，而是一种水灵。她的手中像是开出一朵红花，而身旁则像是有着小小的白色千羽鹤在围着她起舞。

太田夫人把织部茶碗拿在手中说：

"绿茶在这黑碗中，像是萌生了一片春的绿意呢。"

她毕竟不好说出这碗曾经是她亡夫所有。

然后就进入欣赏茶具的程序。女孩子们对茶具之类的情况了解甚少，基本上就听近子的介绍了。

茶具中的水罐和茶勺其实都是菊治父亲的东西，但近子和菊治都避而不提。

菊治坐着目送女孩子们离开，太田夫人凑近来说：

"先前有所失礼，我想您大概生我气了，但我一见到您，首先涌起的就是念旧之情。"

---

① 袱纱，茶道中擦拭茶碗或接茶碗时托底的小方绸巾。

"哦。"

"您真的长成人才了。"夫人的眼中似有泪花泛起,"哦,对了,您母亲也……我本应去参加葬仪的,结果还是没能去。"

菊治显出不悦的表情。

"您父母相继……您挺寂寞吧?"

"哦。"

"您还不回去吗?"

"嗯,再等一会儿。"

"改天有很多话想跟您谈谈……"

近子在邻室叫道:

"菊治少爷!"

太田夫人恋恋不舍地站起身来,她的女儿在院子里等着。

母女俩一起向菊治点头告别,女儿的眼神似在诉说着什么。

邻室中,近子与两三位亲近的弟子以及女佣一起在收拾东西。

"太田夫人说了些什么?"

"没有……没说啥。"

"对她您可得小心点,她外表老实,从来都是一副无辜的样子,其实常常不知在想什么呢。"

"可是,她常来你的茶会吧?从什么时候开始的?"

菊治语带挖苦。

他往门口走去,像是要避开这里的怨恶之气。

近子跟了上来。

"怎么样?那姑娘不错吧?"

"姑娘是挺好,不过,若能在没有你和太田夫人,也没有我父亲亡灵纠缠的地方见到她,那就更好了。"

"您就那么敏感吗?太田夫人跟那位小姐啥关系都没有呀。"

"我只是觉得对那位小姐不合适。"

"有什么不合适的？您若因太田夫人来而不高兴，我可以道歉，但今天我没叫她来。稻村小姐的事情，还请您再做考虑。"

"我今天还是就此告辞了吧。"

说着，菊治停下了脚步。他若边走边说，近子会一直跟着的。

剩下菊治一人时，已可看到眼前山麓间的杜鹃含苞欲放。他深深地吸了口气。

他因被近子的信召来而感自憎，但那位带千羽鹤包袱布的姑娘却还是给他留下了鲜明的印象。

在同一个场合见到父亲的两个女人，却并未留给他特别的郁闷，这也许是拜那位小姐所赐。

不过，想到这两个活着的女人尚在谈论自己的父亲，而自己的母亲却已不在人世，菊治心中涌起一种莫名之愤，眼前浮现出近子胸口丑陋的痣斑。

虽有晚风透过嫩叶传来，菊治还是脱下帽子款款而行。

他远远地看见太田夫人正站在山门的背阴处。

一时间菊治想绕道而行，便打量了一下周围。若取道左右两边的小山，好像可以不用经过山门处。

可是，菊治却朝着山门方向走去。他的面部肌肉似乎有点僵硬。

太田夫人发现菊治，迎面向他走近，红着脸说：

"还想见您一次，便等在这里了。您也许觉得我厚颜，但我实在不愿就那样跟您告别……而且这次分手，不知何时才能再见了。"

"你女儿呢？"

"文子先回去了，有同伴和她一起。"

"那她知道你是在等我吗？"

菊治问道。

"嗯。"

夫人回答，看着菊治的脸。

"那么，她不会不高兴吗？先前在茶会上，她好像就不想见我，挺难为她的。"

菊治的话既露骨又婉曲，夫人倒是挺直接。

"那孩子想必是不愿见您的。"

"是因为我父亲挺折磨她的吧？"

菊治的言外之意是自己也受着太田夫人的折磨。

"不是那么回事，文子挺受您父亲疼爱的。这些事等有机会我会慢慢跟您说。开始时那孩子虽受您父亲善待，她却一点也不跟您父亲亲近，可是临到战争结束，空袭变得严重之后，不知她有了什么感觉，态度完全变了，对您父亲也会以她的方式尽一份心意。说是尽心意，毕竟是个孩子，也就是出去买点鸡和下酒菜回来给您父亲吃吧，不过也有很危险的时候，她是拼了命地在空袭中从老远的地方背米回来……见她突然变好，您父亲也挺惊讶。看到女儿的变化，我既难过又心疼，更加有了一种自责感。"

菊治此时才想到母亲和自己是不是都受过太田女儿的恩惠呢？那时，父亲偶尔会带回一些令人意外的土产，难道那也是太田女儿出去买的？

"我也不太清楚女儿为什么会突然变了，也许是因为每天都想到自己可能会死吧。她一定觉得我怪可怜的，也就顾不得自己的生死来孝敬您父亲了。"

在那场战争的败局中，女儿大概是眼见母亲把自己对菊治父亲的爱作为最后的依靠，日常的现实如此严酷，所以舍弃了自己亡父的过去而面对母亲的现实了吧。

"刚才您留意到文子的指环了吗？"

"没有。"

"是您父亲给她的。您父亲在我们那里时，只要一拉警报，他就要回家去的，这时文子就会坚持要送您父亲，说担心路上也许会有啥事。有一次她送您父亲之后就没回来，要是被您府上留宿倒也不错，我却又担心两人会不会死在路上了。第二天早晨等到文子回来一问，才知道她一直送到您家门口，回来路上在哪里的防空洞里待了个通宵。事后您父亲来时谢了文子，并把指环给了她。她大概也是不好意思让您见到那指环吧。"

这番话催生了菊治的反感，奇怪的是太田夫人似乎理所当然地认为会引起他的同情。

可是，菊治倒也不至于对夫人产生明显的憎恶或戒心，夫人无形中具有某种让人松懈戒备的温情。

女儿的无所畏惧，大概也是出于对母亲的不忍。

夫人在谈女儿，菊治听来却像是在诉说自己的爱情。

夫人大概是要倾吐胸臆，但极端点说，她又似分不清对象是菊治的父亲还是菊治本人，倒像是带着满满的怀念之情，把菊治当作他父亲来倾吐。

之前菊治与母亲一起对太田夫人所持的那种敌意，虽说不至于已经消失，但也松懈了大半，稍不留意，甚至会感到被她所爱的父亲与自己附为一体，令他产生一种错觉，似乎自己与这女人从来就很亲近。

菊治知道，父亲与近子很快就分手了，而与这个女人的关系则一直持续到死，他觉得近子一定非常蔑视太田夫人。菊治也萌生一种略带残忍的念头，诱惑他觉得可以随意地教训一下夫人，便说：

"你常去参加栗本的茶会吧？从前不是挺受她欺负的吗？"

"是的。您父亲去世后，她来信给我。我想念您父亲，自己也觉得孤独，所以就……"

夫人说着垂下了头。

"女儿也一起去吗？"

"文子大概是很不情愿地跟来的。"

他俩跨过铁轨，经过北镰仓车站，朝着与圆觉寺相反方向的山走去。

四

太田夫人至少应该是四十五岁左右，比菊治年长近二十岁，却让菊治忘了年龄的差距，令他觉得似在抱着比他年轻的女人。

菊治定是在与夫人一起时享受了她的经验带来的欢愉，却又丝毫没有欠缺经验的独身者的那种畏葸感。

菊治觉得自己初次了解了女人，同时也了解了男人。他惊奇于自己的性觉醒：女人是如此温柔的接受者，在被动跟随的同时又主动诱导，那种温馨简直令人窒息。这些都是菊治此前不知道的。

独身的菊治在事后常常会有一种说不出的厌恶感，但在最应产生厌恶感的现在，他却只有一种依恋、安适的感觉。

以往这种时候，菊治总是忍不住想冷漠地离开，陶醉于女人的温馨依人，这好像还是第一次。他不知道女人的浪潮会如此紧随而来，现在让自己的肌肤休憩于这浪潮之中，菊治甚至有一种满足感，像是征服者一边打盹一边让奴隶洗脚。

对她还有一种母亲的感觉。菊治缩着脖颈说：

"栗本的这儿有一大块痣斑，你知道吗？"

菊治突然意识到自己说了不该说的话，但也许是因为精神还处于一种松弛的状态，也不觉得对近子有什么伤害。他伸出手说：

"长在乳房上，在这儿，就像这样……"

有一种东西在菊治的心中抬头，让他说出这些话。那是一种按捺不住的心情，令他想要对抗自己，伤害对方，或许只是为了掩饰自己想看那个地方而生的一种撒娇式的羞怯吧。

"讨厌。真恶心。"夫人说着，悄悄合上了衣襟，却仍像一时难以理解似的，悠悠地说，"我是第一次听说这种事，可是衣服里面的东西应该看不见吧？"

"不见得看不见。"

"啊，为什么呢？"

"要是在这里不就看见了吗？"

"啊呀，您真讨厌。您是以为我也有痣斑，所以在找吧？"

"不是。不过假如有的话，你在这种时候会有怎样的感觉呢？"

"是在这里吧？"夫人说着也看看自己的胸，"您为啥要问这话？这不是无所谓的事情吗？"

夫人答非所问。菊治发泄的邪毒好像对她毫无作用，却反侵他自身了。

"并非无所谓。我仅在八九岁时见过一次那痣，至今还历历在目。"

"怎么会呢？"

"连你也中过那痣的邪呢。栗本曾经摆出代表母亲和我的嘴脸，到你家里去狠狠数落过一番吧？"

夫人点点头，轻轻地抽回身子，菊治却在手上加了力，说：

"我想，那时她一定是时时意识到自己胸口的痣斑，因此越发使坏了。"

"哇！您的话真可怕。"

"或许多少还有点报复我父亲的意思。"

"报复什么？"

"可能她有一种怨恨，觉得是因为那痣斑而始终低人一等，因此才被抛弃的。"

"痣斑的话题就打住吧，净让人心里不舒服。"其实夫人好像并未要去想象那痣斑的样子，"栗本师傅如今也可不必再在生活中拘泥于痣斑之类的事情了吧，那已是过去的烦恼了。"

"烦恼过去了，就不会留下痕迹吗？"

"过去之后，有可能还会留恋呢。"

夫人说这话时，神态有点恍惚。

菊治终于说了自己最不愿意说出的话：

"先前在茶会上坐在你旁边的那姑娘……"

"欤，雪子，稻村家的小姐。"

"栗本叫我去，是想让我见见那位姑娘。"

"哇！"夫人瞪大眼睛直盯着菊治，"是相亲？我一点也没发现……"

"不是相亲。"

"原来如此，您这是刚相过亲呀……"一串泪线从她眼中流向枕头，肩膀在颤抖，"真不应该，真不应该！您为什么不告诉我呢？"

夫人埋首哭泣。

菊治倒没想到会这样。

"不管是不是刚相过亲，你若觉得不好，那就大概确实不好，可是那事跟这事没关系呀。"

菊治这么说，也完全是这么想的。

可是，菊治脑海中还是浮现出稻村小姐点茶的姿态，那桃色的千羽鹤包袱布也似在眼前。

如此一来，正在哭哭啼啼的夫人的身体就让他觉得丑恶了。

"啊，真不应该。我真是个罪孽深重的坏女人呀。"

夫人颤动着浑圆的肩膀。

对菊治来说，若有悔感，那定是因为觉得丑恶。相亲的事权且不论，太田夫人毕竟是父亲的女人。

可是，事到如今，菊治既不后悔，也不觉得丑恶。

菊治并不清楚自己与夫人为何会成了现在这样，一切都那么自然。以夫人刚才的话，似乎是在后悔自己诱惑了他，但或许夫人并无意诱惑菊治，菊治也没觉得受到诱惑，而且菊治在心理上并无任何抵抗，夫人也同样如此，两人之间可以说并不存在道德的阴影。

　　他俩进了一家位于圆觉寺相反方向的山丘上的旅馆，一起吃了晚饭，因为关于菊治父亲的话题还没谈完。菊治并非一定要听，而且洗耳恭听也有点滑稽，但夫人似乎并不这样考虑，只顾倾诉衷情，菊治听着听着就有了一种安适的好感，觉得被带进了一种温馨的爱情之中。

　　菊治觉得父亲似乎曾是幸福的。

　　要说不该，也许确实不该，他放过了摆脱夫人的机会，委身于一种甘美的精神松弛状态。

　　但是另一方面，也许因为心底潜藏着阴影，方才菊治说出了近子和稻村小姐的事，像是要把心中的怨毒一吐为快。

　　这样做的效果过了头，他一后悔便感到了丑恶。因为自己还想要对夫人说出更加残酷的话，一种自憎感在菊治心头油然而生。

　　"让我们都忘了吧，没啥事的。"夫人说，"这种事算不得什么。"

　　"你只是因为想起了我父亲而已？"

　　"啊呀……"

　　夫人惊讶地抬起头来，因为伏在枕上哭过，她的眼圈发红，眼白也有点浑浊。菊治从她张开的瞳眸中看到女人残存的倦意。

　　"您要这么说，我也没办法。我就是个可悲的女人。"

　　"骗人！"菊治粗暴地扯开了她的衣襟，"你要是有痣，我大概就不会忘记了，印象深刻……"

　　菊治为自己的话吃惊。

　　"不想让您这样看着，我已经不年轻了。"

　　菊治露出牙齿凑近她。

　　夫人刚刚的余韵又回潮了。

　　菊治安稳地睡了。

在似梦非梦中听到了小鸟的啁啾。菊治觉得自己还是第一次在鸟鸣声中醒来。

就像晨霭濡湿了绿树，菊治的头脑深处也似被一洗而净，没了任何杂念。

夫人昨晚睡时是背朝菊治的，不知什么时候又转过来了，菊治有点纳闷，支起一只手肘，出神地看着微光中夫人的脸。

<h1 style="text-align:center">五</h1>

茶会后的半个月左右，菊治接受了太田女儿的拜访。

让用人把她迎进客厅后，菊治为了平息心中的忐忑，亲自打开茶柜，把点心放在盘子里，却又无法判断她是独自来的，还是太田夫人因不好意思进菊治家门而等在门口，只有小姐进来了。

菊治打开客厅的门，姑娘立刻从椅子上站起，菊治只见她脸朝下，下唇包着上唇，紧紧地闭着。

"让你久等了。"

菊治走过姑娘身后，打开了面朝庭院的玻璃门。

经过姑娘身后时，菊治闻到花瓶中白牡丹的淡香。姑娘将浑圆的肩膀稍稍往前弯了弯。

"请坐。"

菊治说着，自己先在椅子上坐下，没想到反而镇定了下来，因为他在女儿那里看到了母亲的面影。

"贸然造访，实在是失礼了。"

姑娘低着头说。

"哪儿的话。幸好你认识这里。"

"嗯。"

菊治想起，这位姑娘在空袭时曾经把他父亲一直送到家门口。这是在圆觉寺时听夫人说的。

菊治想提这事，却最终没说出口，但他看着姑娘。

看着看着，当时太田夫人的温情又像温泉一样回涌。菊治想起夫人对他所做的一切给予的柔顺和宽容，于是便安心了。

由于此时的安然，菊治觉得自己对姑娘的戒备似也松懈了，但仍是无法与她正面相视。

"我……"姑娘欲言又止，然后抬起了头，"想为母亲的事提一个请求。"

菊治屏住呼吸。

"希望您能原谅我母亲。"

"啊？原谅？"菊治反问，同时意识到是夫人把自己的事对女儿明说了，"要说原谅，该是我请求原谅才对。"

"您父亲的事情，也要请您原谅。"

"说起父亲，不是他才该请求原谅吗？我母亲如今已经不在，又有谁去原谅他呢？"

"我总觉得，您父亲那么早去世，是不是也跟我母亲有关系，而且您母亲也……这话我对我母亲也说过。"

"你想多了，这对你母亲不公平。"

"我母亲应该先死的。"

姑娘似乎因羞耻而无地自容。

菊治觉察到姑娘是在说他与她母亲的事。那种事情会对她造成何等的羞辱和伤害呀。

"希望您原谅我母亲。"

姑娘的态度仍然坚决而恳切。

"不管原谅还是不原谅，我都该感谢你母亲。"

菊治语气干脆。

"我母亲不好。她是个很糟糕的人，请您别再理她了，不能再理她了。"姑娘语速急促，声音颤抖，"求求您了。"

菊治理解姑娘所说的"原谅"，也包含着不要再和她母亲来往的意思。

"也别再打电话了。"

说着说着，姑娘涨红了脸。也许是为了战胜这种羞耻，她反而抬头看着菊治，眼中蓄着泪水，那对黑眼珠特别大的眼睛张得大大的，没有丝毫恶意，而是充满了哀诉之情。

"我懂了。对不起。"

菊治说道。

"拜托您了。"姑娘羞色更浓，连白皙、细长的脖颈都被染红。她的衣襟上有个白色的装饰，像是用来将她细长的脖颈衬得更美。

"您来电话约我母亲出来，她却没有出来，那是被我阻止的。她坚决要出来，被我死死抱住动弹不得。"

姑娘此时情绪稍稍放松，声音也和缓了。

菊治用电话约太田夫人出来，是在上次见面三天之后。电话里夫人的声音显得挺开心，却终究没来相约的那家吃茶店。

只是那么一次电话，之后菊治没再见过夫人。

"事后我也觉得母亲挺可怜的，可是当时已经硬下心来拼命阻止她，于是母亲让我替她拒绝您，我也走到电话跟前了，却又说不出话来。母亲盯着电话机扑簌扑簌地掉泪，就好像您在电话机那里似的。母亲就是这样一个人。"

两人沉默一会儿，菊治说：

"那次茶会后，你母亲在等我的时候，你为什么先回去了？"

"因为我想让您知道母亲不是那么坏的人。"

"她太不坏了。"

姑娘垂下眼帘，她的鼻型小巧，上唇被下唇反包着，和善的圆脸

166

像她母亲。

"我以前就听你母亲说起过你，并曾假想跟那位姑娘一起聊聊我的父亲呢。"

姑娘点点头说：

"我也曾这样想过呢。"

菊治想，要是自己与太田的遗孀之间啥都没有，可以跟这位姑娘无拘无束地谈谈自己的父亲，那该有多好呀。

可是，自己真心原谅了太田夫人，原谅了父亲与她之间的关系，却正是因为自己与她之间"啥都没有"的状态改变了，这真是咄咄怪事。

姑娘像是意识到自己在这里耽搁太久了，匆匆站了起来。

菊治送她出门。

"希望能有机会再跟你聊聊我父亲，再聊聊你母亲美好的人品。"

菊治觉得自己这话说得有点随意，但他又真是这么想的。

"好。不过，最近要结婚了吧？"

"是说我吗？"

"是的。我听母亲说的，她说您跟稻村雪子小姐相亲了……"

"没这回事。"

出门便是下坡路，坡道的中段有个小弯道，在这里回首只能见到菊治家院子里的树梢。

姑娘的话让菊治的脑海中蓦地浮现出那位千羽鹤小姐的身姿。文子在这里止步告辞。

菊治转身上坡而行。

林中夕阳

一

近子把电话打到公司找菊治。

"今天下班直接回家吗?"

菊治是要回家的,但他却有了不悦之色。

"是的。"

"今天您可得为了您父亲回家哟,这是他每年一次的茶会日吧。一想到这个日子,我就没法平静了。"

菊治默然。

"打扫茶室……喂,喂,我在打扫茶室,突然想起要做点菜。"

"你在哪里?"

"您家。我到您家了。抱歉,事先没打招呼。"

菊治一惊。

"一想到这个日子,我就定不下心来,因此觉得若能让我打扫一下茶室,也许就能平静下来。本应事先给您电话,又想定会被您拒绝。"

父亲死后，茶室就没用了。

母亲在世期间，好像还会常常进去，独自坐在那里，但没生过炉子，只是用铁壶装了热水拎过去。菊治不喜欢母亲进茶室，担心她在那里独自胡思乱想。

母亲一人在茶室时，菊治也曾想要去窥视一下，却又始终不曾真的去看。

但在父亲生前，茶室是由近子打理的，母亲极少进去。

母亲死后，茶室就关了起来，父亲在世时就雇用的老女佣每年会去通几次风。

"有多久没打扫了？榻榻米怎么擦总还有霉味，实在是没办法了。"近子的语气放肆起来，"打扫的时候想到了做菜，因为是临时起意，材料都不充足，稍微准备了一点，所以希望您能早点回来。"

"呵呵，真没想到。"

"您一个人挺没劲的，带三四个公司同事来吧。"

"不行，没人懂茶道。"

"不懂更好，因为我也没正经准备，大家可以轻松一些。"

"不行。"

菊治脱口而出。

"是吗？真叫人失望。那怎么办？有没有您父亲的茶道朋友……应该也是请不来的了。那就叫稻村家小姐来吧。"

"开什么玩笑？算了吧。"

"为什么？不是挺好的吗？对方对这门亲事也挺积极的，您再仔细观察一下小姐，两人好好谈谈，不是挺好的吗？今天我们请请看，她若是来了，就代表她那方首肯了呀。"

"这样不行。"菊治憋得难受，"算了，我不回去了。"

"啊呀，这种事电话里说不清，以后再说吧。反正就这样了，您早点回来。"

"什么叫'反正就这样了'？我不懂这话。"

"好了好了，都是我自作主张。"

话虽这么说，近子那种强加于人的毒气还是传了过来。

菊治想起了近子那块占了半个乳房位置的大痣斑。

于是，菊治觉得近子打扫茶室的扫帚声听来像是在触扫自己的头脑，擦拭榻榻米的抹布也像是在抚弄自己的脑袋。

这样的厌恶感最先涌了起来，可近子趁他不在的时候进入他家甚至自作主张地做起饭来，这也太奇怪了。

若是为供奉他父亲而去清扫茶室插个花之类，然后就离开，这还情有可原。

不过，在菊治这油然而生的厌恶感中，稻村小姐的身影一闪而过。

自从父亲死后，菊治与近子自然就疏远了，难道她是想以稻村小姐为诱饵而与菊治重结旧缘并纠缠不休吗？

近子在电话中虽依旧体现出那种可笑的性格，让人苦笑而她自己却不以为意，但也听得出一种强加于人的味道。

菊治觉得，之所以听出了强加于人的味道，是因为自己有软肋并且害怕这种软肋，所以不能对近子任性的电话发火。

近子是因为抓住了菊治的软肋而得寸进尺了吧？

菊治一下班就去了银座，进了一家小酒吧。

正如近子所说，他是不可能不回家的，但背负着自己的软肋，让他觉得尤为难受。

他在圆觉寺茶会后的归途中意外地与太田夫人在北镰仓旅馆过夜，此事近子固然不会知道，但她此后见过太田夫人了吧？

菊治疑心近子电话中那咄咄逼人的语调并非仅仅出于她的厚颜。

不过，仅就他与稻村小姐的那事而言，近子或许只是想以自己的方式去促成。

菊治在酒吧也无法安心，便乘电车回家。

在经过有乐町朝东京站行进的途中，菊治透过车窗俯视种着成排高大街树的大街。

那是一条东西走向的大街，与电车线路大致形成直角，正好受着夕阳西照，像金属板一样反射着晃眼的亮光，可是街树能被看到的却是没受西晒的那一面，所以绿色显得发黑而沉郁，树荫处给人凉爽之感。街树的树枝舒展，阔叶成荫。大街的两侧都是坚实的洋房。

这条大街令人意外地没有行人，直到临着皇居护城河的顶端都冷冷清清、一览无遗，晃眼的车道也很安静。

从非常拥挤的电车中往下看，唯有那条大街似乎漂浮在傍晚奇妙的时间之中，营造出一种异国情调。

菊治仿佛看到稻村小姐抱着带有白色千羽鹤图案的桃色绉绸包袱，走在街树的树荫之中，那千羽鹤的包袱似乎历历在目。

菊治顿生一种清新之感。

想到她现在可能已到他家，菊治心中有了骚动。

尽管如此，菊治还是不明白：近子在电话中让他带同事回家，一见他犹豫，便又说要叫稻村小姐，究竟是有何打算，是不是一开始就想好要叫她的？

一回到家，近子便匆匆来到玄关问：

"就您一人？"

菊治点头。

"一个人好。她来了。"近子凑了过来，做出要接过菊治帽子和皮包的姿势，"您去过什么地方了吧？"

菊治觉得大概是因为自己面留酒容。

"您是去过什么地方了吧。后来我给您公司打了电话，说您已经走了，所以算得出您应该什么时候到家。"

"真没想到。"

近子并未对擅自进这个家门以及在这里自作主张表示歉意。

她跟到起居室，像是要帮菊治换上女佣准备好的和服。

"不劳你了。对不起，我要换衣服了。"

菊治脱了外衣后径直往藏衣室走去，像是要甩掉近子似的。

他在藏衣室换好衣服出来。

近子坐着说：

"真服了你们这些单身汉。"

"啊？"

"也应该适当改变一下这种不自在的生活方式了吧。"

"我是因为吸取了老爷子的教训。"

近子看了菊治一下。

她穿着从女佣那里借来的烹饪服，袖子翻卷着，那原来也是菊治母亲的东西。

她手腕以上部分胖嘟嘟的，白得让人不舒服，肘内侧青筋凸起。菊治突然感到意外，觉得那就是一堆僵硬、厚实的肉。

"小姐在客厅坐着呢，还是去茶室合适吧。"

近子开始进入正题了。

"茶室有灯吗？我可没见过那里用过灯哟。"

"要是没灯就用蜡烛，别有情趣。"

"那可不好。"

近子突然想起似的说：

"对了，先前给稻村小姐一打电话，她就问能不能跟她母亲一起来，我说最好能一起来。结果她母亲有事，还是说定让小姐独自来了。"

"什么'说定'，还不都是你在自作主张，突然让人家马上就来，被人觉得失礼了吧。"

"这我也知道，但小姐已经在这里了。她既能来，我的失礼自然也就不存在了吧？"

"为什么？"

"是不是应该这么理解：今天既然来了，说明她对这次的事情还算积极吧。我的方式有点剑走偏锋也无所谓，事成之后你俩尽管在一起笑话栗本是个剑走偏锋的女人好了。该成的事怎么做都能成，这是我的经验。"

近子的语气十分自负，像是看透了菊治的心思。

"已经跟对方说过了吗？"

"是的，说过了。"

近子的口气像是要菊治干脆一些。

菊治起身，经过走廊向茶室走去，为了不让稻村小姐看到自己不悦的脸色，他在一棵大石榴树下调整了一下表情。

看到石榴树的阴影，近子的痣斑又浮现在他的脑中，他摇了摇头。客厅前面的庭石上留着些许余晖。

客厅的纸门敞开着，小姐坐在近门处。

小姐的亮色仿佛射向了宽敞的客厅那微暗的深处。

地上的水盘里插着花菖蒲。

小姐系的和服腰带上也有水菖蒲图案，大概是偶然，但也许不是偶然，而是属于常见的应和季节的表现形式。

地上的花不是水菖蒲而是花菖蒲，所以叶和花都长得很高，仅从花的感觉就可知道那是近子今天刚插的。

二

第二天是下雨的周日。

午后，菊治进了茶室，要去收拾昨日用过的茶具。

同时也是留恋稻村小姐的余香。

他让女佣送伞过来，正要从客厅走到庭院的踏脚石时，发现檐下的排水管有了破洞，雨水哗哗地落在石榴树跟前。

"那儿非修不可了。"

菊治对女佣说。

"是的。"

菊治想起，很久以前他在雨夜上床后就已注意到这水声了。

"可是一旦动修，这里那里的就没完没了了，还是趁没太严重的时候卖了为好。"

"近来有大宅子的人家都这么说。昨天小姐也惊叹这房子这么大，她是打算住进来了吧？"

女佣似乎是想说别卖这房子。

"是栗本师傅说的吗？"

"是的。小姐一来，师傅就领着她在家里到处看。"

"呵呵。真没想到。"

昨天小姐没对菊治说这事。

菊治以为小姐只是从客厅直接去了茶室，今天他自己也下意识地要从客厅直接去茶室。

菊治昨晚没睡着。

他觉得茶室还飘着小姐的香气，想要半夜起来去茶室看看。

他觉得稻村小姐永远都是另一个世界的人，试图以此强使自己入睡。

那位姑娘被近子领着在家中看了一圈，这让菊治颇感意外。

菊治吩咐女佣把炭火送去茶室，然后踩着踏脚石走了过去。

昨晚，近子要回北镰仓，所以和稻村小姐一起离开，收拾的活儿都交给了女佣。

菊治只需把放在茶室角落的茶具收起来就行，但他不太清楚原先

174

是放在哪里的。

"还是栗本熟悉这些。"

菊治嘴里咕哝着，望着挂在壁龛的歌仙绘[①]。

那是法桥宗达[②]的小品，薄墨线描，略施淡彩。

昨日稻村问起画的是谁，菊治答不上来。

"嗯……是谁呢？画上没题写和歌，所以我不知道。这种画上的歌人全都差不多模样吧。"

"是宗于[③]吧？"近子插嘴说，"那和歌应该是'松树四季青，春来色尤翠'[④]，于季节来说稍晚了些，但您父亲喜欢，常在春天挂出来。"

"不知是宗于还是贯之[⑤]，反正凭画是很难区别的。"

菊治又说。

今天看仍是完全无法区别，都是一副器宇轩昂的样子。

但是，线条虽简单，画面也不大，却让人感觉形象很高大。这样看了一会儿，就隐隐觉得一股清朗之气迎面而来。

无论是这歌仙绘还是昨日客厅中的菖蒲插花，都让菊治思念稻村小姐。

"刚才在烧水，所以来迟了，想多烧一会儿再带过来的。"

女佣拿着炭盆和水壶过来了。

茶室潮湿，所以菊治希望生火，但没打算烧水。

然而他说了要火，善解人意的女佣就准备了热水。

---

① 歌仙绘，柿本人麻吕等三十六位有"歌仙"之称的和歌歌人的肖像画，常配有各位歌人一首代表作。

② 法桥宗达，江户初期的画家。

③ 源宗于（？—940），三十六歌仙之一。

④ 本篇中的和歌部分均由叶宗敏先生赐译。

⑤ 纪贯之（872—945），三十六歌仙之一。

菊治随意添上了炭，坐上了水壶。

由于跟着父亲，菊治自小就熟悉茶室的一切，但自己并无兴趣点茶，父亲也没劝他学。

现在水已烧开，壶盖稍稍掀开，菊治茫然而坐。

有点霉味，榻榻米好像也有潮气。

墙壁颜色素淡，昨天反将稻村小姐的身姿衬得醒目，今天则显得暗淡了。

菊治有一种住洋房穿和服的感觉。

昨天他对姑娘说：

"栗本这样突然把您叫来，给您添麻烦了吧？让您进茶室，也是她的自作主张。"

"师傅让我来，说是您父亲的茶会日。"

"她是这么说的，我却完全忘了这事，也从没想过。"

"这样的日子却叫了我这样没有心得的人，怕是师傅在挖苦我吧。最近我连茶道课都懒得上了。"

"栗本这个人呀，今早才想起来，就急忙赶来打扫茶室，所以还有霉味吧？"菊治有点打顿，"可是，同样是与您认识，如果不是栗本介绍的就好了。我觉得有点对不起您。"

姑娘惊奇地看着他问：

"为什么？要是没有师傅，不就没人引见了吗？"

这是直接的抗议，却也是事实。

确实，若没有近子，他俩在这个人世大概不会相见。

菊治觉得迎面受到一记闪光的鞭挞。

姑娘的这种说法让他听来像是已经应允了这桩婚事。

所以她那诧异的眼神让菊治觉得似一道闪光。

可是不知她如何理解菊治称呼近子时直呼其姓而不带任何尊称，莫非她知道近子是菊治父亲的女人？虽然那段关系存续的时间不长。

"因为我对栗本也有不快的记忆，"菊治的声音像是有点发抖，"所以不愿被她参与自己的人生。我好像实在无法相信您是由她介绍的。"

近子把自己的饭也端了过来，谈话中断。

"让我也来陪陪你们。"近子坐下后，像是要平息一下刚才一直站立干活引起的气喘，稍稍弯下身子，又看了一下姑娘的脸色，"今天只有一位客人，好像不够热闹，可是您父亲应该也挺高兴的。"

姑娘温顺地垂下眼帘说：

"我是没有资格进您父亲的茶室的。"

近子没有理会这话，只顾按着自己的思路继续介绍菊治父亲生前如何使用这间茶室。

她似乎认准这桩婚事已经敲定。

结束时近子在玄关说：

"菊治少爷也该去一次稻村府上吧……下次要商量时间了。"

一听这话姑娘便点了头，像是要说什么，却又没出声，一举一动立时显出一种本能的羞涩。

菊治很是意外。他好似感受到了姑娘的体温。

另一方面，他又觉得自己被一张黑暗、丑陋的幕布罩着，这种感觉特别强烈。

这幕布至今仍难取去。

不仅是介绍稻村小姐的近子不洁，菊治自身的内里也有不洁之处。

他想象过父亲用肮脏的牙齿去咬近子胸前的痣斑，父亲的这种形象与他也发生了联系。

姑娘并不介意近子，菊治却介意。他卑怯、优柔，这虽不能完全归咎于近子，但近子好像也是一种原因。

菊治表现出对近子的厌恶，让人觉得与稻村小姐的婚事是出于近

177

子的强制。近子就是一个如此便于利用的女人。

担心这些已被姑娘识穿，菊治如遭迎头一击，此时发现自己竟是如此之人，不禁愕然。

吃完饭，趁着近子起身去备茶，菊治又说：

"如果说我们命中注定要受近子所制，那么我俩对这命运的看法应该大有不同。"

这话中也有一种辩解的意味。

父亲死后，菊治不喜欢母亲独自待在这茶室中。

如今想来，父亲、母亲和自己独自在这茶室中时，似乎都是各有所思的。

雨点打在树叶上。

这时，另有雨点打在伞上的声音越来越近，女佣在拉门外说：

"太田到了。"

"太田？是小姐吗？"

"是夫人。怎么那么憔悴，像是有病呢。"

菊治蓦地站起，却又站在原地没动。

"把她带到哪里？"

"就来这儿吧。"

"好的。"

太田夫人没有撑伞，大概是放在玄关了吧。

菊治以为她脸上的是雨水，其实是泪水。

那水不住地从眼睛流到脸颊，所以明摆着是泪。

"啊！怎么啦？"

菊治虽然一时粗疏，起先误认为是雨水，此时却也几乎叫了起来，走上前去。

夫人两手撑地，在木板窗外的窄走廊坐下。

她面朝菊治的方向，一副就要瘫软下来的样子。

走廊近门槛处都被淋湿了。

泪水还在继续流，菊治又以为是雨滴。

夫人眼睛不离菊治，仿佛是借此支撑自己不至倒下，连菊治也觉得若是避开这视线，就会有什么危险发生。

她的眼窝深凹，鱼尾纹明显，眼圈发黑，形成病态的双眼皮，水汪汪的眼中噙着痛苦，也含着一种无以言说的柔情。

"对不起，我想见您，实在忍不住了。"

夫人的语气亲昵。

她的样子也让人觉得温柔。

若无这种温柔，她的憔悴简直令菊治不忍直视。

菊治的心被夫人的痛苦刺中，而且知道这痛苦因他而起，但他同时又被夫人的温柔吸引，并产生一种错觉，认为自己的痛苦因此而减轻。

"会淋湿的，快进来吧。"

菊治突然从背后深深抱住夫人，几乎是将她硬拽了起来，那做法简直有点粗鲁。

夫人想要自己站起来，说道：

"请放开我，放开。我轻了吧？"

"是的。"

"我变轻了，最近瘦了。"

菊治有点惊讶于自己突然抱起了夫人。

"小姐不担心你吗？"

"文子？"

听到夫人这么一叫，菊治以为文子也到这里了。

"小姐也一起来了？"

"我瞒着她的……"夫人哽咽着说，"那孩子眼不离我，夜里我一有动静，她也立刻睁眼。那孩子好像因为我，脾气也变得有点古怪

179

了，甚至说出这样可怕的话来：'妈妈为什么只生了我一个孩子，若能给三谷先生家生个孩子不就好了吗？'"

说话间，夫人端正了坐姿。

菊治从夫人的话中感到了女儿的悲哀。

文子的悲哀大概是因为不堪于母亲的悲哀。

尽管如此，文子居然说出了为菊治父亲生孩子之类的话，这刺激到了菊治。

夫人还在盯着菊治看。

"今天或许也会追过来，虽然我是趁她不在家时溜出来的……因为下雨，她大概以为我不会出来。"

"因为下雨？"

"是的。她大概觉得我身体已经弱得下雨天走不出去了。"

菊治只好点头。

"前几天，文子来过这里了吧。"

"来过。她说'请原谅我母亲'，我无言以对。"

"我明明知道孩子的心情，可为什么又来了呢？啊，可怕。"

"但我是对她感谢了你的。"

"谢谢。我本来应该已经知足了，可是……后来我挺苦恼的，对不起了。"

"可是，应该没有什么东西可以真的束缚你，要说有的话，那就是我父亲的亡灵吧？"

听了这话，夫人却是不动声色，菊治似乎不得要领。

"忘了吧。"夫人说，"我为什么会对栗本师傅的电话那么反感，真不好意思。"

"栗本打电话了？"

"是的。今早来电话说，您跟稻村雪子小姐已经定了……为什么要告诉我呢？"

太田夫人眼睛虽又湿了，却不经意露出了微笑。那不是哭中带笑，而是一种真正自然的微笑。

"那事还没定。"菊治否定说，"你是不是让栗本觉察到了我的什么事？打那以后你见过栗本吗？"

"没见过。不过那人挺可怕，所以或许已经知道了。今早打电话时肯定也让她觉得我不正常。我这人真不行，几乎站不住了，叫了起来。她从电话那头也能听得出来，叫我别碍你们的事。"

菊治紧锁眉头，一时说不出话来。

"居然说我碍事，这种话……在您与雪子小姐的事情上，我明明是觉得自己不好，可是……今天一大早栗本师傅就让我怕得浑身发寒，在家也待不住了。"

夫人像中了邪似的颤动着肩膀，嘴唇歪向一边，像是要往上翘起，显出了这个年龄的丑态。

菊治起身走了过去，伸手像要按住她的肩膀。

夫人抓住他的手。

"我怕。真可怕呀。"说着环顾四周，一副恐惧状，突然又变得有气无力，问，"这里的茶室？"

菊治不懂这话的意思，便模棱两可地回答：

"是的。"

"多好的茶室呀。"

她是想起了死去的丈夫也常常被召来这里，抑或是想起了菊治的父亲？

"你没来过吗？"

菊治问。

"嗯。"

"看到什么了吗？"

"不，没看到什么。"

"那是宗达的歌仙绘。"

夫人点头，就势低下了头。

"以前没来过我家吗？"

"没有，一次也没来过。"

"是吗？"

"不，只来过一次，您父亲的告别式……"

说完，夫人不再出声。

"水开了，喝杯茶吧，解乏的。我也想喝。"

"嗯。可以吗？"

夫人想要站起来，却有点踉跄。

菊治从放在墙角的箱子里取出茶碗等物。他意识到这是昨天稻村小姐用过的茶器，却仍拿了出来。

夫人想拿掉茶釜的盖子，却因手抖，盖子与釜相碰，发出了轻轻的声音。

夫人拿着勺弯下身去，釜肩被她的泪沾湿。

"这釜也是您父亲从我家买的。"

"是吗？我不知道。"

菊治说。

夫人说这釜原是她亡夫所有，菊治却并未反感，也没觉得夫人这样直说有什么奇怪。

夫人点完了茶，说：

"我端不起来，您过来好吗？"

菊治走到茶釜旁饮茶。

夫人像晕厥似的倒在菊治的膝上。

菊治抱住她的肩膀，夫人的后背略微晃了一下，气息渐渐变细。

她是那样柔弱，菊治的手里像是抱着一个孩子。

三

"夫人！"

菊治用力摇晃着她。

菊治用锁喉似的动作，双手揪住了她的咽部到胸骨处。他发现夫人的肋骨比上次更加突出。

"你能分清我和我父亲吗？"

"您真残酷。讨厌。"

夫人闭着眼睛娇嗔道。

她似还不想立即从另一个世界回来。

菊治这话与其说是问夫人，莫若说是在指向自己心底的不安。

菊治顺从地被导向另一个世界，那只能被看作是另一个世界，在那里好像没有父亲与菊治的区别，以致后来引起了他那样的不安。

他觉得夫人不是这个世上的女人，又觉得她属于前世或是这个世上最后的女人。

他怀疑，夫人进入另一个世界，是否就感觉不到她死去的丈夫与菊治的父亲以及菊治之间的区别了呢？

"你是不是想起我父亲时就把他和我混为一体了？"

"原谅我。啊，可怕。我真是罪孽深重呀。"泪水从夫人眼角挂成了串，"啊，我想去死，我想去死。要是马上就死，该是多么幸福呀。菊治少爷，您刚才不是要勒我脖子的吗，为什么不勒呢？"

"别瞎说。不过，你既然这么说，我也真想勒一下了。"

"是吗？谢谢了。"夫人伸出了她的长颈子，"这么瘦，勒得住。"

"不能丢下女儿去死吧？"

"不。这样下去，反正也会累死的。文子就拜托给您了。"

"你是说让女儿跟你一样？"

夫人安心地睁开了眼。

菊治被自己的话惊住了，这是一句完全未经思考便脱口而出的话。

夫人是怎么理解的呢？

"看，脉这么乱……已经活不长了。"

夫人说着把菊治的手拉到自己乳下。

那悸动或许是因菊治的话而起。

"菊治少爷多大了？"

菊治不答。

"不到三十吧？对不起，我是个可悲的女人，真不懂事。"

夫人用手撑席半欠起身子，弯曲着腿。

菊治坐正。

"我不是来给菊治少爷与雪子小姐的婚事泼脏水的，但已无法挽回了。"

"婚事还没定，可是被你这么一说，我觉得我过去的事情已经被你洗刷了。"

"是吗？"

"做媒的栗本是父亲的女人，她要扩散过去的孽缘。你也是我父亲最后的女人，但我却认为他是幸福的。"

"还是早点和雪子小姐结婚吧。"

"这得由我决定。"

夫人望着菊治，眼神恍惚，脸上没了血色。她按着额头说：

"我觉得晕得厉害。"

她坚持要回去，菊治便叫了出租车，自己也上了车。

夫人闭眼靠在车子的角落，那副无助的样子让人觉得她已命在旦夕。

菊治没进她家门。下车时，她那冰冷的手指像是瞬间便从菊治掌中消失。

那天夜里两点左右，文子来了电话。

"是三谷先生吗？母亲刚才……"话到这里停了一下，又清楚地说，"去世了。"

"啊？你母亲怎么啦？"

"去世了。心脏病发作。最近她吃了太多的安眠药。"

菊治无言。

"嗯……有件事想拜托三谷先生……"

"好的。"

"您若有熟识的医生，能否带着过来一趟？"

"医生？是说医生吗？那得抓紧吧？"

难道没有医生去过？菊治先是吃惊，随即又明白过来。

夫人是自杀的。文子是请菊治帮忙隐瞒此事。

"知道了。"

"拜托了。"

文子一定是在深思之后才给菊治打电话的，因此才小心翼翼地只提了要办的事情。

菊治坐在电话旁闭上了眼。

在北镰仓旅馆与太田夫人一起过夜后回家时，从电车上看到的夕阳，此时突然浮现在菊治脑中。

那是池上本门寺林中的夕阳。

通红的夕阳当时正好掠过林中的树梢下沉。

树林在晚霞的天空下显出黑色。

掠过树梢的夕阳渗进了菊治的眼睛，他遮上了自己的双眼。

此时，他又突然觉得稻村小姐包袱布上的白色千羽鹤，像是正在眼中残存的落日余晖中飞舞。

志野彩陶①

一

菊治去太田家，是在夫人"头七"后的第二天。

等到下班已是黄昏，所以菊治准备早退，却又一直犹犹豫豫，结果还是挨到下班才走。

文子来到玄关，惊叫一声，她双手支地，抬头看着菊治。她像是要靠两手的支撑来防止肩膀发抖。

"谢谢您昨日送来的花。"

"不用谢。"

"以为您送了花，就不会过来了。"

"是吗？也有花先到，人后到的吧？"

"可我没这么想。"

"其实我昨天也来了这附近的花店，不过……"

文子认真地点点头说：

"花上虽没写名字，但我立刻知道是谁了。"

---

① 志野彩陶，据传是志野宗信从桃山时代开始在美浓地方所烧的陶器，以厚层白釉为基底，上绘朴素的花纹图案。

菊治想起昨天站在花店的群花中思念太田夫人的情景。

他想起，花香曾一时间缓解过自己的罪恶感。

现在文子又温顺地迎他。

文子身穿白底棉布衣服，连粉都没施，仅在有点干燥的嘴唇上搽了薄薄的口红。

"昨天我觉得还是不来打扰为好。"

菊治说。

文子把膝盖斜移了一点，示意请菊治进门。

她在玄关说些寒暄的话，大概是为了不让自己哭出来，现在若还保持这个姿势说话，怕是就会哭出来了。她在菊治身后站起来说：

"收到花我就不知该有多高兴了，不过，昨天您若能过来，那就更好了。"

菊治竭力做出轻松的样子说：

"我是怕惹得你们家亲戚讨厌，那多过意不去。"

"我已经不在乎这些了。"

文子的话很干脆。

客厅里，骨灰盒前立着太田夫人的照片。

花只有菊治昨天送的一份。

菊治没想到，难道是文子把其他花都处理了，只留下了他的花？

但他又觉得这个"头七"有点凄冷了。

"这是茶道用的水罐吧？"

文子明白菊治说的是那个放花的器具。

"是的。我觉得挺合适的。"

"好像是不错的志野陶呢。"

这罐用在茶道上显得小了。

罐里插的是白色的蔷薇和淡色的康乃馨，那花束与筒形的水罐很相称。

"母亲也常用来插花，所以一直留着没卖。"

菊治在骨灰盒前坐下，点了线香，合掌闭目。

他在谢罪，但也油然而生出一种对夫人之爱的感谢之情，并似受到这种感情的纵容。

夫人是因罪无可赦而死还是因爱欲难抑而死，她是死于爱还是死于罪？这让菊治迷惘了一个星期。

现在在夫人的骨灰前闭上眼睛，她的肢体虽未出现在脑中，但那种芳香催醉的触感却温馨地向菊治围来。这虽有点奇怪，菊治却未感到不自然，这也是因为夫人。复苏的虽说是触感，但并非那种雕塑感，而是音乐感。

夫人死后，菊治因失眠而在酒中加了安眠药，却仍易醒多梦。

但他并不是被噩梦惊醒，而是梦中会有甘美的陶醉，醒后仍有恍惚之感。

死去的人难道还会让人在梦中感觉得到她的拥抱？这让菊治觉得奇怪，以他肤浅的经验来看，简直匪夷所思。

"我这个女人罪孽何其深重呀！"

夫人在北镰仓旅馆与菊治一起过夜时以及来他家进茶室时都说了这话。正如这话反而引起了夫人带有快感的战栗和啜泣一样，现在菊治坐在骨灰前考虑夫人的死因时，竟然在回味夫人说到"罪孽"时的声音，这本身就是所谓的"罪孽"。

菊治张开了眼。

文子在他身后抽噎，刚漏出一声强抑不住的哭泣，又立刻噤声。

菊治此时不便转身，只问了一句道：

"这是什么时候的照片？"

"五六年前的，小照片放大的。"

"是吗？是不是点茶时拍的？"

"啊呀，您知道得这么清楚？"

189

照片放大了脸部，衣领以下部分都被裁剪了，肩膀部分也不完整。

"您怎么会知道是行茶道时的照片？"

文子问。

"凭感觉。眼睛朝下，似乎在做着什么的表情，肩膀虽看不见，却看得出身体在用力。"

"照片有点侧脸，我曾犹豫是否用这张，但这是母亲喜欢的照片。"

"挺娴静的，是张好照片。"

"不过，侧脸毕竟不好，别人来上香时，她就没朝人家看了。"

"哦？倒也是。"

"既侧着脸，又低着头。"

"是呀。"

菊治想起了夫人在死去的前一天点茶的情景。

夫人拿着勺子时，泪水沾湿了釜肩。菊治走过去拿了茶碗。直到喝完，釜上的泪水仍未干去。在放下茶碗的那一瞬间，夫人向菊治的膝上倒来。

"拍这张照片时，母亲还挺胖的。"文子说到这里顿了一下，"而且，把这张与我太像的照片摆出来，不知怎的，我也觉得很不好意思。"

菊治蓦地回头。文子垂下眼帘，那双眼睛先前一直在盯着他的后背。

菊治已经不得不从灵前转身而与文子正面相对。

可是，他能说什么话向文子表达歉意呢？

菊治因志野陶的水罐被用来插花而感庆幸，他轻轻把手支在罐前，像欣赏茶具似的看着那罐。

菊治伸手摸了一下白里透红、似冷又暖的艳丽釉面，说：

"给人温柔之梦的感觉。好的志野陶连我都喜欢。"

他本想说"温柔的女人之梦"，话到嘴边时省略了"女人"二字。

"您要是喜欢，就送给您作为母亲的留念吧。"

"不行。"

菊治赶紧抬起脸说。

"要是不嫌弃，您就收下吧，母亲也会高兴的。这东西好像也不是太差劲。"

"当然是好东西。"

"我也是听母亲这么说，所以用来插您送的花。"

菊治突然间热泪盈眶，说：

"那我就收下了。"

"母亲也会开心的。"

"可是我大概也不会用在茶道上，会作花瓶用的。"

"母亲也用来插花的，没问题。"

"花也不是茶道用的花，茶具如果离开茶道，会觉得寂寞的。"

"我也不想再学茶道了。"

菊治趁转身之际站了起来。

他把壁龛旁的坐垫挪近廊道边坐下。

文子先前一直在菊治身后保持着一点距离坐着，她没用坐垫。

菊治挪了位子，就把文子一人留在了客厅中央。

她的手指原先稍稍弯曲放在膝上，这时握成了拳头，像是为了抑止手指发抖。

"三谷少爷，请您原谅我母亲。"

文子说着，深深地低下了头。

菊治一惊，怕文子的身体也就势倒下。

"你说啥呀。请求原谅的应该是我。我觉得自己已经没资格请求原谅了。因为无法表达歉疚之情，所以不好意思来见你。"

"是我们母女不好意思。"文子面露羞色，"没脸活着了。"

她那未施脂粉的脸颊到白皙的细长脖颈顿时变得通红，不难看出因忧心而致的憔悴。

这淡淡的血色，反让人感觉到文子的贫血。

菊治心痛地说道：

"我想过，你母亲不知如何恨我呢。"

"恨您？怎么会？母亲恨过三谷少爷吗？"

"不，可难道不是我害死了你母亲吗？"

"母亲是自己死的。我是这么认为的。她死后的这一个星期，我独自想过这个问题了。"

"这些日子家里就你一人吗？"

"是的。以前我和母亲就是这样生活的。"

"是我害死了你母亲。"

"她是自己死的。要是说您害死了她，其实就等于是我害死了她。要是说因为她的死而必须恨谁，那就是要恨我自己，然而，如果归咎于别人或让人后悔，母亲的死就变得黑暗而不纯了，给后人造成的反省和后悔反会成为死者的重负。"

"也许确实如此，但若不是我见了你母亲……"

菊治说不下去了。

"我想只要死者被原谅就没事了。母亲或许也是为了求得原谅而死的，您能原谅她吗？"

文子说着起身离去。

文子的话让菊治觉得脑海中落下了一层帷幕。

他不知死者的重负是否也能减轻。

若因死者而烦恼，则近似于责难死者，很可能属于一种浅薄的错误。死者是不与生者计较道德的。

菊治的目光又移向了夫人的照片。

二

文子端着茶盘进来。

盘里放着两个乐烧① 筒状茶碗，一个红色，一个黑色。

她把黑色的递给菊治。

沏的是粗茶。

菊治端起茶碗，看着碗底的印记无所顾忌地问道：

"谁的？"

"我想是了入② 的吧。"

"红的那个也是？"

"是的。"

"是成对的。"

菊治看着红色的茶碗。

文子把红色茶碗放在自己膝前没动。

这种筒状茶碗用来喝茶挺合适，但菊治脑中突然冒出一个不好的猜想。

文子父亲死后，菊治父亲还在世时，来文子母亲这里，是不是也用这对乐烧茶碗喝茶呢？是不是他用黑的，文子母亲用红的，当作夫妻茶碗在用？

既然是了入陶，也就不用那么珍惜，或许还被他们在旅行时带出去用呢。

如果是这样，心知肚明的文子却为菊治拿出了现在这茶碗，照理说是挺大的玩笑了。

可是菊治并不认为这是故意挖苦或有什么企图。

---

① 乐烧，乐家所制陶器的总称。据传始于日本乐家始祖长次郎烧制的碗和砖，受到茶道家千利休的喜爱，其碗成为品茗茶碗。

② 了入（1756—1834），乐烧的正宗乐家的第 9 代陶匠，尤以赤釉和黑釉见长。

他把这当作女孩子单纯的感伤。

毋宁说这种感伤也在感染着菊治。

也许文子和菊治都因文子母亲之死而不能自拔，无以抗拒这异样的感伤，而一对乐烧茶碗更是加深了菊治与文子共通的悲伤。

菊治父亲与文子母亲之间以及文子母亲与菊治之间的关系，还有母亲的死因，所有这一切文子也全都知道。

隐瞒文子母亲的自杀也是他俩同谋而为。

文子的眼睛有点发红，大概沏粗茶时也在哭泣。

"今天幸好来了这里。"菊治说，"刚才你的话虽可理解为生者与死者之间已无所谓原谅或不原谅了，但我还是希望重新理解为自己已经得到了你母亲的原谅。"

文子点头说：

"否则母亲也就不能取得您的谅解了，尽管她也许是不会原谅自己的。"

"可是我来这里与你这样对坐，或许是件可怕的事呢。"

"为什么？"文子看着菊治，"是因为母亲不该去死吗？我在她死的时候也挺窝心的，觉得母亲不管受到什么样的误解，都是不该去死的。死是对于任何理解的拒绝，谁都无法谅解它。"

菊治默然，但他觉得文子好像也已探求过关于死亡的秘密。

死是对于任何理解的拒绝——这话由文子说出，让他感到意外。

眼下，菊治理解的夫人与文子理解的母亲似乎仍有很大的差异。

文子无法理解作为女人的母亲。

不管是原谅或是被原谅，菊治都沉溺在女人身体的温柔乡中。

那红黑一对乐陶茶碗，也勾起菊治梦境般的飘逸感。

文子却不了解这样的母亲。

孩子由母亲身体产出，却不了解母亲的身体，这固然似乎有点微妙，但母亲身体的形态却又微妙地传给了女儿。

文子在玄关出迎时，给了菊治一种温柔的感觉，那也是因为菊治从她和善的圆脸上看到了其母亲的面影。

如果说夫人因为从菊治身上看到他父亲的影子，从而犯下错误，那么菊治认为文子像其母亲的念头则似一种令人战栗的咒语，菊治却顺从地被其引诱束缚。

即便只是看到文子那张"地包天"的嘴唇糙裂的样子，菊治也觉得无法与她抗争。

应该如何行动，才能让这位姑娘表示出抵抗呢？

菊治带着这种想法说：

"你母亲也是因为太善良，所以活不下去了。但我对她太残酷，像是把自己道德上的不安原封不动地扔给了她。那是因为我的懦弱和卑怯……"

"是母亲不好，她这个人不行，尽管我认为她与您父亲以及与您的事情并非全都出于她的性格……"

文子说得吞吞吐吐，脸色绯红，血色也比先前好了。

像是要避开菊治的目光，她略微侧过脸去，低下头说：

"可是，从母亲死后的第二天开始，我渐渐觉出她的美好。也许并非出于我的感觉，而是她自己变得美好了。"

"对于死人来说，这些都无所谓了。"

"母亲却也许是因为难以忍受自己的丑陋而去死的。"

"我不这样认为。"

"而且她不堪痛苦。"

文子噙着泪说，像是要说母亲不堪忍受自己对于菊治的爱情。

"死者已在我们心中，让我们珍惜吧。"

"可惜他们都死得太早了。"

文子似也知道菊治所说的"死者"是指他俩的双亲。

"你和我都没有兄弟姐妹。"菊治接着她的话说。

说出这话他才意识到，太田夫人若无文子这个女儿，他也许会因与夫人的关系而被封闭在更加阴暗扭曲的情绪之中。

"我听你母亲说过，你对我父亲也很亲切的。"

菊治终于说出了这话，并认为说得很得体。

父亲作为太田夫人的情人而出入这家的事情，菊治觉得跟文子说说也无妨。

谁知文子顿时以手支地说：

"请您原谅。母亲实在太可怜了……从那时开始，母亲就做了赴死的准备。"

她低伏身子一动不动之际哭了出来，双肩松弛瘫软。

菊治来得突然，文子没穿袜子，这时蜷缩着身子，像是要把两腿藏向腰际。拖在榻榻米上的头发几乎就要掠过那红色筒形茶碗。

文子以手掩面走了出去。

等了一会儿仍没回来，于是菊治道了声"告辞"，便往玄关走去。

文子抱着一个包袱进来了。

"请您把这带着。"

"啊？"

"志野陶罐。"

她已拿出了花，倒掉了水，擦干了罐，放进盒子里包了起来。菊治为文子动作之快而惊讶。

"刚才还插着花，干吗急着今天就要给我？"

"请您拿着吧。"

菊治觉得文子的麻利是缘于过度的悲伤，便说：

"那我就收下带走了。"

"本该我送过去的，可是我又不能。"

"为什么？"

文子不答。

"那就请多保重了。"

菊治说完正准备走，文子又说：

"谢谢您了。那个……请您别再在意我母亲的事，早点结婚吧。"

"你说啥呀……"

菊治回过头，文子却没有抬起脸来。

三

在带回来的志野陶水罐里，菊治还是插上了白色的蔷薇和淡色的康乃馨。

好像在太田夫人死后，自己开始爱上了她——菊治被这种情绪困扰着。

而且，他觉得自己这种爱是因她的女儿文子而得以确认的。

周日，菊治试着打电话邀请文子。

"仍是一人在家吗？"

"是的，尽管已经觉得冷清了。"

"别一个人待着了。"

"嗯。"

"你家好冷清，我在电话里都听得出来。"

文子轻声笑了。

"找点朋友来陪陪吧。"

"可是总觉得会被来人知道母亲的事情，所以……"

菊治找不出话来，便说：

"家里没人，出去也不方便吧？"

"那倒不至于，锁了门就能出去。"

"那就来我这里吧。"

"谢谢。改日吧。"

"身体如何？"

"瘦了。"

"睡得好吗？"

"夜里几乎不能入睡。"

"那可不行。"

"最近可能要把这里整理一下，去朋友家租间屋住。"

"最近？什么时候？"

"想等这里房子卖掉后。"

"你家房子？"

"是的。"

"打算卖房子？"

"是的。您不觉得还是卖了好吗？"

"这个……是呀。我也考虑要卖这里的房子呢。"

文子沉默。

"喂，喂，电话里也没法谈这种事情，今天周日我在家，你过来吧。"

"好的。"

"你给的那个志野陶罐，我插了洋花，但你若过来，可以用来点茶……"

"茶道？"

"也并非正儿八经的茶道，但志野陶罐若不用来沏一次茶，未免有点可惜。何况茶具若不与其他茶具配合使用，互相陪衬，就显不出真正的美来。"

"可是，我今天比您上次来的时候更难看了，所以还是算了吧。"

"没有其他客人会来。"

"可是……"

"是这样啊？"

"再见。"

"保重。好像有人来了，再联系吧。"

来客是栗本近子。

不知她是否听到了刚才的电话，菊治板起了面孔。

"在家挺闷的，难得有个好天，出来走走。"近子打着招呼，眼睛已盯上了志野陶罐，"马上就要入夏了，茶道课也歇了，于是想来您家茶室坐坐……"

说着拿出带来的点心和扇子："茶室又要生霉了吧？"

"大概是吧。"

"是太田家的志野陶罐吧？让我看看。"

近子若无其事地说着，便膝行靠近了花罐。

她用手支席低下头去，骨骼粗大的双肩便耸了起来，显出一副凶相。

"是卖给您的吗？"

"不，送的。"

"这是送的？这份礼物可了不得！算是留念吧？"近子把脸抬起转向菊治，"这么贵重的东西，还是买下来好吧？如果是她家女儿送的，好像就有点可怕了。"

"那就让我再考虑一下吧。"

"还是这样吧：太田家的东西有好多已经在这里了，全是您父亲买的，自从他照应太田夫人以后，也是……"

"不想听你说这些事情。"

"好的，好的。"

没想到近子并不在意地走开了。

刚听到她与女佣的说话声，她便穿着烹饪服出现了，出其不意地来了一句：

"太田夫人是自杀的吧？"

"不是。"

"是吗？我突然想到，那位夫人总像有股妖气。"近子看着菊治，"您父亲也说她是个让人琢磨不透的女人。用女人的眼光看又不一样了，反正我觉得她总是一副没心眼的样子，黏黏糊糊的，跟我们不是一个路子。"

"希望你别再说死者的坏话了。"

"话虽这么说，可是死者不是连菊治少爷的婚事都要破坏吗？您父亲也吃了那位夫人不少苦头。"

菊治觉得吃苦头的应该是近子。

对于近子，父亲只是短暂的逢场作戏，她应该也并非因为太田夫人而受影响，但太田夫人与父亲的关系一直维持到他死的时候，近子不知有多恨呢。

"菊治少爷这样的年轻人，是不会了解那位夫人的。幸亏她死了，这样不更好吗？真的是这样。"

菊治扭过身去。

"竟然要破坏菊治少爷的婚事，真让人忍无可忍。一定是她也觉得太过分了，却又控制不了自己的魔性，只好去死了。像她那样的人，一定是觉得死后就能去见您父亲了。"

菊治不寒而栗。

近子向庭院走去，说：

"我也要去茶室静静心了。"

菊治坐着看了一会儿花。

花的洁白和淡红与志野彩陶的釉色浑然一体了。

菊治的脑中浮现出文子独自在家哭倒的样子。

母亲的口红

一

菊治刷好牙回到卧室时，女佣已在壁挂的葫芦花瓶里插上了牵牛花。

"今天不睡了。"

菊治说着却又钻进了被窝。

他仰躺着，在枕头上扭过头去看插在壁龛一角的花。

"开了一朵。"女佣说着去了隔壁房间，"今天也不上班吗？"

"啊，再歇一天。不过我要起床了。"菊治头疼感冒，向公司请了四五天假，"哪里有牵牛花？"

"缠着院子边上的蘘荷开了一朵。"

大概是野生的吧，常见的那种蓝色，蔓细、花小、叶瘦。

可是，绿叶蓝花垂在红漆已经陈旧得泛黑的葫芦边上，显得分外水灵。

女佣是父亲在世时就用的，所以会做这样的事。

壁挂的花瓶上可以看到已经掉漆的花押①，陈旧的盒子上也留着"宗旦"②的字样，如果是真货，该是三百年前的葫芦了。

菊治不懂茶道的用花，女佣也不见得有什么心得，但若在早晨点茶，牵牛花似也不错。

三百年前传下来的葫芦，却插着只有一朝生命的牵牛花——想到这，菊治久久地望着那花。

这比起同样是三百年前的志野陶罐中装满了洋花，大概更合适一些吧。

不过，他还是为用作插花的牵牛花能活多久而感不安。

女佣正在准备早饭，菊治对她说：

"本以为那牵牛花眼看着就会枯萎，其实倒不见得。"

"是吗？"

菊治想起自己曾打算在文子所赠作为母亲留念的志野陶罐中插一次牡丹。

他在带回那个陶罐时，牡丹花期虽然已过，但当时或许还能在哪里找到开剩的一两朵吧。

"我也忘了家里还有那个葫芦，亏你找出来了。"

"是的。"

"你见过我父亲在葫芦里插牵牛花吗？"

"没有。我觉得牵牛花和葫芦都是藤蔓类植物，所以想试一试……"

"哦？藤蔓类……"

菊治笑了，没了兴趣。

看报的时候菊治觉得头有点重，就在餐厅躺下，问道：

---

① 花押，在署名下面添写的将汉字图案化的特殊符号。

② 宗旦（1578—1658），千家流茶道第3代宗匠，千利休之孙。

"床还没铺吧？"

正在洗东西的女佣擦着手过来说：

"我稍微打扫一下。"

而后菊治去卧室一看，壁龛的牵牛花不在了。

葫芦花瓶也没挂在那里了。

"嗯。"

大概是女佣不想让他看见花将枯去的样子。

牵牛花和葫芦都属藤蔓类的说法固然可笑，却也能从女佣的这些地方看出父亲生活规范的余绪。

可是，那个志野陶罐却被弃置于壁龛中央。

文子若来看到，一定会觉得慢待了这罐。

从文子那里带回这个水罐时，菊治立刻放入了白色蔷薇和淡色的康乃馨。

那是因为文子在母亲的骨灰盒前就是这么放的。那白蔷薇和康乃馨是菊治为文子母亲"头七"准备的花。

抱着陶罐回家的路上，菊治在前一日受托往文子家送花的那家花店买了同样的花回来。

可是在那之后，哪怕仅仅触碰这陶罐，菊治也会心中怦然，于是不再去插花。

走在路上时，有时竟会突然被中年女子的背影吸引，一旦意识到，菊治就会嘀咕一句"真是罪过"，脸色阴沉下来。

再回过神来，发现也并非因那背影与太田夫人相似。

仅仅是腰身与夫人一样丰腴。

菊治瞬间便会感到一阵令人战栗的渴望，但在同一个瞬间又会有一种甘美的醉意和可怕的惊骇相叠，让他仿佛从犯罪的瞬间觉醒。

"是什么让我变成了罪人？"

菊治像是要摆脱什么似的试着对自己说，可是替代答案的，只是他对夫人思念的徒增而已。

与死者的肌肤之亲，时时以一种鲜明的印象重现，让菊治觉得若不逃脱则将不可救药。

他也想到这或许仍是道德的苛责让自己的官能变得病态。

菊治把志野陶罐收进箱子，上床准备睡去。

他望着庭院时，雷声响起。

雷声虽远，却很响，而且一声声逼近。

闪电开始掠过庭木。

骤雨却先已过来，雷声似乎远去了。

雨势甚大，溅起庭院中的泥土。

菊治起身给文子打电话。

"太田家搬走了。"

电话那头说。

"啊？"

菊治一愣。

"对不起，那我就……"

菊治想到是文子卖了房子，便问：

"知道搬去哪里了吗？"

"啊，请稍等。"

对方好像是女佣。

她很快便回到电话前，像是在念纸上所记，报出了新的地址。

是姓"户崎"的一户人家，也有电话号码。

菊治打到那户人家。

文子来接电话时的声音却很响亮。

"让您久等了。我是文子。"

"是文子吗？我是三谷，刚才给你家去了电话。"

"对不起。"

文子压低了的声音很像她母亲。

"什么时候搬家的?"

"啊,那个……"

"也没告诉我一声。"

"前些时候就借住在朋友这里了。家里的房子卖了。"

"啊。"

"我也不知该不该告诉您。起先是不打算告诉您的,断定不该让您知道,可是最近却又为没通知您而后悔。"

"可不是嘛。"

"哎呀,您也这么认为?"

打电话时,菊治有一种如同被冲洗过的清爽感。他不相信电话也能带来这样的感觉。

"那个志野陶罐,拿回来后,一看见它就想见你。"

"是吗?我家还有一件志野陶器,是一个小号的筒茶碗,当时想跟那个水罐一起给您的,但是母亲用它喝过茶,碗口渗进了她的口红印,所以……"

"哦?"

"母亲这么说的。"

"你母亲的口红会粘在陶器上不掉吗?"

"也并非不掉。那志野陶器本身就带着一点浅红,母亲说口红沾到碗口就擦不干净了。母亲去世后,我在茶碗口上果真见到一处显得更红一些。"

这是文子的无心之言吗?

菊治似乎听不下去了,便转换了话题。

"这场骤雨下得挺大,你那里如何?"

"倾盆大雨,雷声怕人,现在变小了。"

"雨停后会爽快一些了。我歇了四五天,今天在家。你如果方便就过来吧。"

"谢谢。我是想找到工作后去看您的。我想出去工作了。"没等菊治答话，文子又说，"很高兴接到您的电话，我过去看您。尽管我们不该见面了……"

菊治盼着雨停，并让女佣收拾了床铺。

菊治没想到自己会把文子叫来。

他更没想到的是：听到那姑娘的声音，自己与太田夫人之间的罪恶感反而消失了。

难道是因为女儿的声音听来与她母亲生前一样？

菊治刮胡子时，把沾肥皂用的毛刷朝庭木的叶间甩了甩，再让雨水濡湿它。

过了中午有人来了，菊治只以为会是文子，走到玄关一看，却是栗本近子。

"啊，是你？"

"天热了。好久没过来看您了。"

"我身体有点不舒服。"

"糟糕。您脸色不好。"

近子皱起眉头看着菊治。

文子应该是穿西式服装过来的，怎么会把木屐声误作是文子来了呢——菊治一面觉得自己荒唐，一面说：

"你整了牙？变年轻了。"

"趁梅雨天闲着……有点太白了，不过马上就会变色的，没关系。"

近子走进菊治睡觉的房间，看了一下壁龛。

"啥都没有，干干净净的也不错吧？"

菊治说道。

"嗯，梅雨季节嘛，不过，也该有点花什么的……"近子回过头来，"太田家的志野陶罐呢？"

菊治没吱声。

"那东西还是还回去为好吧？"

"那得由着我。"

"话不能这么说。"

"至少由不得你来指挥。"

"不对。"近子露出洁白的假牙笑着，"我今天是来给您提意见的。"

说着她突然伸出两手一摆，像是要驱散什么似的："非得把鬼气从这个家里赶走不可……"

"你别吓我。"

"但我今天要以媒人的身份提个要求。"

"如果是稻村小姐的事情，对不起，请你免谈。"

"如果因为媒人不中您意而放弃自己中意的婚事，未免太没度量了吧。媒人是一座桥，您踏上去就行。您父亲就是这样轻松地利用我的。"

菊治显出不悦的表情。

近子有个习惯，一旦说得兴起，肩膀就越发耸起。

"就是这么回事，我与太田夫人不一样，我无足轻重。这种事还是不要遮遮掩掩，一次说清楚为好。遗憾的是，我都没能给您父亲的外遇凑个数，露水鸳鸯而已……"近子说着低下了头，"但我并不怨恨，后来在我方便的时候仍一直被他想用就用……对于男人来说，还是有过关系的女人好使。我也托您父亲的福，学会了不少健全的处世常识。"

"嗯。"

"所以您得好好利用一下我这健全的常识哟。"

菊治也被她这种不容分说的无拘无束吸引了。

近子从腰带间抽出扇子说：

"一个人不管是男子气太盛还是女人味太足，都培养不了健全的常识。"

"是吗？照这么说，常识是属于中性的啰？"

"您挖苦我？不过，若以中性的立场，就能看透男人和女人的心理。太田夫人母女俩相依为命，她真的就能丢下女儿去死？依我想，她说不定就是有目的的，是不是想自己死后让菊治少爷照顾她女儿呀……"

"你这是什么话？"

"我左思右想间，忽然就停在了这个疑团上：太田夫人实则是用自己的死来阻碍菊治少爷的这桩婚事。她死得绝不平常，是有名堂的。"

"这是你的胡思乱想。"

菊治虽这么说，近子这胡思乱想却给他心中一击。

好像掠过一道闪电。

"菊治少爷，稻村小姐的事是您告诉太田夫人的吧？"

菊治虽想起这回事，却故作不知地说：

"不是你打电话给太田夫人，说我的婚事已定了吗？"

"是我告诉她的，叫她别再碍事了。她就是当晚死的。"

一阵沉默。

"可是您怎么会知道我打电话的事？是她来哭诉的吧？"

菊治对此猝不及防。

"我猜对了吧？她在电话里'啊'地叫了起来。"

"那就等于是你杀了她。"

"您这么想，自己就轻松了吧，因为我可以做反面角色了。对于您父亲来说，我就是一个可以根据需要而作为冷酷的反面角色利用的女人。今天虽算不上是为了报答他的恩情，我还是要主动做一次反面角色。"

这话在菊治听来，像是近子在倾吐深藏的嫉妒和憎恨。近子此时的目光像是在看着自己的鼻尖，又说：

"这些幕后的事就当不知吧……您只管把我当作一个讨厌的女人在多管闲事，给我脸色看好了……我很快就会驱散那女人的妖气，帮您结成良缘。"

"能不能别再提那良缘了？"

"好的，好的。我也不想与太田夫人扯在一起呢。"近子随即又放软了语调，"太田夫人也不是个坏人……自己死了，默默地祈愿女儿嫁给菊治少爷，仅此而已，所以……"

"你又在胡说八道。"

"但这是事实。您真的认为她生前从没想过把女儿嫁给您？要是这样，您就太糊涂了。这个人从早到晚只想着您父亲，就跟着了魔似的，要说纯情也真是纯情，迷迷瞪瞪地把女儿也卷了进来，最后送了命……可是在旁人看来，就像遭了可怕的报应，难逃魔网呀。"

菊治与近子对视。

近子大睁着那双小眼睛。

菊治无法避开她的目光，便把头转向一旁。

菊治屈服于近子那张嘴，既是因为自己从开始就有心虚之处，更是因为惊讶于她的奇谈怪论。

死去的太田夫人真的希望女儿文子与菊治结合吗？菊治既没想过，也不相信。

这应是近子在发泄自己的嫉妒。

这是她的恶意揣测，就像紧贴在她胸口的那块丑陋痣斑。

但这奇谈怪论却让菊治觉得似一道闪电。

菊治怕了。

自己就没这么想过吗？

继母亲之后移情于女儿，世上并非没有这种事情，可是明明还沉醉于母亲的拥抱之中，却同时就移情于女儿了，而且自己还没觉察——如果真是这样，那就真的走火入魔了。

菊治现在开始自省，自与太田夫人幽会以后，自己的性格似乎也完全变了，变得有点麻木。

女佣来报。

"太田家小姐来了。既然有客，让她改日吧……"

"不。她回去了吗？"

菊治起身往外走。

二

"刚才……"

文子伸着白皙的长颈抬头看向菊治。

喉咙与胸部之间的凹陷处有一片浅黄色的阴影。

不管是光线使然还是消瘦使然，这片浅浅的阴影让菊治有一种释然感。

"栗本来了。"

菊治干脆地说。出来时还有点紧张，见到文子，反倒轻松了。

文子点头说：

"看到师傅的伞了。"

"啊，是这把洋伞吗？"

一把灰色的长柄伞靠在玄关。

"你若觉得不方便，先在侧屋的茶室等着好吗？栗本老太婆马上就要走了。"

菊治这么说道，却又不解自己明明知道文子来了，为何不把近子赶走。

"我倒不在意……"

"是吗？那就请进。"

文子进了客厅后便与近子打招呼，像是并不知道近子的敌意。

她还感谢了近子对母亲的吊慰。

近子像看着弟子练习茶道时那样，稍稍耸起左肩，摆出一副架子，说：

"你母亲也是一个好人。在这好人没好命的世上，她的去世让我觉得最后一朵花也谢了。"

"她也没那么好。"

"剩下文子你一个人，母亲也会挂念的。"

文子低垂眼帘。她下唇包着上唇，抿得紧紧的。

"挺寂寞的吧？来学茶道吧。"

"啊。我已经……"

"解解闷吧。"

"我已经没资格学茶道了。"

"说什么呀。"近子松开了叠放在膝上的手，"今天其实也是因为出梅了，我想到要给这里的茶室通通风，就过来了。"

说着瞥了菊治一眼道："文子小姐也来了，就一起吧。"

"噢？"

"用一下你母亲留下的志野陶罐。"

文子抬头看近子。

"一起聊聊你母亲的往事。"

"可是如果在茶室哭起来就不好了。"

"嗯，会哭的吧，那也没关系。马上等菊治少爷娶了太太，我也就不能随便来这茶室了，哪怕我在这茶室留下了多少记忆……"近子笑了一下，又正颜说，"如果跟稻村小姐的婚事敲定的话。"

文子点点头，脸色没有任何改变。

然而，那张与母亲相像的圆脸，已看得出憔悴来。

菊治说：

"说一些还没确定的事情，会给人家添麻烦的。"

"我说的是如果确定的话……"近子反驳道，"好事多磨，所以在敲定之前，文子小姐也只当没听说过这事吧。"

"是。"

文子再次点头。

近子叫了女佣一起去茶室打扫。

"这儿的树荫下树叶还带着水，小心点。"

庭院里传来近子的声音。

三

"早晨的电话里能听到这儿的雨声吧？"

菊治说。

"电话里也能听到雨声？我倒没在意。您家庭院的雨声能传到电话里吗？"

文子把目光朝向庭院。

树丛的对面，传来近子打扫茶室的声音。

菊治也望着庭院说：

"我也没想到在电话里能听到文子那边的雨声，后来才意识到这阵雨真厉害。"

"是的，雷声挺怕人的……"

"是的，是的，你在电话里也这么说的。"

"连这些小地方我也像我母亲。小时候一打雷，母亲就用袖子包着我的头。夏天要出去时，母亲也会望望天空，看看会不会打雷。直到现在，雷声一响，我有时都会想用袖子去遮脸。"文子浑身上下都透着一种羞怯，"我把那个志野陶茶碗带来了。"

说着便起身出去。

文子一回到客厅，便把包裹着的茶碗放在菊治膝前。

可是菊治犹豫不决，文子便把包裹拖到跟前，从盒子里取出茶碗。

"乐烧筒形茶碗也是你母亲用来饮茶的，是了入的吗？"

菊治问道。

"是的，但她说无论黑乐还是赤乐，用来喝粗茶或煎茶衬出的茶色都不好看，所以还是常用这志野陶的。"

"是呀，用黑乐就看不出粗茶的色了，所以……"

菊治并没把放在面前的志野陶筒茶碗拿起来看，于是文子又说：

"虽算不上好的志野陶……"

"不。"

然而菊治还是难以伸出手。

正如文子早上在电话中所说，这志野陶的白釉隐隐带红，盯着看上一会儿，那白色当中便似泛出红色来了。而且碗口让人感觉有点淡淡的茶色，其中有一处好像更浓一些。

这就是喝茶时贴嘴的地方？

继续端详这淡茶色，又能看出红来。

难道就像文子今早在电话里所说，这是她母亲的口红渗进碗里后留下的痕迹？

如此想时再一看，釉面的纹路里也夹杂着茶色和红色。

那是口红褪去后的颜色、红玫瑰枯萎后的颜色，又像是陈旧血迹的颜色——想到这，菊治心中有种怪异的感觉。

他同时感到令人作呕的不洁和让他难以自持的诱惑。

碗体上用蓝得发黑的颜色画着一种只见肥叶的草，叶子上面有些地方显出锈色。

画上的草单纯而健康，像是要唤醒菊治病态的官能。

茶碗的形象也落落大方。

"真好！"

菊治说着，把碗拿在手里。

"我不懂好坏，但这是母亲喜欢并常用来喝茶的。"

"用作女性的茶碗挺好。"

菊治从自己的话中重又真切地感受到文子母亲的女人味。

即便如此，文子为何要把这渗有母亲口红的志野陶茶碗拿来给他看呢？

是因为文子天真无邪还是因为她缺心眼？菊治不得其解。

只是，文子身上某种不善拒绝的性格似乎感染了菊治。

菊治把茶碗拿在膝上转着观赏，却避免手指碰到那贴嘴处。

"你还是收起来吧，免得栗本老太婆又说三道四讨人厌。"

"是。"

文子把茶碗塞进盒子包好。

她拿来好像是要送给菊治的，却又似乎怯于开口，也许是觉得东西不入菊治的眼吧。

文子把这包裹又放回玄关处。

近子弯着腰从庭院进来，说：

"把太田家的水罐拿出来吧。"

"还是用我们家的吧。太田小姐在这里呢……"

"说啥呢？不就是因为文子小姐在才用的吗？我们要借文子母亲留下的志野陶，一起聊聊她的往事呢。"

"但你是憎恨太田夫人的吧？"

菊治说。

"谈不上憎恨吧？也就是性格不合罢了。我不会去恨死人的。不过，因为性格不合，所以我不了解她，而另一方面，反倒也能看穿她的某些方面。"

"你好像就是喜欢看穿别人……"

"那您最好就别被我看穿。"

文子出现在走廊，在门槛上坐下。

近子耸着左肩，回过头说：

"文子小姐，能让我用一下你母亲的志野陶吗？"

"好的，请用。"

文子回答。

菊治取出刚收进壁橱里的志野陶罐。

近子麻利地把扇子插进和服腰带间，抱着陶罐去了茶室。

菊治也走到门槛边说：

"今早在电话中听说你搬家了，我吃了一惊。家里的事都是你自己处理的吗？"

"是的。不过，买方是我的熟人，所以就简单了。这位朋友暂住大矶，房子不大，愿与我交换，可是再小的房子我也不能独住，对于上班族来说，还是在人家家里租一间住合适，于是便暂且在朋友家住下了。"

"决定上班了吗？"

"还没有。一旦要找工作，便发现自己一无所长，所以……"文子微笑着说，"我准备等工作定下后再来您这里的。居无定所，又无工作，漂泊不定的时候来见您，实在有点惨兮兮的。"

菊治想说就是应该这个时候来见，但又觉得孑然一身的文子并非孤寂无助的样子。

"我也想卖了这房子，却又一直磨磨蹭蹭的。不过，正因想卖，所以排水管也没再修理，榻榻米成了这样也没换席面。"

"您是要在这里结婚的吧？到那时……"

文子直率地说。

菊治看着她问：

"是听栗本说的吧？你觉得我现在能结婚吗？"

"因为我母亲的事？如果她那么让人难过，还是别再去想为好……"

四

近子驾轻就熟，很快就安排好了茶室的事情。

"和这水罐相称吗？"

近子问菊治，菊治却不懂。

菊治不答，文子便也不作声，他俩都注视着志野陶罐。

这罐曾在太田夫人的骨灰盒前被当作花瓶，今天恢复了水罐的本分。

曾是太田夫人手中之物，现在已任栗本近子之手摆弄。太田夫人死后，它被交到女儿手上，又由文子交入菊治之手。

这是一个具有神奇命运的水罐，但也许茶具都是这样。

在太田夫人成为其主之前，这个水罐制成之后的三四百年间，不知它曾经过多少命运各异的人之双手流传了下来。

"在铁制的茶炉、茶釜旁一搁，这志野陶更显出了美人本色。"菊治对文子说，"不过，它的刚劲看上去也不输铁质呢。"

志野陶的白釉面散发出一种来自深处的光泽。

菊治在电话中对文子说，见到这志野陶就想见她，难道她母亲那白皙的肌肤里也深藏着女人的坚强？

因为热，菊治打开了茶室的拉门。

217

文子坐处背后的窗外枫叶正绿，枫叶相叠而成的浓郁阴影落在文子的头发上。

文子那颀长脖颈以上的部分，处于窗外照进的光亮之中，她像是刚开始穿短袖衫，胳膊白皙而略微发青，人虽不太胖，肩却给人浑圆的感觉，胳膊也是圆圆的。

近子也望着水罐，说：

"水罐若不用来沏茶，毕竟没有活气，如果用来放洋花，那就糟蹋了。"

"我母亲也放了花的。"

文子说道。

"你母亲留下的水罐能到这里来，真像做梦一样。不过，你母亲一定挺开心的。"

近子也许是语带讥讽。

文子却并不介意地说：

"母亲用来放花，何况我也已经不行茶道了。"

"可别这么说。"近子环视了一下茶室，"我只要有机会来这里坐坐，心里就觉得很踏实，虽然我也去过许多地方。"

说着又看着菊治道："来年是您父亲去世五周年了，忌日办个茶会吧。"

"是呀，摆出一摊赝品茶具，把客人叫来，或许是件挺愉快的事呢。"

"您说啥呢。您父亲的茶具，没有一件是赝品。"

"是吗？但还是全部是赝品的茶会好玩吧。"菊治又对文子说，"我总觉得这间茶室里充满了霉味毒气，若能有个全是赝品的茶会，或许能驱驱毒气呢。就把这作为为父亲祈求冥福，从此与茶道断缘。其实我早就与茶道断缘了，只是……"

"只是这个老太婆讨厌，老是要来这里歇口气。您是这个意

218

思吧？”

近子说着，飞快地用茶帚搅着抹茶。

“就算是吧。”菊治说。

“可不能这么说。不过，若是结了新缘，旧缘也就可以断了。”

近子把茶端到菊治面前。

“文子小姐，听了菊治少爷这种玩笑话，你大概会觉得母亲留下的东西找错了去处吧？我一见到这志野陶罐，就觉得你母亲的面容映照在这上面。”

菊治喝完碗里的茶，把碗放下，忽然看向水罐。

那黑漆罐盖上也许就映着近子的身影。

文子却一脸木然。

菊治不知文子是不想对抗近子还是打算无视近子。

文子毫无不快的表情，与近子一起进了茶室坐着，这也是挺奇怪的事。

近子谈到菊治的婚事，文子也不见局促。

近子一直憎恶着文子母女，言语中时时侮辱文子，文子却未显反感。

难道是因为她深陷悲痛，以至将这一切都视若流水？

难道是受母亲之死的打击，从而对这些都采取了超然的态度？

又抑或是继承了母亲的性格，对自己和他人都无抵抗，几近是一位不可思议的无垢少女？

可是，菊治却似乎不曾针对近子的憎恶和侮辱表现出保护文子的努力。

意识到这一点，菊治觉得自己才是个怪人。

近子最后自斟自饮起来，菊治觉得这副样子也是怪怪的。

近子从腰带间掏出了手表说：

“这表实在太小，让我这老眼看着吃力……把您父亲的怀表之类送我一个吧。"

"没有怀表。"

被菊治这么一顶，近子立刻说：

"有的，经常用的。去文子家时还带着怀表的吧？"

说着，近子故意做出一副茫然不解的样子。

文子低垂眼帘。

"两点十分了吧？模模糊糊地看到长短针叠在一起。"近子做出忙碌状，"稻村小姐给我找了一帮人，今天三点开始学茶道。我想在去她那里之前先来这里一下，听听菊治少爷的回话。"

"请你明确地拒绝稻村家。"

菊治虽这么说，近子却笑着打岔道：

"好的，好的，明确地说。我倒希望能尽早在这间茶室给那伙人上茶道课呢。"

"那就让稻村家买下这房子吧，反正我马上就要卖的。"

"文子小姐也一起去吧。"

近子不再理会菊治，转向文子说。

"好的。"

"我赶紧收拾一下。"

"我来帮忙。"

"是吗？"

近子说着，却并不等文子，匆匆往水池走去。

传来了水声。

"文子，能行吗？还是别跟她一起去了吧。"

菊治小声说。

文子摇头说：

"我怕。"

"不用害怕。"

"我就是怕。"

"那你先一起过去，然后再甩了她。"

文子还是摇头，站起身整了整夏装后面的褶皱。

菊治从下面伸出手去。

他是担心文子站不稳，文子却红了脸。

近子说到怀表的时候，文子的眼圈周围有点发红，当时那种羞愧现在像是蓦地爆发了。

文子抱着志野陶水罐去了水池边。

"哎呀，还是把你母亲的东西拿来了？"

水房里传来近子沙哑的声音。

双
星

栗本近子来菊治家说，文子和稻村家小姐都结婚了。

夏天时节，八点半左右天还亮着。菊治吃过晚饭，躺在廊下欣赏女佣买来的装在笼子里的萤火虫。微白的萤火不知不觉间便带了黄色，这时天也黑了，但菊治并未起身开灯。

菊治向公司请了四五天夏休假，去位于野尻湖的朋友家别墅，今天刚回来。

朋友已婚，有了孩子。菊治没有经验，看不出孩子有多大，也不知孩子长得比实际年龄大一些还是小一些，因此不知如何寒暄是好，只好说：

"孩子长得不错。"

女主人却说：

"长得不算好。刚生下时小得可怜，这段时间才追上来不少。"

菊治在孩子面前挥了挥手，说：

"没眨眼嘛。"

"看是能看到了，但眨眼还得等些时间了。"

菊治以为孩子已经好几个月了，其实才百日左右。年轻的女主人头发稀疏，脸上也缺少血色，不难看出产后的憔悴。

朋友夫妇的生活完全以孩子为中心，注意力全都集中在孩子身上，这让菊治觉得自己是个外人，可是乘上回程的火车，脑中始终浮现着那位模样老实的女主人毫无生气的憔悴形象以及她木然地抱着孩子时的身影。朋友原来跟父母兄弟住在一起，生下第一个孩子后不久就到湖畔别墅过上了小两口独处的日子，女主人或许是因安然而致木然了吧？

菊治回到家里，现在躺在廊下回想那位女主人时，那份思念甚至可谓带着一种神圣的哀感。

正在这时，近子来了。

她大大咧咧地朝房间走来，说道：

"哎呀呀，在这么暗的地方……"

说着便在菊治的脚边坐了下来："单身汉就是可怜，躺下来连个开灯的人都没有。"

菊治把腿蜷缩起来，有一会儿没动，但最终还是不悦地坐了起来。

"请，请您睡下来吧。"近子用右手做了一个请菊治躺下的手势，然后一本正经地跟他寒暄了一会儿，告诉他自己去了京都，回来路上顺便去了一趟箱根，还说在京都的茶道师傅家见了旧货商大泉，"跟他久别重逢，我们畅谈了您父亲的往事，他觉得应该向我介绍一下三谷老爷隐居过的旅馆，领我去了木屋町一家小旅馆，您父亲和太田夫人大概在那里住过的。大泉居然还劝我在那里住下，真是没心没肺的。想到您父亲和太田夫人都已不在了，我胆子再大，半夜说不定也会有点发怵的吧。"

菊治没吱声，心想近子说出这种话来，才是没心没肺的呢。

"菊治少爷也去了野尻湖吧？"

近子一副明知故问的口气。她刚进门就向女佣打听好了，不经通报便径直而入，这就是她的一贯做派。

"我刚回来。"

菊治不悦地回答。

"我三四天前就回来了。"近子也一字一板地说，耸起了左肩，"可是一回来就发生了令人遗憾的事，让我大吃一惊。都怪我太大意，真是没脸来见您了。"

近子说稻村小姐结婚了。

菊治难掩惊讶之色，幸而廊下光线昏暗。他故作淡定地问：

"是吗？几时的事？"

"您真沉得住气，就像没事人似的。"

近子语带讥讽。

"当然。我可是多次对你回绝了与雪子小姐的婚事。"

"嘴上是这么说的，是因为想对我做出这种样子吧：自己从来没有这种想法，都是那个讨厌的老太婆自作主张，死缠烂打，叫人反感。不过，那位小姐实在是不错的。"

"说什么呢？"

菊治忍不住笑了出来。

"小姐挺中您意吧？"

"是个好姑娘。"

"我就是一眼认准了的。"

"不能说因为是好姑娘就一定要跟她结婚。"

可是，听说稻村小姐结婚，菊治的心头被撞了一下，随后又如饥似渴地竭力在脑海中描绘她的面影。

菊治与雪子只见过两次。

在圆觉寺的茶会，近子为了让菊治观察雪子，特地让她点茶。她的手法质朴而具品位，长袖和服的肩、袖，乃至她的头发，都被投有嫩叶阴影的纸门衬得分外明亮，这些印象都留在菊治心中，唯有她的面容已难以忆起。当时雪子所用的小红绸巾，还有她往寺院深处的茶室走去时所带的绘有白色千羽鹤图案的桃色绉绸包袱等，至今仍历历在目。

之后，雪子来过菊治家里一趟，那天近子也点了茶。菊治至今仍记得她那菖蒲图案的腰带等等，就如同他在雪子来过的第二天仍觉茶室里有着她的余香，可是她的模样却已难以捕捉。

这就像菊治甚至已经难以清楚地回想起三四年前去世的父母的面容，每当看到照片，他才会若有所悟地点点头。也许越是亲近者和所爱之人，越是难以忆起模样，而越是丑陋者，反倒越是容易留下清晰的记忆。

雪子的眼睛和面孔都只留下一闪而过的抽象记忆，而近子乳房至胸窝处的那块痣斑，却像蛤蟆似的留下了具象的记忆。

廊下现在虽然很暗，菊治却知道近子多半会穿着小千谷绉绸和服长衬衣，即便在亮处，也不会透现她胸口的痣斑，但菊治却能在自己的记忆中看到那痣斑。因暗而不见，反又因暗而显见。

"您既然觉得她好，就不应放过。这个世上只有一个雪子小姐，您一辈子也找不到这样的人了。这么简单的事，您难道还不明白？"近子一副责难的语气，"还是没经验，可惜了呀。您与雪子小姐的人生都因此而变，她对与您的婚事态度积极，所以如果因为嫁了别人而遭不幸，您不能说没有责任。"

菊治不答。

"您是认真看过她了吧？如果她想起您时就会后悔没能早点与您结婚，难道您就忍心得下？"

近子已语带怨毒。

如果雪子已经结婚，近子又何必再说这些多余的话？

"是萤笼吗？现在还有？"近子伸长脖子，"马上不是要到挂秋季虫笼的时候了吗，还有萤火虫？真像幽灵呢。"

"是女佣买来的。"

"女佣也就只能这样了吧。您要是学过茶道，就不会这样做了，日本是讲究季节的。"

被近子这么一说，那萤火倒也确实有点像幽灵。菊治想起了野尻湖边的虫鸣，那肯定是萤火虫，至今还有，确实不可思议。

"家里要是有位太太，就不会让您感到季节的凄清了。"近子突然体贴地说，"给您介绍稻村小姐，也是我在为您父亲效劳。"

"效劳？"

"是呀。再说，像您这样躺在暗处瞅着萤火虫，可不连太田家的文子小姐都结婚了吗？"

"什么时候？"

比起听说雪子结婚的时候，菊治此时的惊讶如同脚下被人使了绊子，根本来不及掩饰。他做出的反应似是不相信会有这种事情，近子像也看出了这点，便说：

"我从京都回来一看也愣了，这两人就像约好似的先后嫁了。年轻人真没劲。本来觉得文子小姐嫁人就不会干扰菊治少爷了，谁知稻村小姐却已嫁在了她的前面。在稻村家面前，我的面子也丢尽了，这都是因为您的优柔寡断。"

可是，菊治仍然难以相信文子已经结婚。

"太田夫人临死都在坏您的事，不过，文子结了婚，她母亲的妖气也该从这个家里散去了。"近子把目光朝向庭院，"现在爽快了，院子里的花木也该修整一下了。在这暗中都能感觉到枝叶长得乱七八糟，让人糟心郁闷。"

父亲死后四年，菊治不曾请花匠来过，此时仍能感觉到白天暑气的余热，由此便可知道庭院草木的四下蔓生。

"女佣也没浇水吧？这点事情应该吩咐她做的。"

"你真是多管闲事。"

尽管近子说的每句话都让他皱眉相对，菊治却又任她继续往下说。每次见到近子都是这样。

近子一面说着不中听的话，一面在讨好菊治，同时又在窥测菊治的反应。菊治已习惯了她的这一套，并且明里反对、暗里提防；近子对此则心知肚明，通常都佯作不知，偶尔也示以明白状。

而且，近子的话尽管让菊治不快，但很少有出乎菊治意料之外的。她说出的话总能让菊治从自憎的角度去理解。

今晚近子告诉菊治雪子和文子都已结婚的事，似乎是在探测菊治的反应，菊治对她的用意不敢大意。近子曾撮合雪子与菊治，也是让文子远离菊治，如今两位姑娘都已结婚，菊治此后有何打算本应与近子无关，可她好像仍是菊治心中的一片阴影。

菊治想起身去打开客厅和走廊的电灯。一旦意识到自己与近子在黑暗中这样讲话，心中总觉不妥帖，毕竟与她没有如此亲密的关系。虽然甚至已经说到了打理庭木之类的事，菊治仍将此只作近子的老生常谈而不予理会。可是，为了开灯而起身，菊治又嫌麻烦。

近子进屋时就说到开灯的事，却也不曾自己起身去做。在这些事情上眼快手勤本是近子的习性，也是她职业的一部分，如此看来，她对菊治的服务热情已大大消失，又抑或因为她上了年纪，有了一些茶道师傅的架子？

"我还要替京都的大泉带一句话，说是如果这里有茶具要出手，希望能让他来处理。"近子以平静的语调说，"既然已经错过了稻村小姐，菊治少爷如果振作起来，重新开始新的生活，茶具或许就派不上用场，我也派不上从您父亲那代开始的用场，只能是来您家时顺便给茶室通个风了，虽说有点不舍呀……"

菊治此时才明白了她的用意。

近子的目的很露骨：看准菊治与雪子的婚事无望后，便想到与旧货商合伙把他家的茶器弄出去。她是在京都与大泉商量好了才来的。

菊治与其说生气，好像更有一种如释重负的感觉。

"我连房子都想卖了，最近可能少不了还要拜托你呢。"

"毕竟从您父亲那一辈起就打交道的，怎么说也让人放心一些。"

近子又凑了这么一句。

菊治想，家里所有的茶具，近子应该比自己更知底细，她或许已经做过估算了。

菊治朝茶室方向看去，茶室门前有一株大夹竹桃，开满了白花。夜晚一片漆黑，甚至分不清天空与庭木之间的界线，那一片白也只是朦朦胧胧的。

二

下班时，菊治正要走出办公室，又被电话叫回。

"我是文子。"电话里的声音很小。

"我是三谷。"

"我是文子。"

"嗯，知道了。"

"在电话里说实在是失礼，但有件事情若不在电话里道歉，可能就来不及了。"

"啊？"

"是这么回事：昨天给您寄了封信，可我好像忘了贴邮票。"

"噢？我还没看到。"

"我在邮局买了十张邮票，可是把信寄出后回家一看，还有整整十张邮票。我这人真糊涂，只好考虑如何能在信寄到前先给您赔不是……"

"这点事情不用放在心上嘛……"菊治一边回答，一边在想是不是结婚的通知，"是报喜的信吗？"

"啊？从来都是打电话，还是第一次写信，正在犹豫该不该寄，就忘了贴邮票的事。"

"你现在在哪里？"

"公用电话，东京站的……外面还有人在等着要打。"

"公用电话？"菊治觉得有点不可理解，"恭喜你了。"

"哎呀……托您的福，总算……可是，您怎么会知道的？"

"栗本。是她告诉我的。"

"栗本师傅？她怎么会知道的？真是个可怕的人。"

"反正你也不会再见她了吧。上次在电话里听到下大雨的声音呢。"

"您说过的。当时我也说过自己在犹豫要不要告诉您搬去朋友家住的事情，这次又是这样。"

"还是告诉我为好。我听栗本说了后，也正在犹豫要不要向你道贺呢。"

"要是销声匿迹，那就太寂寞了。"

她的声音飘忽，像她母亲。

菊治突然无言。

"本以为就要销声匿迹了，可是……"稍作停顿后，文子又说，"找到工作的同时找到了住处，虽是一间六铺席大小、脏兮兮的屋子……"

"啊？"

"天最热的时候开始上班，很累。"

"是呀，何况还刚结婚……"

"哎呀，结婚？您是说结婚？"

"恭喜你了。"

"啊？说我？"

229

"你不是结婚了吗？"

"没有啊。我现在能有心情结婚吗？都这个样子了，母亲还刚去世……"

"啊……"

"是栗本师傅这样说的？"

"是的。"

"为什么？我真不明白。您听到也信以为真了？"

文子这话似乎也是在问自己。

菊治连忙用清晰的语调说：

"电话里不方便说，你能出来吗？"

"好的。"

"我去东京站，你在那里等我。"

"可是……"

"或者你说个见面地点。"

"我不喜欢在外面见面，还是去您家吧。"

"那就一起去我家吧。"

"一起去，也还得先碰头呀。"

"先来我公司吧。"

"不用。我自己去您家。"

"是吗？我马上就回去，如果你先到，那就直接进屋去。"

文子如果从东京站乘电气列车，应该比菊治先到，可是菊治仍觉得会与她乘同一班车，于是便在车站的人群中边走边找。

还是文子先到了菊治家。

听女佣说文子在庭院，菊治也从玄关旁穿过去了庭院。文子坐在白夹竹桃树荫下的石头上。

近子来后的四五天中，女佣总在菊治回家前给庭院浇水，庭院里的旧水龙头也还能用。

文子坐着的那块石头，下方看起来还是湿湿的。盛花期的夹竹桃，肥厚的绿叶若配上红花，便会给人暑天的感觉，但若是白花，就显得分外清凉。花簇悠悠地摇晃，掩着文子的身影。文子也穿着白棉布衣，翻领和衣袋口都镶着细细的深蓝色布滚边。

夕阳从文子身后夹竹桃的上方照到菊治面前。

"你好。"

菊治亲切地朝她走近。

文子本已先于菊治开口在说着什么，这时便接着菊治的话说：

"刚才在电话里……"

说着缩起肩膀，像是要转过身似的站了起来，否则菊治过来或许会拉她的手的。

"在电话里您说了那样的话，所以我要来澄清一下……"

"关于结婚的事？我也吃了一惊。"

"是为哪种说法吃惊？"

文子说着垂下了视线。

"要问为哪种说法吃惊，这么说吧，听说你结婚的时候以及听说你没结婚的时候，我都吃了一惊。"

"两次都吃惊了？"

"可不是吗。"菊治踩着踏脚石走着，"从这里进屋吧。你本来就应该进屋等我的。"

说着便在廊下坐下道："前几天我旅行回来，就在这里休息时，栗本来了，已是晚上。"

女佣从屋里叫菊治。他离开公司时打电话做了吩咐，现在大概是晚饭准备好了。菊治起身进屋，顺便换了件白色细麻纱衣出来。

文子好像也补了妆，坐着在等菊治。

"栗本师傅是怎么说的？"

"我只听她说文子小姐也结婚了……"

"您就真信了？"

"这谎话也实在不像谎话，所以……"

"您没怀疑？"只见文子那对大大的黑眸立时就湿润了，"我现在能结婚吗？您觉得我能做这事吗？母亲和我都又苦又悲，这种心情还没消失……"

这话让菊治觉得她母亲还活着。

"母亲和我都太依赖别人，会相信人家都理解自己，其实这都是梦吧，只是用心中的水镜来照自己罢了……"

文子泣不成声。

菊治沉默少顷，说：

"我最近问过你觉得我现在能结婚吗——就在下大雨的那天……"

"打雷的那天？"

"是的。今天反过来被你问这句话了。"

"那不一样……"

"你是多次说过我会结婚的。"

"三谷少爷跟我完全不同的。"文子噙着泪花盯着菊治，"三谷少爷跟我不同。"

"哪里不同？"

"身份不一样，而且……"

"身份……"

"是的，身份不一样。如果不能说身份，那就说身世的阴暗程度吧。"

"也就是说罪孽的轻重程度？那就是在说我吧。"

"不。"文子拼命摇头，泪水脱眶而出，成滴地离开左眼角，流到耳边，"要说罪孽，母亲已经带着它死去了。可我想的不是罪孽，而只是母亲的悲苦。"

菊治低下了头。

"罪孽也许没有消失之时，而悲苦是会过去的。"文子说。

"但你若说到身世的阴暗，那就会让你母亲的死变得阴暗吧？"

"还是说成悲苦的程度比较合适。"

"悲苦的程度……"

菊治本想说悲苦的程度大概等同于爱的程度，却又没说出口。

"更重要的是，三谷少爷有着与雪子小姐的这门亲事，这跟我就不一样了。"文子似乎要让话题回到现实中来，"栗本师傅像是怀疑我母亲在破坏这门亲事，她之所以说我已结婚，只能被我认为是她觉得我也碍事了。"

"不过，据说那位稻村小姐也结婚了。"

文子的表情像是松了口气，随即又拼命摇头说：

"假的……应该是假的。这肯定也是骗人。什么时候的事？"

"稻村小姐结婚？是最近的事吧。"

"肯定是骗人。"

"听说文子小姐和雪子小姐两人都结婚了，我反倒觉得文子小姐可能是真结婚了。"菊治低声说，"可是，雪子小姐或许是真的了。"

"假的。这么热的时候不会有人结婚的，只穿一层衣服就汗流浃背了。"

"是呀，好像是没有夏天办婚礼的。"

"是的，几乎……虽也并非绝对没有……但婚礼会推迟到秋季的……"不知何故，文子湿润的眼里又满噙新的泪水，泪水滴落到膝上，她看着自己膝上的泪痕，"可是，栗本师傅为何要说这样的假话呢？"

"难不成我上了一个大当？"

菊治也说道。

可是，这何以会引出了文子的眼泪呢？

至少，文子结婚之说确实是假的了。

菊治怀疑：说不定正因为雪子真的结婚了，为了让文子也远离菊治，于是近子就说文子也结婚了。

但这样的猜测仍有难以解释之处，菊治开始觉得雪子结婚之说也是假的了。

"总之，在还没弄清雪子小姐结婚是真是假的时候，也无法理解栗本的恶作剧是什么意思。"

"恶作剧……"

"权且把这当作恶作剧吧。"

"但今天如果没打电话，我就会被当作已经结过婚了。这恶作剧也太过分了。"

女佣又叫菊治。

菊治进屋拿了信回来，说：

"你的信到了，没贴邮票……"

说着便随手要拆信。

"别，别，别看……"

"为什么？"

"不愿让您看。还给我吧。"文子说着膝行过来，要从菊治手中拿信，"请还给我。"

菊治迅速把手藏到身后。

文子的左手因惯性而撑在了菊治膝上，又用右手去夺信，左右手动作相反，致使身体失去平衡，眼看就要倒向菊治时，她把左手移向后面作支撑，伸长右手去抓菊治背后的东西。文子的身体歪向右边，侧脸眼看就要碰到菊治的腹部，但她用柔韧的动作保持了平衡，连撑在菊治膝上的左手也只是轻柔的一触，这轻柔的一触是如何支撑住她朝右前方歪倒的上半身的呢？

看到文子摇摇晃晃地压过来时，菊治的身体顿时变得僵硬，然后又因文子那种令人意外的柔韧而几乎叫出声来。他强烈地感受到了女人的味道，感受到了文子母亲太田夫人的味道。

文子是在哪个瞬间躲开了身子，又是在何时放松了下来？这是一种不可多得的柔韧，像是女性的本能秘术。正当菊治以为文子的重量会压过来的时候，文子却只似一阵温馨的气味飘近了而已。

气味渐渐变浓。那是夏天从早到晚工作的女人的体味。菊治感受到了文子的气味，也感受到了太田夫人的气味，那是与太田夫人抱拥时的气味。

"啊呀，还给我吧。"

菊治不再抵抗。

"我把它撕了。"

文子侧过身去，把自己的信撕得粉碎。她的脖子和裸露的胳膊都被汗水濡湿。

文子在平衡自己的将倾之身时，脸色一时苍白，待坐好后又变红，汗水大概就是在那个过程中渗出的。

三

附近料理店外卖的晚饭总是千篇一律，少滋没味的。

像往常一样，女佣放好了志野陶的筒茶碗给菊治喝茶用。

菊治突然意识到的时候，文子盯着这茶碗问道：

"哎呀，您在用这茶碗？"

"啊……"

"糟糕。"文子的语气似乎没有菊治那么不好意思，"我后悔把这东西送给您了。我在信中稍微提了一下。"

"怎么？"

"也没什么，只是为送您这样没意思的东西表示道歉……"

"不是没意思呀。"

"不算是太好的志野陶，以至母亲平时用来喝茶了。"

"我是外行，但这不是好的志野陶吗？"

菊治把筒茶碗拿在手里端详。

"可是，更好的志野陶多着呢。您用这茶碗时难免会想起别的茶碗，觉得还是那些志野陶更好……"

"我家好像没有志野陶的小茶碗。"

"您家即使没有，总会在旁处见到的。您用这碗时如果想起别的茶碗，觉得还是那些志野陶好，那么母亲和我都会难过的。"

菊治惊奇地"哦"了一声，又说：

"我反正已和茶道无缘，也不会看到什么茶碗了。"

"可是说不定会因什么偶然的机会看到的。您之前也已经见过更好的志野陶了。"

"这么说来，送人就得送最好的东西了。"

"是的。"文子态度明确地抬起头来，认真地看着菊治说，"我是这样认为的。我在信里写了，请您把它砸了。"

"砸了？把这……"面对文子的步步紧逼，菊治敷衍道，"这东西产自志野的古窑，所以大概该有三四百年历史了，最初可能是用来装凉拌菜之类，既非茶碗也非茶杯，而从用作小茶碗以来，大概也是年代已久，全因故人珍惜，所以传了下来，有人也许还会把它装进旅行用的茶箱带着行走远方。瞧，总不能由着你的性子把它砸了吧。"

再说，茶碗的贴嘴处还留着文子母亲的痕迹。

据文子母亲对文子说，茶碗口一旦沾了口红，就不容易擦干净。菊治得了这个志野陶后，也没能洗去碗口那一处特别的色迹。那颜色固然不像口红一样，是淡茶色中依稀地渗着一点点红，却也不妨看作口红褪色后留下的旧迹。然而也有可能是志野陶本身的暗红。再说，茶碗的贴嘴处是固定的，所以这痕迹或许是文子母亲之前的茶碗主人留下的呢。不过，太田夫人既然日常把它用作茶杯，所以用的时间应该是最多的了。

菊治还考虑过：把这碗用来喝茶，这是太田夫人自己的主意，还是父亲的主意，而让太田夫人用用看呢？

他还猜想，那对了入制作的黑、红筒形茶碗，好像是被太田夫人当作与父亲之间的夫妻对碗用来喝茶了。

父亲让太田夫人把志野陶水罐用作花瓶放进蔷薇和康乃馨，把志野陶筒茶碗用来喝茶，这是否意味着父亲有时也会感到太田夫人的美呢？

他俩死后，这水罐和筒茶碗都来了菊治这里，现在文子也来了。

"我并非任性，而是真心想让您砸了它。"文子说，"把水罐给了您，我很开心，于是想到还有一个志野陶，便一起给您用作平时喝茶，可是后来又不好意思了……"

"那志野陶可不是用来平时喝茶的吧，否则真糟蹋了……"

"可是更好的东西多着呢。您如果用着它时又想到了其他好的志野陶，我又情何以堪？"

"你的意思是只有最好的东西才可以送人？"

"那要视对象和场合而定。"

这话震撼了菊治。

文子是不是认为，凡是太田夫人留下的，能让菊治想起她和文子，或能让他希望与之有更亲密接触的东西，都必须是最好的？

文子的话语中一再表示，希望以最好的名品作为对母亲的纪念，菊治对此也能理解。

这无非是文子最深切的感情吧，眼前的水罐就是证据。

那似冷又暖、光泽艳丽的志野彩陶釉面本身便让菊治想起太田夫人，而它又不带有罪孽的阴暗和丑恶，就是因为这水罐属于名品吧。

看着这件属于名品的遗物，菊治开始觉得太田夫人也属于女人中最高的名品。名品是不带污浊的。

下骤雨那天，菊治曾在电话里说过，见到水罐便会想见文子。因为是打电话，所以说得出这话。听到这话，文子便说还有一件志野陶，并把筒茶碗带到菊治家来了。

这筒茶碗果真不是水罐那样的名品？

"我父亲好像有一个旅行用的茶箱，"菊治想起来了，"装在里面的茶碗一定比这志野陶差。"

"怎样的茶碗？"

"嗯……我没见过。"

"我真想欣赏一下，肯定是您父亲的东西更好。"文子说，"如果不如您父亲的，这件志野陶就可以砸了吧？"

"真危险！"

文子熟练地收拾着吃完西瓜后留下的瓜子，又催促着要看那茶碗。

菊治让女佣先打开茶室，自己走去庭院，准备去找茶箱，谁知文子也跟来了。

"东西放在哪里，我也不知道，还是栗本一清二楚……"

菊治说着回过头来，文子在白夹竹桃树盛开的花荫下，树根处可以看到她那双穿着袜子与庭院用木屐的脚。

茶箱在水池旁边的架子上。

菊治进了茶室，把茶箱放在文子面前。文子以为菊治会把包装打开，便正襟危坐地等着，过了一会儿才自己伸手说：

"我来欣赏一下。"

"尽是灰尘。"

菊治抓起文子解开的包袱站了起来，把手伸往庭院掸灰。

"水池的架子上有死蝉，已经生虫了。"

"茶室挺干净的。"

"是的，栗本最近打扫过，就是来说你和稻村小姐都已结婚的那次……因为是晚上，大概离开时把蝉关在里面了。"

文子从箱子里取出了一包像是茶碗的东西，深深地弯下身子去解茶具袋的系带，手指微微发抖。

她向前缩起圆润的双肩，菊治在旁俯视，映入眼帘的又是那细长的脖颈。

她嘴唇认真地抿紧，以至下唇有点反包上唇，再加一对耳垂温顺地隆出，实在令人爱怜。

"是唐津陶①。"

文子抬头看菊治。

菊治也挨近坐下。

文子把东西放到榻榻米上说：

"好茶碗呀！"

仍是茶杯似的筒形，是唐津陶制的小茶碗。"结实而有气派，比那个志野陶强多了。"

"没有可比性吧，志野和唐津……"

"可是放在一起就知道了。"

菊治也被唐津陶的力量感吸引，放在膝上端详说：

"那就把志野陶也拿来看看吧。"

"我去拿。"

文子起身出去。

志野和唐津两个茶碗并排放下时，菊治与文子蓦地对视了一下，随即又同时将视线落向茶碗。

菊治慌张地说：

----

① 唐津陶，日本佐贺县唐津市一带生产的陶瓷的总称。一般指在文禄、庆长年间日本出兵朝鲜后，来到日本的朝鲜陶匠在肥前地区建陶窑烧制的朝鲜式日用器皿，尤以茶具出名。

"这样并排一看，就是一对夫妻茶碗呀……"

文子点头，像是不知说什么好。

菊治也被自己的话震撼了。

唐津碗上没有花纹图样，十分素净，近似黄绿色的青色中带着一点暗红，给人一种力量感。

"您父亲旅行时也带着它，该是他喜爱的茶碗了。这茶碗就像您父亲一样。"

文子似乎没有意识到这话中的危险。

菊治虽然没说出那志野茶碗就像文子的母亲，但这两个茶碗并排放在这里，就像菊治父亲和文子母亲的心一样。

三四百年前的茶碗形象健康，并未引起病态的联想，充满了生命力，以至含有了官能性的意味。

在一对茶碗中看到了自己的父亲和文子的母亲，菊治感受到了一对美好灵魂的并在。

而且，正因茶碗的形象是现实的，所以现实中以茶碗为中心相对而坐的自己与文子也是纯洁的。

太田夫人"头七"的第二天，菊治甚至对文子说过，两人对面而坐也许是件可怕的事。而现在这种对罪孽的恐惧难道已被茶碗的釉面拭去？

"真漂亮！"菊治喃喃道，"父亲丢下身份去玩弄茶碗之类，也许是为了麻痹自己的种种罪孽心理吧。"

"啊？"

"不过，只要见到这个茶碗，也就想不起它原主的坏处了。父亲的寿命那样短，还不到这传世茶碗寿命的几分之一……"

"死亡其实就在我们脚下，真可怕。死亡就在自己脚下，我却始终执着于母亲的去世。想到自己不应该这样，我也做了种种努力。"

"是呀，如果执着于死者，就会觉得自己也离开了这个世界。"

菊治说。

女佣拿了铁壶等东西来。

大概是因为菊治他俩在茶室待的时间长了，女佣想到需要烧水
沏茶。

菊治向文子建议，就用眼前这唐津和志野茶碗，像在旅途中似的
点一次茶。

文子温顺地点头道：

"您是要在把这志野茶碗砸碎之前用它一次，作为对母亲的
纪念？"

说着便从茶箱里拿出了茶筅去水池冲洗。

夏季日长，天还没黑。

"就当作外出旅行吧……"

文子用茶筅在小茶碗里搅着抹茶说。

"要说旅行，那么住在哪里？"

"不一定住旅馆，也许住在河边，也许住在山上。我想用山谷间
的水点茶，凉点的好……"

文子从碗里拿起茶筅时，那对黑眼珠也抬起瞥了菊治一下，随即
又把目光收在掌中转动着的唐津茶碗上。

接着，文子的目光伴着茶碗一起移向菊治膝前。

菊治感到文子似乎也会飘来。

当文子又把母亲的志野茶碗放在自己面前时，茶筅却老是碰到碗
边发出声响，她歇手说：

"太难弄了。"

"碗小，所以难弄吧？"

菊治这样说，文子的手却在发抖。

她一旦歇手，那茶筅在筒状小茶碗中就一动不动了。

文子盯着自己僵硬的手腕，耷拉着脑袋说：

"母亲不让我点茶。"

"哦？"

菊治蓦地起身攥住文子的肩，就像要扶起一个因魔咒而动弹不得的人。

文子没有抵抗。

四

菊治无法入眠，等到曙光漏进护窗板的栅间，便去了茶室。

石制水池前的石板上，果然散落着志野茶碗的碎片。

茶碗碎成四大片，拾在掌中可以拼成茶碗的形状，只是碗口缺了一块，如拇指般大小。

菊治想到这碎片应该也在，刚要在石缝中寻找，却又立刻作罢。

抬眼便可看到东边树间有颗大星在闪闪发光。

菊治想到已有数年没见过拂晓的明星，便站起身望过去，发现天上有云。

大概因为是在云中发光，所以星星就显得大了，星光的边缘好像还湿漉漉的。

面对水灵晶亮的星星去拼合茶碗的碎片，这令菊治觉得可悲。

他随手扔了手中的碎片。

文子昨晚没等菊治阻拦，便把茶碗砸向了石制水池。

文子不辞而别出了茶室时，菊治未能发现她带走了茶碗。

"啊！"菊治当时叫出声来。

但他还没顾上在光线昏暗的石缝间寻找茶碗的碎片，便先撑住了文子的肩膀。文子是蹲着砸茶碗的，这时身体正向水池方向倾倒。

"还有更好的志野陶呀。"

她啜嚅道。

难道她是为菊治拿这茶碗与更好的志野陶作比而难过？

后来菊治在难以入眠时，更加感觉到文子这话哀切而纯洁的余韵。

待到天亮，他便来庭院寻找砸碎的茶碗。

但是看到星星，他又扔了拾起的碎片。

再一抬眼，他又"啊"了一声。

星星已经不在。就在他去看扔了的碎片的那一瞬间，晨星躲进了云间。

菊治像失去了什么似的，盯着东方的天空望了一会儿。

云层看上去并不厚，但已难觅星星踪影。天际的云层出现缝隙，与街上的屋顶几乎相接，呈现一种深沉的淡红色。

"也不能丢在这里呀。"

菊治自言自语道，重新拾起碎片，放进了睡衣的胸兜。

扔在这里让人心疼，何况也怕栗本近子或是谁来了盘问究竟。

东西是文子执意砸碎的，所以菊治也想不再保存碎片，就埋在水池旁算了，但他还是先用纸包了起来，收进了壁橱，然后又钻进了被子。

文子是担心菊治什么时候会拿这志野陶去跟什么东西比较吗？

这种担心又是由何而来呢？菊治不得其解。

而且，经过了昨夜到了今早，菊治已想不到有什么可与文子比较。

文子对于菊治来说，已是一种无可比较的绝对，成了他的命定。

在此之前，菊治时时把文子当作太田夫人的女儿，而现在连这也似已被他忘却。

菊治曾被一种怪梦引诱，似乎母亲的身体奇妙地转移至女儿的身体，而现在这种怪梦反倒无影无踪了。

菊治走出了长期以来笼罩着他的阴暗丑陋的幕帷。

是文子纯洁的痛苦拯救了菊治吗？

文子没有抵抗，只有纯洁自身在抵抗。

这种行为本来会被认为是落入了魔咒与麻木的深渊，但菊治反倒觉得自己摆脱了魔咒与麻木，就似中毒以后又服用最大限量的毒药，反倒创造了解毒的奇迹。

菊治到了公司后试着给文子的店里打电话，文子在神田的一家呢绒批发店上班。

文子没去店里。菊治是一夜未眠后出来的，而文子也许早上还在熟睡之中吧。菊治又想，或许她因羞怯今天不会出门了。

午后又去电话，文子还是不在，菊治便向店里的人问到了文子的住址。

文子在昨天的信里应该也写了这次搬家的地址，但她连信封一起撕碎装进了衣袋。晚饭时谈到了工作的事，菊治记住了那家呢绒批发店的名字，却忘了问地址，因为他觉得文子已经住进了他的身体。

菊治在下班回去的路上找到了文子借住的房子，在上野公园后面。

文子不在。

一个十二三岁的少女穿着水兵服，像是刚从学校回来。她来到玄关，然后又进去，再出来时说：

"太田小姐今天早上出去了，说是跟朋友一起旅行。"

"旅行？"菊治反问道，"出去旅行了吗？今早什么时候去的？说去什么地方了吗？"

少女又进去，这次出来说话时离得远了一些。

"不太清楚。我妈妈出去了，所以……"

她眉毛很淡，好像有点害怕菊治。

菊治出门后又回头看，无法确定文子的房间。那是一栋小小的二

245

层楼，带一个小小的庭院。

想到文子说过"死亡就在脚下"，菊治两腿发麻。

他掏出手帕擦脸，擦得脸上没了血色，却还是使劲地擦着，乃至擦黑擦湿了手帕。他也感到了后背在出冷汗。

"不会死的。"

菊治对自己说道。

菊治因她而有了重生的感觉，这样的文子是不该死的。

可是，昨天文子难道不是表现出了一种殊死的顺从吗？

抑或她害怕那种顺从会使自己成为与母亲一样罪孽深重的女人？

"只留栗本一人活着吧……"

菊治像是对着假想敌吐出了自己的怨毒，匆匆走向公园的树荫之中。

波千鸟①

一

去热海站迎客的汽车经过伊豆山，然后向大海方向盘旋而下，进了旅馆庭院。车子停在坡道上，旅馆玄关的灯光照到了车窗上。

等在门口的旅馆领班打开车门说道：

"是三谷太太吧？欢迎光临。"

"是的。"

雪子小声答道。车子与旅馆平行，她的座位靠近玄关，所以领班是在跟她说话，但这应该是在今天刚刚举行的婚礼后她第一次被冠以三谷之姓称呼。

稍许犹豫之后，雪子还是先下了车，然后回头看着车里，以示等着菊治。

菊治正准备脱鞋进去，领班说：

"茶室准备好了。栗本师傅来过电话了。"

"啊？"

菊治一屁股在门口坐下，女侍赶紧拿着坐垫赶了过来。

---

① 以下为川端康成为《千羽鹤》所作的续篇。

247

近子那块从胸窝到乳房的痣斑像恶魔的手影一样出现在菊治眼前，正在解鞋带的他一抬头似乎就能看到那只黑手。

菊治去年卖了房子，处理了茶具，便再不与近子见面。本来应该已关系疏远，可难道与雪子的婚事仍有近子在插手？连新婚旅行的旅馆房间都是近子安排，则是菊治完全没想到的。

菊治看向雪子，雪子却似并不在意领班的话。

两人被领着从玄关沿长长的走廊通道往海边方向走去。这细长的水泥通道有如狭窄的隧道，途中有几处台阶，主建筑之外还另有房间，就像形成了侧翼似的。本来不知要被带到哪里，走到尽头竟是茶室的后门。

进了八铺席大小的房间，菊治正欲脱去外套，发现雪子在身后准备接过衣服，便不禁"啊"了一声，回头去看。这是雪子身为人妻的最初表现。

桌腿处可以看到放脚炉的位置。

"那边是三铺席的正席，茶釜已备好。"领班搁下两人的行李说道，"虽然没有什么好茶具……"

菊治慌了，问道：

"那边也有茶席？"

"是的，连同这个大间共有四间，是横滨三溪园时期的格局，因是从那里搬来的。"

"是吗？"

其实菊治并不明白是怎么回事。

"夫人，今天安排在那边的茶席，方便时请……"

领班对雪子说。

雪子正在整叠自己的外套，答道：

"我过会儿去欣赏。"

说着雪子站了起来："海景真漂亮，轮船都亮着灯呢。"

"那是美国军舰。"

"美国军舰进了热海？"菊治说着起身过去看，"小军舰呀。"

"有五艘呢。"

军舰的中间部位挂着红灯。

热海街市的灯光被小海岬所阻，只能看到锦浦一带的亮光。

女侍沏上了煎茶，领班说了些寒暄的话后，便与她一起退下。

两人随意地看了一番大海夜景，回到了火盆旁。

"怪可怜的。"

雪子说着把提包拉近，拿出一朵蔷薇，抚平被压变形的花瓣。

从东京站出发时，雪子大概是不好意思捧着花束上车，便把花递给了送行的人，只留下了被返还给她的这一朵。

雪子把花放在桌子上，看到了桌上的贵重品存放袋，说道：

"怎么弄呢？"

"你是说贵重品？"

菊治说这话时把蔷薇拿在手上，于是雪子看着他问：

"蔷薇？"

"不。我的贵重品太大，袋子放不下，也不能交给别人。"

"为什么？"话刚说完，雪子立刻意识到什么似的，"我的也不能寄存。"

"在哪里？"

雪子大概因为不好指菊治，便看着自己的胸口说：

"这里……"

说完仍不把眼抬起。

对面茶室传出釜中的水沸声。

"要看茶室吗？"

雪子点头。菊治说：

"我并不想看。"

"可是，难得来一趟……"

从茶室入口进去后，雪子照礼仪规矩拜了壁龛，菊治却站在茶室门口的草席上怨恨地说：

"虽说是难得来，但这里的事情不都是照栗本的指示安排的吗？"

雪子转身，来到炉前坐下。这是点茶的座位，雪子膝盖对着炉子。她静默不语，摆出一副等着菊治说话的姿态。

菊治也坐了下来，膝盖靠近炉子。

"我其实不想说这样的话，可是在旅馆门口一听说栗本，我就一惊，因为我的罪孽和悔恨都与那个女人有关……"

雪子似在点头。

"栗本如今还去你家吗？"

"去年夏天惹我父亲生气了，很长时间没再来过，可是……"

"去年夏天？她告诉我说你结婚了。"

"哎呀！"雪子像是想起了什么，"一定就是那个时候了，师傅来介绍其他人家……父亲大怒说：'一个媒人只能跟我介绍一桩婚事，在咱家的女儿面前免谈什么那家不行就介绍这家的话，咱们不受糊弄。'事后我觉得全亏了父亲，我能来到您身边，就是父亲当时的话起了作用。"

菊治默然。

"师傅也不示弱，说三谷少爷中了邪，还说了太田夫人的事，真叫人受不了，听得我浑身发抖。听了这种讨厌的话，我不明白为什么会抖个不停，后来我才意识到是因为我还是想嫁给您。不过当时在父亲和师傅面前发抖，毕竟让人难受。父亲大概是看到了我的面色，便说：'生米熟饭都行，夹生饭咱们坚决不吃。女儿既然经你介绍见过三谷少爷，她应该自有判断吧。'就用这话打发了师傅。"

烧洗澡水的人好像来了，传来往澡盆里放热水的声音。

"虽然难受，还是自己做了判断，所以师傅的事也不必在意了。

我在这里点茶，也大可心平气和的了。"

雪子说着抬起脸来。她的眼里映着浅浅的灯光，泛红的脸颊和嘴唇也映着灯光，看到这些，菊治觉得这张熠熠生辉的面孔让他生出一种难能可贵的亲爱之情，带来一种不可思议的感觉，就像看似是一团美丽的火焰，一旦触碰，却收获了一种渗透身心的温和。

"你系过水菖蒲图案的腰带，那是去年五月来我家茶室的时候吧。那时我觉得你永远是另一个世界的人呢。"

"那是因为您当时看上去好像有什么难受事，挺难让人接近的样子。"雪子说着露出微笑，"您还记得水菖蒲的腰带？那条腰带也装进行李了，我们还要去我家呢。"

雪子对自己和菊治都用了"难受"这个词，而在她难受的时候，菊治正奔走寻找文子的行踪。想不到文子从九州的竹田町寄来了长信，于是菊治又去竹田寻找，花了一年半左右的时间，至今仍是不知文子所在。

文子让菊治忘了她母亲和自己，与稻村雪子结婚。这些绵绵诉说的书信也成了她与菊治的诀别。文子像是跟雪子互换角色，永远成了另一个世界的人。

这个世界应该没有所谓"永远是另一个世界的人"，所以菊治如今也觉得这样的说法不可滥用。

二

回到八铺席面积的房间，桌上放着相册，菊治打开来翻看。

"哦，是这茶室的照片。本以为是来此新婚旅行的客人的照片集，有点吃惊呢。"

菊治说着面对雪子。

相册开头贴着茶室由来的介绍——这个茶室名曰"寒月庵"，从前是"江户十人众"①之一的河村迁叟②的茶室，后来搬到了横滨的三溪园，并在那里遭到空袭，屋顶洞穿，墙壁倒塌，门窗迸散，地板破裂，在破败状惨不忍睹的情况下，最近搬到这家旅馆的庭院中。因为是温泉旅馆，所以设了浴室，但其他布局都依原样，旧的材料好像也是能用则用。也许是因为战后燃料不足，附近的居民取荒废茶室的木材来烧，所以房柱等处还留有劈砍的痕迹。

"说是大石内藏助③也来过此庵一游呢……"

雪子边看相册边说。

迁叟经常出入赤穗藩，而且他的荞麦茶碗④"残月"作为"河村荞麦"传了下来，淡青和淡黄的釉色交替，形成一种如同晓空残月的景色，并以此为铭。

相册中有几张茶室在三溪园被炸后的照片，然后便按序陈列了从迁址开工到落成庆祝茶会的照片。

大石良雄既然来过，这个寒月庵最迟应建于元禄年间。

菊治环视屋里，这里用的几乎都是新的木材。

"刚才茶席的壁龛柱子好像是原来的。"

两人在三铺席面积的房间时，女侍来这里关了雨窗，大概就是那时把茶室相册放在了这里。

雪子重又翻看相册，一面说：

"您不换衣服吗？"

"你呢？"

---

① 江户十人众，居住在江户的十位富豪，被幕府选出管理幕府财产。

② 河村迁叟（1822—1885），江户末期至明治时代的富商。

③ 大石内藏助（1659—1703），即大石良雄。日本江户时代早期武士，因为其藩主浅野长矩复仇，杀死幕府的旗本吉良义央闻名于世，事迹被改编成戏剧《忠臣藏》。

④ 荞麦茶碗，朝鲜茶碗的一种，因其底色似荞麦色而名。

"我这是和服，不用换了。您去洗澡时，我把点心和别人送的其他东西拿出来放着。"

浴室里有一股新木料的香味，从浴池到冲淋处，墙壁和天花板的颜色都很柔和，木纹笔直漂亮。

传来女侍的说话声，她是经过长长的通道过来的。

菊治从浴室回到房间时，雪子不在了。

八铺席的房间里已铺好了被子，桌子也挪到了一边。大概是女侍在做这些事情时，雪子避到了先前的三铺席房间。

"炉火大小合适吗？"

那边房间在问。

"合适。"

菊治刚回答，雪子就过来了。她盯着菊治，就像目光没处放似的。

"舒服吧？"

"是说这个？"菊治看着自己身上那套旅馆的宽袖棉袍和短上衣说，"你去洗吧，热水挺好的。"

"好的。"

雪子去了右边的三铺席房间，像是从旅行包里取出了什么，又打开八铺席间的拉门坐下，把化妆品袋搁在身后的走廊，没来由地红着脸，用手支地略鞠一躬，然后拔下戒指放在梳妆台便出去了。

那个鞠躬实在令菊治意外，让他差点"啊"了一声，觉得雪子令人爱怜。

菊治站起来看雪子的戒指。他没动结婚戒指，而拿着墨西哥蛋白石戒指又回到火盆旁。戒指对着电灯时，宝石内部就会有极小的红、黄、绿色火光出现，时隐时现、闪闪烁烁。透明宝石中这闪烁摇曳的火光吸引了菊治。

雪子从浴室出来，又进了右边的三铺席房间。

在八铺席房间的左手边，隔着一条狭窄的走廊有两个房间，分别是三铺席和四铺席半大小，右边则是一间三铺席房间，女侍把两人的旅行包等物放在了这间。

雪子在那里待了一会儿，好像是在整叠和服。

"这门能稍微打开一点点吗？我害怕。"

她说着起身过来，把菊治所在的八铺席房间的拉门和三铺席房间的拉门都开了一尺左右的缝。

菊治也意识到这里离主屋挺远，四五间偏房里只住了他俩。他向那边透光的方向望去，问雪子：

"你那间也是茶室？"

"是的。好像是圆炉，就是把圆形铁炉嵌在木板之间……"

随着这答话声，可以从拉门下端看见雪子正在折叠的衬衣的下摆在飘动。

"千鸟①……"

"千鸟是冬天的鸟，所以就染上了。"

"那就是波千鸟了了呀。"

"波千鸟？那是说波浪上的千鸟吧。"

"有夕波千鸟之说吧？'夕波千鸟若长鸣……'②和歌里的句子。"

"夕波千鸟……可是，波千鸟就是指千鸟在波浪上的情景吧？"

雪子慢条斯理地说着，印有千鸟图案的衣摆被她飞快地叠起，不见踪影了。

---

① 千鸟，鸻科小鸟的总称，群居于河滩等地。
② 出自柿本人麻吕的和歌作品。

三

菊治像是被通过旅馆上方的火车声突然惊醒的。

跟天刚黑时听到的相比，车轮声近了很多，汽笛声也很响，由此可知还在深夜。

那声音虽不至可将人吵醒，自己却因此而睁着眼，但比起这，菊治更为自己刚才睡着了感到不可思议。

他居然比雪子先入睡了。

可是，听着雪子睡梦中轻轻的鼻息，他觉得宽解了几分。

雪子该是因为婚礼前后的疲劳而入睡的吧？菊治随着婚礼的临近，因不安和悔恨而夜夜难眠，雪子一定也有令她难眠之事。

他不敢相信雪子居然睡在自己身边，但这里确实有她素有的馨香。

虽不知是什么香水，但雪子的香味和她的鼻息，乃至她的戒指和那波上千鸟的图案，菊治觉得全都属于自己所有，这种亲近感并未因半夜不安的苏醒而消失。这是他初次体验的情感。

可是，菊治并无开灯去看雪子的勇气，他带着枕边的表去了卫生间。

"已过五点了？"

菊治自问：他对太田夫人和文子做那些事时觉得自然而无抵触，为何面对雪子时就会觉得异常而害怕？是因为良心的抵抗还是因为在雪子面前的自卑？抑或是因为自己被太田夫人和文子控制了？

用栗本的话说，太田夫人是有魔性的女人，可是近子却决定了他俩今晚所住的房间，这也让菊治觉得心中不快，难以释然。

雪子穿着平时不穿的衣服出来，菊治甚至怀疑这也是近子出的主意，他在睡前若无其事似的问了一句：

"旅行为什么不穿洋服？"

"也就是今天没穿。说是西式套装有点煞风景，因为与您头两次见面都在茶室，当时是穿和服的。"

菊治没再反问是谁说的。他又想，也许是雪子为了新婚旅行而请人在和服上印染了千鸟图案，于是便岔开话题说：

"刚才说到的那首夕波千鸟的和歌，我其实挺喜欢的。"

"什么样的和歌？"

菊治把柿本人麻吕的那首和歌快快地小声念了一遍。

他温柔地抚着新娘的后背，不由自主地说了一句：

"啊，谢谢。"

担心惊着雪子，菊治只能尽可能表现得温柔。

凌晨五点醒来，菊治在不安和焦虑之中，也还是有着一种对雪子的深深谢意，仅因她那轻轻的鼾声和时隐时现的馨香，就让菊治感到宽解，有一种温和的赦免感。那也许是一种自我陶醉，却又是唯有女人才能给予的恩惠，因为她们对于极恶的罪人都能宽恕；那也许是一时的感伤或麻木，却也是来自异性的救济。

哪怕明天就与雪子分手，菊治还是觉得自己会对她感谢一生。

不安和焦虑一旦缓解，菊治又有了冷寂之感。尽管雪子可能也会因不安和做出决定而经受梦魇，菊治却又做不到把她摇醒并重新抱住她。

涛声也时时可闻，菊治以为自己会睁眼直至天亮，谁知又睡着了，待醒来时，阳光已经照到了拉门，雪子不在。

菊治一惊，怕她逃回家了。这时已过九点。

打开拉门一看，雪子在草坪上，抱着膝头眺望大海。

"我睡过头了。你什么时候起来的？"

"七点左右。好像是领班来烧水时吵醒的。"

雪子红着脸回过头来。她今天换了一身西式套装，并把昨晚那朵红色蔷薇插在胸前。菊治松了口气，说：

"这蔷薇居然没枯萎。"

"昨晚去洗澡时，我把它插在卫生间的杯子里了，您没发现？"

"没注意到。"菊治答道，"你洗过澡了？"

"是的。我先起床，也无处可去，只好轻轻开门出来，一看，正是美国军舰回去的时候。他们傍晚来玩，早晨回去。"

"军舰来玩，真怪。"

"打扫这里庭院的人说的。"

菊治打电话告诉前台自己已经起床，洗过澡后来到草坪。天气暖和，不像已是十二月过半。早餐后他们坐在向阳的廊下。

大海银光闪闪，端详间那闪光处又不断变换。从伊豆山到热海方向有不少形似小海岬的凸起，波涛靠近它们脚下时，闪光处便不断变换。

"真像星光一样，就在我们脚下这里，"雪子手指着，"像蓝宝石一样的星星……"

阳光下的海面有很多光点，像星星一样闪闪烁烁，浮现在远近各处。近处的波光相互分离，远处的大海则似镜面一样反光，那光也许就是来自这群星。定睛眺望，远处也有光群在舞动着。

茶室前的草坪不大，台阶下方那带有颜色的夏橘枝条处就是草坪的边沿，一块平缓的坡地通向大海，岸边长着一排松树。

"昨晚我仔细看了你的戒指，真美……"

"这是火蛋白石，所以波光像蓝宝石或红宝石的星芒，也最像钻石的光。"

雪子看了一眼自己的戒指后，又望着大海的波光。

眼前的景色适合于谈论宝石，这样的时间也适合两人这样度过，菊治却并无沉浸于幸福之中的温馨感。

卖了父亲的房子，带着雪子到了简陋的新家，即使这些都可不去介意，但菊治尚未真正进入婚姻状态，不足以使他可以谈论新的家庭生活。再者，如果忆及双方的旧事，菊治又不可能不触及太田夫人、文子、栗本的事情。既然未来和过去的话题都被封锁，菊治只有抓住眼前的事作为话题了。

雪子在想什么呢？她那在阳光下神采焕然的脸上没有不自然的表情，难道这是为了体恤菊治？或许她在新婚初夜感受到了菊治的体贴。

菊治无法静心，总想动一动。

在这家旅馆订了两顿晚饭，所以他们去热海宾馆吃午饭。餐厅窗边的芭蕉叶已开始破败，对面有一丛凤尾蕉。

"小时候父亲带我来过，还在这里度过新年，可是这凤尾蕉仍与那时一样。"

雪子环视着面朝大海的庭院说。

"我家老爷子应该也是常来的，那时如果也带着我，说不定就见过小时候的雪子呢。"

"我可不愿意。"

"小时候见过，不是挺好玩吗？"

"如果小时候见过，也许我俩就不会结婚了。"

"为什么？"

"因为我小时候好像挺机灵的。"

菊治笑了。

"我父亲常说：'你小时机灵，现在越来越笨了。'"

仅凭雪子这话，菊治便可想象她在家里四个孩子中是如何受到父亲的宠爱和期望。那对机灵的眼睛闪闪发亮，雪子幼时的样子至今犹存。

四

从热海宾馆回来，雪子给母亲打电话，却又没多少话可说，便对菊治说：

"母亲不放心，问我们怎么样了。您来跟她说两句？"

"别。代我问个好吧。"

菊治连忙拒绝。

"是吗？"雪子回头对着菊治，"母亲向三谷少爷问好，嘱咐要多保重……"

电话在房间里，所以菊治从开始就知道雪子并未打算跟母亲说悄悄话。

然而，是女人的直觉让雪子母亲有着什么担心的事吗？抑或就是新婚旅行的次日给娘家打个电话而已，而这个电话会不会反让新娘母亲不放心了呢？菊治虽然不得而知，但又觉得新娘如若羞于自己已受制于丈夫，也许就不会打电话了。

四点过后，有三艘小型的美国军舰进港，网代一带远空的少许云彩也化作雾霭，在春日黄昏般平静的海面缓缓移动。那些军舰即便是载来了情欲的饥渴，看上去也就像一些平静的模型船而已。

"军舰还是来玩了。"

"今晨我起床时，正逢昨晚的军舰回去。"雪子说，"我无所事事，一直目送它们远去。"

"到我起床时，你等了有两小时？"

"觉得还不止。没想到自己会在这里，挺开心的，想着等您起床后有很多话要说……"

"什么样的话？"

"无关紧要的话……"

天还没黑，进港的军舰就上灯了。

"我为什么要结婚？如果您能从自己的角度谈谈看法，我大概会非常高兴，也很希望您能谈谈这样的话题。"

"唔，我也没啥看法。"

"话虽这么说，但您若能回顾一下，'这姑娘为什么会来到我身边'，大概也挺有趣吧？我会觉得有趣的。您为什么会觉得我永远是另一个世界的人……"

"去年你来我家茶室时，用的也是现在这款香水吗？"

"是的。"

"那天我也觉得你永远是另一个世界的人。"

"啊呀！您不喜欢这香水？"

"不是这样。第二天觉得茶室里大概还有你的香味，我甚至还过去看了，所以……"

雪子吃惊地看着菊治。

"我就觉得雪子小姐永远都是另一个世界的人，自己必须死心了。"

"现在再这样说就让人伤心了，我们那时毕竟还是外人……您的这种想法我已明白，现在只想听您说说我的事情。"

"那是一种思慕。"

"思慕？"

"是的吧。大概是死心和思慕兼而有之吧。"

"您说什么思慕，吓了我一跳。对我来说，也许会因为想要死心，于是思慕，却想不起死心和思慕之类的字眼来。"

"大概因为思慕是罪人所用的词吧……"

"您又说见外的话了。"

"不，并非如此。"

"没关系，我甚至也想过自己也许会爱上有妇之夫的。"雪子眼中闪闪发亮，"可是思慕之类的话还是怕人，您就别说了吧。"

"是的。昨晚想到你的香味好像也已经为我所有，觉得挺不可思议的……"

"……"

"然而思慕之心还是没有消失。"

"马上就会失望的。"

"绝对不会失望。"

菊治说得斩钉截铁，因为他对雪子怀着深深的谢意。

雪子一时被菊治的气势镇住，但随即也坚决地回应道：

"我也绝对不会失望。我发誓。"

可是，雪子的失望会不会在五六个小时后发生呢？雪子即便没有发现自己的失望，或者仅限于疑惑而已，菊治又会不会令他自己产生一种冰冷的失望呢？

不仅是出于这方面的恐惧，菊治比昨晚睡得更迟，一直在陪雪子说话；雪子也以比昨晚更亲切的态度与他相对，适时地以轻松的方式为他沏上粗茶。

菊治在浴室剃了胡须后出来，在抹面霜时，雪子也走近了梳妆台，用手指沾了点他的面霜看了看说：

"父亲的面霜一直是我买的。"

"那我也用同样的吧。"

"还是不一样的好。"

今晚雪子把睡衣拿来放到他的膝上，依旧还是施礼后才去洗澡。

"晚安。"

说着仍是双手轻轻支地，然后手按着衣摆，动作娴熟地进了自己的被子，一举一动中那种少女特有的纯净，让菊治怦然心动。

可是，在随后的黑暗之中，菊治闭上颤抖的眼睑时，试图想起那时的情景：文子没有抵抗，只有纯洁自身在抵抗。他处于一种卑劣、污浊的挣扎之中，想将回想自己对文子纯洁的践踏作为力量，来剥夺雪子的纯洁。无可置疑，雪子清纯的举止，无可避免地引出了菊治对文子的回忆，尽管那是一服可憎的毒药。

而且，对文子的回忆又唤回了太田夫人那种女性的浪潮，这是菊治不可阻挡的。不管那是魔性的咒缚还是人性的本能，既然夫人已经死去，文子已经失踪，而且她俩对菊治只有爱而没有恨，那么是什么让菊治至今还如此惶然呢？

菊治曾懊悔自己麻木于太田夫人那女性的浪潮之中，但他现在反而又害怕自己的某一部分正处在麻木之中。

菊治突然听到雪子的头发与枕头摩擦的声音，仿佛是她在说：

"跟我说些什么吧。"

菊治一惊。

是罪人之手在轻轻地抱着圣处女吧——菊治不经意间热泪盈眶。

雪子温柔地把脸靠在菊治胸前，过了一会儿抽泣起来。

菊治用颤抖的声音轻轻问道：

"怎么了？难受吗？"

"不。"雪子摇头，"虽然一直坚定地爱着您，可是从昨天开始爱得越来越深切，所以哭了。"

菊治手托着雪子的下巴，把嘴唇凑了上去。他也不再掩饰自己的眼泪，有关太田夫人和文子的杂念瞬间消失。

为何不能与纯洁的新娘一起过几天清净的日子呢？

五

第三天，大海依然是暖融融的，雪子先起了床并梳妆停当。

这家旅馆昨晚来了六对新婚旅行客，这是今晨雪子听女侍说的，但茶室离海边的主屋较远，所以没听到什么嘈杂声，小提琴的演奏声也没传到这里。

可能是因为阳光的变化，今天直到下午也没看到波中的星光。昨天，他们近处的海面波光粼粼。有七艘渔船出海，领头船的蒸汽机引擎砰砰地响着，拖着其他六条船。那六条船依着从大到小的顺序排成一列。

"是个大家庭。"

菊治微笑着说。

旅馆赠送了两双夫妻筷作为礼物，筷子用桃色的日本纸包着，纸上印有折鹤的图案。

菊治想起什么似的说：

"那块千羽鹤的包袱布带来了吗？"

"没有。有点不好意思，这次从头到脚都是新东西。"雪子那漂亮的双眼皮泛红了，一直红到眼角处，"连发型都改变了吧。不过，收到的贺礼中有带仙鹤图案的东西。"

三点前他们乘车向川奈出发。

许多渔船进了网代港，还有一些涂了白漆的船也在港内。

雪子回头看热海方向，说：

"大海变成了粉红的珍珠色，真像那颜色。"

"粉红色珍珠？"

"是的，耳环和项链都是粉红色的，拿出来给您看看？"

"到了宾馆再看吧。"

热海的山襞阴影重重。

迎面遇到一辆自行车拖挂的货车，丈夫骑车，车上载着柴禾和他老婆。

"真想过他们那样的生活。"

雪子说道。难道她也有了与自己一起甘守贫困的想法？这让菊治思绪难平。

264

海岸成排的松树间有小鸟在飞，速度只比汽车稍慢一点。

雪子发现，今早从伊豆山旅馆脚下的海面出发的七艘拖船也到了这里，仍是从大到小，像长幼有序的大家庭一样排着队在近岸处的海上拖行。

"它们像是来会我们的。"

对这些船只也能有着亲近感，雪子此刻的欢悦令菊治感到慰藉。这就是一生中的幸福吧？

去年从夏到秋，菊治一直在寻找文子的行踪，处于一种说不清是筋疲力尽还是走火入魔的状态。正在这时，没想到雪子独自来找他了。菊治如同生活在黑暗中的活物看到了阳光，既头晕目眩又莫明所以。他待以讲究分寸的态度，但雪子之后还是经常来了。

菊治终于收到雪子父亲的来信，信上说，女儿好像在跟菊治交往，不知菊治有没有结婚的意愿，之前也曾有栗本近子做媒，他和妻子还是希望女儿能按照自己最初的想法发展云云。这固然可以理解为父母对两人交往的担心或是对菊治的戒心，其实就是代表女儿传达她的意愿。

自那时到今天已经整整一年，菊治的心情在等待文子和希冀雪子之间徘徊，可是，当他忆念太田夫人以及追寻文子并为之悔恨懊恼时，也曾描绘过千羽白鹤在清晨或夕暮时分的空中起舞的幻影，那就是雪子。

为了看拖船，雪子靠近了菊治，没有再回到原先的座位。

在川奈宾馆，他们被领到三楼尽头的房间，屋里两面没有墙壁，代之以观景极佳的玻璃窗。

"大海是圆的！"

雪子欢快地说。

水平线和缓地描出一个圆形。

草坪中的泳池对面，五六个身穿浅蓝色制服的女球童肩扛高尔夫球袋走了上来。

西窗外展开着一条富士山的登山道。

他们要到大块的草坪上看看。

"好大的风！"

菊治背对着西风。

"别在乎风不风的，走吧。"

雪子硬拽着菊治的手。

回房间后，菊治进了浴室，雪子趁这个时候重新整理了头发，换了衬衫，做好了去餐厅的准备。

"戴着这去吧。"

说着，雪子让菊治看她的珍珠耳环和项链。

晚饭后，他们在阳光房待了一会儿，那是一个向庭院凸出的椭圆形大房间，但因为不是休息日，所以只有菊治他俩。房间挂着窗帘，一对山茶花盆栽朝着椭圆形的前方盛开。

然后他们去了大厅，坐在壁炉前的长椅上。壁炉里燃着大段的木头，上方放着大朵君子兰的盆栽，也还是一对。长椅后的大花瓶里，早开的红梅煞是好看。英国风的木结构让高高的天花板显得沉稳大方。

菊治倚着皮椅，久久地望着壁炉里的火焰，雪子也默然不动，脸被烘得暖暖的。

回到房间，厚厚的窗帘已经被拉上。

房间虽大，但不是套间，雪子便在浴室更衣。

菊治穿着旅馆的浴衣坐在椅子上，雪子穿着睡衣站在他面前，不知要干什么。

那睡衣给人的感觉是一件自由型的和服，衣料的图案新颖，铁锈红的底色上洒落着白色碎花，像是西式衣料，袖子则又做成元禄袖①的式样，着实让人觉得青春可爱。她把一根柔软的绿缎系成伊达卷②的样子，像个洋娃娃似的，睡衣的红色夹里后露出了白色的浴衣。

"这和服真可爱，是自己想出来的吗？元禄袖？"

"跟元禄袖有点不同，是我随便做的。"

雪子走向梳妆台。

睡觉时，她留了梳妆台的灯，让房间有一点光亮。

菊治突然醒来时，有一种很大的声响。风在呼啸。庭院的尽头是断崖，他想也许是大浪拍崖的声响。

他朝雪子的方向看，她不在床上，而是站在窗边。

"怎么啦？"

菊治说着也起身过去。

"声音吵人。您看，海上有桃色的火。"

"是灯塔吧。"

"被吵醒后就怕得睡不着，一直在这里看着。"

"是涛声。"菊治把手放在雪子肩上，"应该叫醒我的。"

雪子像是被海夺了魂。

"看，那是桃色的光吧？"

"是灯塔。"

"是有灯塔，可是这光亮大过灯塔，而且是猛地出来的。"

"是涛声呢。"

"不是。"

像是波涛拍打断崖的声音，可是在弦月的冷光下，大海黑沉沉静悄悄的。

---

① 元禄袖，和服的一种袖型，吸收了元禄时代圆袖的特点，袖筒较大而短。

② 伊达卷，女式和服宽腰带下面所系的窄腰带。

菊治看了一会儿，发现桃色的闪光与灯塔的亮灭不一样，桃色的闪光间隔长而不规则。

"是大炮。我觉得是海战。"

雪子说。

"啊，是美国军舰在演习吧。"

"是的。"雪子也同意了，"不喜欢这声音，怕人。"

说着，她的肩软软地靠了过来。菊治抱住她。

弦月之夜的海上，风在呼号，远处跟在桃色火光之后的轰隆声，让菊治也毛骨悚然。

"这种夜晚，你不能一个人在这里看。"

菊治在手臂上使了把力气，抱起雪子。雪子战战兢兢地搂着他的脖子。

……

菊治被一种彻骨的悲哀所袭，激动地说：

"我并非不行，不是我不行，实在是污浊和不道德的记忆还没宽恕我呀。"

雪子沉沉地瘫向菊治的怀中，像是失去了知觉。

旅中的告别

一

菊治结束新婚旅行回家后，在烧毁文子去年的来信之前，把它们又重读了一遍。

十月十九日于赴别府的"小金丸"号船上。

您大概正在找我吧？请原谅我的去向不明。

我已决心不再与您见面，所以觉得此信可能也不会发出，即便发出，也不知已是何年何月。我将去往父亲的故里竹田町，但如果此信到您手中，彼时我已不在竹田。

父亲二十年前离开故乡，我对竹田也不了解。

四方环山岭，山岩多嶙峋
中间坐落竹田镇，爽秋河川伴清音

洞门似城堡，控扼竹田镇

无论进入或外出，必经峦嶂此洞门

竹田镇洞门，远近白茫茫
门内芒草白花花，门外芒草闪银光

我仅是凭借与谢野宽①和晶子②的《久住山之歌》及父亲的话在想象中描述竹田。

我将回到父亲的故乡，那是我完全陌生的地方。

久住町有一人据说在父亲孩时就与之相识，此人曾有歌曰：

悠悠故乡情，拳拳山之心
亲切温柔注溪流，最美潺潺水之音

原野广无涯，碧色连苍空
自从年幼孩提时，浸染我身血肉中

烦恼袭上身，何止我一人
山峦与我亦相同，不时披戴重重云

我之叛逆心，不觉去无痕
祈愿素日得安详，一心只为那个人

这些和歌也将我引向父亲的故乡。

---

① 与谢野宽（1873—1935），日本著名诗人、歌人。
② 与谢野晶子（1878—1942），与谢野宽之妻，日本著名诗人、歌人。

大师名声远，犹似近身旁

座座峰峦踞久住，心驰神往映山光

身为僻乡人，稔知忒穷贫

亦想试问众山岭，为何秀丽多风韵

一如我身躯，不知去何处

忽地云雾逼近来，遮蔽久住群山无

与谢野宽的这些和歌也诱我去往久住山（亦作"九重山"）。

我虽也写过和歌《逆反的心》，但我并无对您的逆反之心。若说有逆反之心，也是针对我自己以及我的命运。即使如此，与其说是逆反之心，莫若说是一种悲哀之情。

何况事情已过三个月，我唯愿为您的平安祈祷，而不该给您写这样的信。我是把要写给自己的话以您为对象写出，写完后也许会弃之大海，抑或这将是一封永远写不完的信。

服务员正在一扇扇地给大厅的窗子拉上窗帘。大厅中除了我，只有两对年轻的外国夫妇在我对面的墙角。

因为是一人之旅，所以我订了一等船舱，我不喜欢与很多人在一起。一等舱是双人房，同住的是别府观海寺温泉旅馆的老板娘，据说是照顾完嫁到大阪的产妇女儿后回家。

她说在大阪睡不好，想在路上好好睡睡，所以选择乘船。刚从餐厅回来，她很快就上床了。

"小金丸"号从神户出港时，一艘名为"苏伊士之星"的伊朗轮船进了港，那船形状很特别，这位老板娘告诉我那是客货两用船。我想，难道连伊朗船都来了吗？

随着船的行驶，神户的城市和后山都渐渐没入暮色之中。已是夜长日短的秋季，入夜之后，船上在广播海上保安官的提醒：船上的赌局绝无赢家，受害者也将被罚……

今天非常可能会有赌局。

专业赌徒大概会住在三等船舱吧。

温泉旅馆的老板娘睡了，于是我来到大厅。两对外国夫妇中有一人是日本女子，她看上去也像是结过婚的样子。那几个外国人好像不是美国人，而是欧洲人。

我突然想，如果跟外国人结婚，嫁到遥远的外国就好了。

"想啥呢？"我吃惊地对自己说。即便是因为乘船，也没想到会有结婚之类的念头。

那个女子虽似出身不错，却为模仿老外的表情举止而十分做作，即使不说品位恶俗，让我看来也太勉强。难道她是因与老外结婚而时时有着一种自矜的意识？

不过，我在这三个月中并不知道自己的心为何不能平静，只是为自己在您家茶室前的水池摔碎志野茶碗的行为羞愧万端，觉得无颜见人。

"会有更好的志野陶。"当时我这样说，也确是这样想的。

您因得到母亲留下的志野陶水罐而开心，我便一时生出把筒茶碗也送您的念头，但后来想到会有更好的志野陶，我便后悔得难以自已。

我这么一说，您便认为我是只能把最好的东西送人。其实这个"人"仅限于菊治少爷——我对此坚信，因为执着于使母亲保持美好。

除了使母亲让人觉得美好，那时已经没有其他办法可以使死去的母亲和留下的我得到解救。在这种高度紧张和走火入魔的心态下，我为把并非太好的筒茶碗作为母亲的纪念物给您而后悔。

三个月后的现在，我的心情也发生了变化，不知是美梦幻灭还是丑梦清醒，我都觉得在摔碎那个志野陶器之时，母亲和我都已与您诀别。即便摔碎志野陶器让我羞耻，却也许是件好事。

我那时说茶碗口渗进了母亲的口红，如今觉得那似是一种疯狂的执念所致。

与之相关，我有过一段不快的记忆。父亲在世的时候，栗本师傅来我家，父亲拿出一个黑乐茶碗给她看，我不能确定那个茶碗是不是名叫"长次郎"。

"哎呀，瞧这霉斑……没好好收拾，是不是用过没洗就收起来了？"师傅皱着眉头说。茶碗的一面出现了斑点，颜色好似腐坏的菖兰花。

"用热水洗过，还是洗不掉。"

师傅把潮湿的茶碗拿在膝上盯着看，突然把手指使劲插进头发里，然后用油手转着擦拭茶碗，霉斑消失了。

"啊，好了。您瞧。"

师傅十分得意，父亲却没伸手，说：

"弄脏了。真恶心。"

"我去洗干净。"

"怎么洗都不行，不想再用它喝茶了。你要的话，就拿去吧。"

年幼的我坐在父亲旁边，也有了恶心的感觉。

听说师傅后来把这茶碗卖了。

女人的口红渗进茶碗口，我觉得跟这一样瘆人。

请您忘了母亲和我，跟稻村雪子小姐结婚吧。

……

二

十月二十日于别府观海寺温泉。

从别府乘火车经过大分去竹田较快，但我想近距离地看看九重群山，所以选了这样一条路线：越过别府背面的由布岳山麓，乘火车从由布院到丰后中村，从那里进入饭田高原，翻山往南，再从久住町去竹田。

尽管竹田是父亲的故乡，于我却是未知之地。如今父母都已不在，不知会不会有人以怎样的方式迎接我。

父亲说那是他心灵的老家，也许因为那里如与谢野夫妻的和歌所说，四方都被岩壁包围，出入都要钻过洞门。

若是母亲，也许会对我细说，但据说她只在我出生前随父亲去过一次。

我对您父亲和我母亲持原谅态度时，曾被认为是对我父亲的背叛。既然如此，我为何会被这虽为父亲的故乡于我来说却是异乡之地吸引而来？既是故乡又是异乡的地方是如今的我所恋的吗？或许我是觉得父亲的故乡中有着母亲与我的赎罪之泉吧？

《久住山之歌》中也有这样一首：

遥遥归乡途，来到父亲前
俯首叩拜大人后，继而仰望故里山

我想，当我谅解母亲和您父亲时，就已种下了之后母亲和我的错误。这大概宛如诅咒一样控制和折磨过您吧？可是，无论怎样的罪孽和诅咒都有止境，在我摔碎志野茶碗的那天，我想这一切都已结束。

我只爱过母亲和您两人。我说爱您，也许会使您吃惊，连我自己都会吃惊，可是我想，对此不再隐瞒，也许反倒是对"那位"安宁的一种祈愿吧。我不会因您对我所做的事而责备和怨恨，只会把这当作我的爱所受的最强的报复和最严的惩罚。我执着于自己的两种爱，一曰死，一曰罪，这大概就是我这种女人的命运吧？母亲已经以死得到清算，我则是身负罪孽而遁走。

母亲常说希望一死了之，当我阻止她见您时，她就威胁我说："你想要我死吗？"自从圆觉寺茶会与您见面之后，她便以自杀者的心情说这话。对此，我是从摔碎志野茶碗之日起开始明白的。与您的见面使她成了自杀者，但她却是靠着与您见面的希望维系着自己的生命，我对此阻拦，结果致她而死。摔碎志野茶碗之日开始，我也陷入自杀者的心境之中，所以对她越发理解。我想，若母亲未死，则我将死去；我之不死，正是因为母亲之死。

当时，我把志野茶碗砸在水池上后便晕了过去，正要倒在石头上时，您撑住了我。我叫了声"妈妈"，不知您听到没有，或许我并没叫出声来。

您让我别回去，又说要送我走，我都只是摇头，说了声"别再见面了"，便逃也似的走了，路上一身冷汗，真的想死。我并非怨您，而是因为觉得已经走投无路，似乎自己的死与母亲的死相连相交，是理所当然的事。如果说母亲是因不堪自己的丑行而死，则我也想这样。然而，我有时也会觉得悔恨之火中会有莲花开放，因为自己爱您，所以您对我所做的一切都无丑恶可言，我愿如夏天的飞蛾一般扑向火焰。母亲因为自感丑恶而死，于是我就想要感受母亲的美好，也许就是因为这样的追求而失去了自我吧。

只是我与母亲不同，她与您相会一次以后，便再难抑制与您见面的愿望，我却仅因一次便梦幻破灭，爱刚开始便已结束。与其说是自己控制情感、悬崖勒马，不如说是自己被推被拒。

我觉得不能这样。母亲已死，我与您也已结束，您应该跟雪子小姐结婚了。我觉得这于自己来说也是一种解救。

您若再找我追我，我也会去自杀。这话听来也许有点自我，但我确实想把自己从您的周围抹去，正如我一心想要感受母亲的美好，以至忘却自我。

栗本师傅说母亲与我妨碍了您的婚姻，对此我在后来有了清醒的认识。师傅说过，您自与母亲会过以后，性格便完全变了。

砸碎志野茶碗的那夜，我一直哭到天亮，到了朋友家便约她一起旅行。

"怎么啦？眼睛都哭肿了……你母亲去世时都没哭成这样。"

朋友非常吃惊，与我一起去了箱根。

不过，无论是与当时相比或是与母亲死时相比，我小时候曾有更为悲伤的经历。栗本师傅来我家训斥我母亲，要她离开您父亲。我在暗处听到这话哭了，母亲便要把我抱到师傅面前，我不愿意，母亲说：

"妈妈不是被欺负了吗？我受不了你躲在背后哭，我要把你抱出去。"

我不敢朝师傅那边看，坐在母亲膝上，把脸藏在母亲怀里。

"哼，连孩子也搬出来演戏了？"师傅嘲笑道，然后又问我，"你应该明白三谷伯伯为什么来你家吧？"

"不知道，不知道。"我摇头说。

"不应该不知道呀。伯伯是有夫人的，你母亲做了不该做的事吧？伯伯的孩子比你还大，这孩子也会恨你母亲的。若被学校的老师和同学知道，是很丢人的吧？"

"孩子没罪。"我母亲说。

"若想孩子没罪，为啥不按没罪的方式教育呢？没罪的孩子可真会哭呀。"我那时十一二岁。

"你就没为孩子做过什么好事。可怜……难道是想让孩子在见不得人的环境下长大吗？"

当时幼小的我感受到的那种撕心裂肺的悲哀，超过了母亲的死以及与您的别离带给我的痛楚。

中午时分到达别府，于是乘巴士游了地狱温泉。拜船上同室之缘所赐，我得以投宿观海寺温泉。

今天早上的伊予滩之航非常平静。阳光照在船舱的窗上，我脱去外衣只穿衬衫，还是汗津津的。船进别府港，从左手的高崎山向右延展，群山环抱市镇，像是圆润的波峰，我觉得日本装饰画中有过这样的波涛。观海寺温泉在大山深处，从浴室可以一览市镇和港口，我惊讶于竟有如此开阔敞亮的温泉场。地狱温泉之游，巴士车票一百日元，门票一百日元，十五六处地狱温泉中有不少是私有的，还有名为"地狱组合"的行业协会。巴士绕一圈需要两个半小时。

地狱温泉中，"血池地狱"和"海地狱"的颜色用"妖艳""神秘"之类的形容都难以言状。"血池地狱"像是泉底喷出的血水融于透明的热水中，那血色是那样鲜活，而且化作热气罩着浴池。"海地狱"大概因池水颜色似海水而得名，但我没见过如此澄澈、平静的浅蓝水色。深夜在僻静的山间旅馆如此回想血池地狱和海地狱的奇异颜色，深感那就像梦幻世界之泉。设若母亲与我彷徨于爱情地狱，那里也会有那样的美泉吗？我因地狱的颜色而心醉神迷，请您谅解。

三

十月二十一日于饭田高原筋汤。

在高原深处的温泉旅馆，我在毛衣外套上了旅馆的宽袖棉袍，还是被夜间的骤冷逼得将肩探向火盆上方。旅馆好像是在火灾后匆匆重建的，门窗做工粗糙。我所在的筋汤海拔千米，明天要翻过一千五百多米高的山岭，住到一千三百多米高的温泉旅馆，所以我从东京出发时就做好了防寒的准备，但此地与我今晨离开的温暖的别府相比，差别何其大矣。

明天去九重山，后天还要去竹田，无论是在明天的旅馆还是到了竹田以后，我都准备继续给您写信，可是最想对您说的是什么呢？这些应该并非旅行日记，不知九重山以及父亲的故乡会让我说些什么了。

也许我会想与您话别，但我深知，对我来说，无言的告别才是最好的。我既觉得与您不曾说过太多的话，却又觉得似已说了很多。

每次与您见面，我都会求您原谅我的母亲。

我为求您原谅而初次去您家时，您好像早就知道母亲有我这个女儿，说过：

"我曾假想跟那位姑娘一起聊聊我的父亲。"

您还说过：

"希望能有机会再跟你聊聊我父亲，再聊聊你母亲。"

不曾有过那样的机会，而且永远失去了那样的机会。如果见到您时跟您谈到您的父亲或我的母亲，我想自己现在应该已经因悔恨和屈辱而颤抖。两个不能提及双方父母的人，难道可以相爱吗？写到这里，我的泪水已出。

十一二岁时，自从听到栗本师傅的责骂，那句"三谷伯伯有儿子"的话就深深刻在我的心中，可是我跟"三谷伯伯"从未提过他儿子的事，觉得不应该说，一个小女生也不好打听那个男孩是否去了战场。

自从空袭严重以后，您父亲常来我家，因为担心那个男孩也像我一样成为没有父亲的孩子，我便总是送您父亲回家。现在想来，他儿子已到可以入伍的年龄，我却总以为他还是一个少年，这大概也是由于初次听师傅谈到他时那种痛楚沁入心扉了吧。

母亲是个没用的人，所以我得外出购物。在那些粗野推搡的火车

280

乘客中，我发现了一位美女，便紧挨在她身旁，从打哪儿来、买了什么之类的话题转向了自己的身世方面，美女说：

"我是人家的妾。"

也许因为她的爽快，于是女学生也说：

"我也是妾的孩子。"

那美女一愣，说：

"啊？不过，长这么大了，挺好的呀。"

她像是误解了"妾的孩子"之意①。我面红耳赤，没有重做解释。

那人挺疼我的，常常约我一起购物，我俩还从她老家新乡下运过米回来。我不会忘了她。

"长这么大了"，有什么好的？我连您父亲和我母亲的事都已经不能和您谈了。

传来了温泉湖的瀑布声。温泉水形成几条瀑布落下，被其冲打，可以治疗筋骨酸痛，故此才俗称"筋汤"②吧。旅馆房间没有浴池，于是前往公用大池。浴池位于涌盖山与黑岩山之间的山谷深处，夜间似有山气降临。今天看到山间美丽的红叶，不同于别府血池地狱和海地狱那种梦幻般的颜色。从别府后面城岛高原看到的由布岳也很美，而从丰后中村站往饭田高原攀登的路上，则可看到九醉溪的红叶。走完了十三道弯路再回头一看，逆光中山后和山壁的颜色阴沉，更加突出了红叶之美，从山肩射下的夕阳则令红叶的世界显得庄严。

明日的高原和大山也会有个好的天气吧。我在遥远的山间旅馆祝您晚安。我在旅途也已三天无梦。

从摔碎志野茶碗的那晚起，我在朋友家的三个月中多有不眠之夜。我在朋友家似已叨扰太久，留在上野公园后面出租屋里的少量行

---

① 日语中的"妾"既可指小老婆，也可指外室、情人。
② 日语中的汉字"筋"也有"条"的意思。

李，也是这位朋友帮我去取的。

也是听这位朋友说，取出行李的第二天，好像就有人搬进去住了，至于我为何要逃离并隐身，我对这位朋友也不能说。

我只能告诉她，我爱上了不该爱的人。

"但他也爱你吧？所谓被不该爱的人所爱，诸如此类的话大抵都是假话，女人总想编造这种谎言，不过你要是这么说，我权且可以相信，但是……"——朋友这话的意思大概就是这个世界上并无绝对不该爱的人。也许确实如此，比如像我母亲那样做好了赴死的打算……

然而，对于想要美化母亲这种死法的我，您应该是最了解我被带到了怎样的境地，即使我是主动而非被动地走到这个境地，究竟是否属于无心之过呢？对此我尚不清楚。能用"无心之过"形容自己所做之事吗？或者即使以旁观者的眼光来看，能说这是"无心之过"吗？神或命运在赦免人类所行之事时，能以"无心之过"为由吗？

也许我不该写在这里：我所托友人以前曾与男人之间有过过失，或许我是因此而托她去帮我取东西的，她也是因此而立即觉察到我的事情，但应不会了解我这种身陷旋涡般的懊悔。

也许我与母亲一样有种粗线条的性格，所以似乎渐渐变得开朗起来，于是朋友让我独自出来旅行了。

独自住在旅馆，比起跟母亲在一起或母亲死后自己的独处，我觉得更加轻爽，可是到了夜间，还是会因不安和孤愁而写这种没有投寄目标的信。自那以后我沉默了三个月，如今却又要说些什么呢？

四

十月二十二日于法华院温泉。

今天翻过了一千五百四十米的诹峨守越岭，住在一千三百〇三米的法华院温泉，据说这是九州最高的山间温泉。我去竹田町的旅程也在今天越过了最高点，明天下山前往久住町，到达竹田。

不知是因为在高原日照下步行还是由于这里的硫黄气味太浓，今晚觉得有点累。除了这个温泉的硫黄，诹峨守越附近硫黄山的烟似也随着风向飘下来，据说在这里银制的手表之类一天间就会变黑。

昨晨的温度五度，今晨四度……旅馆的人说今夜比昨晚更冷。不知在早晨几点看了温度计，天亮前可能已经降到了将近零度。

不过，我订到了别栋二楼一个被树木包围的房间，连窗子也是防寒的双层，睡袍的棉花很厚，火盆的火也很旺，比昨晚在筋汤更舒服，只是仍能感到山夜森森的寒气。

法华院旅馆是山中的独栋建筑，信件和报纸都送不过来。听说这里离村子三里，离最近的人家一里半。因为离学校也有三里，所以孩子到了上学的年龄，就必须寄住山下的村庄。

旅馆有两个孩子，听说哥哥六岁，妹妹四岁。或许因为我是单身女子，这里的老祖母来与我聊了很久，两个孩子也跟了来，争着要坐在祖母膝上，先是小的那个骑上祖母膝头抱住祖母，男孩想要推她，妹妹便吊在哥哥身上，使劲推搡，扭作一团。哥哥瞪大了眼睛，四岁的妹妹也怒目厉色，两人都是一副剑拔弩张的姿势。也许是因为山上强烈的阳光，两人的目光才如此强烈吧。

"附近没有孩子跟他们做伴吧？"我问。

"三里之内都没有孩子了。"

据说妹妹出生时哥哥说：

"妈妈明明是跟我睡，却还生下了她。"

在生下妹妹之前，哥哥说：

"宝宝生下后，我要睡在宝宝旁边。"

不过，男孩后来还是跟祖母一起睡了。冬天期间旅馆也许会停业，他们会住到山下村里去，可是这两个在山间独户中长大的孩子的那种强烈的目光还是吸引了我。那是一对长着圆脸的漂亮孩子。

我突然想到自己是独生女。

因为出生后就一直这样，所以已经习惯，平素没有什么感觉。或许并非全无感觉，只是不去深想，似乎连小女生那种想要有个哥哥姐姐之类的感伤都消失了，甚至连母亲死时，我都没有想到如果有个兄弟姐妹就好了，而是立刻给您打了电话，让您做了隐瞒母亲那种死因的同犯。事后想起，觉得您对母亲的死也负有责任似的……如果您是我哥哥，或许就不会那样做呢。我如果有哥哥，母亲也许就不会死，至少我不会陷入那样负罪的悲伤之中。现在思及此，我有种惊醒之感，作为独生女的我，一定是过分地依赖了您，而这种依赖本是不应当的。

作为独生女的我，独自寄宿山中的独户之家，此时被一种想呼唤哥哥的情绪所袭，即使不是哥哥，那么姐姐也罢弟弟也罢，只要是兄弟姐妹都行。想要呼唤不曾在这世上降临的兄弟姐妹，是不是有点荒唐呢？

说到独生子女，我居然至今才想到您也是一个人。您父亲即使到我家来，您家的事情也是禁谈的，所以没有说过您是独子，但有一次他对我说：

"没有兄弟姐妹挺冷清的，要是有个弟弟或者妹妹就好了。"

我顿时变得脸色铁青，浑身打战。

"可不是吗……太田临死前好像也为留下孤单一个女孩而觉得可怜。"

母亲老好人似的随声附和，但看到我的样子，似乎也倒吸一口凉气。

我感到憎恶和恐怖。大概是到了十四五岁吧，我已经清楚地知道了母亲的事情。我想，您父亲的意思是不是要生一个与我异父的孩子？今天再想，那恐怕是我的妄念吧。您父亲当时可能只是想到了也是独生子的您，或是觉得母亲与我母女相依未免孤单。然而，当时我却起了可怕的念头，决定若母亲生下孩子，我就要杀了那婴儿。动了杀人之念，于我来说那是绝无仅有的一次，但或许真的会去实行的。说不清是憎恶、嫉妒，还是愤怒，大概是少女那种单纯的惊悚吧。母亲似乎感知到了什么，补了一句说：

"我让人看过手相，说我命中只有一个孩子。这个孩子多好，一个抵上十个呢。"

"这话也对，不过……独生子女没有玩伴，性格容易内向，陷于自我之中，不利于人际交往。"

您父亲大概是见我沉默寡言，所以这样说的。我平时尽量不看您父亲，不跟他说话，一味躲着他。我像母亲，并非一个性格阴郁的孩子，但即使在欢闹时，只要您父亲一来，我顿时就不出声了。我想，母亲大概很为这种孩子式的抗议难堪吧。您父亲说的也许不是我而是您。

可是，那个我想杀掉的孩子如果生了下来，那会怎样呢？那是我的弟弟妹妹，也是您的弟弟妹妹呀……

啊，可怕。

我走过高原越过山岭，应该已经洗去这种病态的念头，我理应是在"棒天气"中走来这里的。

"天气真棒。"

"是呀，天气真棒。"

今晨从筋汤走出不远，就在路上听到人们交换着这样的问候。这一带好像把"好天气"说成"棒天气"，语尾发音还特别清晰。我的内心也在发出晴好的问候。

真是一个很棒的天气。延及路边的芒草茅草的花穗在朝阳中银光剔透，槲树的红叶也是光彩照人，左手山脚的杉林间则树荫沉郁。割稻的母亲在田埂铺上草席，让身穿红色和服的幼儿坐在上面，孩子身后的白口袋里装着吃食，玩具也放在草席上。这一带冷得早，插秧也早，据说插秧时还烤着火，可是今晨连草席上的孩子在阳光下也是一副暖洋洋的样子，因此我并没做什么御寒的准备，脚底还换了一双胶底的帆布鞋。

从筋汤出发，有各种各样的近路通向登山路和山岭，但我还是先到了饭田的邮局和学校附近，在高原中央望着九重群山从容而行，不用登山，只需沿着诹峨守越往法华院去，所以是一段腿脚轻松的行程。

所谓"九重"，从东数起，是黑岳、大船山、久住山、三俣山、黑岩山、星生山、猎师岳、涌盖山、一目山、泉水山等连绵山峰的总称，群山的北侧一带就是饭田高原。

虽说是群山北侧，但涌盖山等山脉绕向西面，崩平山等山脉又居于高原之北，所以饭田是被群山包围，或者说是被四周的山脉支撑，呈现一种有高原之称的圆润感，真像有一个美丽的梦幻之国在这里浮现。山上既有红叶，又有芒草的白色穗波，我却觉得高原泛着一抹柔和的紫色。据说高原海拔大概千米左右，东西和南北各为八公里方圆。

我的路线应该是从南到北。临近高原时，便可远远地看见前方的三俣山和星生山之间硫黄山的烟雾。群山清晰可辨，唯见右手涌盖山上空有淡淡的白云碎片在浮动。从东京出发时就冲着高原这"棒天气"而来的我，真的是很幸运。

过去我对于高原的了解，尽管仅限于信浓而已，但这饭田高原却如许多人所说，真是给人一种浪漫的怀念之感。它温柔、明亮，又发人遐想，让人觉得自己被它静静地环抱在怀。与南部相连的群山也温和而姿态优雅。走进别府港时，曾见群山绵延，环抱市镇，呈现一种圆润的波状，我被深深吸引；而在饭田高原所见九重群山，也给人一

286

种就其高度来说难以想象的亲和感，这都是因为山形的配置保持着一种均衡吧。久住山高超过一千七百八十七米，是九州第一高山；大船山高一千七百八十七米，乃第二高山。这两座高山尚未显身，三俣山和星生山也高一千七百四十米到一千七百六十米，一千七百米以上的山好像有十座之多，然而，也许因为是在千米高原，而且是一些高度相差不大的山峰相连，所以看起来就显得平和，再加地属南国，离海不远，高原的色彩也就显得明快。

来到大概属于高原中段的长者原，我在松树荫下歇息许久。长者原上稀稀拉拉地散生着许多松树，我是被草原中的松树所诱。又走了一小段路，仍是在松树荫下，吃了一顿盒饭，此时大概已是两点时分，作为午饭算是晚了。我环视大片的红草，以我所在位置来看，受光处与逆光处的色彩有着微妙的差异。群山的色彩也各有不同，红叶色浓的山看似彩绘玻璃。我因此而有身处大自然天堂之感。

"啊，来这儿真好！"我几乎把这话说出声来。我流泪了，芒草穗浪的银光在泪眼中变得朦胧，但这泪水并未玷污而是洗净了我的悲哀。

我想您，并且为了与您告别而来到这高原，来到我父亲的故里。若让悔恨和负罪感缠绕对您的思念，我就无法与您告别，也无法从新的起点出发。来到遥远的高原，还是希望您能谅解我对您的思念，这样的思念是为了告别。漫步于草原，眺望着大山，我对您的思念绵绵不绝。

我在松树下静静地想您，长时间地一动不动，心想，如果这里是没有屋顶的天堂，我愿就这样升天而去。我失神落魄，呆呆地祈愿您幸福。

"请和雪子小姐结婚吧！"

我用这话与我心中的您告别。

我不会把您忘却，即使以后会在丑恶污浊的心境中想起您，我还是认为自己今天可以在这高原上，在对您的思念中与您告别。今天，母亲与我已经完全从您面前消失。最后再一次向您道歉：

"请原谅我母亲吧！"

从饭田高原越过诹峨守越，好像要先登上三俣山脚的路，但我取道一条运送硫黄的路。随着距离的缩短，硫黄山的山貌变得可怕，在远处也可看到硫黄烟雾的喷发。山腰一带有硫黄喷出，一直到山顶都寸草不生，整座山都被烧尽，山岩山土一片荒芜发黑，那种暗哑的灰色和褐色也给人废墟之感。左手的小山是天然的硫黄矿，喷气孔上插有圆筒，可以刮取筒口像水柱般垂挂的硫黄。我穿过采矿场的浓烟，踏着裸岩，到达山口。

从山口下到北千里滨，回头一看，太阳已将降至山峰，在硫黄烟雾中如同白蒙蒙的月妖。路前方大船山漂亮的红叶如同一幅夕暮的织锦。沿着陡坡而下，就到了法华院温泉。

今晚写得很长，只是想把这别后清净的高原一日说给您听。请别对我挂念，睡个好觉。

五

十月二十三日于竹田町。

来到了父亲的老家。

今天傍晚穿过山中隧道进入竹田町。从法华院温泉下久住高原，再从久住町到竹田，乘巴士花了五十分钟。

我住在伯父家，那是父亲出生的地方。初次见到父亲出生之地，我觉得不可思议。来时虽有既是故乡又是异乡的感觉，但一见到肖似父亲的伯父，父亲十年前的面影就如历历在目，觉得无家可归的自己总算又有了家。

听说我从别府绕过九重山过来，伯父他们都很吃惊，似乎觉得能一人走山路、住温泉旅馆，真是个坚强的姑娘。我固然是想看山，但对来父亲老家也有犹疑之处：父亲死后，由于母亲的疏远，与父亲方面的亲戚已经处于难以照面的境地。

"你若从船上发电报来，我们会去别府接你的……这里离别府很近。"伯父这么说。我虽写信告诉他们要过来，却又觉得我们之间的关系没到可以用电报通知到达时间的份上。

"我弟弟死的时候，你几岁？"

"十岁。"

"十岁？"伯父看着我重复了一句，"长得真像你母亲。我虽与你母亲见面不多，但见到你就想起来了。不过你也有像我弟弟的地方，耳朵吧，毕竟还是太田家的耳朵。"

"我见到伯父您，也想起了父亲。"

"是吗？"

"我若上班，就没法出来旅行了，所以想在那之前来看你们一次……"

成为孤儿的我，不想让别人认为自己是要来商量今后的安排。我对伯父一无所求。伯父没来吊唁母亲，既是因为从九州来不及赶上葬礼，也是因为我未曾发送讣告，但是……

我想来一次父亲的老家，仅仅是为了与您告别，因为您跟母亲的牵连。我要逃离母亲那疯狂的爱情旋涡，回归对父亲的回忆之中，这种回忆是健康的。不过，在这岩山包围的小镇，每当进入夕暮时分，也会有一种落败者隐居般的寂寞感。

今晨在法华院有点睡过了头。

旅馆的人来打招呼，说孩子一大早就在楼下"骚动"，是不是扰了我的觉。其实我啥都没听到。

在准备早饭时，那个目光炯炯的女孩也跟来了，贴近祖母坐着。

听说她今早从正屋与偏屋之间的桥上跌落，有十五尺的高度，幸而落在三块岩石的正中，捡回一条命。听说被救上来后，她哭着说木屐被冲走了。有人跟她打趣，让她再下去看看，她便说没衣服换，不干了。

小河岸边的岩石上晾着女孩的衣服，那是一件红色的棉坎肩，上面粗糙地染印着蓝色碎花和蝴蝶、牡丹图案。看着朝阳照在红色的棉坎肩上，我感受到生命的温暖。巧巧地落在三块岩石之间，那是怎样的幸运呀。三块岩石间的空当窄得只能容得下一个幼儿的身体，万一稍有偏差，便会砸在岩石上，即便不死，大概也会落个残疾。孩子却似不知这种危险和可怕，身上也无一处疼痛似的，一副满不在乎的样子，让人觉得大难不死的是她又似乎不是她。

我没能让母亲活着，然而想到是什么让我还活着，便更深深地在内心祈愿您幸福。我想，在人类所犯污行和罪孽的岩石之间，也会有救赎之地吧，就像让这坠落的孩子得救那样。

我希望能有这孩子的幸运。带着这样的心情，抚摸着孩子浓密的头发，我离开了法华院。

大船山的红叶实在太美，于是我走访了坊鹤，这是三俣山、大船山、平治岳等围成的一块盆地。今天是在和昨天相反方向看三俣山的。我一直走到筑紫山岳会的马醉木小屋附近，在马醉木的群落中生长着可爱的玉柏石松，有点像桧叶金发藓，两三寸高。我还发现了越橘和岩镜草。大船山红叶间的那些黑花据说都是杜鹃，树不高，但听说有的树一株的枝叶铺开，能占六铺席大小的空间。坊鹤也有不少雾岛杜鹃树，这里的芒草又细又矮，穗长只有一寸左右。

听说山顶温度今晨降至零度，但在坊鹤向阳处，我觉得红叶的颜色也给盆地带来了温暖。

我回到旅馆附近，从白口岳和立中山之间的鉾立岭下到佐渡洼。这是个形似佐渡岛的盆地，有着许多干枯的蓟草。从佐渡洼沿锅破坂下到朽网别，视野便开阔起来，可以展望久住高原。在锅破坂往下走时，我是踏着石径在杂木丛中穿行，耳畔唯闻自己脚下踩踏的落叶声响。

沿途见不到人，我感受着独自踏着大自然行走的足音。到了朽网别，左侧清水山的红叶也美丽而繁茂，从这里本应能见阿苏的五岳，却因云遮而未得，依稀可见祖母山和与之相连的倾山，可是，久住高原是方圆二十公里的草原，远接阿苏以北的裾野、波野原，非常开阔，从南边回望九重（或久住）群山，也是云遮雾障。我从高及没背的芒草丛中穿过，经过放牧场，到达久住街镇。

久住的南登山口有一旧寺遗迹，其名甚奇，曰猪鹿狼寺。猪鹿狼寺也好，法华院也好，都是具有几百年历史的灵地，九重群山就是灵地，我觉得自己也是经过灵地而来，颇有一种幸运之感。

伯父家人都已入睡，我仍像在旅馆似的独自写信，但总有搁笔之时。

晚安。

六

十月二十四日于竹田町。

每当丰肥线的列车在竹田町到达或出发时，就会听到《荒城之月》①的歌声。此间传说泷廉太郎倾心于竹田町的冈城遗迹，为《荒城之月》作了曲。泷的父亲大约于明治二十年（1887 年）做过这一带的郡长，所以廉太郎也进过竹田町的旧制高等小学，少年时大概是去城楼旧址玩过的吧。

---

① 《荒城之月》，日本家喻户晓的歌曲，创作于明治时期，土井晚翠作词，泷廉太郎作曲。

泷廉太郎死于明治三十六年，时年二十五岁，是照虚岁算的，我后年就是这个岁数了。

"希望二十五岁就死。"我想起在女校时同学之间说过这话，既像是同学说的，也像是我说的。

《荒城之月》的词作者土井晚翠也于今年去世，所以听说在我来此地之前稍早时，竹田町曾于冈城旧址举办过晚翠的追悼会。似有曲作者廉太郎与词作者晚翠曾在伦敦一晤的佳话，那是很早以前的事了，当时我父亲也还年幼。不知年轻的诗人和音乐家在异乡的邂逅与《荒城之月》的作曲有无关系，但两人留下了美好的歌曲，如今已无人不唱《荒城之月》。然而，我与您的一次相会留下什么呢？

我突然被自己的这种念头所惊，觉得自己怎能与泷廉太郎这样的才俊相比。会有这样的痴念，会给您写这样的信，也许都是缘于自己在父亲家乡时的一种安定感。不过，您可曾想过女人或许会因不知恐惧还是欢悦而内心战栗？您的内心浮现过与我一样的不安吗？那种意想不到的战栗使我感到自己是个女人。我甚至做过这样的梦：不告诉您，瞒着您，我一人把孩子带大。我做出这种虚妄的思想准备，似乎也是作为那种母亲的女儿最终应受的因果报应吧。您吃惊吗？作为女人，仅此已足以使我消瘦，但这种不安并未持续很久。

在竹田町听到《荒城之月》，我想起的只不过是那一次的颤抖。

四方环山岭，山岩多嶙峋
中间坐落竹田镇，爽秋河川伴清音

今天本想逛逛街镇，过了那座河川清音不绝之桥，又传来《荒城之月》的歌声，将我引往车站方向。那是车站的什么地方在放唱片，昨天我没乘火车，而是坐巴士从久住町过来，所以没注意到这歌声。

河川就在车站近前，从车站返回桥上，歌声仍在继续，于是我扶着栏杆驻足良久，凝望河川。河滩的大岩石上竖着柱子，突出于河面，河边有一排小屋，还有女人在岩石边洗衣服。车站后面近处也是岩壁，岩壁上有细瀑布似的水柱流下。山岩上一片红叶，但其间处处可见残绿仍在。

我漫步于父亲的街镇，同时在思念着您。父亲的故乡于我已不陌生，昨天傍晚到达时并不知道，今早一看，这真是一个小镇，无论走向哪个方向，迎面都是岩壁，我也有一种四方全被置于岩山之中的感觉了。

昨晚，看到伯父所用旅馆的火柴盒上印有"山紫水明，竹田美人"的字样，我笑道：

"像京都了。"

"竹田美人真是名不虚传呀。古琴、茶道……这里从前就是各种游艺兴盛之地，连水也美，镇中屋檐下流淌的小沟，在这里都称作'井出'，你爸爸小时候早晨就是在这'井出'边漱口，洗碗也用这水。"

人口只有一万左右的小镇却有十几座寺院和近十座神社，凭此大概也可算是小京都了。

伯父说竹田美人已经不在了，并跟我列举那些已经作古和去了东京的人，但我走在街上看，还是觉得这里的女人都很清秀。走近镇外的隧道时，尽管是漫山红叶，但矗立在隧道对面出口的岩石上却长着青苔，我还看到一个身穿白色毛衣的漂亮女孩从那苔绿前走来。

一条商店街通过镇中央，街面是柏油路，那些铃兰花造型的街灯显得冷寂。从商店街横转便是清静的古镇，那些岩壁似乎立刻又迎面而来。这里有石崖、白色的仓房和黑色的木板墙，有些墙壁已摇摇欲坠，让人觉得真是一个古镇，其实据说这个街镇在明治十年的西南战争①中已被烧尽，只在山脚还留着屈指可数的一点老屋。回到伯父家，一谈起镇子的事，伯母就说：

"文子真还走遍了整个镇子呀？"

田能村竹田②的旧居、田伏宅邸遗址的天主教隐秘教堂、中川神社的圣地亚哥钟、广濑神社、冈城遗址、鱼住的瀑布、碧云寺等名胜，我只用不到半天时间就走遍了。

如今竹田町似乎还有很多人以"竹田先生"称呼竹田③。昨天我从久住过来所走的那条路，从前走过大名行列④，也是竹田和广濑淡窗⑤等许多丰后文人往来之道。赖山阳⑥来访竹田，走的就是这条路。竹田旧居还存有他与山阳享用煎茶的茶室，这间茶室与主屋之间的庭院里，芭蕉的黄叶枯叶曝晒于阳光之下，桐树叶也已发黄。主屋前有一块菜地遗址，据说竹田就是用这里的蔬菜招待山阳的。竹田纪念馆的画圣堂虽是新建，里面也有茶室，据说用的是抹茶，还挂着竹田的南画。

天主教的隐秘教堂靠近竹田庄，是在竹林深处的岩壁上凿开的一个很大的洞窟，圣地亚哥钟上写有"1612 SANTIAGO HOSPITAL"的字样。

竹田的昔日城主是天主教徒。

竹田庄的庭院里有织部灯笼⑦，一条小路稍有向上的坡度，沿小路右转就是竹田庄的石崖，而左转处的房子里则据说住着古田织部的

---

① 西南战争，1877年2月至9月间，幕府平定鹿儿岛士族反政府叛乱的一次著名战役，终止了明治维新以来的倒幕活动。

② 田能村竹田（1777—1835），江户时代后期南宗画（文人画）画家。

③ 竹田，即田能村竹田。

④ 大名行列，江户时代诸侯（大名）因轮流谒见主君而携大队往返于江户和领地之间的长队。

⑤ 广濑淡窗（1782—1856），明治时期著名儒学家、诗人、教育家。

⑥ 赖山阳（1780—1832），明治时期著名汉学家、诗人。

⑦ 织部灯笼，一种石灯笼，据传为茶道家古田织部所喜。

子孙。经过这里时我心中怦然，传说古田织部的儿子来竹田后就在这里定居，这里确实是昔日武家宅邸所在之地，名曰上殿町也。

我不能忘记，在圆觉寺茶会初见您时，雪子小姐问起用什么茶碗点茶，近子说就用那个织部碗。

栗本师傅说那是您父亲喜欢的茶碗，后来送给她了，其实在您父亲之前，那茶碗是我故去的父亲的，我母亲让给了您父亲。雪子小姐用那黑织部茶碗点茶，您用它喝了茶。仅此就令我抬不起头来，但那是为了什么呢？

母亲接着也用那茶碗喝了茶，她是喝下了命运的毒药吧？

没想到那次茶席间的事情在来到父亲家乡后又历历被我想起。如果那黑织部茶碗仍在师傅手里，请您把它要回并让它不知所踪。请您把我也权当不知所踪了吧。

父亲的镇子已被我看过一遍，我要离开竹田町了。我之所以絮絮叨叨地写下镇上的事情，也是因为觉得自己不会再来了，因为想在父亲的家乡与您话别。我没打算寄出这信，即便寄出，也是将它作为最后一封信了。

冈城遗址除了石崖没留下任何东西，但在险要的高地上可以看到很好的景观，晴好的秋日里可以观山，祖母山、倾山等山以及相反方向的九重山中的大船山，山顶都只罩着一层薄薄的白云，我过来时走过的高原和山口就在那个方向。我在高原的松树下和芒草的穗浪中一直想念着您，觉得此时已可与您告别。虽说我已应从您面前消失，但作为女人来说又着实太难，以至我现在还在恋恋不舍地与您说着告别的话。您原谅我，睡个好觉吧。

我在旅途的信中写了希望您跟雪子小姐结婚，但那是您的自由，我和母亲都不会给您的自由和幸福造成任何障碍。请您绝不要再寻找我了。

六天的旅途中一直在写些无聊的事情，真是个絮叨的女人。我希望您理解我走上了与您的告别之途，可是语言何其空洞，我又希望您能理解一个女人唯愿留在您近旁的心情，这后一种希望与现在我的行动是相悖的。我要从父亲的家乡出发，走上一条新的道路。再见。

七

菊治在近一年半前读过文子的信，现在在与雪子新婚旅行回来后再读，对于文子所说的理解已大不相同。

然而他又说不清不同在哪里，难道就因为语言是空洞的吗？

菊治走到新居的庭院，把文子的一扎信件点着了火。庭院里没有像样的东西，只是用简陋的板墙围出了一块不大的空地。

信札已经受潮，不易燃着。

他解开成捆的信件，让它们散开，然后匆匆擦着火柴。文子字迹的墨水渐渐变色，成灰后仍有字迹残留。

"让话语烧掉吧。"

菊治把信纸一张张地放在火上烧。

在这些信纸烧着的时候，文子的话语会变成怎样的呢？菊治为避开烟熏而侧过脸去。冬日的斜阳照在板墙的一角。

"旅行得怎样？"

廊下突然传来栗本近子的声音，菊治打了个寒战，说：

"干吗呀？别出声！"

"也不回个话。都说新婚夫妻会被小偷惦记着呢。女佣也还没来吗？是不是要过一段时间二人世界呀？雪子表现不错吧？"

"你听谁说的？"

"是说您家的地址吗？蛇有蛇路呗。"

"真是条蛇！"

菊治愤愤地说。

父亲死后，近子也曾不请自来到过菊治家，而她又出现在这个新家中，更让菊治增添了新的厌恶。

"可是，寒天里不能让雪子小姐碰冷水呀，我是来帮忙的。"

菊治头也不回。

"在烧啥呢？文子的信吗？"

剩下的信在菊治的膝上，他又是蹲着的，所以照理说近子是看不见的。

"若把文子的信烧了，也会觉得好受些吧。这样挺好。"

"我已落拓到住在这种房子里，你也没必要再来了，我先在这里给你打个招呼。"

"我不会碍您事的。最初给您和雪子小姐搭桥的就是我，真不知做了多大一件好事。我这下也放心了，以后就纯粹是来给您尽义务了。"

菊治把剩下的信揣进兜里，站起身来。近子看了看菊治，便在走廊一端站住，一只脚像是准备后撤。她说：

"啊呀，您的脸色干吗那么可怕？我是考虑到雪子小姐的行李大概还没整理，于是想来帮忙的……"

"你也太照顾了。"

"谈不上照顾。您就不能理解我的一片奉献之心吗？"近子就地瘫坐了下来，耸起左肩时有点气喘，一副怯怯的样子，"您太太是回老家吧？为什么把她一人留在那里，您这么急着回来？真让我担心呀。"

"你连雪子家都去转过了？"

"我想去祝贺的。如果做得不对，我给您赔不是。"

近子说完，窥视着菊治的脸色，菊治于是压下怒气，说：

297

“哦，那个黑织部还在吧？”

“您父亲给的那个？在的。”

“既然在，就让给我吧。”

“好的。”近子充满疑意的眼神接着又因怨怼而变得黯然，“好的。您父亲的东西，我本是要珍藏一辈子的，但既然您一定想要，我就今天或者明天……您又要办茶会吗？”

“我要你马上就拿来。”

“知道了。烧了文子的信，您是要用黑织部喝上一碗。”

近子低着头，出去的时候手中的动作像是要拨开什么似的。

菊治又下到庭院中，手在发抖，连火柴都难擦着。

新家庭

一

在日常生活中，雪子是个很有活力的女人，但菊治注意到她现在常会对着钢琴发呆。

在这个家中，钢琴像个庞然大物。

这钢琴的制造厂家与菊治刚搭上关系。菊治的父亲曾是乐器公司的股东，这家乐器公司战时也曾一度转产兵器。战后，公司的一位技师立意生产自己设计的钢琴，并因菊治父亲的前缘而常来与菊治商议，菊治为此投入了卖房款等作为资金。

于是这家小厂的试产品就有一台来到了菊治的新居。雪子自己的钢琴留给了老家的妹妹。因为老家也不至于不能为她妹妹再买一台钢琴，所以菊治曾对雪子说过两三次：

"这台钢琴如果不合适，就把你原来的那台要来好了，我不会有意见的。"

菊治这么说，是猜想雪子对着钢琴发呆，是不是因为不满意这台钢琴。

"这台挺好。"雪子好像对菊治的话感到意外，"我虽然不是很懂，但调音师也夸过这琴吧？"

其实菊治也知道应该不是因为钢琴，况且无论从热情还是懂行的方面来说，雪子都没达到可以挑拣钢琴的程度。

"我见你坐在钢琴前发呆，"菊治说，"像是这琴不合你意。"

"跟钢琴无关。"雪子回答得很干脆，本来应该继续说出原因，突然又改换了话题，"您发现我发呆了？什么时候看到的？"

那间西式房间照例在玄关旁边，放在那里的钢琴，无论从起居室还是从二楼菊治的房间，都是看不见的。

"我以前在自己家，那里闹得要命，根本没有发呆的机会。能够发发呆，真是难得的呀。"

双亲都在，再加上兄弟姐妹聚在一起，客人来往也多——菊治想起了雪子娘家的热闹场面。

"可是，我以前见到你时，你给我留下的倒是一种话不多的印象。"

"是吗？我可是个话痨，只要跟母亲和妹妹在一起，几乎就没有不说话的时候，而且三人中总有人在说话。不过三人中也许我算是话最少的一个，有时觉得母亲在客人面前话太多，我就不吭声了。母亲的那些客套话，您也听过的，大概连您也会厌烦吧？如果一直待在母亲身边，或许能变成一个沉默刻板的女孩，可是妹妹偏偏跟母亲挺合拍的。"

"你母亲大概希望你能嫁到更体面的人家吧？"

"是的。"雪子坦率地点点头，"我来这里之后，说的话好像还不到在家时的十分之一。"

"因为你白天一人在家。"

"即使您在家，也不会那样赶着说话吧？"

"是呀，出去散步时话就多了。"

菊治说着，想起晚间两人去街上散步时，雪子像是忘记了这段时间的寒冷，兴致勃勃地不断说话，一靠过来就主动地牵他的手。雪子是不是一出家门就有一种解放的感觉呢？

"现在我一个人不出去散步了，可是在娘家的时候，外出一回家就会把在外遇到的事一件件说给母亲听，然后还会再对父亲说一遍。"

"你父亲也挺开心吧？"

雪子凝视着菊治点点头，说：

"有时我跟父亲一说，母亲就等于把同样的话听了两遍，于是就会偷着乐。"

离开了这样的亲情，来到菊治身边，坐在简陋的起居室里——菊治至今仍对这样的雪子有所不解。

雪子的睫毛间有浅色的小黑痣，菊治也是在两人一起生活后才发现的。

在菊治的眼中，雪子的牙齿美得光彩照人，这种感觉也是住在一起之后才有的，与她接吻也是因为被这牙齿的清纯所打动。

抱着逐渐习惯了接吻的雪子，菊治有时会突然涌出泪水。两人的亲昵至接吻而止，这也让菊治对雪子产生一种无上的珍重和怜爱感。

可是，对于止乎接吻的关系，雪子似乎不像菊治那样懊恼和焦虑，她在婚姻方面应该不会无知，但仅是接吻和拥抱，对雪子来说似已十分新奇，已是爱的全部——这就是她对菊治的回应。

菊治有时也会反思这种新婚生活到底是否属于不自然和不健康，这种反思甚至令他苦恼。

雪子从菜场买来萝卜和水菜，甚至连这些蔬菜的绿色和白色都会让菊治觉得新鲜。仅此也是幸福吧？在老房子里跟老女佣一起过日子时，他从不曾看过厨房里的蔬菜一眼。

"您一人住那么大的房子，不寂寞吗？"

刚搬过来不久，雪子这样问过。菊治简单地把这短短的问话当作对他的体恤，这种体恤甚至追溯到他的过去。菊治早晨睁开眼时，如果雪子不在旁边，就会突然有一种孤单的感觉。早晨需要准备早饭，雪子的早起其实是理所当然的，但菊治醒来时若能看到雪子的睡姿，就会被一种温馨感包围，他甚至因此而努力比雪子早醒。旁边的被子里若没有雪子，菊治甚至会被一种不安所袭。

有天傍晚，菊治一回家就说：

"雪子，你在用 Prince Matchabelli 牌香水吧？"

"啊，怎么啦？"

"为钢琴的事见了一位女客人，是她说的，居然有鼻子这么好的人。"

"香水味怎么会跑到您身上去了？"雪子闻了一下拿在手中的菊治的外衣，若有所悟地说，"香水瓶放在衣橱里，忘记拿出来了。"

二

二月末的一个星期日，下了三天的雨终于在黄昏前停了，但还低垂着蓬松的乌云，一层浅粉色在空中铺开。栗本近子抱着黑织部茶碗来了。

"嘿，我把这个珍贵的纪念品茶碗拿来了。"说着从双层盒子里取出茶碗，双手捧着看了一会儿，然后放在菊治膝前，"马上正好是用它的时节，上面画着嫩蕨的图案。"

菊治没把茶碗拿起来，只是说道：

"在我忘了时才拿来。那天我让你当天就拿来，你却没来，本以为你不会拿来了。"

"这是早春时节的茶碗，我在冬季里拿来，也没啥用吧。何况一旦到了要放手时，毕竟还是依依不舍的……"

雪子沏了粗茶端来。

"这可不敢当呀，太太。"近子夸张地说，"太太，没有女佣，就这么过冬的吗？您也真能吃苦呀。"

"我们是想过一段两人的生活。"

雪子说得干脆，让菊治吃了一惊。

"佩服！"近子只顾点头，"太太，您还记得这个织部茶碗吗？印象很深吧？我把这作为贺礼送来，是最合适不过的了。"

雪子探问似的看着菊治。

"太太也请坐到火盆旁来吧。"

近子说。

"好的。"

雪子靠近菊治坐了下来，与他肘挨着肘。菊治忍着没笑出来，对近子说：

"白送可不敢当，还是卖给我吧。"

"那怎么可以呢？您想想看，您父亲给的东西，我再怎么潦倒，又怎能卖给您呢？"近子接着又切入正题，"太太，好久没欣赏您点茶了，没有第二个女孩能像您点茶时那样朴实而又高雅。此时，我的眼前又浮现出您在圆觉寺茶会上用这个织部茶碗第一次为菊治少爷点茶的情景。"

雪子没吱声。

"您若能再用这织部茶碗为菊治少爷点茶，我把它送来也就值得了。"

"可是家里已经没有任何茶具了。"

雪子低着头回答。

"可别这么说……点茶只需有茶筅就够了。"

"哦。"

"您要珍惜这织部茶碗。"

"是。"

304

近子看着菊治的脸说：

"说是茶具都没有了，但水罐是有的吧，那个志野陶的？"

"那个用来插花了。"

菊治忙说。

太田夫人留下的水罐，菊治毕竟也没卖掉，搬家时带过来了，收在壁橱里，已被菊治忘了，此时被近子提醒，菊治心里一惊。

这让菊治想到，近子对太田夫人的憎恶似乎还未消除。

雪子把近子送到玄关。

近子在门口看看天空说：

"城里的灯光好像照亮了整个东京的天空……天已变暖，真好啊！"

说着，她耸起一边肩膀，摇摇晃晃地离去。

雪子坐在玄关处不动，说：

"一口一个太太，故意似的，我不喜欢。"

"确实讨厌。应该不会再来了。"菊治也在玄关站了一会儿，"不过，她有句话倒是说得不错：'城里的灯光好像照亮了整个东京的天空。'"

雪子走下台阶打开玄关的门，望了一下外面的天空，正要关门，回头看见菊治也在看着天空，便踌躇了一会儿，问：

"可以关门了吗？"

"啊。"

"确实变暖了。"

回到起居室，织部茶碗还放在盒子外面。菊治等雪子把它收起，建议去街上看看。

他们走上高坡的住宅街，在没有行人的地方，雪子主动来牵菊治的手。她平时做事虽然注意手的保养，手掌却还是被冬天的冷水刺得粗硬。

"那个茶碗，您不要她送，想要买下来？"

雪子突然说道。

"啊，是要卖的。"

"是吗？她是来卖茶碗的吗？"

"不，我要把它拿去茶具店卖了，把卖的钱给栗本就行了。"

"哎呀，您要卖？"

"你参加圆觉寺茶会时不也听说了吗，刚才栗本也说了，那个茶碗是我父亲给她的，在我父亲之前，为太田家所藏。正因为这茶碗有过这样的因缘……"

"可是我倒不介意这些。既然是好茶碗，不妨还是留着吧。"

"茶碗无疑是好的，但正因为是个好茶碗，为茶碗自身考虑，最好还是把它交给适合的旧货店，最后让它去到一个我们不知所踪的地方吧。"菊治无意中用了文子信中"不知所踪"这几个字。他把茶碗从栗本近子那里要回来，也是按着文子信中的话去做的。"那个茶碗有着它自己的了不起的生命，所以应该让它离开我们存活下去——我说的我们并不包括雪子你——那个茶碗自身那种坚强的美虽不与什么不健康的妄执纠缠，但它带给我们的记忆却是不好的，那是因为我们用带着邪念的眼光去看它。我说的我们，最多不超过五六个人，而很久以来也许曾有数百人用正确的方式珍惜、维护过它。那茶碗问世以来大概已有四百年了，所以在太田家、我父亲及栗本手中的时间，以茶碗的寿命来看是很短的，如同掠过一块薄云时形成的阴影而已，只要把它交到健康的主人手中就行。即使在我死后，那个织部茶碗仍在某个地方保持着它的美好形象，那该多好呀！"

"是吗？既然您这么认为，不卖不好吗？我不介意的。"

"别舍不得。我对茶碗从来没有什么执念，而是希望能以那茶碗来洗去我们的污垢。它在栗本手上也让我觉得糟心，就像那次在圆觉寺茶会上看到被她拿出来时。茶碗不应为人间的丑恶因缘所缚。"

"听起来茶碗好像比人了不起呀。"

"也许如此。我虽不是很懂茶碗，但既然是有识者几百年传下来的，我就不能把它砸了。还是让它不知所踪为好。"

"作为寄托着我们记忆的茶碗，我不介意把它留着。"雪子用清澈的声音重复道，"即使现在我也还不懂茶碗，但今后若能经常见到那茶碗，不也挺开心的吗⋯⋯以前的事无所谓了。如果卖了，今后想它时不会寂寞吗？"

"不会的。那茶碗命定是该离开我们而不知所踪的。"

由茶碗说到命运之类，菊治心如针刺似的想起了文子。

他们走了一个半小时后回到家里。

在把火盆里的火种移向被炉时，雪子忽然用两个手掌捂住菊治的手，似是让他感受自己右手与左手的温差。

"要吃栗本师傅带来的点心吗？"

"不要。"

"是吗？跟点心一起，她还送了酽茶，说是从京都带来的。"

雪子体恤地说。

菊治站起来，把装着织部茶碗的包袱收进壁橱，看见壁橱里的志野水罐，便想也跟茶碗一起卖了。

雪子在脸上抹了晚霜，取下了发夹，准备睡觉。她抖散了头发，边梳边说：

"我也把头发剪短了吧？好吗？总觉得不好意思让人看到后脖颈。"

说着撩起后面的头发让菊治看。

大概是口红难以擦掉，她把脸靠近镜子，轻启嘴唇，用纱布擦了后又对着镜子照了照。

黑暗中，他俩互相温暖着对方。菊治坠入深思，不知这种对神圣憧憬的冒渎将持续到何时。但是，最纯洁之物是不会被任何东西玷污的，因此一切都可原宥，但这难道是可能的吗——各种自我宽解的想法出现在他的脑海。

雪子入睡后，菊治抽出了自己的胳膊，可是离开雪子的体温又让他感到一种可怕的孤寂。还是不应结婚———一阵切齿的懊悔在旁边的冷被窝里等待着他。

三

接连两天的傍晚，天空都铺着一层朦胧的浅桃色。

菊治在下班回家的电车里，看到新落成的大厦窗里的灯光都是一色的白蒙蒙，正琢磨是怎么一回事，又想到可能是日光灯。大厦里所有的房间都亮着灯，透着新楼的喜庆。那大厦的斜上方挂着已近盈满的月亮。

菊治快到家时，天空的桃色像是被吸引到日落的方向，西沉为一片晚霞。

在自家门口的拐角处，菊治略有不安，伸手到外衣的内袋去摸一张支票。

雪子从邻居家出来，小跑着进了自己家。菊治看到了她的背影，而她没发现菊治。

"雪子，雪子。"

雪子走出门来。

"您回来了？刚才看到我了吗？"说着她脸红了，"妹妹把电话打到隔壁了……"

"哦？"

菊治没想到，什么时候开始要别人家代传电话了？

"今天傍晚的天色也跟昨天一样，比昨天还要晴好，所以也更暖和。"

雪子抬头看天。

换衣服时，菊治拿出支票放在茶柜上。

雪子低头在收拾菊治脱下的衣服，说道：

"妹妹来电话说，昨天是周日，本来准备跟父亲一起来的……"

"来咱家？"

"是呀。"

"要是来就好了……"

菊治若无其事地说。

正在刷裤子的雪子停下了手。

"您虽这么说……"她像是要反驳，"我之前写信让他们暂时别来的。"

菊治满腹狐疑，正要反问为什么，却又立刻回过神来：因为他们还没有完全成为夫妻，所以雪子害怕父亲过来。

然而，雪子立刻又抬头看着菊治说：

"父亲想来，我想请他们一次。"

菊治怯于直视雪子的目光，答道：

"不请自来不是挺好吗？"

"毕竟是女儿嫁出去的地方嘛……不过，好像也并非如此。"

雪子的话反倒显得开朗。

菊治或许比雪子更加害怕她父亲过来。在雪子提起这事之前菊治虽没意识到，但自结婚以来，他还没招待过雪子的父母和兄弟姐妹，甚至可说几乎忘了雪子的娘家亲人。菊治就是如此纠结于自己与雪子的异常结合或者可说尚未结合，所以无法想到雪子以外的一切。

只是，让菊治无能为力的原因也许是：对太田夫人和文子的记忆一直如幻蝶般萦绕在他的脑海，让他觉得自己头脑的深暗处有蝴蝶在飞舞，这并非太田夫人的幽灵，倒似菊治自身悔恨的化身。

可是，雪子写信劝阻父亲过来，这足以让菊治体察到雪子暗自的悲哀和困惑。正如栗本近子也不解的那样，雪子在不雇女佣的情况下度过冬天，大概也是怕让女佣嗅到夫妇间的秘密吧？

尽管如此，菊治眼中看到的，仍多为雪子明快得几乎是光彩熠熠的一面，却没能想到那是她在刻意体恤菊治。

"那信是什么时候发出的——让你父亲别过来？"

菊治试着问道。

"嗯……是元旦过了七天吧？我们元月中一起去了老家嘛。"

"是三号去的。"

"在那之后的第四五天。元月二号父母亲都忙于待客，所以是妹妹一人来拜年的吧。"

"是的，还捎话让我们第二天去横滨的。"菊治也想起来了，"可是，写信让他们别来，这可不妥，还是请他们下个周日过来好吗？"

"好的。父亲会高兴的，一定会带着妹妹过来。他好像不大好意思一个人过来……我也幸好有个妹妹，也是天赐呀。"

有妹妹在，雪子可能也会轻松一些。她无疑是不愿让父亲看到自己与菊治这场不成婚姻的婚姻中的某些方面。

像是要烧洗澡水，雪子去了小浴室，随即便传来她在试水温的声音。

"您饭前洗澡吗？"

"是的。"

菊治刚泡进热水中，雪子便在玻璃门外叫他。

"茶柜上的支票是怎么回事？"

"啊，那是卖了织部茶碗的钱，要给栗本的。"

"茶碗价钱那么高？"

"不，还包括了家里水罐的钱。"

"水罐卖了多少钱？"

"大概占了一半吧。"

"一半也是一大笔钱了。"

"是呀，派什么用场呢？"

织部茶碗雪子是知道的，昨晚散步时还说到的，但志野水罐的来龙去脉，雪子却一无所知。

雪子站在浴室玻璃门外说：

"别买东西了，您去买股票好吗？"

"股票？"

菊治感到意外。

"那个……"雪子打开玻璃门进来，"父亲给我和妹妹各一笔钱，大概相当于那一半的一半，让我们去增值。那钱存在相识的股票商那里，买了可靠的股票，跌时不卖，等涨时就卖了换别的股票，已一点点地增值了。"

"哦？"

菊治觉得见识了雪子娘家的家风。

"我和妹妹每天都看报纸的股价栏。"

"股票现在还在手上吗？"

"在。交给股票商后也就没过问，自己还没见过，不过……跌了只要不卖，不会有损失的。"

雪子很单纯地说着。

"那么就把那钱也放在你的股票商那里吧。"

菊治笑着看雪子。雪子围着白围裙，穿着红毛线短裤。

"雪子你也进来暖暖身吧。"

雪子目露羞色，美极了。

"我要做饭。"

说着轻盈地转身而去。

四

本周的周六，已经进入了三月。

父亲和妹妹说明天要来，雪子晚饭后便独自去街上购物，抱着水果乃至鲜花回来，晚上打扫厨房到了很晚，然后坐在镜台前久久地打理头发，一边自言自语道：

"今天想着要不要把头发剪得很短，您以前说过剪了也好的吧？但又想到不能让父亲觉得意外……于是让店里做了个发型，却又不中意，总觉得怪怪的。"

上床后雪子好像还是静不下心来。父亲和妹妹的到来居然让她如此开心，这令菊治似乎稍稍有点嫉妒，又不能不让他觉得是缘于雪子的孤寂。他温柔地将她抱过来，说：

"手挺凉的。"

菊治把她的手放在自己的胸口，一只胳膊揽住她的脖子，另一只手伸进袖口探着她的肩。

"跟我说点什么吧。"

雪子移开了嘴唇，动了动脸。

"痒痒是吧？"菊治说着撩开雪子的头发，将头发拢向她的耳后，"还记得吗，你在伊豆山时也曾叫我跟你说点什么……"

"不记得了。"

菊治却不能忘记，当时在沉沉的暗夜中，他闭着颤抖的眼睑去回想文子，回想太田夫人，内心在拼命挣扎，似乎企图用这种妄念来获得力量，用以面对雪子的纯洁。明天雪子的父亲过来，因此今夜是否应该越过界线了——菊治又试图回想太田夫人那一阵阵女人的浪潮，结果却只是越来越感受到雪子的清纯。

"雪子，还是你说点啥吧。"

"我没啥说的呀。"

"明天见到你父亲，准备说点啥呢……"

"跟父亲说的话，到时候就会有的。他也就是来我们家看看罢了，看到我们过得挺幸福，那就行了。"

见菊治没有动静，雪子便把脸靠在他的胸口，然后也没有动静了。

第二天，雪子的父亲和妹妹十点以后到了，雪子兴冲冲地忙碌起来，和妹妹俩笑个不停。正要提前吃午饭的时候，栗本近子来了。

"有客人呀？我想见一下菊治少爷，可以吗？"

听到她在玄关跟雪子这么说，菊治起身过去。

"您把那织部茶碗卖了吗？您从我这里要回去就是为了卖了它？再说了，还把钱寄给了我，这是怎么回事呀？"近子连珠炮似的说道，"我是想立刻就过来，但想到若非星期天，菊治少爷又不在家，于是心急火燎的，哪怕连夜也要过来……"

说着从手提包里拿出菊治的信："把这还您，钱也原封不动地放在里面，请您点一下……"

"不，钱还是希望你如数收下。"

菊治说。

"我为啥要收这钱？是分手费吗？"

"开什么玩笑？我现在没理由要给你分手费吧？"

"是呀。即便是作分手费，您把那个织部茶碗卖了给我钱，也是莫名其妙的呀。"

"那是你的茶碗，卖了的钱就该给你的。"

"我已经给了您呀。您既然想要，我觉得对于结婚来说也是一个好的纪念。虽然对于我来说是您父亲留下的存念，可是……"

"你就不能把它当作卖给了我，然后把钱收下吗？"

"我不能这样想。我再怎么落魄，当真能把您父亲送我的东西卖给您？上次我就这样拒绝过您吧？再说，您不是卖给了旧货店吗？如果那钱非收下不可，我就去旧货店把它再买回来。”

菊治想，不该照实写信告诉她这是把东西卖给旧货店得到的钱。

“啊，请进来吧……是我爸爸和妹妹从横滨过来了，所以没关系的。”

雪子温和地说。

“您父亲？啊呀，真的吗？能在这里见到他，真是太好了。”

近子只顾点头，像是突然泄了气。

美丽与哀愁

叶宗敏 译

除夕钟声

在东海道线"鸽子号"特快列车的观景车厢中，沿着一侧的窗边排列着五把转椅。大木年雄发现，在这五把椅子中，只有尽头的那一把随着车身的震动独自静静地回转。发现这一点之后，他的目光便再也无法移开。他所坐着的这一侧的低扶手椅子都是静止的，当然，这些椅子不能转动。

观景车厢中唯有大木一人。大木躺靠在扶手椅中，凝视着对面的那把回旋的转椅。它并非朝固定的方向以固定的速度转动，而是时快时慢，时而静止不动，而且有时还反转。然而，独坐在别无他人的车厢，望着面前转椅中的一把独自旋转，倒诱发出大木内心的寂寞感，晃荡出种种追思。

岁暮的二十九日，大木要去京都听除夕钟声。

大木在大年夜听收音机中除夕钟声的习惯已持续好几年了。这个广播节目是从几年前开播的，自那以后，恐怕他就没有漏听过一次。广播中播出日本各地古寺名钟的钟声，同时加入播音员的解说。就在这样的广播中，旧岁辞去，新年到来，故而播音员的话语也常用词藻华丽的文体，伴以不胜感叹的语调。在节奏悠缓沉稳的连续撞击下，古老梵钟①的声音及其袅袅回响，令人感受到时光的流逝和古老日本的空寂风雅。大都是北国寺庙的钟声首先响起，接着便传来九州的钟声，而不管哪年的除夕，都会在京都各寺院的钟声中结束。京都的寺院也多，有时收音机里会同时传出几处寺钟交相争鸣的声音。

播放除夕钟声的时刻，妻子及女儿都在辛勤地忙碌着，不是在厨房操办新年的饭菜，就是收拾东西、整理衣装，或者插花，但大木却总是坐在起居室里听收音机。随着除夕的钟声，大木便不由得回顾已逝的这一年。他会兴起无限的感慨。那感慨因年而异，既有激昂之时，也有苦闷之日。有时还受到悔恨或悲哀的煎熬。即使播音员的言辞或语调的感伤也有令他厌烦的时候，但钟声却浸入他的心胸回荡。他很早很早就有一个心愿，就是有朝一日去趟京都，在那里过除夕，不通过收音机，而是亲耳现场聆听众多古寺的除夕钟声。

就在这一年的年末，他忽然下定决心要到京都去。当然，他也另有图谋：与久违的住在京都的上野音子会晤，争取一起聆听除夕钟声。音子自从迁居京都之后，几乎与大木断绝了音讯，但作为日本画的画家，近来异军突起，如今似乎仍过着单身生活。

由于是心血来潮之举，而且大木又无事先定下日期预购好特快车票的习惯，所以，他没有快车票便从横滨车站登上了"鸽子号"的观景车厢。临近年末，东海道线乘客会很多，但他觉得这观景车厢的老乘务员都是熟人，总能帮他找到座位吧。

"鸽子号"下行是午后从东京出发，途经横滨，于傍晚抵达京都，上行也是下午从大阪启程，经停京都，这对于习惯早上睡懒觉的大木来说是再好不过了，因此，往来京都也总是乘坐这班"鸽子号"。大木对二等车厢（车厢分头等、二等、三等时的二等车）上的女乘务员们，也大都熟悉。

----

① 梵钟，佛寺中的大钟。

上了车一看，没想到二等车厢也这么空。也许年末的二十九日这一天，是乘客稀少的日子，到了三十、三十一日又会拥挤起来吧。

大木一直凝望着旋转椅中在自动旋转的那一把，不知不觉沉浸在了有关"命运"的思绪中。此时此刻，老乘务员送来了煎茶。

"就我一个人？"大木问。

"嗯，有五六位吧。"

"元旦挤不挤？"

"不挤，元旦空着呢。您是元旦回去吗？"

"是的，元旦不回去的话……"

"那我就照此先联系好。元旦我不当班，但……"

"拜托你了。"

老乘务员走后，大木环视四周，发现在尽头的那把扶手椅下面，放着两个白色的皮提包。那皮包是新款式，呈较薄的正方形。白色皮革上面带有淡褐色花斑，是日本不易见到的高档品。座椅上还放着豹皮的大型手提包。物主大概是个美国人吧，看样子人到餐车去了。

车窗的外面，杂木林在温暖的浓浓雾霭中飞驰而过。雾霭上面那遥远的白云间，泛着微光。那微光仿佛是从地面映射上去的。然而，随着火车的奔驰，天空也放晴了。阳光射进车窗，一直铺洒到深处的地板上。列车一通过松山旁边，就见满地都是凋零的松针。有一片竹丛的竹叶已经泛黄了。幽暗的海岬处，光闪闪的波涛不断拍打过来。

当列车经过沼津而能遥见富士山时，从餐车回来的两对美国中年夫妇便站在窗口不停地拍照。然而，当终于来到富士山麓，整座山的容姿全都呈现在眼前时，他们似乎拍累了，反而转身背向车窗。

冬季的落日总是捷足先登，某处的河流闪烁出银灰色的波光，大木目送着那一抹沉滞的光芒，当他抬起脸时，正好与西沉的太阳打了个照面。少顷，从乌云中的弓形隙缝间，凄凉地泄出白色的残光，久久不见消逝。车厢内早已亮了灯，不知怎的，那一排转椅一齐转了半

圈。不过，一直连续不停旋转着的，仍然只有尽头的那一把。

大木一到京都，便直奔京都饭店。他觉得音子也许会来旅馆，所以希望入住比较安静的房间。他乘电梯上楼，好像已经上了六七层楼高，可由于这家饭店是建在东山的陡坡上，所以沿着长廊一直走到尽头时，竟然是一楼。沿着这条走廊排列的每一个房间仿佛都没有房客，静悄悄的。想不到的是，过了十点钟，两边的房间便突然传出外国人的喧闹声。大木询问了值班的侍者。

"是两家人，小孩子加起来有十二个。"侍者回答。

这十二个孩子不光在房间里高声说话，而且还到彼此的房间来回乱窜，跑到走廊上嬉戏欢闹。明明有这么多空房间，为什么偏偏要夹击大木的房间，让这样吵闹的客人住在左右呢？大木一开始没当回事，以为小孩子总归会睡觉吧，但在旅行中的孩子们兴头十足，怎么也安静不下来。尤其是孩子们在走廊上的跑动声十分刺耳，大木便从床上爬了起来。

随后，这两边房间不停传来的外语骚闹，反而使大木感到孤寂。"鸽子号"观景车厢上那把唯一旋转着的转椅，又浮现在他的脑海里。大木油然感到自己在观望时的那种孤独，仍在心中默然旋转。

大木又重新思忖起来：原本这次是为了听除夕钟声以及会晤上野音子才来到京都的，但会见音子与除夕钟声，究竟何者为主要目的、何者为次要目的呢？可以肯定的是除夕钟声确乎能够听到，而与音子能否会晤则难以断定。难道那件能确定的事情只不过是一种借口，而不能确定的才是心底的企望——大木是为了与音子一起聆听除夕钟声才来到京都的。他原以为能轻而易举地得遂所愿，才动身前来的。不过，大木与音子之间已经长年累月渺无音讯了。音子好像至今仍孑然一身，但话又说回来，她愿不愿与昔日情人会面，肯不肯应约而来，大木确实不得而知。

"不，她该是——"大木嘟囔一句。他不晓得"她"有了何种变化，以及她现在的状况。

音子当是寄宿于寺院的厢房，与女弟子一起生活的。大木曾看到一本美术杂志上刊登的照片，觉得那座厢房的规模绝非只有一间两间，而是俨然一户像模像样的人家，作为画室的屋子好像也相当宽敞，庭园古朴雅致。照片中音子是正在作画的姿态，所以略微俯首，但只需看从额头到鼻梁的线条，就可以断定绝对是她。她毫无中年发福之相，神态温善高雅。这张照片率先使大木的自责感袭上了心头——是自己从这位女子的生命中，夺去了她为人妻子、为人母亲的权利，这比对昔日的回忆来得更快。当然，在所有看到杂志中这张照片的人里，唯有大木一个人会有这种感觉。在一般与音子无深交的人们眼中，她也许只是一位迁居京都、变得像京都一样美丽的女画家罢了。

二十九日的晚上就这样过了，大木打算在第二天的三十日再给音子打个电话或前往其住处造访。然而，清晨被外国小孩吵醒而起床后，他又有点胆怯而犹豫起来，便想先寄给她一封快信。然而当他对着桌子坐下来时，却为如何下笔而迷茫起来。看着客房里备好的便笺仍是一片空白，大木觉得即使不见音子也好，独自一人听过除夕钟声便回去也未尝不可。

大木一大早就被两边房间里的外国小孩吵醒，等那两家外国人出门之后，又躺回去睡了个回笼觉。起床时已将近十一点了。

大木慢慢地系着领带，想起了往昔的一幕情景，当时音子曾对他说：

"我给你系，让我来系嘛……"

这是一位十六岁的少女被夺走了贞洁之后说的第一句话。大木什么也没说。他无话可言。尽管他温柔地搂着她的后背，爱抚她的秀发，但仍然沉默无语。音子从他的臂膀中抽出身来，率先穿好了衣服。她默默地仰视着大木站起身，穿上衬衫，着手系领带。她的双眼水汪汪的，然而那不是泪水，而是心灵之窗在闪耀着光芒。大木避开了她的目光。刚才接吻时，音子也是一直睁着眼的，所以大木将嘴唇贴向她的眼睑，使其闭合。

音子那句"我给你系领带"的声音饱含着少女娇美的风情。大木终于如释重负。这完全是意想不到的事。也许这是音子为了逃避正视自己此刻的所作所为，而非宽恕了大木的表示。她摆弄领带的动作十分轻柔。然而，好像她系得并不好。

"你会不会系？"大木说。

"我想我会的，因为我曾看过爸爸如何系领带。"

——音子父亲在她十二岁那年便去世了。

大木在椅子上坐下来，把音子抱上膝头，再抬高自己的下巴，让她方便系上领带。音子微微挺着胸脯，有两三回系了一半又解开。

"啊！宝宝，好了。这样可以吗？"

说罢，她从膝部滑下来，将手指搭在大木的右肩上，欣赏着领带。大木站起来，走到了镜子前面。

领带系得很漂亮。大木用手掌使劲地擦拭微泛油腻的脸。他不忍看到自己侵犯了少女之后的脸。少女的面容移进了镜子。一种清新而又可爱的美，刺痛着大木。大木被在这种场合难得出现的美丽震惊，他一回头，少女就把一只手搭在他的肩上，说了一句话。

"我喜欢你。"便将脸庞轻轻地贴向大木的胸膛。

十六岁的少女称呼三十一岁的男人为"宝宝"，对大木来说，这太不可思议了。

——此后过了二十四年。大木现已五十五岁，音子也该有四十岁了。

大木进了浴室，打开房间备有的收音机，广播里说今天早上京都已经结了薄冰，并预报今年是暖冬，新年也将是暖和的天气。

323

大木在房间随便吃了点吐司，喝了杯咖啡后，便乘车出去了。今天还是下不了决心去见音子，又没有非得要去的地方，所以他决定到岚山①那边去转转。在车上可以看到，从北山到西山是一连串低矮的山陵，有的迎着阳光，有的被阴影覆盖，山姿虽然柔和圆润，却尽显京都冬天特有的冷峭苍寂。即使是朝阳的山峦，光色也十分黯弱，仿佛将近黄昏一般。大木在渡月桥前下了车，但没有过桥，而登上了从这边河岸通往龟山公园的山麓坡道。

从春至秋一直游人如织、热闹非凡的岚山，到了岁末的三十日却了无人踪，情景与平时完全不同。岚山以其原貌容姿寂静地耸立在那里，潭水碧绿清澈。木筏上的木材正从河床往卡车上装载，那声响一直回荡至远方。面朝河岸的这侧，即人们所看到的岚山，可能是山的正面吧！然而现在它正背着太阳，山影斜映在河面上，阳光只能从那座山肩斜照下来。

大木打算独自在岚山安闲地享受一顿午餐。这里有两家他以前来过的小菜馆，但离渡月桥较近的那家已关门休业了。在岁末的三十日，应该不会有特意前来岚山的游客吧！大木边走边思忖，河上游那家风味古朴的小店是否也不会开张？其实他也不是非得在岚山吃饭不可。登上苍老的石阶，一位年轻女佣使他吃了闭门羹。她说：

"店里的人全都到京都市里去了。"

还是几年前吧，在竹笋上市的季节，他曾来到这家小店品尝鲣鱼干炖笋圈。大木姑且下到河岸上，在通往隔壁另一家店的平缓石阶上，看见一位扫枫叶的老婆婆。在他询问老婆婆时，老婆婆答道："店大概开着吧！"大木在老婆婆身旁止步站住，感叹道："这里真安静啊！"

老婆婆即刻应和着说：

---

① 岚山，位于日本京都西部，濒临保津川。海拔 382 米，以樱花和枫叶闻名。

"对岸的话语声也能清清楚楚地传过来呢！"

遮蔽于山腰树林间的那家菜馆，屋顶上铺着厚厚的茅草，又潮湿又陈旧，大门口有些昏暗。其实这大门倒也不是什么地道的大门。竹丛径直向门前蔓延。茅草屋顶的对面，耸立着四五棵挺拔的红松。大木被引导至屋里，好像来到了无人之境。玻璃拉门前，珊瑚树结出了红色的果实。大木看到了一朵早开的杜鹃花。珊瑚树、竹子与红松遮住了河流的景观，但从叶缝间可以窥见的深潭，却清澈得像琅玕翡翠，碧澈晶莹。那水纹丝不动。岚山一带也静如止水，安然不动。

大木双肘支撑在炭火正旺的被炉上。这时传来了小鸟的鸣叫声。卡车装木材的声音在山谷间回荡。不知是出隧道还是进隧道，山阴的汽笛声也萦绕在山间，留下凄凉的余韵。大木想起胎儿出世时的纤细哭声——那是十七岁的音子怀的大木的孩子，八个月便早产夭折了，是个女婴。

婴儿看来已经无救了，就没有抱到音子身边。孩子死时，医生只交代说：

"最好等产妇情绪稍微平稳后再告诉她。"

音子的母亲对大木说：

"大木先生，还是由你来告诉她吧。我女儿还是个那么年幼的孩子，她勉强生产，太可怜啦！只怕我没开口就先哭起来。"

音子的母亲对大木的气愤和怨恨，均因女儿的分娩而暂时压抑下来。尽管大木是个有妻室的人，但既然音子要生出这个孩子，这个只有独女的单亲母亲也就失去了责备对方、埋怨对方的力气。似乎比任性的音子更刚强的母亲，好像突然之间也支撑不住了。瞒着世人偷偷分娩，生下的孩子该怎么处理，母亲岂不是非得依赖大木吗？更何况因怀孕而性情急躁不安的音子，只要母亲一开口说大木的不是，她便以死来威胁。

大木一回到病房，音子便向他投来产妇安详温柔的澄澈目光，但在顷刻之间，她的双眼却涌出了大颗的泪珠，沿着眼角滑落，濡湿了枕头。大木感觉她意识到了。音子的泪水喷涌而出，淌个不停。泪水流成两三条，有一条都快流进耳眼里了，大木慌忙伸手想揩掉它。音子抓住他那只手，开始抽抽搭搭地哭了起来。随后宛如决堤洪水似的，哭得呼天抢地。

"死掉了吗？宝宝，死掉啦！死了。"

音子痛心地扭动胸脯，伤心得血泪交织。为了不让她继续扭胸，大木紧紧地搂住了音子。大木的胳膊感觉到，尽管那少女的小乳房不大，却鼓胀起来了。

母亲此时进了房间，大概她一直在门外窥视着室内的动静。

"音子，音子！"她叫着。

大木毫不顾忌音子的母亲，依然搂着音子的胸脯。

"好难受，放开我……"音子说。

"你能安静下来吗？能别乱动吗？"

"我不乱动。"

大木一松开手臂，音子又耸动着肩膀喘了口粗气，新的眼泪再度夺眶而出。

"妈妈，要火化吧？"

"……"

"这么小就……"

"……"

"妈妈以前说过吧，我刚生下来的时候，长着乌黑乌黑的头发。"

"是的，乌黑乌黑的。"

"婴儿也长着乌黑乌黑的头发？妈妈，帮我剪些婴儿的头发留下来好吗？"

"唉，音子……"母亲感到很为难，接着劝道，"音子，很快又会有的。"这样脱口说出之后，音子的母亲像要收回这句话似的转过愁苦的脸。

母亲，甚至大木，不是都暗自希望那个孩子不要见天日吗？音子是被送到东京关厢的一家简陋的产科医院分娩的。如果到家好医院请医生尽一切办法施救，或许能挽救这婴儿的生命。大木一想到此，就觉得心痛如绞。带音子来医院的只有大木一人。音子的母亲竟然没有同来。医生是个一副酒鬼相的小老头。年轻的护士以责备的眼光望着大木。音子穿着红色的平纹粗绸套装，连肩膀上的褶缝都忘了拆掉。

——那头发乌黑乌黑、不足月的婴儿面容，在二十三年后的岚山，竟清晰地浮现在大木眼前，那孩子犹如隐藏在冬天的枯木林中，沉潜在碧绿的深水潭里。大木拍掌唤来女侍者。大木一开始就明白，今天店里好像没有接待客人的准备，所以待到饭菜上来需要较长时间。到餐厅来的女侍者，似乎打算消磨时光，换上热茶之后，也坐了下来。

东拉西扯的闲聊之中，女侍者还讲了一个男子被狐狸迷住的故事。那个男子在拂晓时一边哗啦哗啦蹚着河水走，一边叫着："快淹死了，救命呀！快淹死了，救命呀！"在他继续呼喊的时候，被人发现。渡月桥下的水很浅，本可以轻而易举地登上岸，可他却在河中兜着圈子转不出来。当他被救出，头脑清醒后叙述说，前一天晚上十点钟左右，他像梦游似的在山中徘徊，不知不觉便下到河里去了。

从厨房里传来呼唤声，女侍者应声而起。先端上了鲫鱼生鱼片，大木悠然小酌。

临走时，大木又一次仰头望了望厚厚的茅草屋顶。大木觉得那生着青苔的陈朽茅草倒是别有风情。

"在树底下，一年到头都潮啊！"老板娘说。随后还说这房子是重葺，连十年都不到，才八年便成了这个样子。那茅草屋顶左边的天空上，悬着洁白的弦月。此时是三点半。大木从餐馆往下走，来到河岸的道路上时，眼望着翠鸟掠过水面远远飞去。那羽毛的颜色清晰

327

可见。

大木在渡月桥边叫了车子，打算到仇野①去看看。那里有供奉无主孤魂的地藏王像和石塔林，在冬天的黄昏时分，该会品味到什么是世事无常吧。然而，当看到祇王寺入口处竹林的幽暗时，他便叫车子掉转回头了。他决定绕道苔寺再回旅馆。在苔寺的庭园中，只有一对好像是正在新婚旅行的男女。枯黄的松针散落在青苔上，倒映在池中的树影，随着他的脚步而移动。大木朝着夕阳晚照的暗红色东山走去，回到了旅馆。

大木在澡盆里泡了一会儿热水澡，随后在电话簿上寻找上野音子的号码。传来了年轻女子的声音，大概是女弟子吧，但旋即就换成了音子——

"喂。"

"我是大木。"

"……"

"我是大木，大木年雄。"

"啊，久违了！"音子的口音已是京都腔。

大木省去了不知该从何处说起的难言之语，就像这突如其来的电话一般，用不使对方尴尬的口吻迅速说：

"我想在京都听除夕钟声，就赶过来啦。"

"听除夕钟声……"

"能一起去听吗？"

"……"

"你能跟我一起去听吗？"

"……"

---

① 仇野，京都嵯峨小仓山山麓一带的总称。现在以存有约8000座无主死者石佛的念佛寺所在地而闻名。

电话中久久没有应答声。音子一定相当惊愕，感到迷茫吧！

"喂喂，喂喂。"大木叫道。

"您一个人来的？"

"是一个人，就一个人。"

音子又沉默了。

"我听过除夕钟声，元旦早上便回去。我是想与你一同听除夕钟声才来的。我也上年纪了。我们已好多年没见面了吧？要不是利用听除夕钟声这种时机，我也难以启齿说要见你，年华似水呀！"

"……"

"明天去接你好吗？"

"不，"音子慌忙说，"还是我来接您吧。八点……早了吧？九点后请您在旅馆里等。我先找个地方订好座位。"

大木原想与音子一起悠然地吃过晚饭后再去听钟，但九点已是晚饭后了。不管怎样，总算音子没有拒绝。遥远记忆中音子的容姿，活生生地向大木贴近。

第二天，他一个人闷在旅馆里从早上一直等到晚上九点，这是一段漫长的时光。一想到今天是年底的三十一号，便愈加感到时间的漫长。大木无所事事。京都虽有几个熟人，但今天是除夕，再说晚上还要与音子一起听钟声，所以他谁也不想见。他不希望让任何人知道自己来到了京都。虽然外面也有值得去的京都风味餐馆，但晚饭还是在旅馆里像吃工作餐那样草草打发了。在这年末的最后一天里，大木满脑子都是对音子的回忆。随着同一回忆的反复浮现，往昔的记忆也越发鲜明起来。二十多年前的旧事，比昨天的事更为栩栩如生，犹在眼前。

大木没有到窗边去站过，所以看不见旅馆下面的街道，但透过窗户可以望见京都市街屋顶那端的西山。那座西山也不算远，与东京相比，京都倒是个精致小巧而祥和的都市。西山呈现出浅淡的金黄色，那上面飘荡着的透明浮云，转眼间变成了冷峭的灰色暮霭。

何谓回忆？如此鲜明记忆中的过去又是什么呢？音子被母亲带着迁居到京都时，大木就以为与音子从此分别了，而事实也是如此，可是，这难道就是真的断绝吗？大木搅乱了音子的人生，使这个女人一生丧失了为人妻、做人母的权利，因此他一直解脱不了这内心的苦楚。一直未嫁的音子，在漫长的岁月中，又是怎样看待大木的呢？对大木来说，记忆中的音子，是世上独一无二的刚烈女子。时至今日，大木对音子的记忆仍这般鲜明，这岂不是说，音子并未离大木而去吗？虽然大木出生在东京，但对这日落西山、夜灯通明的京都市街，倒有故乡般的感觉。虽然京都可说是日本的故乡，但大木的这种感觉却缘于音子在这里。大木内心平静不下来，便洗了澡，从内衣、衬衫，直到领带统统换了个遍，尔后便在房里踱来踱去，不断地看着镜中自己的容貌，等候着音子。

"上野小姐来接您了。"前厅打来电话时，已超过九点二十多分钟了。

"我马上就下去，请她在大厅稍等一下。"大木回答后，却又自语道："若请她到房间里来岂不更好？"

宽敞的大厅里看不到音子。一位年轻的小姐向大木走过来。

"请问，您是大木先生吗？"

"是的。"

"上野老师让我来接您。"

"啊！"大木尽量装作若无其事的样子说，"实在感谢……"

大木一心以为音子会来接自己，所以此时产生了一种被甩脱的感觉。对音子鲜活的记忆几乎在脑海中萦绕了一整天，但此时似乎混沌了。

乘上那年轻姑娘叫的车子，大木仍沉默不语，良久，才问道：

"你……是上野小姐的弟子吗？"

"是的。"

"与上野小姐两人住在一起吗？"

"嗯，还有位帮忙的阿姨。"

"府上是京都人？"

"我家在东京，但我仰慕上野老师的作品，就主动投奔过来，请她收留我在身边学习。"

大木转头看了看那姑娘。姑娘在旅馆叫他时，他就认可她的美貌，从侧面看，那细长的脖子和耳朵的形状都挺漂亮。她的面容更是如花似玉，简直令人不忍眨眼，而她的言谈举止也温柔娴雅。很明显，她在大木身旁有些拘谨。大木心想，这个女孩是否知道自己和音子的关系呢？他一边思忖那事应是发生在这女孩出生之前，一边贸然问她。

"你总是穿和服吗？"

"不。在家里忙来忙去的，我就穿西裤，不大符合规矩。老师说听到钟声响的时候就是元旦了，所以要我穿上新年的和服。"

说话间姑娘也不那么拘谨了。这姑娘好像不只是到旅馆接他，可能还要一起去听钟声。大木明白了，音子在回避与自己单独接触。

车子开入圆山公园，爬坡径直驶向深处的知恩院①。古色古香的外租包间里，除了音子以外还来了两个舞女。这也是大木始料不及的。仅有音子将膝头浅浅放进被炉，两个舞女则在火盆边相对而坐。迎接大木的姑娘走到门口跪下，向音子行礼说：

"我回来了。"

音子从被炉里退出双膝。

"久违啦！"音子对大木说，"我觉得知恩院的钟声比较好听，就

---

① 知恩院，位于日本京都市东山区林下町，为净土宗总寺院。法然上人于承安五年（1175年）在前大谷房营造地建起草庵。文历元年（1234年），其弟子源智建立殿堂，并始称知恩院大谷寺。

选定了来这里。这地方今天也已休假，听说没有什么可待客的……"

"非常感谢，让你费心了。"

大木也只能说这些。因为旁边除了女弟子以外，甚至还有舞女。大木决意不说出能让人嗅出他和音子旧情的话语，也不现出能够让人看出他的隐私的表情。音子昨天接到大木的电话后，想必是既为难又警惕，竟然思索出了邀来舞女这种办法。音子避免与大木单独会面，含有音子对大木的实际心态吗？大木从进了房门见到她时，就已感觉到这点了。然而，也就是这一眼，大木便察知到了他至今仍存在于音子的心中。这种感觉外人是不会知道的。不，她的女弟子一直生活在音子身边，而两名舞女即使是少女，但也为花街柳巷中的女子，所以她们也许会有点感觉。当然，她们全都是若无其事的样子。

音子先请大木落座。

"坂见小姐坐这边。"音子对女弟子说。那座位隔着被炉与大木相对，音子显然也回避坐在那里。音子从侧面挨近被炉。两个舞女就在音子身旁。

"坂见小姐，你向大木先生请安了吗？"

音子轻淡地问过女孩后，就开始向大木介绍起来。

"这位是住在我这里的坂见桂子，她性格与相貌不太相符，是有点泼辣劲的。"

"啊！老师，夸张啦。"

"她有时也画一些别具风情的抽象画。那画大胆泼辣，令人生畏，看起来还略带狂傲。我有时会被她的画吸引而感到十分羡慕。她作画时身体还会颤抖呢。"

女侍者端上了酒和小菜。两位舞女斟上了酒。

"没想到你会以这种方式让我听除夕钟声。"大木说。

"我觉得和年轻人一起听倒挺好的。钟声响后，又长了一岁呀，令人感伤啊。"音子眼都不抬地说，"我这样的人，难得活到今天……"

大木想起，在生下的孩子死了两个月后，音子曾吃安眠药企图自杀。音子也想起了这件事吧——大木接到音子母亲的通知才赶去看她。虽然这是因为她母亲想让音子离开大木而造成的后果，但她还是把大木叫了过去。大木住进了音子家里进行看护。音子打了许多针，造成大腿肿硬起来，大木一直为她按摩。音子的母亲为了更换蒸热的毛巾，不断往返于卧室与厨房之间。音子的内衣被脱掉了。十七岁的音子的大腿本来就细，所以注射后的肿块隆起得很瘆人。大木的手一用力按揉，有时就会滑进大腿内侧。母亲出去时，大木便为她揩拭渗出来的肮脏黏液。大木很怜惜音子，他为自己造成的罪孽落泪，那泪水滴在了音子的大腿上。他心中一直祈祷：无论如何也要让音子活下来，以后不论发生什么事情也绝不分离。音子的嘴唇变紫了。厨房里传来了母亲的抽泣声。大木去看她时，她正蹲在煤气灶台前缩肩哭诉。

"啊，快要死啦，快要死啦！"

"假如她真走了，您做妈妈的，一直对她疼爱有加，我觉得也应该无憾了。"大木说道。

音子的母亲握住大木的手说："你也是呀，大木，你也是呀……"

到了第三天，音子的眼睛睁开了。在这段时间大木一直照料她，未曾合眼。音子眨眨眼，目光明锐起来了。

"好难受，好难受喔！"她抓头挠胸，痛苦挣扎。

大概是她看到了大木，便又嚷道：

"讨厌，讨厌，你走！"

两位医生精心的治疗和大木体贴入微的看护，总算救回了音子的一条性命。

音子恐怕没从母亲那里听说有关大木如何照顾的详尽情况吧。然而，大木至今仍然清楚地记在脑海里。比起自己拥抱过的音子的身体，却是她在鬼门关挣扎时自己一直按摩的大腿，更一清二楚地浮现在眼前。二十几年后的今天，即使那腿伸进听除夕钟声房间的被炉下面，大木也能洞见。

舞女或大木给音子斟酒，她端起酒杯毫不犹豫地一饮而尽，看来她的酒量很大了。一位舞女讲，撞完一百零八下古钟，据说需要一个小时。这两名舞女都没有穿宴会套装，而是穿着绉绸平装。腰带系得也不是很正规，可是质地不错，式样也很别致。她们头上也没有插花簪，只卡上一把漂亮的小梳子。这两名舞女好像都跟音子很熟，但为什么以如此轻便随意的穿戴来呢？大木不得而知。

干过杯后，大木听着舞女用京都方言拉拉杂杂地聊着天，心情才随之放松了。音子的安排算是挺周全的吧。音子一定是想避免与大木单独会面，个中也掺杂着她突然要会见大木而需要调整心情的因素吧！他们二人仅仅这么坐着，心灵就已畅通起来了。

知恩院的钟声响了。

"啊！"一桌人顿时安静了。

钟声太过苍寂，好像是古钟有点裂纹，但缭绕的余音却幽深绵长。隔了一会儿又响起了第二声。那钟似乎就是在身旁敲响的。

"太近啦！我说想听知恩院的钟声，就有人告诉我这个地方，不过还是在鸭川沿岸一带离钟稍远的地方听更好。"音子对大木和女弟子说。

大木拉开隔扇一瞧，发现这客房窄小的庭园下面就是钟楼。

"紧挨着这里啊！都能看见撞钟的情形。"大木说。

"确实过于靠近了。"音子重复说道。

"不，这很好啊！每年除夕夜从收音机里听到的钟声，这次能靠这么近聆听，也是一大快事呀！"

大木虽然这么说，但心中却想在这里听的确有欠风情。聚集在钟楼前的黑色人影攒动着。大木关上隔扇回到被炉边。钟声继续鸣响时，人们也不再洗耳恭听了。不过这座古钟不愧为名钟，宛如遥远时代的底蕴在迸发，在回荡。

大木他们离开包厢，便去祇园社参加白术祭^①了。他们在那里看到很多人在草绳一端点上火，摇晃着走回家。据说用那把火点上祝福新年的杂烩火锅灶台，是自古流传下来的风俗。

---

① 白术祭，在日本，除夕至元旦京都祇园神社举办的接受净火的祭典。白术为药用植物，据说将它掺进净火中焚烧可驱除瘟疫。

早春

　　大木年雄伫立在山岗上，紫色的晚霞鲜艳夺目。从下午一点半左右，他就开始为一家报纸的晚刊写连载小说，完成一日份的作品之后，便走出了家门。他的家就在北镰仓的山岗上。西方晴空的彩霞，一直铺展到高高的中天。那紫色太浓，令人难以分辨出是雾霭还是薄云。对大木来说，晚霞呈现出紫色还是十分珍奇的。它犹如用毛刷在濡湿的物品上横抹的效果，呈现出浓淡有致的晕染。紫色的娇柔蕴含着临近的春天。有一处是淡红色。那里似乎是夕阳。

　　大木回想起在京都听完除夕夜钟声，乘坐元旦的特快列车"鸽子号"返回时，被夕阳映照的铁轨反射出红光时的情景。那轨道一直到很远都闪耀着红光。铁道的一侧是海。随着铁路向山崖拐弯，那红色便消失了。列车一驶进山峡，暮色骤然降临。然而铁轨上的红色却像一个彩色的引子，激起大木更加鲜活地回想起自己与音子之间的往事。因为听除夕钟声，音子带来了女弟子坂见桂子，甚至还叫来舞女，从而避免了两人单独相见，但这样一来，反而使大木感到自己至今仍然存在于音子心中。从祇园社寺走到四条大街，但见人群中既有醉汉和年轻的男子，也有伸手抚弄舞女发髻、嘴里不干不净、动手动脚的莽汉。平时的京都，不会有这种情形。大木以保护舞女的走法前行，音子和女弟子则滞后一步紧随其后。

元旦中午要搭乘"鸽子号"时，大木暗忖音子恐怕不会到车站来送行，正焦躁不安，其女弟子坂见桂子来了。

"新年好！本来应该是老师来送您的，可是每年元旦她都要去情理上必须拜年的人家，而且中午也有别的客人来访。老师早上就出门了，所以嘱托我来送您，并向您表示歉意。"

"是吗？你还特意赶来……"大木回答。

元旦的车站人也稀少，坂见桂子的美丽引人注目。

"除夕到旅馆来接我，元旦到车站来为我送行，真是太麻烦你了。"

"哪里哪里！"

桂子穿的还是昨晚那件和服。衣服上画有千姿百态的群鸟以及飘零的雪花。质地是淡蓝色的绫子。虽然群鸟着上了色彩，但依桂子的年龄，还是素淡了些，而且作为新年的穿着也略显寒碜。

"挺漂亮的和服哟！是上野老师设计的吗？"大木问。

"不是。是我自己试着画的，可是画得很不理想。"

桂子说着，脸颊泛起了薄薄的红晕。正是这寒碜的和服，反而将桂子那如花似玉的容貌衬托得更加水灵了。还有，那衣服上群鸟的调色以及形态的变化，透露出抽象的青春活力，洒落的雪片亦如飘舞一般。

桂子说有音子赠送的礼物，便递交过来京都的糕点及冬季酱菜等物。

"还有，这是您的盒饭。"

从"鸽子号"进站直到出站，说起来也就一两分钟，可桂子始终站在车窗近旁。大木当然只能看见桂子胸部以上的地方，他觉得此时是桂子一生中最美丽的时刻。大木不知道音子风华正茂时的美丽容姿。音子十七岁时他们便被迫分开，昨天相见时的音子已经四十岁了。

大木在四点半左右就早早地打开了饭盒。里面是新年菜肴套餐，另添了饭团。饭团捏得小巧精美。好像其中蕴含着女人的情愫。这饭团是音子为了昔日曾践踏过少女音子的男子而捏制的吧！大木一边咀嚼着这一口或一口半大小的饭团，一边感受音子的谅解正浸透他的舌头和牙齿。不，那不是谅解、宽恕，那是音子的爱！是至今仍存活于音子内心深处的爱！音子被她母亲带到京都后，曾发生了些什么事呢？大木只知道音子以绘画度日，一直独身，其余详情均不知晓。或许音子也有过恋情。然而少女那种死去活来的爱恋只奉献给了大木一人，这应该是千真万确的。大木和音子分开后，也曾有过几位女人。然而，却没有一位像少女的音子那样，使大木产生出那种情深悲恸的爱。

"唉！真好的米，是哪儿的米呢？关西的米……"

大木一边思考，一边把小饭团不断送到口中。饭团的佐料加得恰到好处，咸淡适中。

音子十七岁时就早产，自杀未遂，接着在两个月后又被关进精神病院的铁窗病房里。音子的母亲曾经通知过大木，但不允许他们见面。

"虽然从走廊的远处能望见音子，但是，请你不要来看她……"音子的母亲这么说，"我也不想让你见到她现在的模样。她若见了你，安静的心情就会被搅乱。"

"她还能认出我吗？"

"当然能认出！她不正是为了你才变成这个样子的吗？"

"……"

"不过，她好像并不是完全疯了。医院的医生也是这么安慰我，说这只是暂时现象。这孩子经常做这种动作……"她母亲说着，做了一个哄抱婴儿的姿势。

"她自己还是个孩子呀，真可怜哪！"

音子住院近三个月，她母亲来见大木说：

"大木先生，你有太太也有孩子，这我都知道，当初音子也应该都知道。尽管我明知这些，又已经这么大岁数，仍想要拜托你一件这种事，大概你会以为我才是疯了吧……"音子的母亲颤动着肩膀，"你难道不能和音子结婚吗？"

她眼含热泪，低下头来。她紧咬了牙关。

"这个主意我也曾经想过。"大木很是痛苦似的回答。他的家庭当然也起了波澜。妻子文子那年二十四岁。

"我已经反反复复考虑过了。"

"我也和我女儿一样，头脑发昏了，你把它当作耳旁风也没关系，但我决不会求你第二次。我不是说现在马上办理，而是两年也罢，三年也罢，即使五年，甚至七年都可以，我会叫音子等你。即使我不说，我女儿音子也必然会一直等下去的。她毕竟还是十七岁的女学生……"

听这种口气，大木就知道了音子继承了母亲刚烈的个性。

然而还未等到一年，她母亲就卖掉东京的房子，带着音子迁居到了京都。音子也转入了京都的高等女子学校①。她降了一个年级，从女高毕业后又上了绘画专科学校。

从那个时候起，到一同聆听知恩院除夕夜的钟声，以及在元旦托人赶往特快列车旁送上盒饭，已经过去二十多年了。不光是饭团，就连正月的过年菜肴好像也坚守着地地道道的京都老规矩，大木每次用筷子夹起这种做法的饭菜，都要欣赏一会儿再送进口中。京都饭店的早餐也上了碗只是样子货的年糕汤，最有新年风味的还是这个盒饭。回到北镰仓的家中，那新年饭一如近来妇女杂志上刊登的彩色照片那

---

① 高等学校，即高等中学，相当于中国的高中。日本对初中毕业生进行高等普通教育和专科教育的学校。

样，糅进了很多西洋风味。

对京都的女画家音子来说，即使如她的女弟子所说，元旦有情理上的礼节性活动，但是，难道就不能挤出十分钟十五分钟到车站来送行吗？

如同聆听除夕钟声那样，音子为了避免与大木两人单独相会，仍然让女弟子代劳到车站送行吧。然而，昨天晚上在女弟子和舞女面前，即使大木没向音子提起一丁点旧事，但两人对那段往事却是心灵相通的。这个盒饭也是如此。

"鸽子号"开动时，大木从车内用手掌拍拍窗玻璃，发现外面的桂子听不见，就把车窗上推了两厘米左右，说道：

"谢谢你元旦这么早赶来送我。你家在东京，时常也会回东京吧！以后可以顺便到我家玩玩。北镰仓地方很小，你在车站附近一问，就会立刻知道我家地址了。还有，我想请你把那抽象派画作，就是音子老师所说的近乎疯狂的画寄给我，一幅两幅都可以。"

"真不好意思！上野老师说那是疯狂的画……"
桂子的眼睛瞬间闪过怪异的光彩。
"不，那不正是因为上野老师已经画不出来那种画了吗？"
列车停站时间很短，和桂子的谈话也很短。

纵然大木自己以前也写过幻想风格的小说，但从没写过如今所谓的"抽象小说"。言语和文字等若脱离日常的实际运用，就可称作抽象、象征，但对大木而言，他自年轻时便致力于写散文，好像这倒扼杀了他发挥抽象和象征写作的才能和天赋。他喜爱法国的象征诗派、《新古今和歌集》及俳谐等，从年轻时就学习了用象征、抽象的语言创作具体、写实的作品，但他认为，如果将具体性、写实性的表现深入下去，仍可达到象征性、抽象性的意境。

例如，大木用言语和文字书写的音子，与真实的音子是什么关系呢？其真相恐怕难以把握。

在大木的小说中，寿命最长、直到现在还有众多读者的，就是描写与十六七岁的上野音子恋爱经过的长篇。因为这部小说的出版，音子的社会形象尤其受到伤害，而且也引起一般读者对音子的好奇，这无疑妨碍了音子的婚姻，可是在二十几年后的今天，作为小说人物原型的音子倒被广大的读者所喜爱，这是怎么一回事呢？

与其说作为小说原型的音子姑娘被读者喜爱，不如说大木小说中的音子被喜爱更为准确吧。这故事并不是音子叙说自己，而是大木撰写出来的。书中糅入了身为作家的大木的想象和虚构，当然，也有美化的地方。

不过，即使剔除掉这些想象、虚构和美化，大木所撰写的音子，和假设由音子叙说自己的那个音子，到底哪一个才是真实的音子呢？这可确实令人无法分辨。

话又说回来，小说里的姑娘的确是音子。倘若大木与音子没有恋情，这篇小说就不可能诞生。显然，直至二十多年后的今天，这本书仍拥有广大的读者群，正是缘于音子这个人物原型还存在。假如，大木没遇上音子这位少女，大木的人生也就没有这段恋爱。三十一岁的大木认识音子、相互爱恋，是命中注定，还是上天赐予？这既是要思考的，也是再怎么思考也弄不明白的。然而，这件事的确是让大木跻身作家之列的幸运出发点。

大木把这部小说题为《十六七岁的少女》，这是个毫无创意的平凡命名，但在二十多年前，旧学制的女学生在十六七岁就和人发生性行为并怀孕早产，为此还一度死去活来，等等，是件很另类的事情。然而，身为男方的大木并不认为这是怪事，自然也没有把这种事作为怪事来写，他也没有以好奇的目光来看音子。

就像小说的书名平淡无奇一样，作者也朴实地把音子写成一个纯洁而又奔放的少女，努力将主人公的容姿神态和举止写得形象生动。也就是说，作者的青春爱情被鲜润水灵地注入到书中去了。《十六七岁的少女》之所以久盛不衰受众人追捧，大概缘于此吧！小说叙述了一个年轻但有妻室的男子和少女演绎的悲恋，通篇几乎看不到道德的反省，作者极尽拔高美感之能事。

大木和音子幽会时——

"大木先生，你总考虑对不起这个，冒犯了那个，太瞻前顾后，你最好丢掉对面子的顾忌。"

被音子这样一说，大木顿感惊恐。

"我是不要面子的呀，现在不就是这样吗？"

"不，我说的不是你和我的事！"

"……"

"无论什么，按你最喜爱的方式做都可以呀！"

大木有点难以作答，他回顾了自己的过去。

音子这句话令他念念不忘。他觉得之所以十六岁的少女仿佛看透了自己的生活及性格，缘于音子的双眼充满着爱。大木的生活态度一向我行我素，但和音子分离后，每当要顾忌别人的看法时，他仍会想起音子说的话，想起说这些话时的音子——

音子感觉自己说的话使大木停住了爱抚的手，便将脸贴在大木的胳膊上。她一动不动地沉默着，衔住了大木胳膊的内侧。然后她的牙齿忽然加力咬了一口。大木忍住疼痛没有挪动手臂。音子的泪水濡湿了大木的胳膊。

"痛啊！"

大木说着，便抓住她的头发，拽开了她。大木的胳膊上留下了音子的牙印。鲜血渗了出来。音子舔着那里说：

"你也咬我！"

大木从音子的手腕一直抚摸到肩膀，然后静静地观赏着，这是还未脱稚气的少女手臂啊！他吻着她的肩。音子嫌痒，扭动起身子。

大木写《十六七岁的少女》，当然没有完全照着音子所说"无论

343

什么，按你最喜爱的方式做都可以"而写，但是，在写小说的过程中，倒常常想起音子的话语。《十六七岁的少女》是与音子分离两年后写完成书的。此时音子已跟她母亲搬到京都去住了。音子的母亲在知道大木有妻子也有孩子的情况下，还拜托大木和音子结婚，也许她因为没有得到大木的回音，才离开东京而去的。或许她难以忍受自己和独生女的苦楚与哀愁吧！在京都，音子和母亲是如何阅读大木的《十六七岁的少女》的呢？以音子为原型的小说，是大木的成名之作，她们又是怎样看待读者群不断扩大的呢？当时，世人当然没有诠释和评议年轻作家小说中的人物原型。《十六七岁的少女》的原型是音子，是在大木年逾五十、作家地位上升、有人开始调查大木的经历等之后才暴露于世的。这已经是音子的母亲逝世后的事了。再者，音子也成了京都的女画家，所以这个小说原型才更为声名大噪。作为《十六七岁的少女》的原型，音子的照片还曾刊登在杂志上。大木推测，音子是不可能允许自己作为小说人物原型而被拍照的，大概是以画家身份接受拍照后被挪用的吧。不消说，音子从没向报纸杂志透露身为小说人物原型的感想。在《十六七岁的少女》出版时，音子和她母亲也没有前来向大木说些什么。

引发的风波是在大木家庭的这一方。这是理所当然的。大木的妻子文子，结婚前是一家通讯社的打字员。大木写好的原稿都让新婚的妻子打出来。这或许是蜜月的甜蜜游戏，或许是爱的嬉戏，但也不尽其然。当自己的作品首次刊登在杂志上时，那手稿与小字号铅字印刷相比，效果差异之大令大木震惊。可是随着书写习惯的改善，大木在书写原稿时，就自然而然地知道印刷效果了。他书写时并没考虑其效果，头脑中完全没把这些当作一回事，但印刷与原稿之间的差距却逐渐消失了。在他以后的写作中，写出的原稿也可作为印刷物来读了。在原稿中看着乏味的地方、疏忽的地方，当印成铅字以后再看，也都像模像样了。这大概是已经掌握了职业技能的关系吧！大木常对刚开始写小说的人说：

"不管是同人杂志，或是其他什么刊物，请你们姑且印刷成一次铅字看看吧。它与原稿有相当大的差异，会让你意外弄懂好多东西。"

如今大木作品发表的形式是铅字印刷。但有时也体验过相反的效果带来的惊奇。例如，大木一直都是看《源氏物语》^①的注释本或小开本的文库本，即当今的铅字本，可有一次读到北村季吟^②的《湖月抄》的木刻版本后，就产生了相当不同的印象。再往上追溯至遥远的年代，想想看，王朝时期用那优美的片假名手写的作品，读后的印象会是什么样呢？还有，《源氏物语》在现代来说，是一千年前的古典小说，而在王朝时代却是"现代小说"。无论《源氏物语》的研究有多大进展，在当今，已经不能被当作现代小说来阅读了。即便如此，读木刻版本要比读铅字本更多一种心旷神驰的感觉。高野切^③的《古今集》^④里的和歌等也与此相同吧。再一直向下数，大木也下功夫阅读了西鹤^⑤作品的元禄木刻版本（尽管是复制品）。这不是出于怀旧情趣，而是为了尽一切可能感触到、接近原作的真髓。然而，当今的

---

① 《源氏物语》是日本平安中期的长篇小说，紫式部著。11世纪初成书，分三部描写四代帝王七十余年的人生历史。第一部描写主人公光源氏的爱情和荣达；第二部描写光源氏花团锦簇的生活中出现的危机、光源氏和周围人们在现实生活中的痛苦和徘徊；第三部描写光源氏死后其私生子薰君及众男女的悲剧和他们对极乐世界的向往。作品巧妙地融入古今内外的众多诗歌典籍，文笔流丽，内容丰富，为日本物语作品的杰作。

② 北村季吟（1624—1705），日本江户前期的俳句诗人、和歌诗人、古典文学研究家。著作有关于俳句的《山之井》《新撰犬筑波集》和古典注释书《徒然草文段抄》《源氏物语湖月抄》等。

③ 高野切，一种日本古墨迹残片，现存《古今和歌集》的最古抄本。

④ 《古今集》即《古今和歌集》，收录《万叶集》之后的优秀和歌约1100首，成书时间约为延喜五年（905年）或延喜十四年（914年）。入选作者总数约120人，内容分为四季、祝贺、离别、恋爱等13类。

⑤ 西鹤，即井原西鹤（1642—1693），日本江户前期俳句诗人，浮世草子（现实主义小说）作家。师从西山宗因，谈林俳谐的代表性作家，以其才思敏捷的连珠炮俳句而著称。他打破物语文学的传统，开创了日本近世小说史上的一个新时期。著有爱情故事《好色一代男》《好色一代女》，武士复仇故事《武道传来记》等。

作品大多只能看到铅字印刷本，而阅读原稿的复制品只不过是风雅之举而已。

和文子结婚后的那段时光，大木手写的原稿和印刷铅字的差异并不太大，但因为妻子是打字员，所以原稿都让她打了出来。日文打印好的稿件比手写的稿件效果更接近铅字印刷吧。而且，考虑到当今西方的原稿几乎都是直接打字，或是完成后再打字誊清，大木也有心尝试尝试。然而，大概是看不习惯的原因吧，打印成日文后的大木的小说，比原稿或印成铅字的书本都显得更乏味、生硬。可也正是因为这点，大木更易发现败笔之处，进行润色修订。于是，大木的原稿还是全部都让文子打字，这已经成了惯例。

如何处理《十六七岁的少女》的原稿呢？这与惯例发生了冲突。倘若还让妻子打字，便会给她带来痛苦和屈辱。这是残酷的。音子十六岁时，妻子二十三岁，已经生了一个男孩。丈夫和音子的恋情，她当然有所察觉，深更半夜她常背着婴儿在铁道线上徘徊。差不多两个钟头后她才回来，但仍不愿进入家门，只是倚靠着院子里的一棵老梅树。大木到外面去找也没有找到她，进门时听到抽泣声才发现了文子。

"你干什么去了？不怕孩子感冒吗？"

三月中旬，天还很冷。婴儿真的患了感冒，为预防转为肺炎而住进了医院。文子也去医院陪护。

文子常说："倘若这孩子死了，你就会更容易与我分手了吧。"尽管如此，大木却把妻子不在家作为好时机，出去与音子幽会。婴儿最终恢复了健康。

文子发现音子母亲从医院寄来的信，也知道了十七岁的音子早产的消息。虽然十七岁早产并不稀奇，但文子依然感到震惊，因为她做梦也想不到丈夫给一名少女造成如此罪孽。她骂大木是个恶魔，越骂越激动，竟咬住了自己的舌头。看到妻子的嘴唇中流出鲜血，大木慌忙掰开她的嘴，将手插入嘴内。文子犹如窒息一般，想要呕吐，显得身心交瘁。大木抽出了手。手指上留下了文子的牙印，流着鲜血。文子见状稍微沉静下来，帮大木清洗手指，抹上止血药，缠上绷带。

音子和大木断绝来往，和母亲搬到京都去了，这件事文子也知道。《十六七岁的少女》完稿是此后的事。让文子打这部稿子，简直是揭开文子嫉妒及苦恼的伤疤，使她再度流血。然而，如果唯有这篇不让她打字，对妻子来说就成"秘密出版"了。大木感到迷茫，但最后还是一咬牙，把稿子交给了妻子。他这样做，其初心是有意向妻子告白一切。文子在打字前，好像从头到尾通读了一遍。她不这样做就难以控制住情绪。

"我和你分开就好了，为什么当初我不和你分开呢？"文子脸色惨白地说，"读者都会同情音子的。"

"我没太想写文子的事情。"

"是我比不上你理想中的女性吧。"

"我可没那么认为！"

"我只是个丑陋的嫉妒狂。"

"音子已经是离我而去的人了。文子却是今后长久一起生活的人。而且，作品里的音子，加入了相当多的作者虚构成分，与真实的音子截然不同。比如说，音子发疯时候的那些事，我就全然不知道。"

"那些虚构成分，正是你的爱情呀。"

"如果不那样，我就写不出小说啦！"大木挑明了说，"你肯帮我把那些也打出来吗？虽然你会很难过……"

"我打！打字机是一种机器。我就是你使用的机器。"

虽然文子自己说要成为"机器"，但当然不可能尽然。她好像屡屡打错，大木常常听到撕掉打印纸扔掉的声音。而且，她有时还停下手中的活暗暗抽泣，或是恶心欲呕。在狭窄的家中，有一间根本称不上书斋的六张榻榻米大的简陋房间，隔壁就是四张半榻榻米大的餐室，打字机便放在这餐室的一个角落里，所以大木在书斋里对文子的举动十分清楚。大木很难平静下来就寝。

然而，文子对《十六七岁的少女》没有说过只言片语。大木认为，或许她既自称为"机器"，就不再开口说什么了吧！《十六七岁的少女》是一篇三百五十张四百字稿纸的小说，但对原来当打字员的文子、一直为大木打稿件的文子来说，好像仍需花费时日。文子的脸色渐渐变得苍白，脸颊也消瘦起来。她常冷眼上挑，盯着某处发呆。她执拗地固守着打字机。后来有一天，文子在晚饭前呕吐出黄色的黏液，趴了下来。大木绕到文子后面，为她揉背。

"水，给我水。"文子气喘吁吁。她的眼眶红了起来，饱含着泪水。

"都怪我。这小说还是不该让你打的。"大木说，"如果只把这部小说瞒着文子发表，我也……"这种事，即使不会导致夫妇感情破灭，也会留下永远无法愈合的创伤。

"你能让我打，无论多么痛苦，我也要谢谢你。"文子强颜欢笑地说，"第一次连续打这么长的稿子，肯定是疲倦啦！"

"正因为这稿子长，所以文子所受的痛苦也就长，这也许就是身为小说家妻子的报应吧！"

"就是因为看了你的小说，我才清楚地了解了音子小姐，我虽然痛苦欲绝，但也觉得能与音子相遇，是你的幸运啊！"

"我不是说过，音子是按理想化写的吗？"

"我明白这些。音子这种姑娘在现实中是不存在的。不过，我想让你把我的事也再多写一点呀。即使写成母夜叉那般嫉妒狂的恶妻也无所谓！"

大木一时词穷，只好说：

"文子不是那种可怕的妻子！"

"你还没有完全明白我的心思。"

"不！我不想暴露家庭的隐私。"

"撒谎！你迷上了年轻的音子，才只想写她！你觉得如果把我也写进去，不仅会损伤音子的美丽，还会玷污小说吧。不过，难道小说必须描写那些美好的事物吗？"

纵然是妒火中烧的妻子，也会因没将她充分写入作品，而被诱发出了新的嫉妒。书中并非没写文子的嫉妒。也可以说，正因为笔法简洁，反而更具有说服力。

然而，似乎文子因大木没有详细地描写自己而感到懊恼。对大木而言，妻子的心理实在不可理喻。大概文子认为，自己在大木眼中还不如音子重要，或是觉得自己受到了近乎无视的待遇吧！《十六七岁的少女》是描写大木和音子悲恋的小说，对妻子的着墨不及音子，这是理所当然的。此外，即使书中糅入了作者的虚构成分，但也原原本本写入了不少大木一直瞒着妻子的事实。本来大木最害怕这些秘密让妻子知道，但妻子好像只为书中对自己轻描淡写而伤透了心。

"我不想采用通过描述文子的嫉妒，来衬托音子这种写法。"

大木说道。

"如果没有爱——甚至也没有恨，那就写不出来吧……我帮你打字时，曾深切地思考着，为何当初没离开你！"

"你又在说无聊的话了。"

"我是认真的。当初没分手是我最严重的罪过啊。我整个人生都要背负这个罪过吗？"

"你说什么呀？"大木抓住文子的肩膀用力地摇晃。文子胸部下方起伏波动，又痛苦地呕吐出了黄色的液体。大木放开了手。

"……"

"不要紧的，我、我，或许是怀孕了。"

"啊！"

大木吓了一大跳。文子双手掩面，放声大哭起来。

"那么，你必须多加保重身体，请你别再打那部小说了。"

"不，我要打。你让我打下去。已经只剩下一点了，再说只要动动手就可以了。"

文子很倔强，没有听从大木的劝说。在接着把原稿打完的五六天后，文子流产了。与其说这是打字造成的，倒不如说是所打的内容对她的心理打击所致。请女医生到家里来看病时，文子正在睡觉，她的头发只是随便束着，而且那头发也显得有些稀疏了。文子的头发以前是浓密而柔顺的。她只薄薄地涂了一层口红。她那失去血色的脸庞，由于没施粉黛，显露出了滑润的肌肤。对年轻的文子来说，流产对身体不会有大碍。

然而，大木把《十六七岁的少女》小说稿放进文件柜里便束之高阁了。他既没有撕掉烧毁，也没有取出来捋顺一遍。这部小说已将两条性命葬送到了阴间，发生了音子的早产和文子的流产，这太不吉利了吧？他们夫妻二人短时间内都没有提及这部小说。后来，还是文子先开的口。

"为什么不把那稿子交出去？你觉得对我不好吗？如若和小说家结了婚，这种事我是无奈的，而且，要说会对谁不利，我认为应该是对音子吧。"流产后的文子，此时已经康复，看起来皮肤比以前更有光泽更好看。也许是年轻的缘故吧！需求丈夫的女性欲望也比以前强烈起来。

《十六七岁的少女》小说出版那段时光，文子又怀孕了。

《十六七岁的少女》被评论家们赞赏，更受众多读者的喜爱。文子不会完全忘记嫉妒和痛苦，可她既面不改色，也没言语，反倒沉浸在丈夫成功的喜悦之中。而且在大木的小说中，这部被称为年轻时的代表作的《十六七岁的少女》，一直到现在仍旧畅销不衰。这不光改善了大木一家的生活，就连文子的衣着和饰品，以及子女的教育支出情况，也都大为改善。如今的文子几乎想不起吧，这些变化都是因为有了音子这位少女，因为有了这位少女与大木的恋情！可能她会认为这是丈夫理所当然的收入吧！至少，音子和丈夫往昔的悲恋，对现在的文子而言，如今难道不是已经完全衍变，而不再是悲剧了吗？

大木对此还没达到非得拒逆的地步，但他有时却不得不加以思考。作为《十六七岁的少女》的原型，音子对大木岂不是无偿奉献了吗？音子就自己被写进小说，一直没对大木说过只言片语，音子的母亲也没有前来责难。用语言文字写成的小说，比起绘画、雕刻、摄影，更能描绘出音子的内心，容貌也依大木的好恶而添加想象、虚构与美化等，但那仍是地地道道的音子。大木尽情写出了年轻人的热恋，没太考虑音子的困惑、未婚的音子对前途的迷茫。这虽然吸引了许多读者，但也许妨碍了音子的婚姻。大木凭靠《十六七岁的少女》而名利双收。文子的嫉妒得以排遣，内心的伤痛也显得缓解了。被迫与大木分离的音子早产，与一直是大木的妻子的文子流产也不尽相同吧。正如俗语所说，流产之后怀孕快，果不其然，文子不久便安然生下了一个女孩。唯有《十六七岁的少女》这本小说面目依旧，其余的都随着岁月而流逝了。小说中没有着重描写文子那嫉妒狂的心态，从所谓"顾家"这种世俗观念来看，这不是很好吗？的确，这是《十六七岁的少女》小说的败笔，即便如此，这也不是使这部小说更加通俗易懂，更易于引起读者对小说中音子的喜爱了吗？

提起大木的代表作来，直到二十多年后的今天，必当首推的仍是这部《十六七岁的少女》。大木作为小说家，似感没出息。

"真不想如此啊！"大木忧郁得自言自语，可再换个思路考虑，那里面大概蕴藏着青春的娇艳风华吧。另外，世人的爱好已被所谓的定论完全支撑，纵然作者自身抗议，也不能使其动摇。好像作品已经离开作者而生存了。然而，曾经十六七岁的音子，尔后变成了什么样呢？大木时常惦念着。他只知道音子被母亲带到京都去了。必须言明，大木还把音子的事情挂在心上，是缘于小说《十六七岁的少女》

依旧畅销不衰。

那位音子作为画家而崭露头角，是近年的事。此前他们相互之间都杳无音讯。大木想象着音子大概已平凡地结婚，过着平凡的日子吧，这也是他所希望的。然而，依音子的天性，她不会甘心过着平凡生活的，大木之所以时有所思，或许是因为自己对她的怀恋之情还没泯灭吧！

所以说，知道音子成了画家，对大木是个冲击。

自那以后到音子成为画家之前，她曾经受过什么样的痛苦，又是如何迈过烦恼坎坷的呢？虽然大木无从得知，却感到莫大惊喜。在百货商场的画廊偶然看到音子的画作时，他的心在颤抖。那不是音子的个人画展，而是在许多画家展销的画作中，有着音子的一幅。那是幅牡丹画。她在画绢的最上端只画了一朵红牡丹。花儿的取向为正面，花朵比真的还要大，叶子稀疏，下端有一个白色的蓓蕾。从大得不自然的花中，大木看到了音子的气质，看到了音子的品位。他马上买下了这幅画，可画家落款是音子，大木不敢拿回家，就将它捐赠给了小说家俱乐部。那幅画高高地挂在俱乐部的墙壁上，与在热闹的百货商场中看到的，给人的印象多少有所不同。那鲜红硕大的牡丹花好像非常怪异，仿佛从花朵深处放射出了孤独的光芒。大木在《妇女杂志》上看到了音子在画室中的照片，就是在那期间。

在京都听除夕钟声是大木多年来的愿望，但想和音子一起听的念头，却是由牡丹画所引发的。

北镰仓又名"山之内"，南北山丘间有路相通，花木甚多。今年也将是由路端花丛向人们报春吧。从北山丘散步到南山丘，已经成为大木的习惯。紫色的晚霞就是从南山丘的高处看到的。

那晚霞很快紫色褪尽，变为沉淀于灰色之中的冰冷藏青色，仿佛乍到的春天又回到了冬天。把暮霭抹成一块桃色的夕阳已经沉落了吧。肌肤霎时感到寒意。大木从南山丘下到山谷，然后回到北山丘的家。

"有位叫坂见的年轻姑娘从京都来啦！"文子说，"带了两幅画，还有土特产，麸嘉[1]的生面筋。"

"回去啦？"

"太一郎送她出去了。也许是去找你了。"

"是吗？"

"那姑娘漂亮得吓人！她是干什么的？"

妻子目光不离大木，窥探面部表情。大木极力装作若无其事的样子，可是妻子凭借女人的敏感觉得这姑娘好像与上野音子有关系。

"画放在哪里了？"

"在书斋。原封未动，我没看。"

"是吗？"

坂见桂子是遵守在京都车站送大木时的约定，送画来的吧！大木马上进书斋拆开了包装。有两幅画，均装在简便的画框里。其中一张画的是梅。虽说是梅，但仅仅是一朵如婴儿脸一般的大花，既没有枝条也没有树干。而且，这一朵花既有红色的花瓣，也有白色的花瓣。另外，有一枚红花瓣被不可思议地描绘成了深红色和淡红色的交织。

这朵硕大梅花的形态虽然没有扭曲变化，但也没给人丝毫死板的印象。它犹如摇曳着的怪异灵魂，仿佛真的在晃动着。这也许是背景的关系吧！大木一开始以为背景是厚厚冰块的碎片重叠，仔细一瞧，又觉得那是连绵的雪山。因为不是写实，所以把它看成厚厚的冰块或雪山都无所谓，但给观赏者眼球传来巨大冲击感的必然是雪山。世上当然没有这种宛若利刃劈削一般，且呈倒三角形状的山峰，但这是抽象画风。也许那既不是雪山，也不是厚厚的冰块，什么也不是，只是桂子的心象描写吧！即使将其假设为崇岭叠嶂的雪山，那也不是冷峭

---

① 麸嘉，京都一家老牌店铺，招牌产品是生面筋。

353

的雪白。雪的冰冷感与雪的暖色调交织成了音乐。而且，那也不是单纯的雪白，而是各种颜色宛如歌唱一般交融在一起。这格调和那朵梅花花瓣的红白色彩变化是浑然一体的。如若认为它是冷峭的，它就是冷峭的，如若认为它是温暖的，它就是温暖的，总之，这梅花里浮现出画家青春蓬勃的情感。想必这是坂见桂子应季为大木新作的画吧！因为能看明是梅花，所以应该说这是半抽象的画作。

观画过程中，大木联想起庭园里那棵古老的梅树。花匠说它是棵残树、畸形梅，大木也信以为真，还囫囵吞枣地把花匠所讲的不靠谱的植物学知识原样认从，至今也没再细查。那棵老梅树在一棵树上开着红花和白花。这当然不是嫁接的结果，因为在一根枝桠上就混开着红梅花和白梅花。并不是所有的枝桠都如此，也有的枝桠尽开白花，有的枝桠尽开红花。不过，大部分的小枝桠上是红和白花混开的。而且，每年混开的小枝桠并不限于都是同一小枝。大木深爱着这棵老梅树。如今老梅树正苞蕾微绽。

坂见桂子的画，无疑是把这棵不可思议的梅树用一朵梅花来象征。桂子从音子那里听说过这棵梅树的故事吧。上野音子十六七岁的时候，根本没去过那时已和文子结婚的大木家里，但她可能听过这棵老梅树的故事。大木已不记得当初是如何讲的了，而音子却还牢记着吧。也许音子后来向弟子桂子也谈起过吧！

随着讲述梅树的故事，音子是否把往昔的悲哀爱情也和盘托出了呢？

"那个，是音子小姐的……"

"哎？"

大木转过头。由于全神贯注欣赏画作，竟没有发觉妻子已站在他身后。

"是音子小姐的画吧！"妻子说。

"不是的！她不会画出这么稚嫩的画作。这是刚才来的那位小姐的画。上面不是有她的落款'桂'字吗？"

"奇妙的画！"文子的声音略显僵硬。

"是，真是奇妙的画！"大木尽量平和地应答，"近来的年轻人，日本画也都画成这个样子了。"

"这就是所谓的抽象派吗？"

"或许不能说全是抽象派画法。不过……"

"还有一张更奇妙呢。不知道画的是鱼，还是云，有如此把好多颜色随意涂抹的画作吗？"文子在大木的稍微偏斜的后方跪坐下来。

"嗯！鱼和云相差很大呢。那既不是鱼，也不是云吧。"

"那么，这是什么画？"

"如果你能看出是鱼画或云画，也许都能说得过去。"大木把视线移向那幅画。他弯下腰去看靠在墙壁上的画框背面。

"《无题》。题目是《无题》。"

那幅画毫无物体的形状，比《梅》使用了更多的浓烈色彩。也许因画面上有许多横线条，故而文子勉强解释为鱼或云。乍一看，好像色彩也不协调。然而，作为日本画，它却紧紧抓住了强烈的感情。毋庸置疑，这绝不是涂鸦。《无题》反而也能解释成任何表意，画家的主观意志貌似隐藏起来了，抑或反而已经表现出来。这幅画的主旨何在？大木在画中寻找着。

"那个人，与音子是什么关系？"妻子诘问。

"是音子的入室弟子。"大木回答。

"是这样嘛。能让我把这些画撕毁烧掉吗？"

"胡说！为何如此粗暴……"

"这两幅画都是呕心描绘音子的。不能放在家里！"

女人的嫉妒心像闪电般突然袭来，大木虽惊愕不已，但仍平静地说：

"这怎么是描绘音子的画呢？"

"你看不出来吗？"

"这是文子的臆断！真是疑心生暗鬼！"虽然嘴里这么反驳，大木的内心已经燃起了小火苗，而且好像火势越来越旺。

《梅》显然明确表现出了音子对大木的爱，由此看来，《无题》也隐含着音子对大木的爱吧！《无题》使用了矿物颜料。从画面的正中央到左下角部分，矿物颜料浓重，采用了日本画独特的泼墨手法。在这块使用泼墨手法的画面中，有个地方十分明亮，宛如一扇奇妙的窗户，似乎能从中窥探到这幅画的灵魂。这种表现手法令人越想越觉得它就是音子对大木没有消逝的爱。

"不过，这两幅画，都不是音子画的，都是女弟子画的作品。"

当京都除夕夜的钟声敲响时，文子好像怀疑大木是否在与音子一起聆听。然而，那个时候她什么也没说。或许那是因为大木在新年的元旦便回到了家。

"不管怎么说，反正我讨厌这些画！"文子瞪眼说道，"不准放在家里！"

"文子喜欢或讨厌另当别论，可这是画家的作品呀。即使是年轻的女画家，也不能随意损毁作品吧？最重要的，现在还没弄清这画是送给我的呢，还是只想让我看看的呢？"

文子无言以对。于是说：

"因为是太一郎接待的，所以我……大概送她到车站去了吧，可就是去北镰仓车站，时间也太长啦。"

这也令文子感到焦躁不安？车站很近，电车十五分钟一班。

"这次难道是太一郎被诱惑了？因为那女孩太妖媚俊俏了！"

大木将两幅画按原样叠放在一起，一边慢慢地包装着，一边说："别说什么诱惑，我讨厌'诱惑'这种字眼。那么漂亮的女孩子，这两幅也许是描绘她自己的吧，女孩子的自恋情结……"

"不对，所描绘的肯定是音子！"

"唔。倘若如你所说，这画也许是从女孩子与音子同性恋的角度来画的呢。"

"同性恋？"文子乘机追问，"她俩是同性恋吗？"

"我不知道。不过，即使是同性恋，也不足为奇吧。两人同住在京都的古寺中，又都是狂热奔放的性格！"

说是同性恋，明显是大木在糊弄文子。文子沉默了良久。

"即使是同性恋，我还是觉得这些画中描绘了音子对你未泯的爱情。"文子的口气变得温和了。大木对于当时为了找遁词而脱口说出"同性恋"三字，觉得羞愧不已。

"文子，不管你说的或我说的，恐怕全是无端猜测。这都是我们俩怀着成见看画的结果……"

"若是如此，不画这些云里雾里的画不就成了吗？"

"嗯！"

任何写实画作，都会表现出画家的内心感情和意图。然而，大木控制住了继续和妻子讨论。他胆怯了。对于桂子的画，也许文子的第一印象出乎意料地准确，还有，大木脱口而出的"同性恋"之印象，或许也是意料之外地准确。大木如此认为。

文子走出了书斋。大木则等待儿子太一郎的归来。

太一郎现为某私立大学国文系的讲师。在无需授课的日子，他或是去学校的研究室，或是待在家里查阅书籍。他最初希望钻研明治时代以后的"现代文学"，由于父亲的反对，而改为研究镰仓、室町时代的文学。他能阅读英语、法语、德语三国文字，作为一名国文学者，可说是如虎添翼吧。他才华横溢，老实温厚，习性却微显忧郁。而他妹妹组子的性格却开朗爽快，什么西装裁剪、装饰打扮、插花编织等五花八门的手艺都似通非通，这些都与哥哥恰好相反。有时组子邀请他去滑雪或打网球，太一郎也不爽快回话，被妹妹视为怪物。见了组子的朋友，他从来不同那些姑娘打招呼。自己的学生到家里来，也从来不给妹妹介绍。母亲文子对太一郎带回家来的学生总是热情款待，组子常绷着脸表示不满，但她从不记恨在心。

"就是有客人来，太一郎也是一开始叫女仆送上茶，就再无后续了。而组子有客人来，却从冰箱一直翻到柜子边角，或是随意打电话从外面叫来寿司或其他食物，无不使客人尽情畅怀。"母亲这么一说，组子便吐了吐舌头，说道：

"不过，到哥哥这儿来的都是他的学生嘛！"

组子结婚随丈夫去了英国伦敦后，一年也就只来两三封信。太一郎当然还不能自立门户，所以从不提及结婚的事。

然而，太一郎送坂见桂子出去而迟迟未归，大木也开始在意起来。

大木透过书斋的后窗玻璃向外观望着。战争时期建防空壕挖掘出的土高高地堆在山脚，上面已经杂草丛生。那草丛中遍开着紫蓝色的小花。这些杂草倒挺谦逊，几乎不惹眼。花朵也非常小，但那紫蓝色却鲜艳浓厚。瑞香花另当别论，这些紫蓝色的花儿在大木院子里最早开放，而且绽放的时间最久。这叫什么花呢？虽然算不上是报春花，可它生长在书斋的后窗旁边，大木常想手捧这碎小的花儿仔细端详一番，却从没下到后面去过。正因为如此，反倒增添了他对这紫蓝色花儿的关爱。

蒲公英比那草丛中的花儿稍迟些，也开花了。蒲公英的花期也很长。在茫茫暮色中，蒲公英花的黄色与那些小花的紫蓝色仍隐约可见。大木目不转睛地凝望了良久。

太一郎仍然未归。

满
月
祭

　　上野音子决定带女弟子坂见桂子到鞍马山参观"五月的满月祭"。这里的"五月"是指阳历，但"满月"指的当然是阴历。前一天的夜晚，月亮升上了东山清朗的天空。

　　"看来明晚的月亮也是明月！"坐在檐廊的音子一边赏月，一边呼唤桂子。满月祭是指参拜者将酒杯斟满酒，让圆月倒映在杯中时饮下，所以一旦阴云遮月，可就大煞风景了。

　　桂子也来到檐廊，将一只手轻轻搭在音子的背上。

　　"五月之月。"音子道。桂子没作附和，沉默了一会儿，说：

　　"老师，我们现在到东山的公路干道上去，或去大津那边，观赏映在琵琶湖中的月亮好吗？"

　　"琵琶湖中的月亮？那景色一点也不稀奇呀！"

　　"难道映在酒杯中的月亮，比映在宽广湖水中的月亮更好？"桂子说罢，便倚坐在音子的脚旁。

　　"老师，今晚的庭园夜色别有风趣哟！"桂子接着说道。

　　"是吗？"音子也把目光移向庭园，说道，"桂子，帮我拿个坐垫来，顺便把屋子里的灯熄灭……"

　　坐在檐廊边，寺中的厨房便遮挡住了视野，从这厢房只能看到中庭的景色。庭园里几乎没有园艺景致。然而，横边狭长形的庭园中，近半区域都有月光照射。踏脚石在月光下和阴影中也呈现出不同的色彩。盛开着的白色杜鹃花浮现在阴影处。时至五月仍然鲜红的枫树嫩叶虽然靠近檐廊，但在夜色下却显得黑黢黢的。春天，有不少来客将这红彤彤的枫树新芽误认为花朵，常询问"这是什么花"。庭园中还生有很多桧叶金发藓。

"给您沏壶新茶来吧？"桂子问。她不明白：这种毫无特色的庭园，为什么音子一直在专注观望呢？这是自己的住宅庭园，不管昼夜早晚，每天都身处其中，任何东西都已司空见惯了。音子面朝月光照射的那半个院子微微俯首，仿佛进入了冥想的境界。

桂子回到檐廊，一边沏茶一边说：

"老师，听说罗丹①的《吻》的模特儿，一直活到八十多岁啊！我曾在什么地方读过，可是脑中一浮现出那座雕像，就觉得无法联想为同一个人哪！"

"是吗？那是因为桂子还年轻，所以才说出这种话。不能因为成了表现青春的名作的模特儿，就必须死于年轻貌美之时吧。那些对模特儿刨根问底的人真可恶！"

桂子省悟到自己这些不经心的话，会让音子联想起大木年雄的《十六七岁的少女》这部小说吧，但四十岁的音子仍然是美丽的。桂子若无其事地继续说：

"我阅读《吻》的模特儿的故事时，也想趁年轻的时候，拜托老师为我画一幅像留着。"

"如果我能画的话……倒是桂子自己试着画幅自画像，怎么样？"

---

① 罗丹（1840—1917），法国雕塑家。作品的人体表现柔和而富有明暗对照，以其独特的风格奠定了近代雕塑的基础。擅长群像及肖像雕塑，创作了许多具有普遍性的人物形象。作品有《地狱之门》《思想者》等。

"我怎么行呢？……自己的形象难以把握准确，即使画了，将自己内心的丑恶和盘托出，会画出一幅可憎的画像。而且，如果仅仅把自画像以写实的手法来画，别人肯定认为作者过于自负！"

"仍然想用写实绘法画自画像吗？有点矛盾哪！你还年轻，今后真不知有何变化。"

"我只想请老师为我画。"

"我若能画，当然……"音子重复说道。

"是因为老师的爱情衰退了，还是因为老师怕我？"桂子尖声说，"若是男画家，都会乐意为我画的呀。即使是裸体……"

"哦——"音子对桂子这番言辞并不那么惊讶，"你都这么说了，我就试着画吧！"

"啊！我真高兴。"

"裸体可不行哦。女人为女人画裸体画，并不是件有趣的事，尤其是我这种日本画。"

"如果我画自画像，就画与老师一起的双人图。"桂子撒娇似的说。

"以什么样的构图来组合两个人呢？"

桂子神秘地笑道："老师如果肯画我的话，以抽象手法画我即可，最好别让人看懂……不必担心。"

"我倒不会担心的。"音子喝了口清香的新茶。

这是音子去宇治①田原的汤屋谷茶园写生时，人家送她的新茶。那时已开始采茶，但采茶姑娘并没进入她写生的画中。充满画面的全是些高矮重叠的圆形茶树。音子一连去了好几天，画了若干幅。由于作画时间不同，日照下茶树垄的阴影也各异。桂子也跟音子一起去了。

---

① 宇治，位于京都府的一个市，是日本名茶产地。

"老师，这不就是抽象画吗？"桂子问。

"倘若桂子来画当然是。而我全部采用绿色调，只能算是一种大胆尝试，我只希望嫩绿与老叶的墨绿，以及柔和的圆弧波形和色彩变化能够和谐。"

那幅以众多写生为素材的画稿在画室完成了。

然而，音子想画宇治汤屋谷的茶园，并不全是由于绿色波浪的浓淡色彩，以及起伏的线条撩起的情趣。与大木年雄的爱情破裂后，便和母亲一起躲到京都，在多次往来于东京与京都之间时，驻留在音子心中的，就是从火车窗口望见的静冈一带的茶园。有时是日悬中天的茶园，有时是暮色低垂的茶园。那个时候，音子还只是个女学生，当然也没有打算成为画家，只感到在茶园的景致中，被迫与大木分别的悲哀迎面而来。东海道铁路沿线也有山，也有海，还有湖，随着时间的变化，云朵也会染上感伤的色彩，但不知何故，那不惹眼的茶园，却偏偏打动了音子的心。或许是茶园沉郁的绿，以及黄昏茶垄间的沉郁阴影感染了音子吧。而且，这里是人工小茶园，而不是自然形成的，所以垄间的阴影又深又浓。另外，那圆形的茶树丛，宛如一群温顺的青羊。从东京出发之前就感到悲凄的音子，当车行至静冈一带时，她的悲哀也许到了极点。

看到宇治汤屋谷的茶园时，音子的那种哀愁又复活了。于是她便来往其间写生。就连女弟子桂子也没发觉这种心境下的音子的哀愁吧。另外，当进入初发新芽的茶园一看，竟见不到当年从东海道火车车窗外见到的茶园的沉郁。虽然都是日本风格，但鲜嫩葱绿的新芽如今却明快油亮。

桂子阅读过《十六七岁的少女》，也听过音子坦然道出与大木相好的私房话，十分了解他们间的详情，但她仍无法察觉寄情于茶园写生的音子对旧爱的哀愁。随同来写生的桂子，喜欢上了茶树丛那重重叠叠的柔和弧线的抽象风格，可就在她一张接着一张不停地写生的时候，那写实性也渐行渐远了。音子看到那种素描，不觉莞尔。

"老师，您用的全都是绿色啦！"桂子说道。

"是呀！因为这画是采茶时节的茶园。要突出绿色的变化与谐调。"

"我正在苦思冥想呢，到底是用红色呢，还是用紫色呢？我觉得即使别人乍看不知道画的是茶园，也没关系吧。"

桂子那幅画稿也摆在画室中。

"好清香的新茶呀。桂子，你重沏一壶来。用你的抽象派风格哟！"

"抽象派风格？是浓得难以入口，味道苦涩的茶吗？"

"那就是抽象派风格？"

桂子在屋内发出天真的笑声。

"桂子，你最近回东京时，顺访北镰仓的他家了？"音子问话的口气稍显严肃。

"是的。"

"为什么？"

"新年送大木先生到京都车站时，大木先生说想看我的画，要我送去。"

"……"

"老师，我想为您复仇。"桂子沉着冷静地说。

"复仇？"音子想不到桂子能说出这句话，她大为吃惊，"你说复仇？为我？"

"是的。"

"桂子，你先到这边坐下来，我们一起品尝你用抽象派风格沏的苦涩新茶，聊聊天好吗？"

桂子默不作声，与音子促膝而坐。随后，她自己也端起了茶盅。

"啊！真的很苦，"她皱皱眉，"我重新去沏吧。"

"不必了。"音子按住了桂子的膝头，"所谓复仇，究竟是什么样的复仇呢？"

"难道老师不明白？"

"我从来没想过复仇呀。也没有怨恨！"

"到如今您还爱他……一生都持续爱下去，欲罢不能……"桂子顿了顿，"所以，我才想为老师报仇！"

"为什么你……"

"我也嫉妒呀！"

"哦？"

音子把手放在了桂子的肩上。她那娇嫩的肩膀变得僵硬而颤抖起来。

"老师，是我说的那样吧。我都懂，我讨厌那样。"

"唔！好刚烈的姑娘。"音子温和地说，"所谓复仇，是什么仇？是怎么回事？要如何复仇呢？"

桂子低着头一动不动。月光铺展在院子中的地盘逐渐扩大了。

"为什么要去北镰仓他家？连我也瞒着……"

"我想去看看使老师如此悲伤的大木先生的家庭。"

"你见了些什么人？"

"只见到大木的儿子太一郎先生。我当时想，他是否和他父亲大木先生年轻时长相一模一样。听说他大学毕业后，就一直研究镰仓、室町时期的文学。他对我非常亲切，还带我去看了圆觉寺、建长寺等古迹，还带我去了江岛呢。"

"桂子是在东京长大的，那些地方不算新奇吧？"

"是的。但以前只是走马观花而已。现在的江岛真是焕然一新了。断缘寺的故事也挺有意思哩。"

"桂子的所谓复仇，是去诱惑那位太一郎？要么是受他诱惑？"音子把手从桂子肩上抽回，"这么说来，犯嫉妒的，必然是我吧？"

"哎哟，老师犯嫉妒？我真高兴！"桂子双手环抱着音子的脖子，身子靠了过来，"嘿，老师，除了上野老师，我在其他人面前也会成为坏女孩，也会变成恶魔似的女人。"

"你带了两幅画去的吧？那也是你自己喜欢的画吧！"

"坏女孩也想给人留个良好的最初印象呀。后来太一郎先生寄信来，说我的画挂在他书斋的墙上啦。"

"是吗？"音子平静地问，"这就是为了我，桂子采取的复仇？是复仇的第一步吗？"

"是的。"

"太一郎这孩子，那时确实很幼小，大木先生与我之间的事，他一无所知呀。我对太一郎也并不在意，只是被迫分开后不久，听说名叫组子的太一郎的妹妹就出生了，这事才使我备感悲伤啊！可如今想起来，还不就是那么回事吗？那个小妹妹已经结婚了吧。"

"那么，老师，就从妹妹下手，破坏她的婚姻生活吧？"

"你说什么？桂子！不管你多么漂亮，多么有魅力，张口就开这种轻浮的玩笑，未免太自大了，你这点是很危险的呀！这可不是儿戏类的恶作剧！"

"对我而言，承蒙上野老师收留在身旁，由此，我才不感到恐惧，也不感到迷惘。假如我离开了老师，我能画出什么画呢？画作也将全部被丢弃吧，连我的生命一起……"

"请不要说得这么恐怖！"

"老师，破坏大木先生家庭那种事，您没能做出来吧！"

"不过，我当初只是个幼小的女学生……再说，大木也有了小孩……"

"倘若是我，一定会把他家搞散！"

"说是这么说，可家庭是相当坚固的哟！"

"比艺术还坚固？"

"哦。那……"音子斜侧过去的脸庞浮现出淡淡的哀愁，流露出凄切的神情，"我那个时候，还没思考过艺术是什么呢。"

"老师！"桂子转过身靠近音子，轻柔地抚弄着音子的手，"老师为什么让我去旅馆迎接大木先生，还让我到京都车站为他送行呢？"

"因为桂子年轻貌美呀。因为你是我的骄傲呀！"

"老师连对我也要隐瞒真心吗？不要嘛！我那时自始至终都仔细观察着老师，用我这双嫉妒的眼睛……"

"是吗？"音子望着桂子那双在月光下也亮闪闪的眼睛说，"我也不会瞒着你呀。不过，我不得不与他分手时，虚岁才十七哪。如今已是小腹微凸，成了中年妇女。我真的不太想与他会面。见面会让他感到幻灭的吧！"

"幻灭？怎么说是幻灭？这不该是我们要说的吧！因为我最尊敬上野老师了，所以才对大木先生感到幻灭啦。我一直待在老师身边，觉得年轻男子都有不足之处，所以认为大木先生应该是出类拔萃的人物。可是见了其人，这种幻觉竟完全破灭了。通过老师的怀念，我认为他应该比我见到的更加优秀！"

"短暂晤面，你不会了解他的。"

"可以了解的！"

"你了解了些什么？"

"不论是大木先生，还是他的儿子太一郎，都是可以轻而易举诱惑住的，我……"

"啊，你说得太可怕了！"音子的心中一震，脸色变得苍白，接着说道，"桂子，你刚刚的这种自信，我真为你感到可怕！"

"我丝毫没感到！"桂子无动于衷。

"太可怕了！"音子重复道，"这不简直就是妖婆啦？纵然你多么年轻，多么美丽……"

"如果有这种想法就是妖婆的话，那么大部分的女人也许都是妖婆！"

"是吗？桂子也是怀有这种企图，才把自己心爱的画送到大木先生那里去的吗？"

"不是。诱惑他根本不用什么画！"

音子被桂子怪异的自信气势所压倒。

"因为我是老师的入室弟子，所以才尽量挑选自己认为好些的作品带去罢了！"

"这要谢谢你了！不过，刚刚听桂子你说，在车站送行时，只是随意寒暄寒暄，你也没说送给他画，对不对？"

"那是约定了的。再说，去看看大木先生的家庭也只有这个借口吧！另外，大木先生看了我的画后，会是什么表情，会说些什么……"

"幸好他不在家！"

"我觉得他后来肯定会看画的，不过，大概他看不明白吧。"

"也不会如你所说的这样吧。"

"就拿小说来看，自《十六七岁的少女》以后，他就再也写不出更好的作品了吧。"

"这是两码事。因为那部小说我是原型，我被理想化了，所以桂子持有偏爱的眼光。再说那是部青春小说，本来就会受年轻人喜好。其后的作品，我认为对年轻的你来说，也会有比较难懂的，也会有比较厌烦的。"

"可是，现在，假如大木先生去世了，作为代表作能够传世的，不仍然是《十六七岁的少女》吗？"

"请你不要说这种令人厌烦的话！"音子声音激扬，从桂子手中抽回自己的手，膝盖也挪开了。

"您还是这么恋恋不舍吗？"桂子也厉声道，"我说了要为您复仇……"

"这不是恋恋不舍！"

"爱……是爱吗？"

"也许是吧！"

音子起身离开被月光映照一半的走廊，进屋去了。桂子仍留在那里，双手掩面。

"老师，我也觉得，献身，就是人生的意义所在！"她的声音颤抖着，"但是，对像大木先生那种人……"

"宽恕我吧！因为当时我只有十六七岁。"

"我要为老师复仇！"

"桂子，就算你为我复仇，我的爱还是不能消逝啊！"

檐廊传来桂子的呜咽声。桂子蜷身滚倒在檐廊。

"老师，您为我画吧……就如您所说，在我成为妖妇之前……求您了。裸体也可以。"

"我为你画！用我的爱情来画。"

"真开心！"

音子已经完成了好几张早产婴儿的画稿。这些画稿她都秘藏着，连桂子也还没给看过。几年来，音子一直打算创作题为《婴儿升天》的传统日本画。西洋的圣母圣子像中的耶稣以及天使，不消说她都在一些画册资料中查阅过，但所见皆显胖圆茁壮，与音子的哀愁不符。她还看了日本稚儿太子图等三四幅著名古画，虽然在情感上比西洋画更能表现端丽之风，顺了她的心意，可画像中的太子既非婴儿，图也不是升天之图。音子的《婴儿升天》也不采取升天的构图，而是想烘托出升天的灵动。然而，这幅画要待何时才能告成呢？

因为桂子要求为她作画，音子才想起尘封已久的《婴儿升天》的画稿，但她又考虑若把桂子画成稚儿太子图那样会怎么样呢？那将是一幅极具古典风格的《圣处女像》。稚儿太子的往昔图像大概是佛画吧，可其中亦有不可言表的妖艳绘画。

"桂子，我就为你画像吧！如今，我已想好了构图。我要画成佛画那样，所以你绝不能做出那种举止不端的姿态！"音子说。

"佛画？"桂子惊愕似的坐直了身子，"我不要呀，老师！"

"让我尝试着画吧！佛画中也有不少艳丽的，我画成佛画风格，若把那画题为《某抽象画家姑娘》，岂不更有意思？"

"老师在开玩笑吧。"

"这是当真的哟。画完茶园那幅后，我就着手画你！"言毕，音子转头朝向屋内。音子和桂子的茶园画稿并排靠在墙上。这些画的上方挂着音子母亲的画像。那是音子画的。

音子将目光停留在母亲的肖像上。

那幅肖像画中的母亲很年轻，恐怕比今年四十岁的音子还显得年轻吧。音子在画这幅画时，自己的年龄是三十二三岁，也许这便成了这人物肖像的年龄。而且，也许她在不知不觉中将母亲的画像画得年轻美丽了。

坂见桂子第一次到音子家时，曾凝视着画说：

"这是老师的自画像吧！真漂亮！"音子当时没有讲那是母亲的肖像。她暗忖别人果然会将其看作是自己的自画像吧。

音子与母亲长得相像。这些相似之处大多被抽取到这幅画像中了。这大概缘于对先母的思慕吧！音子不知画了多少幅母亲的肖像。起初她把母亲的照片放在旁边，对着照片画。然而心灵相通的画作一幅也没画出来。她决定不看照片画。于是，母亲的幻影就作为模特儿坐在了音子的面前。那是比幻影更为生动的容姿。此后她连续画了好几幅。她将内心流溢出的情感倾注笔端，挥毫如飞，但时常因泪眼蒙蒙而搁笔。在如此持续的描绘过程中，音子自己也觉察母亲的肖像越来越像自己的自画像。

如今，在茶园画稿靠立的墙壁上方挂着的那幅画像，是那些肖像中最后画的一幅。音子此前所画的母亲肖像，已全部烧掉了。仅仅留下宛如音子自画像的这一幅作为母亲的肖像画，音子认为这样最好。外人也许察觉不到的哀伤，寓于凝望这幅画的音子眼中。音子与这幅画息息相通。在给这幅画定稿的过程中，音子耗费了多少光阴啊！

　　除了这幅肖像画，音子至今还没有画过人物画。画过的人都只不过是风景画中的点缀之类。今晚心中冒出创作人物画的念头，那是因为桂子的一再央求。音子没将长久以来一直想画的《婴儿升天》图认作人物画。然而，在尝试为桂子画像时，音子脑海中浮现出稚儿太子的图像等，从而决意画成古典风格的《圣处女像》，也许这仍与音子内心深处的《婴儿升天》有关吧！画了母亲的肖像，也准备画失去的婴儿，那么为入室弟子坂见桂子也画幅像是理所当然的吧。这不正是音子的三份挚爱吗？纵然这三份爱迥然不同，但毕竟是三份爱。

　　"老师，"桂子喊道，"您看着令堂的肖像画，便考虑如何画我的肖像，对吧？因为您对令堂的那种爱终究不能移植到我身上，所以不知该如何下笔作画，您是这么想的吗？"说着，便挪膝靠了过来。

　　"你真是生性乖戾呀。家母的这幅画，如今看来仍是不满意的哟！因为我比画这幅画时稍有进步了吧。虽然画技不高，但这是长期呕心沥血的画作，含有眷恋的因素！"

　　"我的画像不必如此煞费苦心哪。可以自由奔放地……"

　　"不可那样呀。"音子心不在焉地答道。从她开始看母亲的肖像画，便沉浸在对母亲的缅怀之中。就在这个时候，桂子喊了她。当音子回过神时，脑里又浮现出古代的稚儿太子图。虽说是"太子"，却有不少图看起来像是美丽的幼女像，或是美少女像。那当属"稚儿"。这些画虽有佛像画的高雅气质，但仍艳丽。这也许象征着在女禁森严的中世僧院中的同性恋——对美少女般的美少年的憧憬。音子要画桂子的肖像，首先浮现在脑海中的也是稚儿太子图的构图，也许她的内心也潜藏着那种情愫。稚儿太子的发型可以说犹如当今童女的刘海短发吧。然而，那种典雅华丽的锦绣和服套装如今已寻求不到了。唯一的办法只有将能乐的戏装之类加以改裁吧。但不管如何模仿稚儿太子的构图，作为新潮姑娘的桂子在画像中穿这样的衣服，都是过于古旧老套吧！音子又浮想起了手边岸田刘生①所绘的《丽子像》。作者显然受了丢勒②的影响，不论水彩画或油画作品，都是风格典雅端正的工笔淡彩画，也有像宗教画的。然而，音子看过他的一幅珍品画作。那是画在对开宣纸上的素描淡彩图。图中的丽子是裸体。腰间只缠着红色的浴衣，端坐着。音子曾想，这幅画算不上名作之流，可刘生为何将自己的女儿的画像画成此种风格的日本画呢？他的作品中也有相同构图的西洋画。

正如桂子所说："裸体也无妨！"索性将桂子也画成裸体又如何？况且也不是没有袒胸露乳的女佛像。然而，以裸体模仿稚儿太子图的构图，发型怎么处理为好呢？小林古径③有幅叫作《发》的名作，画中的秀发清丽无比，可桂子画像的发型必须与之截然不同。音子思前想后，越发觉得自己心力不及。

"桂子，该休息了吧！"音子说。

"这么早？难得月色这么美……"桂子转身看房内的座钟，说道，"老师，差五分才到十点呢！"

"觉得有点累了！我们躺下再聊不好吗？"

"好吧。"

音子在镜前擦脸的当儿，桂子铺好了二人的床铺。她做这些杂事十分麻利。音子离开后，桂子接着到镜前卸妆。她弯下细长的颈子，

① 岸田刘生（1891—1929），日本西洋画画家。以深厚的内省力和细腻的描写力将东洋之美表现于油画中。作品有《凿开的写生》《丽子像》，著有《刘生画集及艺术观》等。

② 丢勒（1471—1528），德国文艺复兴时期画家、版画家。在风景、静物、人物、宗教画中，体现了极强的写实力和思想性。作品有油画《四圣图》《自画像》和版画《启示录》等。

③ 小林古径（1883—1957），日本画家。大正、昭和时代日本画坛的巨匠。确立了端正而简洁的画风。作品有《温泉》《发》《孔雀》等。

凝望着镜中的脸蛋儿。

"老师，我的面相好像不适合佛画！"

"只要作画的人怀着宗教心来画就可以了！"

桂子将发卡全都取下，甩了甩头。

"把头发都解开了吗？"

"是的。"桂子梳理着垂下来的头发。音子从床铺上望着她问道：

"今晚把头发全解开了睡？"

"我觉得好像有点味。刚才如果洗一洗就好了。"桂子握着后面的头发在鼻下闻着。

"老师，令尊过世时，您几岁？"

"十二岁呀。你问了好多次，不是已经知道了吗？"

"……"

桂子关上拉门，再关上与画室之间的隔扇，然后钻入音子旁边的被窝。两个铺盖连在一起，当中没有空隙。

最近这四五天，二人没关防雨木板套窗就睡着了。面朝庭园的纸拉门在月光下蒙蒙透亮。

——音子的母亲死于肺癌。

"音子，你还有位同父异母的妹妹哟。"母亲还未交代清楚就断气了。音子至今仍不知详情。

音子的父亲生前是做生丝绸缎等生意的贸易商。在他的告别仪式上，有很多吊唁者到灵位前上香祭拜。这也是通常的惯例，可音子的母亲注意到，其中仅有一位像是混血的年轻女子与众不同。当那名女子上完香，对遗族行礼致意时，可以看出那双哭肿的眼睛似乎用水或冰冷敷过。音子母亲的心头一震。她向站在遗族席旁丈夫生前的秘书使下眼色让其过来。

"刚才那位似是混血的女子，你马上去接待处查一下她的姓名和住址。"她耳语吩咐秘书。之后她让秘书按那地址去调查，得知那名女子的祖母是加拿大人，与日本人结婚，国籍也是日本，但毕业于美国人的学校，目前从事翻译工作。说是与中年的女佣同住在麻布区的一处小房子里。

"她没有小孩吗？"

"听说有一个小女孩。"

"你见到那孩子了吗？"

"没有，是从邻居那里听说的。"

音子的母亲认为那女孩肯定是丈夫的孩子。要查出真相的方法很多，她却只是等待那名女子找上门来说点什么。然而，她没来。过了半年多，音子的母亲听秘书说，那位混血女子带着那个小孩结婚了。从秘书的口气中，音子的母亲还晓得了那名混血女子就是丈夫的情妇。丈夫已经去世，随着时间的流逝，音子母亲的嫉妒与愤懑也都淡薄了。她甚至动了把那女子的小孩收养过来也未尝不可的念头。如果那女子带着小孩结了婚，那幼小的孩子在成长中就要将女子的丈夫作为生父吧。那么，自己丈夫的孩子就会确信那位与她没有血缘的男人是她的父亲。音子的母亲感觉犹如失掉贵重宝物似的。她不光因为音子是独生女才有如此想法。然而，她当然不能向十二岁的音子坦陈父亲金屋藏娇，并有了孩子这些事。母亲面临死亡时，音子也已经到了可以接受家中私事的年龄。母亲在弥留之际的痛苦中陷入迷茫懊恼，但最终仍旧没说出口。因此，音子至今做梦也没想到还有这样一位异母胞妹。那位异母胞妹状况如何呢？也已经到了可以坦陈家私的年龄了吧。若一切安顺，也许已经结婚，甚至也有了孩子。但是，对于音子而言，可以说有没有这位异母胞妹并无区别……

"老师！老师！"桂子摇醒了音子，"您做的什么噩梦？显得这么难受……"

"啊！"音子喘着粗气，桂子抚揉她的胸口。接着，桂子支起一只胳膊肘，撑起半个身子。

"桂子在看我做噩梦吗？"音子问。

"嗯。也就一小会儿……"

"唉！那人真讨厌。梦里的哦。"

"是什么样的梦呢？"

"我梦见了绿色的人。"音子的声音还没有平静下来。

"穿绿衣服的人吗？"桂子询问。

"不，不是穿着的衣服，好像身体是绿色的！手也是脚也是。"

"是青面的不动明王？"

"别吓唬我哦。不是像不动明王那种可怕的长相，而是一个绿色的人，飘飘悠悠地在床铺边绕着转！"

"是女的吗？"

"……"

"是个好梦，老师，这是好梦喔！"

桂子用手掌挡住音子睁开的双眼使其闭上，用另一只手拿起她的一根手指放进嘴里咬了一下。

"好痛！"音子完全醒了过来。

"老师，您说过给我画像的吧？是不是您把画中的我，与汤屋谷茶园的绿色混在一起了？"

音子对解梦的桂子说道：

"是这样吗？你都睡着了，还能绕着我飘忽不定地打转？真可怕呀！"

桂子把脸蛋儿沉落在音子胸口，稍显轻狂地咻咻笑道："这明明是老师情系绘画喽……"

翌日，两人赶在黄昏之前登上了鞍马山。寺院内已经聚集了许多信徒。五月的白昼虽长，可暮色也从周围的山峰、高耸的林木之间降临了。京都城那边的东山上，满月已经升起。殿堂前左右两边已燃起了篝火。僧侣们来此，开始诵经。高僧披着猩红色的袈裟。

"赐予我们光荣的力量，新生的力量……"信徒们跟着高僧一起咏诵。还有风琴的伴奏。

信徒们个个手持点燃的蜡烛行进。堂前正面放着一只银色大杯，杯中盛满了水。水面正映出满月。行进的信徒们一个个伸出手掌，待那杯中水倒进掌心后而饮下。音子和桂子也依样而做。

"老师，回到家后，不动明王的绿色脚印，一定会印在我们房间里哦。"桂子说。山上的情形如此这般。

梅雨天

　　大木年雄写小说感到倦乏或思路不畅时，便会躺在走廊的睡椅上小憩。若是在午后，大都会就那么躺着睡上一小时或一个半小时。养成这种午睡的习惯是近一两年的事。以前这种时候，他都是出去散步。然而，住在北镰仓时日已久，圆觉寺、净智寺、建长寺等寺院，以及附近的小山冈，早已成为他了如指掌的景观。而且，习惯早起的大木，清晨也做一次短暂散步。他生性就是醒来必然起床。其实，这早起散步还可让女佣无拘无束地做晨间打理和其他准备。另外，晚饭前他还有一次时间稍长的散步。

　　书房外的走廊设置得比较宽敞，在一个角落里摆了张书桌。大木写作时，有时坐在书房的榻榻米上，有时则坐在走廊的椅子上。那走廊还备了舒适的睡椅。往这把睡椅上一躺，工作难以进展的烦恼立即消失殆尽。这实在是不可思议。大木工作期间，夜晚也只能浅睡眠，还常常做些与工作有关的梦，偏偏在走廊的睡椅上能很快入睡，而且万事皆消，睡得甚是香甜。年轻时他没有午睡的习惯。每天午后几乎都有客人来访，络绎不绝，也不能够午睡。那时他写作都在夜晚。大概从半夜写到拂晓。因为后来把夜间工作转至白天，所以也慢慢午睡了，但午睡的时间却不固定。写作不顺畅的时候，就是他躺在睡椅上的时候。有时会在午前睡，也有时会在接近黄昏的时候睡。在白天工作，很少出现夜间工作时一疲劳就走神的现象。

"思路一不通畅便躺倒午睡，不正是证明自己也年衰了吗？"大木曾这么想，"然而，这可真是魔法睡椅呀！"

走廊的这张睡椅，不管什么时候，大木只要往上一躺便能睡着。而且，醒来后即能达到安歇后神清气爽的那种状态。写作不顺时，还能发现新的思路，这种情况屡见不鲜。这睡椅真神奇。

如今已进入了梅雨季节。这是大木最厌烦的季节。北镰仓虽与镰仓海之间隔着丘陵，有着相当的距离，但大海袭来的湿气仍然很重。天空也低垂下来。大木感到右额上部因厚钝的阴云而发木，大脑褶皱似乎要发霉。有时他竟上午与下午一天两次躺在睡椅上了。

"一位京都叫坂见的客人来见。"女佣来通报。

大木刚刚醒来，仍躺在睡椅上。女仆看他没有回答，便说：

"可以回绝她，说先生正在休息吗？"

"不。是位小姐吧？"

"是。以前来过一次……"

"先把她带到客厅去。"

随后，大木又将头沉落回去，闭上了眼睛。午睡之后，梅雨季节带来的倦怠也减轻了，但坂见桂子来访的消息使大木顿时像冲过澡一般清爽起来。大木起身，真的用水洗了把脸，又用水擦了身子。然后，他才来到客厅。桂子见到大木，当即离开椅子站起来，飞红了脸。这是大木没有料到的。

"欢迎你来！"

"突然造访……"

"哪里！今年春天你来时，我到附近山丘上散步去了。要是你多待一会儿就好了。"

"那次是太一郎先生送我的。"

"我听说了，他带你转了转镰仓的一些地方吧。"

"是的。"

"你是在东京长大的，所以镰仓这等地方并不稀奇呀！而且比起京都、奈良来，镰仓没有什么值得看的地方吧？"

"……"桂子盯着大木的脸说，"海面上沉落的夕阳好漂亮呀！"

儿子竟然带桂子到海边去了！大木十分震惊，却说：

"从元旦早上你到京都车站为我送行算起，至今已有半年了吧！"

"是的。先生，半年很长吧？先生认为很长吗？"

大木不明白桂子奇妙问话的用意，便回答道：

"要是觉得长它就长吧，要是说它短它就短哩！"

桂子的神情似乎是嫌这回答太无聊，脸上也毫无笑意。

"比方说，假设你有位恋人，半年都没见面，会感到很长吧！"

"……"桂子仍然像刚才一样板着脸。她脸上只有那发出青光的眼神仿佛直逼大木而来。大木有点心神不安了。

"胎中的孩子，怀了半年，便在腹中躁动了呢！"即使他说出这种话来，桂子也没有害臊。

"季节也由冬天转为夏天啦！如今是我最憎厌的梅雨季节……"

"……"

"关于时间，自古以来各种人都做了哲学性的思考，却似乎没有一个众人认可的答案。'时间可以消解一切'这种世俗观念，虽然是极为强势的，但我对此也持怀疑态度。还有，桂子小姐是如何看待'人死后便一了百了'这种说法的？"

"我还不是那种厌世的人呢！"

"这与厌世观不同。"大木像是对情绪稍加控制地说道，"当然，我的半年与年轻的桂子小姐的半年，虽是同样的时间，实质却大有不同吧！又例如，患了癌症那种绝症，只能存活半年的人，与他们相比又有所不同吧。还有，因意想不到的交通事故等而瞬间丧命的人，以

379

及战争……即使没有战争，也有被人杀害而丧命的。"

"先生不是艺术家吗？"

"仅仅留下给后人耻笑……"

"让人耻笑的作品是不会流传下来的。"

"是吗？若是那样倒也万幸，但也并非尽然哟。如若按你所言，我的东西将会全部消失喽。对我而言，倒是挺好的。"

"您怎么这样说……先生，您将我老师的事情写入《十六七岁的少女》，那本书是会流传后世的，难道您不知道吗？"

"又是《十六七岁的少女》。"大木的脸变得阴沉，"你是音子小姐的弟子，连你也说这个？"

"因为我就在音子老师身边哪！抱歉！"

"不，其实也无所谓……真是无奈……"

"大木先生，"桂子突然神采飞扬起来，"与音子老师的事情之后，先生又恋爱了吧？"

"是呀。哦，有过的。也许没成为像音子那时的悲剧，不过……"

"那您为什么没把那些写出来呢？"

"这，这个……"大木稍作踌躇，才说，"当初她就说不要写她，一旦约定好，也就一直都不能写喽！"

"哦？"

"作为作家，也许是松懈啦。再也不能激发出像写音子小姐时那股年轻的热情啦！"

"若是我的话，先生怎么写都没关系。"

"哦？"大木大为吃惊。至今为止，桂子在大年夜作为音子的使者到京都旅馆来接他一次，元旦到京都车站送他一次，再加上今天来北镰仓家中访问一次，总共仅仅见了三次。其实这还算不上是正式的会面。这样怎么能够写出桂子呢？最多只能在小说虚构的人物中，借用桂子美丽的容貌吧！说起桂子曾与儿子太一郎竟然去过镰仓的海

380

岸，那时候有没有发生什么事呢？

"那我也算是有个理想的模特儿了。"大木望着桂子，想借着笑来应付过去，可那笑意却被桂子妖艳目光的娇媚化解了。桂子双眼水汪汪的，宛若含泪。大木没有再说下去。

"上野老师答应为我画像。"桂子说道。

"是吗？"

"今天我又带来一张画，想请先生过目。"

"是吗？我对抽象画不甚了解，这个房间太小，请到客厅打开看吧！上次送的两幅画，我儿子挂在书斋里啦。"

"今天他不在家吗？"

"哎，今天是他先到研究室，再去私立大学授课的日子。内人去观看净琉璃木偶戏①了。"

"就先生一个人在家，太好啦！"

桂子用若有似无的声音说罢，径自向门口走去。她把放在那里的画拿到客厅。画装在简单的白木画框中。画面以绿色为基调，在自己所好之处大胆地施加各种色彩，整个画面好像在起伏波动着。

"先生，这幅画对我来说，就是写实性的，画的是宇治的茶园。"

"噢？茶园……"大木凝视着画面说，"真像是波涛起伏的茶园呢。这是朝气蓬勃的茶园。我看第一眼时，还以为是一颗心正激情燃烧起来的抽象画呢。"

"我真高兴啊，先生。即使您这样认为……"桂子跪在大木的后面，下巴似乎搭在大木的肩膀上了。一股甜蜜的气息温暖地袭上大木的发间。

"大木先生，您能从这幅画……从这幅画感受到我的心在波动，

---

① 净琉璃木偶戏，日本传统舞台艺术，起源于江户时代，融合了说唱、乐器与木偶剧多种艺术形式。

着实令我高兴呀！"桂子又重复说了一遍，"若作为茶园画，还是平庸的吧……"

"你还很年轻哩！"

"到茶园去写生，那是确实去了的，但我把它们视为茶树，视为茶田的田埂，仅是在开始的半小时、一小时里而已。"

"是吗？"

"茶园是静止的。不过，那新绿的圆润起伏的波状重叠，宛如动态的浪涛打来，我就画成了这个样子。这可不是抽象画哟！"

"茶园在新芽时期，还是朴素的。"

"先生，我还不懂得朴素是什么！无论在绘画方面，还是在情感方面……"

"情感上也是……"大木一回过头，一只肩膀碰到了桂子胸部的凸起处。桂子的一只耳朵呈现在他眼前。

"说出这种话，这只美丽的耳朵很可能会被割下来哟！"

"我绝不是凡·高那种天才，不会割下自己的耳朵，除非有谁把它咬下来……"

"哦?!"大木大为吃惊，猛然转回肩头，使得后面几乎贴着大木跪坐的桂子差点歪倒，她急忙抓住了大木。

"所谓的朴素感情，我真的特别讨厌。"桂子保持着这种姿势说道。大木如果在手臂上稍一用力，桂子必然倒在他的膝上。那将形成仰着胸待吻的姿势。

然而，大木的手臂没有动弹。桂子也还保持着原来的姿势。

"先生。"桂子细声轻唤，盯视着大木。

"耳朵的形状可爱而漂亮，可侧脸却美得带点妖气呢。"大木说。

"真高兴！先生如此说我。"桂子细长的粉颈，染上微微的红晕。她继续说：

"您的话我将终生难忘！但是，先生所夸赞的美丽，能持续到何时呢？如此想来，就觉得做一个女人，真悲哀啊！"

"……"

"被人看会觉得难为情，但让先生这样的人看，却是女人的幸福啊！"

大木对于桂子如此热情的话感到吃惊。但假如作为处在相爱场合的话语，便一点也不值得惊奇吧！

大木用略为正经的语气说：

"我也感到幸福呀。你还有很多美丽的地方吧！"

"是这样吗？我在绘画界只是个无名小辈，不是模特儿，所以不知道啊。"

"画家可以公然以人体作为模特儿，但作家却不能。这一点，有时令人心中不平啊。"

"假若我能对您有用，那就请……"

"那可是求之不得的……"

"先生。如果小说的模特儿是我，先生无论如何描写我都无所谓，刚才我已经说过了吧。可是，先生的幻想和空想，比我的实际状况更加美丽，这点虽然有些悲哀，但也无所谓。"

"是抽象性的呢，还是写实性的？"

"那就悉听尊便喽……"

"不过啊，美术的模特儿与文学的模特儿，有着根本上的区别呀！"

"我十分清楚。"桂子眨着浓密的睫毛说，"不过，说起我的茶园画，虽然有点幼稚，但它不是描绘茶园的画呐！也不是自然的写生，而是变成描绘自己的了……"

"任何画作，都是如此呀！不限抽象或具象。然而，美术领域中，若不是人体，就不能叫作模特儿吧！小说的模特儿也仅仅指人而言。风景呀花儿呀，无论怎么写，也不能叫作模特儿。"

"先生，我是人哪！"

"是个美人儿。"大木伸手托着桂子的肩，将她扶了起来。

"美术模特儿，即使是裸体作品，也只是摆个姿势即可，但小说的模特儿如果仅限于此的话……"

"我明白。"

"可以这么说吗？"

"可以。"

大木被年轻桂子的大胆气势所压倒。

"你的面容，也许能够借用在小说中的姑娘身上……"

"那可没什么意思。"桂子立刻妩媚地说道。

"女人真不可思议！"大木倒像避开话锋似的说，"竟有两三个人以为写的是自己，深信自己就是那部小说中的模特儿。可是作者并不认识她们，也没见过她们，是与小说毫不相干的女人……她们是如何幻想的啊！"

"我认为身世堪悲的女人太多了，所以才会陷入那种幻想，聊以自慰吧！"

"不是脑筋有问题吗？"

"女人的脑筋是很容易出问题的。难道先生不能使女人的脑筋出问题吗？"

桂子语出突然，大木穷于应答。

"先生在静观女人脑筋出问题吗？"

"嗯？"大木又语塞了，他将话题引开，"不过啊，小说中的模特儿与美术的模特儿不同，小说的模特儿，怎么说呢，那可是无偿的牺牲哟。"

"我最喜欢做出牺牲呀。为一个人牺牲，也许这就是我人生的价值吧！"

大木没料到桂子能接着说出这种话来。

"对桂子小姐来说，这可是太过任性的牺牲吧。反过来说，你像是在谋求对方的牺牲……"

"不，先生，不是那样的！牺牲的根源是爱，是憧憬！"

"桂子小姐，现在你所为之牺牲的人，是音子小姐吗？"

"……"

"是吧？"

"或许是，但音子老师是女人。女人为女人牺牲的生活，不会是纯洁无瑕的呀。"

"哦？我不明白。"

"有二人俱毁之虞……"

"二人俱毁……"

"是的。"

"……"

"即使有一点点迟疑，我都讨厌！五天也好，十天也罢，我希望完全忘掉自己。"

"就是结婚，也难如此呀。"

"说起结婚，此前机会多的是！但结了婚，那种忘我的牺牲便不会再有了。先生，我是讨厌回顾自己的。刚才也说过，我最讨厌什么朴素的感情了。"

"遇到所爱的人，四五天后就只能自杀，这类话还是不要说吧。"

"真的，我丝毫不畏惧自杀。比自杀更讨厌的，是失望与厌世。即使先生勒住我的脖子，也是幸福的啊。对啦，在那之前，我想先做先生的模特儿……"

大木年雄当然会怀疑桂子是来诱惑自己的。能否将桂子定为妖妇，仅凭今天的表现是不能断定的，但大木认为她若作为小说的模特儿，倒像是一位饶有风趣的姑娘。不过，倘若爱上桂子再分别的话，则有可能像《十六七岁的少女》中的音子那样，再度发生进入医院精神科的那种事。

今年早春，坂见桂子带着自己的两幅画《梅》与《无题》来访时，大木出去散步，正从北镰仓的山丘观望晚霞而不在家中，儿子太一郎会见了她。太一郎出去送她，但据桂子今天所言，太一郎不是送她到北镰仓车站，好像二人竟观看镰仓海景去了。显然，太一郎被桂子妖媚的魅力俘获了。

"然而，儿子不成。他会被桂子毁掉的！"大木心想，"这不是年龄差距的嫉妒！"

桂子对大木说：

"这幅茶园画，如蒙先生放在书斋中，那我该多么荣幸啊！"

"嗬，就那样办吧！"大木应付似的答道。

"我想请您在晚上的幽暗中看它一眼，如此一来，茶园的色彩便会消沉黯淡，我任意涂上的颜色便会浮现出来。"

"嗯？也许会做奇妙的梦呢。"

"什么样的梦呢？"

"噢，年轻的梦吧！"

"我好高兴！您说了令我无比高兴的话。"

"你不是正年轻吗？茶园里圆形波纹的重叠，该是音子小姐的情分，那些想象不出为茶叶的新绿，该是桂子小姐吧！"大木年雄说道。

"先生，哪怕一天也可以……以后撂在先生的柜子角落里任凭尘封也行。反正是幅拙劣的画。过后我会来用小刀划碎它。"

"嗯？"

"真的呀！"桂子显露出不可思议的温顺表情说，"虽是拙劣的画，即使只放一天也好，在先生的书斋里……"

"呃。"

大木一时无言作答。桂子默然垂首。

"这种古怪的画，先生能真为它做一次梦吗……"

"实在不好意思，受这幅画的诱惑，也许不会梦见画，反倒会梦见你吧。"

"请便，无论是什么样的梦……"就连泼辣的桂子也晕红了美丽的耳朵，"不过，先生，您并未做过什么足以梦见我的事情呀。"桂子抬眼凝视大木的当儿，那双眼竟湿润起来。

"哪里的话。上一次，你送来两幅画时，我儿子原本直接送你到那边的北镰仓车站即可，可他竟然送你到镰仓的海边了吧。今天让我来送你，好吧？家中谁都不在，所以也没法留你吃晚饭，我就叫来了车子。"

车子穿过镰仓市区，奔驰在七里滨海岸。桂子一声没吭。

梅雨中的相模湾，大海与天空都是一片灰蒙蒙的。

大木让车子在江岛海滨乐园就地等候，便下了车。

他们买了乌贼与竹筴鱼等海豚的饲饵。海豚从水中跳上来，叼走了桂子手中的那些饲饵。桂子的胆子大了起来，逐渐举高了手中的饲饵。海豚也越跳越高，腾身扑向饲饵。桂子完全像个小女孩似的兴高采烈，连下起雨了也浑然不觉。

"趁雨还不大，我们走吧！"大木催着桂子，"你的裙子都有点湿啦。"

"啊！真开心。"

乘上车后，大木说：

"在这附近，就是伊东温泉前面一点，时常有海豚成群结队而来哩。据说赤着身子的男人们将它们赶到海岸边，抱住后捉回来。海豚极怕痒，只要搔它的腋下它便瘫软了。"

"哟！"

"小姐会怎么样呢？"

"先生真讨厌。我会乱闹腾，用力抓挠的吧！"

"还是海豚乖啊!"

车子抵达了山上的旅馆。眼前的江岛一片灰色,左面的三浦半岛也朦朦胧胧。梅雨的雨滴稍微变大了些,但四处仍笼罩着梅雨期特有的雾霭。附近的松林也模模糊糊的。

进入房间,两人的衣服全都粘在身上了。

"桂子小姐,我们回不去了。"大木说,"这样的水雾,开车很危险!"

桂子颔首。她那般不以为然的神情,令大木愕然。

"身上潮乎乎的,晚饭前必须擦擦身子……"大木用手抹了把脸说,"桂子小姐也像海豚一样,让我试试好吗?"

"先生,这话有点过分了吧?把我与海豚相提并论……我难道该受这种侮辱吗?捉海豚玩儿……"桂子单肩斜倚在窗栏上,接着说,"晦暗的海!"

"是我不好,对不起。"

"起码,也得说句'我想好好看看你'什么的……或者默不作声地把我抱起来就走……"

"你不会反抗吗?"

"不知道……但玩捉海豚可就过分了。我不是老于世故的厚脸皮。难道先生也这么堕落了吗?"

"堕落?"大木甩了句话,便走进了浴室。

大木一边淋浴,一边把浴缸稍作清洗,随后又向浴缸里放好了热水。他用毛巾擦了擦身子,就头发蓬乱地走了出来。

"请吧!"他没看桂子,说道,"已经放好了新的热水。大概足有半缸了吧!"

桂子板着脸望着海面。

"现在已变成浓密的雾雨了,附近的小岛和半岛全都模模糊糊……"

"你觉得悲凉吗?"

"海浪的颜色也令人生厌！"

"身上湿漉漉的，会使人心烦吧。热水已放好，去洗个澡吧！"

桂子点点头，走进了浴室。一阵寂静，也听不到洗澡水的声音。然而，桂子走出浴室时脸是洗过的，她坐在三面镜子前，打开了手提包。

大木凑近她的身后说：

"虽然我冲了头，但什么护发的东西都没有，头发乱糟糟的。发蜡倒是有，但我讨厌那气味！"

"先生，这香水可好？"桂子递给他一只小瓶子。大木闻了闻，说：

"都抹过那个发蜡了，还要再洒上这香水？"

"只要洒上一点点就可以啊。"桂子笑了。

大木抓住桂子的手，说道：

"桂子小姐，你不用化任何妆……"

"痛，好痛呀！"桂子转过脸说，"坏先生！"

"桂子小姐的素颜最好看。那皓齿娥眉，真漂亮！"大木的嘴唇凑上桂子红嫩的面颊。

"唉哟！"

化妆镜前的椅子倒了。桂子也倒了。大木的嘴唇重叠在桂子的嘴唇上面。

一个长吻。

大木喘不过气来，才把脸稍微移开。

"不，先生，再长些……"桂子拉住了他。

大木暗自吃惊。

"海女也不能憋那么久啊！会晕过去的。"

"就让我晕过去吧……"

"女人倒是能憋气！"大木借着嬉戏逗耍，又将嘴唇凑上去了。过了好长时间，大木又觉得喘不过气来，才抱起了桂子。他把桂子放

390

到床上让她躺下。桂子含胸蜷腿，缩成一小团。

　　大木要展开她的身子，桂子虽然没有什么反抗，但还是费了相当的工夫。在这段过程中，大木判明了桂子不是处女。而且，大木动作稍一粗野，桂子便在下面悲哀地呼喊道：

　　"老师，老师。"

　　随后她又呼喊："上野老师！上野老师！"

　　"嗯？"大木原先以为呼喊的是自己，当发觉桂子其实在呼喊音子时，便戛然而止了。

　　"你喊什么？你喊上野老师？"大木的声音蕴含着扫兴。桂子不作答，推开了大木。

点景石·枯山水

　　京都寺院的点景石庭园，有好几处留存至今仍颇著名。主要处所有西芳寺的石庭、银阁寺的石庭、龙安寺的石庭、大德寺大仙院的石庭、妙心寺退藏院的石庭等。其中，龙安寺的石庭不仅名气最大，而且在禅学或美学上，可以说几乎被神化了。当然，这不是毫无理由的。此庭园既是无与伦比的名作，而且主石与配景亦保存完整。

　　上野音子对这些古迹每一个都多次观览，并全部记在脑中。但是，今年她以绘画的心情，梅雨季刚过，便每天去看西芳寺后院的石庭。她认为这座石庭不是作为女子的自己能够描绘的。她是想去感触石庭的"力"。

　　作为石庭，它难道不是历史最古老、且刚劲有力的吗？音子觉得画成也罢，画不成也罢，那都是无所谓的。与下面优雅的苔寺 ① 庭园相比，后山的石庭的确是大相径庭啊！如果没有从下面上来观景的游

---

① 苔寺，日本京都西芳寺的俗称。

客，音子真想与点景石就这么相对而坐。她把写生簿铺展开来，也许是为了使过往的游客不至于对自己盯着石庭踱来踱去而感到怪异吧。

西芳寺于历应二年（1339 年）由梦窗国师^① 翻修，他整修塔堂，掘池造岛。据说山巅的缩远亭为引导人们观赏京都街景之处。那些建筑都已湮灭。庭园也因洪水等灾变而荒废，不知重修了多少次。现在的枯山水，据说是沿着昔日去山上缩远亭的石磴而建造的，仿佛表现出了瀑布与流水的意境。因为全是点景石，所以才原样保留着古老的风貌吧。

后来，千利休^② 的次子少庵也曾隐居于此，但音子无心厘清那些历史及考证之类，每每往来就只为了观览点景石。年轻的桂子就像是音子的跟班似的随同而来。

"老师，点景石不都是抽象的吗？"桂子说，"以画而言，有稍微类似塞尚^③ 的《埃斯塔克海湾》那张岩石画中的那种刚劲强健的吗？"

"桂子，你知道的倒不少呢！不过，那不是天然的石山吗？虽说它没有一般所说的山那么高大，却总是海岸的岩石群哪……"

"老师，如果把这种点景石入画，会成为抽象画呀。以写实的笔法描绘这种群石，我是无能为力的。"

"是吗？我也没说要画……"

"我用流畅而粗犷的笔法来试试吧？"

① 梦窗国师，即梦窗疏石（1275—1351），日本镰仓末期、室町初期的临济宗僧人。因得后醍醐天皇、足利尊信皈依佛门，创建了天龙寺等不少寺院，该宗门流派得以兴隆。著有《梦中问答集》等。

② 千利休（1522—1591），日本安土桃山时代的茶人。千家流茶道的始祖，法名宗易。确立了草庵风格的茶室构造，集茶道之大成。天正十三年（1585 年）正亲町天皇赐号"利休"，从而确立起其天下第一的地位。后因触怒丰臣秀吉而剖腹自杀。

③ 塞尚（1839—1906），法国画家。其创作超越了印象派绘画的客观感觉性，以严格的画面结构和丰富的色彩表现，给 20 世纪绘画以极大影响。被称为现代绘画之父。作品有《圣维克多山》《大浴女》等。

"也许那样会好些。上一次茶园的画很有意思，具有青春活力。那张画你也带着去送给大木先生了吧？"

"对。如今，也许已被他太太撕碎或销毁了……我与大木先生在江岛的旅馆同宿了。他说要玩什么捉海豚的游戏，我觉得大木先生也堕落了，但我呼唤出上野老师的名字时，他便突然消沉了……大木先生如今对我的老师既有爱，也有悔啊！我真有点嫉妒了……"

"和大木先生……你打算做什么呢？"

"我想破坏他的家庭。为我老师报仇。"

"报仇……"

"我讨厌老师至今仍深深地爱着大木先生。受了那种罪，还在爱着他。女人的痴情……我是很讨厌这点的呀。"

"……"

"这是我的嫉妒嘛。"

"嫉妒……"

"是嫉妒嘛。"

"因为嫉妒，竟去江岛旅馆与大木先生同宿？假如，我还爱着大木先生的话，嫉妒的难道不应该是我吗？"

"老师，您真的嫉妒我吗？"

"……"

"如果这样，我倒高兴！"桂子写生点景石的行笔变快了，"我在旅馆里没有睡着。尽管如此，但大木先生似乎舒舒坦坦地沉睡了。我讨厌五十多岁的男人……"

音子忐忑不安，虽然她想知道旅馆是双人床还是单人床，但没有询问。

"一想到如今也能轻而易举地勒住熟睡中的大木先生的脖子，我就开心死了，真开心……"

"唉！好危险。你这人真可怕。"

"仅仅是这么想过而已。即使只是想想，我就开心得睡不着觉了。"

"你说的这些都是为我而做的吗？"音子写生点景石的手有点颤抖起来，"我可不认为是为我做的！"

"是为了老师啊。"

事到如今，音子才对桂子的古怪性格感到恐惧，她说：

"桂子，请你别再到大木先生的家里去了。真不知会发生什么事情啊！"

"老师，您当年住院时，就未曾有过杀死大木先生的念头吗？"

"没有呀。当时我确实精神失常啦，但未曾想过要杀人……"

"您不憎恨大木先生，是对大木先生爱过头了吧？"

"对我来说，还有孩子等事……"

"孩子……"桂子穷于言辞，便问道，"老师，拿我来说，不是也能为大木先生生个孩子吗？"

"哎？"

"这样一来，也不就把大木先生给葬送了吗？"

音子犹如受到沉重打击似的盯着女弟子。从这细长的颈项、漂亮的侧脸中，竟说出如此可怕的话来。

"那当然能生啦！"音子控制住自己的情绪，"你难道变得不知道自己是谁了？即使你生了大木先生的孩子，我也已经无所谓了。可是，一旦生下孩子，你就不会这么说了。你会变个样的！"

"老师，我不会变的。"

在江岛的旅馆与大木同宿，桂子到底做了些什么呢？只听桂子的话语本身倒没什么特别，但从她说话时的神色来看，音子感到她可能有事相瞒。桂子说什么嫉妒啦、报复啦这等过激的话，不就是掩饰着什么吗？

然而，音子刚一想到自己至今还为大木年雄而嫉妒，便合上了双

395

眼。点景石形影不离地残留在她的眼底。

"老师，老师！"桂子抱住音子的肩膀，"您怎么了？突然脸色苍白。"

随后，桂子用力掐了一把音子的腋下那里。

"痛，好痛呀！"音子打了个趔趄，单膝跪倒在地上。桂子将她抱起来，说：

"老师，我心中只有音子老师，只有音子老师。"

音子默不作声，拭去额头上的冷汗。

"桂子，你说出那种话来，是不会幸福的呀！一辈子都不会幸福……"

"我管它什么幸福不幸福，我丝毫也不畏惧！"

"由于你年轻、漂亮，所以能够说出这种话，但是……"

"上野老师能把我留在身边，我就幸福！"

"我很感激你，但我也是女人呀！"

"男人呀，是我最讨厌的……"桂子断然说道。

"不能这样呀。果真如此，日子越长越……"音子悲戚地说，"连画风也会大变的呀。"

"老师的画风千篇一律，我最讨厌……"

"你最讨厌的事这么多？"音子稍微平静了些，"桂子，把你的写生簿给我看看。"

"好的。"

"这个，是什么？"

"您真是的！老师，这不就是点景石吗？您仔细看看……因为我画了不能被画出的东西。"

"哦！"音子端详着这幅画，脸色又变了。当然，水墨单色的写生，乍看是看不出画的什么，但总觉仿佛有奇异的生命呼啸而来。这是桂子的画中从来都没有的。

"果然，在江岛的旅馆里，你与大木先生产生了激情吧。"音子颤抖起来。

"您说激情？那就是激情吗？"

"你的画变啦！"

"老师，我就明说吧，大木先生连一个长吻，也不大能做了。"

"……"

"男人，都是这样吗？"

"……"

"我对男人，还是初次呢！"

音子对这个"初次"到了何种地步而迷茫，她继续查阅桂子的写生簿。

"我想变成枯山水的石头啊！"桂子嘟哝一声。

梦窗国师的点景石，历经数百年了吧，上面斑驳苍苍，古色浓郁，令人分不出是原本自然的石头，还是人工垒砌的石头。然而，那确实是人工垒砌起来的石头，那股嶙峋粗犷的内在力量，从来没像如今这样向音子逼近。它令人感触到精神的厚重感，压得人痛苦不堪。

"桂子，今天已该回去了吧？我感到石头变得可怕了。"

"好的。"

"又不能在石头上坐禅，咱回去吧！"音子踉踉跄跄地站了起来，"我在这种状态下是画不成的呀。正因为这些石头是抽象的，所以桂子的自由写生，或许能捕捉到些东西。"

"老师，"桂子挽住音子的胳膊，"回去后，我们玩捉海豚的游戏吧！"

"捉海豚？你说捉海豚，是怎么回事？"

桂子妩媚地笑着，向左边的竹林那边走下去。

397

那片竹林，也许就是摄影家土门拳^①先生拍摄的最美的竹林。

音子行走在竹林边，面部表情与其说是忧郁，倒不如说是紧张。

"老师，"桂子拍了拍音子的后背，"是不是被那座点景石吓掉魂了？"

"谈不上吓掉魂，但我想不带写生簿和画笔去，就这么单纯地观览它几天。"

桂子与平时一样，满脸带着明快的青春朝气说道：

"不就是石头吗？若像老师这样观赏，就会涌现出力感与苍苍青苔的美感，可石头终究是石头……"

接着她又说："俳句名家山口誓子^②先生在一篇文章中写过：'日复一日，皆与枯山水无缘，终日唯近大海，朝夕大多与枯山水相距甚远……其后，移迁京都，方在头脑中理解了枯山水。'——确实有这样的文句。"

"大海与点景石呀。比起大海或高山的岩石和峭壁，小小庭园中的点景石毕竟是人为的，所以……"音子说，"尽管如此，这种点景石，我好像是无论如何也画不成的！"

"老师，那是人造的抽象嘛。即使用上色彩，我也觉得可以凭自己的喜好来着色。画成我喜欢的抽象形状……"

"……"

"石庭起源于何时……"

"我不大清楚，但在室町时代之前，可能还没有吧！"

"使用的山岩啦石块啦是……"

"它们到底有多古老，不是无人知晓吗？"

---

① 土门拳（1909—1990），日本摄影家。提倡摄影现实主义，发挥了日本摄影界领袖的作用。其古代美术和佛像摄影获得较高评价。作品有《广岛》《古寺巡礼》等。

② 山口誓子（1901—1994），日本俳句诗人。在素材的扩充和构成法方面为新兴俳句做出贡献。主编《天狼》杂志，著有俳句集《冻港》等。

"老师想画出比那些山岩和石块流传更久远的画作吗？"

"我无此奢望啊！"音子忧虑地说，"无论是西芳寺的庭园，还是桂离宫的御庭，那些树木在几百年之间，成长、枯萎，受尽狂风暴雨的摧残，我想它们与当初相比，有相当大的变化吧！点景石却不会有这么大的变化。"

"老师，我认为任何东西都会完全衍变，消亡了才好呢。就说前不久那幅茶园的画吧，如今大概已被大木先生的太太撕毁或剪碎了吧！因为我们去江岛住过……"桂子说。

"那可是幅意趣横生的画……"

"是吗？"

"桂子，你打算画出好画，就送到大木先生那里去吗？"

"是的。"

"……"

"一直到为音子老师完成复仇为止。"

"别再满口提什么复仇的事了，尽管我已经对桂子你说过好多次。"

"我明白。不过，又不明白哩。"桂子还是爽直地说，"这是女人的执着吧？或是女人的天性吧？也可能是女人的嫉妒吧？"

"嫉妒……"音子的声音低沉并颤动着，她握住桂子的手指。

"音子老师至今还在内心深处爱着大木先生，大木先生也在内心深藏着对音子老师的强烈的爱。听除夕钟声时，作为姑娘的我，就心知肚明了。"

"……"

"女人的恨，也不就是爱吗？"

"桂子，你为什么在这里说这种话呢？"

"大概因为年轻吧，所以即使我看到那些枯山水的山岩和石块，也流于表象，只看到了往昔日本人的抽象。可是，那种抽象的真髓，如今我仍不理解。因为带有几百年的苍苍古色，所以才呈现出那种风貌，但刚建造好时是什么样的呢？"

"哼。在谈论初造原样的桂子眼中，应该很幻灭吧？"

"倘若我来画，会按自己的喜好，把点景石的形状改掉，把组合石头时的不协调的色彩也任意改成我喜欢的颜色。"

"是吗？那么，你就能画啦！"

"老师，那点景石比起老师或我的生命，太过长久了！"

"那当然了。"音子说着，不由得打了个寒战，"虽然不是永恒，但是……"

"我能画成短命的画便可以了，只要能在老师的身边……画成之后，即使立即销毁也无所谓……"

"因为桂子还年轻……"

"那幅茶园画，若能让大木先生的太太剪碎或撕毁了，我反倒高兴。她那样做，就说明她的感情产生了剧烈的波动吧。"

"……"

"我所画的画，没有一本正经加以欣赏的价值！"

"不能如此断言吧……"

"我不是天才，我什么都不是，我一幅画也不想留传下去。只是，我喜欢老师，所以想留在您身边。老实说，我能够在老师身边服侍老师，能让我刷盘子洗碗，我便以此为幸了。更何况，老师还领我进入了绘画殿堂……"

音子惊愕不已，说：

"桂子，你是为我考虑着那些事的吗？"

"我的内心深处……"

"即使你这么说，可桂子你，确实是有绘画天赋的！时常我都感到吃惊呢。"

"指我孩童时代的自由画吗……小时候的画，经常被贴在教

400

室里。"

"我觉得你与我这个平凡的画家不同，与我相比，你是卓越不凡的画家呢。我时常会羡慕你。桂子，请你不要再说那种话了！"

"嗯！"桂子顺从地点了点头，"让我留在老师身边，我就会努力的。"

桂子的点头动作也很优美。

"老师，别再谈画了吧！"

"你明白我的意思了？"

"嗯。"桂子又温顺地点了点头，"只要老师不撵我走……"

"岂能撵你走呢？"音子语重心长地说，"可是啊……"

"可是什么呀？"

"女人，总是要结婚的，还要生子的呀！"

"那些……"桂子反倒爽朗地笑了，"都与我无关呀！"

"这是我的罪过，对不起！"

音子略微低头，转脸采撷一枚树叶。她默然踱步片刻。

"老师，女人不是很可怜吗？年轻男人，没有爱上六十岁老太婆的吧！但是，十来岁的女子，有时却真心实意地爱上一个五六十岁的男人，而且毫无所图……是吗？老师。"

音子倏然不知如何作答。

"老师，大木先生呀，如今简直不行啦。他好像把我当成一个轻佻的女人啦。尽管我还是个小姑娘哩……"

音子的脸色铁青。

"不光这些，在那最紧要的时候，我不由得呼喊起'上野老师，上野老师'，他竟突然什么也做不成了。"

"……"

"为了上野老师，我仿佛承受了身为女人的羞耻。"

音子的脸色更加发青了，双膝似乎在打战。

"在江岛的旅馆里？"音子终于开口了。

"嗯。"

上野音子当然没有理由向桂子提出抗议。

车子到达了音子她们所住的寺院。

"这样一来，若说我是得救了，倒也真是得救了，不过……"这位大胆泼辣的桂子，此时脸色也发红了，"老师，我生下大木先生的孩子，送给上野老师好吗？"

突然，桂子的脸颊被扇了一记沉重的耳光。桂子的眼睛几乎流出泪来。

"啊，好痛快！"桂子说，"老师，再扇，使劲扇啊！"

音子颤抖着。

"再扇……"桂子重复说。

音子期期艾艾地说：

"桂子，为什么你会说出这么可怕的事？"

"那不是我的孩子。我说过打算生个上野老师的孩子。我生下来，送给老师。我想从大木先生那里偷来老师的孩子送给老师……"

音子又猛然扇了沉重的一掌。这次桂子也抽抽搭搭起来，说道：

"老师，老师，如今无论您多么爱大木先生，已经不能生下大木先生的孩子了。不能生啦！我能毫无感情地生出来啊。而且，我认为这和上野老师所生下的，是一样的……"

"桂子！"音子喊了一声，就跑向走廊，一脚把萤火虫笼子踢向了庭园。

萤火虫笼子从音子赤裸的脚尖飞了出去，在飞出去的一刹那，笼里的萤火虫一齐闪动着苍白的流光，落在了庭园中的苔藓上。夏季昼长，天空暮色初染，园中也不见此等时分的雾霭，却又宛若漂浮在眼前，其实这还是白日的光亮。萤火虫不可能闪出那种光的，也许连发白的光亮也没有闪现。流动摇曳的光，也许只是音子眼睛的错觉，心灵的错觉。音子的身子硬邦邦地挺立着，直勾勾地盯着掉落在苔藓上的萤火虫笼子，眼睛一眨不眨。

桂子不再啜泣了。她屏息窥视音子的背影。桂子没有躲避音子的掌掴，但跪坐着的双膝已松垮倾斜，只好用右手扶在榻榻米上撑住身体。她就这样一动不动。音子僵直地挺立不动，桂子的身子也仿佛僵硬了一般。然而，这种状态只持续了片刻。

"啊，老师，您回来了。"小美代进来说，"老师，洗澡水已经烧好了。"

"好的，谢谢。"音子的声音像被卡在喉咙里似的。这时，她感到腰带下已被汗水濡湿，很不舒服。胸口也沁出冷汗。

"虽然不那么热，但这种天气真难受。潮叽叽的……梅雨季还没有过去吧！是不是梅雨又回来了？"音子的脸没有转向小美代，她继续说道，"幸亏能洗个澡！"

——小美代只是寺院的女佣，可也兼管音子等人住的偏院。她不但打扫卫生、洗衣服、清理厨房，有时还操办伙食等杂事。音子喜欢下厨，手艺也熟练，但当她全身心投入到绘画上时，就懒得上灶台了。从外表来看会令人意外——桂子也能将京都菜的精细美味发挥得淋漓尽致，但全凭她有兴致时才会动手。由于这种或那种原因，不少日子她们全靠小美代做的简餐把午饭和晚饭打发掉。小美代已有五十三四岁，到寺里来的六年间，一直勤勤恳恳干活。寺院里也有住持夫人和年轻的儿媳[1]，所以小美代似乎为偏院里的音子做的事情要多些。小美代身材较为矮胖，手腕与脚踝鼓胀得像被捆扎起来似的。

肩头圆润，面容开朗的小美代，此时也看见了庭园里的萤火虫笼子，便说：

"老师，要让萤火虫淋夜露吗？"说着，便踩着踏脚石走近萤火

---

[1] 日本的和尚是可以结婚生子的，寺庙住持亦可带家眷。

虫笼子。大概是因为萤火虫笼子横倒着吧，小美代蹲下将萤火虫笼子扶了起来。但她没有拿回来。似乎小美代以为萤火虫笼子是故意放在那里的。

小美代站起来，本应会从院子里看到走廊里的音子，但音子在此前已背朝着她，走进里面的浴室了。这时，小美代与桂子照了个面。小美代因见桂子潮湿的冷峻目光而低下了头，但桂子苍白的脸上，只有半边的脸颊发红，她感到事非寻常，就脱口问道：

"小姐，怎么啦？"

"……"

桂子没有回答。她眼神呆滞地站起身来。从浴室传来了水声。好像是音子在放冷水兑进热水。也许是热水烧得过烫，放水声一直响个不停。

桂子站到挂在画室墙壁上的镜子前，用手提包中的化妆品补妆，又用小银梳子梳理了头发。三面镜的化妆台和穿衣镜都在浴室前面的小房间里。

因为音子已在那边脱衣入浴，所以桂子不便去那边梳妆。桂子从五斗橱上层的抽屉中，取出了放在最上面的单衣衫。内衣也统统换过了。她把单衣衫套在贴身内衣上，当手臂伸进单衣衫袖子后要合上前襟时，感到手臂不能活动自如了。

"老师……"

她不由得呼喊音子。

桂子低着头，在她目光能及的单衣衫袖子与下摆的图案上，浮现出了音子的形象。这件单衣衫是音子的创意，是她为桂子绘好图案，再托人染色而成的。花纹为夏季花卉，但其大胆的抽象画风，令人想不到出自音子之手，即使明白那是牵牛花，却看似虚幻之花。色彩浓淡自如，也是近来流行的新式和服风格，显得朝气蓬勃，清清爽爽。能完成这种和服的构思，是缘于作画时桂子始终贴在音子身边，寸步不离吧。

"小姐，要出去吗？"小美代在隔壁房间问道。

"你在看什么？"桂子头也不回地说，"如果是看我的话，可以到我跟前来看呀。"

"……"

桂子意识到小美代在诧异地盯着自己，没能把单衣衫的前襟拢好，腰带也没能系好。

"要出去吗？"小美代又问。

"不出去呀。"

桂子右手撩起单衣衫的大襟下摆，左臂托着腰带和衬垫等，一边向浴室前的小房间走去，一边焦急似的说：

"小美代，我忘拿袜子啦。帮我拿双新的来。"

音子听到桂子的脚步声，便从浴室里喊道：

"桂子，这洗澡水温度正好哦！"

音子以为桂子是进来洗澡的。然而，桂子只是站在穿衣镜前系腰带。她系得紧紧的，几乎要勒进腰里了。

小美代把袜子放在桂子脚边，便默默地走了。

"快进来吧！"音子又喊道。

音子泡在浴缸中，水浸到乳房处。她等待着桂子进来，眼睛望着入口的杉木门。现在桂子本该开门进来了，可门外却静悄悄的，也没有脱衣裳的动静。

此时，她怀疑桂子是不是因不愿赤身裸体进来而犹豫，这可伤透了音子的心。她突然感到胸闷难忍，便从浴缸中站起身子，抓着浴缸边跨了出来。

桂子是不想让音子看到自己与大木在江岛旅馆过夜的身体吧？

桂子从东京回来，是在半个多月之前。桂子在东京期间去拜访大木，被他带到了江岛。桂子回到京都后直到今天，她多次与音子同浴，也未曾因暴露肌肤而害羞。话又说回来，桂子把与大木在江岛同宿的事首次向音子告白，是今天在苔寺的后山点景石前面突然提起的。那个告白的措辞也不同往常，极为怪异。

桂子是个妖媚的姑娘，音子长年累月已了解了她的诸多习性。桂子的妖艳与日俱增，与音子施加的影响不无关系吧。即使不能说这是音子培育塑造成的，但音子在桂子的身心深处点燃了火种，却是毋庸置疑的。

在浴室里的音子额头上冒出了汗珠。她用手一摸，竟是冷冰冰的！

"桂子，你不进来洗澡吗？"音子说。

"对。"

"不洗了？"

"对！"

"光冲冲汗也好……"

"我没出汗。"

"……"

"老师，对不起。老师，请宽恕桂子……"

桂子的声音很清脆悦耳。

"宽恕……"音子接过桂子的话头，"是我不好呀。我该向你道歉的呀。"

"……"

"你在那里做什么？就那么站着吗？"

"在系腰带呀！"

"嗯？系腰带……你说在系腰带？"

音子疑惑地问道，急忙擦干了身子。

随后，她打开杉木门走了出来，看见换好衣着，漂漂亮亮的桂子站在那里。

"啊！你要出去？"

"嗯。"

"去哪里？"

"去哪里呢，我也不知道。"在桂子一如平时的眼神里，似乎沉潜着哀愁。

音子似乎为自己的裸体感到害羞，将出浴用的浴衣披在肩上。

"我也一起去吧。"

"嗯。"

"不行吗？"

"哪里的话，老师。"桂子背过了身子，这时桂子的侧面正好映在穿衣镜里，"我正在等您哪！"

"喔，我抓紧准备准备，你在旁边等我一下。"

音子转到桂子旁边，在梳妆台前坐下。在镜中，她与桂子面面相觑。

"木屋町怎么样？阿总姐那里……请你拨个电话问问看。如果订不到凉台的位子，那就订二楼那个四张榻榻米的房间。对了，哪个房间都可以，只要是朝河的……如果订不到朝河的房间就算啦。那就再考虑别的地方吧！"

"好的。"桂子点头说，"老师，我去拿点冷水来，加点冰箱里的冰块……"

"好呀！我的脸显得很热吗？"

"是的。"

"好啦！我不会拿化妆水瓶什么的砸你的……"音子右手握瓶，将化妆水滴在左手手掌上。

桂子端来的冰水，沁入了音子的心脾。

电话必须到寺院的人居住的地方去借用。

音子还在匆忙换衣之际，桂子回来了。

"说是凉台八点半以后已经被人预订了，阿总姐说，如果八点半以前使用，可随时光临。"

"八点半嘛，"音子嘟哝了一句，又说，"八点半……还可以吧。早点去，晚饭也能从容吃嘛！"

接着，音子把三面镜的左右镜拉过来，伸头向前照了照说：

"头发就这样吧。"

桂子点点头，伸手至音子的腰带后面，轻轻地为她理好和服的脊缝。

火
中
莲

　　《京都名所图会》①中的《四条河原夕凉》一节，经常被描绘鸭川纳凉的文章所引用。"……由东西之青楼，设凉台于河畔，灯如灿星。河原上，长凳连排，开宴于流光。深紫帽子，河风之中翩翩舞，英俊美少年，容色羞闭明月光。举扇端秀，温文尔雅，令人心驰神往，目不忍离。偶有时髦妩媚妓妇，着芙蓉亦不及浓妆，兰麝馥郁，飘南荡北……"讲笑话说书的、口技的艺人等也悉数登场，于是——

　　"猴演狂言，犬赛相扑，马戏、枕技，麒麟走绳索，一如荡秋千，哨呐声声喧。琼脂小吃店，湍流水滔滔，足以避暑炎；玻璃垂帘音色美，珊珊回荡招凉风。和汉名鸟，深山猛兽，亦汇集于此，供人观赏。贵贱同群，游宴河畔……"

　　元禄三年（1690 年）夏，俳句名人芭蕉也曾到此，写下了以下诗文——

　　"于四条河畔乘凉，从黄昏月亮升起时分，直至次日过了黎明，

———————————

① 《名胜图会》 日本江户中后期出版的配有图片的名胜指南导游册的总称。其中 1780 年出版的《京都名所图会》为最早刊行的通俗地方志，记载地名、名胜、寺庙神社等沿革。下文的《四条河原夕凉》载于《京都名所图会》第二卷。

409

搭列凉台于河中，饮酒作乐。女人锦带束腰，男子身着和服外褂，法师老人也交汇于此，连桶匠铁匠之学徒，亦偷闲欢愉高歌。不愧都城之胜景矣。"

> 河面清风起
> 身着米色麻布衣
> 纳凉于暮夕

"河畔搭建了各式各样的篷台，有表演小节目、杂耍和惊险杂技的，还有叫卖什锦鸡蛋鱼糕的，在提灯、灯笼、篝火的光照下如同白昼。"

这便是河原纳凉的风光，到了明治末年，又增加了旋转木马与幻灯片等。进入大正年代，因京阪线的电车行驶于河的东岸，深挖河床后，河边的夏夜纳凉便被禁止，形成了如今这样的上木屋町、先斗町、下木屋町相连的凉台。在描写往昔河原纳凉的文章中，音子对"深紫帽子，河风之中翩翩舞，英俊美少年，容色羞闭明月光。举扇端秀，温文尔雅……"这处印象尤其深刻。在如此描写的当时，"英俊美少年"肯定是加入了在月夜河畔的热闹人群中。那位美少年的俊俏风姿，油然浮现在音子的脑海中。

——桂子首次出现在音子面前时，音子是将她看作那位美少年一般的少女的。

如今，在阿总姐的茶馆"阿总屋"的凉台上，音子回想起那个时候的情景。与其说桂子像那个时候的美少年，不如说往昔的"英俊美少年"更具有女性的娇媚吧。音子回顾起往事时，总是认为当初的桂子演变成了今天这样的桂子，正是由于自己。

"桂子，你还记得最初到我这里来时的情形吗？"音子问。

"别提那些啦，老师。"

"那时我还以为进来了个妖精哩!"

桂子拉起音子的手,将其小指放进口中咬着,向上翻眼望着音子。随后,她细声细语地说:

"在那春天的黄昏,庭园中笼罩着淡淡的浅蓝色雾霭,你宛若漂浮在那雾霭之中,款步而来……"

这是音子曾说过的话。音子说,因为暮霭泛起,所以桂子看起来更似妖精。桂子记住了那段话,刚刚又细声细语地重述了一次。

如同今天这样回忆过去的话题,曾多次发生于二人间。桂子深知,提及这些怀旧话题时,音子就会因为她对桂子的痴爱感到后悔、懊恼并自责,可是,正因为如此,那痴爱反而愈加增添奇怪的魔力。

"阿总屋"南侧相邻茶馆的凉台上,四个角落点上了纸罩烛灯,那里来了一名艺伎和两名舞伎。一位并不那么年老却谢顶的胖胖的顾客,眼睛望着河面,对舞伎们的搭讪只是心不在焉地点点头。他是在等同伴呢,还是在等夜晚来临?虽然灯笼中的蜡烛早已被点燃,但因黄昏残留的暮光,还未显出烛光的通明。

虽说是隔壁,但那家茶室凉台端与"阿总屋"的凉台端紧挨着,近得伸手可及。另外,每家的店铺凉台都是伸向楔川而造,楔川沿着鸭川西边石壁而流,因此凉台之间并无任何遮挡之物。这样一来,不光是隔壁的凉台,连更远处的凉台也能一览无遗。相连的凉台能彼此相望,更添身临河边的凉爽。当然,凉台是露天的。

桂子完全不顾及隔壁凉台上旁人的眼光,加大了衔咬音子小指的力度。那小指的阵痛直窜音子的中腹。然而,音子一声不吭,也没有抽回小指。桂子的舌头在音子的小指尖上搅动。然后,她将音子的小指从嘴里拿出来,说:

"没有一点咸味。老师,因为您洗过澡了……"

"……"

鸭川,以及市区对面的东山,如此开阔的景致,缓消了一脚踢飞萤火虫笼子时的音子的烦躁。心情一沉静下来，她便感觉将桂子变成一个能做出在江岛与大木同宿这等事的人，也是自己的罪愆。

——桂子来音子这里时，正值她刚刚高中毕业。据说她在东京看过音子的个人画展，又在周刊画报上见到音子的相片，从而仰慕起音子了。

那年，音子的画作参加了在京都举办的关西地区美术展览会，其作品不仅获了奖，而且得到了相当高的评价。也许这也得助于画作的素材。

音子的作品是依据明治十年（1877年）左右祇园名伎香代的照片，画出的舞女划拳的姿态。那张照片是经过特殊加工的，划拳的两名舞女都是香代，衣裳也相同。两手张开手指的舞女几乎面朝正面，两手握拳的舞女则稍微侧斜身子，音子觉得二人的手形构图、身体以及面容的相互照应等都饶有趣味。右边的那名舞女，手指是全都张开的，其拇指与食指分开，另外的四指向后弯翘着。衣裳从肩部一直到下摆均绘有古色古香的大型图案（黑白照片表现不出色彩），也令音子觉得精彩风趣。两人之间，有一只木制的方形火钵，上面坐着铁壶，还放着酒壶等。因为这些物品不美观，而且会妨碍画面，所以音子将其删减掉了。

于是，音子也将一位舞女画成了两人划拳的样子。一位舞女即两位舞女，两位舞女亦即一位舞女，或既非一人亦非两人，予人奇异的感受是这幅画的追求。那张古旧的特技照片，也似乎有这种寓意。音子为了不使自己的构思终结于平淡乏味，便在舞女的面容上煞费苦心。照片上显得臃肿的衣裳上的装饰图案，也成了音子作画时的助益，使她将四只手活灵活现地描绘了出来。音子虽然没有完全照着照片描绘，但京都一定有不少人一看到这幅画，便会明白那是依据昔时名伎的特技照片所画的吧。

东京来的画商对这幅舞女画很感兴趣，前来造访了音子。后来，他们在东京展出了音子的小品画作。就是在这个时候，桂子看到了音子的画。上野音子这位京都画家的名字，当然不会流传在桂子等辈之间，这仅仅是个偶然的机缘。

周刊画报上之所以提携音子，大概是因为那幅舞女的画在京都、大阪获得好评吧，但也可能是因为这幅画的作者就是丽人美女。音子被那家画报社的摄影师和记者拉着在京都四处巡游，拍下了大量照片。不，因为都是巡游音子所喜爱的地方，所以也等于是音子牵着画报社的人四处巡游。而且，那些照片整整占了大开本画报的三页，成了音子特辑。那上面还登载了舞女画的照片，以及音子的照片。然而，这特辑还是以京都的风物照片为主，感觉音子只不过是其点缀人物而已。之所以让音子挑选所喜爱的地方，也许是画报社的人出于重振原有名胜的考量，凭借居住在京都的女画家引导，将那些不太出名的地方用照片刊登出来。音子并没有因自己被如此利用而感到不快，只认为自己的照片竟然占了三页，而那背景都称不上是代表京都形象的名胜。

然而，对不了解京都的桂子来说，并不明白所拍的只是隐匿于游客视野，而又别具京都魅力的场所，她在画报上所见到的只有音子的美丽。照片上的音子吸引住了桂子。

从淡淡的浅蓝色的暮霭中出现在音子面前的桂子，拜托音子收留她在身边习画。她的语气斩钉截铁，掷地有声。音子之所以觉得这位桂子像个妖精，大概是因为当时她突然被桂子搂抱住了吧！这是近似于情欲突然激涌的举动。

然而，音子说道：

"如此突然，你爸爸和你妈妈知道吗？如果不知道，我是不能答复的呀。对不对？"

"爸爸和妈妈都过世了，我的事只要我决定就可以。"桂子说。

音子再次打量起桂子，说道：

"叔叔、婶婶，或者兄弟姐妹……"

"我是哥哥嫂子的累赘啊。他们有了孩子后，就把我作为累赘了。"

"从何说起他们有了孩子，你就成了他们的累赘？"

"我很喜爱小孩，但我的喜爱法，不合哥哥嫂子的意呗！"

"……"

桂子在音子身边住下四五天之后，桂子的哥哥来了封信，说桂子是个疯疯癫癫的任性女孩，也许连女佣都当不了，一切都拜托音子了。另外，还寄来了桂子的衣服与随身用品。从那些物品来看，好像桂子是来自富裕人家。

桂子所说的疼爱小孩的方法不合哥哥嫂子之意这种事，音子在与桂子朝暮相处后，便即刻明白了。那种做法的确是不正常的。

在桂子来后第七或第八天吧。她央求音子，希望把发型改成老师所喜好的样式，当音子将顺着她的头发时，无意之中攥住头发拽了一下，桂子当即说：

"老师，再用力拽……抓住头发，把我提起来……"

音子松开了手。桂子回过头来，把嘴唇贴在音子的手背，又紧贴上了牙齿，说：

"老师，您是多大初吻的？"

"说什么呀，怎么突然问这种话……"

"我是四岁呀。我记得很清楚。虽说他是母亲娘家的远房舅舅，那时是三十左右的年纪吧！我很喜欢他，当他独自一人坐在我家客厅时，我就迈着小碎步走过去，吻了他一口。舅舅吃了一惊，还用手抹了抹嘴唇哩！"

——这段有关年幼时接吻的对话，音子在鸭川的凉台上也想了起来。四岁时吻过男人的嘴唇，仿佛已成了音子的所属品，如今仍然常常裹住音子的小指。

"老师，第一次您带我上岚山，我也记得一清二楚。那天正下着春雨。"桂子说。

"是呀！"

"那家面店也……"

那是桂子到音子处的两三天之后的事，音子带着桂子从金阁寺、龙安寺转到了岚山。她们进了渡月桥前河岸边小高坡上的一家面馆。面馆的老太婆对她们说，真不巧下起雨了。

"下雨也好呀。多好的春雨啊！"音子这样回答。

"哎！谢谢！谢谢您了。"店里的老太婆一边道谢，一边轻轻地俯首致礼。

桂子望着音子的脸，细声道：

"她是在替天气道谢吗？"

"喔？"音子因为老太婆说得那么自然，所以没察觉到有何不妥，便随口说，"是吧，是替天气……"

"真有趣！替天气道谢，有意思。"桂子接着说，"京都有这种习俗吗？"

"哦，怎么说呢？"

诚然，老太婆的话，可以理解为人在替天气道谢。音子她们好不容易来到岚山，真不巧下起雨了，老太婆这么说，是一种应酬上的寒暄吧！而音子回她说下雨也好，这倒不仅仅是客套的寒暄。音子确实认为春雨中的岚山幽美，所以才说下雨也好。老太婆对此道谢。她好像是代替天气，或是代替雨中的岚山而道谢的。作为岚山的面馆主人，这仍为一种寒暄吧，但对桂子来说，听起来却觉得十分新奇。

"味道真好啊，老师。这家面馆，我好喜欢！"桂子说。那家面馆是出租车司机介绍给她们的。因为是下雨天，音子就包租了四个小时的出租车来到了这里。

虽然时值花季，可由于下雨，所以来岚山的郊游客人少得出奇，这也是音子觉得"下雨也好"的理由之一。而且，水烟渺渺的春雨，使河对面的山峦变得更加柔美了。她们走出面馆，一边观赏那些山峦，一边步行到停车之处，不用撑起雨伞也不觉得身上有湿意。纤纤雨丝，在将要落到河面的时候便消失殆尽，了无踪迹。青叶和嫩叶之间掩映着樱花盛开的山峦，树丛吐芽形成的斑斓色彩被细雨晕润得十分娇柔。

因春雨而愈加优美的，不光岚山一处。苔寺及龙安寺亦是如此。苔寺的庭园中，濡湿后色彩愈加鲜艳的青苔上，落满了马醉木碎小的白花，就在那青翠之上的洁白之中，又谢落着一朵鲜红的山茶花。山茶的花形完好无损，花朵正面朝上，犹如漂浮在那里绽放一般。龙安寺石庭中的石头也被雨水淋湿，显露出了各自的色彩。

"古伊贺流派的插花在送进茶席时，是要先濡湿的。这和刚才见到的一样吧！"音子这么说，可桂子对伊贺的插花全然不懂，即便对眼前石庭中石块肌理的色调搭配，也麻木不仁。

然而，挂落在寺院内路旁树上的雨滴，经音子一说便进入桂子的眼帘，给桂子留下了较深的印象。小松树枝头的松针尖上，都挂着一滴雨珠。每一根松针的尖儿都衔着一颗水珠，看上去松针宛若花茎，露珠花在盛开怒放。若不留意，就会错过这一奇观，这可是微妙的春雨之花。不仅松针，枫树等刚萌芽尚未绽开的嫩叶上，也缀着雨珠。

松针尖儿驻留着一粒雨珠的景象，当然不限于京都，哪一片土地都会有，但桂子铭记于心、亲眼所见到的，这还是第一次。因此她认为这景象是京都特有的。这松针上的雨珠啦，面馆老太婆的应酬话啦，对桂子而言，都成了对京都的第一印象。或许这是因为桂子刚到京都，初次被音子带出门吧。

"那位面馆的老婆婆，如今还健在吧！"桂子说，"从那次以后，我们就没去过岚山哪！老师。"

"是呀。冬天的岚山，与春秋等季节的岚山有所不同，我觉得是最好的……潭水的颜色是那么冷澈深邃，下次去看看吧。"

"一直要等到冬天吗？"

"虽说是冬天，也是很快的事。"

"不是马上到呀！从现在起还有夏天，接着还有秋天……"

"可以说去就去的呀！"音子笑道，"明天也可以……"

"那就明天去吧！老师，我要试着告诉那家面馆，暑热的岚山也不错。那位老婆婆会道谢说：'嘿，谢谢。'这次是代替暑热天气说的吧。"

"是代替岚山道谢的哟。"

桂子眺望着河川那边，说：

"老师，到了冬天，这个河滩上成双成对的游客也就没有了吧！"

这里不叫河滩吧。在凉台下面的禊川和鸭川之间，还有在鸭川与东面的水渠之间，两道堤坝好像成了散步道。那堤坝上会有相当多成双成对的年轻人到来。可以说，这里几乎都是来幽会的人。带着孩子来的游客等极为鲜见。年轻男女或缠绵漫步，或坐在水边相依相偎。随着暮色渐渐变浓，来此的人数也在不断增多。

"冬天这种地方很冷，待不住呀！"音子说。

"不知道能不能持续到冬天呢！"

"什么……"

"这些人的爱情……虽然现在弄不清楚这些人中会出现几对伴侣，但撑不到冬天肯定就会有不愿再相见的人！"

"你是这么认为的吗？"音子问道。桂子颔首以对。

"为什么非要这么想呢？"音子继续问，"你呀，年纪轻轻的就……"

"因为我不像老师这么傻，长达二十多年一直思念使您遭罪的人。"

418

"……"

"老师明明是被大木先生所抛弃，对这点，您却永远醒悟不透。"

"请你别用令人厌烦的措辞。"音子把正对着桂子的脸转了过去。桂子一边伸手为音子把垂到领边的乱发撩上去，一边说：

"老师，您试试把我抛弃吧……"

"哎？"

"如今老师能抛弃的人，只有桂子。抛弃我试试看……"

"你所说的抛弃是指什么？"音子有点漫不经心地说，眼睛与桂子相对而视。她自己把桂子为她撩上去的乱发拢好。

"就是像老师被大木先生抛弃的那种事。"桂子纠缠不休，似乎要窥视出音子眼神深处的秘密，"因为老师不愿想起自己被抛弃的事，所以好像从没想到过……"

"什么抛弃啦、被抛弃啦，这种话多难听！"

"直话直说，多好啊。"桂子闪着妖媚的目光说，"那么，老师，大木先生把老师怎么了呢？"

"我们离别了呀。"

"并没有一刀两断呀。老师的心中，至今仍然有大木先生，而且大木先生的心中也有音子老师……"

"桂子，你想要对我说什么呢？真搞不懂你！"

"老师，今天我以为自己已被老师抛弃了。"

"刚才，在家里，我不是说过是我不好，道过歉了吗？"

"是我向您道歉的呀。"

音子是为了事后的和解，才带着桂子来到了木屋町的凉台的，但两人之间真的存在发自内心深处的和解吗？桂子的个性好像不能安于风平浪静的爱情，在日常生活中时常顶撞音子，与音子争论、闹别扭，但是桂子今天对与大木在江岛同宿的坦白与日常的顶撞不同，因为这件事情伤害了音子。音子本来以为是将桂子抱在自己的手臂中，现在感到她犹如动物一般扑向了自己。桂子常说为了音子去向大木报仇，但音子却感觉自己好像才是桂子的报仇对象。而且，对于作为男人的大木，音子也尝到了新的恐怖与绝望。女人多得是，他居然被音子的弟子桂子勾引住了。

"老师，您不抛弃桂子吗？"桂子又问道。

"你那么想要我抛弃你，那我抛弃了也未尝不可。这是为了你嘛！"

"别这样呀！我讨厌这种说法。"桂子摇着头说，"我从没为自己考虑过。只要能待在老师的身边……"

"从我这儿离开，是为了你好。"音子极尽冷静地说。

"在内心里，老师已经离开了桂子，是吗？"

"不是这样的。"

"好高兴呀！老师，我以为我被抛弃了，很悲伤的。"

"那难道不是桂子的事？"

"您说是我的事……是说桂子抛弃了老师吗？"

"……"

"桂子死也不会离开老师的。"桂子热情地说，马上拿起音子的手，又咬住了她的小指。

"疼！"音子缩着肩，拽回了小指说，"这样咬我，我不疼吗？"

"就是为了让您疼才咬的。"

点的菜肴送到凉台上来了。女侍者在摆菜时，桂子愠怒地转过头去，眺望着叡山上的一团灯火。音子一边对女侍者说着应景话，一边用一只手盖住了另一只手的手指。因为她意识到小指上还残留着桂子的齿痕。

女侍者进屋之后，桂子用筷子将汤中的海鳗破开，夹了一块送入口中，仍然低着头，说道：

"老师，把桂子抛弃试试看，那该多好！"

"你为何如此执拗！"

"老师，我以为自己是个要被喜爱的人抛弃的女孩子。老师，我很执拗吗？"

"……"

音子没有回答。一考虑到女人对女人，要比对男人更为执拗，那经常出现的苦涩思绪便涌上音子的心头，宛若针刺一般。被桂子咬住的小指本该已经不疼了，但那里仍传来针刺般的感觉。说起咬指头这些事，不同样也是音子教给桂子的吗？

——那是桂子来到音子这边不久的事。在厨房里炸食材的桂子，匆匆地跑到音子跟前说：

"老师，油溅出来啦……"

"烫伤了吗？"

"火辣辣地痛！"桂子把手伸到音子面前。指尖出现了一个小红点。音子拿起她的手说：

"就这一小点，还称不上烫伤哩。"然后，将桂子的手指衔在口中。因为是突然这么做的，所以当桂子的手指触碰到自己的舌头时音子才意识到。她惊慌地吐了出来，桂子即把那手指含在了自己嘴里。

"老师，舔了会好点吗？"

"桂子，炸的东西怎么样了？"

"啊，说得是呢！"桂子向厨房跑去。

之后不知过了多久，夜里，音子会把嘴唇贴在桂子的眼睑上，或是用嘴唇衔住桂子的耳朵。因为耳朵发痒，桂子会扭动着身子哼出声来。这更激发了音子的意趣。

对桂子如此这般时，音子也会浮想联翩。过去，大木对音子所做的举动与此相同。大概因为音子还是少女吧，大木没有马上碰触音子的嘴唇。大木的嘴唇会持续触碰额头、眼睑、脸颊等，少女的音子适应这些举动后，身心也就放松了。与那个少女的音子相比，桂子要年长两三岁，而且又有彼此为同性的差异，但比起大木对音子所做的同样动作，桂子的反应更为强烈，她沉醉得更快。

然而，音子想到将自己以前身受大木所做的手法移植到桂子身上，就会感到揪心的内疚。与此同时，她也感受到了震颤般的勃勃生气。

"老师，不！老师，不！"桂子说着，便将赤裸的胸部向音子的胸部磨蹭过来。

"老师的身体不是也一样吗？"

音子忽地后挪了身体。

桂子仍然将身体蹭过来，说：

"啊？和我的身体一样嘛。"

"……"

"一样吧？老师。"

音子怀疑桂子可能已经懂得男人了。音子还听不惯桂子这种乘虚而入般的措辞。

"不一样啊。"音子细声自语，桂子的手便向音子胸部探摸过来。虽然这动作毫不迟疑，但那手掌和手指仿佛还含有羞怯。

"别这样！"音子抓住了桂子的手。

"老师，你坏，你好坏！"桂子的手指加了力道。

二十多年前，十六岁的少女音子被大木年雄抚摸胸脯时，曾说：

"先生，不要！先生，不要！"音子的这句话，在大木的《十六七岁的少女》中也原原本本地被照写下来。即使没有被写出来，音子自己也不会忘记的，但因为被写了出来，那便正好成为不朽的话语了。

不过，桂子也说了完全相同的话语。这是因为桂子曾看过《十六七岁的少女》吗？抑或在这种场合女孩子恒定会这么说吧。

《十六七岁的少女》中，也有对十六岁的音子乳房的描写。书中还叙述了大木的想法大意：能触摸这么可爱的乳房，真是人生难得的幸运、上天的惠赐。

因为音子没能给婴儿哺乳过，所以乳头留有深浓的颜色。这种颜色过了二十年，也只是淡薄了少许。从三十三四岁起，乳房眼看着低垂下来。

那低垂的乳房，在浴池里曾被桂子看见，桂子的手肯定摸着比划过。音子以为桂子会说起那些事，但桂子却偏偏从不开口。而且，她们二人都明白由于桂子的原因，音子的乳房重新日见鼓胀起来，但二人对此谁都缄口不提。也许桂子以此当作胜利，她的沉默不语反倒有些不可思议。

音子有时觉得胸中有一种病态的、不道德的魅惑在膨胀起来，有时又感到一种难以言表的羞耻，但最使她震撼的，是对自己近四十岁的身体的变化的惊恐。这种惊恐，与十六岁那年因为大木，以及十七岁时因胎儿而引起的胸部变化的惊恐，当然是截然不同的。

被迫与大木分别已经二十年了，音子的胸部没曾让人触碰过。这期间，音子的青春时光以及女人的风韵岁月已经过去了。尔后触碰音子乳房的，是同性的桂子的手。

被母亲带着迁居京都之后，音子也遇到过几次恋爱或结婚的劝诱。然而，音子都避开了恋爱。当她知道男人喜欢自己时，与大木的回忆便立刻鲜活地浮现出来。与其说这是追忆，不如说与现实毫无二致。十七岁与大木分别时，音子就已经想过终身不嫁。不，光是悲哀就已使她心烦意乱，别说将来的婚姻，就连明天的日子也是无法揣度的。当时音子脑海中掠过终身不嫁的念头，这念头在随后的似水流年中便形成恒定不变的了。

音子的母亲当然希望女儿能结婚。迁居京都是为了要女儿远离大木，让女儿的心沉静下来，并不是决定在京都永居。

来京都之后，母亲一面安慰女儿，一面观察着女儿的状态。第一次向女儿提出婚姻之事，是在音子二十岁的时候。那是在仇野念佛寺的千灯供养①之夜。地点在嵯峨野②的腹地。

被称为无主孤魂墓标的古旧小石塔，排列在充满无常感的西院河原，数不胜数。当看到供在那些墓石前的"千灯"被点燃时，音子的母亲不由得热泪盈眶。周遭昏暗的夜色中，微弱的灯火群反而给石塔群平添了人世无常的氛围。音子察觉到了母亲在流泪，但她没有作声。

两人归途的山村小路也昏晦幽暗。

"真凄凉！"母亲说，"音子不凄凉吗？"

母亲两次使用了"凄凉"这个词，但前后的内在含义似乎有别。母亲说起东京来的熟人为音子提亲之事。

"我不能结婚，我觉得很对不起妈妈！"音子说。

"没有不能结婚的女人这么一说！"

"有的呀。"

"音子不肯结婚的话，妈妈和音子将来都要沦为无主孤魂了！"

"您说沦为无主孤魂，这是怎么回事，我不懂啊！"

"就是指身后没有亲人祭祀的死人嘛。"

"这我知道，但那是怎么回事，我就不明白了。"

"……"

"是死了以后的事吧？"

"也不限于是死了以后的事。既无丈夫又无孩子的女人，即使活着，不也像是孤魂野鬼吗？你想想看，假设我没有音子这个女儿会怎

---

① 千灯供养，通称千灯会。日本佛教法会之一，点燃诸多烛火，向佛念经上供，以超度亡魂，引孤魂归位。

② 嵯峨野，日本京都市西北部太秦以西至小仓山山麓的地区，区域内有广泽池、大泽池、清凉寺、无龙寺、大觉寺等。

么样？音子虽还年轻，可是……"母亲稍作踌躇，才说，"音子不是好画婴儿的脸蛋儿吗？打算画到什么时候为止……"

"……"

关于熟人介绍的那个对象，母亲把所知道的情况都说出来了。据说是银行职员。

"如果有意去见面，那就到久别的东京去一趟吧。"

"听了这些话，您觉得我眼前现出什么啦？"音子说。

"眼前现出？现出什么呢？"

"铁格子，现出了医院精神病科窗户上的铁格子。"

母亲倒吸一口凉气，缄口不语了。

其后，在母亲的有生之年，曾向音子两三次谈及婚事。

"即使音子一直思念着大木先生，不也是无法向大木先生表达吗？不也是无法同大木先生沟通吗？不也是音子你无法对大木先生尽心尽意吗？"与其说母亲是在开导，倒不如说是直言诉说，劝音子结婚。

"倘若你一直等待着等不到的大木先生，那就好像是等待着过去，时间也罢流水也罢，是不会倒流的吧！"

"我什么也没有等待。"音子回答。

"仅仅是回想？仅仅是不能忘却？"

"不，不是。"

"是吗？"

"……"

"常言道'年幼无知'，对吧？可音子在那年幼无知、好坏不分的时候被大木先生所俘获，所以创伤才会更深，伤痕愈加难消啊。对这么幼小的孩子做出这么残忍的事，当时我恨透了大木先生。"

音子对母亲的这些话刻骨铭心。音子常想，正因为是年幼无知的少女，才会有那样的爱情吧！十六岁的音子的确是年幼的孩子，根本好坏不分。也许正是因为如此，反而盲目地陷入狂热的恋情而无法自拔。她痉挛时曾啃咬大木的肩膀，连咬出血了都浑然不知。

那时，音子已与大木离别来到了京都，她读了《十六七岁的少女》后最感到震惊的是，大木在每次去与音子相会的途中，竟一路左思右想今天抱住音子要怎样摆布。而且，大都能按照他预想的做到。书中还写道，大木一路上边走边思忖着那些事，心情激昂，喜悦无比，可音子光是对男人还会思考这等事就已经感到惊愕了。女人本是被动的，何况仍是少女的音子，她无法料到这是男人预先深思熟虑而来的方法以及顺序等，只是顺从他的所为，顺从他的索求。正因为是少女，她反而没对大木有过疑虑。大木却据此把音子描写成一位奇怪的少女，描写成女人中的女人。而且，书中还写到大木凭靠音子用尽了拥抱女人的所有方法。

读罢这些描写时，音子曾因屈辱而怒火中烧。然而过了不久，那些相拥的方式便形形色色地浮现出来而使音子无法自抑，身子僵硬得似要痉挛。少顷，这种反应会随着时间平缓，愉悦和满足涌现于音子全身。过去的爱，在现实中被激活了。

在从仇野看过千灯供养回家的幽暗小路上，浮现于音子眼帘的不全是病房铁格子的幻象，也浮现出了自己被大木抱住的身姿。

如若大木没有写"用尽了拥抱女人的所有方法"这类事，音子被大木所搂抱的自身姿态，也许不会在那么漫长的岁月中栩栩如生地留存下来。

在江岛的旅馆里，被大木抱住的桂子到了紧要关头时——

"我不由得呼喊起'上野老师，上野老师'时，他竟突然什么也做不成了。"音子听到桂子说的情形，因愤怒、嫉妒加上绝望而脸色变得苍白，但其内心深处，音子感觉到大木也再次想起了自己。不光是内心回想出来了，说不定连抱住音子的姿势也突然清晰地浮现在眼前吧！

随着岁月的流逝，与大木相互拥抱的姿态，在音子的心中逐渐得

以净化。它们从身体的姿态转化成了心灵的姿态。如今的自己是不净的。如今的大木也不净吧。然而，二十几年前两人相拥相抱的姿态，即如今浮现在眼前的那些姿态，对音子来说都是清纯洁净的。是自己，而非自己；已非现实，而仍是现实。那些姿态是由两个人升华了的神圣幻象。

当回想起以往大木所做的难忘动作，而且做出类似动作抱住桂子时，音子唯恐神圣的幻象受到伤害而消失，但那幻象依然另行浮现出来了。

即使在音子的眼皮底下，桂子也会在小腿、臂膀以及腋下涂抹脱毛剂。在她刚来到音子这里后的一段时间，当然是避开音子的。但从浴室那边传来了难闻的气味，音子便问：

"你干什么了？一股怪味，是什么呀？"桂子没有回答。音子无需使用脱毛剂，所以她不懂这些。她的肌肤仿佛连汗毛也没有。

第一次看见桂子支着一条腿坐在那边涂脱毛剂时，音子惊愕地皱着眉说：

"真难闻，那是什么？呛鼻子呀！"

随后，她看见汗毛随着揩去的药水一起脱落下来。

"真瘆人！别抹了，别抹了！"音子捂住眼睛说，"怪吓人的！"

音子确实瘆得要起鸡皮疙瘩。

"这么恶心的事，你非要做？"

"哎呀！老师。不是大家都在做吗？"

"……"

"有毛的话，老师，您摸摸，不舒服吧？"

"……"

"因为我是女人，所以要……"

桂子说是为了让音子抚摸才脱毛的。尽管音子也是女人，桂子依然谋求自己的肌肤滑润。音子因目睹脱毛过程产生的厌恶，以及桂子表白言语中的情爱，令音子感到苦闷。那刺鼻的恶臭，直到桂子去浴室洗净之后仍残留着。

当桂子回到音子身边，便伸出腿撩起裙子下摆，说：

"摸摸看，老师。变得滑溜溜啦！"但音子仅仅瞥了一眼桂子白皙的大腿，没有伸手去摸。桂子一边用右手轻抚着小腿一边说道：

"老师，为什么您一副为难的脸色呢？"桂子以木已成舟的眼神看着音子。音子避开了她的目光。

"桂子，请你今后在我看不到的地方做这些。"

"我已经不想避着老师做任何事了。隐瞒老师的事情，已经什么都没有了！"

"可是，我所讨厌的事，不让我看到不是更好吗？"

"这种事，一旦看惯了，老师也就不在乎啦。和剪指甲一样嘛！"

"当着人面又剪指甲、又磨指甲是不礼貌的吧。因为桂子剪掉的指甲乱飞……要用手捂住，不要让指甲蹦出来。"

"好的。"桂子对此颔首接受。

然而，桂子此后虽没有故意让音子看到她脱毛，但也没有加以回避。而且，音子永远不会像桂子说的那样能够看惯。是桂子改用其他的脱毛剂了吗，抑或是同样的脱毛剂改良了？那种恶臭味没有以前那么浓烈了，可桂子脱毛的样子，仍旧令音子感到瘆人。音子看不得将涂在小腿和腋下的药膏擦掉时，体毛随之脱落的情形。这种时候，她会站到看不见的地方去。然而，在厌恶的深层有一把火忽闪又熄灭，熄灭又忽闪。那把火遥远而又渺小，仿佛连心灵之眼也难捕捉到，却宁静清纯得使人感觉不到色情的心旌摇曳。之所以宁静清纯，是因为回想起二十多年前的大木年雄，以及少女的音子自身。音子一看到桂子脱毛的样子就恶心，个中原委是她立马会产生女人与女人肌肤相亲的那种感觉，那时比反省这种行为更先反应出来的是恶心感，但奇怪的是，她一想起大木，便能平静下来。

429

被大木抱着的时刻，音子根本没考虑过自己的腋毛这码事。而且，她也没有想过作为男人的大木有没有这种东西，好像肌肤上也没有感觉到。可以说当时神魂颠倒了吧。与那时相比，在对桂子时，音子已心神从容，也成熟为具有中年风骚的妇女了。从十七岁被迫与大木分离，一直到接触桂子之前，音子完全是孑然一身的。在那段日子里，音子作为女人而成熟起来，这也是靠桂子而感知到的。对此，音子自己亦感惊愕。倘若遇到的不是女性的桂子而是男人，那么音子始终秘守在心底、一直钟爱的大木的神圣幻象，恐怕顷刻之间就会分崩离析。

音子被迫与大木离别后曾企图自杀而未遂，可如果当时死了，那短促的生命将是清清爽爽的，这种想法永不失真地与音子同在。音子觉得，在未遂的自杀之前，在婴儿死去之前，自己若死于分娩中，也不会被关进医院精神科的铁格子窗里，那将会更加清纯无瑕。尽管时光悄然流逝，而长年累月一以贯之的这种想法，却净化了大木所带来的创伤。

"你的可爱之于我好像太奢侈了。这是人生中料想不到的奇迹般的爱。如此至幸的报应，唯有死刑吧！"大木的这种甜言蜜语，至今仍铭记在音子心中。那种措辞连绵不断地延伸到大木的小说《十六七岁的少女》中的对话里，如今已与作者大木和人物原型音子完全脱离开来，甚至令人感到已经成为今世不朽的言语了。换言之，曾相互爱恋的往昔的大木与音子也许都已殒灭，但这种爱在文学作品中却会万古长青，这一慰藉和眷恋都寓于音子的悲哀之中。

音子的母亲留下了一把修面的剃刀。似乎连细汗毛都没有的音子，一年也用不上一次，可在心血来潮要修刮脖颈、额头和嘴边的场合，也使用过母亲的剃刀。有一次，她看到桂子正要开始使用脱毛剂时，便随口说：

"桂子，我来给你剃。"然后，从梳妆台取出母亲的剃刀。桂子一见剃刀，便叫道：

"不要，老师，我怕，好可怕呀！"桂子慌忙而逃。音子被她的逃离所诱导，便去追赶。

"不危险的呀。来，我给你剃。"

桂子被捉住后就不反抗了，不情愿地被带到梳妆台前。当音子在桂子的手臂上打上肥皂、贴上剃刀时，桂子的手指尖即刻微微颤抖起来。音子真没料想到桂子竟然为这点小事发抖。

"没事儿的！不会有危险。别动，不要抖……"

然而，桂子的不安与畏惧刺激了音子。这具有感染性。音子的身子也变得僵硬起来，似乎有种力量从胸部传入了肩膀。

"腋下是有点可怕，那就算了。脸……"音子刚说到此，桂子马上抢过话头道：

"稍等一下，我要喘口气。"原来桂子一直是屏住呼吸的。

音子剃了桂子眉毛的上面，然后剃了嘴唇下边。在剃额头时，桂子一直闭着眼睛。桂子微微仰脸，将头部的重量置放到支撑自己脖子的音子手上。她那细长的颈项吸引住了音子的目光。那是与桂子的个性完全不同的，纤细、温柔、匀称、纯净的颈项。它焕发出青春的光芒。音子停下了手中的剃刀。

"怎么了？老师。"桂子睁开了眼睛。

若把剃刀捅入这可爱的脖子，桂子便会死去，音子突然这么想。因这最可爱的部位而杀人，在这一瞬间易如反掌。

也许没有桂子的脖子那么美丽，但音子也长着像少女一般纤细的脖子，那脖子还被大木的手臂搂过。

"难受……会憋死的！"音子说。她的脖子被大木的手臂紧紧缠绕，根本喘不过气来。

从那窒息般的苦闷中回过神来时，音子望着桂子的脖子，感到有些发晕。

音子为桂子刮汗毛，仅有这么一次。之后桂子不肯刮，音子也没有强人所难。每次要使用梳子等物而拉开梳妆台的抽屉时，母亲的剃刀便映入音子眼帘。音子有时也回想起在那一瞬间闪现出的一缕杀意。万一的万一，假若那时杀死了桂子，自己也肯定会死吧。那朦胧的杀意还谈不上是马路上滥杀无辜的恐怖歹徒的程度，可后来音子时而觉得自己倒像是在马路上搞恶作剧的调皮鬼。那也算是又逃脱了一次死去的机会吗？

音子知道：那一闪念的杀意中，也潜藏着与大木远离而去的爱。在那个时候，桂子还没与大木见过面，还未插足音子与大木的爱情。

而如今，当听桂子述说与大木去江岛的旅馆同宿之后，音子与大木之间的旧爱，好像在音子心中燃起了怪异的火焰。然而，音子看见在这火焰之中有一朵盛开的白莲花浮现出来。那是她与大木的爱，是无论桂子还是其他任何因素都不能玷污的梦幻之花吧！

——音子的心中虽然浮现出了白莲花，但她的眼睛却移向了映在禊川水流中的木屋町茶室的灯火。她俯视了良久。随后，她又眺望祇园对面幽暗的东山峰峦。那山的轮廓线平缓圆润，而笼罩在那山中的夜色，仿佛朝着音子悄悄地流泻过来。穿梭于彼岸沿河道路上的车灯、河堤人行道上幽会的情侣、排列于此岸的茶室凉台上的灯火与顾客们，如此这般，音子全都熟视无睹，只有东山的夜色在音子心中蔓延开来。

"赶快画《婴儿升天》吧。趁当今就画下来吧！不及早画出来，也许就画不成啦。即使往后能画成，恐怕那也已经成另一种模样啦。会失去爱与哀愁的情思……"音子在心中默默自语。这股突然强劲喷涌的心潮，是因见到了火中的莲花吧！

在那纯粹的心潮翻涌中，音子感到桂子这个姑娘也犹如火中的莲花。为什么火中会绽放出白莲花呢？为什么白莲花在火中不枯萎凋谢呢？

432

"桂子。"音子喊道，"你的心情好些了吗？"

"老师的心情好了的话，我就高兴！"桂子奉承似的答道。

"迄今为止，桂子最感悲哀的事情是什么……"

"是什么呢？"桂子轻柔地接过音子的问话，"有很多，搞不清楚呀。我全都想出来后，再给老师说吧！不过，我的悲哀是短暂的。"

"短暂？"

"是的。"

音子盯着桂子的脸，沉下声音说：

"只有这么一件事，我今晚拜托你啦。希望你不要再同镰仓的人会面。"

"是同大木先生吗？还是同他儿子太一郎？"

音子对这意想不到的反问感到扎心的苦痛。

"他们二人都不要见哟。"

"我只是想为老师报仇才会面的呀。"

"还说这种话！你这个人，想不到这么可怕！"音子的表情变了，一种莫名的泪水濡湿了双眸，她闭合了眼睑。

"老师害怕啦，老师害怕啦……"

桂子如此说罢，便站起身来，绕到音子后面，双手轻按她的两肩，接着抚弄起音子的耳朵来。音子默然，她的耳中传来了河水的流淌声。

千
丝
发

"喂，你过来，你过来。"妻子在厨房里叫大木，"有位身躯硕大的鼠夫人光临，藏到煤气灶台下面了。"

"是吗?"

"好像还带着小少爷呢!"

"是吗?"

"啊! 你呀，刚才过来看就好了，现在……"

"……"

"刚刚，鼠少爷呀，还露了露那可爱的小脸……"

"哦!"

"它那忽闪忽闪放出黑光的漂亮眼睛，正瞅着我哩。"

"……"

大木正在起居室读早上的报纸，一阵大酱汤的香味飘了过来。

"喂，漏雨了。是厨房的上面。你听到了吗?"

从起床时就下起的雨，瞬间变得瓢泼。与此同时，疾风摇晃着小山上的树丛和竹林，转眼间又向东狂吹，雨水也横向扑打过来。

"没听见呀，外面风雨交加……"

"你不过来看看吗?"

“喔。”

“雨滴先生敲打着屋顶的瓦片，还缩着身子钻过狭窄的缝隙，坠落在天花板上，想必很痛吧！那眼泪状的雨滴先生，变成了真的眼泪，正在那里哭泣吧？”

“是吗？”

“今天晚上，就摆上捕鼠笼子吧。捕鼠笼肯定是搁在储藏间的架子上的。我的手够不着，你待会儿把它拿下来。”

“把鼠夫人母子俩请入笼子中，可以吗？”大木的目光没有离开报纸，慢悠悠地答道。

“漏雨怎么办？”文子说。

“漏到什么程度？大概是狂风暴雨一起来的关系吧。等明天什么时候，我爬到屋顶上看看吧！”

“危险呀，上了年纪的人……要上屋顶的话，就让太一郎去爬吧！”

“什么上了年纪？”

“若是到了五十五岁，不论在公司或报社，不都是要退休的吗？”

“那真是好事。让我也退休吧！”

“请便，只要你想……”

“小说家的退休年龄到底是多少岁呢？”

“一直到死的时候也不退休。”

“你说什么？！”

“对不起。”文子道歉后，又以平时常用的口气说，“我是想说您还能写作好长好长时间的呀。”

“这种期待令我难受，尤其是太太提出的……宛如小鬼挥舞着冒火的铁棍，站在我的身后。”

“撒谎倒是老练多啦。我什么时候逼过你？”

“嗯，不过，还是会添乱的。”

"添乱……"

"各种各样的呢。也包括嫉妒心。"

"嫉妒是女人与生俱来的，多亏了您，我从年轻的时候，就领教了苦口良药就是毒药、烈性药。"

"……"

"还说什么双刃剑……"

"伤害了对方，也伤害了自己……"

"纵使你做出任何事来，我如今不会离婚，也不会殉情的。"

"虽然老年人离婚令人生厌，但老年人的殉情是最为悲哀的呀！殉情这种事一旦登上报纸，比起让年轻人憧憬的那种年轻情侣的殉情，老人殉情的报道，会使老人们感同身受，更有切肤之痛吧？"

"那是因为你曾痛切地考虑过殉情这种事……虽然是遥远的往昔，年轻时候的事……"

"……"

"不过，你愿意同她一起去死，也有过想同她一起去死的那种痛切心情，这些好像没有很好地被传达给对方那位少女。如今想来，当初告诉她不是很好吗？那个人虽然自杀了，但她做梦也想不到你会为她殉情吧！是不是太可怜了？"

"她没有自杀。"

"虽然未遂，却是真心自杀，所以同自杀了是一回事。"

文子显然在说音子的事。她好像在平底锅里放入了猪肉，正炒着包菜，传来了油滋滋的声音。

"酱汤要煮过头了吧。"大木说。

"好，好，知道了。您要的酱汤，我怎么也……因为这酱汤，长年里都是挨你训斥过来的吧。都是因为你把各个地方的各种酱料全弄来了……"

"……"

"你想把老妻弄得一身酱臭呀！"

"你知道'omiotsuke'①用汉字怎么写吗？"

"用平假名写就行了吧。"

"是将三个'御'字重叠起来，写成'御御御付'！"

"哦？是'御御御足'呀。"

"自古以来，将三个'御'字重叠在一起命名的这种贵重菜肴，是最难加工的哟！"

"御御御付的味增老爷，那绝美的味道今早没烧好，您会不高兴的吧！"

文子连老鼠、漏雨等词，也滥用敬语和丈夫开玩笑，这是常有的事。乡下出身的大木，至今仍不能正确书写东京方言的敬语，一旦钻牛角尖就没完没了，不能自拔，有时就要和在东京长大的文子商量，但他又不坦然听从太太的指教，执拗的商议便衍变成无休止的争吵。大木说东京方言不是标准语，而是传统浅薄的粗俗方言，即乡下土语。因为关西话提到任何人的事情，习惯上几乎都用敬语，而东京话言及别人的事情，则没有这般恭敬。大木对妻子毫不谦让，说关西话连鱼类、蔬菜、山峦、河流、房屋、道路，以及日月星辰天候，全都用尊称。

"您若这么说的话，那就去和太一郎商量岂不更好？太一郎是国文学者呀！"文子甩出这么一句话。

"太一郎懂什么？他也许能勉强称为国文学者，可从没研究过敬语语法之类。他们那伙学者所说的话，杂乱而污秽，不是很难听吗？就是他的研究报告、评论，也写不出规范的日文。"

老实说，大木向儿子请教或与之商讨如何写东京话，倒不是情愿

---

① 日语原文此处是平假名，中译文用罗马字母标音。这段对话是大木与妻子利用豆酱制品的谐音逗趣，从中也可窥出日本根植于民间的豆酱文化。

不情愿的事，而是觉得厌烦。而去问太太，他却感到轻松而亲切。不过，对于在东京土生土长的文子来说，一旦被大木刨根问底地追问起敬语方面的事例来，也被搅糊涂了。

"国文学者中，能写出格调正规、文理通畅的日文，也许只有往昔汉文素养深厚的那些人，这一点该告诫太一郎……"

"那和社会上人际交流的语言不一样。日常对话中的稀奇古怪的新言语，每天就像鼠夫人的小崽一样层出不穷，把珍贵的东西肆意咬散嚼碎，令人眼花缭乱……"

"因此，那些都是短命的，即便残存下来，也已陈旧过时……和我的小说一样。能保留五年的，十分鲜见。"

"流行语之类，若能存活到明天，也就不错喽！"文子说着，把早餐端到起居室。随后，她又不动声色地说：

"我的生命，也是从你想和那位小姐殉情那会儿，好不容易才存续到今天哪！"

"因为妻子这个行业也没有到年龄退休的吧！挺可怜的……"

"有离婚的，不过……一生当中，哪怕有一次也好，所以我也曾想尝尝离婚的滋味哩！"

"即使现在离也不晚。"

"已经不想啦！有句老话说'机会的后脑壳是光秃秃的'，过去了就抓不住喽！"

"文子的后脑壳头发浓密，连白发也没有。"

"你的额头已经秃了，所以机会的刘海也抓不住喽。"

"我的刘海为协助防止离婚而牺牲啦！因为没有那种不吃醋的太太啊……"

"我要生气啦！"

这对中年夫妇一边如此闲扯斗嘴，一边像往常一样吃了与往常一样的早餐。文子的心情倒显得不错。从刚才的话可以确认，她又想起了《十六七岁的少女》里的音子，可今天早上好像无心再翻过去那段往事的老账。

暴风雨似乎也过去了，外面趋于平静。然而，阳光仍然没有从云层裂缝中透射出来。

"太一郎还在睡吗？把他叫起来。"

"好。"文子点了点头说，"不过，我是叫不起来他的。他会对我说：'学校放暑假了，让我再睡一会儿……'"

"今天还要去京都吧！"

"在家吃过晚饭后，去机场就可以了。"

"……"

"他去那么热的京都干什么呢？"

"你直接问太一郎不是更好吗？听他说是突然想再去二尊院①后山，看看三条西实隆②的坟墓。好像打算以《实隆公记》为研究主题，写一篇学位论文……你知道实隆这个人吗？"

"是位公卿吧。"

"肯定是公卿啦。应仁之乱③时，也就是在足利义政④的东山时代⑤，他的职位一直升至内大臣。他与连歌⑥大师宗祗⑦他们过从甚密，

① 二尊院，位于日本京都市嵯峨的天台山寺院，正式名称为二尊教院华台寺。承和年间（834—848）由嵯峨天皇创建，以释迦与阿弥陀为本尊。

② 三条西实隆（1455—1537），日本室町后期的公卿、学者，香道御家流派的创始人。擅长和歌，致力于古典的保存和传统文化的复兴。著有日记《实隆公记》。

③ 应仁之乱，日本室町末期应仁元年至文明九年（1467—1477），以京都为中心发生的大混战。围绕足利将军家继嗣问题，幕府内部分成以细川胜元为首的东军和以山名宗全为首的西军，两军在各地开战，从此幕府势力减弱。

④ 足利义政（1436—1490），日本室町时代第八代将军。

⑤ 东山时代，足利义政当政的时期。

⑥ 连歌，日本和歌的一种，是从短歌形式派生出的独特的文艺形式。流行于平安至室町时代，至江户时代为俳谐所继承。

⑦ 宗祗（1421—1502），日本室町时代连歌师，也称饭尾宗祗。著有连歌论集《吾妻问答》，编有连歌集《竹林抄》《新撰菟玖波集》等。

嵋，还是乱世之中致力于维护、传承文学艺术的一位公卿呢。他留下了《实隆公记》这部鸿篇巨制般的日记，人格风流高雅、很是有趣。听说太一郎要以《实隆公记》为主线，去调查研究所谓的东山文化吧。"

"是吗？二尊院在哪里呢？"

"在小仓山的……"

"小仓山，在什么地方来着？……你曾经带我去过的吧。"

"那是很久以前的事啦。不就是《小仓百人一首》中的小仓山的山麓吗？附近有好多关于藤原定家①传说的遗迹。"

"啊，是嵯峨啊！我想起来了。"

"太一郎说他也收集整理了可以作为小说插话的故事、无聊的琐碎传闻，劝我写进小说。他说那是些无聊的故事。还说，那些无趣的琐碎传说，大体上都是子虚乌有的瞎编乱造，或是胡诌八扯的传言，但能使小说的一些部分生动鲜活。乍看太一郎所说的见解，俨然自己是位堂堂大学者嘞！"

文子不表意见，仅仅略微点了点头，脸上浮出几乎观察不到的温情微笑。

"去把学者先生叫起来吧。"大木说着站起身来，"都到了老子开始伏案工作的时间了，岂有还睡懒觉的儿子？"

"好的！"

大木年雄进入书房独处一室后，便在桌前支肘托腮，正儿八经地重新思忖方才开玩笑说的"小说家的退休年龄"这句话。盥洗室传来漱口的声音。太一郎用毛巾擦着脸走了进来。

"起得这么晚！"父亲责备道。

---

① 藤原定家（1162—1241），日本镰仓前期歌人、古典学家，《新古今和歌集》编纂者中最有实力的人物。著名的《小仓百人一首》为其选编的和歌集。

"早就醒了，可一直在被窝里沉溺于幻想。"

"幻想……"

"爸爸，你知道皇女和宫①的坟墓被发掘了吗？"太一郎说。

"和宫的坟被挖开了吗？"

"说是开挖，其实就是挖开了……"太一郎想使父亲惊骇的声音平静下来，说，"应该说是发掘。为了学术调查，不是经常发掘古墓吗？"

"嗯，然而，说起和宫公主的墓，还算不上是古墓吧。她是什么时候去世的……"

"一八七七年。"太一郎明确答道。

"一八七七年……那么，不是还不到一百年吗？"

"是呀。然而，据说和宫公主已完全变成一副白骨了。"

"……"大木皱起了眉头。

"据说枕头和衣服都没有了，也没有一件殉葬品之类的东西，仅仅一副白骨而已。"

"真是惨不忍睹啊！挖出来那样的遗骨……"

"据说那遗骸的姿态像是玩累的稚童，躺在那里打盹儿，姿态天真、优美。"

"是那白骨……"

"嗯。听说白骨的头颅后面，有一绺剪下的短发，这黑发仍散发着夭折女子的高雅气质。"

"你说的沉溺于幻想，就是幻想那白骨吗？"

"是的，但不仅仅是幻想白骨。那白骨中，蕴藏着美丽、妖艳、梦幻般的故事……"

---

① 和宫，即和宫亲子内亲王（1846—1877），日本孝明天皇之妹。因公武（朝廷和幕府）合体之策而于文久二年（1862年）下嫁第14代将军德川家茂。

"此话怎讲？"大木仍旧提不起兴致，跟不上儿子的思路节奏。挖开刚到三十岁就夭折的悲剧皇女的坟墓，考察鉴定那白骨，他觉得这举动粗暴无礼，所以内心生厌。

"怎么讲呢……其实，真是想不到的事呀！"太一郎说，"对了，我想让妈妈也来听听，我去叫她到这儿来好吗？"

太一郎拿着毛巾站在那里，大木向他轻轻地点了点头。

太一郎一边高声说着话，一边带着母亲回到了父亲的书房，把向父亲说的话又向母亲说了一遍。

大木为慎重起见，从走廊的书架上抽出《日本历史大辞典》中的一册，翻开和宫的那一页后，点燃了一支香烟。正在这时，他们娘俩进来了。

因为太一郎手持一本薄薄的杂志似的东西，所以大木张口问道："是发掘调查的报告书吗？"

"不，这是博物馆的杂志。博物馆有位叫镰原的，在题为《美能消逝吗？》的随笔中，写了和宫的梦幻般的故事。也许调查报告书中没有这些内容吧。"太一郎喘了口气，一边扫视着随笔一边说，"在和宫白骨的两只臂膀之间，发现了一块比名片稍大的玻璃板。据说那是在墓中仅有的一件与白骨放在一起的物品。因为是在芝公园增上寺的德川将军家的墓地发掘调查，所以和宫的坟墓也被挖开了……负责调查染织的学者认为，那块玻璃板或许是便携镜子，或许是湿版摄影照片，所以将其包入纸中，带回博物馆去了。"

"你说湿版，是玻璃的照片吗……"母亲问。

"哎，是在玻璃板上涂一种乳剂，趁湿的时候摄影显像……有以前的老照片吧。就是那个呀。"

"啊，是那个？我也见过呢！"

"染织学者在博物馆，把那块已经变得透明的玻璃从各种角度反光观察，说是看出来了一个男人的容姿……果然是张照片哩！是位身着武士服，头戴黑漆帽子的年轻人的容姿。虽然影像已经浅淡了……"

"是家茂将军的照片吗？"大木也被太一郎的讲述所吸引，问道。

"嗯。可以这么认为吧！和宫仅仅抱着先她而去的丈夫的照片变成了白骨，染织学家也是这么认为的，所以，考虑第二天或什么时候同文化遗产研究所商量，采用某种方法，使这张照片更加清晰。"

"……"

"想不到，第二天在早晨的光线下一看呀，那个影像消失得一干二净了。一夜之间，变成了一块剔明透亮的玻璃。"

"哎哟！"母亲望着太一郎的脸惊叹。

"可能那是因为长年埋在土中的物件接触到了地面上的空气和光线吧！"父亲说。

"是这样的。那不是染织学者因心理作用看到的幻影，而是实实在在的照片，这是有证人的。那位学者在察看照片时，正巧守卫员巡逻过来，就让他也看了看，守卫员也说确实显映着一位年轻男子的貌相。"

"是吗？"

"随笔上写着'这确实是一个虚幻缥缈的故事'。"

"……"

"殊不知，这位博物馆员是位文学家，所以不会以'虚幻缥缈'收尾，而是又加入了一些想象。和宫心爱着的人有位叫有栖川宫的吧。被白骨拥抱的照片，或许不是丈夫家茂将军，而是情人有栖川宫吧！会不会和宫在临终之际，密令侍女把情人的玻璃照片与自己的遗体埋葬在一起呢？这样的话，倒与悲剧性的皇女相吻合。他写的大概如此。"

"哦。都是想象呢！假如，那真是情人的照片，从坟中挖出后展现于世，一夜之间便完全消失，这倒是个好故事！"

"随笔上也是这么写的。那照片本该永远埋在土中，让秘密一直延续下去。展现于地上一夜，影像便完全消失，对于和宫来说，无疑是如愿以偿。"

"是啊。"

"'我认为这转瞬即逝的美，作家能够捕捉到并再现出来，将之升华为格调高雅的作品'——这是随笔上的结语。爸爸写不写呢？"

"呦，我好像写不出来呀。"大木说，"从挖掘现场着笔，若写成紧凑的短篇小说，倒还可以吧……然而，那篇随笔不是已经足够了吗？"

"是吗？"太一郎仿佛心有不甘地说，"今天早上我在被窝里读那篇随笔，沉溺于幻想良久，才打算告诉爸爸的。等会儿请您读读吧。"他将杂志放在父亲的书桌上。

"哦，我读读吧。"

太一郎正起身要走时，文子说：

"那具和宫皇女的白骨……她的遗骨被怎么处理啦？总不会送到大学或博物馆那种地方，作为研究素材吧？那可太残忍啦。是按原样埋回她的坟墓中了吧？"

"这个嘛，随笔上没写，所以我不知道。可能是恢复原样了吧！"太一郎回答。

"即使那样，可她抱着的照片没有了，骸骨不感到寂寞吗？"

"啊！我还没考虑那么深。"太一郎说，"爸爸，若是小说的结尾，要写到那种地步吗？"

"那将完全陷入感伤之中啦。"

太一郎走出了书房。文子也立起身来，说道：

"你要工作了吧！"

"不，听了刚才那些话，若不出去稍微散散步，情绪就转不过来了啊。"大木离开书桌，问道，"天晴了吧？"

"还有些阴云，不过，大雨过后外面凉飕飕的，不要紧吧？"文子在走廊看了看天空，说，"请你从厨房的门出去，稍微看一眼漏雨的地方。"

"刚刚你还说和宫皇女的遗骨是不是寂寞，话没落音就要我去看漏雨吗？"

散步穿的木屐放在厨房后门的鞋柜里。文子一边拿出丈夫的木屐摆好，一边说：

"太一郎讲了坟墓的故事，就要到京都去看坟墓，不要紧吗？"

"啊？"大木责问道，"什么……要紧什么呢？文子的话题真是跳跃再跳跃呀！"

"根本没跳跃。从听和宫皇女的故事时起，我便思考着太一郎去京都的事。"

"那是好几百年前的室町时代的坟墓呀！三条西实隆等人的坟墓……"

"去京都，太一郎是去见那位小姐的呀！"

大木又被搞得猝不及防。文子为丈夫摆木屐而蹲下，当然是低着头谈起太一郎去京都之事的，可现在她站起身来，与正要穿木屐的大木挨得几乎脸贴脸了。文子的那双眼睛直望着大木。

"你不认为那位美得可怕的小姐，是位可怕的人吗？"

与坂见桂子在江岛旅馆过夜的事，大木一直是瞒着妻子的，现在被问得一时无言以对。

"我有不祥的预感！"文子说。她的目光一直对着大木的脸。

"今年夏天还没打过像样的雷呢！"

"又说些不着边际的话。"

"如果今天夜里下起刚才那样的骤雨，说不定飞机会遭到雷击呢！"

"瞎说什么呀……在日本，还从没有飞机遭到雷击的呢！"

大木犹如逃离妻子似的走出家门。那么大的一阵雨也未拂去天上的雨云，阴霾的天空低垂着，湿气凝重。然而，纵使天空放晴了，大木也不会有闲情仰望天空吧。儿子到京都去见桂子的事，笼罩在大木的心头。虽然不能确切地知道是否是与桂子相会，但意外地被妻子这么一说，大木也开始相信太一郎定是去与她相会的了。

大木说要出去散步而离开书房时，本来是打算去北镰仓众多古寺中的某座寺院的，但妻子那句怪异的话打消了他的这个念头。此刻，一想到寺院里有坟墓他就感到厌烦。大木转而去爬离家很近的杂木丛生的小山丘了。那里散发着夏天雨后树木与山土的气息。当自己的身子完全隐没在树丛的叶片之中时，桂子的身子便袭上心头。

在桂子那美丽的身体上，首先鲜明浮现出来的是乳头。那是粉红色、透明般的乳头。日本人虽属黄色人种，却有比白种人韵味更加细腻、肌肤更加白皙更具光泽的女人。那是由女人体内透过肌肤而映照出来的白皙。比起西洋少女微含浅粉色光泽的白色肌肤，这种肌肤更加玄妙吧。单说少女的乳头的颜色，这可是任何国家的女人都没有的粉红色吧！那种粉红色，含有无法言表的、若有似无的色泽。桂子的肤色虽不是那么白皙，但乳头的粉红色，宛如刚清洗过一般，依然湿润。在略显淡褐色的光润的胸脯上，那乳头恰似花朵的蓓蕾一般，既没有难看的小皱纹，也没有凸起的小颗粒。衔在口中，与其说小得可爱，莫如说小得恰到好处。

然而，大木首先浮想起桂子的乳头，并非只是缘于它的美丽。在江岛的旅馆，桂子允许他抚摸右边的乳头，偏偏避开了左边的乳头。大木还要摸左胸时，桂子即刻用手掌紧紧地捂住了。大木抓住那手想拽开时，桂子便跳起来似的扭转身子。

"不要，不要呀！饶了我……左边不行……"

"嗯？"大木停止了动作。

"为什么左边不行？"

"左边的不能出来呀。"

"不能出来……"大木对桂子的言语茫然失措。

"不好呀，我讨厌的。"桂子仍然气喘吁吁。这句话也令大木一时难解。

桂子所说的"不能出来"，是指从乳房里不能出来什么东西吗？而所谓"不好"，是指什么不好呢？难道是左边的乳房鼓胀不起来，瘪凹着什么的？莫非是指扁平畸形之类？或是桂子顾虑太多，将其看作缺陷？或者，是左边与右边的乳头的形状不一样，年轻姑娘不堪被人看到而羞涩？大木如今才意识到，在那之前，桂子被抱起来放倒，她的胸脯和腿紧缩成一团时，桂子也是弯起左肘掩盖住左乳房，的确比右边更用力。然而，在那之前和之后，大木也见过桂子的胸部与双乳。纵然没有以审视的方式观察两个乳头的形状不同之处，但倘若左边的乳头形状怪异的话，应当是逃不过大木眼睛的。

事实上，大木曾竭力拽开桂子的手看了，并没发现左边乳头有什么异样。如若认真观察，左边的乳头要比右边的，仅仅是感觉上微微小一点点而已。对于女人来说，左右乳头有点细微差异并不鲜见，桂子为什么那么执着地想隐藏左边的呢？

受到躲避和拒绝，使得大木更想抚摸，他一边强烈索求左边的乳头，一边说：

"左边的，只让某一个人抚摸吗？有那种人啦？"

"不是那样。没有那种人。"桂子摇了摇头。她睁大眼睛直勾勾地仰视着大木。因为那双眸子距大木的脸太近，大木没能看清，但她眼中的湿润，即使不是泪水，也是悲哀的显现。至少，那不是接受着爱抚时的眼神。然而，桂子立即闭合眼睑，便已经放弃躲避，把左胸任由大木抚摸了。不过，那是"闭目心死"似的神情。大木看透了桂子的心思，松开了手指，桂子便发痒似的扭动着起伏的胸脯。

桂子右边的乳房是半处女，左边的乳房还是处女吧。大木明白了桂子对左边与右边受抚摸的感觉是不同的。他也领会了桂子所说左边"不好呀"的含义。假若她是初次接受男子爱抚的姑娘，则这是相当大胆的申诉。抑或是年轻姑娘擅长的狡黠伎俩？对于左边和右边感觉相异的女人乳头，男人肯定会更受诱惑，自己同样也想品味个中快感。纵使那种相异是天生的，不能医治好的，那女人的异常也因异常反而更刺激男人，从而给男人留下非同寻常的印象吧。大木从未遇见过这种对左右乳头有不同感受的女人。

对女人们来说，当然都有各自的所好之处希望得到爱抚，几乎每个人都不一样吧，难道桂子对左右乳房感受的反差达到了极点？还有，其实一个女人的癖好就是对方男人的所好，就是说，男人的癖好呀习惯呀，也有不少原原本本地传递给了女人。倘若如此，桂子那感受能力更低的左乳头，对大木来说反倒成了理所当然的魅惑对象。而且，桂子左边和右边的不同感觉，恐怕是哪位初尝女人滋味的人所造成的吧？难道是那人给桂子留下了半边的处女地？由此一来，桂子左边的乳头尤为吸引着大木。然而，要想使左边与右边的感受一样，必须屡次重复才行，而且要花费相当长的时间吧。大木也不知道此后还有没有与桂子那么经常见面的机会。

何况，今天第一次搂抱桂子，就强求抚摸她不愿被触摸的左乳头，实属愚蠢之举。大木已经避开了桂子的左边，探寻桂子的身体中桂子喜好的地方。那地方找到了。随后，在达到了激情奔放的时候——

"老师，老师，上野老师！"听到桂子叫喊着音子的声音，大木惊呆似的怔阵了，而且被推开了身子。桂子离开大木端坐片刻，然后起身到梳妆台前，好像在梳理乱发。大木连头也没能转向那边。

又一阵强劲的雨声，使大木坠入了孤独。孤独，是多么地为所欲为啊！

"先生，您能安静地抱着我睡觉吗？"桂子折回大木跟前，嗲声哆气地说罢，便伸头从下面窥探着大木的脸。

大木左臂搂着桂子的脖子舒展地躺下，一声没吭。对音子的回忆连绵不绝地浮现在大木的脑海中。是桂子将身子挨过来的。过了良久，大木冒出了一句。

"桂子小姐的气味散发出来啦。"

"桂子的气味……"

"就是女人的气息呀。"

"是吗？是因为太闷热吗……您讨厌吗？"

"不，不是天气闷热的关系。是女人的体香……"

被不厌烦的男人拥抱一会儿，女人的肌肤便自然而然地散发出一种气味来。纵然是少女，好像也不能自己抑制住那种气味。这气味不仅能强壮男性，还可使男人安神，得到一种满足感。这是女人有了许身亦可的心意，而由体内散发出来的气味吧。

大木不能这么露骨地说出，为了让桂子自身领悟到体香，他把脸贴向桂子的胸部。然而，在桂子呼唤了音子之后，大木就被桂子的气息所笼罩，只是沉静地闭着双眼。

因为有过那段往事，所以大木如今在杂树林中，即使回忆中的桂子身体迫近而来，但最终消退不尽而残留下来的，仍然是桂子的乳头。不，与其说残留下来，不如说只有桂子的乳头重新鲜活地显现出来。

"不许太一郎去见桂子。"大木断然地自语，"不许让他们相会。"

大木用力抓住了旁边的杂木枝干。

"如何是好呢？"他摇晃着枝干。雨珠还有少量浮在树叶上，这下子掉落到了大木的头上。土中似乎还残留着积水，大木的木屐前端已被濡湿了。大木环视着掩埋着自己的绿叶。那铺天盖地的郁郁翠绿，蓦地令人透不过气来。

为了不让太一郎在京都与桂子相会，大木觉得好像只得把自己与桂子在江岛旅馆同宿这等事告诉儿子，别无他法。如果不愿意这么做，那就给音子，或直接给桂子打个电报怎么样呢？

大木疾步赶回家，进门就问文子道：

"太一郎呢？"

"太一郎去东京了。"

"东京？现在就去了？不是晚上的飞机吗？是不是还回家一趟，然后再去？"

"不是。是羽田机场，回家再去太麻烦吧。"

"……"

"出门之前，他说先到大学的研究室去一趟，很早就走了。他说想带点放在研究室的资料去……"

"奇怪！"

"怎么了？脸色这么难看！"

"……"

大木避开文子的目光，进了书房。他既没能告诫太一郎，也没有打电报给音子或桂子。

太一郎乘六点的飞机飞向了大阪。在伊丹机场，桂子是独自来迎接他的。

"这，实在是……"太一郎不知所措地寒暄着，"没想到你会来接我，真不好意思。"

"你不说句谢谢吗？"

"谢谢！对不起了。"

看见太一郎炯炯有神的双眼，桂子便谦卑地低下目光。

"从京都来的吗？"太一郎说话还是笨嘴笨舌。

"是啊，从京都……"桂子温和地回答后，又说道，"我就住京都，如果不从京都来，那是从哪里来呢？"

"不！"太一郎也笑了起来，打量了一下桂子的和服腰带，说道，"打扮得这么漂亮，真是光彩夺目，我真怀疑自己的眼睛，这是来接我的人吗？"

"你说的是和服……"

"嗯，和服和腰带都漂亮，还有……"太一郎想接着说，还有头发和脸蛋儿。

"夏天，我喜欢整整齐齐地身着和服，腰带也扎紧些，感觉很清爽。我讨厌大热天穿得松松垮垮的。"

桂子的话语只是轻描淡写，但她的和服与腰带好像是崭新的。

"夏天，我喜欢素淡的东西，这腰带，够素淡吧。"

太一郎缓步向乘客行李领取处走去，桂子便跟在后面靠过来说：

"这条腰带，是我画的哦。"

太一郎转过头来。

"你看它像什么？"桂子询问。

"哦，是水吗？是河流？"

"是虹，无色的虹……仅是墨色的浓淡曲线，谁都看不出来吧？但我却想将夏天的虹缠绕在身哪。这是日近黄昏时分搭在山头的虹哟！"桂子转过身，让他看薄绢圆腰带的后面。鼓形结上画着绿色的山脉。那上面晕染的淡淡的深红色，是日暮长空的色彩吧。

"前面与后面并不调和吧？因为这是奇怪的女孩画的，所以算是奇怪的腰带吧。"桂子仍背朝着太一郎说道。那晕染的深红色的浓淡过渡，与拢上后发露出的细长脖颈的肤色，吸引住了太一郎的目光。

到京都的乘客，日本航空公司免费用出租车一直送到日航位于御池街的事务所。前面一辆车已经有四位客人匆忙混乘上去了，当太一郎刚一犹豫时，马上又开过来另一辆车，此时就只剩他和桂子两人了。汽车一出机场，太一郎便若有所悟似的说：

"这时候从京都赶过来，桂子小姐还没吃晚饭吧。"

"好讨厌。你总是说些生分的话。"

"……"

"我连午饭也不想吃呢。到了京都后再吃吧，一起吃。"随后，桂子耳语似的说，"我呀，从太一郎先生走出飞机舱口时，就一直看着呢。你是第七个出来的吧。"

"第七个……我是第七个吗？"

"是第七个。"桂子又明确地重复了一次，"你是光看着自己的脚下走出来的。根本没朝我这边看一眼呀。如果想到有谁来迎接的话，在走出飞机第一步时，就会向迎接人群这边观望的吧，谁都是……太一郎却低着头，糊里糊涂地走着！我到这里来迎接你，真感到难为情，好想找个藏身之处呢！"

"没想到你能赶到伊丹来接我呀。"

"为什么呢？那为什么在快信上写明飞机的时间呢？"

"我打算立个证据，证明我确实要来京都嘛！"

"像电报一样的简短信件，除了飞机的时间，其他什么也没写。我觉得你是在试探我吧？是不是试探我会不会赶到伊丹来接你？即使明知被试探，我还是来迎接啦！"

"说我试探……倘若想试探的话，就像桂子小姐所说的那样，一出飞机就该寻找你来没来吧。"

"你也没写在京都的住处，如果不来机场迎接，我们怎么见面呢？"

"我是……"太一郎嗫嚅地说，"只是想告知桂子小姐，我到京都了。"

"没意思吧，这种话，我不喜欢……这算什么事儿呢，我不明白呀！"

"说不定，我那时会打电话的。"

"说不定……如果不是说不定，你不就不吭一声回北镰仓了吗？

453

太一郎先生来京都，仅仅是想让我知道而已吗？那封快信，是为了戏弄桂子，使其蒙羞吗？就是来了京都，也不见面……"

"不，我是为了给自己增添与桂子小姐见面的勇气，才寄出快信的。"

"与桂子见面需要勇气……"桂子把惊讶化为娇柔的细语，"我是喜笑颜开好呢？还是不得不感到悲哀呢？应该是哪一个？"

"……"

"好啦，你不必回答……幸好我来接你啦。我，不是需要勇气才能见面的女孩，可是……是个时常心血来潮就极想死掉的女孩哟。你可以藐视我，也可以把我一脚踹走。"

"你在突然说些什么呀？"

"不是突然的。我就是这种女孩子。你这人无视我的自尊也无所谓。"

"我好像不是伤害别人自尊的人喔。"

"看样子是，但这样不行……你大可尽情地践踏桂子。"

"为什么说这种话？"

"不为什么……"从车窗吹进一阵风来，桂子用一只手轻轻压住头发，"也许是因为我很悲伤……刚才，你从飞机上下来，就忧郁似的低着头，一直走到了候机室，对吧？你为什么这样寂寞呢？难道对太一郎先生来说，就不存在前来迎接你、等候着你的那个桂子吗？"

其实并非如此。太一郎是一边思考着桂子的事，一边走过来的。然而，他没能告诉桂子。

"即使那种小事，也会使我悲哀的。因为我太任性……我要怎么做，才能让太一郎先生想着这世上存在一个叫桂子的女孩呢？"

"我总是在想着你呀！"太一郎的声音很呆板，"现在也这样……"

"现在也这样……"桂子喃喃自语地说，"现在也这样吗？我就在你身边，不可思议吧。因为不可思议，我也不再说话了。你说点什么……"

车子穿过茨木市和高槻市等处的新建工厂区。在山崎一带的山坳里，三得利的工厂在灯光中浮现出来。

"飞机没有颠簸吗？"桂子问道，"京都在傍晚时分，下了一阵骤雨，倾盆似的，我好担心呢！"

"虽然没怎么颠簸，但差点撞到山上去了，可吓人啦！从窗口往外一看，黑压压的山挡在前面，仿佛要冲向那里似的。"

桂子的手向太一郎的手探摸过来。

"是把黑云看作山啦！"太一郎说。他的手背在桂子的手掌下一动不动。桂子也久久不移动那只手。

车子进入了京都市区，在五条街向东转去。虽然连摇晃垂柳枝条的风儿也没有，但或许是骤雨乍歇之故，并不那么闷热。垂柳街树的翠绿，在夜色渐浓的宽阔街道上一直向远处延伸，那尽头便是东山。在云层低垂的夜晚，不能清晰地分辨山峦与天空。然而，在这五条街西边的尽头附近，太一郎已经感受到身在京都了。

车子北上过了堀川，沿着御池路行驶，抵达了日航事务所。

太一郎在京都旅馆已订了房间，所以他说：

"暂且先去旅馆放下行李。旅馆就在旁边，都能看到，我们走着过去吧！"

"不，不要嘛！"桂子摇了摇头，便钻进停在日航事务所前的出租车，催促太一郎也上了车。

"去木屋町，上三条街往北开。"她对司机说。

"途中请绕到京都旅馆停一下。"太一郎请求司机时，被桂子拦下了。她说：

"不必啦。不用绕道，请一直开吧。"

木屋町的小茶馆，要穿过狭窄的甬道才能进去，所以太一郎觉得很新奇。被领进去的四张半榻榻米的房间是面朝鸭川的。

"这地方挺好。"太一郎的目光已被河水所吸引,"桂子小姐,你竟然知道这样好的地方。"

"我老师常到这里来。"

"你说的老师,是上野小姐吗?"太一郎回头问。

"是的,是上野老师呀。"桂子一面应答着,一面起身走出了房间。是点餐去了吧,太一郎暗忖。不到五分钟,桂子便回到房间,坐下就说:

"若不嫌弃的话,你就住在这里。那边旅馆的房间,我已经打电话取消啦。"

"啊?"

太一郎顿时目瞪口呆,盯着桂子,而桂子则温顺地垂下眼帘,说:

"对不起!我只是想请太一郎先生住在我熟悉的地方。"

太一郎无言以对。

"求求你,就住在这里吧。在京都,不是也只停留两三天时间吗?"

"哎。"

桂子抬起了眼帘。她那短短的眉毛没加任何修饰,却构成了美丽整齐的可爱线条,在乌黑明亮的眼睛上方显得十分稚气。那眉毛的颜色令人感到比睫毛还要浅淡。口红似乎也是薄薄地涂了一层浅淡的色彩,而那不大不小的嘴唇,完美的形状令人难以置信这是嘴唇。脸上也看不出施过脂粉。

"讨厌!你这么盯着我看什么呢?"桂子眨着眼说。

"浓密的睫毛……"

"没安假睫毛哟。你可以拽拽看嘛。"

"其实,我真想捏住拽拽看呀。"

"可以呀。请……"桂子合上眼皮,一边把脸凑过去,一边说,"也许因为向上翘弯,所以显得长。"

桂子的脸一动也不动地等着，可太一郎却不敢伸手去捏那睫毛。

"请睁开眼睛。再稍微往上一点，把眼睛再睁得大一点。"按太一郎所说的，桂子做了这些动作后问道：

"是不是看正前方，望着太一郎先生……"

女侍者送来了日本酒、啤酒和小碟下酒菜。

"你喝清酒，还是啤酒？"桂子放松了肩膀说，"我是不会喝酒的。"

虽然面朝凉台的纸拉门半关着看不见那边，但那里的几位客人似乎已经微醺，还混杂着艺伎，他们的声音高亢起来。当下面河边的道路上走街串巷卖艺的胡琴声靠近时，他们便突然沉静下来。

"明天你打算做什么呢？"桂子问。

"先去二尊院，参拜后山的坟墓。是三条西家的坟墓，那可是座考究的墓呢。"

"坟墓……能让我一起去吗？我想请你带我到琵琶湖，我想坐汽艇哩！不一定非要明天去。"桂子看着电风扇那边说道。

"是汽艇吗？"太一郎好像有点犹豫，"我可从没坐过，不会开呀！"

"我会。"

"你会游泳吗？桂子小姐……"

"你是说假如汽艇翻了的话？"桂子望着太一郎说，"那就请你相救啦！你会救我吧。我会搂住你不放的。"

"抱住不放，这可是不行的。被紧紧抱住，便不能救人了。"

"那怎么做才行呢？"

"我抱住桂子小姐呀。从后面，把胳膊伸到腋下……"说着，太一郎仿佛目眩似的移开了目光。他胸中萌动出在水中抱住这美丽姑娘的感觉——如果不抱紧桂子浮出水面，两人都会有生命危险。

"就是汽艇翻了也没关系的。"桂子说。

"能否得救，我也不知道哟。"

"若不能得救，会怎么样？"

"别说这种话啦。我乘汽艇挺紧张的，还是算了吧！"

"汽艇是根本不会翻的，我想坐呀。这是我翘首以待的呀！"桂子往太一郎的杯子里斟上啤酒，"你不换上浴衣？"

"不，不换了。"

房间的一个角落里摆放着浴衣。男式的与女式的叠放在了一起。太一郎总是避免将目光投向那里。房间一定是桂子订好的，但备有女式浴衣是怎么回事呢？

这个只有四张半榻榻米的客房没有隔间。太一郎不可能当着桂子的面脱光衣服，换上浴衣的。

女侍者送来菜肴，但她不看桂子的脸，也没有说话。桂子也默不作声。

从下游不远处的凉台，开始传来三味线①的声音。这家茶馆的凉台上，客人们把酒言欢，喧闹声声，还有说大阪土话的，太一郎和桂子都听得一清二楚。拉着胡琴卖唱的感伤流行歌曲声渐渐远去了。

在房间中坐着，便望不见鸭川了。

"你来京都，先生知道吗？"桂子问。

"家父吗？他知道。"太一郎回答，"然而，桂子小姐来伊丹迎接我，我与桂子小姐一起在这里，是家父想不到的吧！"

"真开心！太一郎先生瞒着父母，来与我会面……"

"虽然不是你所说的瞒着家父……"太一郎吞吞吐吐地说，"但却演变成瞒着的吧。"

"不过，就是那么回事。"

"桂子小姐的上野老师那边……"

---

① 三味线，日本传统弦乐器，起源于中国的三弦。

"我什么也没说呀。不过，大木先生也好，上野老师也好，也许都用第六感早看穿了呢！若是那样的话，我会憋在心里，更开心哪！"

"不会那样的。我这边的事，上野老师不是不知道吗？桂子小姐，你向她说过什么吗？"

"去北镰仓拜访府上回来后，我说过太一郎先生带我浏览镰仓了。当我说'我喜欢他'时，上野老师的脸色顿时变得铁青！"

"……"

"大木先生是她那么凄苦爱恋的对象，你觉得上野老师能对其公子不感兴趣吗？我老师被迫与大木先生分手后不久，太一郎先生的妹妹便出生了，上野老师对此深感悲哀，这也是我从老师那里听说的呀。"桂子乌黑的眸子闪烁出锐利的光芒，脸颊泛出薄薄的红晕。

太一郎无言以对。

"上野老师如今正创作一幅名为《婴儿升天》的画作。画中是婴儿坐在五色彩云上面，可老师对我说，实际上这个婴儿是不会坐的呀，因为八个月便早产夭折了……"桂子喘了口气，接着说，"倘若那个孩子活下来，就成太一郎先生的妹妹啦。对太一郎先生的真正妹妹来说，那可是姐姐啊。"

"你为什么对我说这些事呢？"

"我想为上野老师报仇。"

"报仇……对我父亲吗？"

"是的呀。也对太一郎先生……"

"……"

太一郎没能完全剔除盐烤香鱼的刺。他的筷子尖儿好像不听使唤似的。桂子把太一郎的香鱼碟子挪到自己跟前来，灵巧地把鱼刺剔除掉，说：

"大木先生说过我的什么事情吗？"

"倒没有，什么也没说过……因为我和家父不谈桂子小姐的事。"

"为什么？为什么呢？"

对于桂子的问话，太一郎的脸色阴沉下来，好像被人惹恼似的。

"与家父从没谈过女人的事。"太一郎冒出了这么一句。

"女人的事……你说是女人的事……"桂子的脸上浮现出了美丽的微笑。

"桂子小姐说为了上野老师，对我也要报仇？那是怎么样的报仇法……"太一郎以冷冰冰的声音问道。

"你问我是怎么样的报仇法，若是说穿了，便没意思了，也就是这个样子嘛！"

"……"

"我所说的报仇，不就是喜欢太一郎先生吗……"桂子目光远望，仿佛在看对岸的沿河大道，"你会觉得这很奇怪吧？"

"不，让我喜欢上桂子小姐，才是桂子小姐的报仇吧……"

桂子额首。那是身心释然、坦率真诚的额首。

"这是女孩子的嫉妒呀！"桂子喃喃自语。

"嫉妒……嫉妒什么……"

"因为上野老师如今仍一直爱着大木先生……因为她遭了那么大的罪，却丝毫也不憎恨……"

"桂子小姐就那么爱上野老师吗？"

"是的，爱之入骨……"

"家父对往昔的补偿，我无法承担，但与桂子小姐这样的会面，也是和上野老师与家父的昔日因缘相连着的？必须这样认为吗？"

"是这样，没错。"

"……"

"假如我不在上野老师那里的话，对我来说，就如同这世上没有太一郎先生的存在，我也不会同你见面吧……"

"我不喜欢这种想法。年轻的小姐这样思考，是被过去的亡灵附身啦。无怪桂子小姐的脖子纤细。纤细倒是漂亮，可是……"

"脖子纤细，是因为没有爱过男人……是上野老师这样说的。桂子的脖子若变粗，那可就讨厌啦！"

太一郎抑制着想抓住桂子的美丽脖子的欲望，说道：

"那是魔怪的私语呀。桂子小姐正处在咒语的束缚之中啊。"

"不！我是处在爱之中。"

"上野老师对我的事什么也不知道吧！"

"不过，在北镰仓府上会面回来后，我对上野老师说过，我觉得太一郎先生与其父大木先生年轻时好像是一模一样的。"

"不对！那是……"太一郎激动起来，"我不像家父。"

"你生气啦？长得与父亲相像，你不喜欢吗？"

"自从机场见面以来，桂子小姐对我撒了不少谎吧？你的真心何在？尽说些蒙骗我的谎言。"

"我没有撒谎啊！"

"那么，你这人就是用这种方式说话？"

"你说得过分了吧？"

"说可以践踏你，是桂子小姐亲口说的吧！"

"你是不是在想，这个女孩子若不被践踏，是不会说真话的？我没有撒什么谎呀。只是太一郎先生不了解我啊。你的真心何在？将其隐瞒住的，不正是太一郎先生吗？悲哀呀！"

"真的悲哀吗？"

"是的，真悲哀。是悲哀？是高兴？我不明白啊。"

"为什么会与桂子小姐在这里，我也不明白。"

"不是因为喜欢我吗？"

"这个我知道，可是……"

"可是什么……"

"……"

"可是什么呢？可是什么呢？"桂子抓起太一郎的手，包在自己的两个手掌中摇晃着。

"桂子小姐，你还什么都没吃呢！"太一郎说。桂子仅吃了两三片鲷鱼的生鱼片。

"结婚筵席上的新娘子，是不能进食的吧。"

"看看，你就是说这种话的人。"

"不正是太一郎先生，说起吃东西的事吗？"

苦夏

音子是苦夏体质。

在东京的少女时代，音子没有在意自己是否苦夏，而且也记不清了。迁居到京都后，她才清楚地知道自己苦夏，那时她已经二十二三岁了。这还是母亲告诉她的。

"音子也苦夏呀。由我遗传的体质，终于显现出来了。"母亲说，"弱点倒相像呀。本以为你是个刚强的女孩，可体质上却毕竟是我的孩子哩。这可是不可抗争的吧？"

"我并不刚强呀。"

"脾气暴躁哟。"

"我不暴躁呀！"

刚强也好，暴躁也好，母亲所说的准定是与大木恋爱时的音子。然而，那恋情难道不是超越脾气刚强与柔弱等个性的少女痴情吗？不是疯狂的执着吗？

迁居京都，是母亲想排解、消除音子的悲哀的良苦用心，所以母亲与女儿都回避提及大木年雄的名字。然而，在这人生地不熟的城市，唯独心灵受过创伤的二人成天相依相伴，更使她们不得不窥视彼此心中的大木。母亲视女儿为映着大木的镜子，女儿视母亲为映着大木的镜子，那面镜子中又互相映着她们二人。

某次音子在写信时，一打开《国语辞典》，那一页上的"思"字便闯入了她的眼帘。在日本语中，"思"字有爱慕的意思，忘不了的意思；也有悲哀的意思。音子的目光在搜寻的过程中，心胸感到非常沉闷。她恍恍惚惚，也无法继续查辞典了。音子惧怕那本辞典，再也没有碰过它。《国语辞典》中也有"大木"这个词条。辞书中能唤起对大木思念的词条数不胜数吧。所见所闻都与大木相连，这只说明音子仍然活着，别无他解。音子怎么也不能认识到自己拥有一个大木所爱之外的身体。

音子深知，母亲想使她忘掉大木。这是母亲作为寡母对于孤女的唯一心愿吧。然而，作为女儿的音子，并不希望忘掉大木。既然忘不掉，索性就别刻意去忘吧，好像这也成一种寄托了。若非如此，岂不成为一具只剩空壳的躯体了吗？

之所以十七岁的音子能够从有铁格子窗的精神科病房出来，也是因为与大木的爱根植到了音子心灵深处，而不是那份爱起到了镇痛作用。

"真可怕。要死啦，我要死掉了。别这样，别这样，已经……"音子曾被大木搂抱着，不顾一切地挣扎。大木一松开手，音子便睁开了眼睑。明亮的眸子，湿润晶莹。

"看不见啦，宝贝的脸蛋儿，就像摇晃在水中似的，模模糊糊的啊！"这种时候，十六岁的小姑娘也把三十一岁的大木叫作"宝贝"。

"我呀，如果先生死了，我也不想活了。真的，活不下去了呀。"音子的外眼角闪着泪花。那不是悲哀的泪水，而是湿润的双眸因身心放松，被涌出的更多的温润的琼液所濡湿了。

"倘若音子姑娘死了的话，就没有像音子姑娘这样思念我的人了。"大木说。

"喜爱的人死后，再成天思念着那个人，我可是受不了的啊。我做不到啊。倒是死了的好。哎，让音子也死吧……"音子把脸贴在大木的喉头上摇晃着。

大木虽把这些话当作是少女的喁喁情话，但沉默了一会儿，却说：

"假如，我被手枪对着，或被刀子捅时，能站在我的前面庇护我的，只有音子姑娘吧。"

"是的。我会随时替你而死！痛痛快快地……"

"我不是想让你那样替我去死，而是当意想不到的危险在向我迫近时，能拼命地保护我……刹那间就挺身而出。"

音子点点头，说：

"会那样做的呀。肯定……"

"能为我这样做的男人，是没有的啊。舍命守护我的，只有你这个小女孩啦。"

"我根本不小啊。我，根本不小啊。"音子重复说了两遍。

"已经不小的地方，是这里……"大木伸手探摸音子的胸脯。

那个时候，大木也想到了音子的腹中已有了自己的孩子。他甚至想过，假如自己遭遇不测而死，那个孩子也会和音子一起消失吧——这是后来，音子读了大木的《十六七岁的少女》才知道的。

母亲曾说到了二十二三岁，音子也会苦夏，也许这是说音子快到这个年龄段了，但也可能是母亲考虑到那时音子便不会为思念大木而消瘦了。

音子是个天生溜肩膀、细骨架、身段窈窕，却很少生病的少女。她经历了大木的孩子的早产，和大木的恋情破灭，自杀未遂，住进了精神科病房，在那段多舛的时光中，她当然身体瘦弱，神色呆滞，但是她的身体早于心理康复了。音子那伤痛未愈的心灵，反倒因自己那种年轻体健而生厌。倘若不因思念大木而眼中浮现出忧愁，人们根本看不出这姑娘内心还藏着悲哀吧。她那忧愁的眼神，会被人们当作年轻姑娘的焦躁尘虑，反而愈显音子的美丽吧！

音子自幼便知道母亲是苦夏体质。当母亲汗流浃背时，她就为母亲擦背拭胸，这是音子对母亲的一种亲近。尽管如此，她却眼见母亲夏天消瘦而从不说起，这是因为音子对怯暑的母亲已经习以为常了。然而，在母亲告诉她她也遗传了那苦夏的体质之前，音子根本没想过自己也是苦夏，这也许是出于年轻粗心吧。从快到二十岁开始，音子也有些苦夏了。

在京都过了二十五岁后，音子就一直身着和服，所以不像穿裙子或裤子那样，即刻能感到身子变得纤细，但在身体的各个部位，仍能看出因苦夏变瘦了。而且，苦夏必让音子想起逝去的母亲。

音子的苦夏、怕热，似乎在随着年龄的增长而加重。

"治疗苦夏的药，哪个好呢？报纸上登出了好多药品广告，妈妈，您用过没有？"有年夏天，音子试着问过母亲。

"这个……好像都有效，又好像都没效果吧。"母亲不着边际地回答。少顷，她又郑重地说：

"音子，对于女人的身体，最好的药就是结婚哪。"

"……"

"人世间，赐予女人生命的药品，是男人哪。女人都是非服不可的。"

"如果是毒药呢……"

"是毒药也要服呀。音子在懵懂之中服了毒药，可如今你仍然不认为那是毒药吧。不过，所谓的排毒良药是确实存在的。另外，还有以毒攻毒的药呢。即使那药苦口，也要闭上眼，把男人一口吞下去看看。也有令人恶心欲呕、难以吞咽的药，可是……"

音子最终也没有服用男人这种女性用药，便与母亲死别了。女儿的这一点，肯定会令母亲死不瞑目的。也正如母亲说过的那样，音子从没认为大木是毒药。即便被关在有着铁格子窗的病房里时，她也没憎恨过大木，只是思慕得精神癫狂了。音子为寻死而喝下的剧毒药，在短时间内，就从音子体内排得一干二净了。或许可以认为大木年雄和大木的胎儿也总算从音子身上被彻底清除掉了，也可认为不必纠结那些残留的痕迹了，但音子与大木的爱，既没从她的心中消失，也没有变得淡薄。

只是，时光在流逝。然而，对于一个人而言，所谓流淌的时光，未必只有一股吧！在一个人身上，不是有好几股时光在流动吗？若将其比作河川，时光在人身上，有的地方流得湍急，有的地方流得舒缓，有的地方停滞不流。再者，就时光而言，以万众同速流动着的是天，以各自相异的流速流动着的是人。时间对所有的人都是同速流逝，而人则流动在各自不同的时间之中。

十七岁的音子变成了四十岁。然而，在音子内心存有大木之处，时光是不曾流逝、停滞不前的吧？或者，也可以这样说吧，宛如漂浮于河川的花朵随着流水而四处漂泊，音子是与自己心中的大木一起，共度流淌而去的时光。——在大木的时光流淌中，音子是如何漂浮的，这是音子全然不知的。至少，即使大木不会忘掉音子，与大木一起流逝的音子的时光，也和大木流逝的时光是不同的吧。纵令是当前的恋人，两人的时光流逝也不相同，此乃不可规避的宿命。

今天音子醒来，也与近来早晨所做的一样，用指尖轻轻揉了揉额头，再摸了摸脖颈和腋下。全是湿漉漉的。每天更换的睡衣上，也令人感觉吸附着肌肤渗出来的湿气。

桂子喜欢音子这种使肌肤更加滑爽且散发出体香的湿气，她时常想帮着音子脱下贴身的衣服。音子却对汗臭味厌恶至极。

然而，昨天晚上，桂子过了十二点半才回来，她避开音子的视线跪坐下来，膝头的动作也显得僵硬呆拙。

音子躺在床铺上，好像在用团扇遮挡天花板上的灯光，凝望着钉在墙上的四五幅婴儿面部素描。她似乎看得太入神了，向桂子瞥了一眼，只说了句："你回来了，好晚呀。"

音子在妇产科医院，没有看到八个月就早产的婴儿。仅仅被告知那婴儿已长出乌黑的头发。她向母亲询问是个什么长相的孩子时，母亲回答说：

"是个可爱的孩子哟。好像长得像音子。"

可音子也感到这只不过是一种安慰吧。而且，音子从未见过真实的刚生下来的婴儿。近几年虽然在照片上见过，可似乎都是难看的。的确，产妇分娩时的照片，甚至婴儿脐带还与母亲相连的照片全都能看到，着实令人震惊，但那些图像却也非常可怕。

因此，对于音子来说，自己孩子的面容和身姿是不会浮现在眼前的。那图像只是心中的幻象。《婴儿升天》中的婴儿，不是八个月早产夭折的婴儿的脸蛋儿，音子自己十分明白，而且她也根本没有打算采用写实绘法。她力求把对尚未成形便消失的生命的哀惜和爱怜，展现于绘画之中。这一愿望因长年累月挂在心头，所以作为憧憬的幻想而寓于音子的心底。音子悲伤时屡屡思念的，便是这死婴的幻象。能存活到今天的自己，也必须在这幅画中得以象征。与大木相爱的美丽与哀愁，也必须贯穿于这幅画里。

然而，音子画过来画过去，也没画成那个样子的婴儿脸庞。音子当然见过圣母抱着的耶稣或小天使的面容，但那大都是五官端庄的，或是大人气质小型化的，或是虚构的神圣尊容。音子想描绘的，不是那种强劲明朗的面容，而是人世和阴间都没有，只在隐约的梦幻中存在的佛光辉耀下的灵魂。那是能使世人温柔安详的精灵神姿。而且，那画像本身，就如充满着无限哀愁的深渊。不过，她不想采用偏重于抽象的画法。

她只是对婴儿的面部持有那种期望，而不足月就夭折的婴儿身体，如何描绘为好呢？背景与点缀物如何处理为好呢？音子也反复翻阅了雷东①与夏加尔②的画集。但是，富于幻想的夏加尔，也没有诱发出音子在东洋画风观念方面的灵感。

对音子来说，比起西洋画，日本的古画稚儿太子图更加鲜明地再次浮现出来——稚儿太子图是基于弘法大师③的传说创作的，画面中是年幼的大师于梦里，在八叶（八枚花瓣）的莲花中，与佛陀交谈的姿态。在莲花上面端坐的稚儿太子的图案样式，已成为恒定的了。最古老的画作中的太子是庄严清高的，但随着时代变迁，逐渐流于艳丽雍和，竟也衍变成美少女般的"稚儿"了。

五月的满月祭之夜，桂子说"请您画我"时，音子就想尝试将她画成"稚儿太子"风格的古典式的"圣处女像"，这或许也是内心蕴藏着《婴儿升天》的缘故吧，当时她意识到这一点了，但觉得姑且也就那样吧，而到了后来，音子头脑中又冒出了新的疑惑。就是说，无论是探索描绘死去的婴儿的构思，还是诱发描绘桂子的构想，脑海中都会浮现出来稚儿太子的画像，这也许是音子醉心于那幅画的印证，同时，抑或也是音子本身的自我爱慕、自我憧憬的表象吧？音子是否在稚儿太子的画像中，看到了所向往的自画像呢？夭折婴儿的画像也罢，桂子的画像也罢，其实不都潜藏着音子画自画像的心愿吗？稚儿太子风格的圣幼儿像，或圣少女像、圣处女像的幻象，不通通都是圣音子像的幻象吗？音子的这个疑惑，犹如用自己的手，不按自己的意志向自己的胸膛刺进了利刃。音子没再用那利刃把胸膛剖开来观察。她拔出了利刃。然而，留下的伤痕却时时作痛。

① 雷东（1840—1916），法国画家。早期从事黑白版画创作，作品富有梦幻般的象征色彩。晚年改作油画和粉笔画，色彩丰富，充满神秘的意境。作品有石版画《在梦中》等。

② 夏加尔（1887—1985），犹太人画家，生于白俄罗斯。善作印象派风景画。作品有《我和我的村庄》、巴黎歌剧院天顶画、圣经版画插图等。

③ 弘法大师，即空海和尚（774—835），弘法大师是他的谥号。日本佛教真言宗创始人。804年渡至中国，师从惠果学习密教秘法。806年返回日本，816年在高野山创建金刚峰寺。擅长书法，为日本"三笔"之一。著有《三教指归》《十住心论》《性灵集》《文镜秘府论》等。

音子当然没想原封不动地借用稚儿太子图的样式来描绘夭折的婴儿以及桂子。可是，在构思那些画之初，稚儿太子便浮现出来了，这不是说明音子想画其中任何一幅画的时候，心底都潜藏着稚儿太子吗？从《婴儿升天》的标题与《圣处女像》的标题，就已经可以感受到这一点。音子的心愿是凭借自己的画作，净化甚至圣化对夭折的婴儿以及桂子的爱。音子不大好意思将桂子的肖像画取名为《圣处女像》，便试着对桂子调侃，说将标题设为《一位少女抽象画家》倒很风趣。不过，桂子的画作按今天的定义能否列入抽象画类别中，音子当然没有认真思考过。然而，音子那天晚上说要怀着爱画成佛画那样，倒是肺腑之言。

桂子首次来到音子这里时，曾将音子母亲的肖像画看成是音子美丽的自画像。自那以后，音子见到一直挂在墙上的母亲的肖像画，与其说时而会想起桂子的这一看法，倒不如说音子不能忘却桂子表达如此看法时所说的话。母亲的肖像被描绘得那么年轻美丽，时常被人看成是音子的自画像，这是缘于音子对母亲的思慕，但实际上，画中也许还描绘出了音子本身的自我爱慕。那不全是因为母亲的脸型与音子相似吧。也许是音子一边画着母亲，一边画着自己。

自不待言，对画家来说，不论是静物画还是风景画，一切画作均是画家的心灵自画像、性格自画像，是一种自我表现，而在母亲的肖像画之中，那些与音子紧密关联之处，却流淌着骨肉亲情和温润的悲哀，好像那幅画成为音子自身的画像了。说起温润，稚儿太子的图像也不能说不温润。比稚儿太子的画作更卓越的佛画，或者仕女图，在日本的古画中举不胜举。而且，之所以音子尤能浮想起稚儿太子图，皆因那是端庄秀丽的幼儿像，同时也是因为那画像中还存有伴随着虔敬的甘美吧。不信奉弘法大师的音子，在稚儿太子的画像中，是否婉转地寄托了自我思慕、自我憧憬呢？肖像的甘美是会接纳哀伤的。

音子对大木年雄的爱，对死婴的爱，对母亲的爱，如今仍然延续不断，可那些爱，会与音子触手可及的现实一道，一成不变地延续下去吗？那些爱的本身，是否正在不知不觉中变成音子的自恋呢？当然，音子自己不会察觉。她既没有对这种衍变怀疑过，也没有回顾自省过。音子与婴儿死别，与大木生离，与母亲永诀，这些人虽然一直活在音子心里，但活在音子心中的，实际上不是这些人，而是音子自己一个人。大木在音子心中的所占之处，时光的流淌并不会停滞不前吧。音子伴随着自己心目中的大木，一起偕同时光的流淌而前行。这样一来，和大木相爱的回忆，染上了音子自爱的色彩，实际上也许已经完全走样了。音子从没考虑过，过去的回忆统统都是妖魔鬼怪、饿鬼亡魂……从十七岁时与大木被迫分离，音子如今已经四十岁了，她既没有恋爱，也没有结婚，孤单一人挺了过来。作为这样的女人，音子十分珍惜并留恋这悲哀的爱的回忆，也许是很自然的，而那种留恋逐渐带上自恋的色彩，或许也是很自然的。

音子沉迷于女弟子桂子这位同性姑娘，纵然起初是桂子纠缠贴靠过来，但这不也是音子出于自我思慕、自我憧憬所采取的一种姿态吗？若非如此，当桂子说出"老师，您为我画吧……就如您所说，在我成为妖妇之前……求您了。裸体也可以"时，音子是不会考虑按照佛画风格，把桂子描绘成稚儿太子那种样式——坐在莲花瓣台座上的圣处女像风格的吧？音子难道不是凭借把桂子画成那种姿态的少女，来把自己净化得圣洁可爱吗？爱过大木的那位十六七岁的少女，永驻于音子的心底，仿佛她从未成长。然而，音子不知道这些。她从没为了知道这些而动脑思考过。

——音子对自己的体味，尤其是汗臭持有洁癖，而京都的夜晚特别闷热，肌肤上渗出的汗几乎把睡衣都浸潮了。音子本应一醒就起床的，可今天早上却歪着头枕在枕头上，面对墙壁看了一会儿昨晚审视过的婴儿素描。八个月就早产的婴儿，只在极其短暂的时间内在这世上得以呼吸，可是音子在《婴儿升天》里想描绘的，是没有出生到人间世界的孩子，是没有来过人间世界的孩子，即所谓的精灵之子，所以那幅素描是难以把捏且难以定稿的。

桂子背对着音子，还在酣睡。她把麻布薄被扯到了胸部以下，被头则夹在腋下。因为是侧卧，所以双腿没有不成体统地叉开，但脚踝以上的部位已露在了被子外。桂子大多时候都身着和服，不太穿高跟鞋出门，所以细长的脚趾关节没有凸起，当属修长好看的类型吧。然而，对于那骨骼长得尤为修长的纤细脚趾，音子总觉得和自己相比有点另类，所以养成了在看桂子身体时，尽量避免将目光投向桂子脚趾的习惯。然而，倘若不看那脚趾而只握在手中，就会感觉到自己那个时代的身体所未曾有过的奇妙快感。宛如握着的是与人类不同的生物的脚趾似的。

从桂子那边传过来了香水味。作为年轻姑娘使用的香水，这香味未免过于浓重了。音子当然知道，桂子有时会用这种香水，但昨天桂子是为了什么才用的呢？音子心中不由得萌发出了疑虑。

昨晚，桂子下半夜才回来，音子并没怎么思虑她去了哪里。这是因为那时她一直审视着挂在墙上的婴儿素描，心神全部倾注在了画作上。

桂子也没有去浴室擦拭身子，就匆匆进了被窝睡着了。之所以音子认为桂子睡着了，也许是因为音子比她更早睡着了。

音子起床后，就绕到桂子床铺的那边，在微光中低头看了看桂子的脸庞，然后拉开防雨套窗。桂子一向睡醒后神清气爽，即使在比音子晚醒的早上，只要音子依次拉开防雨套窗的声音一响，她也会立刻起床来帮忙。但今天早上的桂子，只是在床铺上抬起半个身子，盯着音子的动作。待音子将隔扇和防雨套窗全都拉开回到房间，桂子才说：

"对不起，老师。昨晚直到将近三点钟还没睡着……"她边说边起身，先从音子的床铺开始收拾起来。

"太闷热了，睡得不好？"

"是啊……"

"啊，睡衣请不要叠了，那是要洗的。"

音子抱着那件睡衣，到浴室擦拭身体去了。桂子也来到了浴室里的盥洗处，好像连刷牙也急匆匆似的。

"桂子，你也洗一洗身子吧。"

"好的。"

"好像昨晚的香水还残留着你就睡着了呀。"

"是吗？"

"什么'是吗'？就是哟！"音子对桂子心神不定的表情不放心，问道，"昨晚你到哪里去了？"

"……"

"还是洗洗吧。你不觉得难受吗？"

"哎，过会儿……"

"过会儿？"音子望着桂子说。

音子从浴室出来时，见桂子打开衣柜的抽屉，正在挑选和服。

"桂子，要出门吗？"音子声音严厉起来。

"是的。"

"与人有约会吗？"

"是的。"

"是哪位……"

"太一郎先生。"

音子一时不明就里。

"是大木先生的那位太一郎先生。"桂子毫不畏怯，明确答道。仅仅将"儿子"这个词省略了。

"……"音子一声也不吭了。

"太一郎先生昨天来京都，我到伊丹机场去迎接他，约好今天带他游览京都的。也许是他带我游览呢……老师，我没向老师隐瞒任何事啊。今天先去二尊院，太一郎先生说想去看山上的坟墓。"

"坟墓……山上的……"音子说道，但声音低得连自己的耳朵都听不见。

"据说是东山时代的一位公卿的坟墓。"

"哦？"

桂子脱下睡衣，就那样裸背对着音子，说：

"还是得穿长衬衣呀。看样子今天也很热，可只穿贴身衬衣，有失礼仪吧？"

音子也没言语，盯视着桂子穿和服。

"把腰带束紧……"桂子把手绕往身后，用力勒拽。

音子从镜子中看到化着淡妆的桂子的脸蛋儿，而桂子好像凭借那面镜子，也看见了映出的音子面庞。

"老师，请别这么板着脸……"

音子忽然回过神来，想把冷峻的表情松缓下来，可面部却发僵。

桂子对着三面镜的边镜，用手指摆弄着耳朵上的头发，这个动作是耳朵形状漂亮的桂子化妆完了的标志。接着，她欲站起身来，却又坐下伸手拿起香水瓶。

"昨天的香水味儿不是还残留着吗？"音子皱着眉。

"没关系的。"

"桂子，你有点心神不定啊。"

"……"

"桂子，你为什么去见他呢？"

"太一郎先生说是要到京都来，还告诉了我飞机的时间。"

"……"

桂子一站起来，就把方才拿出来挑选的三件单衣中的两件，草草叠了一下，放入了衣柜中。

"叠整齐再放进去。"

"好的。"

"要重新叠好。"

"好。"然而，桂子根本没有回头看一眼衣柜。

"桂子，你到这里来！"音子的声音严厉起来了。

桂子在音子面前坐下，便直勾勾地看着音子。音子倒把目光移开，说了句意想不到的话。

"早饭也不吃就出去吗？"

"昨晚吃得很迟，所以现在不吃了。"

"昨晚……"

"是的。"

"桂子，"音子郑重其事地说，"去见面，打算干什么呢？"

"不知道。"

"是你想去见他吗？"

"是的。"

"是桂子想去见他吗？"这从桂子神不守舍的样子便一目了然，可音子还是像自我求证似的说，"为什么呢？"

桂子没有回答。

"你不能不去见他吗？"音子将目光垂落在膝上，"我希望你不要去见他，请你不要见他。"

"为什么呢？这与老师，不是没有关系吗？"

"有关系的。"

"老师不认识太一郎先生的。"

"桂子都去过江岛的旅馆了，就这样，竟然还能去见他？"

音子在责备桂子，明明和其父在旅馆同宿过，却还兴冲冲地同对方约会，不过现在音子口中并没说出"大木先生"以及"太一郎先生"这两个名字。

476

"虽然大木先生是老师往昔的恋人，可老师从没与太一郎先生谋过面，与老师没有什么关联呀。他只是大木先生的儿子罢了。"桂子说，"又不是老师的孩子……"

"……"

桂子的话刺痛了音子。她不由得回想起了往事：自己十七岁时早产生下了大木的孩子，孩子死了，其后，大木的妻子生下了一个女儿。

"桂子！"音子喊道，"你在诱惑他吗？"

"是太一郎先生把飞机的时间通知给我的呀！"

"已经到了去伊丹迎接，一起漫步京都这种地步的交情了吗？"

"真难听，老师，什么交情不交情的。"

"倘若不是交情，那叫什么？叫关系吗……"音子用手背拭去苍白额头上沁出的冷汗。

"你是个可怕的人啊！"

桂子的双眸中多了妖冶的光芒。

"老师，我最讨厌男人了……"

"别说这些了。你还去？请你别去了。如果还要去见面，那就别再回来了。出了这个门，就别再回到我这儿来！"

"老师！"桂子的眼睛似乎湿润了。

"你说，你对太一郎先生打的什么主意？"音子放在膝头的手在颤抖，这是她第一次从口中说出"太一郎"这个名字。

桂子倏地站了起来，说："老师，我走了。"

"你别去啊！"

"老师，请揍我吧，就像去苔寺的那天那样，再揍我……"

"……"

"老师！"桂子站住了，但旋即转身而去。

音子顿感冒出一身冷汗。她凝望着庭园中方竹的叶片上闪烁着的

477

朝晖。她起身向浴室走去。大概把水龙头开得太大了吧，她被水声吓了一跳，慌忙拧紧了水龙头。她把水流调细，擦拭了身子。情绪倒是稍微沉静下来了，但觉得头脑中仍残留着一个硬结。她把湿毛巾敷在了额头和后颈上。

回到房间，她在能看到母亲肖像与婴儿面部素描的地方坐了下来。自我厌恶感蓦地贯穿了她的脊背。那种自我厌恶感仿佛来自与桂子的共同生活，可现已扩散到整个自我存在，与其说音子感到悲哀，毋宁说她觉得无情可怜、虚脱无力。她是为了什么活过来的？为什么活着？

音子想呼唤母亲。随后，她油然浮想起了中村彝[1]的《老母像》。《老母像》是这位画家的临终之作，所以当然是中村留下老母而去世了。画家的绝笔是《老母像》，即使仅从这个意义上来讲，这幅画也已沁入了音子的心房。音子仅在画集中见过这幅画，没有看过真品，所以确实难以理解其含义，但音子是注入了自身的感情来看这幅画的照片的。

年轻的中村彝将情人描绘得丰满而有力，画作色彩也偏重红色，具有雷诺阿[2]的风格。他那广为人知的名画《爱罗先珂[3]像》，恬静地表现出盲人诗人的高雅与忧愁，虽然洋溢着虔敬之情，但色彩却温和清丽。而这幅绝笔的《老母像》，色彩比以前的画作更幽暗冷峻，画法也变得简朴。老母亲枯瘦得连胸脯都瘪凹下去了，她侧坐在椅子上，背景是墙，超过半面墙壁是木嵌板。在老母亲面部的前方，墙壁

---

[1] 中村彝（1887—1924），日本西洋画画家，受到伦勃朗和雷诺阿的影响。作品有《爱罗先珂像》《老母像》等。

[2] 雷诺阿（1841—1919），法国画家，印象派成员之一。作品色彩丰富鲜明，以女性裸体画见长，如《红磨坊街的舞女》《浴女》等。

[3] 爱罗先珂（1890—1952），生于乌克兰，盲人诗人，童话作家。作品充满人道主义风格。著有《天明前之歌》《最后的叹息》等。

上被剜掉了一块，那里面摆放着水罐；老母亲头部后方的墙上挂着寒暑计。寒暑计是原本挂在那里的，还是画家为作画挂上去的，不消说，音子毫不知情，但这寒暑计，连同老母亲轻轻叠放在膝上的手指间耷拉下来的念珠，却给音子留下了深刻的印象。不知何故，这幅画令人感到仿佛象征着先于母亲逝去的画家临死前的心境。当然，画作本身就是如此。

音子从壁橱中取出中村彝的画集，将那幅《老母像》与自己母亲的肖像对比观察。音子把母亲画得年轻，不是老母亲的肖像。母亲是先去世的，而且这画也不是音子的绝笔。死亡的阴影没有逼近音子母亲的肖像。再者，虽然西洋画与日本画截然不同，但音子把《老母像》的照片版放在眼前，方感悟到自己画的母亲肖像颇显浮浅，她闭上了双眼。她在闭合的眼睑上又用力，更紧地闭合了双眼。她脸上的血色仿佛在消退下去。

音子一心想对已故的母亲撒娇，她是怀着如此的心情来描绘母亲面容的。那时她光考虑着要画得年轻、美丽。这好像是音子的祈求，但假设中村彝的《老母像》中也含有临死的画家的祈求，那么，音子的画作则是多么浮浅，多么矫情啊！音子的生命本身不就是如此吗？

音子的画不是直接写生的。是母亲死后，她照着照片描绘而成的。那画里的人比照片里的人更年轻、更美丽。音子曾一边描绘着母亲，一边照着镜子观看自己与母亲相像的面庞。这么一来，画得矫情而漂亮是理所当然的吧，可即便如此，母亲的肖像画上难道就不能寓有深沉的灵魂了吗？

提起照片，音子还想起自从来到京都起，母亲就没有拍过自己一人的照片。当画报决定刊登音子的照片时，从东京杂志社出差来的摄影师希望也拍一张母女合影，但母亲却为了避之而逃之夭夭了。音子如今才第一次意识到：那不正是母亲悲哀的表示吗？母亲像个见不得人的人忍辱避世一样，带着女儿移居京都，断绝了与东京亲朋好友几乎全部的联系。音子也并非没有羞于见人之念，可她来京都时不过才十七岁，所以有着别于母亲的孤独和厌世。尽管她与大木的爱受到了伤害，但她却继续保持着那份爱，这也是与母亲所不同的。

音子一边考虑着必须重画母亲，一边凝望着母亲的肖像画，以及中村彝的《老母像》。

桂子出门去与太一郎相会，音子感到她仿佛是离开自己而远走高飞了。音子似乎难以抑制心中的不安。

桂子今天早上没有说出口头禅"报仇"这个词。虽然说是讨厌男人，但那是不能信以为真的。她以昨晚吃得太迟这个牵强附会的理由，连早饭也等不及吃便出去了，由此来看，她已背叛了初衷。桂子会把大木的儿子怎么样呢？两人会如何发展呢？二十四年间，自己一直怀着对大木的爱而存活下来，现在如何是好呢？音子似乎坐不住了。

音子没能制止住桂子去与太一郎相会，她想追在桂子后面，自己也见见太一郎，这或许能阻止什么危险发生吧？然而，他们二人在哪里见面呢？太一郎在哪里下榻呢？音子没从桂子那里听说过。

湖水

　　桂子一到木屋町的"阿总屋"，就见太一郎已换上准备外出的西装，来到凉台上了。

　　"早上好！休息得好吗？"桂子靠近太一郎，倚在凉台的护栏上，"你在等我吗？"

　　"一大早就醒了。听到河流的水声，受它吸引，就起床过来了。"太一郎说，"我看到东山的日出啦。"

　　"那么早……"

　　"嗯。可是，山靠得太近，不属地道的日出景色呀。随着太阳的上升，只是东山的翠绿变得明亮起来，鸭川的水流在朝阳的映照下闪闪发光……"

　　"您一直看着这些？"

　　"还观望了对岸镇子上的人起来活动，觉得挺有情致哩！"

　　"没能睡好吧？睡不惯这家旅馆吗？"接着，桂子喃喃自语似的说，"没能睡好吗？假如是我的缘故，我倒挺高兴的……"

　　"……"

　　"你不肯说是因为我？"

　　"是因为桂子小姐哟。"

　　"是被我催促，才不情愿这么说的吧？"

"不过，桂子小姐睡得很好吧。"太一郎看着桂子的眼睛。

桂子摇了摇头，说："不。"

"是酣睡后的眼睛嘛！像点了灯似的闪闪发光……"

"那是因为心中点亮了灯呀！是因为太一郎先生哟。即使一两夜不睡觉，眼中也饱含喜悦啊。"

桂子那熠熠生辉的眼睛温柔水灵，就这样一直盯着太一郎。太一郎握住了桂子的手。

"你的手好凉。"桂子低声细语。

"你的手热乎乎哟！"太一郎说着，好像要依次一根一根握住似的探摸着桂子的手指，其娇柔温润直沁心脾。那手指纤细得不像是人手，在太一郎的手中仿佛要融化掉似的。这不是轻而易举地就能咬断吗？太一郎想衔住桂子的手指。他似乎感到从这根手指里传来了少女的纤弱。随后桂子转过脸去，从侧面显露的漂亮耳朵和细长的颈项，便近在太一郎眼前了。

"你用如此纤细的手指作画吗？"太一郎将桂子的手举高到嘴边。桂子望着自己的那只手，眼睛湿润了。

"桂子小姐，你悲伤吗？"

"是高兴呀，喜极而泣……今天清晨，太一郎先生无论抚摸我哪里，我似乎都会流泪的。"

"……"

"我发觉好像我的什么结束了。"

"是什么？……"

"你问这种事，不怀好意呀！"

"不是结束了，而是开始啊！一件事的结束，不就是另一件事的开始吗？"

"不过，结束了的就是结束了的，开始的就是开始的……这是两码事。女人这么认为，便会新生出另一个女人。"

尽管太一郎似乎要把桂子搂抱过来，可他摸弄着桂子手指的手部力量反而松懈了。桂子柔顺地向太一郎凭靠过去。太一郎抓紧了凉台上的栏杆。

　　下面的河滩传来尖厉的狗吠声。好像是附近店里的一名中年妇女牵着的小猎狗，碰到大秋田犬后就站在那里狂吠。秋田犬几乎头都没转。看模样那牵着秋田犬的小伙子是小餐馆的厨子。中年妇女蹲下来抱起了小猎狗。小猎狗在女人的臂膀中还挣扎着狂吠不已。女人一背向秋田犬，小猎狗就好像朝太一郎和桂子狂吠似的。中年妇女按着小猎狗的头，并抬头朝凉台这边和蔼地笑了笑。

　　"真讨厌，一大早就被狗对着叫，是个倒霉的日子呀。我是最讨厌狗的啦。"说着，桂子躲在了太一郎的身后。狗已经不叫了，但她仍那么躲着，并将手轻轻地搭在太一郎的肩上。

　　"太一郎先生，与桂子会面高兴吗？"

　　"高兴啊。"

　　"是像我这么高兴一样地高兴吗……不会像我这么高兴吧？"

　　"……"太一郎根本没想到桂子会口出纯粹女人味的措辞，可随着桂子的话语，他感到年轻姑娘的清馨气息触及到了脖颈。桂子的胸脯似乎在贴向太一郎的后背。这不是紧压过来的，但是两人的胸与背之间没有间隙，传透着娇柔的暄暖。桂子已经是自己的了——这种感觉在太一郎的体内蔓延开来。她不再是奇怪的姑娘，也不是捉摸不透的姑娘了。

　　"我是多么想和太一郎先生相会，你不理解吧！假如我不到北镰仓去，我认为我们就不能相会。"桂子说道，"我们能有今天，真不可思议呀！"

　　"是不可思议啊！"

　　"我所说的不可思议，是指我每天每天都思念着太一郎先生，所以对这次久别重逢，竟油然生出一直朝暮相处似的感觉，这真是不可思议。太一郎先生都把我忘了吧。决定要来京都了，才偶然想起我，对吧？"

"桂子小姐会说这种话，才不可思议呢！"

"是吗？你偶尔也会想起我吗？"

"想起桂子小姐，对我来说是多少伴些痛苦的。"

"啊！为什么……"

"想起桂子小姐，就会想到你的老师吧！那也会想起我母亲年轻时的痛苦吧。我那时还不大懂事，可家父的小说却写得很详细。小说也叙述了母亲怀抱还是婴孩的我，徘徊在黑夜的街道上，有时饭碗会从手中掉落下来而哭得呼天抢地。大概哄抱的方式不对，母亲出了家门口后，婴孩的我仍哭个不停，哭声传得很远。母亲连婴孩的哭声也听不见。据说母亲的耳朵聋了，牙根也活动了。母亲当时才二十三四岁啊！然而……"太一郎开始吞吞吐吐起来了，"然而，家父写上野小姐的小说，至今仍在销售着。若认为讽刺也真够讽刺的，那本小说多年来的稿酬，也成了我们一家生活费的补贴，成了我的学费补贴，成了妹妹结婚费用的补贴哩。"

"这不是很好吗？"

"时至今日，再纠结这些也无济于事，但一琢磨起来倒觉得挺可笑的。那部小说把母亲描写成丑陋的嫉妒狂，作为儿子，我是厌恶的。而且呀，还印成了小开本的文库版，直到今天，每次再版，出版社都会送来印数合同书，印五千，印一万，盖章的都是我母亲。如今母亲已经步入中年，为了再版描写自己丑态的这部小说，她也能兴致勃勃地砰砰砰盖着印章。"

"……"

"然而，对母亲来说，也许那已是过去了的暴风雨吧！因为家庭也已平静了……作为那部小说作者的妻子，世间本应蔑视母亲的，但偏偏相反，她却好像受到了尊重，可笑吧？"

"她可是大木先生的太太哟！"

"不过，你的老师不是如今仍活在那部小说中吗？也不结婚……"

"是啊！"

"真不知家父和家母是怎么考虑这些的呀。日常中好像已经忘掉上野音子这个人了吧。时而想到我也分享过那部小说的版税，就感到十分纠结。以牺牲十六七岁的少女的一生为代价……桂子小姐也说过，想拿我为上野老师报仇……"

"别说啦！好了嘛。我已经报过仇了。"桂子把脸颊贴在太一郎的颈上说，"我是我嘛。"

"……"

太一郎转过身来，抱住了桂子的肩膀。

桂子低声私语道：

"上野老师对我说：'别再回来了。'"

"为什么呢……"

"因为我告诉她我来见太一郎先生啦。"

"你说了？"

"说啦。"

"……"

"老师对我说：'你别去了。'说是假如还是要来，就可以不必再回去了……"

太一郎把手从桂子的肩膀上松开了。他无意中看到，对岸公路上来往的车子增多了。东山的色彩也有了变化，显现出了绿色的浓淡。

"我不该那么说吗？"桂子窥探似的盯着太一郎紧绷着的脸，问道。

"不，"太一郎语塞片刻，接着说，"我总觉得，这好像变成向上野老师，做出为家母报仇的行动了，对吗？"

太一郎如此说着，便从凉台回到房间。

"为你母亲报仇……做梦也不曾想到啊。你说的真是不可思议。"桂子紧追太一郎跟了进来。

"我们出去吧。不,桂子小姐最好还是回去。"

"真是的,你好冷酷!"

"这次是我这个作为儿子的出来,替代家父搅乱了上野老师的生活。"

"我在昨天晚上,说了些报仇之类的话,是我不好啊。对不起!"

太一郎在旅店前拦下一辆出租车,桂子便钻了进去,他好像觉得这是理所当然的事,但车子穿街走巷直到嵯峨二尊院,这么长时间他却默不作声。

"可以把车窗打开到最大吗?"桂子仅仅问过这一句话,而后也缄口不言了。只是,她把自己的手捂在太一郎放在膝头的手上,摇动着食指。桂子的那只手略微潮湿,十分滑润,但没到出汗的那种程度。

二尊院的正门据说是于庆长十八年(1613年)由当时的豪族角仓氏从伏见桃山城迁移到此地的。那格局具有一座城门的气派。

"看阳光,今天也会是个大热天吧。"桂子说,"我是头一次进入到二尊院里面……"

"我稍微查阅过藤原定家的资料……"太一郎一边登上门前的石阶,一面回过头去看桂子的脚下。桂子的和服下摆正轻捷地摆动着。

"定家肯定在小仓山山麓住过,但那叫作时雨亭的山庄遗迹却有三处,哪个是真迹呢,似乎搞不明白啦。在这二尊院的后山,隔壁的常寂光寺,以及厌离庵……"

"厌离庵,我以前跟老师去过。"

"是吗?那座尼姑庵中,甚至还有说是定家写《小仓百人一首》时,磨墨用过的水井呢。"

"我不记得啦。"

"那口井叫作'柳水'，是名泉哩。"

"真用过那口井里的水吗？"

"定家是被推崇为和歌之神的大人物，所以人们便会编造出各种各样的传说吧。特别是在室町时代，定家被奉为和歌之神，文学之神。"

"定家的坟墓也在二尊院的山上吗？"

"不在。定家的坟墓在相国寺。厌离庵里有座小塔，传说那是定家的骨灰墓……"

"……"

太一郎觉察到桂子几乎不知道藤原定家的有关情况。

车子方才通过广泽池时，太一郎望见映在对岸水中的神姿优美的松山，感受到根植于嵯峨野的千年历史与文学，竟作为风景而存活了下来。小仓山也从池岸显露出来。它在岚山的前面，山势低缓。

太一郎受山野景致诱发出的怀古情思，因为桂子伴随在侧，仿佛更加洋溢着温润鲜活的氛围。太一郎强烈地感觉到，这才算到了京都。

然而，桂子说今天早上是与音子争执后出来的，太一郎似乎把这姑娘的刚烈性子柔化到美景中去了吧？意识到这一点的太一郎，看了看桂子。

"干吗呀！这么怪里怪气地看着我……"桂子眯起眼睛，伸出手来。太一郎轻轻触摸了那只手，说：

"真不可思议呀，与桂子小姐漫步在这种地方……这里是什么地方呢？"

"是哪里呢？这个人是谁呢？"桂子握住太一郎的手指，挠了挠他的指甲，说，"我不知道啊！"

正门里边宽阔的参拜大道上，洒落着浓密的松树树荫。大道两边是挺拔的红松。松树之间还有枫树。松树枝端的阴影也静卧在地面上，只浮动在步行的桂子的脸庞上及其白色和服上。枫树枝条低垂着，有的几乎要碰到人头。

这条大道的尽头是石阶，当见到那上面的土墙时，传来了流水声。他们拾级而上，沿着土墙向左转弯。但见水流从那土墙的墙根淌落下来。有一扇像是隔断了土墙的门。

"一个人也没有啊。"桂子站在石阶上方的门前说。

"作为闻名的寺院，来的人寥寥无几，这倒是不可思议的。"太一郎也止住了脚步。

小仓山展现在眼前。铜屋顶的正殿沉稳安静，显得十分谦恭。

"左边那棵树好看吧。那是棵古细叶冬青，据说是整个西山的名树哩！"太一郎靠近了树边。细叶冬青的老树干疙疙瘩瘩，枝桠节疤繁多，可从根部到梢顶，却绿叶茂盛。那条条枝桠虽短，却刚劲有力。

"我喜欢这棵古树，所以记得十分清楚，有好几年没这么细看了。"

太一郎只说了古细叶冬青，而关于悬挂在正殿的"小仓山"和"二尊院"的御笔匾额，以及关于二尊院名称的由来，却没做任何说明。

返回到弁天堂的右边，太一郎仰望着高高的石阶，说道：

"桂子小姐，你能登上去吗？穿着和服……"

桂子朱唇微启，露出美丽的皓齿，摇头说道：

"登不上去啊！"

"……"

"你拉着我的手，要不你背着我。"

"慢慢登吧！"

"是在这上面吗？"

"是的。实隆的墓，就在这石阶的尽头。"

"为了看那座坟墓，太一郎先生才来到京都的。并不是为见我才

489

来的。"

"是呀，确实如此。"太一郎握住桂子的手，又放开了，"我一个人登上去就来，你在下面等着。"

"我能登上去呀。这种石阶不算什么，我要让你明白……就是登上小仓山的顶峰，回不来也没关系哟。"说罢，桂子牵起太一郎的手，开始上石阶。

看样子这石阶没大有人走过，从那苍老的一阶一阶的石头下端，生出了青草与蕨类植物。脚边时而会有绽放的小黄花。他们登到了路边排列着墓碑的地方。

"是这里吧？"桂子问道。

"不，还要往上。"太一郎口中答道，却走进了路边的墓地，"这三座都是很精美的石塔吧。它们也叫作三帝陵，作为杰出的石造艺术而闻名于世。前面的宝箧印塔也好，当中的五层石塔也好，造型实在太美啦！"

桂子也颔首相应，注目凝望。

"时代的沧桑附着在石头上……"

"是镰仓时代的吗？"桂子问道。

"是啊，是镰仓时代吧。对面的那座十层的石塔，好像是南北朝的。有人说本来是十三层，可上面的那截已经没有啦。"

石塔那典雅优美的高贵气势，不消说，与桂子的绘画情致也息息相通了。桂子仿佛忘记了，在这里他们仍然是手牵着手的。

"这一带，有很多二条啦、鹰司啦、三条啦等官宦的坟墓，角仓了以①与伊藤仁斋②的坟墓也都在这里，但像这种名作的石塔，却仅

---

① 角仓了以（1554—1614），日本安土桃山时代至江户时代初期的富商、土木工程事业家。致力于大堰川、富士川等河川交通的开发。

② 伊藤仁斋（1627—1705），日本汉学家、哲学家、教育家。他主张道德标准和追求幸福的活动都应以理性为基础，不应根据任何人的独断。他所著《语孟字义》（1683）是对孔孟语录的评注，从中可见他的思想轮廓。

有三帝陵。"太一郎说。

从那里再向上登到石阶的尽头，有座名为开山庙的小佛堂。佛堂中，仅仅矗立着刻有复兴二尊院的湛空上人的业绩的石碑，颇为稀奇。

然而，太一郎连佛堂瞟都不瞟一眼，径自向排列在庙堂右侧的墓碑那边走去。

"就是这个哟。这是三条西家的墓。右端是实隆的。上面写着'前内大臣实隆公'吧。"

桂子一看，仅有齐藤高的小坟墓旁边，附加了一块刻有实隆名字的石块。相邻的坟墓，也立着一块细长的石标，上面刻着"前右大臣公条公"。靠它的左侧，可见刻着"前内大臣实枝公"的字样。

"内大臣也罢，右大臣也罢，这等人物的坟墓都这般简陋吗?"桂子说。

"是的。我喜欢简朴的坟墓。"

倘若不添加刻着名字与官衔的石标，那则与仇野的念佛寺无主墓群的墓碑毫无二致。这些墓碑生满苔藓，苍旧斑驳，受泥土掩拂，被时光埋没，形状似有若无。这些墓碑沉默不语。正因为沉默不语，所以太一郎才蹲下来，仿佛要倾听那些墓碑中遥远而微弱的声音。因为握着的手被牵拉，所以桂子也蹲下身来。

"这是很让人感到亲切的坟墓哟!"太一郎用启发桂子的方式说，"我正在研究这位实隆的事迹。实隆活到八十三岁高寿，从二十岁到八十一岁的六十一年间，全都写下了日记，这成了东山文化的重要史料。此外，在实隆亲属的公卿日记、连歌大师的日记等中，也常出现实隆的名字。在实隆那个时代，就是说在乱世之中，也保持着文化的传统与勃兴，所以我一钻研进去就着迷了。"

"这是因为你正在研究，所以才眷恋这座坟墓吧。"

"可能是吧。"

"研究好几年了？"

"三年，不，大概有四五年了。"

"太一郎先生的灵感，是因这座坟墓冒出来的吗？"

"灵感？啊，灵感……"太一郎在自问似的说着，桂子突然把胸脯向他的膝盖上倾倒过来。太一郎身子摇晃了一下。桂子的双臂抱住了他的脖子。

"在太一郎先生珍重的墓前……嗯？"

"……"

"对我来说，也成了令人眷恋的坟墓……成了有珍贵回忆的坟墓……太一郎先生的心被这座坟墓呼唤着。这不是坟墓啊！"

"这不是坟墓吗？"太一郎恍惚地重复桂子的话，"坟墓一旦经过几百年，也就不再是坟墓了……"

"你在说什么呢？我听不见啊。"

"石造的坟墓，也确实会有失去作为坟墓的寿命之时呀。"

"听不见呀！"

"耳朵靠得太近了……"太一郎将嘴唇凑上近在眼前的耳朵。

"不，不要，好痒啊！"桂子直摇头。

"……"

"你的呼气灌进我耳朵里，直发痒。真坏！"桂子将眸子转向眼角，往高处斜瞥着太一郎的脸。桂子将脸颊斜靠在太一郎的胸膛上。

"我讨厌吹女人耳朵的人。"

"我绝不会吹的呀！"

太一郎莞尔而笑，好像他刚刚发觉自己正搂抱着桂子的后背。桂子在他手臂上的感觉增强了。膝头上桂子的分量变得沉重起来。然而，那种感觉也是轻松温柔的。

因为桂子突然将胸脯倾倚向蹲着的太一郎的膝上，所以太一郎的姿势一直很别扭。为了不仰倒，他时而脚尖用力，时而还要反向脚跟用力。这些动作他都是下意识做的。

桂子的手臂环绕着太一郎的脖子，袖子自然滑落到了胳膊肘那儿。光润柔滑的肌肤，像吸附在脖子上似的使太一郎感到一阵清凉，这也标志着太一郎回过神来了。

"你说我吹了美人的耳朵？"太一郎觉得自己的呼吸可能粗乱了吧，便平静了一下情绪，说道。

"我的耳朵怕风。"桂子喃喃细语。

桂子的那只耳朵引诱着太一郎。太一郎用指尖捏住了它。桂子就这么睁着眼睛，也不晃动脸蛋儿，所以太一郎便赏玩起她的耳朵来。

"真像一朵珍奇的花朵呀。"

"是吗？"

"听见什么了吗？"

"听见啦，那是……"

"那是什么……"

"是什么呢？好像是蜜蜂落在花朵上的声音吧……不是蜜蜂，也许是蝴蝶哩。"

"因为我正轻轻触摸着你的耳朵呢。"

"你喜欢摸女人的耳朵吗？"

"嗯？"太一郎的手指停住了。

"喜欢吗？"桂子用同样温柔的声音细语般地说。

"因为我从没见过啊，这么漂亮的耳朵……"太一郎勉勉强强说出了这句话。

"我喜欢为别人掏耳朵。奇怪吧。"桂子说，"因为喜欢，所以掏得好。回头我给你掏吧？"

"……"

"怎么一丝风也没有啊。"

"这是个没有风吹，充满阳光的世界呢。"

"是呀。这样的日子，从清晨就在古墓前抱着我，值得追忆啊！古墓造就出追忆，不可思议呀！"

"坟墓就是为了追忆才建造的呀！"

"太一郎先生的追忆肯定是短暂的，很快便会消失得一干二净。"随后，桂子将一只手撑在太一郎的膝盖上，想站起来。

"好难受！"

"为什么认为我的追忆很快便会消失呢？"

"这种姿势很难受呀。"桂子像要挪离身子，太一郎却将她搂抱了过来。他用嘴唇轻轻地触碰了她的嘴唇。

"不要，不要，不，我讨厌动口。"

太一郎对桂子的厉声拒绝感到震惊。然而，大概桂子是为了藏起嘴唇吧，将脸严严实实地贴在了太一郎的胸口上。太一郎仿佛在抚摸她的头发，当手伸到她额头时，便试图将桂子的脸庞从胸口拨开，而桂子的脸庞却与之抵拒。

"痛啊！你这样按住我的眼睛，直冒火星啦。"桂子的脸庞没能抵住太一郎的手劲。

桂子仍闭着双眼。

"按到了哪边的眼睛？"

"右边的。"

"还痛吗？"

"痛啊！眼泪流出来没有……"

太一郎查看桂子的右眼，可眼睑上并没留下手指划过的红印。太一郎的脸不由得斜侧过去，嘴唇贴了桂子的右眼睑上。

"啊！"桂子虽然发出了微细的声音，但好像没有抵触。太一郎的两唇之间，感触到了桂子长长的睫毛。

太一郎像碰到可怕之物似的缩回了嘴唇。

"眼睛没关系？但是嘴巴不行……"

"啊，你真坏，我不知道啊！这话中又有什么坏主意。"桂子好像要推倒太一郎似的顶了一下他的前胸，顺势站起身来。她的白色手提包掉落在地。太一郎捡起手提包，一边起身一边说道：

"这手提包好大啊。"

"是的。里面装着泳衣来着。"

"泳衣……"

"你不是跟我约好到琵琶湖去的吗？"

"……"

"右边的眼睛模模糊糊，看不见东西啦！"

桂子从太一郎递过来的手提包中取出镜子，照着眼睛说：

"倒是没有发红哩。"

接着，她用手指轻轻地揉了揉右眼睑。当桂子发觉太一郎一直在看着她时，双颊倏然浮出了红晕，将饱含羞涩的妖艳双眸低垂了下来。她用手指轻轻触碰了一下太一郎的衬衫。那上面淡淡地印上了桂子的口红。

"怎么办呢？"太一郎拉起桂子的手说。

"你说怎么办？擦不掉呀。"

"不，不是说这个，把外衣的纽扣都扣起来就遮住啦。我是说现在该怎么办呢？"

"现在……"桂子歪着她那漂亮的脖子，说，"不知道啊！我已经不知所措啦。"

"我们下午去琵琶湖，好吗？"

"现在几点钟了？"

"九点四十五。"

"还那么早……看树叶跟正当午似的……"桂子环视了周围的树木，"岚山就在近旁，夏天的岚山都有人去吧。可为什么谁都不到这里来呢？"

"即使来到二尊院，或许也很少有人爬到这里来吧！"

太一郎用着这佯装不知的措辞，感到心境空闲下来，便用手绢擦了擦脸上冒出的汗。

"跟我去看看时雨亭的遗迹吗？说是那遗迹有三处，我无意考察哪里是真的，而且这二尊院的也不曾去看看。以前我也登上过这里两三次，只看了看那块路标……"

时雨亭遗迹的路标木牌位于后山麓。

"还要再往上登吗？"桂子仰望着山上说，"好嘞，即使要到山顶我也登上去。如果走路不方便，我就打赤脚。"

在拨开树丛才能上去的小路上，太一郎听到桂子的和服被树枝刮擦的声音，他回过头，抓住了桂子的手。

不一会儿，出现了两条岔路。

"往哪边走呢？好像是左边吧。"太一郎说道。但那条往左边的路，与其说是顺着山腰走，倒不如说是穿行于悬崖上，太一郎踌躇了。

"好危险呀！"

"吓死人了！"桂子用双臂紧紧搂住太一郎的右膀。

"穿草鞋的话，好像要滑落下去的。喂，还是往右边走吧。"

"往右边……还不知道时雨亭在右边还是在左边呢……右边的路好像是上山的嘞。"

接着，他们进入了树丛掩映的小路。太一郎就这么被桂子的手臂温柔地拉着走，少顷，桂子停下脚步说：

"你就让我穿着和服，在这种树丛中走吗？"

在遮掩两人的矮树对面，耸立着高高的三棵松树。从松树之间能看到北山，隐约可见沉卧在那座山下面的街镇一隅。

"那是什么地方？"太一郎正要抬手去指，桂子已经靠过来了。

"不知道。"

太一郎打了个趔趄，迎合着桂子缓缓倒下，他就势坐了下来。

桂子被太一郎抱着，用右手理了理凌乱的和服下摆。

太一郎的嘴唇贴近桂子的眼睛，桂子闭合了眼睑。他把嘴唇从桂子的眼睛移向嘴唇，桂子没有避开。然而，那嘴唇就那么紧闭着，根本没有张启。

太一郎探摸着桂子纯真无邪的脖颈，感受着其肌肤的细嫩，那手正趁势滑进衣领里面去。

"不要，不要。"桂子的双手抓住了太一郎的手。三只手就这样重叠在一起，太一郎将手掌从桂子的和服上端移到了她胸前隆起处。桂子的手将那只太一郎的手从右胸移到左胸。随后，她双目微开，眯着眼看着太一郎。

"右边不行的。我讨厌。"

"嗯？"太一郎不明就里，顿时松解了放在桂子左胸上的手。桂子仍然细眯着眼睛，说：

"右边的，我，会难过。"

"会难过……"

"是的。"

"为什么……"

"为什么呢，我也不知道呀。因为，右边没有心脏吧！"说罢，桂子羞怯似的合上眼睑，挪动左胸将身子靠向太一郎的胸前。

"女孩子嘛，也许都有某个部位的缺陷吧。那缺陷之处消失的过程，好像令人也觉得悲哀。"

"……"

太一郎当然想不到桂子在江岛旅馆，不让太一郎的父亲触碰她的左乳。太一郎更无从知道，如今与那时相反，对儿子太一郎，桂子则只允许他摸左边，而藏住了右边。而对说出女孩子身上总有缺陷的桂子，他则感到一种怜爱的刺激。

然而，太一郎从桂子方才的话语中，听出了以前桂子的胸部让男人抚摸过的明证。不过，这也反倒更加诱惑太一郎。太一郎用手掌稍微加力满把抓住桂子的头发，吻了她。桂子的额头与脖颈上，顿时冒出汗来。

　　两人走过角仓家的坟墓前，下了山，便去了祇王寺。从那儿折回头，悠然漫步至岚山。

　　他们在"吉兆"餐馆吃了午餐。

　　"让您久等了，您的车子来了。"女侍者来通报。

　　"啊？"太一郎几乎要叫出声来，他看了看桂子的表情。他这才意识到，刚才见她起身去化妆间时，桂子就已结了账，连车子都托店里预订好了。

　　当车子靠近京都街区的二条城一带时，桂子突然说：

　　"没想到这么早就能去啊！"

　　"去哪里？"

　　"讨厌！真糊涂，不是说好的去琵琶湖吗？"

　　"……"

　　车子向东寺的高塔那边驶去，但见七条的京都车站在右侧一闪而过，随后又驶过了东寺前面。这是条南环路。有段时间可见公路下面的鸭川，但一派荒凉，毫无鸭川应有的风情。司机指着公路前方的山，说：

　　"这应该是牛尾山，写作牛尾巴的牛尾。"

　　车子驶过那座牛尾山的左边，又越过了东山的南面。

　　向左边俯视，可见广阔的湖面。

　　"是琵琶湖啊！"对这妇孺皆知的事儿，桂子却极为兴奋，"终于带你来啦！终于……"

　　太一郎没在意桂子的叫喊声，倒被湖面上那么多的帆船、汽艇和游船吸引住了。

车子驶下公路，进入大津的古镇。从琵琶湖展望台附近向左转，过了汽艇竞赛场，穿过海边大津的街道，开进了琵琶湖旅馆的林荫道。林荫道的两端停泊着成排的私家车。

桂子在上车时和乘上车之后，都没告诉过司机目的地，从这点来看，想必在"吉兆"订车时便已说好到琵琶湖旅馆了吧，太一郎对此惊愕不已。

旅馆的侍者过来迎接，替他们开门，太一郎也只得进去。

桂子不看太一郎的脸色，径自去了前台，爽直地说：

"是岚山的'吉兆'代订的，名叫大木……"

"是，是，知道了。"客房管理员说，"入住一天，对吧？"

桂子没有首肯。她仍沉默不语，向后退了退。这当然是在催促太一郎在旅客卡上签名。太一郎心里根本没有机会考虑是否使用化名，而且桂子早已说过了"名叫大木"，所以就写上了真实姓名，填上了北镰仓的真实住址。随后，他在自己名字下面的桂子那条栏目上，只写了"桂子"两字。填入"桂子"两字后，太一郎多少松了口气。

拿着房间钥匙的侍者，站立在电梯旁边等候着二人上电梯。其实连电梯也无需使用，房间就在二楼。

"这房间挺好的……"桂子说。

这是套间房，里面是卧室，外面的房间一面朝湖，另一面可眺望与京都交界的山峦。或许旅馆为了与桃山风格的山墙建筑相吻合，房间的窗户外边围上了红色的栏杆。墙壁和窗户等的裙板也好，玻璃门窗的粗边框和格棂也好，都略显古风，显得沉静稳重。宽阔的观景窗几乎占据了整个墙面。

当即，侍女端上了热腾腾的日本茶，然后便出去了。

桂子站在朝着湖水的宽阔窗户前，就那么双手握着白色网眼花边窗帘的一端，头也不回一下。

太一郎坐在长椅的正当中，望着就那么站着的桂子的背影。桂子

499

穿的虽然不是昨天的和服，但腰带还是彩虹图案的那条，与昨天到伊丹机场来迎接他时相同。

桂子背影的左侧是湖面。成群的帆船扬起的风帆都朝着同一方向。风帆的颜色白的居多，也有红的、蓝的和紫的。汽艇掀起水雾，拖着水花的尾巴，各自朝着自己的方向疾驰。

汽艇的引擎声，旅馆游泳池中的喧闹声，以及庭园中割草机的噪音等皆向窗口传来。房间里响着冷气机的送风声。

太一郎沉默良久，似在等待桂子开口。

"桂子小姐，这茶……"太一郎说着，自己端起了桌上的茶盅。

桂子摇了摇头，说道：

"你为什么也不对我说句话？为什么一直沉默不语？你太残酷了，太残酷了。"

接着，她摇晃着窗帘，好像身子也在摇晃似的，继续说道：

"你不觉得这景色很美吗？"

"很美哟！但我认为桂子小姐的背影更美！桂子小姐的脖子啦，桂子小姐的腰带啦……"

"你还记得吗？在二尊院的后山，靠在太一郎先生膝上的那个。"

"你问记着吗……不就是刚才的事……"

"不过，你肯定在生我的气吧，肯定很吃惊吧，肯定很失望吧！我明白啊。"

"说是吃惊，倒是真吃惊。"

"我自己都为自己感到惊讶。女人拼起命来，是挺可怕的。"桂子压低声音说，"因为挺可怕的，所以就不再靠过来吧。"

太一郎起身走上前去。他把手搭在了桂子的肩膀上。受这只手的轻柔诱导，桂子顺从地来到了长椅边，挨着太一郎坐下来。她低垂目光，没看太一郎一眼。

"请给我茶喝。"她悄声说道。太一郎拿起茶盅，端近桂子的面前。

"用嘴……"

太一郎犹豫了一下，便将温热的茶水含在口中，一点一点注入桂子的唇间。闭眼仰首的桂子，只是用嘴唇吸进，用喉咙咽下，手也罢脚也罢，身体的其他任何部位都纹丝不动。

"还要……"她仍然一动不动，说道。太一郎又含了口茶，嘴对嘴地喂她。

"啊，真好喝！"桂子睁开眼，"现在，即使死了也值得啊。茶里有毒该多好……已经不行啦。我已经不行啦。太一郎先生也不行啦！不行啦！"

"你身子转向那边。"桂子一边说着，一边将太一郎的肩膀转了半圈，将脸贴在他的臂膀后面。桂子依然身子不动，就这样用手温柔地搂住太一郎，并去探触太一郎的手。太一郎拿起桂子的一只手，从小指头开始，依次一根根抚摸起手指来，并着迷地看着。

"对不起！我有点恍惚，没意识到……"桂子说，"你洗个澡会好些的。我去放洗澡水吧？"

"也好。"

"只要用淋浴冲一冲就行……"

"我身上有汗臭吗？"

"我喜欢呀。这么好闻的气味，我有生以来第一次闻到哩！"

"……"

"不过，你还是想冲得清清爽爽的吧？"

桂子站起身来，消失在卧室里，太一郎听到从那里面传来放洗澡水的声音。

当太一郎正在观望着游艇向旅馆的岸边靠近的时候，桂子调好洗澡水的温度后回来了。

太一郎把在嵯峨汗流浃背的身体，打上肥皂彻底冲洗干净了。

想不到有人敲浴室的门，难道是桂子要进来吗？太一郎不由得缩起了身子。

"太一郎先生，你的电话。是打给你的电话，请出来……"

"电话？找我？不会吧。哪里来的……是打错了吧，肯定。"

"你的电话！"桂子只是这样喊着。

"怪事！谁也不知道我在这里的。"

"不过，确实是打给太一郎先生的……"

太一郎还没擦好身子，就披上浴衣走出浴室。

"我的电话？……"他满脸惊讶的神情。

在两张床的枕头之间，有台电话机。太一郎正往那里靠近时，桂子叫道：

"是在这边的房间。"

电视机旁边的小桌上，放着已经脱离台座的话筒。在太一郎拿起话筒移向耳边时，桂子说：

"是北镰仓府上打来的。"

"啊？"太一郎脸色骤变。

"怎么回事，又……"

"那头是令堂。"

"……"

"是我打过去的。"桂子的声音紧张生硬，继续说，"我说我现在正与太一郎先生在琵琶湖旅馆里。还说了'他已同意与我结婚'。又说了'想得到您的应允'。"

太一郎紧张得喘不过气来，只是死死盯着桂子的脸。

刚才桂子的话语，不消说，母亲都听到了。太一郎进入浴室时，关上了卧室的门，又关上了浴室的门，再加上水声，没能听见桂子打电话的声音。把太一郎赶进浴室，是桂子的谋略吧？

"太一郎，太一郎，太一郎在吗？"太一郎紧紧握住的话筒中，传出了母亲的呼唤声。

桂子被太一郎死死盯着，她的眼睛眨也不眨地回盯过去，那目光冷峻美丽，仿佛要刺透太一郎似的。

"太一郎，太一郎不在吗？"

"我是太一郎，妈妈。"太一郎把话筒贴在耳朵上。

"太一郎，是太一郎吧？"母亲明知故问，随后那压低的声音顿时高亢起来。

"不可以……太一郎，你要和她分手！"

"……"

"那个人，是个什么样的女孩子，你是知道的呀。你应该知道的哟，嗯？"

"……"

桂子从后面抱住了太一郎的胸膛，她一边用脸颊顶开贴在太一郎耳朵上的话筒，一边用嘴唇遮挡住太一郎的耳道。

"母亲大人……"桂子像呼唤似的说过后，接着说，"母亲大人，桂子为什么给您打电话，您明白吗？"

"太一郎，是你在接听吗？是谁在接听电话？"母亲说。

"是我呀！"

太一郎躲避开了桂子的嘴唇，把听筒紧紧贴压在耳朵上。

"这算什么？真不知耻，太一郎明明在那里，自己却抢先接电话……是她让你打的电话吗？"母亲连珠炮似的说道，"太一郎，你立刻回来。现在就立刻离开旅馆回家……那个人正在偷听吧？被她听见也没关系，让她听听倒也好。太一郎，只有那个人，你是不能娶的啊！她这人太可怕啦！我一清二楚，不会错的呀。请你不要让我受二茬罪，把我逼疯。这次我已经彻底要死掉啦。这可不是仅仅因为那个人是上野音子小姐的女弟子哟！"

尽管脖子被桂子的嘴唇贴着，但太一郎仍听着母亲的话。桂子在太一郎耳朵后面细声说道：

"倘若不是上野老师的弟子，我就不能遇见太一郎先生呀！"

"因为那个人是有毒的，我一直怀疑那个人是否也诱惑过你爸爸。"母亲继续说道。

"嗯？"太一郎发出电话里几乎听不到的细声，欲回过头看看桂子。将嘴唇贴在太一郎脖子上的桂子的脸庞，随着太一郎脖子的回转而移动。太一郎油然觉得一边让桂子亲吻，一边接听母亲的电话，简直是对母亲严重的侮辱。然而，自己当然不能挂断电话。

"回镰仓，再细谈。"

"对，请你立刻回来。你绝不会和那个人做了错事吧？你绝不会打算在那里过夜吧？"

"……"

"太一郎！"母亲叫道，"太一郎，你看看那个人的眼睛。你考虑考虑那个人说的话吧。上野音子小姐的弟子，说是想与太一郎结婚……你想想这是怎么一回事？你不认为这是妖女的诡计吗？也许那个人平时并不是妖女，但面对我们一家人时，就变成妖女啦。妈妈是明白这一点的。这绝不是我的无端猜想呀！我对太一郎的这次京都之行，是有不祥预感的。果然，那个人就是这种魔怪啊！连你爸爸也说此事怪异，神色大变啦！太一郎，你如果不回来，现在我就和你爸爸乘飞机去京都。"

"知道了。"

"知道什么啦？"接着，母亲像要核实似的问道，"是回来吧？是真的回来吧？"

"哎！"

桂子转过身，躲进里面的卧室，立刻关上了门。

太一郎一动不动地站在窗边，眺望着湖水。大概是在游览吧，一架小型飞机斜掠过水面，向远方飞去。在众多汽艇中，也有的将船头从水面高高抬起，一跳一跳地疾驶着。也有拖着水上滑板做滑水运动的。滑板上载着女人。

从游泳池传来了人语声。窗下的草地上，躺着三位身着泳装的年轻女子。她们选择这种地方，好像就是为了让旅客能从房间看到那些大胆的姿势吧？

"太一郎先生，太一郎先生。"桂子在卧室中呼喊道。太一郎打开门，见桂子已穿上了白色的泳装。太一郎惊愕得倒吸一口凉气，移开了视线。泳装的白色毛线材质似乎看不出来了，桂子略带浅褐色的肌肤细腻光亮。

"美景啊！"桂子朝窗口走去，泳装将桂子的背脊完全裸露出来，她接着说，"山峦上面的天空漂亮吧！"

犹如用金色毛刷猛力刷过一般的发光线条，并排立在山际的天空。

"是叡山吧？"太一郎说。

"是叡山呀。因为它像刺透我们命运的长矛，所以才喊你来的。与令堂通了电话，怎么样？……"桂子回头面向太一郎，"我想请令堂到这里来哪，还有令尊也……"

"你说些什么?！"

"真的呀，我是实话实说嘛！"

桂子猛地向太一郎倚靠过去。

"请你过来一下。我要到水里去。想到凉冰冰的水中去。这个，是约定好的吧。还有乘坐汽艇，也是约定好的吧。这不是去伊丹机场接你时，就约定好的吗？"桂子像要倒下去似的紧紧贴靠住太一郎，"你回去吗？令堂来个电话，你就要回镰仓去啦？那会走岔道的呀。因为二老肯定会来这里的……令尊可能不愿意来，但会被令堂强拉过来的呀。"

"桂子小姐，你曾诱惑过家父吗？"

"诱惑……"桂子将脸贴在太一郎的胸口，摇晃着说，"我，诱惑太一郎先生了吗？诱惑了吗？"

太一郎的手臂环抱着桂子裸露的后背。

"不是我，我是说家父呀。不要岔开话题……"

"太一郎先生，你才不要岔开话题……我在问你呀，我诱惑过太一郎先生吗？太一郎先生仅仅认为只是受了我的诱惑吗？"

"……"

"竟然向自己怀抱中的女孩询问诱惑过父亲吗，天底下有这样的男人吗？又有遭遇这般悲哀的女孩子吗？"桂子哭了，"太一郎先生希望我如何回答呢？我，在湖中溺死算了……"

趁握着桂子颤抖的肩头的当儿，太一郎的手触碰到泳装的肩带，便把它拽了下来。一侧的乳峰半露出来了。另一侧的肩带也脱落下来了。桂子挺起赤裸的胸脯踉跄了一下。

"不要，右边的不行。饶了我，别动右边的……"

桂子紧闭着流泪的双眼不停地说道。

桂子用大浴巾围住前胸后背，从浴室出来了。太一郎也与她一起从前厅侧门，下到了庭园。眼前一棵高大的树上开着像芙蓉的白花。太一郎仍着西装，仅仅是没穿西服上衣，没打领带。

来到朝向湖水的庭园，就见左边与右边都有游泳池。右边的在草坪中，里面有不少小孩子。左边的游泳池在草坪尽头，建造得比地面略高。

来到左边游泳池的栅栏入口，太一郎停下了。

"不进去吗？"

"不了，我等你。"太一郎不好意思与身材惹眼的桂子做伴，所以踌躇了。

"是吗？我只想将身子稍微沾沾水来着。今年头一次下水，所以

506

想先试试还能不能游好。"桂子说。

湖边草坪，交错种植着垂柳与垂樱。

太一郎坐在一棵老朴树树荫下的长椅上，凝望着泳池那边。他没看到桂子，可稍过片刻，发现桂子站在了跳水台上。虽然跳水台不高，但在摆出预备姿势的桂子后面，就是琵琶湖的水面，隔水相望的是远山。桂子俊俏的身姿浮现出来了。远山烟霭缭绕。水色渐渐浓暗的湖面，仿佛开始漂荡出似有若无的淡淡粉红色。帆船的风帆也终于现出了夕照尽染的沉静色彩。桂子腾身跳下，水沫飞溅起来。

从游泳池出来的桂子，租了艘汽艇来邀太一郎。

"已经快傍晚了，明天再乘汽艇怎么样？"太一郎说。

"明天……你是说明天？"桂子目光炯炯，"你愿陪我待到明天吗？你真打算留下来……明天……谁知道什么样啊！对吧？哦，仅请你恪守一个诺言……一到那边，立即折返回来。就那么一小会儿工夫，我想与太一郎先生一道离开陆地，浮在水面上。我想劈开命运的浪涛，一往直前，漂荡在水波上。明天总是会逃走的啊。就今天吧？"

桂子拽住太一郎的手，继续劝道：

"还有那么多船呢，帆船啦汽艇啦不都在那里吗？"

近三个小时后。

从收音机的新闻报道中听到了琵琶湖汽艇出事故的报道后，上野音子驱车飞奔到旅馆，那时桂子已被放到床上躺着了。

音子还从收音机的新闻中，得知桂子已被帆船救上来了。音子边走进卧室，边向看护桂子的女侍者询问：

"还没醒过来吗？还在沉睡着吗？怎么样了？"

"是的。注射了镇静剂，正在熟睡。"

"用镇静剂……那么说，已经得救啦？"

507

"是的。医生说已经不必担心了。被帆船运送上岸时，她真像已经死了，但让她吐出水，做了人工呼吸，就醒过来了。她呼喊着同伴的名字，发疯似的乱闹……"

"那个同伴怎么样了？"

"还没找到。正在仔细搜寻。"

"还没有找到……"音子以颤抖的声音自语道。她返回到朝着湖面的窗户附近眺望，但见从旅馆一直向左方，那夜色中的辽阔湖面上，亮着灯的汽艇正匆忙向四面八方巡游搜索着。

"除了旅馆的小船，附近的汽艇也全都出动了。警察局的船也出动了。岸上还点燃了篝火吧！"女侍者说，"看样子是救不回来了，可是……"

音子握住了窗帘。

也有挂着成串红色灯饰的游览船，不顾搜救汽艇群急切的忽闪灯光，悠然向旅馆岸边靠近。还能看到对岸有焰火腾升起来。

音子意识到自己双膝在发抖，继而从肩膀到胸部竟然也跟着颤抖起来了。游览船上的装饰灯在眼中晃晃荡荡，自己的身体也仿佛跟着在摇动。她站稳脚跟转过身来。卧室的门敞开着。当桂子的床映入眼帘时，音子好像不记得自己进入那间卧室又出来的过程，又急匆匆地折回到了桂子枕边。

桂子平静地熟睡着。鼻息安稳了。

音子反而觉得有些不安，说：

"就这样让她睡着不要紧吗？"

"不要紧的。"女侍者点了点头，说道。

"什么时候能醒过来呢？"

"这我就不知道了。"

音子伸手摸了摸桂子的前额，稍微发凉的肌肤湿漉漉的，似乎要吸附住音子的手掌。桂子的脸色苍白，可两颊微显红晕。

被水浸泡过的头发只是被慌乱地擦拭过一下吧，就那样散摊在枕头上。那头发乌黑，好像还是潮湿的。整齐的皓齿从唇间露了出来。两臂直伸，被毛毯盖着。桂子是仰面而睡的，她那纯洁无邪、天真烂漫的睡容打动了音子的心。那睡容仿佛是在向音子告别，也仿佛是向生命告别。

音子欲伸手晃醒桂子时，传来了隔壁房间的敲门声。

"来喽！"女侍者开门去了。

大木年雄与妻子文子走进了房间。大木与音子的目光一交会，就止步站住了。

"是上野，上野小姐吧？"文子说，"是你吧？"

音子与文子是首次见面。

"指使害死太一郎的，是你吧？"文子的声音平静得似乎毫无感情。

音子仅仅动了动嘴唇，没有言语，她将一只手支在桂子的床上，撑着身子。文子靠近过来。音子像避让似的缩起肩膀。

文子双手搭在桂子的胸口上，一边摇晃，一边呼喊："你起来，你起来呀！"文子的手越摇越猛烈，连桂子的头都晃荡起来。

"你还不起来？你还不起来吗？"

"她是被注射了药物才睡下的……"音子说，"所以不会醒来呀。"

"我有话要问她这个人，这可事关我儿子的生命。"文子仍想把桂子晃醒。

"等会儿再说吧。很多人在帮着搜寻太一郎啊。"大木说罢，紧紧抱住文子的肩膀，走出了房间。

音子痛苦地喘息着，倒在床上，凝视着桂子的睡容。桂子的眼角流落出泪珠。

"桂子！"

桂子睁开了眼睛。她双眸浮现出闪闪的泪光，仰望着音子。

古都

竺祖慈　译

春之花

千重子发现老枫树树干上开出了紫花地丁。

"啊，今年又开花了！"千重子又与春天的温馨重逢。

对于城里的狭窄庭院来说，这棵枫树着实算是大树，树干比千重子的腰围还粗，当然，这遍布青苔的树干因它衰朽粗糙的肌肤而无以与千重子青春的身躯相比。

枫树树干约莫在千重子的齐腰处有点右倾，到了高过千重子头部处则明显向右弯曲，弯曲处生出了很多树枝，君临整个庭院，长长的枝梢因重力而略略下垂。

在弯曲处略下方的树干上有两个瘪陷，瘪陷处各长着一株紫花地丁，每至春季就会挂花。自千重子记事起，就已有了这树上的两株紫花地丁。

上下两株紫花地丁相距约一尺，千重子成年后有时会想："上下两株紫花地丁会见面吗？它们互相认识吗？"花的"相见"和"相识"是怎么一回事呢？

花开三朵，最多就是五朵，每年春天也就仅此而已。尽管这样，树上小小的瘪陷处逢春便萌芽、挂花，千重子在廊下从树干的根部往上看，有时会为树上紫花地丁的"生命"所动，有时又会生出一种

"孤独"的惆怅。

"在这样的地方生长并存续……"

来店的客人即使夸赞枫树的美好，却也几乎无人注意到树上紫花地丁的开放。长着肌肉疙瘩的树干，青苔直铺高处，更添几分威严和雅致，于是寄生于此的小小紫花地丁之类就难以入目了。

但是蝴蝶解情。千重子看到紫花地丁开花的时候，在庭院低飞的一小群白蝶从枫树树干飞近紫花地丁，在枫树也萌发一些红色小嫩芽的部位，蝶群飞舞时的那片白色越发好看。两株紫花地丁的叶和花给枫树干上的新苔投去一层朦胧的阴影。

这是一个淡云密布的和煦春日。

千重子坐在廊下看着枫树树干上的紫花地丁，直到白蝶群飞走。

"今年这里花又重开，真好呀！"她想轻声对它们说。

紫花地丁的下方，枫树的树根处立着一个旧灯笼，千重子的父亲曾经告诉她，灯笼底部雕刻的立像是基督。

"这不是圣母玛利亚吗？"当时千重子说，"我见过一尊大的，跟北野①天满宫②里的神像很像。"

"这是基督，"父亲语气肯定，"手中没抱婴儿。"

"啊，真的是……"千重子点头，然后又问，"咱家祖上有基督教徒吗？"

"没有。这灯笼大概是造园师或者石匠拿来放在这里的吧，不是什么稀罕的灯笼。"

这个基督灯笼可能是从前基督教被禁止的时期打造的，石质粗糙松脆，浮雕像在百年风雨中朽坏，只能大致分辨得出头、身、足的形

---

① 北野，位于京都市区西北部上京区。

② 天满宫，供奉天满天神的神社。北野天满宫亦称北野神社。

状。也许雕工本就简单，袖子长及下摆，只有胳膊一带微微膨出，略似双手合十，却又看不清楚，但感觉有异于佛像或地藏菩萨像。

这灯笼从前也许是作为一种信仰的象征或昔日异国风情的装饰，如今却仅仅因其古朴而被置于枫树古木的树根处，若有客人把目光停留在其上，父亲便会说"是基督像"。可是那些生意客中鲜有人会留意大枫树下不起眼的灯笼之类，即使看到了，也觉得庭院里有一两盏灯笼是常事，不会去多看两眼。

千重子把盯在树上紫花地丁上的目光落到基督像上。她虽未上过教会学校，却因喜欢英语，常去教堂，也读过《新约全书》与《旧约全书》，可是总觉得为这古旧的灯笼献花、点烛好像不大合适。灯笼上并无一处雕有十字架。

基督像上方的紫花也会让她觉得像是圣母的心。千重子的目光又从基督灯笼再一次上移到紫花地丁，这时，她突然想起了养在古丹波①壶中的金铃子。

千重子开始喂养金铃子，远远晚于她发现老枫树上的紫花地丁，一共只有四五个年头。是在高中同学家的客厅听见那虫叫个不停，便讨了几只来养。

"关在壶里，实在是可怜。"千重子虽这么说，却还是养在了壶中，因为同学回答她说毕竟强过让虫死掉。据说有的寺庙中甚至喂养了很多，专卖虫卵，同好者似也不少。

千重子的金铃子越养越多，已装了两个古丹波壶，每年准在七月一日左右从卵中孵出幼虫，八月中旬左右就开始鸣叫了。

尽管它们在狭小黑暗的壶中出生、鸣叫、产卵、死去，却因可以繁衍存续，也许确实强过养在笼中一代而终的短暂的生命。这真可谓

---

① 丹波，日本的旧国名。

壶中一生，壶中天地。

千重子也知道："壶中天地"是中国的老话，那壶中有金殿玉楼，满是美酒和山珍海味。壶中就是远离俗世的另一个世界和仙境。这是众多仙人传说中的一种。

可是，那些金铃子当然不是因为厌弃浮世而入壶中，它们或许并不知道自己身处壶中，于是就这样度过自己的一生。

金铃子让千重子最吃惊的是，有时如果不在壶中放进外来的雄虫，那么同一壶中的金铃子生下的后代就会又小又弱，这是反复近亲婚配的缘故。为了避免这种情况，金铃子的同好者间有交换雄虫的习惯。

眼下是春天，而非喂养金铃子的秋天，千重子却由枫树树干瘪陷处今年又开的紫花联想到壶中的金铃子，两者并非全不相干。

金铃子是千重子放进壶中的，而紫花地丁是如何来到如此逼仄之处的呢？紫花已开，金铃子今年也会出生、鸣叫的吧？

"那是自然的生命……"

春日的微风戏弄着千重子的头发，她把头发拢到一侧耳边，脑海中拿自己与紫花地丁和金铃子做着对比："我自己呢……"

在这自然万物生机勃勃的春日中，只有千重子一人看着这小小的紫花。

店里传来了开午饭的动静。

千重子有个赏樱的约会，此时也该去打扮一下了。

昨天，水木真一给千重子来电话，约她去平安神宫①赏樱。真一的学生朋友在神苑的门口当半个月的检票员，真一从他那里听说现在正是樱花盛期。

———————————

① 平安神宫，位于京都市左京区，供奉桓武天皇和孝明天皇。

"真像是让他替我们在盯着的，没有比这再可靠的消息了。"真一低声笑着。他低声笑时很好看。

"我们也会被他盯着吗？"千重子问。

"那家伙不是看门的吗？谁都得从他眼前经过呀。"真一又笑了一下，"不过，你要是不愿意，咱们可以分头进去，然后在庭院中的樱花树下会合。那樱花即使自己一个人看，也是怎么都看不厌的。"

"既然如此，你何不一个人去看好了？"

"那也无妨，不过，今晚若是一场大雨，樱花落尽，我可不负责哟。"

"我可去看落花风情。"

"被雨打落凋零的樱花能算落花风情吗？所谓落花，应该是……"

"你真坏。"

"哪个坏……"

千重子挑了一件不起眼的和服穿上出了家门。

平安神宫也以"时代祭"①知名，于明治二十八年（1895年），为了纪念千年前定都京都的桓武天皇而建，所以神社的各种建筑不算古旧，只是神门和外拜殿据说是仿了平安京的应天门和大极殿，也有右近的橘和左近的樱②之类。昭和十三年（1938年），把迁都东京之前的孝明天皇也供奉在此。常有神前婚礼在此举办。

最给神苑增色的是垂枝红樱群，如今已可谓除此无以代表京都之春了。

一进神苑之门，满眼的垂枝红樱花色便绽放在千重子的整个心底，令她驻足凝望，发出今年又与京都之春相会的感叹。

---

① 时代祭，京都代表性的祭庆活动，每年10月22日于京都市左京区平安神宫举行。

② 日本皇宫紫宸殿台阶右侧种橘，左侧种樱，分别由右近卫府和左近卫府管理，故名"右近橘"和"左近樱"。

但她又挂念真一在何处等她，会不会还没到来，于是走出花丛，打算找到真一后再赏花。

树下的草坪上，真一正躺在那里，十指交叉垫在脑后，两眼紧闭。

千重子没想到真一会躺在那里，心中便有不悦。这毕竟是在等候一个年轻的姑娘，与其说让她觉得难看丢人，更不如说是因为她讨厌真一的这种睡姿。在千重子的生活中很少见到男人的睡姿。

在大学的校园里，真一大概常与同学一起枕肘仰天、舒展身体、谈笑风生，眼前只不过是用了同样的姿势而已。

再说，真一旁边有四五个老太婆，把饭盒摊在地上，悠闲地说着话。难道真一是觉得她们可亲而在旁边坐下，不知不觉就躺倒了？

想到这，千重子先是想笑，却又反而红了脸，不去唤起真一，只是站在那里，而且生了离去的念头……千重子从未见过男人的睡颜。

真一规规矩矩地穿着学生服，头发也梳得整整齐齐，合拢着长长的睫毛，一副少年模样，千重子却还是难以正视他的形象。

"千重子!"真一叫了一声后站了起来，千重子立时心头火起。

"睡在这种地方不嫌难看？经过的人都看到你的样子了。"

"我没睡着，你刚来时我就知道了。"

"你坏!"

"我若不叫你，你准备怎样？"

"你是看到我才装睡的吧？"

"我在想：'进来的那个姑娘样子多幸福呀！'于是就有点感伤，头也有点疼了……"

"说我？我幸福……"

"……"

"头还疼吗？"

"不，已经好了。"

"脸色像是不好呀。"

"不，已经没事了。"

"真像宝刀呢。"

偶尔会有人把真一的脸比作宝刀，出自千重子之口却是第一次。

真一被这么比喻时，心中总是燃起一股激情。

"宝刀不杀人，此处是花下。"真一说着笑了。

千重子上了个小坡，返回回廊的入口。站在草坪上的真一也跟了过来。

"我想把这里的樱花全都看一遍。"千重子说。

往西侧回廊入口一站，垂枝红樱的花丛顿时染人春色，这里就是春天，连低垂的根根细枝枝梢都是朵朵相接的八重红樱。这样的樱花林中，与其说花在树上，莫若说是花压枝头。

"在这里我最喜欢这种花。"千重子说着，把真一领到回廊往出口去的拐弯处，那里有一棵樱花树，花枝铺展得特别开阔。

真一也站在树边欣赏这棵樱花，说道："如果细看，还真具有女性的特点，无论垂枝还是花朵，确实都显得柔和丰润……"

八重樱的红色中还带着一层若有若无的紫色。

"以前真还想不到樱花竟如此女性化，无论颜色、风韵，还是娇艳的情态，莫不如此。"真一又说。

两人离开这株樱树向池塘方向走去，在路的变窄处放着长凳，上铺深红毛毡，游客坐在上面喝着淡茶。

"千重子，千重子!"有人在叫。微暗的树丛中有家名为"澄心亭"的茶室，身穿长袖和服的真砂子从里面出来："千重子，来搭个手好吗? 我累了，在给师傅的茶席帮忙。"

"我这样子，也只能干点水屋①的活了。"千重子进了茶室。

"没关系，就在水屋……反正咱们是在水屋把茶沏好再端出去给客人的。"

"我还有同伴呢。"

真砂子这才注意到真一，便对千重子附耳低语道：

"未婚夫？"

千重子轻轻摇头。

"男朋友？"

还是摇头。

真一背转身走开。

"那就一起参加茶席吧，现在还有空位呢。"

千重子拒绝了真砂子的邀请，跟在真一后面说：

"那是我的茶道朋友，漂亮吧？"

"姿色平平。"

"哎呀，别让她听见了。"

千重子对站着目送他俩的真砂子用眼神打了个招呼。

穿过茶室坡下的小路有一个池塘，近岸的菖蒲叶竞现一片嫩绿，睡莲也在水面浮出了叶片。

这个池塘周围没有樱树。

千重子和真一绕过岸边走进一条微暗的林荫路，这条小路很短，散发着嫩叶的清香和湿土的味道。这里有个池塘，比先前的池塘大，周围开阔敞亮，岸边的垂枝红樱映在水中的倒影让人眼睛一亮。外国观光客也在为樱花拍照。

可是，对岸的树丛中，马醉木也开着白花，一副温良有节的模

---

① 水屋，茶室附设的厨房，用于整理和清洗茶具。

样，令千重子想起了奈良。那里还有不少松树，虽不大，却很好看。如果没有樱花，松的绿色应该是能引人注目的，不，即使是现在，那纯净的松绿和池水也反将垂枝樱的红花越发衬得鲜艳夺目。

真一走在前面，踩着池中的踏脚石去对岸，这被叫作"泽渡"。踏脚石是圆的，就像切割神社入口的牌坊而成的石块，千重子有时还需把和服下摆稍稍撩起才行。

真一回头说：

"我想背你过去。"

"那就试试，我会佩服你的。"

不用说，那是老太太都可以走的踏脚石。

踏脚石的近旁也有睡莲叶浮出水面，接近对岸时，踏脚石周围的水面还映着小松树的倒影。

"这些踏脚石的排列也采用了一种抽象的方式吧？"真一说。

"日本的庭院不都是抽象的吗？就像醍醐寺^①庭院里的杉藓，一旦被人们'抽象、抽象'地说个不停，反倒会招人厌烦的……"

"是呀，那里的杉藓确实抽象。醍醐寺的五重塔已经修缮完工，我们去看看落成式吧。"

"醍醐寺的塔也是模仿新的金阁寺^②吗？"

"应该是焕然一新了吧，尽管塔没烧掉……这次是拆了后照原样重建的。这次落成式恰逢樱花盛期，去的人好像很多。"

"要说樱花，除了这里的垂枝红樱，再没有能让我更想看的了。"

两人走完了最后几块踏脚石。

对岸一带松树群立，他俩一会儿就到了桥殿，它的准确名字应叫"泰平阁"，其实就是一座令人想到"殿"之模样的桥。桥的两侧被做

---

① 醍醐寺，位于京都市伏见区，真言宗醍醐派总寺院。
② 金阁寺，位于京都市，本名鹿苑寺，临济宗相国寺派的寺庙。1950年曾焚毁，后重建。

成矮靠背长凳的样式，可供人们在此坐下休息，隔着池塘眺望庭院景致，毋宁说这里是一片带池塘的庭院。

人们坐在这里吃着喝着，还有孩子在桥中央跑来跑去。

"真一，真一，这里……"千重子先坐了下来，右手按在椅子上为真一占位。

"我可以站着。"真一说，"也可以蹲在你腿旁。"

"那又何必呢。"千重子立刻站起身，让真一坐下，"我去买喂鲤鱼的饵料。"

千重子回来了，把饵料往池里一投，鲤鱼群便游拢过来，有的还把身子探出水面。圈圈涟漪泛开，晃动着樱、松的倒影。

千重子问真一要不要把饵料喂光，真一不出声。千重子问：

"头还疼吗?"

"没事。"

两人在那里坐了很久，真一无精打采地盯着水面。

"在想什么呢?"千重子主动问道。

"是呀，想什么呢? 有时啥都不想也挺幸福吧。"

"在这种樱花盛开的日子里……"

"不，是在幸福的姑娘身旁……被这幸福感染了吧，像是感受着一种温暖的青春。"

"我幸福……"千重子又说，眼中突然蒙上一层忧郁的阴影。她是低着头的，所以这阴影又似池水在她眼中的倒映。她站了起来："桥对面有我喜欢的樱花。"

"从这里也能看到的呀。"

那是一株最好看的垂枝红樱，也是一株为人所周知的名树，枝垂如柳，又铺展得开，走在树下，若有若无的微风将花撒在千重子的脚下、肩头。

花也稀稀落落地散落在树下，漂浮在池中水面，但也只有七八朵而已。

虽有竹篱支撑着垂枝，但有的花枝细梢还是几乎拖到了水面。

从这红色八重樱花丛的间隙，可以看到池对面东岸的树丛上方绿叶遍布的山峦。

"那是东山的余脉吧？"真一问。

"是大文字山。"千重子回答。

"哦，大文字山？看上去很高嘛。"

"大概是因为从花丛中看吧。"千重子这样说时，也确实是站在花丛之中。

两人舍不得离去。

这棵樱树周围的地上铺着白色的粗砂，白砂地的右侧是神苑的出口，有一片好看的松树，在这庭院中算是长得高大的了。

出了应天门，千重子说：

"想去清水看看呢。"

"清水寺①？"真一的表情似是觉得那里太平常了。

"想在清水看看京都城里的暮色，看看落日时西山的上空。"千重子重复说道，真一也就点头。

"嗯，去吧。"

"走路过去。"

那是一段挺吃力的上坡路，电车道也避开了这段路。两人往南禅寺道绕行，穿过知恩院后面，经过圆山公园，沿着一条旧的小路来到清水寺前，正逢暮霭笼罩之际。

清水的舞台也只有三四个女学生在参观，她们的面孔已看不清楚。

———
① 清水寺，位于京都市东山区，北法相宗的本寺。

这正是千重子追求的时刻。里面昏暗的正殿已经上灯，千重子没在正殿的舞台停留，从阿弥陀殿前进了里院。

里院也有依悬崖而建的"舞台"，正如丝柏树皮顶檐的轻巧，舞台也是小巧玲珑，只是朝西，面向京都城和西山。

城里已经上灯，而且还留着一点黄昏的微光。

千重子倚着舞台的勾栏眺望西边，好似忘记了与自己一起的真一。真一走到她身旁。

"真一，我是弃儿呀。"千重子突然冒出一句。

"弃儿？"

"是的，弃儿。"

真一误以为这"弃儿"是指某种心态，嘟囔道：

"弃儿？连你也觉得自己是弃儿？你若是弃儿，我这样的人就也是弃儿了——精神上的……每个人也许都是弃儿，我们的诞生，不就是被神丢弃到这个世上来吗？"

真一盯着千重子的侧脸，她的脸上若有若无地染着一丝暮色，让人觉得她那情绪或许是一种春宵之愁吧？

"我们也许因此才被称为神的孩子吧，被他抛弃，再被他拯救……"

真一这话却似未被千重子入耳，她俯视着灯火通明的京都城，并不回头去看真一。

真一抬手去触千重子的肩，似要抚慰她那莫名的忧郁，却被千重子躲开身子。

"别碰弃儿！"

"我明明说了，神的孩子都是弃儿……"真一略略加重了语气。

"没那么玄乎，我哪是什么神的弃儿，明明就是被自己的亲生父母丢弃的。"

"……"

"就被扔在我家店堂红漆格子门前的。"

"说啥呢？"

"是真的。不过这种事情对你说了也没用……"

"……"

"我呀，站在清水寺这里望着大京都的暮色，心里就在想着：'我真的是在京都城里出生的吗？'"

"你说些什么呢？脑子糊涂了吧……"

"这种事情，我干吗要瞎说呢？"

"你不是批发店里被千宠百爱的独生女吗？独生女变成妄想狂了。"

"我确是受着宠爱，如今也已不在乎曾是弃儿了，不过……"

"你有你是弃儿的证据吗？"

"店门前的红漆格子门就是证据。那扇老门知道一切。"千重子的声音越发清晰了，"大概是在我刚进初中的时候，妈妈把我叫去说：'千重子，你不是我亲生的，我们偷了一个可爱的婴儿后乘车溜之大吉。'不过，关于偷孩子的具体地点，父母亲无意中又口径不一致，一个说是在赏夜樱的祇园里，一个说是在鸭川的河滩上……他们许是觉得被丢在店门口的弃儿会让人觉得太可怜了，于是编出这些话来……"

"噢。你不知道自己的亲生父母是谁吗？"

"现在的父母疼爱着我，我已经不想去寻找了。亲生父母或许已成仇野一带的孤坟鬼影，连石碑也破旧了……"

春天柔和的暮色从西山过来，几乎给京都的半边天铺上了一层朦胧的红色。

真一难以相信千重子是个弃儿，而且是被偷来的。千重子家位于批发店群集的老街，只要在附近打听一下就能知道，真一如今却全无打听之意，让他困惑且希望知道的是：千重子为何在这里做这样的告白?

可是，把真一带来清水寺，难道就是为了做出这番告白？千重子的声音变得越发澄澈，透着一股美丽的刚强，不像是对着真一在怨诉。

千重子无疑是隐隐知道真一对自己的爱，她的告白难道是为了让爱自己的人了解自己的身世？真一并不这样理解，毋宁说反倒让他听出了抢先将他的爱拒之门外的意思。即便"弃儿"之类的话是千重子所编造……

真一在平安神宫时再三强调千重子是幸福的，他希望千重子是在抗议他的这种说法，于是试探道：

"知道自己是弃儿后，你觉得孤寂吗，悲哀吗？"

"不，我一点也不孤寂，也不悲哀。"

"……"

"我要求上大学时，父亲说，作为一个要继承家业的姑娘，上大学是多余的，还不如好好学点买卖更重要。唯有在听到这话的时候，我有点……"

"是前年吗？"

"前年。"

"你对父母绝对服从吗？"

"是的，绝对服从。"

"婚姻这样的事情也如此？"

"是的，目前打算如此。"千重子毫不迟疑地答道。

"难道你就没有自我意识或自己的感情？"真一问。

"有呀，已经多得不知如何是好了。"

"你要压抑、抹杀这些？"

"不，不会抹杀。"

"尽说些谜一样的话，"真一的声音有点像是要笑，却又有点颤抖，他将前胸探出勾栏，想要窥视千重子的表情，"真想看看谜一样的弃儿的脸。"

"天已经黑了吧?"千重子这才转向真一，目光灼灼，"可怕……"她把目光投向正殿的屋顶，那厚丝柏树皮铺就的屋顶带着沉重、阴暗的重量感逼近，让她觉得恐惧。

尼庵与格子门

千重子的父亲佐田太吉郎三四天前就隐居于嵯峨深处的尼庵了。

说是尼庵，庵主已过六十五岁。这种小尼庵既然位居古都，总是有点来历的，但它连大门也藏在竹林深处，难为人见，寂然无声，几与观光无缘，偶尔也在厢房举办个茶会之类，却无知名的茶室。这里的庵主常会出去教授花道。

佐田太吉郎在此借住一屋，如今自己好像也与这座尼庵相似了。

佐田的店好歹是位于中京①的一家绸缎批发店，周围的店家大多已是株式会社，佐田的店也同样采用了株式会社的形式，太吉郎自然就是社长，生意都交由掌柜（如今改称专务或常务）打理，只是仍然保留着许多旧时店家的规矩。

太吉郎自年轻时起就具名士气质且生性孤僻，全无为自己的作品举办染织个展之类的野心，即使举办了，作品恐怕也会因为在当时过于新奇而难有销路。

---

① 中京，京都市的中京区。

其父太吉兵卫在世时，先是默默观察太吉郎所为，发现他并不像店内的设计师或店外的画家那样画一些迎合时尚的图案，待到得知并非天才的太吉郎在走投无路之际凭借麻醉品的魔力，画一些友禅染①的古怪画稿时，便立刻把他送进了医院。

待太吉郎接班后，此类画稿渐渐司空见惯，令他颇为烦恼，独自躲进嵯峨尼庵，也是为了求得天降构图灵感。

战后，和服的图案也发生了显著变化，昔日靠着麻醉品想出的古怪图案，放到现在或许会被认为是新颖的抽象风格，但太吉郎毕竟年过半百了。

太吉郎也曾想过断然回到复古路线，旧日的那些优秀作品一件件浮现于眼前，古代衣料残片和旧式衣裳的图案、色彩全都进入脑海。当然，他也少不了漫步于京都的名园、野山，为和服图案做一些写生。

中午时分，女儿千重子来了。

"爸爸，要吃森嘉②的炖豆腐吗？我买来了。"

"啊，谢谢……森嘉的豆腐固然让我欢喜，千重子过来更让我欢喜。傍晚前就别走了，让爸爸放松一下头脑，想出个好图样来……"

纺织品批发店老板本无必要画草图，甚至反倒会给生意添乱。

可是，太吉郎在店里也放了一张写字桌，就在基督灯笼所在的中庭的客厅深处的窗边，他有时在桌边一坐就是半天。桌子后方有两个陈旧的桐木衣柜，里面装着一些中国和日本的古代织品残片，柜子旁边的书箱里尽是各国的织品图录。

后面厢房的仓库二楼，有不少能乐戏服和古代武家妇女的礼服之

---

① 友禅染，日本的一种传统印染技法，主要用于丝绸。

② 森嘉，位于京都嵯峨的料理店，以豆腐料理闻名。

类，都原封不动地保存着，还有不少南洋各国的印花布之类。

这些东西有的是太吉郎的上一代或上上代收集的，若遇古代织品展会来征集展品时，太吉郎就会爱搭不理地拒绝道：

"我要遵照先祖的遗愿，东西概不出门。"

拒绝时一副毫无商量余地的模样。

因为是京都的老房子，上厕所时必须经过太吉郎写字台旁边的窄廊，他一般都会皱起眉头而不作声，但若店里动静稍大一些时，他就会不悦地说：

"不能安静点吗？"

掌柜两手支席，说：

"大阪来客人了。"

"买与不买都随他去，批发店多着呢。"

"这可是一位交往已久的老主顾，所以……"

"衣料是要用眼买的，要是用嘴买，不正说明他没长眼吗？买卖人瞥一眼就知道，尽管咱店便宜货较多。"

"是。"

从写字台下方到坐垫下面，都被太吉郎铺上了有些来历的外国地毯，他的周围还用南洋名贵的印花布圈成了帷幔。这是千重子的智慧，帷幔多少能减轻一些店头传来的声响。千重子经常更换这帷幔，每次更换时，父亲一面在心中体会着她的体贴，一面对她介绍这些帷幔的故事，诸如来自爪哇还是波斯，属于哪个时代，是哪种图案，等等，这些详尽的解说，有的千重子并不能听懂。

"用来做袋子可惜了，剪开做方巾又嫌大，要是做和服腰带，可以做几根呢？"千重子有一次打量着帷幔说。

"拿剪刀来。"太吉郎说。

父亲用千重子拿来的剪刀熟练地剪开做帷幔用的印花布。

"这个做你的腰带挺好吧？"

千重子一惊，眼睛湿润了。

"别，爸爸……"

"挺好，挺好。你系上这印花腰带，我或许又能想出构图思路来呢。"

千重子就是系着这条腰带去嵯峨尼庵的。

女儿身上这条印花腰带自然立刻进入太吉郎的视线，他却不去多看。作为印花布的图案，属于大气豪华、浓淡有致的一类，但是否适合做花季女孩的腰带，父亲还在思忖。

千重子把半月形饭盒放在父亲身旁，说：

"现在吃吗？我去做豆腐锅，一会儿就好。"

"……"

千重子站起身时就势回头去看门外的竹林。

"已是竹秋①了。"父亲说，"土墙也歪的歪、倒的倒，四处剥落，就像我一样了。"

千重子听惯了父亲这种说法，也就不去安慰他，只在嘴里重复着他说的"竹秋"。

"来时路上的樱花怎样了？"父亲轻声问道。

"池面上也有凋落的花瓣，山上的嫩叶间有一两株没落花的，经过时隔着一点距离看过去，反而挺好的。"

"哦。"

千重子进了后屋，太吉郎听见切葱和刮木鱼干的声音。千重子把一套做豆腐锅的樽源②炊具都带来了——她竟从家里搬来了这么多东西。

① 竹秋，在日语中作为春的季语，代指阴历三月。源于此时竹叶变黄。
② 樽源，京都一家老字号，以木质炊具、餐具等用品知名。

千重子认认真真地伺候着父亲。

"一起吃一口吧。"父亲说。

"好的。谢谢……"

父亲从女儿的肩一直往下看。

"太素了。千重子选的尽是我设计的图案，大概也只有你一个人会穿这样的衣服了，都是卖不出去的呀……"

"我是喜欢才穿的，挺好的。"

"嗯，太素了。"

"素归素，可是……"

"年轻姑娘穿得太素总不太好吧？"父亲的语气突然严厉了。

"经常见到的人却还夸我呢。"

父亲陷入沉默。

设计图案如今对于太吉郎来说已是一种兴趣爱好，他的批发店也已面向一般消费者。掌柜为了照顾老板的面子，也就只把两三张太吉郎的画稿拿去印染，其中一种就被女儿千重子主动选来经常穿着，衣料质地倒是精挑细选的。

"别再总穿我设计的花样了。"太吉郎说，"也不要只穿咱店的衣料了……你没有这样的义务。"

"义务？"千重子吃惊地说，"我可不是在尽义务呀。"

"千重子如果穿得花哨些，或许已经找到意中人了。"父亲放声而笑，脸上却不见笑容。

千重子伺候父亲吃炖豆腐的时候，父亲那张大写字桌自然就映入她的眼帘，从桌上看不出他在画京染①的草图。

只有一个画江户泥金画用的砚盒和两册高野切的复制本（或不如

————————
① 京染，可特指友禅染，也可泛指具有京都传统特色的染织方式。

说是字帖）放在桌子的一个边角。

千重子想，父亲来尼庵，是不是着意要忘掉店里的买卖呢？

"六旬老人在习字呢。"太吉郎羞涩地说，"不过，藤原假名①流利的线条，对于图案设计也不无帮助吧。"

"……"

"我也够可怜的，手都抖了。"

"把字写得大一点呢？"

"我是写得挺大了，可是……"

"砚盒上那串旧念珠是怎么回事？"

"啊，你问那个？我觍着脸向庵主讨来的。"

"您是戴着它去拜佛吗？"

"用现在的话说算是吉祥物吧，虽然有时也恨不得把它含在嘴里嚼碎呢。"

"啊，脏。念珠已被长年的手垢弄脏了吧。"

"怎么会脏呢，那不是两三代尼姑信仰的积垢吗？"

千重子觉得自己触到了父亲的痛处，便低头不语，把剩下的炖豆腐端到厨房。

"庵主呢？"千重子从里屋出来说。

"马上该回来了吧。你要干吗？"

"我在嵯峨走走就回去。岚山现在人多，我喜欢野野宫②和二尊院的小路，还有仇野那种地方。"

"你年纪轻轻就喜欢那些地方，将来令人担心呢。可别像我呀。"

"女的会像男的吗？"

父亲站在外廊目送千重子。

---

① 藤原假名，现存的最早平假名版本，发掘于藤原良相（813—867）的京都宅邸遗址。

② 野野宫，位于京都岚山的神社。

老尼没一会儿就回来了，立刻开始打扫庭院。

太吉郎坐在桌前，脑海中浮现出宗达[1]和光琳[2]画的蕨菜，还有春天的花草，他想到了刚回去的千重子。

走到有村落的路上，父亲隐居的尼庵便被掩没在竹林中了。

千重子想去参拜仇野的念佛寺，便踏着老旧的石阶爬到了左侧山崖的两具石佛附近，却听到上面人声嘈杂，便停了下来。

那几百座朽败的石塔群被称作无缘佛，最近会有摄影协会让一些女人穿着奇怪的薄衣单衫站在小石塔的群落中拍照片，今天会不会又是如此呢？

千重子从石佛前沿石阶往下走。她想起了父亲的话。

即使是为了避开春日岚山的游客，仇野和野野宫也确实不是年轻姑娘该去的地方。这比起选穿父亲设计的图案的素淡和服，也许更……

"爸爸在那尼庵好像啥都没做……"一阵淡淡的惆怅沁入千重子的心头，"还去咬那沾有手垢的旧念珠，他在想什么呢？"

千重子知道：父亲在店里，有时是在压抑着自己咬碎念珠的冲动。

"明明可以去咬自己的指头嘛……"千重子嘀咕着，摇了摇头，想把思路转移到自己与母亲来念佛寺敲钟的情景。

这钟楼是新建的，瘦小的母亲敲了钟，却没啥声音。

"妈妈，吸一口气。"千重子把自己的手掌合在母亲的手掌上一起去敲，钟响了。

"真的呀。这声音不知能传多远呢？"母亲开心了。

---

① 俵屋宗达，生卒年不详，江户初期画家。

② 尾形光琳（1658—1716），江户中期画家。

"咱们和经常敲钟的僧人还是不一样呀。"千重子笑着说。

千重子一面想着这些情景，一面沿着小路朝野野宫去，这小路旁"通往竹林深处"的字牌并不算旧。原先的微暗处已变得明亮起来，千重子还听到了野野宫门前小卖店的揽客声。

不过，小小的神社如今仍无变化。正如《源氏物语》中也有记载，供职于伊势神宫[①]的斋宫（内亲王）三年中潜其清净无垢之身于此，以行洁斋之仪，所以这里被视作皇居遗址，特别以带树皮的黑木牌坊和小篱墙闻名。

从这野野宫前走上野道，眼前便是开阔的岚山。

千重子从渡月桥跟前岸边的一排松树处乘上巴士。

"回家后如何说父亲的情况是好呢……尽管母亲已能料想到了……"

中京街上的房子多被明治维新前的"铁炮烧""咚咚烧"[②]烧毁，太吉郎家的店也难幸免。

所以，这一带虽还存留着一些带有古京风味——诸如红漆格子门和虫笼窗[③]——的店家，其实这些建筑的历史都未到百年，然而太吉郎店后的土仓据说倒是在这些火灾中幸存的。

太吉郎的店如今几乎没有什么变化，一方面可能缘于店主的性格，另一方面或许也是因为生意不大好吧。

千重子回家打开格子门，一眼可以看到店里深处。

母亲阿繁一直坐在父亲的桌前抽烟，左臂支桌托腮，身体前屈，像是在看书的样子，桌上却空无一物。

"我回来了。"千重子走近母亲。

---

① 伊势神宫，位于三重县伊势市的皇室宗庙。

② "铁炮烧""咚咚烧"，原为两种日本料理方式，后也被用来借指京都1788年和1864年所遭两场大火。

③ 虫笼窗，京都地方旧式住房二楼一种竖条格木窗，因形似虫笼而名。

"啊，回来了吗？辛苦了。"母亲回过神来，"你爸爸情况怎样？"

"嗯……"千重子思忖着如何回答，"我买了豆腐过去。"

"是森嘉的吗？你爸爸开心吧？做了炖豆腐？……"

千重子点头。

"岚山怎样？"母亲问。

"人很多……"

"爸爸把你送到岚山了吗？"

"没有，因为庵主不在家。"千重子答道，"爸爸好像在练字。"

"练字呀。"母亲并无意外的样子，"练字能静心，也挺好的吧。我也要学学。"

千重子端详母亲白皙端庄的面孔，看不出什么动静。

"千重子，"母亲轻轻叫了一声，"千重子，你呀，也可以不必继承咱店的生意……"

"……"

"想嫁人也没问题。"

"……"

"你在听我说吗？"

"您为什么说这话？"

"一言难尽，但妈妈毕竟五十岁了，想到才说的。"

"干脆把这买卖停了？"千重子说着，那对美丽的眼睛就湿了。

"那也太急了吧……"母亲微微一笑。

"你说要把咱店的买卖停了，这是真心话吗？"

母亲的声音不高，态度却严肃起来。明明刚才还微微一笑的，难道是千重子看走了眼？

"是真心话。"千重子回答，一阵疼痛在心间穿过。

"我没生气，你不必显出那样的脸色。年轻人说，老年人听，哪个更伤感，这是明摆着的吧？"

"妈妈，对不起。"

"没啥对不起的。"这下母亲真的露出了微笑，"先前我对你说的，也并非妈妈的真心话呀……"

"我也是心不在焉，不知道自己该说啥了。"

"做人应该尽量说话始终如一，做个女人也是如此。"

"妈妈……"

"你在嵯峨对爸爸也说了同样的话吗？"

"没有，对他啥也没说。"

"是吗？不妨说给他听听嘛……作为男人，大概是会发怒，但心底却会高兴的。"母亲用手按着额头，"有机会坐在你爸爸的桌前，于是就想着你爸爸的事情了。"

"妈妈都看出来了吧？"

"看出什么？"

母女俩沉默了一会儿，千重子终于憋不住了。

"我去锦市场①看看做晚饭的菜吧。"

"好的，那就拜托了。"

千重子起身往店头去，先到了土间。这个细长的土间直通后屋，在正对店头的墙角有一排黑色的灶台，那里有厨房。

如今毕竟不用大灶了，灶台后面有煤气炉，铺了木头地板。若像从前那样脚下是石灰地面，四面透风，在京都的严冬是十分难过的。

可是，灶台没被破坏（留存在多数人家），这似乎是因为普遍存在着对于灶火之神——荒神的信仰。灶台的后面供奉着镇火的护符，

---

① 锦市场，京都的菜市场。

还排列着布袋①神像，布袋神像共有七尊，每年初午②人们便去伏见的稻荷神社买，一年买一尊，直到凑足七尊。在这期间家里若有人去世，则须再从第一尊重新买起。

千重子店里的灶神已七尊齐备，双亲加女儿的三人家庭，在这七年乃至十年中都没人去世。

灶神之列的旁边放着一个白瓷花瓶，每隔两三天，母亲便会换水并仔细地擦拭搁板。

千重子拎着购物篮刚出门，便看到一个年轻男人踏进她家的格子门，与她一步之差。

"银行的人。"

对方好像没有留意到千重子。

这位年轻的银行职员常来，所以千重子觉得不会有什么可担心的事，但脚步却变得沉重了。她靠近店前的格子门，边走边用手指一根根地轻轻触碰那些格子。

在自家店前的格子已到尽头处，千重子回头去看店铺，然后又抬头看。

二楼的虫笼窗前，一块旧招牌很醒目，招牌上面还搭着个小小的檐顶，像是老铺的标志，又像装饰物。

春天和暖的斜阳淡淡地投在招牌那陈旧的金字上，看上去反而给人一种冷寂的感觉。店门口那厚棉门帘也已褪色发白，露出了粗线头。

"唉，即便是平安神宫的垂枝红樱，以我的心情去看，大概也有冷清的时候吧。"千重子加快了步伐。

---

① 布袋，中国传说中唐末五代时期的禅僧，经常袒露大肚子，肩背布袋云游四方化缘，被称为布袋和尚，在日本被尊为七福神之一。

② 初午，每年2月的第一个午日。

锦市场如往常一样熙熙攘攘。

快要回到父亲店里时，千重子遇到一位白川女^①，便招呼道：

"去我家坐坐吧。"

"好的，谢谢。正好您回来了……"那姑娘说，"刚才去哪里了？"

"锦市场。"

"您真能干。"

"我想要点供神用的花。"

"好的，承蒙经常照顾生意……您看喜欢哪种。"

说是花，其实就是一些神木树枝，刚长出些嫩叶。

每月的一号和十五号，白川女总会带花过来。

"今天小姐您在，真好。"白川女说。

挑选带嫩叶的小树枝时，千重子的心情也变得欢快起来。她一只手攥着树枝，一进家门就说："妈妈，我回来啦。"声音特别明快。

千重子把格子门开了一半，又回头去看，卖花的白川女还在原地，便招呼道：

"进来歇歇再走。我去沏茶。"

"欸，谢谢。每次对我这么客气……"姑娘点头，然后举起一束野花经过土间，"这野花虽没啥情趣……"

"谢谢。我就喜欢野花，亏你还记着……"千重子望着来自野山的花。

进了家门，在灶台近前有一口老井，上面罩着一个竹编的盖子。千重子把花和树枝都放在盖子上。

"我去拿把剪刀来。对了，神木的叶子还得洗一洗才行……"

---

① 白川女，京都市东北部北白川一带的女子。当地盛产花卉，白川女多行走各地贩卖鲜花。

"我这里带着剪刀呢。"白川女说着把剪刀弄响了给她听，"您家的灶神总是收拾得干干净净，我们卖花的也真应该感谢才是。"

"那是妈妈的习惯。"

"小姐您也……"

"……"

"近来许多人家的灶台、花瓶、井口都积满灰尘，脏兮兮的，卖花的看了心里也越来越不好受。可是到了您家一看就安心、就开心了。"

"……"

千重子没法告诉白川女，家里的买卖却越来越不景气，这才是要紧的。

母亲仍坐在父亲的桌前。

千重子把母亲叫到厨房，让她看从市场买来的东西。母亲看着女儿从篮子里拿出来的一样样东西，觉得这孩子也越来越俭省了，尽管也可能是父亲去了尼庵不在家的缘故。

"我也帮你一起做吧。"母亲站在厨房说，"刚才来的那位是常来的卖花女吗？"

"是的。"

"你给爸爸的画册在嵯峨的尼庵吗？"

"我没见到……"

"他只带走了你给的书。"

那是一本画集，收有保罗·克利①、马蒂斯②、夏加尔以及一些更现代、更抽象的画家的作品。千重子为父亲买来，是希望能唤醒他的

---

① 保罗·克利（1879—1940），德国画家，出生于瑞士，其画风多样，被认为是表现主义、抽象主义和超现实主义艺术家。

② 亨利·马蒂斯（1869—1954），法国画家、雕塑家，野兽派代表人物。

灵感。

"咱店其实根本无需你爸爸去画设计图，找一些外面印染的东西回来卖卖就行了，你爸爸却……"

"不过，你倒是整天穿着你爸爸设计的和服，妈妈也该谢谢你呢。"母亲继续说。

"说啥谢谢呀……我只是因为喜欢才穿的。"

"爸爸看见女儿身上的衣服和腰带，也是难抑心头的伤感吧？"

"妈妈，虽然素净了点，但仔细看看，还是挺有味道的，也有人夸我呢。"

千重子想起今天跟父亲也说过同样的话。

"虽说漂亮的姑娘有时反倒适合素净的打扮……"母亲说着掀开锅盖，用筷子试了试锅里的炖菜，"不知你爸爸后来为什么就画不出时尚、流行的东西了。"

"……"

"他以前也是画过一些非常时尚、新奇的作品的……"

千重子点点头："妈妈不穿爸爸设计的衣服吗？"

"那是因为妈妈已经老了……"

"总是老了老了的，您才多少岁呀？"

"老了呀……"母亲只是重复道。

"有一种非物质文化遗产，一位小宫先生设计的江户小纹，那东西被年轻人穿在身上，反倒被人称赞、受人注目，走过的人都会回头再看。"

"你爸爸是不好跟小宫先生那样杰出的人放在一起比较的。"

"我爸爸从精神底蕴来说……"

"你越说越玄了。"母亲摇动着她那张具有京都风韵的白皙的脸，"不过，千重子，你爸爸说要为你的婚礼做一套令人瞩目的华美和服……妈妈也早就盼着了……"

"我的婚礼？"千重子的脸上蒙上了点阴影，沉默了一会儿，"妈妈，在至今的人生中，有过什么让您魂不附体的事情吗？"

"关于这，我以前好像也说过，一次是跟你父亲结婚，另一次是跟你父亲一起偷了一个可爱的宝宝千重子后逃走——偷了千重子乘车逃走的时候。虽已是二十年前的事情，现在想起还心扑扑乱跳。千重子，你摸妈妈的胸口看看。"

"妈妈，千重子是个弃儿吧？"

"不对，不对。"母亲拼命摇头。

"人这一辈子总会做过一两件可怕的坏事呀。"母亲继续说，"抢走婴儿，这比偷钱或拿人家任何东西都罪孽深重吧，或许比杀人更坏。"

"……"

"千重子的父母亲大概要急疯了，想到这，现在是想还也还不回去了。当然，如果你自己想去寻找亲生父母，那我也没办法……我这个做母亲的可能也就活不了了。"

"妈妈，您别再说这些了……千重子只有您这么一个妈妈，我从小到大一直是这么想的……"

"我明白你的心情，但正因如此，我们的罪孽就更重了……我和你父亲都做好了下地狱的思想准备，只要这辈子能有你这么个好闺女，下地狱又算得了什么？"

听到母亲这么激动的语气，再看看她的脸，已是泪流满面。千重子也噙着泪水说：

"妈妈，请您说真话，千重子是弃儿吗？"

"不是，你说得不对……"母亲又摇头说，"千重子，你怎么会觉得自己是弃儿呢？"

"我不相信您和爸爸会去偷孩子。"

"我刚才不是说了吗，人这一辈子总会做一两件让自己魂不附体的坏事。"

"若照您说的，那么是在什么地方捡到我的呢？"

"赏夜樱的祇园。"母亲毫不迟疑地说道，"以前也曾说过的吧，樱花树下的椅子上躺着一个可爱的小宝宝，见了我们就笑，笑得像花儿一样，让人没法不把她抱起来。一抱起来便心里一紧，已经按捺不住。我用自己的脸去蹭孩子的脸，再看看你父亲，他就说：'阿繁，咱们把这孩子偷走吧。'我问：'啊？'他说：'跑，快跑！'后来的事情就像做梦一样了，大概是在芋棒①料理店'平野屋'附近跳上车的吧……"

"……"

"孩子的母亲大概是稍微走开了一会儿，就是那么一个间隙。"

母亲的话似也没有什么不合逻辑之处。

"命运……千重子从那以后就成了我的孩子，不是已经二十年了吗？对千重子来说不知是好是坏，即使是好事，我仍是每天都在心中暗暗合掌祈求宽恕，你父亲也是这样吧。"

"是好事，妈妈，我觉得是好事。"千重子用双手捂住眼睛。

不管是捡来的弃儿还是偷来的孩子，在户籍簿上，千重子是被登记为佐田家嫡女的。

刚从父母亲那里得知自己并非亲生时，千重子还完全没有实感。刚上初中的千重子甚至怀疑，是因为自己有什么地方让父母不满意，才被他们这么说的。

也许父母怕千重子会从邻居那里听说什么，于是就先把事情挑明

---

① 芋棒，芋艿煮鳕鱼干，京都的特色料理。

了吧。又或许是他们相信千重子对于自己的情感之坚定，并且已经到了明辨事理的年龄？

千重子确实吃惊，却又不怎么难过，即使到了青春期，也没太为此事烦恼。她对太吉郎和阿繁的爱及亲近感都无变化，也未纠结于此事而不得解脱，这也是千重子的性格使然吧。

可是，既然不是这家亲生，那就该有亲生父母在某个地方，或许还有兄弟姐妹也未可知。

"倒也不是要去相见……"千重子想，"更重要的是，他们的日子一定很苦吧？"

这也非千重子能把握的事，真正沁入她心间的，倒是这格子门后深处父母亲的忧愁。

她在厨房用手掩目也缘于此。

"千重子，"母亲阿繁把手放在女儿肩上摇晃，"从前的事你就别再问了。世上不知何时或哪里，都可能会有玉石散落的。"

"玉石？我真是块大玉石呀。要是真能给妈妈做个戒指什么的，那敢情好，可是……"千重子说到这里又打起精神干活了。

吃完晚饭收拾好了以后，母亲和千重子上了后屋二楼。

二楼临街有虫笼窗的房间天花板很低，陈设简陋，是让伙计们睡觉的地方。中庭旁的走廊直通后屋的二楼，从店里也可上楼，重要的客人会被带到二楼招待或住宿，现在一般的客人都是在面对中庭的客厅里完成生意的洽谈。说是客厅，也与店头和后屋相连，架子上放不下的衣料就堆在客厅的两侧，因为又长又宽，所以便于把货品摊开展示。这里一年到头都铺着藤席。

后屋的二楼屋顶较高，有两个六铺席大小的房间，是父母和千重子日常起居和睡觉的地方。千重子坐在镜前，解开原先梳得很整齐的长发，对着隔扇门叫了声"妈妈"，声音里含着万般思绪。

和服街

　　作为一个大都市，京都树叶的颜色算是很美的。

　　且不说修学院离宫①和御所②内的松林以及古寺大庭院中的树木，光是街上那些行道树——诸如木屋町和高濑川岸边的垂柳，还有五条和堀川的垂柳——就立刻能映入游客的眼帘。那才是真正的垂柳，绿枝垂地、万般温婉。延绵毗连成浑圆形的北山上，红松等树木也无不令人赏心悦目。

　　尤其是在现在这样的春天，东山嫩叶已现色彩，若是晴天，比叡山的嫩叶的色彩亦可远眺。

　　城市因树而美，一方面也是因为清洁工作的到位。即使在祇园等地方，进入深处的小路，周围虽是一排排灰暗陈旧的小房子，路上却干干净净。

　　制作和服的西阵一带也是如此，那些挤挤挨挨的小店看似寒碜，周围的路上却非常整洁，门窗的格子都一尘不染，植物园等处也不会有纸屑散落的现象。

　　植物园里曾有美军建造的住宅，当然是不允许日本人入内的。现

----

① 修学院离宫，位于京都市比叡山麓的离宫，归宫内厅管理。

② 御所，京都的宫殿建筑群，曾是天皇居所。

在军队撤出，植物园又恢复了原样。

植物园里有西阵的大友宗助喜欢的林荫道，那是一条樟木林荫道。樟木并非大树，路也不长，他却常在这里散步。如今正是樟树抽芽的时节，他有时会在织机声中思忖。

"那些樟木不知怎样了？不至于被占领军砍伐了吧？"

宗助在等着植物园重新开放。

出了植物园后沿着鸭川岸边的上坡路稍走一段，这是宗助散步时的习惯，这样就可边走边看北山了。他一般都是独自散步。

植物园再加鸭川，他也顶多只走一小时左右，但这样的散步让他怀念。就在现在他又想起的时候，妻子叫他：

"佐田先生来电话了，好像是从嵯峨打来的。"

"佐田？嵯峨？"宗助起身往账房去。

织匠宗助比批发商佐田太吉郎小四五岁，但即便抛开买卖不说，两人也是脾性相投，当然，年轻时也曾一起荒唐过，不过，近来多少有点疏远了。

"我是大友，好久没见了……"宗助接了电话。

"啊，大友先生。"太吉郎的声音显出少有的兴奋。

"你去嵯峨了吗？"宗助问。

"我静悄悄地躲在嵯峨一个静悄悄的尼庵里。"

"您这倒有点怪了。"宗助故意换了尊称，"尼庵里也有各种各样的……"

"不，是真正的尼庵……只有一个上了年纪的庵主……"

"那也不错，只有一个庵主在，你就可以找姑娘来……"

"胡扯。"太吉郎笑了，"今天啊，有件事要拜托你。"

"好的，好的。"

"我马上去你那里可以吗？"

"欢迎，欢迎。"宗助有点狐疑，"我这里走不开。你在电话里也能听到织机声吧？"

"原来是织机声呀，真亲切。"

"瞧你说得。要是织机停了，我又能干吗呢？不像你可以躲到尼庵里去。"

佐田太吉郎乘车到宗助的店里，用了不到半小时。他立刻解开一块包袱布，摊开里面的画稿，满眼放光地说：

"这个想拜托你了……"

"哦——"宗助打量着太吉郎的表情，"是腰带呀。对于你来说，这可够漂亮、够时尚的呀。嘿嘿，躲在尼庵里的人居然……"

"你又来了……"太吉郎笑了，"是给我女儿的。"

"呵呵，织出来后，你家小姐可不得吓一大跳吗？问题首先是，她肯用吗？"

"其实是千重子给了我两三本克利的画集……"

"克利？克利是……"

"据说是老一辈的抽象派画家，作品平实、高雅、具有理想、易被日本的老人接受。我在尼庵反复翻看之后，画出了这样的图案，与日本古代留下的那些残片截然不同了吧。"

"是呀。"

"究竟会是啥样，我想让你织出来看看。"太吉郎的激动似乎还没平息。

宗助对着太吉郎的图稿看了一会儿，说：

"呵呵，真不赖，色彩的搭配也好……好呀，从来没有过的新颖图案，却也还是素雅的，挺难织的。让我用心试试吧，希望能把女儿的孝心和父亲的慈爱都充分表现出来。"

"谢了……近来动不动就谈什么 idea、什么 sense 之类的，连色彩都要去学西洋的流行色。"

"也没那么高级吧?"

"我最讨厌那些带洋词的玩意儿，日本自古以来不就有一些难以形容的优雅色彩吗?"

"是呀，光是黑色，就有各种各样的说法。"宗助点点头，又说，"但我今天也想过了，现在织腰带的也有像伊豆藏[①]那样在四层洋楼里的现代工业，西阵今后也会朝那个方向发展吧。一天可产出五百根腰带，不久员工也将参加经营，平均年龄听说只有二十多岁。咱们这样用手织机的家庭生产在这二三十年内必会消亡的吧?"

"你说啥呢……"

"即使存活，大概也成不了非物质文化遗产吧。"

"……"

"像佐田你这样的人，还能去学学克利啥的。"

"他叫保罗·克利。我躲在尼庵里，花了十天半个月的时间，日夜苦思冥想，这腰带的图案和颜色都挺有想法吧?"太吉郎说。

"挺有想法，有日本味的雅致。"宗助忙说，"不愧是出于佐田先生之手。我会织出一条好腰带来的，型板我也会请出色的师傅用心做。哦，对了，要论织工手艺，秀男比我好，让他来织吧。他是我大儿子，你知道的。"

"嗯。"

"秀男织得比我更精致，所以……"宗助说。

"那就全拜托你了。我虽是批发商，但东西大多是卖到地方上去的。"

"你客气了。"

"这腰带不是夏天而是秋天用的，但我还是想早点看到。"

---

① 伊豆藏，京都西阵的丝绸染织业世家。

550

"行，我知道了。配这腰带的和服呢？"

"我先考虑腰带了……"

"你是批发商，和服尽可以百里挑一……这应该没问题。不过，你这是在给女儿张罗婚事了吧？"

"不是，不是。"太吉郎脸红了，像是被说到了自己的婚事。

西阵的手织机据说难以延续三代。这大概是因为手织机属于工艺之类，父亲即使是个出色的织匠，也就是说技艺高超，却不一定能传给儿子。即便儿子能得父亲亲授，且自己也认真勤奋，毫不懈怠，却仍是如此。

然而也有这样的情况：孩子到了四五岁先学缫丝，十岁到十二岁时接受机织工的培训，然后便可租机揽活，因此孩子多就能给家里帮忙增光。另外，六七十岁的老太还能在自己家中缫丝纺线，有的家庭因此而有祖母和小孙女对坐干活的情况。

大友宗助家中，则是老妻一人绕丝卷线，整天低头而坐，因此看上去比实际年龄要老，而且沉默寡言。

家里有三个儿子，各人在自己的高机上织腰带。家里有三台高机自然算是很不错的了，有的人家只有一台，也有人家是租机生产。

长男秀男正如宗助所言，手艺胜过父亲，且为织界和批发界所知。

"秀男，秀男。"尽管宗助在喊，却似乎没被听到。他家只有三台木质手织机，不像有很多台机械织机那样吵闹。宗助觉得自己的声音已经很大了，可是秀男的织机离他最远，已经靠近庭院了，织的又是最难的袋带①，大概是因为全神贯注而没听到父亲的声音。

"老太婆，去叫秀男过来好吗？"宗助对妻子说。

---

① 袋带，一种女用筒式和服腰带，无布质内衬。

"嗯。"妻子掸了掸膝盖，下到土间，一边往秀男的织机走去，一边握拳捶腰。

秀男停下手中的梭子往这边看，却没有马上站起来，也许是因为太累了。他知道来了客人，所以也没等甩甩胳膊伸个懒腰，只是擦了把脸就过来了。

"欢迎光临这么邋遢的地方。"他面无表情地跟太吉郎打了个招呼，无论面孔还是身体都留着辛苦干活的痕迹。

"佐田先生设计了腰带的图案，要让咱家替他织出来。"父亲说。

"是吗?"秀男仍是不大情愿的语气。

"是一条很重要的腰带，所以与其由我动手，还是你织更好。"

"是您家千重子的腰带吗?"秀男那白皙的面孔这才朝向了佐田。

作为京都人，总是要为儿子的冷淡态度做解释的。

"秀男从早忙起，实在是累了……"父亲宗助打了个圆场。

"……"秀男不应。

"非得这样投入才能做好事情……"反是太吉郎说了抚慰的话。

"我满脑子还是那些乏味的袋带，请包涵。"秀男只是低了低头表示歉意。

"好呀，手艺人非得这样才行。"太吉郎再次首肯。

"明明是没什么意思的东西，却又让人知道是我织的，那就更令我难受了。"秀男低着头。

"秀男!"父亲的语调变了，"佐田先生的活儿可不是这样，他是躲在嵯峨的尼庵里画出这草图的，不是要卖的。"

"是吗? 哦，在嵯峨的尼庵……"

"让他看看吧。"宗助对太吉郎说。

"好的。"

太吉郎被秀男的气场压倒，走进大友家时的那股劲头已所剩无多。

他把图稿摊开在秀男面前。

"……"

"你看行吗？"太吉郎怯怯地问。

"……"

秀男看着图稿，并不作声。

"不行吧？"

"……"

秀男顽强地沉默。

"秀男！"宗助忍不住了，"你答话呀。太没礼貌了吧？"

"是。"秀男依旧不抬头，"我也是匠人，所以正在仔细欣赏佐田先生的图案呢。这不是一件可以随意应付的活儿，是千重子小姐的腰带吧？"

"是呀。"父亲虽然点头，但还是为秀男的反常而纳闷。

"不行吗？"太吉郎重复这话时的语气也不禁少了谦恭。

"没问题。"秀男态度平静，"我没说不行。"

"你嘴上不说，心里却……你的眼睛就流露了这种意思。"

"是吗？"

"说啥呢……"太吉郎直起膝盖，扇了秀男一记耳光。秀男并没躲闪。

"请您尽管打我。因为我做梦也不会认为佐田先生的图案没意思。"

也许是因为被扇了耳光，秀男的面孔反倒有了勃勃生气。

现在是被打的秀男在以手支席赔罪，顾不上去捂被打红的半边脸。

"佐田先生，对不起了。"

"……"

"虽惹您生气了，但我还是希望您让我织这腰带。"

"是吗？我本来就是为此而来的嘛。"太吉郎努力让自己平静下来，"我也要请你原谅。已经这把年纪，尤其不该这样呀。打得我手也痛了……"

"应该借我的手打——织匠的手，皮厚嘛。"

两人都笑了。

然而，太吉郎心头的疙瘩仍未解开。

"我已经记不清多少年没打人了，这暂且就请你多多包涵吧。我想问的是，秀男，你见到我的腰带图案时，为什么那样阴阳怪气呢？能照实告诉我吗？"

"嗯。"秀男的脸又阴沉了下来，"我还年轻，而且只是一个工匠，所以搞不明白，您说这图是躲在嵯峨的尼庵里画的？"

"是的。今天仍要回庵里，还要住半个月左右吧。"

"别去了。"秀男语气强硬，"您回家吧。"

"在家静不下心来。"

"这幅腰带图案华丽、时新，让我吃惊，不知佐田先生怎么会画出这样的图案，于是仔细一看……"

"……"

"虽能吸引人的注视和兴趣，但缺少一种内心的温暖与和谐，不知怎的，给人一种粗糙和病态的感觉。"

太吉郎脸色铁青，嘴唇颤抖，说不出话。

"再怎么冷清的尼庵，都少不了狐精狸怪之类，别是把佐田先生魅住了吧……"

"嗯……"太吉郎把画稿拉到自己膝前专心凝视，"啊……你说得好。尽管年轻，却了不起。谢谢你……让我再好好考虑一下，重新画过。"说完匆匆卷起图稿，塞进了怀里。

"别，这样就挺好的，织出来感觉就不一样了，何况画稿的墨色与织品的染色也……"

"谢谢。秀男你能用这张图稿织出我对女儿那种爱的温暖吗？"太吉郎嘴上说着，草草道了个别就出了店门。

出门便有一条小河，是真正京都式的小河，岸边的小草也以一副典雅的姿态，朝水面侧着身子。岸上那白墙建筑就是大友家的房子吧。

太吉郎在怀间把腰带图稿捏成小团后掏出来扔进了小河。

阿繁意外地接到来自嵯峨的电话，问她能不能带女儿一起去御室①赏樱花。她从未跟丈夫一起去赏过花，因此不知如何是好。

"千重子，千重子。"阿繁求助似的叫女儿，"你爸爸来了电话，你来接一下。"

千重子过来，把手搭在母亲肩上听电话。

"是的，妈妈也一起去，在仁和寺前的茶店会合。好的，尽快……"千重子放下电话便朝母亲笑着说，"不就是约我们赏花吗，我被妈妈吓了一跳。"

"为何连我都约呢？"

"爸爸说御室的樱花现在正是最盛的时候……"

千重子催着犹疑不定的母亲出了店门，母亲还是一副惊讶的样子。

御室的有明樱、八重樱在市内的樱花中开得最迟，算是京都樱花的余韵吧。

进了仁和寺的山门，左手的樱林（或可说是樱田）中，开满的樱花压弯了枝条。

---

① 御室，地区名，位于京都市右京区，宇多天皇曾在此地区的仁和寺内设置御室御所，故名。

可是太吉郎却说道：

"哇，这真够呛。"

樱林道上有一排大长凳，传来一片饮酒和唱歌的喧哗声，四处狼藉，还有一些乡下来的老太太欢天喜地地跳着舞，有的醉汉则大声打着呼噜，甚至从凳子上滚落下来。

"真不像话！"太吉郎站住了，一副遗憾的表情。

三人没再朝花丛中去。当然，御室的樱花是他们早就熟悉的了。

樱林深处升起了赏花客烧垃圾的烟雾。

"怎么样，找个静处躲躲吧，阿繁。"太吉郎说。

正准备回去时，与樱林反方向的高大松树下的长凳旁，六七个朝鲜女子穿着朝鲜服装，敲着朝鲜大鼓，跳着朝鲜舞蹈，倒是别有一番情趣。松林的绿色间也会冒出一些山樱来。

千重子驻足望着朝鲜舞蹈，说：

"爸爸，还是安静点好，植物园如何？"

"那里可能不错。看了一眼御室的樱花，也算是完成了对春天的义务。"太吉郎说完便走出山门，上了车子。

植物园从今年四月开始重新开放，京都站前开往植物园的电车也频繁出动了。

"植物园如果人也太多，就去加茂川的岸边走走吧。"太吉郎对阿繁说。

车子行走在一片新绿的街市。比起新建的房子，倒是那些旧房子附近的嫩叶显得更有生气。

从植物园门前的林荫道开始，视线开阔敞亮起来，左手边便是加茂川的河堤。

阿繁把门票夹在腰带间，开阔的视野让她心胸也开朗起来。平时在批发街，山也只能见到边边角角，何况她连店门前的街道都很少去。

一进植物园，只见迎面的喷水池周围开着郁金香。

"已经不像京都的景色了，难怪美国人在这里盖房子住了。"阿繁说。

"瞧，就在最里面吧。"太吉郎答道。

虽然没什么春风，但走近喷水池就会感觉到水珠四溅。喷水池的左侧建了个特大的温室，有着钢筋玻璃的圆形屋顶，因为只准备作短时间的散步，三人只是隔着玻璃看了看里面的热带植物群，并没进去。路右侧的高大雪松正在萌芽，下层的树枝覆盖地面，虽然是针叶树，但那新芽的嫩绿并不给人"针"的感觉。雪松与唐松不同，不是落叶树，但若也是落叶树，还会有这样梦一般的萌芽吗？

"我被大友的儿子说了一通。"太吉郎没头没脑地冒出一句，"他比他父亲手艺好，眼也尖，看得透。"

对于太吉郎的自言自语，阿繁和千重子自然是莫名其妙。

"您见了秀男吗？"千重子问。

"听说是个好织手。"阿繁只说了这么一句。太吉郎素来就讨厌被别人反问。

从喷水池右边往前走，到尽头处再左拐，好像是儿童游乐场，传来喧哗声，草地上堆着很多小包之类。

太吉郎三人在树荫处右拐，没想来到了一大片种郁金香的田地，鲜花盛开，令千重子几乎叫了起来。一块块的田里分别开满了红、黄、白，以及黑山茶般浓紫色的郁金香，而且都是大朵的。

"嗯，这下应该把郁金香用在新和服上了，尽管以前我会认为这很荒唐。"太吉郎叹了口气。

如果把雪松萌发幼芽的下层树枝比作孔雀开屏，这里满开的五颜六色的郁金香又该被比作什么呢？太吉郎久久地盯着看，众花的色彩濡染了空气，甚至像是映进了人的身体里面。

阿繁稍稍离开丈夫，尽量朝女儿千重子身边靠。千重子觉得奇怪，但没表露在脸上。

"妈妈，白郁金香前的那些人好像是在相亲。"千重子低声对母亲说。

"欸，好像是的。"

"去看看，妈妈。"女儿拽着母亲的衣袖。

郁金香前有泉水，有鲤鱼。

太吉郎从凳子上站了起来，走近去看郁金香花。他蜷着身子，连花瓣内里都看了，然后回到母女俩面前。

"西洋花再美，也会叫人看厌的。你爸爸还是喜欢竹林。"

阿繁和千重子也站了起来。

郁金香田是一片被树林围着的洼地。

"千重子，植物园是西式的庭院吧？"父亲问女儿。

"我也不太清楚，有点像吧。"千重子回答，"咱们陪妈妈再多待一会儿好吗？"

太吉郎无可奈何地从花丛中走了出来，有人叫他。

"佐田……果然是佐田呀。"

"啊，大友，秀男也来了？"太吉郎说，"没想到……"

"不，应该是我们没想到。"宗助深深鞠了一躬。

"我喜欢这里的樟木行道树，一直在等重新开园。都是五六十年树龄的樟木了，我们慢慢悠悠地逛过来的。"宗助再次低头致歉，"前些日子我儿子多多得罪了……"

"年轻人嘛，没啥。"

"你是从嵯峨过来的吗？"

"欸，从嵯峨过来，阿繁和千重子从家里来的。"

宗助走近阿繁和千重子，和她们打招呼。

"秀男，这郁金香怎样？"太吉郎的语气带着几分威严。

"鲜活的。"秀男仍是一副生硬的样子。

"鲜活？是呀，确实是鲜活的。不过我已有点腻了，这花太多了……"太吉郎扭过头去。

这是鲜花，虽然命短，却明显是鲜活的，来年还会挂蕾开放，就像这大自然一样具有生命……

太吉郎又一次被秀男刺了一下，令他不悦。

"我的目光短浅呀。郁金香图案的和服和腰带我虽不喜欢，但若让好的画家画出来，郁金香也能成为一幅生命力永存的作品吧。"太吉郎说话时脸朝着一侧，"古代留下的衣料残片也是这样，没有什么能比这古都京都更古老的了。这么美好的东西已经没人再能创造，只能模仿而已。"

"……"

"就拿活着的树来说，没有比咱京都年代更久的了，难道不是吗？"

"我没说过这么艰深的话。每天在啪嗒啪嗒响的织机旁，哪能去想高深的事情。"秀男低着头，"不过，要是打个比方，您家千重子小姐如果往中宫寺或广隆寺①的弥勒佛面前一站，不知要比弥勒美多少呢。"

"你是说给千重子听，逗她开心的吧？这个比喻可让咱担当不起哟……秀男，我闺女马上就要变老了，你瞧着好了，快得很呢。"太吉郎说。

"正因如此，我才说郁金香鲜活呀。"秀男加重了语气，"花期虽

---

① 中宫寺和广隆寺分别位于奈良和京都。

559

短，但开放的时候不是生气勃勃吗？她也正当时呀。"

"是这样。"太吉郎把脸转向秀男。

"我并没想自己能为您织出一条能给子孙后代一直系用的腰带，如今……只想织出一条可以称心如意地系在身上的腰带，哪怕只系一年也好。"

"好志向。"太吉郎点头赞许。

"没办法，毕竟与龙村①不一样。"

"……"

"我说郁金香现在是鲜活的，也是出于这样的心情。眼下郁金香开得如此之盛，却也会有两三瓣凋落的吧？"

"是的。"

"要说落花场景，都知道樱花的花落如飞雪，不知郁金香会是怎样的。"

"总是花瓣散落吧……"太吉郎说，"不过我有点腻味太多的郁金香，色彩过浓，反倒好像没了味道……毕竟年纪大了。"

"走吧。"秀男催太吉郎，"送到我家来的郁金香图案型板上的郁金香总是没有生气，这回可让我耳目一新了。"

太吉郎一行五人从低洼处的郁金香园登上了石阶。

石阶旁的雾岛杜鹃树丛与其说是一道树篱，莫若说是一道厚堤，眼下虽非花期，但那茂盛的细小嫩叶却把郁金香盛开时的五颜六色衬得分外醒目。

右上方是一片开阔的牡丹园和芍药园，这里也还不曾开花，而且也许因为是新建的，他们都不太熟悉，但在这里可以看到东边的比叡山。

---

① 龙村，即龙村平藏（1876—1962），染织工艺专家，1894 年创立"美术织物"品牌。

在植物园的任何位置，几乎都可望见比叡山、东山、北山，但在芍药园可与东面的比叡山正面相对。

"也许是因为雾霭太浓，比叡山看起来好像矮了。"宗助对太吉郎说。

"都说春雾本应是柔和的……"太吉郎眺望良久，"大友，这春雾没让你觉得春天正在逝去吗？"

"是吗？"

"春雾那么浓，反而……春天也就快要结束了。"

"是的呀。"宗助又说，"也太快了，我还没好好去赏樱花呢。"

"也没什么好看的吧。"

两人默默地走了一会儿，太吉郎说：

"大友，你说喜欢樟木行道树，我们就走那条路回去吧。"

"好的，谢谢。我只要走上那条路就心满意足了。其实来的时候也是从那条路穿过的……"宗助说着回头对千重子说，"姑娘，陪着我们走吧。"

樟木行道树的枝梢左右交缠，枝梢上的嫩叶柔软而带着点淡红，尽管没风，有些叶子还是微微摇曳。

五人缓步而行，几乎都不说话，树荫下各有思绪起伏。

秀男拿奈良、京都最美的佛像与千重子作比，并说千重子更美，这话一直出现在太吉郎的头脑中——难道秀男如此被千重子所吸引？

"可是……"

假设千重子与秀男结婚，能在大友家的织机房里做啥呢？难道也像秀男母亲那样从早到晚绕丝卷线？

太吉郎回头去看，千重子正跟秀男谈得入神，还不时地点头。

即便说"结婚"，也不一定就是千重子去大友家，秀男也可入赘佐田家的吧——太吉郎这样想。

千重子是独生女，如果嫁了出去，母亲阿繁该如何伤心呀。

虽然秀男也是大友家长子，而且被父亲认为手艺好过自己，但他家还有两个儿子。

再说，佐田家的买卖虽然日渐衰颓，店里那种旧的模式也达到难以改变的程度，但毕竟还是中京的批发商，跟只有三台手动织机的织坊不同。大友家没有一个雇工，仅靠自家人手工作业，情况如何是可想而知的。无论是秀男母亲朝子的形象，还是大友家简陋的厨房，都体现了他家的境况。即便秀男是长子，但若谈得好，还是可能给千重子做上门女婿的吧。

"秀男非常沉稳，"太吉郎试探着对宗助说，"年轻但靠得住，真的……"

"啊，谢谢。"宗助若无其事地说，"也就是干活挺在心，但到了外面老是失礼……让人担心呀。"

"这倒没啥，我前些时候一直被他教训呢……"太吉郎的语气毋宁说是开心的。

"实在要请你包涵，那么不懂事的家伙。"宗助轻轻低头致歉，"父母的话只要不合他意，他就不会听的。"

"这挺好的。"太吉郎点头说，"今天怎么又是秀男一人跟着你？"

"他弟弟若也跟着，家里不就得停机了吗？再说，他性格倔强，让他在我喜欢的樟木林荫道上走一走，或许能变得稍微平和一些呢……"

"这林荫道真好。大友，我之所以把阿繁和千重子带到植物园来，也是因为秀男的善意……忠告呀。"

"哦？"宗助诧异地盯着太吉郎的脸，"你是为了见见自己闺女吧？"

"不是，不是。"太吉郎匆忙否认。

宗助回头去看，秀男和千重子走在稍后面，阿繁在更后面。

出了植物园，太吉郎对宗助说：

"你用这辆车吧，西阵也不远。我们去加茂的堤上走走再来……"

宗助还在犹豫，秀男却先上车说：

"那就不客气了。"

看见佐田一家站在那里目送车子离开，宗助从座位上欠身鞠躬，秀男的头却是似点非点，简直像是没有反应。

"那小子挺有意思。"太吉郎甚至想起了自己扇秀男耳光的事，忍着笑说，"千重子，你跟那个秀男谈得那么投机，他在年轻姑娘面前怯场吗？"

千重子目露羞色说：

"在樟木道上？……尽是我在听他说，不知他怎么会那么滔滔不绝，我也就势……"

"那不就是因为他喜欢你吗？你连这都不懂？他说你比中宫寺和广隆寺的弥勒像还美……爸爸也吓了一跳，没想到那么孤僻的他竟会说这话。"

"……"

千重子也吃了一惊，脸一直红到颈根处。

"你们谈了些啥？"

"关于西阵手动织机的命运吧。"

"命运？哦？"

看见父亲像是陷入沉思，女儿答道：

"说到命运，这话题好像就艰深了。可是怎么说呢，命运……"

出了植物园，右手边便是加茂川河堤上的成排松树，太吉郎率先从松树间下到河滩上。说是河滩，也就是长着细长嫩草的平地，偶尔可以听到河水拍打堤坝的声响。

有成群结队的老年人坐在嫩草上把便当饭盒打开，也有年轻男女

564

在结伴而行。

对岸也是上有车道，下走游客。一些稀稀落落的樱树上花已落尽，长出了嫩叶。樱树对面是连绵的西山，爱宕山居于正中，北山则好像靠近河的上游。这一带风景甚好。

"坐一会儿吧。"阿繁说。

从北大路桥下可以看到河滩的草地上晾着一些友禅绸。

"真好，到底是春天呀。"阿繁环顾四周说。

"阿繁，嗯……那个秀男怎么样啊？"太吉郎问。

"什么怎么样？"

"做咱家赘婿……"

"欸？怎么突然说这话？"

"挺沉稳的吧？"

"是的，不过这事得问千重子。"

"千重子早就说过绝对服从的。"太吉郎看着千重子，"是吗，千重子？"

"这种事情不能强求的。"阿繁也看着千重子。

千重子低着头，水木真一的样子浮现在她眼前。那是幼时的真一，描眉涂唇，一身王朝时期的装束，乘着祇园祭①的长刀矛②彩车。那是真一的幼儿形象，当然，那时的千重子也尚年幼。

① 祇园祭，日本代表性的祭祀活动，7月在京都举行。
② 长刀矛，祇园祭游行队伍中的首发彩车，顶盖上饰有矛状长杆。

北山杉

早从平安王朝[1]起，在京都好像说到山就是指比叡山，说到祭庆活动就是指加茂的祭庆。

五月十五日的葵祭[2]也过去了。

葵祭的敕使行列中加入了斋王[3]行列，是从昭和三十一年（1956年）开始的。斋王隐居斋院前先在加茂川净身，这是再现古时的一种仪式。斋王身穿十二层单衣乘牛车出场，前有身穿短褂的命妇乘着轿子，众女嬬和童女随后，伶人奏乐。斋王这身打扮，再加正当女大学生的年龄，显得既典雅又华丽。

千重子的同学中也有被选作斋王的姑娘，这时千重子她们也会去加茂的河堤上观看游行。

京都有很多古神社、寺庙，或许可说每天总会有地方举行或大或小的祭庆。看看祭历，让人觉得五月里始终有活动。

献茶[4]、茶室、郊野、茶具也总是各有用场，甚至来不及周转。

---

[1] 平安王朝，公元794年至1192年建都于平安京（京都别称）的王朝时期之通称。

[2] 葵祭，京都代表性的祭祀活动，源自在敬奉者冠上或牛车上饰以葵。

[3] 斋王，又称斋皇女，是指在伊势皇宫和贺茂神社出任巫女的未婚内亲王和女王，她们代表皇室侍奉天照大神。

[4] 献茶，敬献给神佛的茶。

但是这个五月里，千重子连葵祭都没去看，一方面这是一个多雨的五月，另一方面也是因为从小就常常被带着去看。

鲜花虽好，千重子却还是喜欢去看嫩叶和新绿。高雄①一带的枫树新叶自不待言，若王子②一带的她也喜欢。

收到了宇治的新茶，她沏了对母亲说：

"妈妈，咱们今年连采茶都忘记去看了。"

"现在还有采茶的吧？"

"可能有吧。"

那次植物园里樟树的抽芽美得像花一样，好像也比平时晚了吧？

朋友真砂子来电话说：

"千重子，去高雄看枫树嫩叶吗？比红叶季节人少……"

"不会太晚吗？"

"那里比城里冷，我想还来得及吧。"

"嗯……"千重子顿了一下，"看过平安神宫的樱花后本应再去看周山的樱花，一下子就给忘了。那里的古木……看樱花虽已晚了，却还是想看看北山杉呀。好像靠近高雄吧？看到笔直漂亮的北山杉挺立在那里，我的心情顿时就舒畅起来。能陪我去杉树那里吗？比起枫叶，我更想看北山杉呀。"

高雄的神护寺、槇尾③的西明寺、栂尾④的高山寺都有枫树的绿叶，千重子和真砂子既已来了，还是决定去看。去神护寺和高山寺的路都挺陡急，真砂子一身初夏的轻便西式衣装，鞋子也是低跟的，所以没问题，她担心身穿和服的千重子行不行，千重子满不在乎地说：

---

① 高雄，京都市右京区的一个地区。

② 若王子，京都市左京区的一个地区。

③ 槇尾，位于京都市右京区。

④ 栂尾，位于京都市西北部。

"干吗那样看我？"

"真美。"

"是美啊。"千重子停下脚俯视清泷川方向，"本以为绿叶会更加郁郁葱葱，人也会觉得闷热，没想到这里挺清凉。"

"我……"真砂子忍住笑，"千重子，我是说你美。"

"……"

"世上怎么会来了个这么漂亮的姑娘呀。"

"讨厌。"

"素净的和服在这绿色中把千重子的美丽充分衬托出来了。不过，如果穿了鲜艳的衣服，会更加引人注目的。"

千重子身上的衣料是暗紫色的绉绸，腰带是父亲毫不吝惜地为她裁剪下来的南洋印花绸。

千重子登上了石阶。神护寺里的平重盛[1]和源赖朝[2]的肖像画被安德烈·马尔罗[3]称为世界著名的肖像画，千重子正想起重盛脸上的什么地方隐隐地留着点红色，这时真砂子说了那番话，而且千重子已好几次听真砂子说过类似的话。

在高山寺，千重子喜欢从石水院的宽廊处眺望对面的山姿，她也喜欢开山祖师明惠上人[4]的树上坐禅肖像画。壁龛旁还挂着一幅《鸟兽戏画》画卷的复制品。她俩在这宽廊受到敬茶的招待。

真砂子在高山寺还从未向深处去过，这里就算是游客的止步之处了。

千重子被父亲领着去过周山看樱花，还有过摘了笔头菜回家的记

---

[1] 平重盛（1138—1179），平安王朝末期的武将。

[2] 源赖朝（1147—1199），镰仓幕府的将军，武家政治的创始人。

[3] 安德烈·马尔罗（1901—1976），法国小说家、评论家、政治活动家。

[4] 明惠上人（1173—1232），日本镰仓初期僧人，钻研华严宗和密教，1206年创建高山寺作为华严宗的修行道场。

忆，笔头菜又粗又长。她若来高雄，哪怕是一个人，也要到有北山杉的村子去。那村子现在已并市里，划为北区中川北山町，但因只有一百二三十户人家，好像还是以村相称更合适。

"我经常走路，所以咱们还是步行。"千重子说，"这路挺好的。"

清泷川岸边面对陡峭的山，走不多远就可看到美丽的杉林。那些笔直挺立的杉树，一看就知道是人工用心栽培的，有名的北山圆木是这个村子的独家产品。

下午三点大概是工间休息时间，一些像是在除草的女人从杉山上下来。

真砂子盯着其中一个姑娘看呆了，竟停下了脚步。

"千重子，她太像你了，是不是跟你一模一样呀？"

那姑娘身穿藏青底色飞白花纹的窄袖和服，系着便于干活的束袖带，下身是裙裤，围着围裙，手上戴着布质防护套，头上罩着布巾。围裙一直包到身后，但在一侧留有开衩，束袖带和裙裤上的细带是身上仅有的带红色的地方。其他姑娘也都是同样的装束。

这副乡间打扮与大原女①和白川女大致相仿，但这些姑娘的这种装束并非是用于进城做买卖，而只是为了便于山间劳作，应该算作日本从事山野劳作的女子形象。

"真像呀！千重子，你好好看看，不觉得奇怪吗？"真砂子又说了一遍。

"是吗？"千重子并没认真去看，"是因为你看得匆忙吧？"

"怎么会呢？那么漂亮的人……"

"漂亮是漂亮，不过……"

"像是你的异母姐妹呢。"

---

① 大原女，京都北部大原一带的乡村女性，常头顶柴捆去京都大街叫卖。

"瞧你，也太冒失了吧。"

被这么一说，真砂子也意识到自己的失言，刚要笑，又连忙捂住嘴，说：

"虽也有与别人相像的情况，可这像到怕人的程度了。"

那位姑娘和跟她一起的姑娘走了过去，都几乎没注意到千重子她俩。

那姑娘用布巾把脸遮得挺严实，露了点前面的头发，面颊几乎被遮住一半，并不像真砂子说的那样能够看得真切，而且她们也不曾正面相对。

而且千重子多次来过这个村子，见过男人们把杉树圆木粗粗去皮后，女人们再细细地将树皮剥尽，还看过她们用冷水或热水将菩提瀑布带下来的沙子弄软弄细，再用这沙子打磨圆木，所以觉得自己对这些姑娘的面孔有些模糊的印象。这些加工作业都在路旁、户外进行，而且这个小小的山村也不会有多少女孩，但是这些女孩的面孔，她当然也不可能一个个都仔细看过。

目送她们的背影离去，真砂子也稍稍定下神来，重复了一声"真奇怪呀"，又像初见似的看着千重子的脸，若有所思地说：

"还是像呀。"

"像在哪里？"千重子问。

"是一种感觉吧，虽具体很难说像在哪里，但眼睛和鼻子……不过中京的小姐和这山里的姑娘当然会有所不同，请原谅。"

"瞧你说的……"

"千重子，我们跟在那姑娘后面，去她家看看好吗？"真砂子不甘心地说道。

跑到那姑娘家去察看，这种事即使对性格开朗的真砂子来说，大概也只是嘴上讲讲罢了。但是千重子还是放慢了脚步，几乎是要停了下来，一会儿抬头看杉山，一会儿去看家家户户门口一排排竖立的圆木。

白杉圆木的粗细几乎一样，打磨得很美观。

"像工艺品吧。"千重子说，"好像还被用于建造茶室，一直运到东京、九州……"

圆木被整齐地竖立在近檐端处，二楼上也是这样。有一户人家二楼的圆木行列前晾晒着内衣之类，真砂子看着觉得新奇，说：

"这家人住在圆木队伍中呢。"

"你真是个冒失鬼……"千重子笑了，"圆木小屋旁不是有着很漂亮的住房吗？"

"啊，我看二楼晾着衣服，所以……"

"说那姑娘像我的也是你。"

"那是两码事。"真砂子认真起来，"听到我说你跟她长得像，你是不是觉得遗憾？"

"遗憾倒是一点都没有，可是……"这话刚说出口，那姑娘的眼睛浮现在千重子面前，这是她完全没想到的。姑娘的眼中深藏着一种浓重的忧郁，成为她健康的劳作形象中的一个对照点。

"这个村里的女性都很能干呀。"千重子说，像是要摆脱什么似的。

"女人跟男人一起干活，这也没啥稀奇的，农村人就是这样吧，还有卖菜的、卖鱼的……"真砂子满不在乎地说，"哪像千重子这样的小姐，见啥都觉得了不起。"

"我觉得自己也是干活的人，你说的是你自己。"

"啊，我倒是不干活的。"真砂子爽快地说。

"咱们光是嘴上说干活，我倒是想让你看看这村里姑娘干活的样子。"千重子又朝杉山投去目光，"现在该是打枝的时候了吧。"

"打枝？怎么回事？"

"要想杉树长得好，须用柴刀把没用的树枝砍掉，有时好像还得用梯子，像猴子一样从杉树的这个树梢荡到那个树梢……"

"真危险啊。"

"有人早晨上去，午饭时都下不来……"

真砂子也抬头去望杉山，那些笔直挺立的树干煞是好看，树梢残留的树叶也像精细的工艺品。

山不高，也不太深。连山顶上都有一株株形状齐整、成排挺立的杉树，令人仰而视之。因为这些树都可用于建造茶室，所以整片杉林看上去似也具有茶道之风。

清泷川两岸山陡谷狭，雨量充沛，日照短少，这也可说是培育杉树圆木成为名品的条件之一。风也被自然地形阻拦，否则若遇强风，杉树可能会在幼时就弯曲或倾斜。

村里好像只有一排房子，集中在岸边的山脚处。

千重子和真砂子一直走到小村后面较远处才返回。

有的人家在打磨圆木，她们拿出泡在水里的圆木，用菩提沙仔细打磨。沙子看上去像赤褐色的黏土，据说取于菩提瀑布之下。

"如果这些沙子没有了，那怎么办呢？"真砂子问。

"只要一下雨，沙子就和瀑布一起冲下来，沉积在下面。"

一个年长的妇女这样说，让真砂子觉得她一副笃定的样子。

不过正如千重子所说，她们的手始终不停。那圆木有五六寸粗，大概是用作房柱吧。

据介绍，打磨好的圆木经过水洗晾干，会用纸或稻草裹扎后运送出去。

连清泷川岸边的石滩上都有种杉树的地方。

山上耸立的杉林和檐端排立的杉木，都让真砂子想起京都老屋那些一尘不染的红漆格子门窗。

村子入口处有个国铁巴士站，站名叫"菩提道"，大概是因为车站上方有菩提瀑布。

两人在这里乘上返程的巴士。沉默了一会儿后，真砂子突然冒出一句：

"人间的姑娘若是也能像那些杉树一样笔直地成长就好了。"

"……"

"可惜我们得不到那样的照料呀。"

千重子忍俊不禁地说：

"你是在约会吧？"

"嗯，是的，坐在加茂川河边的草地上……"

"……"

"木屋町的地摊上顾客越来越多，灯也点上了，但我们背对着他们，地摊那儿的人不知道我们是谁。"

"今晚呢……"

"今晚也约了七点半钟，不过那时天还没黑透。"

千重子羡慕她的自由。

千重子一家三口在后屋正对中庭的榻榻米房间吃晚饭。

"今天岛村家送来好多瓢正①料理店的竹叶寿司，我就只做了个汤，请原谅。"母亲对父亲说。

"是吗？"

竹叶裹的鲷鱼寿司是父亲所爱。

"咱家掌厨的回来得晚了，所以……"母亲指的是千重子，"又去看北山杉了，跟真砂子一块儿……"

"嗯。"

---

① 瓢正，位于京都市的老字号料理名店，尤以类似于中国粽子的竹叶寿司知名。

伊万里①瓷盘中装着竹叶寿司，裹成三角形，剥了竹叶后，饭团上放着切成薄片的鲷鱼。汤碗里主要是豆腐皮，再加少许香菇而已。

正如外面的红漆格子门一样，太吉郎的店里也仍留有京都的批发店遗风，但如今已是会社形式，掌柜、伙计都属社员，大多已改为通勤上班，只有近江来的两三个伙计住在二楼有虫笼窗的房间。晚饭时后屋很安静。

"你喜欢去北山杉树村呀，"母亲对千重子说，"是因为什么呢？"

"杉树全都笔直挺立，非常好看。我大概是希望人心也能那样吧。"

"那就都像你了吧？"

"不，我还是会有歪歪扭扭的时候……"

"是呀。"父亲插嘴说，"再正直的人也难免会有各种想法的。"

"……"

"那不也挺好吗？像北山杉那样的孩子固然可爱，但却找不到，即使有，说不定什么时候就会吃苦头的。就拿树来说，即便歪歪扭扭，我觉得只要能长大就行……你看看那棵老枫树长在这么憋屈的院子里……"

"千重子这么好的孩子，还有什么可说的呢？"母亲有点变了脸色。

"我知道，我知道，千重子是个最正直的姑娘。"

千重子面朝中庭，沉默了一会儿。

"我不像那棵枫树那样坚强。"她的声音含着悲伤，"顶多就像长在枫树树干瘪陷处的紫花地丁吧。啊呀，紫花什么时候已经凋落了呀？"

"真是的……来年春天一定会再开的。"母亲说。

---

① 伊万里，位于佐贺县西部，濒临伊万里湾，是瓷器的著名产地和集运港。

千重子低垂的目光停在枫树树根处的基督灯笼上，靠着屋里的灯光虽看不清楚那朽坏的圣像，但她似在心中祈愿着什么。

"妈妈，我到底是在哪里生的？"

母亲和父亲对看着。

"祇园的樱花树下。"太吉郎的语气不容置疑。

说是生在祇园的夜樱下，这不就像神话传说了吗？《竹取物语》①中的赫映姬据说就是住在竹节之间的。

正因如此，父亲反倒说得斩钉截铁。

既然生在花下，或许就会有人从月亮上来接我呢——千重子想到了一个轻松的玩笑，却没能说出口。

不管是被亲生父母遗弃还是被养父母偷来，现在的父母都不可能知道千重子生在哪里，也不会认识她的亲生父母吧。

千重子后悔问了不该问的话，却又觉得还是不道歉为好。既然如此，又为何突然问了呢？千重子自己也弄不明白，或许是因为无意中想起真砂子说她与北山杉树村的一位姑娘长得一模一样了吧。

千重子不知该朝哪里看是好，便望着那棵大枫树的上方。不知是因为月亮出来了还是因为闹市区灯光的照射，夜空显得白蒙蒙的。

"天色也渐渐像夏天了。"母亲阿繁也抬头去看，"我说呀，千重子，你是在这个房子里出生的，虽不是我生的，但你生在这个家里。"

"嗯。"千重子点头。

正如千重子在清水寺对真一说过的那样，她并非阿繁夫妇在圆山观赏夜樱时偷来的婴儿，而是被丢在店门口的弃儿，是太吉郎抱她进家的。

已是二十年前的事了，太吉郎那时三十出头，常在外寻花问柳，所以妻子一时难以相信丈夫的话。

---

① 《竹取物语》，日本现存最古的传奇故事，被认为是日本物语文学之祖。

"哪有这种好事……是你跟艺伎啥的生下的孩子吧？"

"胡说！"太吉郎勃然作色，"你好好看看这孩子的衣服，像是艺伎的孩子吗？嗯？像艺伎的孩子吗？"

说着便把孩子朝妻子面前一推。

阿繁接过孩子，把自己的脸贴在孩子冰冷的脸上，问道：

"这个孩子怎么办呢？"

"到后屋慢慢商量吧，愣着干吗？"

"是刚生的呢。"

因为亲生父母情况不明，所以不能作为养女，于是就以太吉郎夫妇的嫡女报了户籍，取名千重子。

民间有一种传说：领养一个孩子，这个孩子说不定就会引来一个亲生儿。不过阿繁还是没生，千重子便作为独生女一直得到疼爱和抚养。岁月流逝，以致太吉郎夫妇也不再介意千重子是被什么样的父母遗弃了，千重子的亲生父母是死是活也不为人知。

这顿晚饭后的收拾活儿很简单，只要扔了竹叶寿司的竹叶，把汤碗洗净就行，千重子一人干了。

然后，千重子躲进后屋二楼自己的卧室，看着父亲带去嵯峨尼庵的保罗·克利和夏加尔的画集。她入睡没多会儿，便被自己"啊，啊"的梦魇叫声惊醒了。

"千重子，千重子！"母亲在隔壁房间叫喊，没等千重子应声，隔扇门就打开了。

"做噩梦了吧？"母亲进来了，"做梦了？"

说着，母亲坐在千重子旁边，打开床头灯。

千重子坐在铺上。

"不好，出了好多汗。"母亲从千重子的梳妆台上拿来纱布手巾擦千重子的额头和胸口，千重子任母亲去擦。母亲一面暗自赞叹她胸部的白净，一面把手巾递过去说：

"把腋下擦擦。"

"谢谢妈妈。"

"做噩梦了？"

"梦见从高处坠落……掉进一个绿得可怕的无底洞里。"

"谁都常做这种梦，"母亲说，"掉进无底洞。"

"……"

"千重子，可别着凉了，换件睡衣好吗？"

千重子点头，心里却难平静，想要站起来，脚下却有点打晃。

"你别动了，妈妈去给你拿。"

千重子坐着，持重而又熟练地换了睡衣，正要去叠换下的那件，母亲便说：

"别叠了，要洗的。"

说着取过睡衣，扔向角落的衣架，然后又在千重子的枕边坐下："做这样的噩梦……千重子，怕是发烧了吧？"说着把手掌搁在女儿额头，没想反是冰凉的。

"嗯，一定是去北山杉树村走累了吧？"

"……"

"脸色让人不放心呀，妈妈也过来陪你睡吧。"母亲说着便要去搬被子。

"谢谢……我已经没事了，您放心睡吧。"

"是吗？"母亲说着便钻进了千重子被子的一角，千重子把身子让到一边。

"千重子长这么大了，妈妈已经不好再抱着你睡了，总觉得有点奇怪呢。"

母亲却先熟睡了。千重子用手去试了试，确认母亲的肩部等处不会受凉，然后关了灯，却睡不着。

千重子的梦很长，告诉母亲的仅是最后一段。

起初的部分与其说是梦，不如说似梦似真，是对今天与真砂子去北山杉树村的愉快回忆。没想到的是，比起那个村子，梦里更多的是那个被真砂子认为与千重子相像的姑娘。

而且，在梦要结束时她掉进了绿洞，之所以是绿的，也许是因为心中还存着杉山的颜色。

鞍马寺①的伐竹会是太吉郎喜爱的活动，因为具有男人的特色。

对太吉郎来说，从年轻时就去看过多次，已不算新鲜，但他想带女儿千重子去看。何况今年为了节省经费，十月鞍马寺的那个火祭据说也不会举办了。

太吉郎担心下雨。伐竹会的日子在六月二十日，正是梅雨季中期。

十九日那天，雨势即使以梅雨季来说也不算小。

"下成这样，明天能停吗？"太吉郎不时地去看天空。

"爸爸，我不在意下雨的。"

"话虽这么说，"父亲说，"天不好毕竟……"

二十日，雨仍淅淅沥沥地下着。

"把门窗都关严了，讨厌的水汽会让衣料受潮的。"太吉郎嘱咐店员。

"爸爸，鞍马寺不去了吧？"千重子问父亲。

"不去了，来年还会有的。这时的鞍马山也是雾蒙蒙的。"

为伐竹会出力的并非僧人而是当地农民，被称为"法师"。具体的准备工作是：十八日那天，将雄竹、雌竹各四根横绑在立于正殿左右的圆木上，雄竹须去根留叶，雌竹则要把根也留着。

---

① 鞍马寺，位于京都市左京区，鞍马弘教总寺院，原属天台宗。

面朝正殿方向，左边是丹波座，右边是近江座，自古以来就是这种称法。

当年轮到出场的表演者身穿家传的生丝绸衣，脚蹬武士草鞋，斜背揽袖带，腰插双刀，用五条袈裟^①裹头，腰间还佩着南天竹叶，伐竹的砍刀收在锦袋之中。他们在先导的带领下向山门出发。

时值午后一时左右。

身穿十德服^②的僧人吹响螺号，伐竹开始。

两个童男齐声对管长^③说：

"恭祝伐竹神事！"

然后他俩分别走到左右两座，再各自发出颂词。

"近江之竹妙哉！"

"丹波之竹妙哉！"

均竹人^④先把绑在圆木上的粗雄竹砍落，再将砍下的竹子整成同样长短，而细的雌竹则仍放着不动。

童男对管长说：

"均竹结束。"

僧人们进入正殿诵经，施撒夏菊，代替莲花供神。

管长走下祭坛，打开丝柏骨折扇，上下扇动三次。

随着一声"嚯"的叫声，近江、丹波两座各有两人将竹子砍作三段。

太吉郎想让女儿去看这伐竹仪式，却因雨而犹豫不决，正在此时，秀男夹着个布包袱进了格子门，说道：

"小姐的腰带终于织出来了。"

---

① 五条袈裟，缝缀数条布帛做成长方之幅，其横五条，故名。

② 十德服，一种状似素袄（日本古时武士礼服）、袖根缝死的短和服。

③ 管长，佛教或神道教一宗一派之长。

④ 均竹人，为比赛双方提供同样条件的竹段的人员。

"腰带……"太吉郎诧异地问,"我女儿的腰带吗?"

秀男单膝弯下,恭敬地以手支席施礼。

"是郁金香图案的吧……"太吉郎轻松地说。

"不。是您在嵯峨尼庵画的……"秀男一本正经地说,"我年轻不懂事,上次对您多有得罪。"

太吉郎暗自一惊,嘴上却说:

"哪里的话,那只是我画着好玩的,被你一番批评,我自己倒清醒了。是我该谢谢你呢。"

"腰带我已经织好带来了。"

"哦?"太吉郎益发吃惊了,"那张草图已被我揉得皱巴巴的,扔进你家旁边的小河了。"

"扔了……是吗?"秀男的态度冷静得几乎可用无所忌惮来形容,"既然让我那样拜赏,那就已经存在我脑中了。"

"你这是要做买卖吗?"说话间,太吉郎沉下脸来。

"即便如此,但我扔进河里的草图,你为什么要把它织出来?嗯?为什么又要织出来?"太吉郎重复道,一种说不清是感伤还是愤怒的情绪涌上心头,"你不是说了吗,说它缺少内心的和谐,粗糙而病态……"

"……"

"正因如此,出了你家门,我就把草图扔进小河了。"

"佐田先生,请您原谅。"秀男又一次两手支地,表示道歉,"我当时也是因为织那些无聊的东西而十分疲劳,心里窝着一团火。"

"我的心情也同样如此。住在嵯峨的尼庵里,清静固然清静,但只有一个上了年纪的尼姑,白天雇了一个老女佣来帮忙,实在是寂寞,太寂寞了……而且我店里的买卖也要垮了,所以觉得被你的话说中了。自己怎么说也是个批发商,哪有必要去画草图呢?虽说是那样新颖的草图……"

"我也是想了很多，在植物园见了您家小姐后，又经过考虑……"

"……"

"您能看看这腰带吗？如不满意，不妨当场就用剪刀剪个稀烂。"

"嗯。"太吉郎点头，又叫女儿，"千重子，千重子！"

在账房与掌柜并排坐着的千重子起身过来。

秀男的浓眉下双唇紧闭，表情虽似自信，解开包袱布时，指尖却在微微发颤。

像是难以对太吉郎启齿，他把双膝转向千重子说道：

"小姐，请看。这是您父亲的图案。"说着便把卷着的腰带递了过去，然后又一动不动了。

千重子刚掀起腰带的一端便说：

"啊，爸爸，这构思来自克利的画集呀，是您在嵯峨画的吗？"说着便两手交互动作，把腰带拉到自己膝上，"啊呀，真好看！"

太吉郎板着脸不作声，心里却为秀男居然对自己的图案了然于心而着实吃惊。

"爸爸，"千重子的声音带着一种孩子气的欣喜，"真是一条好腰带！"

"……"

千重子又用手去摸试腰带的质地，对秀男说：

"织得真细密。"

"是。"秀男低着头应声。

"能让我展开来看吗？"

"好的。"秀男答道。

千重子站起来把腰带往两人面前展开，把手搭在父亲肩上站着欣赏。

"爸爸，怎么样？"

"……"

"不好看吗?"

"真的好看吗?"

"是的。谢谢爸爸。"

"你再好好看看。"

"图案新颖,所以也得配合适的和服才行,不过确实是一条好腰带。"

"是吗?如果满意的话,你就谢谢秀男吧。"

"秀男哥,谢谢。"千重子在父亲身后跪下,对着秀男低头致谢。

"千重子,"父亲叫她,"你觉得这腰带和谐吗,心灵上的和谐……"

"欸?和谐?"千重子觉得十分突兀,于是又去看那腰带,"要说是否和谐,得看配什么样的和服以及什么样的人去穿吧……其实现在正流行故意穿一些破坏协调感的衣裳……"

"嗯。"太吉郎点头,"其实,千重子,我让秀男看这腰带的草图时,曾被他说成没有和谐感,于是我就把草图扔到秀男作坊旁边的小河里了。"

"……"

"可是,看了秀男织好后拿来的东西,不就跟我扔掉的草图一模一样吗?只是颜色稍有差别,那大概是因为画图用的颜料跟丝线颜色的差别吧。"

"佐田先生,请多包涵。"秀男双手支地道歉,又对千重子说,"小姐,有个不情之请,您能把腰带稍微放在腰上让我看一下吗?"

"就在这件和服上……"千重子站了起来,试着绕上腰带,顿时喜不自禁。太吉郎的表情也缓和下来。

"小姐,这可是您父亲的杰作呀。"秀男两眼生辉。

祇
园
祭

　　千重子提着个大的购物篮出了店门去麸屋町的汤波半^①，在御池大街往上走时，比叡山到北山的天空一片通红，像是燃烧的火焰，令她在御池大街上驻足观望良久。

　　夏季昼长，现在离夕照时分尚早，天色未显清寂，真像是熊熊烈火燃遍整个天空。

　　"竟会有如此情景，还是初次见到呢。"

　　千重子取出一面小镜，在这浓烈的云色中照看自己的脸。

　　"真是难忘，一辈子都难忘……人也许会随自己的心境而发生变化吧？"

　　像是受到这种光照的影响，比叡山和北山呈现一片深蓝色。

　　汤波半已把汤叶^②、牡丹汤叶和八幡卷做好。

　　"您来啦，小姐。我们因祇园祭忙得不可开交，只为您这样真正的老主顾服务，不到之处请多包涵。"

　　这家店平时一直只做订货。京都的点心店之类也有这样的情况。

　　"这是祇园祭用的。谢谢常年关照。"汤波半的女掌柜把千重子的

---

① 汤波半，京都的料理老店，以豆制品料理见长。

② 汤叶，豆腐皮。

篮子装得满满当当。

这里的"八幡卷"，是在豆腐皮中裹进牛蒡，而不像其他店家的八幡卷是用煮熟的牛蒡卷鳗鱼。"牡丹汤叶"则有似"飞龙头"①，是在豆腐皮中包进银杏之类。

这汤波半是一家有两百来年历史的老店，幸存于"咚咚烧"那场大火，后来稍稍做了一些修建，例如给小天窗装了玻璃，又如从前用土炕式的炉子做豆腐皮，现在则改用砖砌炉。

"以前用炭火，用嘴吹燃时会有灰末落进豆腐皮中，所以现在改烧木屑了。"

"……"

方形的铜锅排成一排，中间用东西隔开，操作者熟练地用竹筷从锅中捞起表面一层豆腐皮，晾到上方的细竹竿上。竹竿有上下几层，豆腐皮依其晾干的程度从下往上转移。

千重子走到作坊后面，把手搁在一根老柱子上。每次与母亲同来，母亲总要细细地抚摸这根老柱。

"这是什么木料？"千重子试着问道。

"丝柏。又高又直……"

千重子也摸了这根老柱后才出店门。

千重子踏上归途时，祇园祭排练的音乐声也越来越高。

来自远方的观客往往认为祇园祭就是七月十七日的一天彩车游行，顶多也就是赶来参加十六日晚上的宵山②活动。

其实，祇园祭的具体活动贯穿了整个七月。

---

① 飞龙头，京都森嘉料理店的特色菜，豆腐切碎后和胡萝卜、牛蒡、木耳、黑芝麻、银杏等捏合后油炸。

② 宵山，正祭前夜举行的小祭。

七月一日，各町举行迎吉符仪式，奏乐活动开始。

童男乘坐的"长刀矛"每年都在游行队伍的最前面，其他彩车则在七月二、三日由市长主持抽签仪式确定出场顺序。

彩车大致在前一天搭好，但七月十日的"御舆①洗"似乎才是祇园祭的正式开场，即在鸭川的四条大桥上洗御舆，所谓洗，也就是神官用杨桐枝浸水后滴在御舆上。

另外，被选中的童男会在十一日参拜祇园神社，他将在游行时乘坐长刀矛。参拜时童男骑在马上，头戴立乌帽子②，身穿水干③，带着随从，去接受"五位"④的称号。比五位更高的应该就叫作"殿上人"了。

从前因为在活动中引入了神佛形象，所以有时会让充当童男左右随从角色的孩子扮成观音、势至两位菩萨。另外，童男被神授予五位称号，有时也会被视作与神举行婚礼。

"这太奇怪了，我不是男的吗？"水木真一被选作童男时曾这样说过。

此外，童男还要行"别火"之仪，即与家里人分火煮食，以示洁净。但这种做法现在也已省略，据说只须用火石取火做饭给他们吃即可。听说家里人如果无意中忘了，童男便会主动提醒说："火石打火，火石打火！"

总之，童男并非游行一天即可完成任务，所以会有各种辛苦。他们还须去矛町巡回致谢。无论是祭礼活动还是童男的活动，都要持续一个月左右。

比起七月十七日的彩车游行，京都人似乎更能从十六日的宵山体

---

① 御舆，祭庆时抬神体或神灵的轿子。

② 立乌帽子，一种硬冠黑漆帽。

③ 水干，日本的一种古代礼服。

④ 五位，日本古时被允许进入金殿的最低官阶。

味情趣。

祇园祭的日子已经迫近。

千重子家的店里也卸了格子门，忙着为这个日子做准备。

千重子作为京都姑娘，而且出身于四条大街附近的绸缎批发店，属于八坂神社的氏子①，每年都要经历祇园祭，已不把这个活动当作新奇事。祇园祭就是暑热的京都中的一次夏祭而已。

最令她感到亲切的就是真一乘在长刀矛上的童男形象。每到祇园祭之际，祭庆音乐响起，彩车周围亮起许多灯笼时，真一的童男形象就重现在她眼前。他被选作童男时，和千重子都是七八岁的光景。

"即使在女孩子中，也没见过那么俊美的。"

真一去祇园神社受领五位称号时，千重子是跟着去的，还跟着一起去矛町转了一圈致谢。童男装束的真一还曾带着两个小跟班来千重子家的店里致谢。

"千重子，千重子!"真一叫她时，千重子红着脸盯着他看。真一化了妆，还抹了口红，而千重子则是一张晒黑了的脸蛋，和服夏衣上扎着一根红色三尺腰带，与邻居孩子在点燃小焰火玩。

如今的祭庆乐声以及彩车四周的灯光中，依然有着真一当年的童男形象。

"千重子，去看宵山吗?"晚饭后母亲问千重子。

"妈妈去吗?"

"妈妈有客，去不了。"

千重子出了家门，脚步便快了起来，在四条大街上被人潮挤得走不动。

不过千重子熟知四条大街的哪里有什么样的彩车，哪条小巷里有

---

① 氏子，在某一守护神镇守地区出生的居民。

什么样的彩车，因此还是看了个遍。街上果然热闹非凡，各种彩车音乐处处可闻。

千重子走到"御旅所"①前，讨了蜡烛点着，供在神前。在祭庆期间，八坂神社的神像被迎往御旅所，御旅所位于新京极往四条去的那条路的南侧。

在御旅所千重子发现一个姑娘，凭背影便可知道是在做七度参拜。所谓七度参拜，就是从御旅所的神像前离开一段距离后，重新返回再做参拜，如此重复七次，在这期间，即使遇到熟人也不可开口搭话。

"咦？"千重子觉得这个姑娘眼熟，于是也不由自主地做起七度参拜来了。

姑娘先往西走，然后再返回御旅所，千重子则与其相反，先往东走再返回。不过那姑娘比千重子专心，祈祷时间也较长。

姑娘好像已拜完七次，千重子每次走得不像姑娘那么远，所以也在差不多的时间完成。

姑娘紧紧地望着千重子。

"在祈愿什么？"千重子问。

"你都看到了吗？"姑娘的声音发颤，"我在祈愿知道姐姐的下落……你是我姐姐。是神让我们走到一起了。"姑娘的眼里噙满泪水。

果真就是北山杉树村的那位姑娘。

御旅所挂着的成排供灯以及参拜者供奉的蜡烛把神前照得通亮，但姑娘并不怯于在光亮下让人见到自己的眼泪，反倒似那些光亮就来自她自身。

---

① 御旅所，祭庆时神轿从神社启动途中临时停放的地方。

千重子心中涌起坚强的意志来克制自己的情感。

"我是独生女，没有姐妹。"她虽这么说，脸色却变得苍白。

北山杉树村的姑娘抽泣了起来。

"我明白，小姐，请原谅，请原谅。"姑娘重复着，"我从小就一直思念姐姐，以致完全认错人了。"

"……"

"我是双胞胎，虽然不知是姐姐还是妹妹……"

"我们也许只是那种没有血缘关系的相像吧？"

姑娘点头，泪水立刻流到脸颊上。她掏出手绢一边擦拭，一边说："小姐，你出生在哪里？"

"这附近的批发街。"

"是吗？你在向神祈愿什么？"

"父母的幸福和健康。"

"……"

"你的父亲是……"千重子试着问道。

"很早以前……给北山杉树打枝，从一棵树荡到另一棵树时坠落，伤在致命的地方……这都是村里人说的，那时我刚出生，啥也不知道……"

千重子的心被撞了一下。

——经常想去那个村子，想要仰望美丽的杉山，难道是受到了父亲亡灵的召唤？

而且，这位山村姑娘说自己是双胞胎，那么亲生父亲在手抓杉树枝梢时，会不会因为沉溺于挂念被自己丢弃的双胞胎之一的千重子而失手坠落呢？一定是这样的。

千重子的额头上沁出冷汗，四条大街上的杂沓足音和祇园祭音乐都似消失在远方，眼前陷入黑暗。

山村姑娘把手搭在千重子的肩膀上，用手绢去擦千重子的额头。

"谢谢。"千重子接过手绢，擦了脸后便把这手绢下意识地放进自己的口袋。

"你母亲呢？"千重子小声问道。

"妈妈也……"姑娘欲言又止，"妈妈好像是在自己的娘家生我的，那是在比杉树村更深的山坳里，后来妈妈也……"

千重子不再追问了。

北山杉树村来的姑娘流下的自然是喜悦之泪，泪水一止，立刻满脸生辉。

与之相比，千重子却心烦意乱，两腿发颤，以致要使劲才能站稳。她无法立刻恢复平静，唯一能支撑她的，似乎只有这姑娘那种健康的美丽。千重子没有姑娘那种率真的喜悦，一种忧郁的神色渐渐出现在她眼睛的深处。

此时她在迷惘：现在以及今后，自己该如何是好？

"小姐。"姑娘叫了一声，伸出右手。千重子握住这手。这是一只皮肤又厚又糙的手，迥异于千重子柔软的手。姑娘却似乎并未在意，握紧了说："小姐，再见了。"

"欸？"

"啊，太高兴了……"

"你的名字是？"

"苗子。"

"苗子？我叫千重子。"

"我现在在当雇工。咱村子小，你只要一提苗子，人家就知道是谁了。"

千重子点头。

"小姐，看来你很幸福。"

"嗯。"

"今天见面的事，我不会对任何人说，我发誓。只有御旅所的祇园神知道。"

苗子像是已经明白：即便说是孪生姐妹，却是有着身份差异的。千重子思及此便不说什么了，但是，当年被遗弃的难道不正是自己吗？

"再见了，小姐。"苗子又说，"趁别人还没看到……"

千重子心中堵得慌，便说：

"我家店在这附近，苗子你哪怕路过门口时，也请进来看看。"

苗子摇头说："你家里人呢？"

"我家吗？只有父亲和母亲……"

"我虽不了解，但凭感觉可以知道你是在疼爱中长大的。"

千重子去拽苗子的衣袖，说：

"这儿不宜久站。"

"确实是的。"

于是苗子转身朝着御旅所恭恭敬敬地拜了拜，千重子也忙着学样。

"再见。"苗子第三次说。

"再见。"千重子也说。

"虽有说不完的话，还是等你什么时候来咱村吧，杉林当中谁都看不见的。"

"谢谢。"

但是两人还是不由自主地一起穿过人群，朝四条大桥方向走去。

八坂神社的氏子实在是多，宵山以及十七日的彩车游行结束后，还会有持续的祭庆活动。各家店门大开，并以屏风之类作为装饰，以前还会有早期浮世绘、狩野派①、大和绘②，以及宗达的一双屏风等。浮世绘的真品中会有南蛮屏风③，雅致的京都风俗画面中还出现了外国人的形象，再现了京都市民社会的兴盛情景。

如今，这番情景在彩车上留存了下来，所谓舶来品的唐织锦、葛布兰织品、毛织物、金线织花的锦缎、葛丝绣等都被用了起来，其实就是在桃山风格的极尽华美之上又加上了对外贸易活动中体现的异国之美。

彩车内也饰有当时有名画家的作品，车头据传还有用朱印船④桅杆立作彩车柱杆的。

祇园祭的伴奏，就是以简单的"咚咚锵"贯穿始终。其实应该有二十六套，据说既像壬生狂言⑤的音乐，也像雅乐⑥。

宵山活动中，这些彩车都被成串的灯笼装扮，乐声大作。

四条大桥以东虽无彩车，但直到八坂神社的一段还是让人觉得花团锦簇。

临近大桥时，千重子已因人山人海而稍稍落后于苗子了。

尽管苗子已说了三遍"再见"，千重子还在犹豫：究竟是就此告别还是把她带到自家店前，或是走到店附近，然后告诉她店的位置。一种对于苗子的温情似乎涌上千重子的心间。

"小姐，千重子小姐……"要过大桥时，有人朝苗子喊道。朝苗子走近的是秀男，原来他把苗子认作千重子了："去看宵山的吗？一个人？"

---

① 狩野派，日本绘画史上的著名宗族画派，流行约400年之久，以狩野元信、狩野永德等人为代表。

② 大和绘，纯日本题材和形式的风俗画的总称，是与受中国画影响的"唐绘"相对的名称。

③ 南蛮屏风，西洋景物屏风画。

④ 朱印船，桃山时代和江户初期得到官方特许从事对外贸易的海船。

⑤ 壬生狂言，每年4月份在京都壬生寺演出的一种戴面具的哑剧。

⑥ 雅乐，优雅、正式的音乐，尤指日本宫廷音乐。

苗子不知所措，却又并不回头去找千重子。

千重子飞快地躲到别人身后。

"嗯，天气不错……"秀男对苗子说，"明天也会不错，星星那么……"

苗子抬头去看天空，同时又困惑于如何作答。她自然是不认识秀男的。

"前些日子对你父亲多有得罪，不过那条腰带不错吧？"秀男对苗子说。

"嗯。"

"你父亲事后没生气吧？"

"嗯。"苗子不知就里，所以无以作答。

但是她没有把目光朝向千重子的方向。

苗子很困惑，千重子若觉得应该与这位小伙子见面，就会主动过来的。

小伙子头大肩塌，目光呆滞，但苗子觉得他绝非坏人。从他提及腰带来看，可能是西阵的织匠，数年间坐在高机旁做织活儿，体形难免会成这样的。

"我一个毛头小子，却对你父亲的图案说三道四。不过后来我一晚没睡，思来想去，还是把它织出来了。"秀男说。

"……"

"你用过了吗？哪怕只有一次……"

"欸。"苗子不置可否地答道。

"怎么样？"

大桥上光线不像大街上那样好，蜂拥而至的人群几乎让两人无法挪步，即便如此，苗子还是不明白何以会认错人。

双胞胎如果在同一个家庭有着同样的生长环境，也许会难以辨识，但千重子和苗子在不同的地方过着完全不同的生活，苗子于是觉得这男人或许是个近视眼。

"小姐，我是这样想的：我应该为千重子小姐精心织一条腰带，作为她进入二十岁的纪念。"

"嗯。谢谢。"苗子支支吾吾地说。

"能在祇园祭的宵山活动中见到你，也许是神助附于腰带了吧。"

"……"

苗子只能认为：千重子之所以不过来，是因为不想让这个男人知道自己是双胞胎。

"再见。"苗子对秀男说。秀男尽管有点意外，还是答道：

"嗯，再见。"

接着又补了一句："谢谢你答应我给你织一条腰带。能赶上枫叶红的时候……"说完辞别而去。

苗子用目光去寻，却没看到千重子。

刚才那位小伙子也罢，腰带也罢，对于苗子来说都无所谓，唯有在御旅所前邂逅千重子一事，却让她像是得到神赐般开心。她抓着大桥栏杆，久久地凝望映在水中的灯火。

然后，她悠悠地从大桥的一端出发，准备一直走到四条大街尽头的八坂神社。

来到大桥中段时，苗子看到千重子跟两个小伙子在站着说话。

"啊。"

苗子不由自主地轻轻叫了一声，但没向他们走近。

她有意无意地瞥了一眼三人的身影。

千重子不知道苗子与秀男在说什么。秀男把苗子错认为千重子，这是显而易见的，而苗子一定也困惑于如何与秀男作答。

千重子本来似应去到他俩身边，但她没去，不仅如此，在秀男对着苗子叫"千重子"时，千重子还飞快地躲进了人群中。

这是为什么？

在御旅所前见到苗子后，千重子内心的波动更甚于苗子。苗子早就知道自己是双胞胎，并且一直在找自己的姐妹，千重子却做梦也想不到会有这事。事情来得过于突然，千重子还来不及像苗子发现千重子时那样高兴。

另外，亲生父亲从杉树上坠落，母亲早早去世，这些也都是刚才第一次从苗子那里听说，这让千重子心如针刺。

过去只是无意中听到邻居们私下议论，于是觉得自己是弃儿，却又尽力不去猜想是被哪里的、什么样的父母遗弃，即使去想也不会知道，何况太吉郎和阿繁的厚爱使这些猜想已无必要。

今晚在宵山时听到苗子说了这些，对于千重子来说并不一定是幸事，但她心中已经萌生了对苗子这位姐妹的温情。

"她的心地比我单纯，能干活，身体好像也挺结实。"千重子自言自语道，"说不定有一天能帮我呢……"

于是，她神情恍惚地在大桥上走着。

"千重子，千重子！"真一叫她，"你怎么一个人在走，心事重重的样子，脸色也不好嘛。"

"啊，真一。"千重子回过神来，"你当童男时在长刀矛彩车上的样子多可爱呀。"

"可难受呢。不过现在想起还挺怀念的。"

真一身边有一个人。

"这是我哥哥，在读研究生。"

真一这位哥哥长得像弟弟，冲着千重子低头致意时却显得有点冲。

"真一小时候胆小、讨喜，漂亮得像个女孩，所以被选作童男，太傻了。"哥哥大声笑道。

走到大桥中段时，千重子看了看真一哥哥那张粗犷的脸。

"千重子今晚脸色苍白，好像很伤心的样子。"真一说。

"是不是因为大桥中间光线太亮了？"千重子说着停下脚步站稳，"再说来参加宵山的人个个兴高采烈，我孤孤单单一个女孩子家的，就显得有点感伤了吧。我没事的。"

"那可不行。"真一把千重子推向大桥栏杆，"你稍微靠一下吧。"

"谢谢。"

"河上风倒是不大……"

千重子以手按额，像是要把眼睛闭上。

"真一，你当童男乘长刀矛时大概几岁？"

"嗯，大概是虚岁七岁吧，我觉得是上小学前一年……"

千重子点点头，却没说话。她想擦一下额头和脖颈渗出的汗，于是把手伸进怀中，发现苗子的手绢在里面。

"啊！"

那手绢已经被苗子的泪水沾湿，千重子握着它，不知该不该拿出来。她把手绢团在掌中去擦额头，泪水便要涌出来。

真一一副不解的表情，因为他知道，以千重子的习惯，是不会把手绢揉得皱巴巴的塞在怀里的。

"千重子，热吗，还是觉得身上发寒？要是得了热感冒，可不容易好。快点回去吧……哥哥，我们送送吧。"

真一哥哥点头。他一直在盯着千重子看。

"我家很近，不用送了。"

"正因为近，就更得送了。"真一的哥哥语气干脆。

三人从大桥中段返回。

"真一，你当童男时，真的知道我一直跟在你乘的长刀矛后面吗？"

"记得，我还记得。"真一答道。

"那时还小。"

"是挺小的。童男如果东张西望，应该是挺不像样的，但还是觉得有个一点点大的女孩居然跟着来了。累得够呛吧，被带着到处转……"

"已经再也不能变回那么小的女孩了。"

"说啥呢?"真一轻轻地避开了她的话头，心中却在纳闷今晚的千重子到底怎么了。

送到千重子家的店里，真一的哥哥彬彬有礼地跟千重子的父母打了招呼，真一则守在哥哥身后。

太吉郎在后屋跟一位客人喝祭礼酒，其实也谈不上喝酒，只是在陪伴客人。阿繁则在一旁伺候，一时站起，一时坐下。

千重子说了声"我回来了"，阿繁说:"这么早就回来了?"说完便观察女儿的样子。

千重子客气地与客人打了招呼后对母亲说:

"妈妈，我回来晚了，没能帮您忙……"

"没事，没事。"母亲阿繁说着，对千重子略使了个眼神，同她一起去厨房搬酒坛子。她说:

"千重子，他们是见你一副让人不放心的样子，所以送你回来的吧?"

"嗯，我与真一和他哥哥……"

"是呀，你脸色不好，走路都打晃。"阿繁说着用手试了试千重子的额头，"好像不发烧，但好像有心事。今晚有客人，你就跟妈一起睡吧。"说着温柔地抱住千重子的肩膀。

千重子忍住要流出的泪滴。

"你先去后屋二楼歇着吧。"阿繁说。

"好的。谢谢。"母亲的慈爱松解了千重子的心结。

"你父亲也因为客人太少而觉得冷清。晚饭时还有五六位呢……"

但是千重子已提起了酒壶。阿繁说：

"都已喝了不少，差不多了吧。"

千重子斟酒的那只手在发抖，于是又用左手托着，却仍是微微发颤。

今晚中庭的基督灯笼也点亮了，大枫树瘪陷处的两株紫花地丁依稀可见。

花虽已落，上下那两小株紫花地丁好像象征着千重子和苗子，它们看上去从未相聚过，但今晚是不是相见了呢？千重子在朦胧的光照中看到两株紫花地丁，泪水又要涌出。

太吉郎也觉察到千重子有心事，不时地看看她。

千重子悄悄地起身上了后屋二楼。她平时的睡觉房间已铺了客被。她从壁橱里取出自己的枕头，钻进了被子。

为了不让别人听到自己的抽泣声，她把脸贴在枕头上，用手抓着枕头两端。

阿繁上楼来，发现千重子的枕头好像湿了，便说：

"给。我一会儿再来。"递过新枕头后便立刻下楼，在楼梯处停下回头看了看，却什么也没说。

二楼本可铺三张床，却只铺了两张，而且用的是千重子的被子。母亲似是准备和千重子睡在一起。

只是有两条麻织薄毯叠放在铺尾，分别是母女俩的。

阿繁不铺自己的被子，而只铺了女儿的被子，看似没什么特别，千重子却体会到母亲的用心。

于是，千重子的泪水收住了，心情也平静了。

"我就是这家的孩子。"

对此虽坚信不移，但与苗子的邂逅突然搅乱了她的心境，一时难以抑制。

千重子站到镜台前望着自己的脸，想化妆掩盖一下，却又作罢，只是拿了香水瓶来，在床铺上洒了一点点，然后使劲勒紧了伊达卷。

她无疑是难以马上就入睡的。

"我是不是对苗子这姑娘太冷淡了？"

一闭上眼，中川町那美丽的杉山就出现在眼前。

根据苗子所说，千重子大致了解了亲生父母的情况。

"我应该对这家的父母说出实情还是不说呢？"

或许这家的父母对千重子的出生地以及她的亲生父母都并不知晓呢。即使想到自己的亲生父母已不在这个世上，千重子也已不会落泪。

街上传来祇园祭的演奏声。

楼下的客人好像是近江长滨一带的绸绸商，酒劲有点上来，声音也变高了，连千重子藏身的二楼也可断断续续地听到。

客人好像喋喋不休地坚持说，彩车队伍从四条大街出发，通过宽阔而具近代风味的河原街，再绕到御池大街分散，甚至市政府门前还设了观览席，这些都是为所谓的"观光"事业服务的。

过去游行队伍经过京都式的狭窄街道，有的住房还会受到一点破坏，可是具有情调。据说在二楼就可讨得祇园粽①，现在祇园粽都改为撒发了。

四条大街另当别论，如果绕到小街上，彩车的下端就不容易看到了，这倒也不错。

太吉郎不慌不忙地分辩道，在宽阔的大马路上，彩车的全貌都容易看到，还是这样更气派。

---

① 祇园粽，祇园祭活动的一种用品，用竹叶做成，用以驱邪除厄，不可食用。

千重子在床上好像都能听到彩车的大木轮在十字路口转弯时的声音。

今夜客人好像要宿在隔壁房间。千重子打算明天向父母说出从苗子那里听到的一切。

北山杉树村据说全是个人企业，但并非每家都拥有山地，有地的人家很少。千重子觉得自己的生父母也是山地主家的佣工。

"我现在在当雇工……"苗子自己也这样说过。

已是二十多年前的事了，那时的父母不仅以生双胞胎为耻，而且据说双胞胎也难以养活，再加上生计方面的考虑，千重子也许就是因此而被遗弃的。

千重子有三件事忘了问苗子：千重子遭弃时还是婴儿，为什么被遗弃的不是苗子而是千重子？父亲是什么时候从杉树上坠落的？苗子倒是说过自己"刚出生"……又说"妈妈好像是在自己的娘家生我的，那是在比杉树村更深的山坳里"，她说的到底是什么地方？

苗子似乎认为被遗弃的千重子"身份不同"，她是绝不会主动来找千重子的，要想说话，千重子必须主动去苗子干活的地方。

然而，千重子如若瞒着父母，好像是去不成的。

千重子曾反复读过大佛次郎①的名篇《京都的诱惑》，其中一段浮现在她脑海：

作为北山圆木原料的杉树林绿梢如层云般重重叠叠，红松的树干则成排成列，纤细而明快。树木们传来自己的歌声，让整座大山就像一支乐曲。

---

① 大佛次郎（1897—1973），日本小说家。

比起祭庆的乐声和喧闹声，这座圆形大山形成的那种层层叠叠、延绵不断的乐曲以及树木的歌声更能回荡于千重子的心灵，这乐曲和歌声似是穿过北山常见的彩虹而传来一样……

千重子的忧伤已经淡去，或许那本来就不是忧伤，而是与苗子相会带来的惊奇、彷徨和困惑。但对一个女孩子来说，莫非命中注定就该流泪？

千重子辗转反侧，闭眼听着大山的歌。

"苗子是那么开心，我却怎么了？"

过了一会儿，客人和千重子父母一起上了后屋二楼。

父亲向客人道了晚安。

母亲叠好客人脱下的衣物后来到这边房间，准备去叠父亲脱下的衣服时，千重子说：

"妈妈，让我来吧。"

"还没睡吗？"母亲让她去做，自己躺了下来，高兴地说，"味道真好闻，到底是年轻人呀。"

近江的客人大概因为喝了酒，隔着拉门立刻传来鼾声。

"阿繁，"太吉郎叫旁边的妻子，"有田家好像有意把儿子送来吧？"

"当店员，哦，当社员？"

"上门女婿，给千重子……"

"怎么说这种话，千重子也还没睡呢。"阿繁阻止丈夫往下说。

"我知道。也让千重子听听。"

"……"

"他家老二，有事来过咱家几次。"

"我不太喜欢有田。"阿繁压低声音，语气却干脆有力。

千重子耳中大山的音乐消失了。

"千重子。"母亲翻身转向女儿。千重子睁着眼却不回答，沉默了一会儿，交叉着双脚一动不动，屋里一时寂静。

"有田家想要这个店吧——我是这么想的。"太吉郎说，"况且他们也知道千重子是个漂亮的好姑娘……因为有生意来往，所以对咱家买卖的内容也都一清二楚，咱店里也有店员会向他详细透露的。"

"……"

"千重子再漂亮，若是让她为了家里的买卖而结婚，想也别想。阿繁，你说是吗？那可对不起神明呀。"

"那当然。"阿繁说。

"我的性格并不适合店里的生意。"

"爸爸，真的很抱歉，我让您把保罗·克利的画集带到嵯峨尼庵去了……"千重子坐起身向父亲道歉。

"说啥呢？这可是爸爸的乐趣和慰藉呀，如今就是我生活的意义所在了。"父亲轻轻颔首，"尽管我没有才能画出这种图案……"

"爸爸……"

"千重子，如果把咱家的店卖了，可以住在西阵，也可搬到清静的南禅寺或冈崎一带，找一处小房子住下，咱俩一起探讨衣料和腰带的图案设计，你觉得如何？你能耐得住清贫吗？"

"我对清贫毫不介意。"

"是吗？"父亲说完这句好像就睡了，千重子却睡不着。

可是第二天她仍早早醒来，打扫门前的路，擦拭格子门和长凳。

祇园祭的活动还在持续着。

十八日为后祭活动搭造彩车，二十三日是后祭宵山活动以及屏风祭，二十四日是彩车游行以及之后的供神狂言表演，二十八日是"御舆洗"以及返回八坂神社，二十九日举行奉告祭，祭庆活动宣告结束。

有几台彩车是要经过寺町的。

千重子心神不定地度过了将近一个月的祭庆。

秋色

沿堀川^①行驶的北野线电车是明治"文明开化"现存的一个遗迹，终于决定要拆了，它可是日本年代最久远的电车。

千年古都以最早引进若干西洋新事物而为人所知，京都人似也具有这样的一面。

可是，能将这种老朽的"叮叮"电车运营至今，其中也许就有着"古都"之义。车身无疑很小，对面而坐的人膝盖几乎都要相碰。

然而一旦要拆了，也许是出于留恋之情，这电车又被人造花装饰成了"花电车"，并找了一批仿照久远以前的明治风俗打扮的人乘坐，以向广大市民宣示电车的停运。这也算一种"祭庆"吧。

接连几天中，本来无需乘车的人们把旧电车挤得满满当当，这可是在有人要用伞遮阳的七月。

东京现在已渐渐看不到有人打伞走路了，不过古都夏天的日照确实比东京厉害。

太吉郎在京都站前准备要乘这花电车时，有个中年妇女有意藏在他身后，一面好像还忍着笑。太吉郎毕竟可算是具有明治资格的了。

上车时，太吉郎发现了这个女人，有点腼腆地说：

---

① 堀川，流经京都市区中心并向南流的河。

"怎么回事？你可没有明治资格哟。"

"我也接近明治时代了，况且我家就在北野线上。"

"是吗？难怪这样。"

"你说这话好寡情呀……不过，该想起来了吧？"

"还带着个可爱的孩子……你都躲哪儿去啦？"

"胡说……你不是明明知道这不是我的孩子吗？"

"这我就不清楚了。女人嘛……"

"说啥呢？男人才那样呢。"

女人带着的姑娘确实肤白可爱，大概十四五岁，夏季单衣外系着条红细带，羞怯怯地抿着嘴在女人身边坐下，像是躲着太吉郎。

太吉郎轻轻拽了拽女人的衣袖。

"小千，往中间坐。"女人说。

三人沉默了一会儿，女人越过女孩的头在太吉郎耳边嗫嚅道：

"我常想把这孩子送给祇园当舞娘。"

"她是哪里的孩子？"

"附近茶屋①的孩子。"

"哦？"

"也有人以为是咱俩的孩子呢。"女人的声音轻得若有若无。

"瞎说。"

女人是上七轩②茶屋的老板娘。

"被这孩子拽着去北野的天满宫……"

太吉郎明知女人在开玩笑，却还是问那女孩道：

"你多大了？"

---

① 茶屋，此处特指地处花街柳巷、可提供艺伎服务的茶馆。

② 上七轩，京都市上京区的一条花街，是京都五花街之一。

"初中一年级。"

"嗯。"太吉郎看着女孩说，"等我转世重生后，可要来找你哟。"

因是花街柳巷出身的孩子，对太吉郎话中的玄机似是能够心领神会的。

"怎么会让这孩子拽着去天满宫呢？难不成她是天神化身？"太吉郎对女人打趣道。

"是的，是的。"

"天神可是男的哟。"

"已经变身女的了。"老板娘一本正经地说，"因为若还是男的，就又要重遭流放之罪了[①]。"

太吉郎几乎忍俊不禁，问道："女的又如何？"

"女的就会这样了，女人是会被好人疼爱的。"

"嗯。"

那女孩美得无可挑剔，刘海乌黑发亮，一对双眼皮实在漂亮。

"是独生女吗？"太吉郎问。

"不是。有两个姐姐，大姐姐来年春天初中毕业，可能就要出来做活了。"

"也像这孩子这么漂亮吗？"

"长得虽像，但不如这孩子。"

"……"

上七轩现在一个舞娘也没有。初中若没读完，是不被容许当舞娘的。

之所以叫作"上七轩"，可能是因为当初那里只有七家茶屋。太吉郎不知从哪儿听说，如今已经增加到二十来家了。

从前——也非太久远的从前——太吉郎常与西阵的织匠及地方

---

① 北野天满宫供奉的天神是菅原道真的化身，道真曾遭贬谪，死于流亡地。

上的客户一起去上七轩玩，当时的女人不知不觉地就浮现在太吉郎眼前，那时他店里的生意也正兴旺着。

"老板娘也真爱玩，还来乘这种电车……"太吉郎说。

"人就贵在念旧，"老板娘说，"咱们的生意也不能忘了旧客哟……"

"……"

"而且我今天是送客到车站，然后乘这电车回去……佐田先生一个人乘车，这才稀罕呢。"

"是呀，这是怎么回事呢？本来是看看花电车就行了，可是……"太吉郎自己也是一副不知所以的样子，"不知是因为过去值得怀念，还是如今过于寂寞。"

"还没到可谈寂寞的年岁呢。跟我一起走吧，看看年轻的姑娘……"

太吉郎好像要一直跟去上七轩了。

老板娘径直朝北野神社的神像前走去，太吉郎只好跟着。老板娘久久地虔诚祈祷，少女也低着头。

老板娘回到太吉郎身边说：

"小千要告辞了。"

"嗯。"

"小千回去吧。"

"谢谢。"姑娘跟他俩打了招呼，离去时已变成了初中生式的走姿。

"不错吧？看来那姑娘挺中您的意。"老板娘说，"再过两三年就可出道了，您期待着吧，从现在开始，我负责让她漂漂亮亮的。"

太吉郎不答话。神社范围挺大，既已到了这儿，他本想四处转转看看，只是天太热了。

"去你那里歇歇吧，我累了。"

"好的，好的，我从开始就这么想的。您好久没来了。"老板娘说。

进了茶屋的旧房子，老板娘改用一套正儿八经的待客口吻。

"欢迎光临。近来可好？常挂念着您呢。"然后又说，"躺一会儿吧，我去拿枕头来。啊，您不是说寂寞吗，给您找个乖巧的对象来说说话……"

"以前见过的艺伎就免了吧。"

太吉郎开始打盹时，来了一位年轻的艺伎。她静静地坐了一会儿，觉得这位客人面生，怕是不好应付。太吉郎表情木然，毫无谈话的兴趣。艺伎也许是为了给客人提精神，便说自己出道两年间喜欢过四十七个男人。

"正好跟赤穗义士①一样吧，其中有的已经四五十岁了，现在想想挺可笑……别人笑我实在是一厢情愿。"

太吉郎已经完全清醒了，问道：

"现在呢？"

"现在一人。"

这时，老板娘也进了房间。

艺伎二十来岁，但太吉郎还是怀疑她是否真的能记住交往不深的男人有"四十七人"。

她又说，自己出道第三天领着一位总不如意的客人去洗手间时，突然遭到强吻，便咬了客人的舌头。

"出血了吗？"

"是的，出血了。客人勃然大怒，要我赔治疗费。我哭了，引起了一点骚乱，但那都是对方惹起的呀。我现在连他的名字都忘了。"

"嗯。"太吉郎看着她的脸，心里在想：这样一个娇小溜肩，当时应该十八九岁的京都美人，看起来一副温顺的样子，居然能狠狠地一口咬下去。

---

① 赤穗义士，1703 年，日本赤穗藩 47 名家臣为主报仇，史称"赤穗义士"或"四十七士"。

"让我看看你的牙齿。"太吉郎对年轻的艺伎说。

"牙齿？我的牙吗？我说话的时候，您该看到了吧。"

"再仔细看看，好吗？"

"不干，我不好意思。"她紧闭上嘴，然后又说，"不行呀，老爷，闭上嘴不就没法说话了吗？"

她的嘴形可爱，露出小粒的白齿。太吉郎戏谑道：

"牙齿咬断了，装了假牙吧？"

"舌头可是软的哟。"艺伎冒了一句，赶紧又说，"讨厌，再不理你了……"说着把脸藏到老板娘的背后。

过了一会儿。太吉郎对老板娘说：

"既然已经来了，顺便看看中里^①吧。"

"好的……中里也会高兴的。我陪您去好吗？"老板娘说着起身便走，像是要去梳妆台前稍坐一会儿。

中里的门面依旧，客间却焕然一新。

又有一位艺伎加入，太吉郎在中里待到了晚饭后。

秀男正是在太吉郎这次外出的当口来到了他店里，因为说要找小姐，于是千重子便到了店头。

"祇园祭时说好的腰带图案，我已经试着画出来了，带来请你看看。"秀男说。

"千重子，"母亲阿繁叫道，"请他来后屋。"

"是。"

在一间面对中庭的房间，秀男让千重子看图案，一共有两幅，一幅是菊花，配有绿叶，却又画法新颖，几乎让人意识不到是菊叶；另一幅是枫树。

"真好。"千重子看得入神。

---

① 中里，上七轩的一家茶屋。

609

"能让千重子小姐满意，是我最开心的事……"秀男说，"想用哪一幅？"

"嗯……若用菊花，腰带一年四季都可系……"

"那就让我照菊花这幅图案来织，好吗？"

"……"

千重子把头低下，现出忧郁的表情。

"两幅都不错，只是……"说着欲言又止，"你能把杉树和红松的山画出来吗？"

"杉树和红松的山？有点难，但我考虑一下。"秀男不解地看着千重子的脸。

"秀男哥，对不起了。"

"哪有什么对不起的……"

"这是因为……"千重子不知如何说是好，"祭庆那天晚上，你在四条大桥上对她承诺织腰带的那位，其实不是我，你看错人了。"

秀男说不出话来，一副沮丧的表情。他不相信千重子的话。他是为了千重子而殚精竭虑地制作了图案，难道她真的要当场拒绝秀男？

即便这样，千重子的言行举止还是让他有点难以接受。秀男的暴躁脾性又有点冒头了。

"难道我见到的是你的幻影？我是在跟你的幻影说话？祇园祭冒出幻影了？"秀男没说出口的是：那是"意中人"的幻影。

千重子绷着脸说：

"秀男哥，当时跟你说话的是我的姐妹。"

"……"

"姐妹。"

"……"

"我也是那天晚上初次见到那位姐妹。"

610

"……"

"这位姐妹的事我还没有跟我父母说。"

"噢?"秀男惊讶而不解。

"你知道北山圆木村吧? 她就在那里干活。"

"噢?"

秀男甚是意外,以致说不出第二句话来。

"你知道中川町吧?"千重子说。

"嗯,我只是乘公交车曾路过那里……"

"你织的腰带请送一条给那姑娘。"

"欸。"

"送给她。"

"欸。"秀男点头,仍是狐疑状,"您是因此要求图案上要有长有红松和杉树的山吗?"

千重子点头。

"好的。不过,是不是跟她的生活环境有点冲突了?"

"这就要看你如何设计了吧?"

"……"

"她会珍爱一生的。她叫苗子,因为家里没有山地产权,所以特别能劳动,比我这样的人踏实得多……"

秀男虽仍不信,却还是说:

"因为是您的吩咐,我一定认真去织。"

"我再说一遍,那姑娘叫苗子。"

"明白。可是,她怎么会跟您那么像呢?"

"亲姐妹嘛。"

"再是亲姐妹,也……"

千重子还是没有告诉秀男,她们是孪生姐妹。

因为是夏季的祭庆,衣着都比较简单,所以秀男在夜晚的灯光下把苗子认作千重子，这不一定就是因为眼神不好吧。

漂亮的格子门外另套着一层格子门，还放着长凳，很深的店面纵深——这在今天也许已是徒存形式，但毕竟是一家具有京城排场的绸缎批发店，这种人家的女儿与北山杉树村圆木店的打工女怎么会是亲姐妹呢？秀男实在不能相信，但这种事情不是可以刨根问底的。

"腰带织好后，我送到这里来好吗？"

"唔……"千重子略做思忖后说，"你能不能直接送到苗子那里？"

"能。"

"那就请你这么办。"千重子的托付充满诚意，"不过确实很远……"

"欸，我知道挺远。"

"苗子不知会多高兴呢。"

"她会接受吗？"秀男的疑问理所当然，苗子很可能会大吃一惊。

"我会事先告诉苗子的。"

"是吗？那我就保证送到，可是送到哪一家去呢？"

这连千重子也还不知道："你问的是苗子所在的人家吗？"

"是的。"

"我用电话或写信告诉你。"

"我不把你们作为两人区分，只当作是您的腰带，认真织好后送去。"

"谢谢。"千重子低头施礼，"拜托了。你会觉得有点怪吗？"

"……"

"秀男哥，请你织的是苗子的腰带，别再当作是我的了。"

"是，明白。"

没一会儿，出了店门的秀男还是百思不得其解，但他不得不开始把脑子转向腰带图案的设计方面。如果要用上红松和杉树的山景，若无相当的勇气，织出的腰带对千重子来说可能就会过于素净。秀男总觉得是在为千重子织腰带，但如果想到是苗子的腰带，就不能与她的劳作生活环境过于冲突，正如他对千重子也说过的那样。

秀男曾在四条大桥上见到"像是千重子的苗子"或"像是苗子的千重子"，他现在又想去那里走走，便把脚步朝向大桥，可是白天的阳光带给他的只是暑热。他倚着大桥栏杆闭上眼睛，想从人群和电车的杂沓声中，去辨识河水那几乎难以听到的流动声。

千重子今年没去看"大文字"篝火，而母亲甚至都难得地跟着父亲出去了，留下千重子在家。

父亲他们和附近熟识的两三家批发商一起，事先租下了木屋町二条下茶屋的房间。

八月十六日的"大文字"篝火是盂兰盆会①送灵之火，据说源于旧时人们为了将飘荡在空中的亡灵送回冥府，而将松明火炬扔向天空的习俗，后来就演变为夜晚在山上点燃篝火。

"大文字"本是指东山如意岳的"大"字形篝火，实际上后来陆续发展为在五座山上点火，包括金阁寺附近大北山的"左大文字"，松崎西山的"妙"字形、东山的"法"字形，西贺茂明见山的船形以及上嵯峨山的牌坊形篝火。点火的四十分钟里，市内的霓虹灯、广告灯也全部熄灭。

点火时的山景以及夜空的景色，都让千重子感受到了一种初秋之色。

立秋前夜，下鸭神社有越夏的祭神活动，比"大文字"早半个月左右。

千重子为了看"左大文字"等篝火，常常与几位朋友一起登上加茂川的河堤。

① 盂兰盆会，迎接和供奉祖先之灵的民俗性佛教活动。

对于大文字篝火，千重子虽然自幼就习以为常，但随着年龄的增长，每年到时总又会想到这个节庆的到来。

千重子走出店门，在长凳周围与邻居家孩子一起玩耍。小孩子们似乎并不在意"大文字"之类，反倒觉得焰火更有趣。

可是今年夏天的盂兰盆会给千重子带来了新的哀愁，因为她在祇园祭时见到了苗子并从她那里得知自己的生身父母都已早早去世。

"明天去看看苗子吧。"千重子想，"秀男的腰带一事也应跟她说清楚了。"

第二天午后，千重子穿着一身不起眼的衣服出门了——她还不曾在白天的亮光下看过苗子。

她在菩提瀑布站下了巴士。

北山町似乎正是大忙季节，男人们在剥杉木皮，杉皮堆积如山，周围摊得到处都是。

千重子犹疑地走了几步，苗子一溜烟地跑了过来。

"小姐，你来得真好，真的，真的……"

千重子看着苗子一副劳作的装束，说：

"不要紧吗？"

"欸，今天已经请假了，看见你过来……"苗子气喘吁吁地说，"我们去杉树林里说话吧，没人能看见。"说着便拉住了千重子的袖子。

苗子兴冲冲地解下围裙铺在地上。丹波棉布围裙可围前后一圈，宽度足够两人并排坐在上面。

"请坐。"苗子说。

"谢谢。"

苗子取下包头巾，一边用手指把头发往上拢了拢，一边说道：

"你来得真好，我很开心，开心……"

她盯着千重子，两眼放光。

四周散发着泥土和木材的气味——杉山的强烈气息。

"坐在这里，下面一点也看不到。"苗子说。

"我喜欢美丽的杉树，偶尔会来，但进到山上的杉林里面，这还是第一次。"千重子打量着四周，几乎是一个模样的大杉树成群地挺立着，把两人围在其中。

"这是人工栽种的杉树。"苗子说。

"哦？"

"这些树大约已长了四十来年，已可伐做房柱之类。如果任它们继续生长，千年之后不知会有多粗多高呢。我偶尔就会这么想，觉得还是更加喜欢原生林。这个村子就像是在生产鲜切花一样……"

"……"

"这个世界如果没有人类，也就没有京都这个城市，会是一片天然森林，遍地杂草吧，这一带一定会是野鹿和山猪的领地呢。人为何要来到这个世界呢？人是可怕的呀……"

"苗子，你会这么想吗？"千重子很是惊讶。

"嗯，有时会……"

"你讨厌人世间吗？"

"我虽然很喜欢人世间……"苗子回答，"再没有比人世间更让我喜欢的了。可是，这个地面上若是没有人，那会变成怎样呢？我在山里打盹醒来时会突然有这样的念头……"

"那不就是藏在你心里的厌世情绪吗？"

"我每天都快快乐乐地干活，很不喜欢厌世……可是，人世间……"

"……"

两位姑娘所在的杉树林突然暗了下来。

"要下阵雨了。"苗子说。雨水积在杉树枝梢的叶子上，形成大滴的水珠后落了下来。

同时响起了隆隆雷声。

"我怕，害怕。"千重子脸色苍白，握住苗子的手。

"你弯腰蹲下。"苗子说完后抱住千重子，用自己的身体从上面几乎完全盖住了她。

雷鸣声越来越骇人，电闪与雷鸣之间渐渐变得没有间隙，那声音有似山谷行将迸裂。

雷电像是迫近了她俩的正上方。

杉山的树梢在雨中沙沙作响，每记电闪，那光焰都直照地面以及两位姑娘周围的杉树树干，那些笔直漂亮的树干瞬间让人毛骨悚然，随即又响起了雷鸣。

"苗子，雷好像要炸下来了。"千重子说着越发蜷着身子。

"或许会炸下来，但不会炸在咱们身上。"苗子语气坚定，"怎么可能呢？"

说着，更竭力地用自己的身体去包覆千重子。

"小姐，你的头发有点湿了。"苗子说着，用手绢去擦千重子后面的头发，然后把手绢对折，盖在千重子头上。

"这手绢可能会有点透水，可是雷绝对不会炸到千重子头上或咱们附近的。"

苗子这些打气的话让生性刚强的千重子稍稍平静下来。

"谢谢……真的很感谢。"千重子说，"你只顾罩着我，自己湿透了吧？"

"我穿着工作服，完全不要紧的。"苗子说，"我很开心。"

"你腰间亮闪闪的是什么？"千重子问。

"啊，我都忘了，是镰刀。刚才在路边剥树皮时看见你，就奔了过来，所以……"苗子发现了自己的镰刀，"挺危险的。"

说着把镰刀扔向远处。那是一个没装木柄的小镰刀头。

"回去时再拾吧，不过我不想回去……"

这时，一个雷好像要从她俩头顶扫过。

千重子清楚地感觉到苗子在用整个身子护着她。

虽说是夏天，山中的骤雨还是浇得千重子手脚发凉，但被苗子从头到脚罩着，她的体温传遍千重子全身，甚至深深沁遍千重子的整个身心。那是一种不可言喻的亲情和温暖，千重子久久地闭着眼睛，静静地享受这种幸福。

"苗子，真的要谢谢你。"千重子重复道，"在妈妈的肚子里，我就是这样得到苗子呵护的吧？"

"肯定是我挤你一下，你踢我一脚吧？"

"是吗？"千重子笑了，笑声中充满亲情。

骤雨好像随着雷声一起过去了。

"苗子，真要谢谢你……已经没事了吧。"千重子说着动了动身子，像是要从苗子身下站起来。

"好的，不过再稍等一会儿，积在杉树叶上的雨水还在往下滴呢……"苗子仍罩着千重子，千重子用手试了试苗子后背，说：

"湿透了吧，冷吗？"

"我习惯了，没事的。"苗子说，"你能来我就高兴，浑身暖洋洋的。你也有点淋湿了。"

"苗子，爸爸是在这附近从杉树上坠落的吗？"千重子问。

"不知道。我那时也是个婴儿。"

"妈妈的老家呢？外公、外婆还在吗？"

"这也不知道。"苗子答道。

"你不是在老家长大的吗？"

"你干吗要问这些呢？"

苗子语气严厉，千重子噤声了。

"对你来说，这些人都是不存在的。"

"……"

"你只要认我是你的姐妹，我就很感谢了。祇园祭时我说得太多了。"

"不，我很开心。"

"我也一样，不过我不会去你家的。"

"你可以来的。我会跟父母说……"

"别说。"苗子语气激动，"你若像今天这样遇到困难，我会拼死护着你的，但是……你能理解吗？"

"……"千重子眼角一热，"苗子，祭庆那晚你被错认为我时，一定不知所措了吧？"

"嗯，你说的是那位跟我谈腰带的人吧？"

"那个小伙子是西阵腰带店的织匠，做事踏实……他说了要给你织腰带吧？"

"那是因为他把我错认为你了。"

"他最近把腰带图案拿来给我看了，我于是告诉他那不是千重子，而是千重子的姐妹。"

"噢？"

"我托了他给我的姐妹苗子也织一根。"

"给我？"

"他不是跟你说好了吗？"

"那是因为他认错人了。"

"他既然给我织一条，也就要给你织一条，作为姐妹的纪念……"

"我……"苗子愕然。

"这不就是祭拜祇园神明时许下的承诺吗？"千重子温情地说。

苗子那护着千重子的身体变得有点僵硬，一动不动了。

"小姐，你遇到困难时，我愿做你的替身去承受一切，但我不愿做你的替身去接受别人的东西。"苗子斩钉截铁地说。

"人家是一片好意。"

"我不能代替你。"

"你能代替我。"千重子竭力说服苗子，"难道我给你你也不要？"

"……"

"我请他织时就说是要送给你的。"

"有点不对吧？祭庆那晚，他认错了人，说是想送千重子一条腰带。"苗子顿了顿又说，"那位腰带匠、织匠，他爱慕着你，我也是女人，所以心里明白。"

千重子抑制着自己的羞怯，说：

"所以你就不愿要了？"

"……"

"我明明是请他给我姐妹织的。"

"那我就要了。"苗子驯顺地屈服了，"请原谅我刚才的拒绝。"

"他会送去你家。你住的那家姓什么？"

"姓村濑。"苗子答道，"那腰带大概很高级吧，我有机会系它吗？"

"苗子，人将来的路是很难预料的。"

"是的，是的。"苗子点头，"虽然我不指望怎样出人头地，但哪怕没机会系它，我也会好好珍惜的。"

"咱家店里虽然不大做腰带生意，但我会为你找一件与秀男的腰带相配的和服。"

"……"

"我父亲是个怪人，最近渐渐厌烦生意上的事了。像咱家这种啥都卖的批发店，也不可能尽是好东西，那些化纤织物、毛织物也越来越多了。"

苗子抬头看看杉树枝梢，从千重子背后站了起来。

"还有一点点雨滴在往下落，不过……让你受憋屈了吧？"

"没有，都靠着你……"

"小姐，店里的事情你也稍微帮着点好吗？"

"我吗？"千重子像受了一击似的站了起来。

苗子的衣服已经湿透，紧贴在身上。

苗子没把千重子送到车站，与其说是因为身上湿了，更可能是怕引人注目吧。

千重子回到店里时，母亲阿繁正在通道土间的后面准备店员的点心。她跟女儿打了声招呼。

"妈妈，我回来得太晚了……爸爸呢？"

"钻到幕帘后面想什么事呢。"母亲盯着千重子看，"你去哪儿了？衣服都湿成皱巴巴的了，赶紧换了吧。"

"好的。"千重子上后屋二楼坐了一会儿，慢吞吞地换着衣服。待她下楼来时，母亲已把下午三点的那顿点心分给了店员。

"妈妈。"千重子的声音有点发抖，"我有件事情只想对您说……"

阿繁点点头说："去后屋二楼吧。"

这时千重子变得有点紧张，说：

"这里也下阵雨了吗？"

"阵雨？没下阵雨，但你不是要跟我谈阵雨吧？"

"妈妈，我去了北山的杉树村，我的姐妹在那里……不知是姐姐还是妹妹，我们是双胞胎，今年祇园祭时初次见面的。她说我们的亲生父母早就去世了。"

阿繁无疑是受到了意外的冲击，只是盯着千重子的脸看，说："北山的杉树村？嗯？"

"我不能再瞒您了，尽管我们只是在祇园祭和今天见过两次面……"

"是一位姑娘吗？如今在干什么？"

"给杉树村的一户人家打工，是个好姑娘，她不肯来咱家。"

"唔。"阿繁沉默片刻后说，"知道了这事也挺好的。那么，你……"

"妈妈，我是这家的女儿，请您要像过去那样把我当作自家的孩子。"千重子恳切地说。

"那还用说吗，千重子已经做了我二十年的女儿。"

"妈妈……"千重子把脸埋进阿繁的膝盖。

"其实呢，打祇园祭之后，千重子就常常有点神情恍惚，妈妈还想问你呢，是不是有心上人了。"

"……"

"你哪天能把那姑娘带到咱家来一次吗，哪怕是夜晚，等店员都下班了。"

千重子轻轻摇了摇自己搁在母亲膝上的头说：

"不会来的。她还称我小姐呢……"

"是吗？"阿繁抚摸着千重子的头发，"谢谢你告诉我了。她长得跟你像吗？"

丹波壶里的金铃子又开始轻轻叫了起来。

青
松

　　得到通知说南禅寺附近有合适的房子出售，太吉郎便劝妻子、女儿一起去看看，同时也就作为金秋时节的散步了。

　　"你准备买吗？"阿繁问。

　　"看过再说。"太吉郎顿时不耐烦了，"听说削价了，只是小了一点。"

　　"……"

　　"权当散步总可以吧。"

　　"行是行，不过……"

　　阿繁有点不安：买下那房子，是不是天天要来原来的店里上班？正如东京的银座和日本桥一带，京都中京区的批发街也有越来越多的老板在旁处置了住房，再每天到店里上班。仅此倒也罢了，自家的买卖虽不景气，但另置一处小住房的余裕还是有的。

　　可是，太吉郎会不会想把店卖了，到那处小房子里"隐居"呢？再者，趁尚有余裕时尽早当机立断虽说也许不错，可是这样一来，丈夫在南禅寺附近的小房子里做些什么来度日呢？他已经五十过半，所以阿繁希望他能过得舒心一些。店虽说可以卖个相当好的价钱，可是靠吃利息的日子毕竟还是叫人心中没底的。若能有人把这笔钱很好地运转起来，大概是能过得轻松的，但阿繁一时想不起有这样的人。

母亲的这种担忧即使没说出口，女儿千重子似乎还是心领神会的。千重子还年轻，她用体恤的目光看着母亲。

与她俩相比，太吉郎是开朗乐观的。

"爸爸，如果去那里，能不能从青莲院①经过一下？"千重子在车上向父亲要求说，"只要从入口处面前……"

"樟树，是想看樟树吧？"

"是的。"千重子惊讶于父亲的明察秋毫，"是樟树。"

"去，去那里。"太吉郎说，"爸爸年轻时也曾在那棵大樟树的树荫下跟朋友一起谈天说地呢。那些朋友现在已经都不在京都了。"

"……"

"那一带处处让我怀念。"

千重子一时没说话，听任父亲沉入年轻时的回忆，然后说：

"我也是从学校毕业后就没再在白天看过那棵樟树了。"

千重子接着说："爸爸，你知道夜间观光巴士的路线吗？在寺院中加入了青莲院一站，巴士一到，就有几个僧人提着灯笼来迎客。"

僧人提灯的灯光一直把客人引到寺院玄关，这条路挺长，但情趣也可说就在于其中。

根据游览巴士说明书所记，青莲院的尼僧是要以薄茶一杯待客的，可是千重子笑道：

"照规定尼僧是要亲手把刚沏好的茶端到客人手中的，可是我们被领到大厅后，一群人把粗陋的茶碗往一个大盘子里随手一搁就匆匆而去。或许其中也混杂着尼姑，但来去匆匆，都来不及看她们一眼……大失所望，茶也不热。"

"那也是没办法的事，若要周到，则太费时间了吧？"父亲说。

---

① 青莲院，位于京都市东山区，天台宗门迹寺院（由皇族、贵族出家人担任住持的寺院）。

"嗯，这倒还罢了，四面八方的灯把那个大庭院照得通亮，出来一个和尚站在庭院当中发表一番演说，虽只是介绍青莲院的情况，但口才确实了得。"

"……"

"进了寺院后，不知哪里传来古琴的声音，我便与朋友讨论这是真有人在弹还是在放唱片。"

"哦？"

"然后就去看祇园的舞娘，看她在排练场舞了两三曲。啊呀，已经想不起来那舞娘叫啥了。"

"怎么了？"

"系着垂带，衣裳却好像不怎么样。"

"那是……"

"还是从祇园去岛原①的角屋②看太夫③吧，太夫的服装应该是货真价实的了，侍女也是……在百目蜡烛④的照耀下，表演了一下古时饮酒的礼仪，然后在玄关的土间让我们看了一下太夫道中⑤场景的表演。"

"呵呵，能看到这些就挺不错了。"太吉郎说。

"是的。青莲院的提灯出迎和岛原的角屋都挺好。"千重子应道，"这些事情，我记得以前好像说过……"

"也带妈妈去一次吧，我还没看过角屋和太夫呢。"母亲正说着，车子已到青莲院门前。

---

① 岛原，位于京都市下京区，最早的合法花街，也是和歌俳谐等各种文艺活动的中心。

② 角屋，原为大型宴会场所，现设有文化美术馆供参观，并有各种表演。

③ 太夫，最高等级的艺伎，与"花魁"相似。

④ 百目蜡烛，一种特别粗大的蜡烛，重约375克。

⑤ 太夫道中，起源于江户时代，原指太夫去迎接要客时身穿华服走过街巷的举动，后成为一种表演活动。

千重子怎么会想起要看樟树？是因为曾在植物园的樟木林荫道上走过，还是因为北山杉树是人工栽培，而苗子说过喜欢自然生长的大树呢？

可是，青莲院入口处石墙上方只有四棵樟树并立，其中最靠前的那棵似乎年代最久。

千重子一行三人站在樟树前看着它，什么话都不说。细看过去，大樟树树枝那奇异的弯曲方式以及铺展、交缠的姿态中，似乎潜藏着某种令人畏惧的力量。

"看好了吗？走吧。"太吉郎朝南禅寺方向迈出了脚步。

太吉郎从怀中的钱包里掏出一张纸，上面画着去待售房子的路线图。他边看边说：

"千重子，爸爸虽不太了解樟树，但那是南国之树，适合生长在温暖的土地上吧？比如热海、九州一带就挺多的。这里的虽是老树，却总让人觉得像是大型盆栽。"

"京都不就是这样吗？无论是山、河，还是人，都……"

"啊，是吗？"父亲点头，又说，"人，可不全都是那样哟。"

"……"

"无论是现在的人还是古时的历史人物……"

"是呀。"

"若像千重子说的那样，日本这个国家不也这样吗？"

"……"千重子觉得父亲的借题发挥确有道理，但还是说，"爸爸，但我仔细看了后，觉得那樟树的树干，还有那神奇地铺展开来的树枝，都令人生畏，是不是有着一种了不起的力量？"

"是呀。年轻姑娘竟在思考这样的问题吗？"父亲看看樟树，然后又盯着女儿看，"确实如你所说，就像你那乌亮的头发那样茂盛……爸爸已经老朽愚钝，今天能听你这么说真挺好的。"

"爸爸。"千重子这声呼唤中满含强烈的感情。

从南禅寺山门往里看，里面宁静而开阔，仍如平时那样较少人迹。

父亲看着房屋的位置图朝左转弯。这房子看上去委实较小，但土墙很高，进深较深。进了窄小的门往玄关去的路上，两侧各开着长长一溜白花胡枝子。

"看，真漂亮！"太吉郎在门前停下盯着胡枝子的白花看，却已没了为买房而来的心情，因为看见隔壁一座较大的房子已成了料理旅馆。

但那成排的白花胡枝子却又让他难以离去。

太吉郎很久没来这里，在此期间，南禅寺门前一带大路边上的房子多已成为料理旅馆，其中有些改建为大的集体宿舍，外地来的学生闹闹哄哄地进进出出。

"房子好像不错，但还是不行。"太吉郎在种着胡枝子的那家门口嘟囔道，"最近整个京都料理旅馆成风，就像高台寺①一带……大阪、京都之间成了工业地带，而京都西部还有空地，虽然不太便利，但那附近不知还会盖起什么样的时新而怪异的房子来呢……"

父亲一副沮丧的表情。

太吉郎像是不舍那成排的白花胡枝子，走出七八步后又独自折返去看。

阿繁和千重子在路上等他。

"花开得真好，难道是有什么秘诀？"太吉郎回到她俩身边说，"不过，要是用竹架子支一下就好了……下雨后，胡枝子叶子上的雨水会滴湿铺路石，可能不好走呢。今年房主盼着胡枝子开花的时候

---

① 高台寺，位于京都市东山区，临济宗建仁寺派的寺院。

大概还没想到要卖房子，真到了非卖不可时，大概也就顾不得胡枝子如何了。"

母女俩默然。

"人，大概就是这么回事吧。"父亲脸色有点阴沉。

"爸爸那么喜欢胡枝子吗？"千重子的语气明快，"今年已经来不及了，来年让千重子为爸爸设计一款胡枝子碎花图案吧。"

"胡枝子属于女性的花纹，是给女人的夏季单衣用的。"

"我要把它设计成既非女性，也非夏服的图案。"

"呵呵，碎花之类，是要做内衣吗？"父亲看着女儿，笑着打岔道，"爸爸作为回报，给千重子设计一件樟树图案的和服或外褂，让你穿得像个妖精……"

"……"

"搞得男女颠倒了吧。"

"没有颠倒。"

"你会穿着那怪物似的樟树图案走出去吗？"

"是的，我会，去哪儿都行……"

"嗯……"父亲低头陷入沉思，又说，"千重子，我并非独爱胡枝子，不管是什么花，因着见到的时间和场合，我都会有一种沁人心脾的感觉。"

"是呀。"千重子答道，"爸爸，既然已经到了这里，龙村也不远了，我想顺便过去看看……"

"啊，是面向外国人的商店……阿繁，你看如何？"

"只要千重子想去看……"阿繁爽快地说。

"是吗？龙村可没腰带卖哟……"

这一带都是高档住宅街，属于下河原町。千重子一进店门便认真地看起了右边成排成摞的丝绸女装衣料，这些都并非龙村的东西，而是钟纺①的织品。

阿繁过来问道：

"千重子也想买洋装？"

"不是，妈妈，我在考虑外国人喜欢什么样的丝绸料。"

母亲点点头，站在女儿身后，不时伸出手指去摸摸绸料。

以正仓院②布料残片为主的古代布料残片的仿制织品挂在正中央的房间和走廊里。

这些就是龙村的东西，太吉郎看过几次龙村的展览，也看过古代布料的残片及其图录，这些都装在他的头脑里，它们的名称他也知道，但此时他还是不由得认真地去看。

"让外国人看看，日本也能生产这样的东西。"一位太吉郎认识的店员说。

太吉郎以前来这里时也听过这样的话，但这次还是点头表示赞同，即使对于那些仿照中国古代织品的样品，他也说：

"真是了不起的东西，这是从前……千年前的东西了吧？"

这里的仿古大块绸料好像是非卖品——若有织成女式腰带的，太吉郎总会选几条自己喜欢的买给阿繁和千重子。但这店看来是面向外国人的，没有腰带，大的卖品顶多就是台布之类。

另外，展柜里还陈列着一些袋子、钱包、烟包、小方巾等。

太吉郎买了两三条并无龙村特色的龙村领带和"菊揉"纸包。"菊揉"是把光悦③在鹰峰④发明的"大菊揉"造纸工艺移用于小块绸

---

① 钟纺，日本一家具有百年历史的纺织品企业。

② 正仓院，奈良东大寺的仓院，内藏有东大寺大佛开光仪式所用的器具和各种宝物，还有光明皇后捐献给东大寺的各种物品。

③ 光悦，全名本阿弥光悦（1558—1637），日本装饰艺术家。

④ 鹰峰，位于京都市北区。

布料上，其年代相对并不久远。

"记不清是在东北的什么地方，如今也有用结实的和纸做类似东西的。"太吉郎说。

"哦，哦。"店员应道，"我还不太清楚这与光悦之间的关系呢。"

靠里的展柜上面摆放着索尼的小型收音机，这让太吉郎他们也不禁意外，觉得哪怕是用以赚取外汇的寄售商品，也未免有点……

三人被领到里面的接待室以茶招待，店里人告诉他们，这些椅子曾被几位外国来的所谓贵宾坐过。

玻璃窗外有一片杉树，树不大，品种却很少见。

"这是什么杉树？"太吉郎问。

"我也不太清楚……听说叫作'koyou'杉。"

"字怎么写法？"

"花木工可能不识字，不能确定，反正和阔叶杉不同，听说长在本州以南。"

"树干那颜色……"

"那是青苔。"

传来小收音机的声音，他们回头去看，有个年轻男子在对三四位西方女子做介绍。

"啊，那是真一的哥哥。"千重子说着站起身来。

真一的哥哥龙助也向千重子这边走来，并向坐在接待室椅子上的千重子父母点头致意。

"你在给她们做导游？"千重子说。两人相对走近后，千重子觉得龙助与为人随和的真一不同，有一种咄咄逼人的味道，让她觉得不好说话。

"算不上导游。本来是我朋友为她们翻译兼陪同，但他妹妹死了，我帮他顶替三四天。"

"啊呀，妹妹……"

"是呀，比真一小两岁吧，挺可爱的姑娘，可惜……"

"……"

"真一英语好像不行，人又害羞，所以我就……这店本来不需要翻译的……再说客人在这里也就是买个小收音机吧。她们是住在都酒店的美国人的太太。"

"是吗？"

"都酒店离这里挺近，所以就过来看一下。本应好好看看龙村的织品，她们却只顾着看小收音机了。"龙助低声笑了，"随她们去吧。"

"我也是第一次见这里放了收音机。"

"不管是小收音机还是丝织品，换成的美元都是没区别的。"

"是的。"

"刚才去院子里看到各种颜色的彩鲤，我就在想如果她们详细问起，我该如何介绍，结果她们只是一个劲地说好看，可让我如释重负了。我对彩鲤不大了解，不知它们的各种颜色用英语该如何说才对，何况还有带斑纹的各种颜色……"

"……"

"千重子，咱们出去看看鲤鱼吧。"

"那几位太太怎么办？"

"还是让这里的店员去伺候吧，快到回酒店喝茶的时间了，她们还得和丈夫会合去奈良呢。"

"我去跟爸妈打个招呼就来。"

"啊，我也要去跟客人打个招呼。"龙助说罢便去那几位妇人那里说了什么，妇人们一齐朝千重子这边望，千重子脸红了。

龙助立刻返身回来，叫上千重子一起去了庭院。

两人坐在池边望着漂亮的彩鲤在水中游弋，沉默了一会儿。

"千重子，你能把你家店里的掌柜——因为是公司了，不知该叫他专务还是常务——教训一下吗？你能做到的，需要我到场也行……"

这是千重子没想到的，让她心里一紧。

从龙村回来的那晚，千重子做了个梦——一群五彩缤纷的彩鲤，往蹲在池边的千重子脚边聚来，鲤鱼层层叠叠，晃动着身子，有的还把头探出水面。

仅是这样一个梦，而且梦境中的情况曾在白天发生过，当时千重子把手伸到水里稍稍拨动，鲤鱼便如此聚来。这让千重子吃惊，并对这群鲤鱼有了一层不可名状的爱意。

一旁的龙助似乎比千重子更为惊讶，说道：

"千重子的手上散发了什么样的香气——什么样的灵气呀？"

千重子为此不好意思，站起身说：

"鲤鱼大概是跟人混熟了。"

龙助却盯着千重子的侧脸发怔。

"东山离这儿很近呀。"千重子避开龙助的目光说。

"是的。你不觉得山的颜色有点不一样吗，已经有了秋色。"龙助答道。

千重子醒后已记不清这个鲤鱼梦中龙助是否在自己的身边了。之后她有好一会儿没能入睡。

第二天，千重子犹疑于是否对掌柜说出龙助那"教训一下"的话。

将近打烊时分，千重子坐在账房前。旧式的账房四周围着低矮的格子门，掌柜植村觉察到千重子的举动有些异常，便问：

"小姐，有事吗？"

"让我看看我的衣料。"

"您的……"植村似乎如释重负，"是要穿咱店的衣料吗？马上就可以穿新年的衣服了，访问服还是长袖和服？哦，小姐您不去冈崎之类的染织店或 Eriman^① 之类的店买现成的吗？"

"我想看看咱店里的友禅绸，不是过年穿的。"

"好的，那倒是有好几种，我马上把现在有的拿给您看，不知有没有您中意的。"植村起身叫来两个店员耳语一番，三人找出十几匹料子熟练地在店堂中央摊开，排成一溜让千重子看。

"这个就行。"千重子很快选好面料，"能在五天到一周内完成吗，里料就拜托你们决定了。"

植村倒吸一口气，说：

"有点急了，咱们是绸料店，很少做衣服的，不过还是没问题。"

两位店员麻利地卷起了绸料。

"这里写着衣服尺寸。"千重子把纸放在植村的桌上，却没离去，"植村先生，我想见习一下店里的生意，还请多多关照。"

千重子语气温和，轻轻地低头致意。

"是。"植村表情僵硬。

千重子平静地说：

"我还想看一下账簿，明天也行。"

"账簿？"植村苦笑着说，"小姐要查账吗？"

"查账这样不知天高地厚的事，我是想也不敢想的。只是想看一眼账簿，否则还不知道咱家做什么样的买卖呢。"

"是吗？账簿二字说起来简单，却分为很多种，何况还有专给税务署的呢。"

"咱店有两套账吗？"

"小姐说啥呢。若要做那种造假的事，还得拜托小姐您呢。我们

---

① Eriman，京都市的和服店。

632

是光明正大的。"

"明天给我看吧，植村先生。"千重子语气干脆，说完就从植村面前走开。

"小姐，小姐您出生前，这店就交给植村我打理了……"植村说道，但见千重子头也不回，便用几乎听不见的声音说，"怎么回事嘛……"

说完轻轻咂了咂舌头："腰疼呀。"

千重子来到在做晚饭的母亲身边，母亲似乎委实吃了一惊。

"千重子，你的话好厉害呀。"

"欸，妈妈这话说重了。"

"年轻人即使看着老实，还是可怕呀，妈妈在这里都发抖了。"

"我也是得了别人的指导。"

"噢？哪一位？"

"真一的哥哥，在龙村时……真一父亲的生意还做得很扎实，因为有两位不错的掌柜。他说如果辞了植村，他那里可以调一人过来，甚至他自己也能过来。"

"是龙助吧？"

"是的。他说反正是要经商，研究生随时也可以不读的……"

"噢？"阿繁看着千重子那张美得光彩照人的面孔，说，"植村可没有辞职的意思哟……"

"他还说，那个种胡枝子的人家附近若有好房子，还是让父亲买下来吧。"

"嗯。"母亲一时无语，然后又说，"那是因为你父亲有点厌世。"

"还说父亲那样就不错……"

"这也是龙助说的？"

"是的。"

"……"

"妈妈，您大概也都看到了，我托植村给那位杉树村的姑娘做一件咱店的和服……"

"好呀，那敢情好，再加件外褂好吗？"

千重子垂下眼帘，泪水浸润着她的眼睛。

"高机"的得名无疑是因为这种手织机较高，而其之所以安装在地面的浅坑里，据说是因为土地的潮气于丝线有益。从前也有人坐在这种高机上，现在则还有把放有重石的篮子吊在织机旁边的。

有的织坊既用这种手织机，同时也用机械织机。

秀男那里仅有三台手织机，兄弟三人都在操作，父亲宗助有时也会上机，所以在小型织坊较多的西阵，日子似乎还过得去。

随着千重子所托的腰带接近完工，秀男的喜悦感也与日俱增。这固然缘于自己全身心投入的工作即将成功，也因为他在织梭的穿行和织机的声响中感觉到了千重子的存在。

不，那不是千重子而是苗子，不是千重子的腰带而是苗子的腰带。但在秀男织作的过程中，千重子与苗子业已成为一体。

父亲宗助站在秀男身旁看了一会儿，说道：

"这腰带真不错，花纹新奇。"

说完又不解地问："是哪位的？"

"佐田家的，千重子的。"

"图案呢？"

"是千重子的方案。"

"哦，千重子……真的吗？嗯？"父亲屏气静息地看着，又用手指去触摸还在机上的腰带，"秀男，织得真细密，这样挺好。"

"……"

"秀男，我以前告诉过你的，佐田家对咱们有恩。"

"听您说过，爸爸。"

"嗯，说过。"宗助又重复道，"我从一介织工自立门户，好不容易买进一台高机，一半还是靠的借款。我织好一条腰带就送到佐田那里去，只有一条未免寒碜，都是趁着夜晚悄悄去的……"

"……"

"佐田家从来不曾给过难看的脸色。这织机增加到三台，真不容易……"

"……"

"尽管如此，秀男，身份还是不一样呀……"

"我明白，可是您为啥要说这些呢？"

"你好像很喜欢佐田家的千重子……"

"是为这？"秀男说完便又动起先前停下的手脚，继续织作。

完工后，他便立即去苗子所在的杉树村送腰带。

时值午后，北山方向几次出现彩虹。

秀男抱着苗子的腰带一上路便看到了彩虹。虹晕虽宽，颜色却淡，尚未形成到顶的完整弓形。就在秀男驻足遥望的过程中，虹的颜色越发变淡，似将消失。

然而在所乘巴士进入峡谷前，秀男又两度看到了相似的彩虹，三次都没形成弓形到顶的完整的彩虹，总有一种单薄感。虽是常能见到的彩虹，今天的秀男却有点在意。

"嗯，虹是吉兆还是凶兆呢？"

天空中没有阴云。进了峡谷后是否还会有这种淡色的虹出现呢？这在紧贴清泷川岸边的山中是无法得知的。

秀男在北山杉树村一下车，穿着工作服的苗子便用围裙擦着湿手立刻迎了过来。

苗子的工作是用菩提沙（更像是赤褐色的黏土）手工对杉树圆木进行精心擦洗。

虽还是十月，山中的水应是很冷了，但漂在人工挖出的水沟中的圆木却冒着热气，大概是水沟一端的简易炉灶里流出了热水吧。

"感谢您到这深山里来。"苗子躬身致谢。

"苗子，我把说好的腰带总算织出来了，送来给你。"

"那是千重子替身的腰带，我已不愿再做替身，咱们见个面就够了。"苗子说道。

"这腰带是咱们说好了的，而且是千重子设计的图案。"

苗子低下头说：

"其实，秀男，前天千重子店里已经送给我一套东西，从和服到草屐都齐了。这样的腰带，我何时才能用得上？"

"二十二日的时代祭嘛，出不来吗？"

"不，能出来。"苗子毫不犹豫地说，"现在这里太招眼了。"

略做思忖后苗子说："您能到河边的小石滩来吗？"她毕竟不能像上次跟千重子那样跟秀男一起躲进杉山里去。

"您的腰带我会终身珍藏的。"

"不用，我还会再为你织。"

苗子不吱声。

苗子寄身的这家人自然已经知道千重子赠送和服的事，所以即使把秀男带去这家也没关系。但苗子对于千重子如今的身份以及她店里的情况已大致了解，仅此已偿自幼以来的夙愿，她不愿再因些许小事让千重子另增烦恼。

不过，苗子寄身的村濑家在当地拥有不错的山地产，苗子干活又不惜力，所以即使让千重子家知道苗子的情况也不会有什么麻烦。比起中等水平的绸缎批发商来，拥有杉山产业或许更为殷实一些。

但是对于自己与千重子的频繁来往和感情加深，苗子却持谨慎态度，尤其是因为她觉得千重子的爱已沁入她心中。

于是苗子便把秀男带到了河边的小石滩上。清泷川边的小石滩上

凡是可种的地方也都种上了北山杉树。

"这地方实在是委屈您了，还请原谅。"苗子说。毕竟是女孩，只想早点看到腰带。

"杉山真美。"秀男一面抬头望山，一面打开布包，解开包装纸外的纸系绳。

"这里是鼓形结……这一块是想放在前面的……"

"啊呀！"苗子把弄着腰带，"给我真是太可惜了。"她两眼生辉。

"毛头新手织的腰带，谈何可惜。红松和杉树的图案——因为快到新年了，我本只想着在鼓形结上用松树图案，千重子说要有杉树，我到这儿一看总算明白了。一听说杉树，尽管就会想到一棵棵高大的老树，但似乎还是画得纤柔些为好；红松也稍加了些颜色……"

果然，连杉树树干画的也不是本色，在形、色方面都费了心思。

"真是一条好腰带，谢谢了……我这样的人没法用这么高级的腰带呀。"

"跟千重子送的和服配吗？"

"我觉得很配。"

"因为千重子从小就熟悉京都特色的和服衣料……这条腰带还没给她看过，不知她会觉得怎样。我有点不好意思。"

"本来就是千重子的设计嘛……我也要让她看看。"

"时代祭时穿着来吧。"秀男说罢便把腰带折叠起来用包装纸包好。

秀男用纸绳扎好包装纸后说：

"你就别客气了，还是收下吧。这腰带虽是我依约织出来的，但也是应了千重子的托付，你只需将我当作一个普通的织工就行了，尽管我确是用心织的。"

秀男把包着腰带的布包交给苗子，苗子放在膝上，陷入沉默。

"千重子自小就见识各种和服，所以送给你的和服一定会与这腰带相称的，我刚才就是这么说的。"

"……"

两人面前清泷川浅流的水声静而可闻，秀男环顾两岸的杉山说：

"那群立的杉树树干就像工艺品，与我想象的一样，树顶的枝叶也像花一样，那种毫不张扬的花。"

苗子脸上带有忧郁之情——父亲在给树梢打枝时，一定是因弃儿千重子而痛心，于是在树梢间摆荡时失足坠落的吧？当时苗子也跟千重子一样是个婴儿，不会知道任何情况，直到长大之后才从村里人那里听说。

于是苗子对千重子的名字、生死，以及这位孪生儿是自己的姐姐还是妹妹都一无所知。她只盼望能见她一面，哪怕是从旁边看一眼也行。

苗子那简陋得像窝棚一般的家如今也已弃置在杉树村中，因为一个姑娘不能独自住在那里。一对在杉树村打工的中年夫妇和一名上小学的少女长期住在里面，自然是谈不上付房租的，这房子也不值得交房租。

只是那位上小学的少女出奇地爱花，而那房子旁有一株漂亮的金桂，于是她偶尔也会来向"苗子姐姐"讨教打理桂树的事情。

苗子让她不用去管那树，可是从那小屋前经过时，苗子总觉得能比别人在更远处就闻到花香，这反倒让她觉得抑郁。

——苗子的膝盖因承载秀男的腰带而变得沉重，令她思绪万千……

"秀男，既然已经知道千重子的下落，我就打算不再与她来往了。和服和腰带这次我就收下，并珍藏在心……你能理解我吧？"苗子的话出自肺腑。

"是的。"秀男说，"来参加时代祭吧，让我看看你系这腰带的样子，但我就不约千重子了。游行队伍从御所出发，所以我就在西边的蛤御门等你。这样行吗？"

苗子深深地点头，脸上的绯红许久都未褪去。

对岸水边有棵小树，叶子泛红，映在水中的倒影摇曳着。秀男抬眼望去，问道：

"那鲜亮的红叶是什么树呀？"

"漆树。"苗子抬眼回答时用颤抖的手去整理头发，不知何故，黑发散开，一直披落到她的后背。

"啊呀。"

苗子红着脸把头发收拢盘起，用含在嘴里的发夹插进发间，发夹却因散落在地而不够用了。

秀男欣赏着她这姿态和动作。

"你留着长发？"

"是的。千重子也没剪短，但她会梳理，以致你们男人看不出来。"苗子慌忙用布巾罩着头，"不好意思。"

"……"

"我在这里只给杉树化妆，自己从不化妆。"

话虽这么说，她好像还是浅浅地涂了一层口红。秀男希望苗子重新拿掉布巾，让长发垂披在肩给他看。但他不好说出口来，因为苗子用布巾遮头时是那样慌忙。

狭窄的山谷西侧的山壁已开始变得灰暗。

"苗子，该回去了吧？"秀男站起身来。

"今天的活倒是已经干完了……不过天也变短了。"

山谷东边的山顶挺立着一排排杉树，秀男从树干间望着金色的晚霞。

"秀男，谢谢，真的很感谢。"苗子略做了一个收下腰带的姿态，也站了起来。

"要谢就谢千重子吧。"秀男说道。为这位杉山姑娘织造腰带的喜悦在他心中已渐成一股温情："再啰唆一遍，时代祭时不见不散，在御所西门蛤御门。"

"好的。"苗子深鞠一躬，"穿上从没穿过的和服和腰带，我会不好意思的。"

即使在祭庆繁多的京都，十月二十二日的时代祭也与上贺茂神社、下贺茂神社的葵祭以及祇园祭并称为三大祭庆，虽属平安神宫的祭事，游行却是从京都御所出发。

苗子一大早便心神不定，比约定时间提前半小时在御所西侧的蛤御门的门后等着秀男。她还是初次等待男子。

所幸这天碧空如洗。

平安神宫建于明治二十八年（1895 年），时值迁都京都 1100 周年，所以时代祭在三大祭庆中无疑历史最短。但因是为了纪念建都京都的祭事，所以游行活动意在体现古都千年风俗的变迁，不仅会展现各个时代的种种服饰，还会出现人们耳熟能详的历史人物。

例如和宫、莲月尼①、吉野太夫②、出云阿国③、淀君④、常盘御前⑤、横笛⑥、巴御前⑦、静御前⑧、小野小町⑨、紫式部、清少纳言⑩。

---

① 莲月尼（1791—1875），本名大田垣莲月。江户末期女歌人，丈夫和孩子死后出家为尼。

② 吉野太夫，京都名伎的称号。

③ 出云阿国（1572—？），被视为歌舞伎创始人的女性。

④ 淀君（1567—1615），丰臣秀吉的爱妾，住淀城，故名。本名茶茶。

⑤ 常盘御前（1138—？），武士源义朝之妾，日本物语文学故事中的绝世美女。

⑥ 横笛，日本古典文学作品《平家物语》中的女性人物。

⑦ 巴御前，生卒年不详，武士源义仲之妾，据传武艺高强，屡立战功，在源义仲死后出家为尼。

⑧ 静御前，生卒年不详，原为舞伎，后随武士源义经为妾。

⑨ 小野小町，生卒年不详，9 世纪中叶女歌人，被列为六歌仙、三十六歌仙之一，有绝代佳人之
　　称，常为物语文学或民间传说中的人物。

⑩ 清少纳言（约 966—？），日本平安中期的女随笔作家、歌人，代表作是《枕草子》。

还有大原女、桂女①。

列举的这些女性中夹杂有伎女以及艺人、商贩之类，游行队伍中更多的无疑还是楠正成②、织田信长、丰臣秀吉等王朝公卿和武士。

游行队伍很长，宛如京都的风俗绘卷。

女性加入游行队伍，据说始于昭和二十五年（1950年），使祭庆活动更加花团锦簇。

游行队伍的前列是明治维新时期的勤王队和丹波北桑田的山国队，末尾是延历时代文官的参朝队列，回到平安神宫后在凤辇之前诵祝词。

游行队伍从御所出发，所以最好在御所前的广场观看，秀男就是因此而与苗子约在御所。

苗子在御所门后等着秀男，由于进出的人很多，所以没人注意到她，只有一个中年老板娘模样的女人大模大样地走近她说："小姐，这腰带不错，在哪儿买的？跟身上的衣服也挺搭的……让我看看……"

说着就要去摸："能让我看一下后面的鼓形结吗？"

苗子转过身去。

"哎呀！"女人发出赞叹。

经她这么一看，苗子心里反倒踏实了一些。她毕竟从没穿过这样的和服，没有系过这样的腰带。

"让你久等了吧？"秀男来了。

离游行队伍出发之地御所最近的席位都被讲社③和观光协会占了，秀男与苗子站在跟这些席位相连的"拜观席"的后面。

---

① 桂女，京都桂地区一带贩卖鲜鱼之类的女性商贩。

② 楠正成，即楠木正成（约1294—1336），日本南北朝时代的武将，后战败自杀。

③ 讲社，参拜神社者的结社。

苗子还是初次占到这么好的席位，她出神地看着游行，已不大会念及秀男和身上的新衣。

但她还是突然发现了什么。

"秀男，你在看什么？"

"青松。你瞧，我是在看游行，但松树的翠绿作为背景，把游行队伍衬得更醒目了。御所那么大的庭院里种的是黑松吧，我太喜欢了。"

"……"

"我也偷眼看你的，你大概没在意。"

"您真是……"苗子低下头去。

深
秋
里
的
姐
妹

　　京都的祭庆实在是多，比起"大文字"来，千重子更喜欢鞍马的火祭。火祭地点离苗子不甚远，所以苗子也去看过。不过，以前她俩即使在火祭上迎面走过，或许相互也不会在意的。

　　去鞍马山参拜的路上，家家户户之间用树枝隔开，在屋顶上洒水，从半夜开始举着大大小小、各种各样的松明，嘴里喊着号子登山去神社，四处一片火焰之光。一待两架御舆出来，村（现已为町）里的妇女全部出动拉着御舆的绳子，最后献上大松明，整个祭庆活动差不多要持续到天明时分。

　　然而今年这个有名的火祭活动被取消了，据说是为了俭约。伐竹祭虽仍照常举行，火祭却不搞了。

　　为北野天神举行的"芋茎祭"① 今年也没有了。据说是因为芋头歉收，没有芋茎可供铺饰御舆。

　　京都还有不少节庆活动，诸如鹿谷安乐寺的"南瓜供"②、莲花寺

---

① 芋茎祭，京都北野神社的祭祀活动，用芋芳茎铺在游行的御舆的顶上。

② 南瓜供，冬至前后在寺庙供奉南瓜并食用南瓜，祈求一年中不会中风。

的"黄瓜封"①，不仅可以展现京都风貌，似乎还可窥得京都人的一个侧面。

近年来得以恢复的活动有在岚山河中龙船上举行的"极乐鸟"歌舞，在上贺茂神社庭院小溪边举行的曲水之宴等，无不属于昔日王朝贵族的风流娱乐。

曲水之宴中，有人穿着古时服装坐在溪边等着酒盅随水漂来，边等边吟歌、绘画、写字，然后取起漂到自己面前的酒盅一饮而尽，再让酒盅漂走，一旁还有书僮伺候。

去年开始的曲水之宴，千重子曾去看过，歌人吉井勇②居于王朝公卿之列的最前面，这位吉井勇如今已经作古。

也许因为是新近恢复的活动，人们似乎还不熟悉。

岚山的"极乐鸟"歌舞，千重子今年也不曾去看，觉得毕竟少了一些日本传统的"物寂"之趣。而在京都，富有传统色彩的活动多得令人目不暇接。

也许是因为在终日操劳的母亲阿繁的教育下长大，又或许千重子自己天性如此，她每天一早起来便认真擦拭格子门等各处。

"千重子，时代祭那天你俩好开心呀。"早饭后千重子刚收拾好碗盏，真一便来了电话，看来他也把千重子和苗子弄混了。

"你也去了？该打个招呼的……"千重子不好意思地耸了耸肩。

"我也是这么想的，却被哥哥阻止了。"真一无拘无束地说。

千重子不知该不该告诉他认错人了，但从真一的电话可以想到，苗子穿着千重子送的和服，系着秀男织的腰带去时代祭了。

---

① 黄瓜封，一种祈愿把病灾封进黄瓜的法事活动。把病人姓名、年龄、病名等信息写在黄瓜上，在寺庙祈祷后将黄瓜带回家，3 天内遇病痛时用黄瓜擦拭患处，第 4 天把黄瓜埋在不会被人踩踏的清净之地，据说可将病灾带走。

② 吉井勇（1886—1960），京都和歌歌人兼剧作家，有伯爵爵位。

跟苗子在一起的肯定是秀男。千重子一开始没想到这点，但随即便心中一暖，脸上浮起笑容。

"千重子，千重子……"真一在电话里叫道，"干吗不作声？"

"你是真一吧？"

"是呀，是呀。"真一笑出声来，"掌柜在吗？"

"不在，还没……"

"你是不是感冒了？"

"听出感冒的声音了吗？我刚才在外面擦格子门来着。"

"是吗？"真一好像在那头摇了摇话筒。

这下轮到千重子笑了，笑得很开朗。

真一压低声音说：

"这电话是代哥哥拨的，我马上让他来接……"

对着哥哥龙助，千重子无法像对真一那样随便说话。

"千重子，试探过掌柜了吗？"龙助劈头便问。

"是的。"

"真棒！"龙助的声音激动，随即又重复一句，"太棒了！"

"母亲也听见了，好像为我捏了一把汗呢。"

"是吗？"

"我说想要了解和学习一点自家的买卖，所以请他让我把账簿都看一下。"

"嗯，这就挺好。尽管只是说一下，也就完全不一样了。"

"我还让他把保险柜里的存折、股票、债券之类的东西全拿出来了。"

"挺好。千重子，真棒。"龙助十分感慨地说，"你本是一个温顺的姑娘，却能……"

"我是受你指教……"

"我这也是因为听到附近的批发商有了种种不正常的议论。我还打定主意，如果你不便说，就由我父亲或我自己去你家说，不过最好还是小姐你出面了。掌柜的态度有变化了吧？"

"是的，总算……"

"是吧……"龙助在电话中沉默良久后说，"挺好的！"

千重子感觉电话那头的龙助好像还在犹豫着什么。

"千重子，今天下午我想去府上拜访，不知是否方便，真一也一起去……"

"哪有什么不方便的，我又不会有什么了不得的事情。"千重子回答。

"因为你是年轻小姐呀。"

"瞧你说的……"

"你看如何……"龙助笑了起来，"我想趁掌柜还在店里时过去稍微观察一下，你不必有任何顾虑，我会见机行事的。"

"啊？"千重子无言以对。

龙助家的店是室町一带的大批发店，在业内颇有实力。他虽在读研究生，却自然地肩负着店里的一份责任。

"到吃甲鱼的季节了，我在北野的大市①订了座席，请你赏光。以我的身份，是没有资格连你父母一起请的，所以只请你一人了……我会把童男带上。"

千重子被其气势所慑，只能应了一声"好的"。

真一作为童男乘坐祇园祭的彩车已是十多年前的事，但哥哥龙助至今还会半开玩笑地叫他"童男"，不过这或许也是因为他如今还留着童男那种可爱与和善。

千重子告诉母亲道：

---

① 大市，京都市的一家甲鱼料理店，具有300多年的历史。

"下午龙助和真一要来我们家，刚才来电话说的。"

"噢?"母亲阿繁似乎有点意外。

千重子午后上后屋二楼细心地化了妆，尽量化得不太醒目，还认真地梳理长发，却总是理不成满意的发型，准备穿出去的衣服也是选来选去，反而定不下来。

总算下得楼来，父亲不在，不知去哪里了。

千重子在后屋的客厅里备好炭火后环顾四周，然后看着小庭院。大枫树上的苔藓依然碧绿，而寄生于树干的两株紫花地丁叶子已经泛黄。

基督灯笼的下方，一株小山茶树开着红花，颜色艳红艳红的，比红玫瑰更能沁入千重子的心脾。

龙助和真一一到便谦恭地与千重子母亲寒暄，然后龙助一人端坐在账房的掌柜面前。

掌柜植村慌忙出了账房的格子门，殷勤地与龙助招呼，久久地说着寒暄话。龙助虽也应答，却始终绷着脸，植村自然也能看出他的冷淡。

植村对这毛头学生虽一肚子的不服气，却又在龙助的高压下无可奈何。

龙助等植村的寒暄告一段落后便态度沉稳地说:

"贵店生意兴隆，蛮好。"

"是，谢谢，托您的福。"

"父亲他们说佐田先生亏得有您在，有多年的经验，了不起……"

"您谬赞了，咱店不能和水木先生家那样的大店相比，不值一提的。"

"哪里哪里，我家的店也就是手伸得长一点罢了，绸缎批发和其他什么生意都做，成杂货铺了。我是不大喜欢这样的。如今有植村先生这样踏踏实实、认认真真做事的掌柜的店可是越来越少啰。"

没等植村回答，龙助便起身朝千重子和真一所在的后屋客厅走去。望着他的背影，植村一副苦相，他清楚地知道要看账簿的千重子与眼前这龙助之间有着内在的关系。

龙助来到后屋客厅，千重子带着疑问抬头看着他的脸。

"千重子，掌柜那里我稍微敲打了一下。我劝告过你，我有责任。"

"……"

千重子低着头为龙助沏茶。

"哥，你看枫树树干上的紫花地丁。"真一指给龙助看，"有两株，千重子几年前就开始把那两株紫花地丁看作一对可爱的恋人……相距咫尺却又永远无法相聚……"

"嗯。"

"女孩子的想法总是可爱的。"

"别，别……羞死了。真一……"

千重子把沏好的茶递到龙助面前，手在微微颤抖。

三人乘龙助店里的车去北野六番町的"大市"甲鱼料理店。大市是一家老店，门面颇有古风，广为游客所知，房间也较古朴，天花板低矮。

他们点了甲鱼砂锅，外加杂炊①。

千重子通身发热，好似有了醉意。

粉色一直延至千重子的脖颈，令肌肤本就白皙细嫩、光滑亮腻的颈项愈加美艳。她眼含秋水，不时地抚弄自己的脸颊。

她滴酒未沾，但砂锅底料中一半是酒。

车子等在门口，千重子还是担心自己脚下打晃，但她十分兴奋，话也多了。

---

① 杂炊，将米饭放入包含蔬菜、肉类等的高汤或火锅内炖煮的料理。

"真一……"千重子找较好说话的弟弟搭话，"时代祭那天，你在御所庭院见到的那个人不是我。你认错人了，眼神不好了吧？"

"别再瞒我了吧。"真一笑了。

"没啥要瞒你的。"千重子犹豫了一下，"其实那姑娘是我的姐妹。"

"咦？"真一一副诧异状。千重子在赏花时节的清水寺里曾对真一说过自己是弃儿的事，这话自然应该已被其兄龙助所知。即便真一没对哥哥说过，因为两家靠得很近，也可以想见这事是会传到龙助耳中的。

"真一在御所庭院见到的……"千重子踌躇片刻又说，"我是孪生儿，那姑娘是双胞胎中的另一位。"

这话真一也是初次听说。

"……"

三人沉默少顷。

"我是被丢弃的。"

"……"

"这事若是真的，扔在咱家店门口该有多好呀……真的，扔在咱家店门口该有多好呀。"龙助诚心实意地重复道。

"哥哥。"真一笑了，"那是刚生下来的婴儿，跟现在的千重子可不是一回事哟。"

"婴儿不也挺好吗？"龙助说。

"那是你看到如今的千重子才这么说的。"

"不对。"

"你看到的是如今的千重子，是佐田家百般呵护疼爱养大的千重子。"真一说，"那时你也就是个小毛孩，能抚养婴儿吗？"

"能。"龙助语气坚定。

"哼，哥哥总是那么自信，那么要强。"

“也许是的，但我还是希望抚养婴儿时的千重子，咱妈一定会帮忙的。”

千重子身上的酒劲退去，额头渐渐变白。

秋天的北野舞蹈节持续了半个月，结束的前一天，佐田太吉郎独自去看了。茶屋给的入场券当然不会只有一张，但他无意邀人同去。看完舞蹈回来的路上，成群结伙地去茶屋狎游，这对他来说已成一件麻烦事。

舞蹈开始前，太吉郎无精打采地走上茶席，今日当班坐在那里负责点茶的艺伎，也没有他所熟悉的。

他旁边并排站着七八个少女，像是帮忙端茶递水的，穿着同样的粉色长袖和服。

只有正中央的一位穿着绿色长袖和服。

太吉郎差点叫出声来。她虽经浓妆艳抹，但不就是那位花柳街老板娘带着，跟太吉郎一起乘坐“叮叮电车”的少女吗？独自身穿绿衣，也许正是什么领班之类。

这位绿衣少女把茶端到太吉郎面前，自然是依着规矩，一脸严肃，不苟言笑。

但是太吉郎的心情却似乎轻松起来。

表演的舞蹈是八场舞剧《虞美人草图绘》，讲述人们耳熟能详的中国的项羽和虞姬的悲剧故事。但虞姬以剑刺胸，在项羽怀中听着思乡的楚歌死去，项羽也战死之后，下一场的背景移至日本，变成了熊谷直实①、平敦盛②和玉织姬的故事。熊谷杀了敦盛之后，感于世事的无常而出家。他在凭吊旧战场时，敦盛的墓旁开满了虞美人草，耳边

---

① 熊谷直实（1141—1208），镰仓初期武将，后出家，自称莲生和尚。
② 平敦盛（1169—1184），平安末期武将。

传来笛声。此时敦盛显灵，拜托熊谷把青叶之笛收入寺中；玉织姬则显灵要求将其冢侧虞美人草的红花供于佛前。

这出舞剧之后，还有一出场面热闹的新编舞蹈《北野风流》。

上七轩的舞蹈属于花柳流，不同于祇园的井上流。

太吉郎出了北野会馆后，顺路进了那家老茶屋。老板娘见他独自呆坐，便过来问：

"要招哪位姑娘吗？"

"嗯，那位咬人舌头的艺伎——还有，那个穿绿衣的端茶姑娘呢？"

"叮叮电车那位……如果只是聊聊天，应该没问题。"

在等那姑娘时，太吉郎先喝了几杯，待姑娘出来后，他故意起身往外走，姑娘便跟在身后。他问道：

"现在还咬人吗？"

"您可记得真清楚。没事，您伸出来试试。"

"我怕。"

"真的没事。"

太吉郎试着伸出舌头，被吸进了一片温香软玉之中。

太吉郎轻拍女孩后背说：

"你堕落了。"

"这是堕落吗？"

太吉郎想要漱口清嘴，却又无奈于艺伎站在身旁。

艺伎的恶作剧未免出格，但于她来说，应属临时起意，并无特别的意思。太吉郎对这年轻的艺伎并不讨厌，也不觉得她不干净。

太吉郎欲回客厅，艺伎抓住他说：

"等一下。"

说着就拿出手绢去擦太吉郎的嘴唇，手绢上便有了口红印。艺伎凑近太吉郎一边看他的脸，一边说道：

"好了，这下没问题了。"

"多谢。"太吉郎轻轻把手搁上她的双肩。

艺伎留在卫生间的镜前为自己的嘴唇补妆。

太吉郎回到客厅，没有人在。酒已有点冷了，他饮了三两杯，权作漱口。

尽管如此，总觉有哪里沾留着艺伎的香气，或者她香水的味道。太吉郎隐隐地有了一种回春的感觉。

即便对艺伎的淘气之举猝不及防，他还是觉得自己的态度是不是过于冷淡了。也许是因为很久没跟女孩子嬉闹了吧。

这二十来岁的艺伎或许是个有情趣的女人。

老板娘领着一个少女进来，女孩仍穿着那件绿色和服。

"按您的意思带她来了，说好就打个招呼的。您也看到了，毕竟年纪还小。"老板娘说。

太吉郎看着少女问："刚才端茶的……"

"是的。"到底是茶屋的姑娘，毫无羞怯之状，"我认出您就是那位大爷，于是给您端茶的。"

"哦，那就多谢了。还记得我吗？"

"记得。"

艺伎也回屋来了，老板娘对她说：

"佐田先生对这小姑娘特别中意。"

"哦？"艺伎看着太吉郎的脸说，"真有眼光，不过也得再等三年哟，而且她明年春天就要去先斗町了。"

"先斗町？为什么？"

"因为想当舞娘，说是向往舞娘的形象。"

"嗯？要当舞娘，祇园不也挺好吗？"

"因为她姨妈在先斗町。"

太吉郎望着少女，觉得她无论去哪里都能成为一流舞娘。

西阵的和服衣料织造工会断然做出了一个前所未有的决定：在十一月十二日至十九日这八天中，停止所有织机的工作。其中十二日和十九日这两天是周日，所以实际停工六天。

其中缘由很多，简言之无疑就是经济上的原因，亦即生产过剩。库存已达三十万匹，需要设法解决积压，改善营销，而且近来银根严重紧缩，这也是原因之一。

从去年秋天到今年春天，经销西阵和服衣料的商社陆续发生倒闭。

据说八天的停机导致大致减产八九万匹，但后果是好的，从这点来看，首先似乎可说成功了。

在西阵的织机街区，尤其是小巷中，一看便可知道，以小规模家庭操作为主的织坊都很好地响应了此次停工限令。

这些织坊是一排排匍匐在地面的小房子，瓦顶破旧，屋檐宽深，即使有两层楼，楼层也很低矮。那些甬道似的小巷更是杂乱，连织机声也让人觉得发自晦暗之处，其中有些织机应非自家所有，而是租用的。

然而提出"免于停机"申请的织坊，据说只有三十余家。

秀男家所织并非和服衣料而是腰带，三台高机，白天无疑也需开灯，但安放织机之处光线还算不错，里间还有空地，不过厨房用具简单粗陋，甚至令人怀疑这家人到底在哪里休息睡觉。

秀男性格倔强，天生手巧，并具有与这些秉性相应的热情，但常年坐在高机的窄板上，屁股上或许已长出老茧。

约苗子去看时代祭时，比起展示各朝各代服装的游行队伍，更为吸引秀男的是作为队伍背景的御所的青松。这也许是由于他借此从平日的生活中解脱出来了，但即便居于狭窄的山谷间，劳作于山上的苗子对于此情此景是没有什么感觉的。

不过，自从苗子系着秀男织的腰带参加时代祭之后，秀男干起活来更有劲头了。

千重子自跟龙助、真一兄弟去过大市，虽说不上愁绪万端，心中有时却也空空落落，一待自己有所意识时，觉得似乎还是缘于烦恼在心。

京都已经结束了十二月十三日的"事始"节，这里冬天的天气一贯多变，出着太阳时也会下起阵雨，有时还会夹雪，时阴时晴。

十二月十三日是"事始"节，依京都的习俗，从这天开始，除了进行各种过年的准备，岁暮的各种赠答应酬也开始了。

恪守这些老规矩的，还数祇园之类的花街柳巷。

艺伎、舞娘之类为了感谢平时关照自己的茶屋、歌舞音乐师傅和同行老大姐，遣派男众①拎着镜饼②去各家分发。

然后舞娘们再去四处拜谢，说些恭喜之类的话，意思是今年平平安安度过，还望明年多多提携。

这天，艺伎、舞娘都比平日更加花枝招展，她们的你来我往，把提前进入岁暮的祇园一带点缀得花团锦簇。

千重子家的店里却没有这种繁花似锦。

早饭后，千重子一人上了后屋二楼，本想稍稍化个晨妆，却在不知不觉间停下手来。

龙助在北野甲鱼料理店时一番激情四射的话语在千重子心中回荡。他希望婴儿千重子当年能被丢弃在他家门口，这番话语的分量还不够重吗？

龙助的弟弟真一与千重子青梅竹马，一直同学到高中。他性格和善，千重子也知道他喜欢自己，但他从未像龙助那样说出让千重子喘

---

① 男众，为女性艺人、艺伎服务的男性侍者。

② 镜饼，圆饼形的大年糕。

不过气来的话语，两人只是不拘形迹的玩伴。

千重子仔细梳好长发，让它披在身后，然后下楼。

快要吃完早饭时，北山杉树村的苗子来了电话。

"是小姐吗？"苗子确认了一下，"我想见你，有事情要问。"

"苗子，想你呢……明天如何？"

"我哪天都行。"

"来店里吧。"

"就别去店里了吧。"

"苗子的事，我已对妈妈说了，爸爸也知道了，所以……"

"给店员看到不好吧。"

"……"千重子沉吟片刻后说，"那就我去苗子的村子吧。"

"我太高兴了，不过这里挺冷的哟……"

"我也想看杉树了。"

"是吗？除了冷，可能还会有阵雨，你来时可得做好准备哟，不过篝火倒是可以任意点的。我会在路边干活，能容易看到你。"苗子快活地答道。

冬之花

千重子穿上从未穿过的长裤和厚毛衣，脚下还有一双漂亮的厚袜子。

父亲太吉郎在家，千重子便坐在他面前跟他告辞，太吉郎瞪眼看着她这副异常的装扮。

"去爬山吗？"

"是的……北山杉树村的姑娘想跟我见面，像是有话要对我说……"

"是吗？"太吉郎毫不犹豫地叫了一声，"千重子……"

"欸。"

"那姑娘若有什么困苦或难处，你就把她带来，咱们收养她。"

千重子低下了头。

"好呀，有了两个女儿，我和你妈妈都不会寂寞了。"

"爸爸，谢谢。爸爸，谢谢。"千重子俯下身去，一行热泪濡湿了大腿。

"千重子从吃奶起就由我们抚养，被我们视作掌上明珠，但我们对那姑娘也会尽力一视同仁。她像千重子，一定也是个好闺女。带来咱家吧，二十年前人们还都厌弃双胞胎，如今已没任何问题了。"父

657

亲说道，接着又叫妻子，"阿繁，阿繁！"

"爸爸，千重子衷心地感谢您，但那姑娘——苗子——绝不会来咱家的。"千重子说。

"这又是为啥呢？"

"大概是不愿对我的幸福造成任何一丁点影响吧。"

"怎么会影响呢？"

"……"

"怎么会影响呢？"父亲重复道，一副百思不得其解的样子。

"今天我对她说父母亲都知道了，请她来咱店里，"千重子带了点哭腔，"但她忌惮店员和邻居……"

"店员算啥！"太吉郎不禁大声叫道。

"爸爸的话我都明白了，不过今天还是先让我去一趟吧。"

"也好。"父亲点头，"路上小心……然后，你可要把爸爸刚才的话带给那位苗子姑娘。"

"是。"

千重子穿上雨衣，戴上风帽，套上雨鞋。

中京早晨还是一片晴空，但不知什么时候就阴了下来，北山或许正在下雨，在城里就能看出这样的天色。若是没有京都一群秀气的小山阻隔，大概就能显出雪前的模样了。

千重子乘上国铁公司的巴士。

有两路巴士通往北山杉树村所在的中川北山町，分别属于国铁和市营，市营巴士开到大京都市北郊的山口回头，国铁巴士一直开到更远的福井县的小滨。

小滨在小滨湾的岸边，再往前从若峡湾伸向日本海。

也许因为是冬天，巴士上乘客不多。

一个有人跟着的年轻男子紧盯着千重子看，她有点发怵，便罩上了风帽。

"小姐，拜托，别用那东西藏起来。"那男子用年轻人少有的沙哑声说。

"喂，不许说话！"旁边的男人说。

那个对千重子提要求的男人戴着手铐，不知是什么罪犯；边上的男人应该是刑警，大概是要越过后山把犯人押送到什么地方去吧。

千重子没理由摘下风帽让他们看到自己的面孔。

车子来到高雄。

"这是高雄的啥地方？"有乘客这样问，其实也不至于如此难以辨识。枫叶业已落尽，冬意已出现在树梢细枝。

栂尾山下的停车场上也不见车辆。

苗子穿着工作服来到菩提瀑布巴士站等着千重子。

千重子的这身装扮让苗子一时没认出她，但苗子随即就说：

"小姐，谢谢你来，真的感谢你来到这深山之中。"

"也算不得什么深山。"千重子没来得及摘手套就握住了苗子的双手，"我真高兴。夏天之后就没见过你了，在杉林那次多谢你了。"

"那不值一提。"苗子说，"不过，当时咱俩万一遭雷击中，那可如何是好。但我还是很开心……"

"苗子，"千重子边走边说，"你该是在无可奈何的情况下才打电话给我的吧？你得先告诉我，否则咱俩就沉不下心来聊天了。"

"……"苗子一身工作服，头上罩着手巾。

"怎么回事呀？"千重子叮问。

"其实就是秀男向我求婚了，于是……"苗子好像趔趄了一下，抓住了千重子。

千重子抱住了脚下打晃的苗子。

每天干活的苗子身体非常结实，不过夏天打雷的那次，千重子因

659

为恐惧，并没发现这点。

苗子立刻站稳了身子，但似乎非常享受被千重子拥抱的感觉。她没说声"没事了"，反倒是紧倚着千重子走了起来。

抱着苗子的千重子此时也与苗子挨得更紧，但两个姑娘都没有意识到这些。

戴着风帽的千重子说：

"苗子，那你怎么回答秀男的？"

"回答……我怎么能当即就回答他呢？"

"……"

"他当初是把我错认为千重子——现在虽已不是错认，但秀男的心底应该还是深藏着千重子吧？"

"不会的。"

"不，我很明白，即便已不再是错认，我仍是作为千重子的替身与他结婚，秀男该是从我身上感觉到了千重子的幻影。这是其一……"苗子说。

千重子想起，春天郁金香盛开时从植物园回家的路上，父亲曾在加茂川的河堤上因提及让秀男给千重子做女婿的事而遭母亲斥责。

"其二，秀男家是织腰带的吧？"苗子加强了语气，"若是因此而使我与千重子的店里发生瓜葛，给千重子带来麻烦，招来周围莫名其妙的目光，那我是死也无法抵过的了。我真想躲到更远更远的深山里去……"

"你怎么会这么想呢？"千重子摇着苗子的肩，"今天我来你这里，也是跟父亲说好了的，母亲也知道。"

"……"

"你知道我父亲是怎么说的吗？"千重子更加使劲地摇晃着苗子的肩膀，"父亲说，那个叫苗子的姑娘若是有什么困苦或难处，就把她带来咱家……我虽已作为父亲的嫡女入籍，但咱家会尽其所能地对你一视同仁。我一个人多寂寞呀。"

"……"苗子取下了头上的手巾，"谢谢。"

她用手巾掩着脸。

"我打心底谢谢你。"苗子沉默了片刻后又说，"我呀，你瞧，没有亲人，没有真正可以依靠的人，我只能拼命干活，忘记自己的孤寂……"

为了抚平她的情绪，千重子说：

"重要的是：秀男的事情怎么说呢……"

"我没法对这种事情立刻做出答复。"苗子带着泪声看着千重子。

"把这借给我一下。"千重子用苗子的手巾擦拭她的眼眶和面孔，"就带着这样一张哭脸去村里吗……"

"没关系的。我性格好强，干活一个顶俩，可就是爱哭。"

千重子给苗子擦了脸，苗子把脸贴到她胸前，反倒抽泣得更厉害了。

"这让我怎么办呢？苗子，是难过了吗？别哭了。"千重子轻拍苗子后背，"再这样哭，我可就要回去了。"

"别，别走。"苗子一惊，从千重子手里拿过自己的日式手巾使劲擦自己的脸。

因为是冬天，看不出哭过的样子，只是白眼珠有一点微红。苗子用手巾严严实实地包住自己的头。

两人默不作声地走了一段。

北山杉树连树梢也被修整过了，在千重子眼中，枝头那一星半点的残叶，就像冬天中素朴的绿色花朵。

千重子觉得是时候了，便对苗子说：

"秀男自己能画不错的腰带图案，织工手艺好，人也踏实。"

"是的，我都知道。"苗子答道，"约我去看时代祭时，比起那展示古装的游行队伍，他更关注的是队伍背后御所的青松以及东山色彩的变化。"

"对他来说，时代祭的游行并不稀罕……"

"不，好像并非如此。"苗子的语气强烈。

"……"

"游行队伍通过后，他一定要我去家里。"

"家里？秀男家吗？"

"是的。"

千重子有点惊讶。

"他有两个弟弟。他带我去了后面的空地，并说如果我们在一起，就在空地上盖一间小屋，自己喜欢什么就织什么。"

"不挺好吗？"

"挺好？秀男是把我当作千重子的幻影而想跟我结婚，我作为一个女孩，对此一清二楚。"苗子又重复说。

千重子边走边在思忖，不知如何回答是好。

在狭谷旁的另一条小山谷里，一群清洗杉树圆木的女人围坐在一起休息，烤着篝火为手脚取暖。

苗子来到自己的家门口。与其说是家，其实就是间草屋。年久失修的稻草屋顶业已倾颓，高低不平，只因建在山上，所以好歹有个院子。七八株高大的南天竹恣意伸展，挂着红色的籽实，躯干相互交缠在一起。

但这寒碜的小屋，曾也可能就是千重子的家。

从屋旁走过时，苗子的泪花已干。她不知是否该对千重子说这就是她家。千重子生于母亲的娘家，也许根本不曾住过这屋。至于苗子，也在襁褓中时便先后失去父母，以致不能清楚记起自己是否住过此屋，哪怕住过短暂的时间。

所幸千重子对这样的屋子根本没瞧一眼，只顾一面仰望杉山，注视杉树圆木，一面径直而过，于是苗子便不用提及自己的小屋了。

笔直树干的枝梢上残留的些许圆形杉叶被千重子看作"冬之花"，它们还真的是冬日的花朵。

多数人家都在檐下和二楼成排地晾晒着已经剥皮洗净的杉树圆木。这些白色圆木整齐地竖立着，连树根都打理得清清爽爽，仅此已构成一道美景，也许胜过任何式样的墙壁。

山上的杉树也是一样，树根处的杂草已经枯萎，挺立的树干全都一般粗细，又成一道美景。树干稍带斑点，由它们之间的间隙可以窥见天空。

"还是冬天美丽吧……"千重子说。

"是吗？我已见惯，没啥感觉了。不过冬天杉树的树叶带点淡淡的芒草色，你说是吗？"

"这就像花了。"

"花……花？"苗子抬头望山，有点意外的样子。

走了一会儿，看到一处古雅的房子，似是此地大地主的家。矮墙的下半部贴着漆成赭色的木板，上半部是白壁，屋檐由瓦铺就。

千重子停下脚步。

"这房子真好！"

"小姐，我就寄住在这家。进去看看好吗？"

"……"

"没关系的，我已在这里住了近十年。"苗子说。

秀男之所以想跟苗子结婚，与其说是把苗子当作千重子的替身，更可能的是当成了千重子的幻影——这话千重子已听苗子说了两三遍。

所谓"替身"，固然可以理解，但"幻影"到底又是什么呢——

尤其是作为结婚的对象。

"苗子，你总说幻影、幻影的，可是幻影到底是什么呢？"千重子的语气很严肃。

"……"

"幻影是看不见、摸不着的吧……"千重子继续说，脸上却不禁飞起红晕。她想到这个苗子跟自己不仅脸像，也许所有地方都像，却要归男人所有了。

"也许如你所说，但无形的幻影可能是这样的吧……"苗子答道，"幻影也许会出现在男人的心中、胸中，甚至出现在更多的地方。"

"……"

"即使苗子成了六十岁的老太太，千重子的幻影大概仍如今天一样年轻吧。"

这话出乎千重子意料。

"你连这都想到了？"

"美丽的幻影是永远不会令人生厌的。"

"那可不一定。"千重子好不容易才憋出这么一句。

"幻影是踢不倒、踩不翻的，除非它自己跌倒。"

"哦？"千重子觉得苗子有着妒意，"幻影真是那样的吗？"

"它就在这里……"苗子攥住千重子的胸襟摇晃。

"我不是幻影。我跟苗子是孪生姐妹。"

"……"

"若照你所说，难不成你是跟我的幽灵在做姐妹？"

"不，我是跟眼前的千重子做姐妹，唯对秀男来说却又另当别论……"

"你想多了。"说到这里，千重子微微低下头去，走了一段后又说，"哪天我们三人在一起好好谈谈，把话说透，好吗？"

"谈谈——真心话有时可说，有时却也未必……"

"你的疑心这么重?"

"说不上疑心，但我毕竟也有一颗姑娘的心……"

"……"

"好像有阵雨从周山朝北山来了，山上的杉树也……"

千重子抬眼看天。

"赶紧回去吧，好像是雨夹雪。"

"我就想到了万一会下，穿了防雨的装束来的。"

千重子脱下一只手套给苗子看。

"这手不像小姐的吧?"

苗子一愣，便用自己的双手握住千重子的那只手。

阵雨好像是在千重子不知不觉间来的，或许连平时住在这个村里的苗子都没察觉，既非小雨，也不像蒙蒙细雨。

千重子依苗子所说抬头去看，四周的山都雾蒙蒙的，一片寒意，而山麓的杉树林反倒清晰可见了。

少顷间，一众小山为烟霭笼罩，相互之间渐渐失去界线。从天色便可看出与春雾的区别，此时的雾霭似乎更具京都特色。

再看脚下，地面已经微湿。

众山很快就被一层浅灰色包裹，像是渐入烟霭之中。

片刻之后，这烟霭朝山谷飘下来，带着少许白色的东西，形成了雨夹雪。

"赶紧回去吧!"苗子对千重子说这话时，已经看到了这白色的东西。这不能算是雪，而是雨夹雪，但其中白色的东西时隐时现。

谷间天暗得早，而且气温骤然下降。

千重子也是京都姑娘，对于北山阵雨并不陌生。

"趁你还没变成冰冷的幻影……"苗子说。

"又说幻影了……"千重子笑了,"我带了雨具来的……冬季的京都天气多变,雨还会停的吧?"

苗子抬头看天,说了一声"今天还是回去吧",便紧紧握住千重子脱下手套让她看的那只手。

"苗子,你真的考虑过结婚吗?"千重子说。

"偶尔会……"苗子回答,然后带着深深的爱意给千重子戴上那只手套。

这时千重子说:

"到咱店来一次吧。"

"……"

"来吧。"

"……"

"等店员下班以后。"

"夜里吗?"苗子惊讶地问。

"住在咱家。爸妈都完全知道苗子的事。"

苗子的眼中露出喜悦,却仍在犹豫。

"我想起码要跟苗子一起睡一晚。"

苗子在路边转过身去,不让千重子发现自己已经潸然泪下。千重子对此不会不知。

千重子回到室町店里后,附近的街镇天色已是一片阴沉。

"千重子回来得正好,马上就要下雨了。"母亲阿繁说,"父亲在后屋等你呢。"

父亲太吉郎没等听完千重子跟他招呼,便直截了当地问:

"怎么样?千重子,那姑娘怎么说?"

"啊……"千重子不知如何回答是好,难以三言两语地把事情交代清楚。

"怎么样了？"父亲又问。

"嗯……"

千重子自己对苗子的话也似懂非懂——秀男其实是想跟千重子结婚，因不能如愿而死心，于是表示要跟与千重子酷似的苗子结婚。苗子以姑娘的敏感而对此了然于心，并向千重子搬出了一套奇怪的"幻影论"。秀男也许是以苗子来慰藉自己对千重子的倾慕之情吧。千重子觉得自己的这种想法不一定属于自作多情。

可是，事情也许并非仅仅如此。

千重子无法与父亲正面相视，觉得自己一直羞到了脖根。

"那个叫苗子的姑娘仅仅是很想和你见个面吗？"父亲说。

"是的。"千重子硬着头皮抬起脸来，"大友家的秀男好像说是想跟苗子结婚。"千重子的声音有点发颤。

"哦？"

父亲看着千重子沉默了半天。他像是看穿了什么，却又不愿说出口，只是说：

"是吗？和秀男？大友家的秀男倒是不错。缘分这东西真是不可思议，不过这大概也跟千重子有关吧。"

"爸爸，但我认为她不会跟秀男结婚的。"

"咦，为什么？"

"……"

"为什么呀？我可觉得挺好的……"

"这不是好不好的事。爸爸您还记得吗——那次在植物园时，您说过秀男是否可以做千重子的对象——这事那个姑娘也是知道的。"

"欸，怎么会呢？"

"此外，她好像还担心秀男家是织腰带的，与咱家免不了会有买卖来往。"

父亲内心受到震动，陷入了沉默。

"爸爸，让苗子在咱家过夜吧，哪怕一晚也好，这是千重子的愿望。"

"当然可以。这算得了啥呢……我不是说过可以收养她吗？"

"那她是绝不会来的。只是一晚……"

父亲怜爱地看着千重子。

传来了母亲关雨窗的声音。

"爸爸，我去帮忙。"千重子站了起来。

雨点打在瓦顶上，似是有声又无声。父亲定坐不动。

水木龙助、真一弟兄俩的父亲请太吉郎去圆山公园的"左阿弥"吃晚饭。冬日天短，从处于高位的房间俯视，街市已经上灯。天空是灰色的，没有晚霞，街市若无灯火，也是这样的颜色。这就是京都的冬色。

龙助的父亲作为室町一家生意兴隆的大批发店老板，做派强势而自信，今天却似有难言之隐，犹犹豫豫地说着一些无聊的街谈巷议消磨时间。

"事情是这样的……"借着少许酒劲，他终于切入正题，而优柔寡断并渐入厌世之境的太吉郎也大致能猜出水木要说的话。

"事情是这样的……"水木又期期艾艾地重复一句，"您家小姐跟您说起过愣头青龙助吧？"

"是的。我虽愚钝，但还是十分理解龙助的一片心意。"

"是吗？"水木似乎变得轻松了，"那小子像我年轻时，一旦说出的话，是谁也劝不住的，真拿他没办法。"

"我倒是很感谢他。"

"是吗？蒙您这么一说，我胸口的石头就落地了。"水木说着真用手从上到下地去按摩胸口，"请多包涵。"随即恭谨地鞠了一躬。

太吉郎的店虽说日渐萧条，但若让一位基本属于同业且又初出茅庐的年轻人来相助，怎么说都是一种耻辱；若说是来见习，以两家店的规模来说，则应倒过来才是。

"我虽十分感谢，可是……"太吉郎说，"贵店可能也离不开龙助吧……"

"哪里哪里，龙助在生意方面见识不算很多，还不太熟悉。不过让我这个当爹的说一句不恰当的话，还算比较踏实吧……"

"是呀，来了咱店便突然往掌柜面前一坐，摆出一副严肃的表情，让人一惊。"

"他就是这样。"水木说完又默默地喝酒。

"佐田先生。"

"欸。"

"龙助若去贵店帮忙，哪怕不是每天都去，他弟弟真一也可借此机会渐渐成熟，成为我的助手。真一性格温和，至今还常常被龙助拿童男的称号来嘲笑，这好像是他最不喜欢的……就因为他乘坐过祇园祭的山形彩车。"

"那是因为他长得漂亮。他跟咱千重子是小时候的伙伴……"

"说起千重子……"水木又语塞了。

"说起千重子……"水木重复了一遍，又突然愤愤地说，"您怎么就能有一个那么漂亮的好女儿呢？"

"那孩子不是靠着父母的力量，是天生的。"太吉郎立即应道。

"我想您已经知道，您那里也是跟我家大致差不多的店，而龙助之所以要去帮忙，其实是想待在千重子身边，哪怕半小时、一小时也好。"

太吉郎点头。水木擦了擦跟龙助长得很像的额头，又说：

"这个儿子虽长得不好看，但好像还挺能干。我虽绝不敢强求，但万一哪天千重子觉得龙助那样的小子也还不错，我就真正觍着脸请您考虑能否把他收作养子，我这里可以取消他的嫡子资格。"

水木说完低头行礼。

"废嫡……"太吉郎大吃一惊，"一个大批发店的继承人……"

"人的幸福并不在于此——我看到最近的龙助，心里就是这样想的。"

"难得你们一片美意，但这种事情还是听任两个年轻人今后的感情发展吧。"太吉郎避开水木的冲动请求，"千重子是个弃儿。"

"弃儿又有什么关系？"水木说，"这样吧，您把我的话放在心里，先让龙助去您店里帮忙好吗？"

"可以。"

"谢谢，谢谢。"水木连身体都似乎变得放松，喝酒的动作也变样了。

翌日早上，龙助便立即来到太吉郎店里，召集掌柜和店员进行盘货，包括漆染绸缎、白绸、刺绣绉绸、小绉纹绉绸、绫子、特等绉绸、平纹粗绸、结婚长礼服、长袖和服、中袖和服、留袖和服、金线织花锦缎、普通缎子、高级印花绸、访问服、腰带、里绸、和服配件等。

龙助只是在旁看着，一言不发。掌柜已经领教过他的厉害，头也不敢抬。

虽经挽留，龙助还是在晚饭前回去了。

到了夜晚，传来苗子敲格子门的声音，这声音唯有千重子能听到。

"呀，苗子，傍晚起就转冷了，难为你还是来了，真好。"

"……"

"不过星星出来了。"

"千重子，我该怎么跟你爸妈打招呼呢？"

"我跟他们都说好了的，只要说声'我是苗子'就行了。"千重子搂着苗子的肩往后屋去，"晚饭吃了吗？"

"我在那边吃了饭团后过来的，你别操心。"

苗子尽管显得紧张，但居然有跟千重子长得这么像的姑娘，两位老人惊得说不出话来。

"千重子，你们俩上后屋二楼慢慢聊吧。"还是母亲阿繁想得周到。千重子牵着苗子的一只手走过窄廊上了后楼，点起了暖炉。

"苗子，你过来一下。"千重子把苗子叫到穿衣镜前，然后盯着两人的脸看，"真像呀！"一股热流传遍她的全身。

两人左右转换着位置看。

"真像一个模子出来的，呵呵。"

"双胞胎嘛。"苗子说。

"人若是全生双胞胎，那会怎样呢？"

"那不就整天认错人了吗？可麻烦了。"苗子退后一步，眼睛湿了，"人的命运难料呀。"

千重子也退到苗子的旁边，使劲晃着她的双肩说：

"你就一直住在咱家好吗？爸妈也都这么说的……千重子一个人太寂寞了……虽然杉树村也许是个让人舒畅的地方。"

苗子像是站不住了，一个趔趄跪了下去。她摇着头，摇头时泪水滴到膝上。

"小姐，如今咱俩的生活环境不同，教养也不一样，室町这样的生活我是没法适应的。你家店里我只能来这么一次，只能一次，让你看看我穿上了你给的和服……何况小姐你已经去了两次杉树村。"

"……"

"小姐，咱爸妈扔掉的孩子是你，虽然我不知道这是为什么。"

"这事我已完全没放心上了。"千重子毫不在意地说，"对我来说，现在已不觉得有过那样的爸妈了。"

"我想他们也许为此已遭报应。不过……也要请你原谅我，尽管

672

我自己那时还是个婴儿。"

"你对此有什么责任和罪过呢？"

"虽然没有，但我以前也跟你说过的吧：我不能给你的幸福造成任何影响。"苗子的声音低了下去，"我最好还是索性销声匿迹。"

"不，不能这样……"千重子激动地说，"这样太不公平了……你不幸福吗？"

"不，只是觉得孤单。"

"幸福是短暂的，孤寂却是长远的，你说是吗？"千重子说，"咱们躺下，我还有话要跟你说。"说着便从壁橱里拿出卧具。

苗子一面帮着铺床，一面说："所谓幸福，大概也就是现在这样吧。"说完侧耳去听屋顶上的声音。

千重子见苗子全神贯注的样子，便也停下手问：

"是阵雨，是雨夹雪，还是夹杂着雪的阵雨？"

"不知道呢，或许是薄雪？"

"雪？"

"没有声音，真正的薄雪，简直算不上是雪。"

"嗯。"

"山村常有这种薄雪，我们干活时，不知不觉间杉叶变白，像花一样。那些冬天落叶的树木，连树梢细枝都一片雪白。"苗子说，"真美。"

"……"

"有时很快就停，有时变成雨夹雪，有时变成阵雨……"

"打开雨窗看看好吗？看一下就知道了。"千重子欲起身过去，被苗子抱住，"别去，天冷，而且会感到幻灭的。"

"你总爱说个幻字。"

"幻……"

苗子那张漂亮的脸在微笑，却有一种淡淡的哀愁。

千重子开始铺被褥，苗子忙说：

"千重子，让我给你铺一次床吧。"

并排铺好两床被子，千重子却不声不响地钻进了苗子的被子。

"啊。苗子，真暖和。"

"毕竟咱们干的活不一样，住的地方也……"

苗子说着抱紧了千重子。

"这样的夜晚会越来越冷的。"虽这么说，苗子却毫无怕冷的样子，"细雪会下下停停又停停下下的……今晚……"

"……"

父亲太吉郎和母亲阿繁好像也上楼来到隔壁房间了，因为上了年纪，于是用电热毯为床铺加热。

苗子凑到千重子耳边低语道：

"这被子已经焐暖，我睡到旁边去了。"

母亲把拉门挪开一条细缝窥视两个姑娘的卧室，这已是后来的事了。

第二天早晨苗子起得很早，她摇醒了千重子，说：

"小姐，这大概是我终生难忘的幸福了。我得趁别人没看见时回去。"

正如苗子所说，真正的细雪在夜里像是时下时停，现在也仍在纷纷扬扬，这是一个寒冷的早晨。

千重子起床说："你没带雨具吧？等一等。"说着便把自己最好的天鹅绒外套、折叠伞和高跟木屐为苗子配齐。

"这是我送你的。你下次还要来哟。"

苗子摇了摇头。千重子手抓红漆格子门久久地目送着她。苗子没有回头。有少许细雪落在千重子额前的头发上，又很快消融。整个街市仍在一片沉寂之中。

图书在版编目（CIP）数据

川端康成经典名作集：插图珍藏版 /（日）川端康
成著；竺祖慈，叶宗敏译 . -- 成都：四川人民出版社，
2023.4

ISBN 978-7-220-13095-3

Ⅰ . ①川… Ⅱ . ①川… ②竺… ③叶… Ⅲ . ①中篇小
说—小说集—日本—现代 Ⅳ . ① I313.45

中国国家版本馆 CIP 数据核字 (2023) 第 014023 号

CHUANDUANKANGCHENG JINGDIAN MINGZUO JI: CHATU ZHENCANG BAN

川端康成经典名作集：插图珍藏版

著　者	［日］川端康成
译　者	竺祖慈　叶宗敏
筹划出版	后浪出版咨询（北京）有限责任公司
出版统筹	吴兴元
编辑统筹	尚　飞
特约编辑	梁子嫣　俞延澜
责任编辑	李京京　蒋科兰　朱雯馨
装帧制造	墨白空间·Yichen

出版发行	四川人民出版社（成都三色路 238 号）
网　址	http://www.scpph.com
E - m a i l	scrmcbs@sina.com
印　刷	河北中科印刷科技发展有限公司
成品尺寸	147mm × 210mm
印　张	21.25
字　数	533 千
版　次	2023 年 4 月第 1 版
印　次	2023 年 4 月第 1 次
书　号	978-7-220-13095-3
定　价	168.00 元